荷舞东风
著／

青春K线图

爱上一个人，
就像爱上一只前途未卜的股票

当代世界出版社

图书在版编目（CIP）数据

青春K线图/荷舞东风著.—北京：当代世界出版社，2015.9

ISBN 978-7-5090-1045-7

Ⅰ.①青… Ⅱ.①荷… Ⅲ.①长篇小说—中国—当代 Ⅳ.①I247.5

中国版本图书馆CIP数据核字（2015）第172537号

书　　名：	青春K线图
出版发行：	当代世界出版社
地　　址：	北京市复兴路4号（100860）
网　　址：	http：//www.worldpress.org.cn
编务电话：	（010）83908456
发行电话：	（010）83908409
	（010）83908455
	（010）83908377
	（010）83908423（邮购）
	（010）83908410（传真）
经　　销：	全国新华书店
印　　刷：	北京墨阁印刷有限公司
开　　本：	710毫米×1000毫米　1/16
印　　张：	26
字　　数：	422千字
版　　次：	2015年9月第1版
印　　次：	2015年9月第1次
书　　号：	ISBN 978-7-5090-1045-7
定　　价：	39.00元

如发现印装质量问题，请与承印厂联系调换。
版权所有，翻印必究；未经许可，不得转载！

目 录

contents

上卷

第一章　冒名顶替　/3
第二章　操盘新手　/19
第三章　焦点人物　/43
第四章　有家难归　/72
第五章　特殊客户　/82
第六章　祸福不定　/107
第七章　账户密码　/133
第八章　情定机场　/151

下卷

第九章　商战丽人　/161

第十章　基金经理　/177

第十一章　海运代理　/185

第十二章　伪交割单　/198

第十三章　神秘馈赠　/210

第十四章　冤家路窄　/229

第十五章　分手晚餐　/245

第十六章　初识主庄　/262

第十七章　王者归来　/281

第十八章　谎言惹祸　/304

第十九章　鼠仓诱惑　/323

第二十章　沉船困境　/343

第二十一章　校庆基金　/366

第二十二章　闺蜜报复　/376

第二十三章　书吧来客　/389

后　记　　　　　　/411

上卷

社会学不妨用动物学去解读，比如动物的伪装术是为了求生，那么人，就用谎言来伪装，求得认可。

第一章　冒名顶替

1

社会学不妨用动物学去解读，比如动物的伪装术是为了求生，那么人，就用谎言来伪装，求得认可。

牧典蓝正是如此求得了认可，从面试这道鬼门关里战战兢兢爬了出来。

沪泰投资管理有限公司是一家私募公司，来到这里等待操盘手面试那刻，牧典蓝就成了一个杂糅的人，考官需要什么样的操盘手，他就把自己揉成什么样。考官眼中的他，不再完全是他。

牧典蓝是以栗天劲的身份前来接受面试的。栗天劲是他的高中同学，现在是上海交通大学工商管理专业四年级学生，六月份应聘为沪泰公司的实习操盘手，时间三个月。说是实习，并不在公司上班，而是自主炒股自负盈亏，股票账户必须用十万以上资金在联金证券开户，最低利用一半仓位买入股票，每只股票最多持股五个交易日就必须交易一次。实习结束向公司上传实习总结，公司择优通知面试。栗天劲最初认为大盘跌到底部他才进场，包赚不亏，结果二十万的本金在七月亏两万有余。牧典蓝见栗天劲亏得猛踢桌子，就代其炒股，扭亏为盈赚两万多。前天，栗天劲收到面试通知，让牧典蓝顶替上来试试。如果成功，初来上海的牧典蓝就不再是无业游民；如果失败，不敢去想，在这座不愁人才的大都市，没有大学文凭的牧典蓝有吃不完的闭门羹。

假身份这层伪装没有因牧典蓝移花接木的自我介绍蒙混过关。不到五分钟，负责审核账户的沈经理从交割单上发现了破绽：七月二十三日那天之前，资金通常分仓进入多只股票，多在规定的交易时限亏着卖出；那天之后，资金重仓或者半仓进入某只股票，头天进二天出，出了又进，属两日超短线交易，基本是盈利而出，偶有止损而出。牧典蓝承认，前部分是栗天劲在做，后部分是自己在做。沈经理一怒之下要把牧典蓝撵出接待室，牧典蓝苦苦哀求，说是栗天劲叫他从成都来上海发展并把实习机会让给了他。最终，负责面试的李总监复审了交割单，让牧典蓝暂时留了下来。

这一留，李总监连篇的追问开始了，牧典蓝只得用真言夹带谎言，半真半假地去搪塞，不然无法往下交谈。

"成都有私募公司，为什么不在那里做？"

"上海是股市圣地，成都不是。"牧典蓝来上海时并没想到做股票，究竟做什么他也不知道。

"你在成都没上大学？"

"我曾在北京大学，上大二时家里出了事，退学了。"

"出什么事？"

"嗯，有人得了……绝症。"牧典蓝最怕问及退学之类的问题。得这个绝症的，是他。

"你学的什么专业？"

"计算机专业。我退学后继续炒股，这比学计算机还适合我。所以栗天劲就叫我到上海来做股票。"牧典蓝在开场的自我介绍中自称"大一就炒股"，在私募公司，炒股经历比学历还重要，他要尽量加长自己的股龄。真实的情况是，大二退学那会儿，他听别人谈股市就跟谈外星人一样。

"那好，打开桌面上的记事本，用你最快的速度打出今天沪深股市的收盘指数和涨跌幅，依次打出客服大厅电视上显示的股票名，包括汉语名、代码名、大写字母名，同时打出它们的收盘价和涨跌幅。不用排版。"李总监指了指键盘示意开始。

牧典蓝点开屏幕上的记事本图标，连想带输地打起字来：上证指数 2696.25，1.54%；深证成指 11656.08，1.65%；中国石油，601857，ZGSY，10.39，1.46%……随着一阵密集的噼啪声，近三百个不同的字符首尾相连地显示在页面上，用时一分多钟。面试之前，他在客服大厅枯等了五个小时，从股市下半场开盘等到收盘，

上卷

从收盘等到六点，差不多人去楼空了，没见到一点儿面试的迹象。八位前来面试的人员，只有他相信工作人员"要面试，再等下"的解释，留了下来。垂头丧气地等待中，大厅电视上的十五只龙头股票的收盘数据全烙入了脑子里。

李总监轻点了下头，问："你是谁？"

"我叫牧典蓝。牛字旁的牧，典藏的典，蓝筹的蓝。"

"以前在哪家公司做过？"

"没做过，我自个炒。"

"我是问，你退了学，平时在做什么工作？"

"在成都一家网络公司。"牧典蓝不敢实说。他在成都做专职家庭教师辅导小学生，中途做过文学网站的义务编辑，连兼职都算不上，如此寒碜的工作经历不如没有工作经历。

"打开你原来的账户。"

"对不起，我原账户的佣金是千分之三，听说上海这边佣金低，我就销了户。大盘不好，我还没急着开户，用的是栗天劲的账户。"牧典蓝的确销了户，但不是为了新开户，本是金盆洗手不炒股。一年前，他在成都初学炒股，最先投入八千试手，头月赚了近两千，发财原来这么简单！他就把所有工资积蓄全部冲进股市，不久大盘开始绵绵阴跌，人家的垃圾股涨停，他的优质股比谁都跌得欢。无论换什么票，他总是在大涨的前一刻出来了，在大跌的前一刻进入了，弃明投暗成了总也逃不出的怪圈。如果说不平凡是最平凡的梦想，发财是无财人的奢望，那么骑不上黑马股却是养过黑马股的散户们共同的下场。股市不是摇钱树，是吸血鬼，炒股让他最终被误解而解雇，陷入穷途末路，只得到上海求助栗天劲。他注销账户要诀别股市，来上海后偏偏又和栗天劲及其校友赵商讨论股票，他从赵商的炒股手法中有所感悟，跃跃欲试，才接过了栗天劲亏损的账户做了起来。

"原账户最多亏多少？"

"唔，最多亏了百分之八十。不过后来盈回来了。"

"盈回来！"

"我又投了十多万抄底，才把亏的挽了回来。"牧典蓝意识到牛吹大了，加紧圆谎。如果说十万亏到两万，只需亏百分之八十，那么从两万回到十万，得盈百分之四百！

"先前的本金多少？"

"四万多。"

"钱从哪里来？"

"我积攒的奖学金。"牧典蓝本想实说"工资"，但"大一就炒股"哪来工资？

"抄底的钱又从哪里来？"

"也是我的高考奖学金，包括赞助金。"牧典蓝的确有一笔可观的奖金，但支配不了，无力抄底。抄底，也就是用一段时期内的最低价买到一只股票，谁都想，抄到第一、第二、第三层底，有第四、第五……第十八层底恭候，多数人抄到半山腰就层层被套弹尽粮绝。

"你高考总分多少？"

"702分，是利音市理科最高分。"牧典蓝拿出了撒手锏。撒手锏是把双刃剑，弄不好会误杀自己，曾经有家软件公司由此怀疑他有不可告人的原因放弃了大学，比如被开除，拒绝录用他；还有家翻译公司怀疑他精神有问题，不敢录用。

"哦……又来个高考状元！"李总监意味深长地一笑，把提问权交给了沈经理。

沈经理只提了两个问题："必须自费五万参加指定的专业操盘培训，考核合格后再到办公室报到，你去吗？""来沪泰公司至少缴纳十万风险金，公司按十倍风险金进行初始配资，亏损超过十万，走净人，你还来吗？"

牧典蓝都点了头，他无路可退，豁出去了！

2

不肯舍，就不能得。牧典蓝以壮士断臂的勇气参加了昂贵的自费培训，名为"最新股市投资理念与实盘操作"。他一度认为开口就要求自费培训的公司多半是骗子，但没有准入门槛的私募公司他也不信。

十四天的封闭式培训结束，牧典蓝从进修学院结业，回到了长宁区的合租房。

六月份，栗天劲得知牧典蓝要来上海，就与同校不同专业的赵商合租了一套

上卷

老房子，想在暑假共谋发展，三人号称"三足鼎立"。赵商学的金融专业，大一热衷炒股，也给别人炒，今年毕业刚进入一家私募公司，有多位大大小小的私人客户。栗天劲见大盘今年暴跌，认为抄底时机到了，也想学赵商当操盘手，还策划着三人分头进入三家证券公司或者基金公司，学到经营之道后联手创建自己的私募公司。牧典蓝求职无门，在他们没空时就帮着经管账户，尤其是在帮赵商打理小客户账户时，在个股的选择和操作上常与赵商意见不合，争论中有了醍醐灌顶之感，并学到了些短线炒作技法。本来被股市折磨得心如死灰的牧典蓝由此死灰复燃，有了冲入股市等牛市的念头。计划没有变化快，"三足鼎立"在开学后土崩瓦解，栗天劲自认不是炒股的料，打算另谋职业；赵商看空A股，对做多做空都有机会赚钱的期货又有了兴趣，认为不炒期货的操盘手不是真正的操盘手；牧典蓝则把赵商"大一就炒股""假期参加过证券交易培训"的经历移植到面试简介上，抓住了进入私募公司的机会，守在了合租房。

合租房半月不见，物是人非。赵商住过的那间，传来音质沙哑的老歌，有位头发花白的中年男人光着膀子吸着烟在收拾东西。中间由客厅隔出来那间，是栗天劲住过的屋子，三袋黑色垃圾在守门，苍蝇们一嗡而散。

牧典蓝打开自己那间黑乎乎的小屋，拉开惨白的节能灯，怪异的霉味像堆没洗干净的汗袜子扔到脸上。屋里拥挤不堪，大件就是一架单人床，床脚的无纺布简易衣柜拉链已坏，几件衣物显山露水。门对面靠窗那头的红漆老式学生桌，是床头柜，也是写字台和茶几，上面撂着的书上有好些老鼠脚印和老鼠屎。打开贴有花纹玻璃纸的小窗，对面人家窗外晾晒的衣物直达跟前，伸手可取。让桌下的小塑料电扇为屋子换气，牧典蓝草草清理完屋子坐到床头，启动了栗天劲借给他的高配置笔记本电脑，半粒米大小的蜘蛛牵着丝垂到他眼前找死来了……

来得早不如来得巧，理着碎发寸头的栗天劲像掐好了时间，背着黑色网球包甩着膀子健步而来，一米八六的他走到门口时总像要撞到门头。他把网球包往铺里一扔，站在风扇前，拿了本书扇起来："你终于解放了！培训过关了吧？"

"差一分。"牧典蓝佯装难过地竖起左手食指。

"啥！"栗天劲成了鼓眼蛙，弓着身子张开五指，"五万，打水漂了？"

"培训合格率只有一半！沪泰公司派了五个，有三个活了下来！我，我……"牧典蓝说着说着，假装的失败被成功的得意推到了一边，他打了个响指，"我，明天凭结业证去正式报到！"

"你若过不了，没谁过得了！"栗天劲转惊为喜。他放下书，拿起桌上的电水壶摇了摇，空的，就到公用厨房里接了壶水过来烧。

栗天劲渴死也不买纯净水，认为毫无性价比，他通常带着水杯，哪儿有水哪儿接。他的节约到了令牧典蓝发指的程度——股票亏个上万照样酣睡，吃起盒饭来会货比三家，会在一两元之差的盒饭上纠结；给家里打长途，会找个不扣话费的方式；坐公交地铁，会盘算怎么走最省钱，省时放在第二位；打网球，会蹭同学的会员卡；说了无数次的去驾校学车，仍把学费扣留在资金账户里……栗天劲的吝啬不是天生的，是被股票害的，股瘾如毒瘾，恨不得一分一厘全投到股市，以为晚投一天就错过了涨停。

牧典蓝知道，栗天劲是专程来取"操盘秘笈"的。牧典蓝没钱交这次专业培训费，就找栗天劲借。栗天劲不肯从账户里取出五万，就找赵商借。赵商租间好房子都不舍，借出钱来也不利索，在牧典蓝去进修学院报名的前三小时才磨蹭着转了账。学费不是白白到手，牧典蓝干脆地答应过栗天劲，学到什么，就教给栗天劲什么。

牧典蓝更知道，栗天劲要空手而回。股市看似个不劳而获的捕鱼天堂，个个都认为自己是渔夫，撒下网就能捕到鱼。其实大盘再好，个股再牛，你就是天天泡在股海里可能都抓不到眼前的鱼，最后发现，自己是那条自投罗网的鱼。股市是什么？是各路利益集团的战场，玩的是零和游戏，我盈的就是你亏的，你死我才能活。操盘手是什么？是股海里的一条鱼，得靠客户的资金不断"喂"大自己，然后大鱼吃小鱼。操盘手要和最凶猛、最专业、最精明的投资头脑进行较量，凭什么去吃掉小鱼？凭团队智慧，凭个人风险控制。风险除了来自于盲目，来自于贪念，还来自于嘴。要管住嘴，就得从不吐露培训内容做起，原因嘛，不解释！那些在媒体上大谈特谈操盘技巧和投资理念的人，往往不是真正的操盘高手，只算新闻发言人。

牧典蓝见栗天劲那双男人看了也动心的大眼睛似乎勘探到了金矿，正期待着自己，应对的办法就是不聊股票："哎，天劲，找到实习单位没有？"

"这半月，你最大的收获是啥？"栗天劲翻动着厚而有型的嘴皮子，根本不谈实习的事。

上卷

"收获嘛，就是记得A股的所有股票代码了，并使用最少的键去查看想要的股票和信息。"牧典蓝发现学员们谈股票说的是代码简称，至于快捷键更是无时不用。他已经开始天天浏览每只股票的运行状态，要学会从中规避风险股，挑出安全股。看沪深指数很笼统，个股未必被其左右，如同国内生产总值GDP、居民消费指数CPI并不会决定个体的经营与消费，只有看清所有的个股表现才能知晓股市本质上好坏到了什么程度。

"花五万，学这个？"栗天劲不信。

"还有，不要在机构面前玩聪明。面试那天，我以为原账户注销了就可大吹特吹，其实沪泰公司若要去核实，我从前的假大空一览无余，所有交易记录二十年都保存在案。"牧典蓝有些后怕，他面试吹得天花乱坠，沪泰公司自有给他拍X光片的手段，机构的专业化程度非业余者能想象，好比穷人想象中的富人生活就是能天天吃鸡肉。

"别提那些糗事！操盘手，说出绝活来！"栗天劲推了推牧典蓝的肩。

"在机构眼里，真正的绝活是信息和资金，那是导弹，能进行杀伤性远程打击。操盘手不过是枪手，一颗子弹一颗子弹地打。"牧典蓝淡若浮云地说。

"预测个股涨跌，有窍门吧？"栗天劲急不可待。

"股票如果能从理论上预测，分析师们的观点就不会经常打架了。"牧典蓝见栗天劲不信地交叉起了手臂盯着自己，又解释道，"比如看基本面，看不清上市公司近期的真实财务和经营情况，更难摸清股票主力的风格和资金实力、资金性质。至于股市明天是否有利好还是利空，主力会在这只票上如何应对，只有人来做，天来看，谁也不知道。"

"培训就是为了告诉你，分析师徒有虚名，操盘手浪得虚名？"栗天劲反问道。

"分析师只能按常规分析，市场往往不按常规来，别国的总统摔个跟头都可能影响A股走势，操盘手只能见机行事……"

说话间，一对情侣提着一大包东西打闹着进了合租房，朝他们望了一眼，打开中间那间卧室，又嘻哈声连连。栗天劲虚掩了门，还是能听到打闹声。

栗天劲听着那对儿打情骂俏的声音受不了："蓝子，别和这种人同住了，真要命！这里离沪泰公司好远，到时找个地铁口附近住，二号线直达最好，挤掉半条命也得挤。"

"等有空了再说。"牧典蓝听着隔壁那肆无忌惮的调情之声，也有了搬家的念头，地铁房，想都不敢想。

"千万不要合租的，遇到这种无所顾忌的男女最麻烦，你多瞄那女人一眼都可能坏事。"栗天劲见隔壁仍未收敛，一脚伸去，把门重重关上，"最好租个交通便利的小套间。等我实习了，工作了，也许会来你那儿小住。租金要付三押一，若不够，我添！"

"你这财迷，肯花你的钱给我租房，我剁只指头给你！"牧典蓝见栗天劲拍着胸脯豪言壮语，就戏谑道。栗天劲说起拿钱出来像拿张纸那么豪爽，真到拿钱时就是剜心那般痛苦。不过自虐的栗天劲都想起了地铁房，牧典蓝也就有了动摇，为什么就不可以住住地铁房？金钱买不到时间，瞎扯！飞机和地铁房就是为了驳斥它而发明的。有了更多的时间研究股市，才可能去换更多的金钱，租更好的房。

"你做梦吧！我只给女友租房。"栗天劲改口说，又交代道，"租房小心二房东，要搞清房子的产权是不是他本人的，必须审核原件。房租嘛，唉，地铁房带卫生间的恐怕每月至少两千。"

"等我在沪泰公司坐稳了再说。只要相中了房子，我让银行来付房租。"牧典蓝从裤袋里掏出钱夹，取出一张金色的信用卡，"天劲，过两天我得还信用卡透支款一千八，这两天我没空拿信用卡去套现。你抽空到商场找人，或者找黄牛党，帮我用信用卡套现五六千，二十八号前转存一千八到信用卡上，剩下的就用无卡转账的方式转到我的借记卡上。密码就是我的高考总分，两次。"

"你有信用卡？！我去办信用卡，说我没收入证明，还不办！"栗天劲拿起信用卡看了看，裕广发展银行，困惑了，"你叫我从信用卡上套现，再还一千八到信用卡？那一千八一来一去等于零，不如不取！"

"我在钻这信用卡的使用漏洞。它的刷卡消费额度目前最高是一万五，在一定期限内不用支付银行利息。我从成都过来有四个月了，你没察觉出我身无分文吧？全靠它给我拿。"牧典蓝狡黠地说，见栗天劲不信，就道出了其中的玄机。

高科技是只气球，鼓起来必须靠密不透风的每一面，攻破它仅需要刺穿某个薄弱点。这张被精心设计的信用卡就有一个能被攻破的缺陷：它有两个时间节点，每月10号是记账日，28号是还款日，有时间差往往就有了做文章的可能。牧典蓝在上月11号之后至本月10号刷卡消费，在本月的28号之前还款就行，没利息。

上卷

这卡可刷卡透支一万五千元，就可以利用这两个时间节点差，用银行的谷子还银行的米。比如：在上月11号至本月10号之间套现或者刷卡七千元用于消费，金额记为M1；在本月11号至28号之间再套现七千元出来，记为M2，用M2来还清M1；M2这笔进入到下一轮还款周期，下个月的11号至28号之前再套现七千元，为M3，用M3来还M2……滚动使用，无穷无尽也。只要每月控制好金额和时间，可以不掏腰包。当然，在取款机上套现就要付高额利息，是做蠢事，事实上这张卡在取款机上没有提现功能，提不出现金。套现的技巧就是在商场找付款人帮忙，也就是请付款人把现金直接给牧典蓝，由他的信用卡代刷付款。从信用卡账单上看，全部是刷卡消费，没一笔提现，哪会有套现利息？

"学计算机的，就擅长钻漏洞。我也去办张试试，省些钱来炒股。"栗天劲恍然大悟。

"我是为了生存，逼不得已！这叫信用卡，是建立在双方信任的基础上而设计的。钻君子的漏洞谁不会？小人才做这种事！只要我能生存，就从小人变成君子。"牧典蓝从不认为信用卡套现光彩，还从没对别人讲起过。在这种事上炫耀，就跟大声嚷嚷"我坐公交逃了一次票""我路过田间偷了别人一个瓜"一样可耻。

"你怎么办到信用卡的？"

"家教老板帮助朋友推销的。"

"好福利啊！你这智商，当家教，真是屈才！"栗天劲说着，抓起网球包，把信用卡揣入了里面的钱包里，又拿出能装一升水的蓝色塑料大杯来，把刚烧好的水倒了点凉着，"二十八号，还有三天，该早点说啊！"

"你不说房租，我都差点忘了这事！你白天没空，今晚就可以去。"牧典蓝想把栗天劲支走，免得纠缠操盘秘笈。

"我今晚不是给你跑腿的！教我几招选股办法，最好买入就冲涨停那种。"栗天劲并不关心信用卡。

"那就每只股票买一手，你手握两千余只股票，天天都熊抱许多涨停板。"

"无聊！说实在的！"

"课上得来终觉浅，这种培训就像你教我打网球一样，你说再多，我听再多，照样玩不转球，不参加实战不可能打得好。赵商以前不是也说过这技巧那技巧的，走遍五湖四海，都一样。"

"别提赵商!他敢嫌我资金少,不帮我做!这种人,不可深交!"栗天劲抱怨道,他见牧典蓝不加理会,催道,"赵商参加的是两万的培训,你这五万的培训肯定要多出一倍的内容。到底说了些啥?"

"导师说,减少自身风险就算是赢,比如十只股票有八只亏了,但有两只的盈利能挽救八只的亏损,就算做得好。这说明什么?说明导师都畏惧市场,都难料风险。股市不只有牛市和熊市,不只有'黑马',更有'黑天鹅'。不怕'黑马'股冲得高,'黑天鹅'一来,几个跌停就成死马。"牧典蓝说。栗天劲曾花一万元参加过操盘手培训,听得热血沸腾,失眠几天,感觉明天就快成富翁。牧典蓝的这次培训完全没有当暴发户的感觉,感受到的是无处不在的风险和责任,守口如瓶正是为了减少风险,古话有云,言多必失。

"'黑天鹅'那种小概率事件,就甭提了!"栗天劲说。股市中的"黑天鹅"是指防不胜防的意外情况,通常情况下投资者会按常规去规避较大风险,如同选择走安全的人行道以免被车撞,但是某天楼上的一排窗玻璃掉向了人行道,窗玻璃就是那只从天而降的"黑天鹅"。

"你不怕死,我不忍心你壮烈!"

栗天劲一巴掌拍在桌子上:"你敢咒我!"

"岂敢!"

"听起来,你花五万跟没学似的!是不是有人封了你的口?那些叫你封口的规矩,就是不守规矩的人制定出来,专让你呆子一样去做的!你傻帽!"

牧典蓝盯着电脑,把股票的走势图一个个翻出查看:"天劲,我只管为你炒股,你只管得现成的多好。你要毕业了,关心工作去吧!"

"我的事不用你管。你想对我保密,还是导师让你保密?那些导师还写书出版赚钱呢,他们从不当那些是秘密!"

"你就是读了乔丹的篮球秘笈,也当不了乔丹。"

栗天劲高中时代酷爱打篮球,现在打起了网球,他揶揄道:"我虽然当不了乔丹,至少可以学点技巧把球打得貌似乔丹……你怕徒弟学精了,饿死了师傅?你别忘了,你的培训费是谁给的,这笔记本是谁给的!还有,你去沪泰公司的十万风险金,谁会给你!"

"全由你给!我会加倍还你。"牧典蓝毫无底气地说。数万、上十万的钱什

上卷

么时候能还上，他根本没有底，至于加倍还，那是安慰自己也安慰别人。

"你别忘了，没有我，你不可能有这次面试的机会！"

"没齿难忘。会报答你的，但不是现在。"

"我一切为你，你却不能为我，头次遇到你这样自私的！"

"天劲，世上没有万全技法。今天的技法明天未必适用，今天遇到的行情和对手明天就变了。武功高手出手必是无影手，操盘的最高境界就是没有技法。我不过是个小虾米，参加的是初级培训，初——级——"牧典蓝不得不面对栗天劲的误解。

"不说是吧？那就别找我去给你套现！"栗天劲敲着桌子说，"你的时间是金钱，难道我的时间就不值钱？"

"我白天根本没空，晚上要补的课太多了，我差人家好远！"牧典蓝恳求道。他不只是学股票，还得了解权证、外汇、期货、外围股市等等，十一月份还要去考证券从业人员资格证。

"现在流行一张图看懂一切，一本书说尽五千年，你就一句话概括最有用的看盘技巧，一段话也行。"

"股市可以这样概括：钱泡在股市还是个市值的时候，个个可能都赚了；钱要从市值变成现金，七赔二平一赚。国家包赚印花税，证券公司包赚佣金，国家队赚一点，上市公司赚一点，'老鼠仓'赚一点，运气陡好的赚一点。剩下的七成，无论机构还是散户，英勇做贡献！所以啊，技巧都是逗你玩的。"

"既然这样，你就别在这里面混了！"

"我还能去哪里混？"

"我刚才问的是技巧，不是股市，你给我偷换概念！你到底说不说？"栗天劲反应过来。

"理论上说，均线出现死亡交叉就必须卖，但是庄家洗盘专门做出这种恐怖交叉，就要把你吓出去。你叫我怎么说？"

"废话！"栗天劲转过身提起网球包，收回塑料大杯，掏出信用卡，"啪"地一巴掌拍到桌上，"你本事大，自己求人套现！我没空！"

"你打球的时间都有，还没空？"

"为你——这种人，牺牲我——的打球时间，不值！"栗天劲说着，把刚烧开的那壶水拿到外面倒掉，把空壶搁了回来，目光狠狠地，"只要你不说，就别来依靠我！十万风险金，你休想从我手里拿！你这种人，不可深交！"

栗天劲甩门而去。

"炒股跟追女友一样，没秘笈！你比我帅，你武我文，你富我穷，你城市我乡下，你考上海我考北京，一样被甩的下场！那么多古今中外的爱情秘笈，没——用——！"牧典蓝对着门骂道。他们唯一同命相怜的地方就是失恋，栗天劲上半年被女友分了手，两个渴望被爱的男人都不知道男女之间天荒地老海誓山盟究竟是个什么玩意儿。

牧典蓝看看那个被倒空的壶，舔了舔干涩的唇，郁闷了。想起栗天劲骂他不可深交，他反问自己是不是做过了头，但讲师的警告萦绕耳际，他不能左耳进右耳出，虽然他还不是操盘手，但他得学着那样去做。

拿不出十万风险金，靠什么得到沪泰公司的初始配资？

直接找赵商借？怎么好开口？他大概不会再借了。

再怎么困窘，牧典蓝不会找家人要一分钱，他发过誓。他也曾发誓不炒股，但他宁可向股市低头，也不向家人低头。

3

靠别人，不如靠自己。靠熟人，不如靠生人，套现最终还得靠生人。

牧典蓝揣好信用卡，直奔附近一家购物中心，易品城。

易品城是家上市的商场，高达十层，地下还有两层超市。商场中央是宽阔的天井，上望得到天，下瞰得到地，周边看得到被手扶电梯和观光电梯侍候着的顾客，上上下下熙熙攘攘灯火通明，似乎是座永远不打烊的不夜城。若不是为了套现，牧典蓝不会来这样的商场溜达，自尊会被伤得血淋淋。花车里的清仓打折商品大大小小，样样他都嫌贵；数层楼高的男人广告比比皆是，无一不警示着他的巨大差距；大包小包满载而归的顾客，个个都揭示着他还不属于这座都市；琳琅满目的商品包围着他，没有一样会视他为主人。

上卷

牧典蓝只是来到了一楼，这层主要经营品牌化妆品和珠宝首饰，这些精贵的小东西占地面积最小却价格昂贵，如果价格用密度来衡量，这一层楼的密度大得让他无法喘息。他静候在珠宝首饰区收银台旁边，等待用现金付款的目标出现。依他的经验，珠宝收银台前套现比较省力，可以少求人，如果运气好，一两个顾客就能帮他解决套现五六千的问题。当然，省力未必省时，来这里用银行卡付大额款的人较多，用大额现金付款的人较少，如果运气不好，等一天也许都不能如愿。

连续几位都是刷卡结账，好不容易遇到用上千元现金结账的顾客，怀疑他行骗的有，把上百元当"零头"要求免去的有，骂他是"黄牛党"的有……所有的不配合都不会打击他套现的决心，他需要的是守株待兔的耐心。

牧典蓝手握信用卡，不由回想起它不同寻常的来历。他没脸告诉栗天劲，这卡与家教老板一点关系也没有，是自己放弃大学得到的教训，也是上当受骗的铁证。

去年春节前，牧典蓝眼睁睁地看着心上人梁昀出嫁了，他因闹婚身败名裂，就放弃学业离家出走，来到省会成都流浪。他以为凭大学一年半所学的计算机和英语知识找到好工作没问题，结果人家最多把他当专科生，走到哪里的工资都是难以承受之低，甚至要求他缴纳上万押金。茫然无措到四月，他从一张广告单上看见，夺魁教育培训中心培养并招聘各类辅导教师，无需文凭，零学费参加专业培训，时间一个月，考核合格会向知名培训中心推荐，一旦被夺魁培训中心聘任为教师，基本工资三千，还有业绩提成。零学费让牧典蓝有了希望，也就是一万的学费不一次用现金交足，而是由培训中心帮他开张信用卡先刷卡付费，他只需要每月二十八日前还银行一千，还一年就成。报了名后，他才如梦初醒，一年相当于给银行百分之二十的利息，纯粹是高利贷！

牧典蓝参加了英语类培训，指望当名英语辅导班老师。培训地点在一所废弃的小学校里，培训内容简单如高中。有几位老学员到学校里闹，说是推荐他们去的公司名称就叫"知名培训中心"，基本工资八百，比成都最低工资标准高不了多少，而夺魁培训中心根本就不录取任何学员。牧典蓝感觉不妙就到报名点要求终止培训，退他学费，退一半也行。工作人员一边啃着苹果一边把协议拿出来，说是培训中心为了办信用卡与银行签了约，牧典蓝退学就是违约，得按协议马上还银行一万销卡。并说，夺魁培训中心只聘用最优秀的教师，牧典蓝连教师资格证也没有，怎么可能来培训中心……牧典蓝为了培训顿顿喝稀饭吃馒头咸菜，天天住车站，和乞丐差不多，想起自己被透支了一万，人家还要他马上还上一万，侮辱他没教师资格，还吃着水果含糊地跟他说话，他怒发冲冠，准备打电话报警，要向110、12315和市教育局举报这伙黑培训机构。那伙人顿时好说好商量，退了他一万元，叫他去把透支款还清。

牧典蓝赶到裕广发展银行要还钱并销掉信用卡，工作人员给他介绍起了信用卡的诸多好处，他以为对方在找理由拒绝销卡，就说这卡用着不方便不想要。工作人员以为他嫌刷卡额度低，就给他增加了五千额度，说是裕广银行刚上市，正在开展优惠活动，只要刷卡次数多，在规定的期限还钱，还可以挣积分换礼品，积分达到一定程度就可以增加透支额度，其增加速度比其他银行都快，最高透支额可达三十万。他觉得好奇怪，就把这张卡细细研究了一番，发现只要时间节点掌握得好，在他没钱的时候，可以通过拆西墙补东墙的方式叫裕广银行给他拿。学计算机专业的他，无法用金融专业的角度来理解这卡的盈利模式……

时间越来越晚，易品城人气不减，前来付款的人明显稀少了。收银台旁边的柱头四面都是落地镜，牧典蓝无聊地欣赏起焦急的自己——他面目俊朗，略显消瘦，眉头紧锁目光冷峻，鼻梁挺拔喉结突出，自然偏分的短发油黑却不太成型。他喜欢蓝色调的自己，淡蓝短袖衬衣，蓝黑牛仔裤，还有蓝色运动鞋，这身装备是上次为面试特意准备的，除了比较廉价之外，没有不得体的地方。

两位女子挽着胳膊轻声谈笑着过来了，牧典蓝留意到其中一位打扮得有点夸张的女子。她肩挎蓝紫色绣花大布包，那包足以装下两三个普通的女包；紫红色暗花连衣长裙有着亚麻料的粗线纹路，胸部和裙摆处带有红色盘扣装饰，宽大的袖子宽松的腰，大裙摆在轻盈的步履中飘逸着，完全不似周遭那些穿着修身裙紧身裤的时尚女子。她鹅蛋脸型，短发齐肩，笑意如莲，眉如柳叶，唇如激丹，带有蓝紫色眼影的眸子黑如宝石，那身夸张得有点另类的服装配在她身上竟然恰到好处。

好熟悉的女子！牧典蓝似曾相识，却又记不起。

紫红调的女子从布包里取出卡来交给收银行员，那卡是金色的，也像信用卡。她注意到了牧典蓝，怔了一下，随后输入密码，取过单子，签完字，瞟了他一眼，带着提货单和同伴离开了。

上卷

  牧典蓝确信在哪里见过她，一定不是在上海，又是在哪里？

  时间向十点指去，这一晚快要白费了。

  一位洋气十足的高挑美女迈着修长的腿走了过来，带着时装模特的猫步仪态，很有节奏感，让人不由注意到她脚下增厚的白色高跟鞋。她披着棕黄色卷发，穿着淡绿色的职业装套裙，挽着红黑相间的提包，似乎哪个颜色出现得有点不对。路过她的人们都多看了她一眼，她应该习惯了众星捧月的目光。她应该是孤独的，普通女子肯定不愿与这种鹤立鸡群的美人儿同行，会被活生生比下去。

  人渐近，香已到。牧典蓝嗅着熟悉而浓郁的香水味，能确定在哪里见过她：时间，他去沪泰公司面试那天中午；地点，沪泰公司那层楼的电梯口。

  面试那天，牧典蓝走出沪泰公司所在的十八层电梯，在楼层示意图上寻找沪泰公司的具体位置。这位高挑女子从另一部电梯里出来，穿着与现在几乎一样，套裙仍是那套裙，包仍是那包，香水味还是那香水味。她也来看示意图，并问他是不是来译讯公司应聘翻译。他说是来应聘操盘手的，并问她应聘翻译要什么条件，心想如果操盘手这头应聘失败，就去翻译公司试试，不凭证书，就凭他的英语口语。其实，他对应聘英语翻译并不寄希望，日常英语翻译工资太低，专业翻译他又欠缺。她回答说"只要精通法——语——口语就行"。"法语"两字被她拉得特别长，他无话可说，祝福了她一句各走了一方。

  他们目光再次相遇，彼此都还有点印象，相互点头一笑。

  高挑女子路过落地镜，瞟了一下镜中的自己，把肩后一的缕卷发拢到了胸前，随即把提包放在收银台上，硕大的金属香奈尔标识煞是醒目。

  "你在译讯翻译公司上班了吧？"牧典蓝问道。

  "在。你呢？"

  "我明天去沪泰公司报到。"

  高挑女子从包里取出一只红色的皮钱夹，依然有着香奈尔的显眼标识，里面是一叠现金。

  "你用现金付款？"牧典蓝有了希望。

  "是啊！"

  "我正愁不好套现呢，你帮我一下。我用卡给你结账，你把现金给我。好吗？"牧典蓝把信用卡亮了亮。

收银员很负责任，继续用"套现违法，商场不允许"向付款者作提醒。

"我们是朋友，他帮我刷卡。"高挑女子对收银员说，又问牧典蓝，"你要套现多少？"

"你要付多少？"

"5325元。"

"正合适。我只收你5320元，零头不用给我。"

"我不会占你一分便宜。你刷吧，我把现金给你。"

"太谢谢了！"牧典蓝把卡交给收银员刷，输了密码，接过她递来的现金，包括五元零头。他见她不接返回的零头，就不客气地把钱悉数揣好。人家在挣钱消费奢侈品了，他还在套现保生活，就羡慕地问，"译讯公司这么快就发工资了？"

"这是以前的公司拖欠我的工资。刚领到手，还没存。"

"贵人相助，万分感谢！"牧典蓝接过收银员递来的笔，在信用卡回单上签着字问，"我叫牧典蓝，你叫什么名字？"

"叫我布莱兹吧！"布莱兹接了提货单收拾好包，做了个再见的手势，"拜！"

大功告成，牧典蓝感激地目送她而去，转念一想：她姓布！布，部，簿……有这种姓吗？她究竟姓什么？

第二章 操盘新手

1

沪泰公司会告诉你下一步会怎么走，却不告诉你下一步的下一步会怎么走。牧典蓝每走一步如履薄冰，唯恐走错一步就没有了下一步。

过了专业培训考核，还得模拟盘考核，时间二十个交易日。牧典蓝和另外两位新手在公司一间闲置的房间里用一千万模拟资金按指令操作，在指定的股票上用规定的价位区间和仓位进行模拟买卖，至少十八个交易日完成任务方为合格，否则淘汰。牧典蓝和一位叫田弥的在这一关活了过来。

闯过模拟盘考核关，还有试用期这道门槛，时间为六至九个月。法律规定试用期不得超过六个月，沪泰公司可以长达九个月，比起那些"有两年以上工作经验"的要求来宽容多了。牧典蓝作为试用人员走进了走廊深处的一百平米的交易部大厅。这里有九名操盘手，均配备高配置电脑、专用行情交易软件、机构交易专线，这是他们的三大贴身武器，像战士的枪支，不但要配备最先进的，还要人枪合一，成为快枪狙击手，零点零一秒之差有可能决定成败。在这个战场上，拼信息，拼智慧，也拼网速，同样的价位同一时间下单，机构永远都抢在散户前面，机构的网速只会败给另一家机构，四川的机构会畏惧上海的机构一分，就因为网速。

牧典蓝的容身之地是个独立而宽敞的格子间，他在围成弧形的五台电脑前重点练习盯盘。中间的一台观察第一指标，从前是上证指数，现在是新推出的股指期货，它是股市心电图，是从众效应汇集的大海，每只股票是海中的大船小船，股指涨跌如潮涨潮落，会加剧从众效应，也就有了各种股票齐涨齐跌的现象。左边一台主要观察各种指数，沪深指数、中小板指数和创业板指数等；左边另一台主要观察自选股。右边两台主要进行账户交易，也用来盯涨跌幅榜等。他眼前的行情图与散户常看的行情图有明显差别，比如盘口不是五档买卖价而是十档，能看到散户看不到的买卖盘；K线图上关注的不是移动均线，而是设置为成本均线；密切观察的不是日K线，而是以分钟为单位的K线……如果说散户们试图从常规行情软件的默认设置中对机构望闻问切，想攻其不备；那么机构则通过专用行情软件的专业设置，给股市作血检、拍X光片、打B超、做CT和核磁共振，对症下单。盯盘从九点一刻股指期货开盘和股市集合竞价开始，主力准备开盘定势，是做盘的开始，散户参不参与都影响不了大势。这之后还要盯商品期货、债券、汇率、利率、恒生指数、重要基金、龙头个股等等，它们和股票均有千丝万缕的联系，普通散户通常不会看，也看不出其中的微妙关联。盯盘说轻松也轻松，只看个心电图；说复杂也复杂，需要读懂市场的脑电图。死盯记分牌的选手不可能是优秀选手，盯盘的最终目的就是掌握市场情绪为自己造势，达到想买的票做出可怕的样子让对手丢盔弃甲，想卖的票做出抢手的样子最终卖个高价。

　　牧典蓝坐在气势恢宏的电脑队列之前，观察盘口信息，学着一边盯盘，一边批量挂单、撤单、再挂、再撤、成交。要达到接到股票操作指令就迅速把股票的日线、周线、季线等趋势熟记于心，正式操作时视线不离分时图，用眼角余光盯紧挂单，观察买单实力以预测出货价，同时分析卖单量级以确定单笔出货量，不用再花时间去翻看K线图。在满堂噼里啪啦的敲击键盘声中，他有了操盘手的感觉。其实公司没有"操盘手"这一职务，标准称呼是"交易员"，口头上也称"下单员"。操盘手，只是招聘广告上的通俗说法，听起来威风些，好比招聘营销经理，其实就是招业务员。

　　试用阶段，不能管理基金产品，管理的是非阳光化的普通私募理财账户。牧典蓝凭着十万的风险金得到了一个一百零几万市值的股票账户，账户有名有姓，是普通的个人股票账户，属公司的"一对一"业务。账户有严格的操作限定：买卖的股票和价位、仓位必须在指令范围之内；如果多次不能完成指令任务，公司视情况缩减资金；有自由管理权限的资金，股票亏损达到6%，系统就会自动卖出，并冻结该账户，当天不能再进行操作；未按指令操作导致的亏损由风险金、工资奖金承担，当这些都承担不了将面临辞退。其他纪律与正式交易员一视同仁，包括上班必须上缴手机，上网不能与外界联系，不能登录网站擅自发布任何信息，交易员之间不能谈论交易详情以及收入待遇，不能对外透露公司任何交易信息等等。严明的纪律还在于交易员无论能不能理解操盘室下达的指令，必须按指令完成，不得问为什么。至于"老鼠仓"，也就是看见公司持有某只股票，自己就通过各种途径偷偷也买入，无论谁，无论仓位多少，无论是否盈利，一律辞退，已经有五位职员丢下风险金离开了公司。风光总在险峰，苛刻要求的背后是金光闪闪的奖励：每月圆满完成指令方能按管理资金的多少得到相应的目标奖，并增加资金的管理额度；表现突出者能得到一部分自由管理资金的权限，按盈利进行提成；推销公司的各类理财产品有不同比例提成……

牧典蓝很快喜欢起这个高风险、高挑战、高收益的行业，对沪泰公司有些一见钟情。

沪泰公司位于上海浦东新区聚凯商务大厦第十八层，已有六年多的历史，注册资本三千万元，主要发行两大系列的阳光私募基金：非结构化的"泰鸿"，结构化的"泰恒成长"，阳光基金总规模十三亿。此外，还有小规模的非阳光化的证券、期货、期权理财产品。

公司标识是外圆内方的铜钱，铜钱无处不在：客服大厅前台墙上、电脑桌面上、纸水杯上、宣传资料上、信笺纸上……标识的原形来自于二龙戏珠大瓷盘，这只口径有一尺多的大盘放置在客服大厅前台墙边的陈列柜顶层。二龙变形为圆形的"H"，珠子变形为圆心中的"T"。据说，这只盘子是公司开业时卢董事长的朋友送的大礼，有操盘之意，是公司的风水宝物。

公司设有办公室、财务室、市场部、客服部和交易部五大部室，不到三十人。女职员身着深紫色的裙装，男职员身着金利来牌子的黑西装红领带。公司高管共有五人，都有令人瞠目的工作经历和业绩。

董事长卢加兴，兼任总经理，出身于新闻专业，做过广州电视经济栏目制片人。他与券商、证券研究所、基金公司以及多家上市公司的高层有着良好的关系。他创立了沪泰公司，陆续发行了阳光化基金"泰鸿"第壹、贰、叁号，"泰恒成长"第一期、第二期，在私募界小有名气。不过，他太忙，无暇进入交易大厅，牧典蓝只闻其名未见其人。

面试那天的李总监，叫李舍，是副董事长兼投资总监，负责策划战略性投资和基金产品设计。他声如洪钟，体型魁梧，有点秃顶，眼镜后面有着浓眉大眼，左手戴有银色钻石手表，右手戴有金丝楠木手串。他经常在外地做调研，也会来交易大厅转转。他是 RCA 注册特许分析师和 CFA 注册金融分析师，曾在公募公司任过总裁助理等职，独立管理公募基金有三十亿元。

面试那天的沈经理，叫沈奇，是副总经理，也是公司所有基金产品的基金经理。他骨感的脸上一大片络腮胡青让那对单眼皮多了男人气度，那头打理得像新郎官的高耸头发，掩饰不了头发的稀疏，他左手上的黑色机械手表散发着力度，颈上有条观音黄金项链。他重点管理基金产品和交易员，是试用交易员的操盘教练。他并不在交易大厅操盘，通常和另三位助理在走廊更深处的独立操盘室操作。他和李含一样，谈起股市来喜欢夹带英文；他和李含最不同的是在晨会和小结会上喜欢拿女人打比方谈股市，见股票如同见美女。他有管理学和经济学双学士学位，曾在北京、深圳、上海从事了十多年的股票、期货、外汇、债券等交易，独立管理公募基金有四十亿元。

还有姓孔的副董事长和姓周的副总经理，均是 CPA 注册会计师，据说他俩长年在外做调研，以避免上市公司财务造假和虚假经营造成投资失误。

牧典蓝所在的交易部分为交易大厅和操盘室两部分，交易员全是男人，大多数是关系户，知根知底；少数是"挖墙脚"引进的人才；公司基本不会要自己找上门来的交易员。大家习惯把交易大厅里的交易员叫下单员，把操盘室里的交易员叫主操盘手，以区分两类交易员的不同身份。

与牧典蓝一同进入试用期的田弥，比牧典蓝早三天通过面试，同时参加了自费培训，相互已经很熟悉。田弥中等个子、国字脸，眉宇间透着股机灵劲，开口说话就会扶下金边眼镜，一头泰迪犬似的天然卷发让他特别骄傲，自称每天会花一刻钟打理发型，外加洒点古龙香水。他是上海本地人，跟着父母住在徐汇区，刚毕业于金融专业，有上市公司证券部实习经历。他交纳的风险金有三十万，得到了一个三百万的资金账户。

午间休盘时，职员们在会议室隔壁的简易食堂吃午餐，有外卖专程送餐。交易员们往往保持沉默，似乎个个都没从早盘的搏杀中走出来。下午收盘后，交易员们会开个简短的小结会，会后大家才有些轻松的话题。牧典蓝才得知，公司这次公开招聘新手还是头一次，主要目的是为引进新生力量，强化激励机制，为公司扩大基金规模打基础。另一个目的很隐秘，那就是联金证券刚在上海新成立，与公司有合作，基金"泰恒成长第二期"就由这家券商进行托管并进行推销，公司通过招聘操盘手这一方式为联金证券做宣传、拉客户，加深两家公司的感情。

任何工作都不能忽视报酬，试用期基本工资三千，与其他资深交易员比起来，基本工资落差也就几千，真正的落差在各种业绩奖金上，等级严明，上不封顶。

眼前就有一笔业绩奖诱惑着牧典蓝，推销"泰恒成长第二期"。对私募公司来说，最愁的就是基金募资，尤其是在股市并不火爆的时期；即使股市火爆，要让投资人钟情于自己的基金产品，对其他公司的理财产品视而不见，也得费些力气和周折。交易员是股市中的"巧妇"，资金是"米"，巧妇不但要会做饭，还得去找做饭的米，交易员也就必须兼做推销员，推销一单会有提成，并计算业绩积分。牧典蓝人生地不熟，找谁推销去？栗天劲。栗天劲的家族以生意起家，整体都殷实，加之栗天劲校友多，校友的阔亲友总有几个，找到一个人申购基金应该不成问题。赵商这头不指望，同行相争啊！

推销不能赤裸裸，得披件华丽的外衣，办答谢宴最靠谱。好歹栗天劲厚着脸又找赵商借了十万，帮牧典蓝解决了风险金问题，不感谢一下这两位患难之交怎么好意思见人。

2

牧典蓝要办答谢宴，启动了推销"泰恒成长第二期"的程序。

栗天劲只要求吃必胜客，说是找同学要了两张八折的必胜客优惠券。赵商炒期货已不知肉味，对吃喝没了兴趣，三请不到。

吃什么不重要，重要的是来人，再找人申购基金产品。牧典蓝也有些食不知味了。

十月底，"泰恒成长第二期"开始了为期一个月的募资，这是公司封闭期最短的基金，三个月，规模三亿元，客户认购额一百万元起，预期年化收益率10%，无管理费。募资时间已近尾声，三亿资金还差一千余万的缺口，公司上下颇为紧张，一旦募资不足三亿，就会宣布发行失败。

　　股市仍不景气，私募基金重仓的多是小盘股，而今年跌得最多的正是小盘股，基金净值多数不乐观，清盘死亡的私募基金屡见不鲜。阳光私募基金没有独立的证券交易账户，通常借道信托公司的证券账户设立，由于发行规模小，发行成本比公募的开放式基金和封闭式基金、券商及银行的理财产品都高。加之阳光私募具有客户小众化、投资单一、受信托公司干预等天生特点，导致它在股市火爆之时可能比其他理财产品抢手，而在股市低迷时注定备受冷落。事实上股市火爆时，私募基金的销售也是冰火两重天，大家都追捧收益超高的明星私募去了，甚至认为自己炒股能赚更多什么基金都打不上眼。

　　"泰恒成长第二期"正是为迎合不乐观的市场而推出的，是封闭期极短、年化收益较高的结构化基金，也就是上海模式基金。这种基金的客户属优先受益人，沪泰公司会投入一定规模的自有资金作为客户的利益保障，类似于风险金，如果客户的收益出现负数，将用公司的资金进行弥补。当然，基金若有超额收益，沪泰公司就能优先享受超额盈利的权利。这种模式算是承诺保本，在市场行情不太好的情况下，比较受保守型的投资者青睐。

　　牧典蓝心中没底，不知谁会青睐这只基金。基金净值是扣除私募公司的浮动业绩报酬、固定管理费、交易佣金、托管费、律师顾问费等所得到的最后价值，差不多被层层盘剥了。即使基金的预期年化收益率10%，那不过是画在纸上的饼，并不是承诺，而是一种假设，供人望梅止渴。

　　必胜客生意兴隆，牧典蓝拿签排位才入了席。

　　身穿阿迪达斯的栗天劲赶过来，见到牧典蓝时坏笑了起来，头一次觉得牧典蓝帅过了自己。在栗天劲眼里，牧典蓝身穿有窟窿的汗布背心和张了口的运动鞋也正常，总是寒酸酸大咧咧的样子，这下黑西装红领带，精神抖擞，一本正经一表人才，大开眼界。他不无嫉妒地说："蓝子，你是请我吃饭，还是要和我比帅，还是要国际谈判！"

　　"试用期不发工作服，但必须穿着与工作服相近的外套。这套是从前当家教买的。"牧典蓝一边说一边在铁盘里切了切带有烤肉、水果和果酱的比萨饼，叉起了一块，藕断丝连。

　　"沪泰公司收你十万风险金，工作服也那么抠啊！这种视你为二等公民的公司，趁早闪人！"栗天劲用叉子击打着盛有比萨饼的铁盘说。他又指了指前边穿着工作服扫地的服务员，"士兵上战场，将军还给他披铠甲呢！你连这里的清洁工都不如，沪泰公司却肥得流油！"

"公司真有那么肥，就不会逼我出来找'米'了……我给你说的申购基金，有没有眉目？"牧典蓝才不关心服装的问题，为一套衣服"闪人"多么有骨气，再就职恐怕打断骨头都不行了。

"要在这最后一周拿出一百万现金来，亏你想得出！就是资产上亿的老板也缺少资金，他们的身价压在货上，或者在其他投资项目里，周转资金都很有限。你说拿出来就拿出来？你说给沪泰公司就给沪泰公司？不可能！"栗天劲漫不经心。

"你还没去试，怎么就断定不可能？"牧典蓝说着，从余光里注意到，旁边的双人餐桌上，有位戴着眼镜埋头读杂志的中年男人抬头看了他一眼。他回看了一眼，此人穿着挺拔的商务西装，相貌平平不失儒雅，头发浓密乌黑而偏短，有一头标准的 M 型发际线，带有"美男尖"，极像古装片里男侠客那种发际。他怀疑自己的声音大了，引来了人家的不满，就压低声音说，"先问栗叔叔试试，千万别让你爸知道与我有关。"

"休想！我爸不看好股市，更别说基金，我找他再要十万出来炒股，他都不给。亲戚就别指望了。沪泰公司自不量力，募集三个亿做什么啊，两个亿不就搞定了！"

"这是自我造血，不给自己多造血就会贫血。同样的盈利率，基金规模大一倍，提成总收入就高一倍，相当于原规模盈利率增一倍，任何基金公司都想做大规模，享受规模效益，公募基金动不动就上百亿，就是仰仗规模效益。"

"哼，再大的规模，得好处的都是公司，不是你我。你请我吃饭答谢，谢我就谢我，少来别的动机！"

"没动机，我拿什么来还你借我的那些钱？我也是想做好业绩，早日还账啊！"牧典蓝不罢休，除了栗天劲，没有谁是业绩的突破口。他顿了顿，"我想，他们不相信沪泰公司才说没钱，真若有个投资好项目，一下就会有钱。他们不相信你我推荐的好项目，可以查看我们公司的网站。我们公司的沈经理，是管理过数十亿公募基金的操盘手，在今年的熊市都保持稳健的收益，这才叫高手！沈经理为什么放弃公募做私募？因为私募规模小，进退自如，选股灵活，能把盈利做得更高。"

"我才不那样想。也许是那个沈经理水平不够，被公募踢出来了。"

"沈经理多年盈利保持在 8% 以上，利滚利的复利不得了！别以为那些某年盈利 20%，又某年盈利 10% 的基金经理就好，也许某年来个亏损 20%，就等于几年盈利都泡汤！"牧典蓝见栗天劲笑他自吹自擂，又说，"沪泰公司是受人敬仰的稳健型私募，今年这么熊，所有基金都盈利，厉害吧！"

"小盈利算老几？不如存银行省事。"

"我们公司曾获私募基金收益第一名！来试试。"牧典蓝说得理直气壮，底气全无。要论私募公司排名，沪泰公司排在并不夺目的位置。曾获私募基金收益第一确有其事，那是数年前的荣耀，那个水晶梭形奖杯放置在客服大厅陈列柜中的最底一层，被前台遮挡着，羞于见人。

"我们公司，我们公司，说得多亲热似的，你嫁给它了啊！"栗天劲揶揄道。

"我不把公司当家，公司更不可能把我当自家人。我不想基金发行失败。"

"你刚进入试用期，操这些心……"

"我要争取转正。没有业绩，凭什么转正？"

"连工作服也没权利穿，你还为这种公司卖命！"

"知道沪泰的工作服是什么牌子吗？金利来！公司没逼我消费金利来就不错了。没有业绩，休谈权利！人，生而平等，除非操盘手半数是男半数是女。"牧典蓝承认自己是公司里的二等公民，样样不能和其他正式交易员比，要从二等公民升级为一等公民，总得想些法子找好路子，"天劲，你可以东拼西凑借一百万，用你的名义开户，我能提成一万，一分不要，全给你。我只挣业绩积分，不至于当光头啊！"

"傻啊！我凑到一百万，才不买这基金，就交给你直接做股票。"栗天劲说。个人投资股票属直接投资股市，投资者如大海里的一叶孤舟，收益可能暂时乘风破浪，最终可能浪打船翻，风险极大；投资基金属间接投资股市，如坐上万吨巨轮在海上优哉游哉，收益可能低于个人投资股票，高于收益率固定的债券，风险说小不小说大不大。不同性格的投资者会选择不同风格的投资方式，栗天劲喜欢高风险高收益。

"你只需找七位亲友，一人十万，再加上你那股票资金，补上这个缺口坚持三个月就行，到时不满意就赎回。"

"我如果有能力买一只私募基金，就选明星基金。如果有能力买两只私募基金，最多给沪泰一半，另一半给明星基金，不会把鸡蛋放在一个篮子里。"

"你敢不看好我们公司！"

"比沪泰公司强的明星私募、明星基金那么多，凭什么只选沪泰，只选'泰恒成长'？"

"事实上明星基金像流星，上年业绩超好，第二年很难保持。你就要选尚未出头的潜力基金才好。你只需要参与三个月就可以出来，我们公司对风险把控很严，你的风险最坏能有多大？"牧典蓝说，他见栗天劲仍没钱，不甘心，"以往的基金，一年期才有两点的提成比例，这只基金三个月期限就提一个点子，提成相当于原来的两倍！是你发财的好机会！"

"股市不好沪泰好，'泰恒成长'堪比黄金，对吧？你呀，不适合做操盘手，应该做营销员。"

"我没营销员那样的口才，只有说服自己的本事，连你也说服不了。"牧典蓝见栗天劲依旧没有兴趣，有些失望，"我刚来公司，如果遇到基金功亏一篑发行失败，不是好兆头。公司红火，我才有前途。"

"皇帝不急，太监急。再大的口子，也是你们老总操心的事，凭他的关系网还愁找不到大客户？你螳臂当车，有什么用？"栗天劲吃得较快，早吃完了比萨，正吃烤肉，忽然有了个新点子，"你透露只坐庄票，我找人作交换，就把你的问题解决了。到时还可以给你单独拉客户来。"

"你在砸我饭碗！死心吧，你！"牧典蓝怎敢违规。他也好奇公司在坐什么庄，但从下达的指令中丝毫看不出公司在坐什么庄，亏着卖都是常有的事。

"假正经！我有天大的本事，也难给你助劲了！你也死心吧！"栗天劲打消了念头，又问，"哎，蓝子，这个月学到了什么秘笈？"

"就学会了守规矩，不得越雷池半步。"牧典蓝嚼着比萨味同嚼蜡。

栗天劲把刀叉往盘中一扔，脸色陡然变坏："牧典蓝，又来问牛答马搪塞我？"

"公司让我做什么，我就做什么，木偶人一样，没你想象的那么多故事情节。天劲，我姓牧，牛和文的组合，文静的牛，是一条安贫乐道的牛，你别把我想象成飞黄腾达的龙，几天就成了股神。"牧典蓝也放下了刀叉。

"我就不信，你实盘这么久没学到什么经验。"

"我连基金账户是个什么样子都还没见着，就别提什么经验了。"

"借口！需要我时，你就想起我，利用我。对我有点价值的东西，你就把我一脚踹开，独享！"

"你怎么说我都行，我决不说一句损你的话。我把你的账户管好，就对得起你，对得起我。"

"当初你是怎么说的？一个人学，两个人用！"

"任何理论在市场面前都不堪一击，说不清的。如果能说清，公司就能把收益想做多高就做多高，还用愁着筹资吗？"

"一条理论也不说？"

"知道江恩吗？"

"哪家私募的操盘手？"

牧典蓝噗嗤一笑："威廉·江恩，他是二十世纪初期华尔街最著名的股市和期货投资家，曾净赚五个亿，美元，创造了江恩理论，被好多人奉为圣典。最后呢，他穷困潦倒，靠卖他出的书谋生。我想，也许就是江恩理论害了他，让他产生了惯性思维。"

栗天劲用纸巾抹了抹嘴，把纸扔到桌上，掏出手机瞥了眼时间："别想用一个例子打发我，不说拉倒。不奉陪了！基金的事，别来利用我，我还没那么大的能量。"

牧典蓝见他提前要走，指了指桌上还剩的菜："我请你，你就这态度？"

"你时间那么紧，我哪敢耽搁你！"

"下次不会请你了。"

"不请正好，我可以省些车费炒股。"栗天劲没开始那么严肃了，暗笑了一下，"我有要事在身，得去拜见一个人，是海运公司人力部的。他十点后到达机场，有朋友带我去接。"

"你这专业，去海运公司？"

"我这专业像馒头一样普通，找不到好的对口单位。听说这家公司还行，叫顺帆海运股份有限公司。"栗天劲站起来理了理衣裳，整理了一下头发，准备出发，"今晚本来找你商量实习的事，你却给我谈基金。上回找你谈操盘秘笈，你给我谈信用卡，我们谈不拢了！蓝子，我还是我，你已经不是你，有心计、有目的了，吃个饭也有目的性，没意思！与资金打交道的人，最容易变，赵商就变了，眼发金光，认钱不认人，不给我做。不知你会不会变成他那样子！"

"你这急功近利的样子，一口想吃个大胖子，才不是从前的你了，没人敢给你做。"牧典蓝说。沪泰公司不许交易员上班时间管理与公司无关的账户，牧典蓝就给栗天劲买入的长线股票，省时省心，需要交易时就在家做好止损或者止盈委托，让账户自动完成交易。栗天劲嫌长线收益太慢，想让可以上班做"私活"的赵商代管账户，但赵商不接百万以下的小账户，说是钱少的人事多。

"切，还贼喊捉贼了！商人重利轻友情，你也上这条贼船了！"栗天劲拍拍衣服走了。

牧典蓝失意地靠到椅子上，注意到，旁边那位读杂志的中年男人不知何时换成了正在玩手机的妙龄女郎。

3

基金募资不是一吹就升起的氢气球，而是一吹就破的肥皂泡。牧典蓝一无所获地穿过一条枯叶飘飞的小道，从热闹红火的必胜客走到了昏暗零乱的合租房，从软餐椅坐到了硬床边，从幻想回到了现实。

合租屋依旧响着翻唱的老歌，发出不伦不类的声音，为牧典蓝搅拌着黏稠的苦闷。没有房子，有租金、有押金；没有业绩，有负债、有任务；没有恋人，没有亲人，连朋友也快失去了。他焦躁难安，又无处倾诉，就搜索出"华年美文网"，想在这里写点心情文字，释放心头的烦闷。

噫，变了！华年网有了标识，是"华"字首位大写字母"H"的变形，整体意象似展翅红蝶。网站多了个性化设置，整体风格仍是清新简约淡雅唯美，没有露骨标题，没有丝毫商业广告。首页不再是长长一大版能铺到脚背那么长，页面短了一大半，清新如故、简约更甚。四个多月没关注它，如隔四秋。牧典蓝点开首页一张注有"三周年，一起走过的日子"的图片，才明白网站近期在开展三周年庆祝活动，今晚在笔友倾杯开的醉美酒吧举办庆祝会。

在沪泰公司面试时，牧典蓝自称"在成都一家网络公司工作"，指的就是这家网站。事实上这家网站在上海，并非在成都，它是一家文学网站。他在网站只是个兼职义务小编辑，并非正式职员，如论坛义务版主；他做兼职的时间也很短，四个多月。不过网站给他留下了美好印象，今晚他就念起了它。

说起来，牧典蓝与华年网的缘分能追溯到一年多前。

去年春节，牧典蓝离家出走去了成都，有晚他去网吧查找招聘信息，并在一家大型综合门户网开通了博客。他用"今愁"为笔名和博客名，在博客上狂写对梁昀挥之不去的思念，让那些带泪的文字成为漂流瓶，被陌生人打捞起来，而不是被朋友们围观。他幻想着日志被转发，转发，转发到梁昀眼前让她回心转意。幻想终究是幻想，如同成都的惊雷不能幻想被利音人听见，日志点击量不过一二十，他不在乎，只管埋头而写，写出不敢说出的话。有位网名叫"悦海女神"的女子在几篇文字后均有留言，是一段慰藉的话，虽不能解他烦忧，但他知道了漂流瓶被谁打捞上岸。悦海女神的博客日志则是一张或者一组唯美的图片配上几句诗意文字，每篇浏览量基本上千，留言量多则上百，颇有些人气。

今年春节，牧典蓝又写了篇日志祭奠那份初恋，悦海女神的留言变成了"欢迎到我的华年美文网安家，请百度！"作为回报，他把"今愁"博客通过华年网的"文字类日志自动搬家"功能搬到这家新网站。此时的他在成都任私人全职家教，有些上网时间，见网站招募兼职编辑，也就是不拿工资的编辑，就报了名以积累工作经验，轻松成了兼职编辑，负责杂文类的审核。通过编辑群，他才知道她以前的网站是个人网站"华年精品文库"，网站升级成经营性质的"华年美文网"后，她就邀请写手们去她的网站安家，他是受邀者之一。

牧典蓝当家教辅导的学生叫欧帝，是位读小学六年级、家住别墅的小公子。有天下午，牧典蓝照例趁欧帝在校上课的时间去网吧研究股票，满屏的绿色数字和向下垂着的各类均线让他为被套的资金愁死了。准备去接快放学的欧帝前，他瞟了一眼华年网的编辑管理后台，有位写手在两小时前一口气上传了二十多篇杂文待审。按规定，每篇文章要"三审"，一审有无违规内容，二审是否网络抄袭文，三审内容、排版、标点有无明显错误，最后还要写点编者按。这些程序下来，要审完这么多文章已经来不及。另两位杂文编辑没在线，他晚上不能上网，想起

上卷

作者等了两小时仍未通过审核肯定急了，他就扫视了前六篇，内容没有问题，排版很规范，估计作者是熟手应该没有原则问题，就让杂文批量通过审核正式发布。他给另两位杂文编辑留言，请他们复审一下，并补上编者按。

牧典蓝第二天再上网，发现编辑后台正对他进行通报批评——他审核的文章没有编者按，有用怪字符号写作现象，有三篇稿子有抄袭网络文之嫌，批量通过同一作者的作品导致网站首页出现大面积该作者的文章本应错开时间让其发布。另两位编辑根本没看到他的提醒留言，一位请了假，一位辞了职。悦海女神在QQ上找到他，问他为什么顶风犯错？他解释说作者发布稿件后希望马上看到效果，排版和编者按之类对作者倒在其次，稿子太多，只有抢速度。她却说网站不只是给作者看的，更是给读者看的，错误层出的网站，和盗版网站有什么差别？他自知理亏，觉得她好厉害。

五一期间，欧帝顺利通过了成都私立名校的小升初选拔，考入七年级实验班，还得在原校读完小学。牧典蓝并未因此轻松，麻烦接踵而至：他的股票深套，爷爷因前列腺增生并发尿潴留到成都住院，医药费弄得他方寸大乱。

欧帝的母亲叫池墨，看上去比实际年龄年轻，牧典蓝称她为"墨姐"，是位个头中等、世界名牌加身、驾驶白色宝马车、热衷聚会的富姐。牧典蓝深受池墨母子信任，为了筹集医药费，他向池墨借钱，又向欧帝借钱，遭到池墨误解并被辞退。他辞去兼职编辑准备去谋新的工作，辞职的理由是"失忆的爷爷重病住院，我已失业"。两天后，他意外地得到总编未艾的通知，华年网编辑们给他爷爷募捐了近两千元！感激之中，他有了到华年网去工作的念头，私下问了未艾，方知网站暂不招正式编辑。他只好作罢，给网站的最后一条留言是："我会来华年网报答大家，谢谢你们！我爱你们！"

发出这条留言时，牧典蓝已经斩仓卖出了全部股票，亏损率达百分之八十，四万多的本金到手不到一万。他弃学出走后与家人失去了联系，得到栗天劲捎来"爷爷住院"的消息后，才在华西医院现了身，见到了父亲、爷爷和婆婆。他的窘迫潦倒招来父亲的不断盘问和挖苦，他无脸与父亲相对，声称今后不会要家人一分钱，等到把家人送上回利音的火车后，就只身逃往上海求助栗天劲。

眼前，华年网在欢庆中，牧典蓝还无力回报那些感动过他的编辑们，也不打算加入他们的热闹，但他有写东西的冲动。他登录"今愁"，飞速写了几段想说给栗天劲的话，关于感激，关于情义，关于理解，关于奋斗，洋洋洒洒千余字，五分钟搞定。

稿子写完，提交待审。等牧典蓝倒了杯温水过来，稿子已经通过审核发布出来，配有简短的编者按，编辑是雁如。

心里的话一吐为快，那些苦闷如坚冰化成杯中水一饮而尽，牧典蓝心情畅快了点，转念为自己考虑起来。股市整体上还熊着，熊过之后就是牛，没有大牛也有小牛，依他对股市和基金越来越透彻地了解，未来并不那么悲观。他有了朦胧的人生规划，靠指令去操盘难有出头之日，那么就发展自己的客户，如果他做不出沪泰公司想要的高业绩，得不到公司的诱人奖金，可以像赵商那样私下做点业务赚点外快。

牧典蓝来上海后不再登录自己的QQ号，那上面没有想说话的人，也没有靠它去做的事，但这个号码里他寄出过很多封电子邮件，也等待过一个从不愿来的人，他割舍不了。此时此刻，他想起了这个生了锈的号码，如同怀念起很久没浏览过的华年网。他要让垂死的号码复活过来，成为业务热线。他登录，要用新的网名打造一个品牌，为未来作铺垫。刚一上线，"滴滴"声转来，有一条六月份发来的留言，是总编未艾的，前一句问候他爷爷，后一句是未艾的新作品链接。他再一看，华年网编辑群已经把他清退出来，从前加为好友的几位编辑消失掉了，悦海女神还在，安静着。

上面的好友共有二十余位，基本是些同学，基本都灰着，没一个想聊的人，也没谁找他聊过，不知谁曾想起过他，这些一直安静着的同学头像让他哀伤。他自认为是个积极而勤学的人，是与人为善并知礼节的人，是勤于为室友打开水并肯与大家分享一个脐橙的人，曾经也是主动向同学们逐一发短信、发电子贺卡问候的人，差不多算是个完美的人。这些都换不来别人的衷心喜欢，这一两年，他经历了大风大浪，他没有把遭遇告诉过这些同学，他们也就没来问过他的情况，好像把他完全忘记了，他不明白自己的人缘为何如此乏善可陈。想起栗天劲的一句话，他又释然了。毛病多人缘也多的栗天劲就曾对他说过："别以为我朋友一大箩筐，真若要挑出个想说心里话的人，只有你勉强算一个！赵商都算不上，他睡觉都在盘算做梦的成本与收益！"

牧典蓝开始清理同学，把死寂的同学打入黑名单，留下栗天劲。栗天劲不把

上卷

QQ作为交流工具，只是游戏工具，牧典蓝在上海找工作那些日子，用的正是栗天劲的QQ号。编辑这头，未艾、雁如和另两位编辑进入了黑名单。在点到"悦海女神"时，她个性签名中的华年网网址让他踌躇了：不是说要回报华年网吗，留下她吧！虽然那次被她批评了一通后，他们之间就没说过话。

只剩下两位好友，没人在线，仿佛网络之上，他一个人在主演，没有配角，也没有观众。

牧典蓝把网名"今愁"改成了"金筹"，同时创建自己的股票群"金色蓝筹"发展客户。他不想"愁"下去了，像林妹妹一样爱发愁的男人他也讨厌。他想，身体的痛苦、心里的痛苦、生存的痛苦都经历过，领过贫困生慰问金也得到过状元奖学金，睡过火车站也住过大别墅，得意得上过天也失意得想跳河，上得了天堂下得了地狱，没有什么能愁倒他，他已经超脱了。

飞快，几家知名的财经博客上诞生了"操盘手金筹"。牧典蓝以上海操盘手的身份在博客里留下了业务联系方式，发布了同样一篇股评日志。他特意用股评的方式推荐了"马诚实业"，有马到成功之意。评一只股票的好坏就像开展辩论赛，很多时候可以正说，也可以反说，当时间无限延长，正说反说都有理，关键是说的时候，你愿意站在正方还是反方。这是一种温和的洗脑术，大家欣然接受，如同庄家向股民灌输"牛市""熊市"思维，说"牛市"之时是为了刺激股民大胆进入以方便高价出货，说"熊市"之时候却在暗中扫货，等待下一轮牛起来。

牧典蓝也曾相信分析师推荐的股票，惨亏。浅显的道理好比有人说启明星要从那山头升起，散户要从这山头奔向那山头，一路上不知在哪里当直行、在哪里当转弯，当然不是碰壁就是坠崖。深层的道理也浅显，最核心的分析是分析师的身价，是用巨大的成本换来的，是商业机密，机构得拿重金去换，散户凭什么得到？当分析师们免费发布分析意见时，听众得掂量掂量免费午餐当不当吃，当怎么去吃。分析师若看好市盈率上百的股票，他不过是个捐客。

牧典蓝还曾相信上市公司披露出来的财务报表，现在不会全信。报表数据就像搭积木一样可以调整，高低皆可。吸筹期可以将某些损益一个季度提完，或将后面数年的费用半年摊完，报表亏损得非常难看；出货期基本把后面几年的损益或者费用都提前摊完，报表不大幅盈利才怪。

股市这个战场，没人愿意被对手看透。信别人，不如强自己。

4

男人玩QQ空间就像玩布绒玩具一样娘们。这是牧典蓝从前的观点。

男人玩任何空间都能玩出专业级水平。这是牧典蓝现在的观念。

"金色蓝筹"QQ空间诞生了,是牧典蓝股票群的配套设施。他在里面多增加了一项日志分类"技巧不巧",也就是复制粘贴了一些所谓的看盘技巧以吸引来客,但是来客相信了技巧就不会请他代炒,他就在技巧之后又用一个例子证明相信技巧的风险,意在强调信技巧不如信他。

牧典蓝准备加入其他股票群,主动出击拉些网友进入自己的群,注意到悦海女神的QQ头像不知什么时候亮了起来,是华年网的蝴蝶标识。

"晚上好!"牧典蓝夷由了一下,就向她发过去一句话。网站的编辑习惯称总编未艾为"老大",称悦海女神为"女神"和"大大"。牧典蓝不愿称她为"女神",梁昀才是他心中的女神。他也不能称她为"大大",这在家乡利音一带有"大姑"的意思。她是网络文学公司的负责人,称她为经理吧,叫不出口。大型网站也有称CEO的,用在她身上有拉大旗作虎皮之感。网站负责人称"站长"吧,这个称谓太硬,他老联想到供应站、火车站什么的。称她为"美女"吧,太不庄重,好歹她算是头儿。对她的称呼真是考倒牧典蓝了,他干脆什么也不称呼。

悦海女神发来微笑的表情:"好久不见,你爷爷可安好?"

"爷爷还好,谢谢关心!庆祝晚会结束了吗?"牧典蓝回复道,聊天面板上显示着他的新网名,金筹,头像是头卡通牛。他的爷爷曾是乡里最好的木匠,年轻时修缮乡里那座古寺,有些名望;老家那座川东木质民居三合大院,冬暖夏凉,是爷爷当年的新房,也是牧典蓝父母安家的地方,家里的家具不用一颗钉子至今还美观牢实。在牧典蓝高一下半学期,爷爷摔了个跟头伤了头部,开始失忆。上半年爷爷在成都住院,已经完全不认识家人,却老念叨着老家的老屋,天天催着回乡下。

悦海女神:"没有,我先回了。才读到你的日志,你来上海了?"

牧典蓝意识到她浏览到自己的日志了。他在文中用浑黄的黄浦江形容糟糕的心情，她既然读出来，也不想隐瞒："是的，我有同学在上海。"

悦海女神："你改做股票了？"

牧典蓝在文中用"崩盘"形容兄弟情义的恶化，用"套牢"形容他全心投入事业，用"联合炒作"去形容共同奋斗……她总能读出文字中隐含的一些内容，他就调侃道："知我者，非你莫属也。"

悦海女神："做操盘手？"

牧典蓝并没在文中提及操盘手，不知道她是怎么知道的，就发了个惊恐的表情："你什么都知道啊？"

悦海女神："满街都在招操盘手，和招水电工差不多了。"

牧典蓝说："我不是操盘手，是键盘手。"

悦海女神："你改名金筹，比今愁少了忧郁。但今天这篇好像又在犯愁，因为那位同学？"

"嗯。"牧典蓝有了新的想法：自己闷气已消，如果栗天劲的怨气也消了，自己的文字还大模大样地摆在那里，要记恨一辈子似的，自己岂不成了斤斤计较的小男人？他越想越不妥，删除了那篇日志，转过话题问道："网站改版了？是为庆祝三周年吗？"

悦海女神："改版两个月了。如果知道你在上海，一定请你参加庆祝会。"

牧典蓝说："送上我迟到的祝福吧：愿它成为文学爱好者的后花园！"

悦海女神又来个微笑："谢谢！"

牧典蓝问："分享一下庆祝会的照片行吗？"

三张在酒吧聚会的清晰大图随即用截图的方式发来：有二三十人参加了聚会，有位瘦高、戴着黑边眼镜、眉毛呈八字、脸带愁苦之容的人一眼就认出，那是总编未艾。牧典蓝没有找到和悦海女神博客头像相似的人，问道："哪位是你？"

悦海女神："没我，我在拍照。"

牧典蓝说："三周年庆，没你就没有了灵魂人物。发张有你的好吗？"

悦海女神又发来一张合影照："这是网站人员在网站楼下的合影。"

照片里，两男三女在一座老式的上海石库门民居楼下做着五花八门的动作，身后有水泥洗衣台、破旧自行车、搪瓷花盆，还有晾着的衣服和裤子，环境和牧典蓝所住的小巷差不多。第一排中间的那位身着豹纹风衣、披着秀发、笑意甜美的女子聚焦了牧典蓝的目光，她不是博客头像中的那位大眼小嘴美人，却是另一个熟悉的人。

牧典蓝惊诧得捂住嘴"啊——"地叫了一声，差点从座位上弹起来，他激动地敲击着键盘说："中间那位风姿卓绝的小豹子就是你吧？"

悦海女神发了个调皮的表情："编辑群有了新规，新来的编辑必须曝名曝照，你以前没有曝照，现在补上一个。"

"我不喜欢照相，没有数码照和视频，不骗你。"牧典蓝说。他见她迟迟不说话，不知是因她在忙，还是有了不满，就说，"过两天补上吧，以示平等。"

悦海女神不再搭理他。

牧典蓝不想被误解："其实，你见过我，一个多月前，我在易品城珠宝收银台看着你刷信用卡，你穿着紫红色的盘扣裙子。想起了吗？"

悦海女神隔了一会儿发来惊恐的表情："去年五月，你是不是去过峨眉山？"

牧典蓝去年曾去过峨眉山，打算出家，在山上遇见过她，不过后来改变了出家的主意。他笑了："你还记得？易品城那次我就觉得你好眼熟，没想起。这张照片让我想起了，你就是峨眉山上那个摄影人。你变得我都不认识了。"

悦海女神回复了个抹汗的表情："我的天！"

牧典蓝发了一个太阳的表情，又发了一支玫瑰："真不敢相信，在上海还能遇到你。"

悦海女神："你怎么想到出家呢？"

牧典蓝说："不说这个好吗？"

悦海女神发了个疑问的表情："你把刚才那篇日志删了？"

牧典蓝说："写埋怨朋友的话不好。"

悦海女神："雁如还专门给你配了编者按。她还在参加聚会，可能是抽空用笔记本给你写的。"

雁如是兼职副总编，主管兼职编辑，牧典蓝不知她究竟什么模样，就把照片作了对比，注意到一位穿着比较贵气、脂粉味较浓的盘发女人，但是有悦海女神的那张并没有这个女人。他就问："雁如是穿皮草的那位吗？"

悦海女神："你怎么知道？"

牧典蓝说："外出玩耍也带笔记本的人通常比较富有，穿皮草的也差不多。"

上卷

悦海女神："你认为穿皮草的就比穿棉布的富有？"

牧典蓝说："我只想知道雁如这个人，我猜对了吗？"

悦海女神发来一个"赞"字。

牧典蓝想起她在山上穿着果绿色棉质休闲装，又说："雁如这样富有的人，千里迢迢为你的网站庆祝会而来，你应该比她还富有，所谓客走旺家门。我只认衣冠不认人是吧，还是你说得对，穿皮草的雁如未必有穿棉布的你富有。"

悦海女神："你认为雁如是为我的网站而来？"

牧典蓝说："怎么，我又说错了？"

悦海女神："算你对吧。我要休息了，有空再聊。"

"认识你这么久，能告诉下你的芳名吗？我叫牧典蓝。"牧典蓝并不知道她的真名，编辑之间只用网名。

悦海女神："我叫舒茗悦。"

牧典蓝说："好喜悦的名字。我今日愁，你明（茗）日悦，但愿不是死对头。"

悦海女神："你打字眨眼就是一句，以前没这么快吧？"

"人是会变的，如同去年你的短发变成了现在的长发。晚安吧！"牧典蓝带着得意笑了，舒茗悦的打字速度相当快，在他面前则是小巫见大巫。他出身计算机专业，打字速度是专业级的快，当兼职编辑挨她批评那回，他是一边看股票一边回她的话，并不快，现在作为操盘手打字速度更要达到别人把下单指令口头说完他就能下单的程度。

舒茗悦下线了。牧典蓝并无睡意，第一次踏入了她的QQ空间。

这个空间名是"阳春白雪，和者日众"。里面没有心情日志，有数十个相册，从相册的封面和名称看，尽是风景静物类摄影。他首先点开《峨眉烟雨》，里面只有十五张图片。有数张雾蒙蒙如水墨画的雨中峨眉，这是他很熟悉的风景。有张照片是只枯叶蝶停在树干上的高清晰特写，头朝下尾朝上，四周的景物已经虚化。正是在这片"枯叶"的旁边，他和她相遇了……这只枯叶蝶当初在他眼里就是片枯叶，看得并不真切；镜头下的枯叶仿佛停在他鼻尖，他看清了，那就是只聪明的蝴蝶，正狡猾地盯着他，并嘲笑他被骗了。他突然明白了，她从前那些博客日志所配的图片并非是网络图片，而是她的原创摄影。暗自惊叹的他思潮暗涌，良久，他为这张照片留了言，也是第一次为她的作品留言："忘不了这只虽然飞

| 37 |

掉了，却被你定格的枯叶蝶。蝶成枯叶，是为等待阳光；枯叶化蝶，是为那骄傲地飞行。"

窗外寒风起，云里凉月藏，本是个枯叶横飞的苦闷夜晚，却因遇见这位熟悉而陌生的女子，季节转换到春夏之交，枯叶化蝶满天舞了。牧典蓝感慨着倒在床头，梦的窗帘拉开，他在半梦半醒间回到了雾中的峨眉山，遇见了山上的舒茗悦……

5

有的事一辈子都会想起，一辈子都会梦见，却一辈子不会提起。牧典蓝对峨眉山之行绝口不提，舒茗悦也知道一些。

去年五一前，牧典蓝放弃大二学业，离家出走近三个月，在成都没有找到能谋生的工作，却被夺魁教育培训中心给欺骗了一场。他把汽车站和火车站当旅馆熬了一天又一天，只觉心比天高命比纸薄，找不到一条出路，连回家都没有脸。有天，他见到广场上LED广告屏里播放着峨眉山宣传片，灵光突闪，毅然决定去峨眉山，皈依佛门，要告别与他格格不入的尘世，成为一个没有爱，没有恨，不被衣食住行所困扰的人。

峨眉山进入了旅游黄金期，山脚下车水马龙游人如织，走路都要撞到人，不是清静之地。牧典蓝不知到底怎么去出家才不被游人围着当新闻看，也希望用自己的方式出家，就渴望来场大雨，冲散游人的观光兴致，让自己在天地间接受洗礼，洗去凡尘污秽，步入佛教圣地，去寻找一位庙堂老僧收他为徒，剃去三千烦恼丝。

牧典蓝在山下一家便宜的小客栈住下来等大雨，房间里一股霉味，这里其实经常有雨，很潮湿。他凡根未净，无聊至极，见客栈门外的电线杆上有些办证广告、求子广告、性病广告之类，就到杂货铺找来毛边纸和墨汁，用毛笔行楷写了一张没有标题的大字报盖住了那些广告。上面写着："愿逢有意出家之人，雨天同登峨眉修行，我在此店109房恭候有缘人。此文在，我就在；字迹灭，我出行。"

那天下午，牧典蓝在客栈附近的西南交通大学峨眉校区里转悠了一转出来，想起自己失去的大学和上海交大的栗天劲，烦躁而惶恐，就在街边的小摊上花了

上卷

一百零八元买了串开过光的檀香佛珠，心事重重地回来，漫无目的地倒在床头翻开一本佛教书打发时间。他的心情糟透了，因为客栈门口的摊主刚耻笑他"遭烧了"，也就是被坑了，说是他那条佛珠最多值五十元，同样开过光。他为那被"烧"的几十元钱心痛不已，直恨摊主心太黑，多赚他十元可以，怎么能多赚一条佛珠的钱，尤其是在这本应有慈悲之心的佛教圣地！

三声敲门声传来。牧典蓝以为是同宿舍的旅客回来了，开门，来者竟是两位学生模样的女子，均穿着果绿色棉质休闲运动装，理着短发，像对姐妹，却又不似孪生，连表情也井水不犯河水。一位冷艳逼人，低眉顺眼，哀愁写面，心思沉沉；一位明眸善睐，理着短碎的头发犹如假小子，直管朝屋内扫视着，像在寻什么人。这位假小子正是悦海女神舒茗悦。

"109号，店门外那张毛笔广告是谁写的？"舒茗悦见屋里只有牧典蓝一人，打量了他一眼，疑惑地用普通话问，听他回答了声"是我写的"，她讶异道："啊！你——想出家？"

牧典蓝"嗯"了一声。

"你这么帅也想出家？"

"唐僧也很帅。"

"你这么幽默，哪儿像？"

"像的该是什么样？"

"比如她这样，人未老，心先衰的。"

牧典蓝暗想：这么漂亮的美女出家，好可惜！就故作深沉地说："佛教属于有信仰的人，不属于心衰的人。"

"你有信仰怎么不直接去拜佛，躲在这旮旯里等人一起出家做什么？"

"现在是游客拜佛的时候。"牧典蓝狡辩道。

"我来说正事。才欣赏了你的广告，我想为她找位有缘人。她正想出家呢，有个伴儿不孤单，我就拉她来找你。"舒茗悦说，见他狐疑着，又问，"怎么样？"

"我忘记写一条了：只限男性。现在口头补上。"牧典蓝冷冷地说。

"又不是招聘，还分男女？挑三拣四的，还想出家？"舒茗悦争辩道。

"这里没有尼姑庵！"牧典蓝不相信那女子真要出家，估计她们是好奇而来。

"芸儿，听到没，没得地方收留你！"舒茗悦扭头对那位发愁的女子说，开

39

始的普通话突地变成了四川话。牧典蓝差点笑起来，两个会说四川话的人竟然在四川憋着普通话。

那位叫芸儿的嘟哝着，用四川话说："有，在伏虎寺，那里收女的。他是男生，我们走。"

舒茗悦用四川话说："你嫌他是男的，他嫌你是女的，都没有看破红尘，都是凡胎一个！"

芸儿拉了拉舒茗悦："走吧，你折腾我！"

舒茗悦又改用普通话对牧典蓝说："你没脱离世俗，我去帮你把广告拆掉，免得误人！"

牧典蓝火了，仍用普通话回道："你敢！"

"出家人还发脾气啊！"舒茗悦带着讥讽地一笑，拉起芸儿转身而去，并说起了四川话，"你们都没放下，还出家，给我老老实实回家！"

当晚，下起了大雨，牧典蓝认为佛祖在通知他出家时辰已到。天亮后，还有小雨，一张峨眉山旅游示意图为他指明了大体的行走路线。他退了房，寄存了行李，身穿夹克，披着蓝色雨衣，颈挂那串有一百零八个佛像的檀香佛珠，背着一个小背包，出发了。他要去寻找有缘的寺庙。

山脚下的报国寺人头攒动，过了伏虎寺后，山路上少有游人。雨天的大雾把整个山道封得严严实实，近处能见隐约如剪影如水墨画般的树，远方只有白雾一片，似乎路的尽头就在前面。牧典蓝看那些寺庙，也看路边闲亭，看那些牌匾，也看楹联，指望从中寻到有感觉的佛地。走过静谧的双桥清音，路过一群游人驻足玩耍的生态猴区，雨渐渐停了，树上滴落的大水滴打在雨衣上和石梯上，是清脆的叹息。

牧典蓝走累了，也饿了，就坐在路边一条湿漉漉的石凳上，从背包里拿出牛奶、馒头和鸡蛋吃起来。有六人说说笑笑上山而来，或打雨伞或穿雨衣，或说普通话或说四川话。他啃着馒头向旁边的树林张望，不想被游客注意吃相。

离路边有一米来远的松树杆上，刀片似的插着一片泥巴色的枯叶，牧典蓝盯着它有些奇怪：这个季节满山葱绿，哪里飞来如此平展的一片枯叶？它没有叶落归根，是不是有心思未了，不甘化身成泥……

"枯叶蝶！嘘——，你们别动！"有女子的声音轻若柔羽。随即传来"咔嚓、咔嚓"几声拍照声。

枯叶蝶是稀有蝶类，牧典蓝从没亲眼见过。他见一位穿红雨衣的女子把一个宽宽的相机贴在脸前，保鲜膜包裹着的长长的镜头对准了那片枯叶，就仔细辨识了枯叶一眼。那枯叶脉路清晰，有叶尖，有叶蒂，叶子中间还有裂痕，怎么看都是枯叶，怎么可能是蝴蝶！

"哪儿啊？枯叶蝶在哪儿？"有女声问。

"雨天的蝴蝶都在躲雨，它居然躲在这里！"女子调整着镜头轻声说。

大家这才发现那片古怪的枯叶，轻声惊叹起来，有人说："捉住它，去做标本。"

"死的永远没活的好看。别靠近了！"女子说着，把相机从脸前移开，蹑手蹑脚地接近那片枯叶。

拍照的原来是客栈里遇到的舒茗悦！

"要不要微距镜头？"另一位穿着红雨衣并撑着伞的女子低声问，她就是在山下要出家的那位芸儿。

"不用。"舒茗悦轻声说着，把身子探出了路外，一边调焦一边尽可能地接近，连拍了数张。

那片枯叶被惊醒，扇动起翅膀，飞了起来。它大概被水雾打湿了翅膀，低低地慢飞了一段，落入山下另一片低矮的树丛中，消失了。原来它合拢双翅呈一片枯叶，当它张开翅膀，另一面却是黑黄蓝相间的花纹。真的是蝴蝶，彩色的蝴蝶！

大家一阵惋惜。舒茗悦在相机上浏览了几张，心满意足："真是大丰收，我遇到野生的枯叶蝶了！"

舒茗悦收好了相机，对旁边的牧典蓝说："谢谢你！你不看它，我也不会注意到它。"

"我没有注意它。"

"嗨，看这架势，来真的呀！"舒茗悦指了指牧典蓝颈上的佛珠。

"嗯，真的。"牧典蓝答得含蓄。

"一百零八个烦恼，何必放在心口。"舒茗悦说。

"你们是交大生吧？"牧典蓝问。

"他们是，我不是。"舒茗悦又指了指身边的芸儿说，"我表姐是交大的，她没事了。你，也应该没事吧！"

"我很好!"牧典蓝无心多说。

"前面是洪椿坪。要不,你加入进来,一起登山,有个照应。"舒茗悦邀请道。

牧典蓝不是来登山的,就指了指手中的馒头说:"我歇会儿,不用管我。"

大家各走各路。

在题有"洪椿晓雨"字样的洪椿坪寺院内,牧典蓝停留了许久,雨天来到这里似乎就是有缘的寺庙。不过还有一对楹联不合他的心境:"开口便笑,笑古笑今,凡事付之一笑;大肚能容,容天容地,于人何所不容。"他做不到,也就踏出了这里。

过了这站,走向了一个考验点,九十九倒拐!每截路沿山势而建,全部是数十个、上百余个台阶,一拐接着一拐,望不到终点。连续走了一个小时的上坡台阶,不知在第几十个倒拐处才出现了一个茶棚子售卖点。一打听,这九十九道拐才走了一半,更要命的是这段路还不是最艰难的,上面过了洗象池后,还有长达七里的七里坡,要登近两千四百个台阶才能到达金顶。从小就跑惯山路的牧典蓝暗中叫苦,不知上面的台阶还能否坚持,他的双腿明显退化,登山好吃力。正在他腿脚发软隐隐作痛,停在路边越休息越不想动身的时候,四位背夫拄着木手杖,用背架横背着一米多长的青石板上来了,有的背了两块,有的背着三块,那石板像是用来铺地板、作台阶用的,每人至少背着百余斤……这一路上来,牧典蓝见过几位送食品饮料的挑夫与背夫比他走得还快,但此时,他被背石头的背夫彻底震撼了,觉得眼前的他们做着不可能的事。这直达云霄的山路,还有那些建筑,全是他们这样背出来的!他们如蚂蚁默默无闻,肩负的却是通天使命。牧典蓝一刹那被袭倒,不禁反问自己:我这个名噪一时的高考状元、北大生,肩负了什么,又能做些什么?

牧典蓝坚持走完九十九道拐,天黑前来到了海拔一千七百余米的仙峰寺,这里还只算峨眉金顶一半的高度。他住在寺院旁的宿舍,用吃斋饭的形式为这趟出家之旅画上了句号。

第二天一早,牧典蓝把佛珠搁在宿舍的床头,不再与那一百零八个烦恼为伴,原路返回。看着时隐时现望不到头的下山之路,忍着大腿的酸痛,他像片被雨水打湿的枯叶,孤独地飘零而下。想起亲手断送的大好学业和前途,他在山风中哭了,为自己的轻率而哭,就对着山谷呐喊:"我是枯叶蝶,会飞起来的!"

下山之后,牧典蓝留在了成都,几经波折,又来到上海。没想到,舒茗悦就在这座没有枯叶蝶的城市里。

第三章 焦点人物

1

"老屋是新家,今朝拥有它。房东说便宜,几人敢租下?"

五瓶啤酒带给牧典蓝七分醉意,他摇晃着回到一楼的出租房门口,莫名地冒出一句打油诗。他摸黑掏出钥匙开门,点亮属于自己的灯火,启动电脑,上个卫生间,洗把冷水脸,坐在电脑前清醒了两分,在迷醉的傻笑中沉浸在一个人的满足里。窗外竹影摇曳,发出沙沙之声,似吟似唱。这里不再是嘈杂的合租房,而是他送给自己的元旦大礼——位于静安寺地铁口附近的新出租房。

牧典蓝刚请栗天劲和赵商聚了餐,庆祝乔迁之喜。栗天劲在顺帆海运公司代理部学习相关业务,迟到半小时才赶到。瘦了一圈的赵商比胖着时多了几分精神,心情却坏到极点,声称吃吃喝喝不要再找他,因为上个月他做期货爆仓把以前的股市盈利全回吐了,而且昨天他出现"乌龙指",也就是输错数字下单,造成了股票亏损,他的主管当即就用一把硬币砸了过来……赵商痛饮着啤酒发泄着对私募公司的绝望,交易员做一辈子可能都是那样子,提成少得可怜,薪酬根本不是传说的那么高,必须打野食才能打一打牙祭,不然在这个圈子里永远是搬运工的地位。赵商叫牧典蓝加入一个隐秘的职业操盘手群,大家互通信息相互关照才能过得滋润。牧典蓝拒绝了,认为操盘手要有独立人格和个性思维,加入操盘手群极易产生羊群效应,也就是从众思维,不太可能成为出奇制胜的操盘手;如果要加入某个群,也该是基金经理群,陶冶点狼性思维才能有质的提升。赵商一边嗤笑牧典蓝的想法比三岁小孩还天真,一边干尽十瓶啤酒,酩酊大醉,最后被十瓶啤酒不醉的栗天劲送了回去。"三足鼎立"大有风萧萧兮易水寒，壮士一去兮奔四方的味道。

牧典蓝在新配置的二手台式电脑上登录证券行情系统和财经汇报网站，也登录QQ号，醉与不醉这都是习惯。他听着QQ里的摇滚音乐，直勾勾地盯着一只股票的走势，难集中精神，抑制不住地哼起了迷糊的歌，为新家乐呵着，也为未来乐观着。

大盘萎靡大半年后走向了上升通道，成交量有所增加，股市开始活跃。基金"泰恒成长第二期"已正式运作，踩准了大盘节奏。这三亿基金带来的间接影响是明显的，牧典蓝管理的账户虽然与基金无关，但账户从一个增加到五个，总市值达九百多万，其中一个账户给了他自主管理一百万的权限，这一百万他可以在公司的股票池中自主选股买卖，盈利有业绩分。前段日子他从田弥的牢骚中意识到，他比田弥管理的总资金多出一倍！他能想到的理由是在做T+0交易模式时获利较高受到了嘉奖。比如某股票昨天以每股10元买入100股，要求持股，今天该股跌至9.5元，他自行再买入50股。按股市T+1交易规则，这50股要等到下个交易日才能卖。当股价当天涨到9.8元，他却能卖出50股获利15元，这50股是从昨天的100股中调包来的数量。此时，总股数仍为100股，但多了15元的收入，也就是昨天10元成本摊低到了9.85元。这种手法做的人多，但做得好的少，做不好往往被套。

昨天是去年的最后一个交易日，牧典蓝逃过了一次大跌，由此知道了他比田弥管理更多资金的背后原因。昨上午股市波澜不惊，下午两点半的时候却让人心惊胆战了，大半天都高开高走的大盘行情急转直下，绿色占领了屏幕，大盘跌幅超百分之三，成交量呈放量状态，大盘指数犹如满池的水正被谁肆意放掉。各大财经网的消息出来，说是提高千分之一的印花税将出台。因为前些日子连续三天出现了"大象起舞"的异常情况，也就是众多超级大盘股单日涨幅超过了五点，比中小盘股的平均涨幅还高出许多，大盘指数大幅拉升的情况是十八个月来没有过的，有分析师说股市已经走牛。

牧典蓝上午卖出三只股票，还没等到"波谷"出现以再次买回做波段，眼下这三只股票一泻而下，深不见低，他反而不知应不应当买回。不过，他怀疑这个利空消息，官方尚未发布消息，消息就满天飞，太儿戏。何况大盘指数并不高，

上卷

股市信心刚开始恢复,不应出台如此政策打压。他的思路分成左右两派激烈对决,再观察蓝筹股,这里是公募基金之类的大机构藏龙卧虎之地,也是股市风向标,这里的情况并不那么坏。还有最后一刻钟就收盘,他先前卖出的股票双双跌停。他当机立断,用跌停价把那些票买了回来。收盘前五分钟,大盘指数急速拉升,全天大盘振幅达九点之巨,他手中的票在收盘时都有大幅回升,收益明显。临近收盘的前两分钟,网站上出现了为印花税辟谣的消息。亿万市值蒸发后又回弹,谁也不清楚这次恐慌最初来自哪里,由谁导演,谁在这次恐慌中暗中丰收,谁在那短短的时间里止损割肉承担了不应有的损失,似乎没有谁为此谣传带来的损失承担责任……市场里似乎有只无形的大手,真的是像沈奇说的那样:"操盘手根本不需要敲键盘。敲键盘的,别自称操盘手!"

牧典蓝还没来得及欢喜,收盘后的小结会上却被沈奇要求作深刻检讨,因为在未知可靠消息前入场抄底是冒险行为,这次抄底成功只算瞎猫遇到死耗子。除了牧典蓝,田弥也作了检讨。田弥抄底的理由很简单,提高印花税根本不是伤筋动骨的利空消息,它和调高汽油价和房价一样,大家骂骂也就适应了,该涨的还是会涨。结果,他们两个新手当着大家的面被沈奇警告说,股票要得到一成纯收益要昼守夜守,需要付出十成的千辛万苦,但股市只需一天就能轻松把它打回原形,从此打乱所有操盘节奏。追涨是风险,追跌更甚,至于大跌是机遇的说法,就跟说从楼上摔到一楼可能"大难不死必有后福"一样荒谬,那都是站在一楼看别人跳楼的人说的。无论谁从前做得多么牛,遭遇一次深套就是鸡蛋砸石头,Game Over,滚蛋!

小结会后,牧典蓝被沈奇单独叫到接待室谈话,他见沈奇神情严肃认识到问题的严重性,赶紧自我检讨说今后不会再贸然行动,宁踏空不踏错。沈奇才透露说,卢董事长很关注他这位高考状元,有意在给他加担子,并重点培养,不要辜负了卢董事长的厚望,要脚踏实地稳扎稳打。

卢加兴的办公室在一个错层的走廊深处,他不是出差就是待在办公室,不是来得太早就是来得太迟,他不像李含那样会到交易大厅串门,即使路过交易大厅也因门口的磨砂玻璃玄关看不到里面的情况,似乎根本不关注交易大厅的交易员。牧典蓝偶尔能听到有细气的男声在吩咐什么,同事会说"这就是卢董"。牧典蓝至今没见过卢董事长,如此被其关注很是费解。

沈奇说，沪泰公司第一位基金经理是省高考状元，后来去了公募，卢董事长对高考状元比较敏感，早就查看过牧典蓝的简历并吩咐要多加考察。卢董事长特别喜欢吃比萨，是必胜客的常客，因为迷信"必胜"这个好名，就像迷信"金利来"就把这个牌子定为工作服一样。卢董事长曾坐在牧典蓝旁边吃过比萨，对牧典蓝印象很好。

牧典蓝想起了，卢董事长应该是那位在必胜客读杂志、有着完美M型发际的中年人。这也解开了他心中的另一个谜团——栗天劲奚落沪泰公司不给试用人员发放工作服的第二天，办公室人员就找牧典蓝和田弥要服装尺码，之后他俩得到了一套金利来工作服。说曹操，曹操到，原来说工作服，工作服也会到！

伯乐已经出现，牧典蓝是伯乐想要的千里马吗？不，卢加兴要的是狼，行千里都吃肉的狼。在这个行业里，持续地跑千里不算赢，持续地杀戮才是赢。明星操盘手都有得意的操盘之作，股价表面走得越来越高，意味着背后一批又一批人的鲜血淋淋。奇怪的是，无论谁在这个战场里被杀得皮开肉绽，崇拜的依然是那些骁勇善战的操盘手。人们敬畏的，永远是自己不能征服的。

舒茗悦在线，牧典蓝通常把手头的事处理完后再与她闲聊，这是默契，也是习惯。先重后轻，先大后小，先公后私，醉了，他也分得清。他已达到了梦中无美女，尽是K线图的境界，没有什么比股市更有蛊惑力。

自从牧典蓝为舒茗悦拍摄的枯叶蝶留言后，开始主动和她聊些话题，最先是聊摄影。那只枯叶蝶的特写，让他对摄影有了前所未有的兴趣，犹如从一个人的瞳孔里发现了新世界。舒茗悦的峨眉山风光照不是从游客的角度拍的，是从上帝的角度拍的，美得恢宏，气势磅礴，不完全是他看到的样子了，而是他理想中的样子，他喜欢她的片片。倘若不是他们在同一天登过峨眉山，他会怀疑那些照片是摄影家的网络照片。她的空间几乎没有人像照，只因在上届上海大学生摄影赛中得到过教训。她的参赛作抓拍的是一位年轻母亲在复旦大学樱花树下与婴儿额头对额头嬉闹的情景，无论从光影效果、整体构图、主题意境还是母子神态上看，均达到了相当高的艺术水准，她夺大奖的心都有了。展览中途，那位母亲找到她，气愤地叫她马上取消展览，删除公开出去的电子照片，质问她把皱纹、雀斑和双下巴冲印得那么大供人观瞻是什么意思？她才意识到，人像照如同文章，你看到的是美，别人可能只盯住了丑……他们的话题不再局限于摄影，聊上海聊成都，

上卷

也聊华年网，都不怎么聊股票。

牧典蓝睡觉前会和舒茗悦聊两句晚安语放松一下，有空聊聊你我，没空道声晚安，这样才不觉得孤单。他向她发去了一支玫瑰和太阳的表情，这是他独有的开场白，表示他有空了。

舒茗悦回了个微笑的表情："搬家了？"

"嗯。这里清清静静，有点家的感觉，真好！"

"新家环境好吧？"

"这里叫紫竹苑，大门对面有片紫竹丛，我恍若竹林贤士，住在白天如同黑夜的屋里。它的历史与我年龄齐平，领地约三十平米，一室一厅一卫，租金月两千。它的附近有条地铁，叫二号线；还有所古刹，叫静安寺。"

舒茗悦发了个龇牙的表情："还俗弟子，还想出家？"

"我对寺庙有着天生的亲近感，可能上辈子是个和尚。"牧典蓝喜欢静安寺这个名字，也喜欢有寺庙的地方。他今晚要兑现一个承诺，那就是让她看视频里的他，"电脑上有摄像头了，看看你，看看我，愿意吗？"

舒茗悦没有拒绝，牧典蓝就点了视频按钮。

看到她了！又看到她了！舒茗悦穿着加厚的淡红珊瑚绒睡衣，两耳边的长发自然地垂在胸前，陌生中有着熟悉。是的，很熟悉，梁昀就曾有一头长长的秀发。不是所有的女子都适合披长发，如同不是所有女人都适合烫卷发或者染发，舒茗悦丝绸般的发质和瀑布般的发型很配她的脸型和优雅气质，她就该是这样子。

舒茗悦的背后没有任何杂物，白墙把橘色柔光下的她衬得格外突出。视频里，牧典蓝的身后是凌乱的被子和堆积着的衣物。他赶紧用手把电脑上仰，让视频避开乱糟糟的床，太邋遢了！

"你也喜欢红色的毛衣？"舒茗悦发来一句话。

舒茗悦的睡衣里露着大红色毛衣，就高领那块儿。而他的毛衣是低领，领口看不见毛衣，不过撑在电脑上的手让袖口里枣红色的毛衣进入了视频。

"这是昀昀送我的元旦礼物。做我们这行，最喜欢的就是红色。"牧典蓝说。

"礼物背后都有一段打了蝴蝶结的故事，说来听听，不介意吧？"

"很残忍的故事，不说为好。说了，就糟蹋了。"

"问你曾在哪所大学，你不说。问你学的什么专业，你也不说。问你为什么出家，你总不说。问你工作情况，你绝不说。连你的毛衣也不说！你全身上下哪来那么多敏感词啊！"

"我有过敏症，请谅。"牧典蓝不谈自己，也不问及她的私事。

"网站的事你知道了那么多，你的事我什么也不知道，我太管不住自己的嘴了，是管不住自己的手。"

他们网聊的话题以轻松和开心为首，不关什么痛痒，基本避开了会让人不快的话题。最沉重的话题莫过于舒茗悦的表姐达芸，那位在峨眉山上想出家的达芸。

达芸姓文，比舒茗悦早出生六天，达芸的母亲瘦弱多病，八个月之前的达芸有时吃的是舒茗悦母亲的奶。达芸小时长得如芭比娃娃，听话懂事而且会关心人，极讨大人们喜欢，她的文静挡不住她的出众。舒茗悦从小我行我素，时常与父母作对，表现平平，在达芸面前一比就输。舒茗悦的父母十多年前从成都来上海发展，站稳脚跟后，把舒茗悦接了过来。留在成都的达芸在高中是校花，与一同班同学早恋，成绩大幅下滑，高考成绩刚上本科线，比舒茗悦低三分。上海考生比外地考生占绝对优势，舒茗悦进了复旦大学中文本科，达芸选报上海的专科也没成。达芸指望复读一年能考到上海，结果考到峨眉山下去了。达芸的男友自从考入大学，就不再理睬达芸，这让她阴郁不解。达芸在大学里情绪不对劲，有了出家的念头，老师就通知家人接回家疗养，达芸的父母不同意。于是舒茗悦听从母亲的吩咐从上海来劝达芸，好不容易才让达芸打消了出家的念头。但是，达芸至今仍很孤僻，老师和同学们都不喜欢她，家人很头痛。

舒茗悦讲起过达芸出家的缘由，却一直没有打探到牧典蓝出家的真实原因，这是让她最生气的地方。现在，他又避开红毛衣的话题，她就发来一杯咖啡的表情，低着头看着什么也写着什么去了。

咖啡表情是暂停的意思，他们好不容易发现彼此相同之处，本是个好话题，却不能再说下去，如同打开窗帘才发现帘子后不是透明的窗，而是厚实的墙。

欢快的元旦之夜变得一尴一尬，牧典蓝自知保守得过分，又不知如何缓解，他沉不住气了："生气了？"

"我成了打探别人隐私的人，真可笑！我都有些鄙视自己了。"

"凭你这句话，我有些敬重你了。你在写什么呢？"

"要考试了，在复习。"

上卷

牧典蓝注视着舒茗悦复习这一幕，不由想起他的大学，大学已失去两年，导火索就是身上这件毛衣。毛衣不是元旦礼物，而是分手纪念，他怎么可能讲给别人听。他刻意不去回想与毛衣有关的所有细节，不去想那段已经死亡掉的初恋，如同夜深人静时他刻意不去想人死之后灵魂将归于宇宙何处。只要一想，那就万事皆空，唯余幻灭。

2

栗天劲说话算话，牧典蓝的家就是他的家，他要来住一宿。

有贵客头次借宿，要隆重招待，牧典蓝把多功能布艺沙发展开，铺成小床，准备自己睡沙发，让栗天劲睡床。

栗天劲在电脑前用手托着脑袋连声叹气，他账户里的一只股票守了十天，这天上午跳空高开涨停了，却没赚到大钱。牧典蓝上班前在这只票上设置了止盈价，也就是股票在赚了的基础上设定的保利最低价，如果股票不断上涨，就一直持有，止盈价每天就像修电梯房的安全网一样跟着上抬，一旦某天股票在上升通道出现下跌，跌到最后的这个止盈价就卖出，确保之前的部分收益不再减少。这票今天涨停时没有卖出，但下午这票打开了涨停板大跌下来，在委托的止盈价自动卖出，少赚了近三万。

栗天劲把客厅的牧典蓝叫答应了，说："如果你能在公司打理我的账户就好了！赵商的公司表面上说不能在公司做私活，其实暗地里允许。沪泰公司肯定八九不离十，大不了收些管理费。你别信那些哄人的制度，以为真的不能做私活。你找个能做主的上司私下问问，究竟能不能上班时间炒我的股？试用期不行，转正后行不行？二三十万不行，那么一百万、一千万呢？没有拿钱砸不动的事！"

"好吧，等我和沈经理再熟识点儿，我就找机会问问。"牧典蓝觉得也对，长期在公司之外帮栗天劲做委托交易不是办法。他走到栗天劲跟前，"历史上不是有湖广填四川吗？我知道我老家的祖辈是哪里人了！"

栗天劲被弄得莫名其妙，找不到北。

"应该是从湖北恩施那一带过来的。沈经理就是这一带的人，他的方言、口音和我老家一模一样！成都话和利音话明显不一样，我想，利音话应该不叫四川话，本应属湖北话。"牧典蓝像有惊天大发现。

"才不。我有几位同学是湖北人，一人一种方言。湖北话是大杂烩。"栗天劲矫正道。他和牧典蓝是利音人，口音上相同，但方言上仍有细微差别，比如他不会像牧典蓝那样，把"外婆"叫成发一声的"嘎嘎"，把"肉"叫成发三声的"嘎嘎"。

"昨天在电梯口，沈经理接家里的电话，全用方言，简直就是我老乡在说话。他也把'爸爸'叫'老汉儿'，把'我想'叫'我蔑'，把'什么'叫'么子'……好神奇！原来我的祖先和沈经理的祖先本是同根生！我昨天还用方言和沈经理吹了几句，感觉就是一个院子里的人！"牧典蓝言不尽兴。

"天大的好机会！给我上，抓紧和沈经理混熟，把我的账户带到公司管理。"栗天劲看到了希望。

"我现在弄明白了，面试的时候我为什么会被选中。"牧典蓝在和沈奇的闲聊中解开了一个谜。他一直对"什么样的人才能进入沪泰公司"好奇，就想知道个究竟。

"难道不是因为盈利？"

"我这种小毛头，短时间的盈利不起任何作用。盈利对沈经理他们来说不是最重要的，当散户和当下单员，做小资金和做大资金完全是两个概念。他们要的是有耐性、有止损习惯、操作麻利、投资理念上最好是张白纸的人，在没有形成固定思维的时候，才能接受公司的投资思维。"牧典蓝有点庆幸，当初考官故意让面试人员在客服大厅莫名地等上五小时，等不住的走人，很有深意。

"够狡猾！省得给你洗脑。这么狡猾的公司，肯定会想方设法融资，让操盘手做私活就是其一。"

"说起账户，我昨天还真的拉到了第一个单子，有十万，我开张了！"牧典蓝有点兴奋，这位客户是通过他的股票博客找来的，这几天喜事接二连三，但喜得又不那么浓，"这人只试三个月，十万资金，说出来赵商都会笑话，我是图个开张大吉。"

"他凭什么相信你？"栗天劲以为牧典蓝通过股票论坛和QQ群在招揽客户。

上卷

"那人问我一月买股票合适不？我说，要买最好趁元旦后的几个交易日就买，这几天正合适，因为公募基金在年底基本要卖出股票去获取业绩奖金，元旦后是大盘指数和股票价格在新的一年较低的时候，适合捡便宜货。那人又问现在买什么板块的股票稳当？我就说，去年是熊市，现在就选钢铁板块；如果今年是牛市，明年这个时候就买银行板块；现在买农业板块也行，等中央一号文件出台。但是，这种死办法有它的盈利死规矩，就是买后就等它涨，无论等到什么时候，在赚到十个点子当天就坚决出局，不要再乱炒股，一年就做这么一波。哪怕今天买入，明天收益十个点子也要出局，不要以为今后还有这样容易赚钱的机会。那人查看了历年的大盘走势，还有钢铁股、银行股、农业股的表现，就信我了。"牧典蓝神气地说。他的博客上找不到这些免费"结论"，"结论"来自于他对历年的数据进行分析后得出的统计结果，这是盈利的大概率事件，他用这些"调研成果"私下建起客户对他的信任。客户们一旦不甘心当年获利十点就收手，想贪图更多获利，就会请专业操盘手代炒。

"这人提成多少？我亲戚如果要来，提成多少？"

"这得参照本金大小、管理时限、我承担亏损的比例、分成的提取办法等等，按盈利的20%至50%提成，这都需要详细协商。哎，你拉客户，别忘了提示风险，那些把养老金、买房钱、看病钱拿来炒股的，就别拉来了。有人炒起股来，就像吸鸦片，比你还不要命。"

栗天劲喷喷两声，浏览起招聘网。他实习地点远在码头，跑一些手续，与他的梦想相差很远，想另谋一个体面的职业："你说，我去考工商局的公务员行不啊？"

"要争那一两个好职位，恐怕……我认为啊，码头的待遇也可以，整天陪着那些大船，心情都会愉悦！记得有位全国劳模，装卸集装箱的速度可谓世界第一。现在啊，做什么都得做精，让自己不可被替代……"

"对，我什么都没做精，会打篮球不能参加NBA，会打网球进不了温布尔登，懂点物流办不起公司，会打电脑做不了软件，别人都可代替我！"栗天劲带着嘲弄的口吻打断牧典蓝的话。

栗天劲正在为毕业而纠结。他父母打算在利音城里给他找一家效益好管理不太严的单位，一边上班一边打理家里的生意，他不愿窝在小城市放弃上海这边的朋友圈，大都市的人脉是宝藏，岂能说舍就舍？不过，他的同学不是出国就是准备读研，他又认为即将落伍，害怕数年后这批同学见到他，就像他回利音见到早已工作的高中同学，不在一个思维层次。在考不考研的问题上他有点徘徊，趋向不考，本科生目前最为抢手，因为工作照做，工资比硕士博士低，一般公司不太愿意花高价请个高学位的。在出不出国的问题上很明确，不出国，用英文授课的国外学位不易到手，野鸡大学除外，不如多花些时间打球。

"不惹你了。"牧典蓝不好再说，就去客厅看英文财经节目。

不到十分钟，只听栗天劲叫道："快看，女朋友来了！"

牧典蓝挂着QQ并没开视频，一听这话折过去一看，与舒茗悦那头的视频竟然接通了，她发来了阴笑的表情，不知在阴笑什么。那头的视频角度向下，并不见她，只有一个诗文紫砂茶杯。随即，视频被她关闭了。

舒茗悦从不主动发话，更不会主动点视频。牧典蓝估计是栗天劲点开视频的，怨道："你讨厌视频，开这个做什么？"

"有美女打招呼，我得帮你作个反应。老实交代，是旧爱还是新欢？不会是网恋吧？"

"绝对都不是！"

"她一见是我马上就闪开了，我还没看清楚。她不敢露脸，肯定有诈！"

"谁诈得了我？"

"这人自称女神，是勾引人的货！用蝴蝶作头像，是招蜂引蝶之流！"

"你真够恶毒的！"牧典蓝没料到美好的东西还可以那样去理解。

"我是警告你！我有同学就被这类视频主播哄出去见面，一杯茶五百，一杯红酒八百，最后花了三四千才走得了人！"

"不用你穷操心。"

"这电脑带摄像头，你肯定有情况！"

"它自带眼睛，我总不可能把它剜下来。"

"这上面除了客户组就是好友组，好友组除了我就是她，你反常！"栗天劲指了指聊天面板上亮着的红色蝴蝶头像狞笑道，见牧典蓝似笑非笑，又说，"我懂了……我去睡沙发。明早六点喊我，别忘了。"

栗天劲洗漱去了，牧典蓝从收藏栏里点开博客"王牌分析师"浏览起来。这是他秘密的股票博客，栗天劲并不知道。博客里的话真真假假，是写给陌生人的，是诱饵，不是写给朋友的。他深知这一点，看资讯也好，看电视新闻也好，信一些，能了解大众心态；不信一些，去探究背后真相。有些东西叫"内幕"，不能见光，但恰恰是这些不见光的东西左右着人们的死活，如同他那些不能说出的秘密左右着他不可理喻的选择。

牧典蓝的股票博客最初在各大财经网站、门户网站多达十个，遍地开花，博客名均叫"操盘手金筹"，日志的点击量在二三十左右难有突破，如此去拉客户难于登天。有天，他把这块心病透露给舒茗悦，说股票的时效性特别强，就像天气预报，一旦过了那天基本就失去了参考价值，没有众多浏览者的股评博客毫无意义。

舒茗悦浏览了那些博客，认为在网上自称"操盘手"拉客户不太妥，尤其是留下 QQ 号作联系，如同摆地摊吆喝，有冒牌货之嫌。她认为要含蓄些，要达到不用他开口拉客，人家凭他的日志就主动找上门才好。她建议他集中火力攻一个博客，也就是放弃多余的博客，只留下人气最旺的财经门户网"财经汇报"上那个，让博客立足于权威性的专业网站。她又教他对博客进行专业风格包装，博客名和昵称均改为"王牌分析师"，用张扬的名称先吸引人停留，再让人相信。为了证明他不是骗子，则在沉了底的第一篇日志里补加沪泰公司的网站链接，这样最不显眼，却能在搜索引擎上搜"沪泰投资公司"时，搜到他的博客。当客户决定合作时，他再亮出证件取得最终信任。至于博客人气，她可以帮他炒炒。

脱胎换骨的"王牌分析师"在舒茗悦的炒作下，效果立竿见影，只要牧典蓝发布新的分析日志，点击量会迅速上万，留言量能达到数百，他的粉丝已经上万，假粉虽然不少但吸引来了一些真粉。至于他对大盘和个股的预测准确度，就看如何理解，他预言近期要涨，明天涨零点一是涨，后天涨九点九是涨，今天涨五点明天跌八点也算涨过，十有八成说中就成。算命就是如此，说得模棱两可，你往往会盯着说准的那一点看，或者把意思理解成说准的那样。他的第一位客户就是奔着这个博客找上门的，用博客私信的方式。

牧典蓝扫视着每篇日志那可观的点击量和留言量，不管那里面有多少真假，对舒茗悦的感激没有假。

3

客厅传来栗天劲呼噜噜的鼾声,开始的加油助威声没有了。

牧典蓝关掉电视,轻掩卧室门,向舒茗悦发去了他们的暗号。曾经沧海难为水,除却梁昀再无心,潜意识里,他仅把舒茗悦当成可以解闷的网友,不想栗天劲把他和她扯上关系。他想在睡觉之前弄明白,她刚才在古怪地阴笑什么?

舒茗悦见到暗号,回复说:"你的天劲走了?"

牧典蓝发了个偷笑的表情:"他在我这里睡呢,他在实习了。"

"他联系到单位了?"

"暂时联系的顺帆海运公司,代理部的操作员。"

舒茗悦过了一会儿说:"怎么找到这家公司的?"

"有朋友引荐。"

"有去处就好。"

"你听说过顺帆公司吗?"

"没听说过。"

"顺帆公司的网站只有公司简介和业务电话,黄页一样简单。不懂网络营销的公司前景不乐观。"

"你的职业习惯就是对一家公司进行预测?"

牧典蓝的确有了分析一家公司的职业习惯,从股市这方面看,海运业已从黄金时期走向了没落,不是短期看好的行业。他打住了与栗天劲有关的话题,问:"刚才怎么突然阴笑我?你往天可高傲了,从不主动。"

舒茗悦又发来阴笑的表情:"知道你为何要去峨眉山出家了!"

"你知道?"

"利音市理科高考状元,语数外全市单科状元,总分702分,只差省状元两分。北大生,计算机专业。太霸道了!如果没有猜错,你放弃大学,也就放弃了成功,清醒过来就后悔,就想出家。"舒茗悦猜测道。她曾经以为牧典蓝出家是因为失恋,但他否认。

上卷

"打探我的往事很有意思？"牧典蓝见她发来竖大拇指的表情，心里咯噔一下，那些是他刻意隐藏的身份，毕竟他为学校抹了黑，更没有为高考状元那个名号添点光。

"今天无聊地百度了一下你，原来在我面前的，是利音市的名人！"

牧典蓝见她发来龇牙的表情，如果视频开着，那头的她一定比哥伦布还得意。他要给她一瓢冷水，回了个困的表情："盛名累人，不与你说那些。"

"不用你说，网上都有。利音九中召开高考庆功会，你在会上作了学习经验报告，会场爆满。哇，好大的阵容！会上耿校长亲自给你颁发十万元的状元奖学金，奖金是房产公司赞助的，为了打造校区房。哇，这是教育在炒作房产，还是房产在炒作教育！还有一些公司先后也赞助你，你总共得到了近三十万的巨额奖金。哇，你成了暴发户！你比同届的文科状元得到的各类奖金高出近一倍，比往届的理科状元得到的奖金高出近四倍，却没有向弱势群体捐款，有人骂你有愧状元名号。唉，那些动不动就指责别人不捐款的人，往往是心有所图的伪热心人士！你曾是学生会主席，因校刊《理想屋》有早恋诗引咎辞职。校刊怎么可能发表早恋内容？"

一幕幕往事再次浮现，牧典蓝竭力隐藏的却是网上公开的，这些信息主要来自利音九中校园网和利音城市论坛。百度牧典蓝的，舒茗悦不是第一个，沈奇早就用此方法核实他的高考状元身份，并分析他因失恋而弃学，曾笑称会给他当媒人。牧典蓝讨厌谁调查他的过往，他沉默了。

"你太风光了，超级膜拜！"

"随你看，我还是那样。"

"校刊怎么可能发表早恋诗？"

"你也有职业习惯了吧，最关心的是刊物啊、文字什么的。"

"那篇敏感文字是你通过审核的？"

"是。"

"是你没审出来，还是有意让它发表出来表达自己的意思？写的什么？"

"那是一首藏头诗，我没读懂。内容嘛，人家的隐私，不能说。"牧典蓝说。那首诗中间写有"我穿过风的时空，爱那睡去的夕阳，龙行天地林间，清风晚唱，请回首于我"。牧典蓝当时读高二，诗是高三女生写给男生的藏头诗，以此作毕

| 55 |

业纪念。龙清，是男生的姓名。这期校刊分发出去后，被高三学生读懂了，学生会受命连夜将校刊收了回来。

"又遇到了你的敏感词么？因为这篇早恋诗你就引咎辞职？"

"不是为这首诗而辞职的，是为别的。"

"说痛快点不行吗？"

"你有兴趣，就告诉你吧。校刊由学生会主办，出了内容问题后，管理学生会的德育处主任很紧张，他是终审。他就命令学生会连夜把校刊一份不落地收回来并销毁。正巧，这期是五月出刊，有一个版面是大学专业选报指南，高三学生人手一份，印数最多。总有些同学和老师借故说校刊找不到了，我们不可能搜身，也就不可能完全收回。为了能交差，我就谎称全部收回并销毁掉了。几天后，德育处主任在校园里捡到一份校刊，又去高三寝室搜出了二十多份……明白了吧，我是因为欺骗老师，受到有些人的指责，才引咎辞职的。"

"唉……"

"正因校刊事件，我才意识到，有的老师根本不关心学生会事务是否严重影响我的成绩，不关心我为了收回校刊晚饭都没吃，不关心我半夜还在恳求食堂炊事员开门去销毁校刊，更不关心我能否考上大学，只关心出了问题后他们会不会受到追责。所以，我就辞职不干了，要去考名牌大学，要让大学改变我的命运，让自己得到想要的东西，比如喜欢的人。"

"能谈谈你的日志吗？与高考状元有关的。"

牧典蓝想不出哪篇日志与高考状元有关，他从未在那些文字中提及过高考，就说："我当兼职编辑后就没写日志了，谈什么？"

"你的第一篇日志《学会遗忘你》提到过红毛衣，提到了临近春节的婚礼，原来你去过昀昀的新房，成为不速之客，震惊全城。我搜索到了，昀昀是你的高二班主任，叫梁昀，教语文。你是个连连给我惊叹号的人！"

《学会遗忘你》是牧典蓝在门户网博客上写的第一篇日志，当时他想起梁昀送他红毛衣后，一个决绝地转身就嫁给了姓孟的人，不由边写边流泪，那泪水像失去了开关的龙头，哗哗而下，打湿了他的两条袖子。后来博客的十二篇日志连同留言一起自动搬到了华年网，舒茗悦在这篇日志后的留言写有："问世间情为何物？一处相思，两处哀愁吧。世间的人都是为另一个人而来，愿你等到那个真正为你而来的人。"

牧典蓝疑惑了,那篇日志并没提及"新房""不速之客",她怎么知道?提到这两点导致他"震惊全城"的是《利音都市报》上的一条新闻,他不相信她能从网上搜索出这条,因为报道上没有点出他的名字,只用"牧某"作代替,用他的姓名不可能搜索出这条。他猜想她可能是看帖子时看到了有人转发的这条报道,就问:"那新闻你是怎么搜索到的?"

"关键词用'利音市理科状元'。"

牧典蓝明白过来,报道上没点他的名字,但提到了"利音市理科状元"这一身份,这条报道一出,论坛上就有关于他和梁昀的各种版本。他辩解道:"那则新闻捏造事实,不是那样!"

"从照片上看,是报道的那样。是有点匪夷所思,难怪你什么都不愿说。"

"那则报道断章取义,夸大事实,只图好卖。人们只看到了表象,却不知就里。我没那么无耻,没有闹婚,我只是在她楼下求她不要出嫁,幻想着她能等我,时间最多十分钟。"牧典蓝不愿舒茗悦又把这陈年旧事翻起来并信以为真。报道上所配的彩色照片是他在单元房底楼楼梯口侧身侧面抓住新娘胳膊的情景,新娘在高两步的楼梯上低头望着他,新郎在新娘身边张嘴朝他怒吼,四周有人围观。如果把这图配上文字,想怎么配就能怎么配,配成一段佳话很快会被遗忘,配成丑闻才有持续卖点。

"到底怎么回事?"

"我怎么甘心她嫁给一个不再爱的人,我想尽最大努力,劝她回心转意。"

"她可能喜欢你,但你不能断定她爱你吧?"

"我看得出,感觉得到。她不敢承认,因为我还没有任何实力,她抵抗不过强大的世俗。"

"如果她跟你去北京,很残酷的,很多博士也照样住地下室和隔板房,要不在北京上班,回河北过夜。"

"我知道,她也知道。所以她选择了另一个人,而不是我。她屈服了现实。"

"既然如此,不如放手,让她幸福。"

"你一定没爱过。"

"她究竟有着什么样的魔力让你宁可放弃北大?这里面一定有很多值得研究

的课题和故事。"

"没什么故事了,我和她曲终人散,全城都高兴了。"牧典蓝真想说,他何止是放弃了北大,连命都差点放弃了。

舒茗悦发来拥抱的表情:"对不起,我没有笑话你的意思。我也是用凡人的眼光在看你,和别人一样世俗。别人误解你,我不想误解你,一个人的选择都是有深层原因的。你也不想被那么误解下去,对吧?"

牧典蓝被她的话莫名地感动了,没有谁来关心过闹婚事件背后的深层原因,她想到了;没有人关心是否误解了他,她不想误解他。他点开视频,看着视频里自己那张不再幼稚的脸,想起当年成为高考状元的短暂风光,心底的苦涩泛滥成灾。人们更多地看到了他外在的风光,不知风光背后的悲凉。他靠在椅子上,注视网络那头的舒茗悦,她有着梁昀那般的温润气度,如果那头是梁昀,与他一晚接着一晚漫山遍野地说话多好,北京与利音的距离本来可以这么近这么近,近在眼前,打开麦克风连声音都能听见,但梁昀总是让他们隔着实实在在的崇山峻岭,鸿雁也难抵达,远不可及。他心若黄连:"你有打探我隐私的坏习惯。"

"不是所有人值得我去打探的。事情过了这么久,可以解密了吧?有的敏感词其实就是普通词汇,你说呢?"舒茗悦在那头温和地浅笑着。

牧典蓝迟疑着,觉得有必要为自己当年的选择作个说明,不至于让那些委屈埋在肚子里生霉腐烂。他长长地舒了一口气,让不愿说出的往事透透风见见光:"凡事有因有果,有果必有因。你有耐心听,我就告诉你这其中的因与果。"

4

故事太长,牧典蓝就点开麦克风,找来耳麦戴上,讲了起来:

"先从我的高中母校利音市第九中学说起,因为这也是昀昀的母校。昀昀是我的班主任,但我不喜欢叫她梁老师。高考后,我和她打过赌,我如果成了高考状元,就叫她昀昀,我赢了。

"去利音九中是因为我的家庭。我出生在利县的乌犀乡,是农村人,从我记

上卷

事起,父母就在吵架,上午不吵就会下午吵,白天不吵准会晚上吵,他们谁也不让谁,非要争个输赢,我也分不清他们谁对谁错。母亲嗓门特别大,吵起架来对面山上都能听见,乡邻有时像看露天电影一样,来我家院子里看热闹。我在乡里读小学五年级的时候,父母外出打工,家里清静了,我很喜欢。

"初三时,我在镇中学读书。父亲得了肝病,乙肝,父母就不再打工,家里又喧闹起来。因为姐姐和邻家大哥恋爱了,想跟男友外出打工,母亲却希望她找个有文化的城里人,不要嫁给我爸那种读不得书的人,一家人就为这事成天吵。可能是父母吵得太多的缘故吧,我不怕吵闹,再吵的环境都可以看书写字,但我很讨厌吵。所以,中考时,我坚决不考离家近的利县高中,不想每周回家见父母,故意报考了离家很远的利音九中,只在长假回家。九中在全地区高中学校排名第四,又是位于利音市城中心的老学校,我觉得有把握,就报考了这所。

"父亲极力反对我的选择,因为我的成绩刚上录取线,算是扫尾的差生,他认为我考大学也成问题,跑那么远,花那么多钱去读书,不划算。加之那时父亲因病不能做重体力,就想把我留在身边做点农活,指望我今后来养老送终。只有爷爷希望我走远些,他怕我被父亲传染乙肝,今后娶不到媳妇,或者后代得肝病。父亲见我不听安排,就说,有本事我就别花家里的钱,去当贫困生领救济!我宁可去当贫困生。

"其实,我考九中还有个目的,就是鲤鱼跳龙门,要跳到利音市去。我的老家依山傍水,春天李花桃花盛开倒影在河面上,就像国画一样美。这世外桃源位置也特别偏,交通不便,走水路等渡船都得花些时间,桃子李子吃不完也卖不出去,只有喂猪。我下田做农活,相信汗水能换来丰收,但我在灶台前做饭,恐惧的却是用大把时间准备好的木柴转眼就化为灰烬。我不歧视农村,但我不想在农村辛苦一辈子仍得围着锅边转,就连看电视也只能看中央一套,四川一套,利音一套。那时,乡里的大姑娘们能走的都走了,父母怕我娶不到媳妇,中考后就要给我开亲,也就是订娃娃亲,这样可以把我和媳妇都套在他们身边,至少每年春节可以双双回老家。我打死不开亲,就怕被套。

"我也没想到,父亲真的不给我学杂费,让我去申报贫困生,减免了学杂费。我没理由怪父亲,因为姐姐和男友顶替父母出去打工了,家人并不想贫困生的帽子一直扣在我头上。这贫困生并不好当,开学不久就是教师节,同学们给老师们送礼物，耿校长在早读课时却到学生宿舍给贫困生送慰问金。学生会的邰主席就提前提醒我，到时要微笑着表达感激之情，如果有校内外的记者采访我，一定要笑着说谢谢校领导谢谢九中。我说不想被关注和慰问，他竟然说我不懂感恩。随后，耿校长一行来了，校长握着我的双手，把慰问红包亲手交给我。我道了谢，感觉被一圈同情的眼光包围，就像我同情路边的乞丐一样，我怎么也笑不出来。邰主席离开前就质问我苦大仇深的样子是什么态度，难道两百元的慰问金还嫌少吗？他还说，我应该体现出九中学生的素质，就是装，也要装出感激来啊！我就特别讨厌这个比我高一年级的邰主席。

"这个时候，昀昀还不是我的老师。你大概认为她作为我的高中班主任，年龄一定很大，其实不是那样。

"高一下学期，昀昀作为上海师范大学的实习生，到我们班上实习了两个月，教语文。她披着齐腰的长发，戴着眼镜，有双和你一样的大眼睛，说不漂亮那是假的。她的板书字像书法字帖一样，我的字受到她的感染，收敛了些，不再像打架的螃蟹。以前的语文课，老师再怎么讲，我再怎么背，真的不太懂那些文章究竟好在哪里，始终不能融入文章之中。她讲出来，我才真正懂了作者的用心和文章的精妙所在，也才开始明白文章怎么去读，作文怎么去写。天劲认为她教不了多久就会走，就想捉弄她，故意找些名校奥语的文言文假装请教她，实则是想考倒她，想瞅瞅女大学生难堪时是什么模样。结果呢，从没考倒她，天劲全服了。昀昀批评起人来很有趣，我和有的同学喜欢一边听课一边抖大腿，她装作焦急地说'男生千万不能抖，越抖会越穷；女生更不能抖，把脸都抖得不对称了'。同学们都好喜欢这位年轻的实习老师。

"高二时文理分科，也分重点班和普通班，我以五分之差去了理科普通班，六班，排在理科一百名之外，理科生那时有三百名的样子。昀昀呢，大学毕业就成了我们六班的班主任。没有教学经验就任高中班主任，在学校是绝无仅有的事，为此掀起了争议。有人说耿校长任人唯亲，因为耿校长曾任过昀昀的初中数学班主任。问题的特殊性又在于，昀昀曾是九中的原学生会副主席，是学校的文科尖子生，毕业于上海重点大学，说耿校长不拘一格降人才也行。

"这场阴差阳错的安排还因一个人，那就是我的高一同学江洪，高二时江洪去了文科重点班。江洪在中考时全市第一，他本是利音一中的学生，这所学校是

上卷

全地区排名第一的中学。高一的年级主任章老师把江洪从一中挖了过来，想成为江洪的班主任，而且要把我这样的差生剔除他的班，把他的班办成重点班。耿校长认为高一年级不适合分普通班和重点班，加之九中有个回避政策，教师不能担任亲戚的班主任，章老师和江洪是远亲，所以没有同意章老师的意见。章老师认为耿校长在打压他，就拒绝当班主任，美其名曰要把班主任的机会让给其他老师，还四处说九中的优生流失，就是因为高一不办重点班，优生家长不放心。耿校长也许发了脾气吧，专门让新任教的昀昀来当高中班主任试试。

"昀昀是经过严格的公开选拔才进入九中高中部的，为了不辜负耿校长的重托，她为我们这个普通班付出了好多心血，我也就开始走上了一条不平常的路。所有的不平常，都是从竞选学生会主席开始的。

"高二开学后，学生会换届，昀昀在课堂上动员同学们参加竞选。同学中成绩好的不是想抓学习就是胆子小，胆子大的成绩不太好，没人报名。我私下对天劲开玩笑说，我去竞选学生会主席算了！因为我恨那个邰主席嘛，既然要换届，不换他还换谁？天劲却立即在班上嚷开了，说我要当学生会主席。我连班干部都没当过，同学们都把我当怪物笑话起来。昀昀并不觉得奇怪，走到我面前就鼓励我去竞选，成功与否不重要，重要的是尝试，有尝试才有机会，有机会才能成长。我哪敢去啊，当起了缩头乌龟。昀昀就说当年她内向得说话都会脸红，看人都不敢看眼，集体活动总躲在一边，是耿校长当年有意改变她的性格，让她去参加学生会竞选。她是初中女生都成功进入了学生会，我是高中男生还不行？这番话倒让我输不起那个脸。

"台上一分钟，台下十年功。为了不丢脸，半个月时间里，昀昀差不多是逼我反复修改演讲稿，反复在班会上演练，现场回答同学们的提问，课后我也要对着镜子练，我终于可以不在讲台上面发抖和忘词了。竞选那天，我抽签是最后一个。邰主席呢，都高三了，还想连任，他的演讲很煽情，希望大家在他高三时最后给他一次机会，凭他的人气，我几乎不可能赢。正在我灰心的时候，昀昀示意我最好即兴发言，说出今后怎么发挥那些参赛选手的特长开展好学生会工作，让邰主席全心迎接高考。果然，这样的临场发挥让那些认为我只会死背演讲稿，并无真实口才的人哑口无言。我赢得了最高分，全场哗然，认为我不能胜任学生会主席。耿校长说，尊重选举评分，学校就当场宣布我当选……我第一次尝到了成功的滋味，笑得合不拢嘴。我在台上看见，昀昀披着长发在台下望着我笑着，和我一样欢喜，她飘逸迷人，好美！是她给了我无限的勇气，让我发现自己有着巨大的潜力，我可以不那么普通，还能更加优秀……真的，这是改变我命运的一天，从那以后，我对自己特别有信心，相信一切皆有可能。我，还有我的同学们，都相信自己能创造奇迹。我们六班，从那一天起，开始从丑小鸭成长为白天鹅。

"当选后，我在学生会什么也不懂，又不敢请教别的老师，只好向昀昀请教。渐渐地，我越来越离不了她，一心想把学生会的事做好为她争光。她见我成绩下滑，又有些后悔，嘱咐过我，我这样的家庭出身，只有出成绩才有望改善命运。当时我自以为是叱咤风云的人物，不理解她的苦心。后来，出了校刊事件，我才意识到自己根本算不上什么人物，学生会主席是为大家服务的，服务得好大家感觉不到，服务不周就饱受指责。我就辞职抓成绩，想在高考时真正成为一个人物，让昀昀记住我。结果，高三开学前，有人举报耿校长任人唯亲，导致很多优秀老师和学生流失，这封信涉及了昀昀，她离开了六班，去初中部教初一了。我和她，从此隔着一幢楼，难以相见，那时我就差点受不了了。

"章老师却成了我的高三班主任，他不是白白来接手普通班的，事实上我们班与排名第一的理科班差不多并驾齐驱了。那时，同学们已经知道我喜欢昀昀，常开我的玩笑，我就干脆扬言，要为昀昀争取全市理科状元，让利音九中比排名第一的利音一中还要牛。章老师可能听到了这句话耿耿于怀，高考前见我在他的语文课上补化学，就用粉笔头扔我，并骂我说，我目中无人，就是考了个高考状元，也没有好下场，我也不可能考上状元！那时我根本不需要补语文了，我需要补差些的化学，这能算我目中无人吗？

"没有谁相信我会从全校理科年级第二，一跃成为全市高考状元，如同没人相信我竞选学生会主席能成功，连我都有些不相信。没有昀昀，我没有自信，没有动力，没有激情，我会很平凡，平凡得没人能想起我。

"从一开始起，我就知道爱上昀昀不对，是错上加错，因为师生恋不道德，早恋是被禁止的，而且她有青梅竹马的男友，我成了第三者。但是我就喜欢上了她，无法阻止，她就活生生地闯入了心里。我在作高考状元学习经验报告时，说的都是表面的东西，深层的东西怎么能说，那是别人不可能有的。没有谁能理解我在高三这年所承受的失去她的痛苦，我没有别的办法排解这种痛苦，只有疯狂地学习、看书、做题、麻醉自己，盼望着用不可匹敌的成绩作为我唯一的语言，传遍校园，让她在另一幢教学楼里能听见。

"高考后，我评估了分数，感觉良好，就找到昀昀和她打赌，只要我成为高考状元，她就离开原来的男友，要为我上大学送行，等我大学毕业回来娶她。不是我厚颜无耻，而是我不相信她男友真正爱她。有次我们班开展郊游活动，她男友开车来接她，天劲就用相机给他们合影。昀昀挽着男友，但那男友却反背着双手，叉着八字形腿，高昂着头望着镜头，身边的昀昀似乎不存在，世界好像只剩下他一个。我不相信这个男人真的爱昀昀，我一定会比这个男人对昀昀更好。

"昀昀不相信我能成为状元，就答应打赌。结果呢，她输了，就在我去北京前赶到火车站为我送行，戴着黑洞洞的墨镜，用太阳伞遮着头，唯恐被别人认出。我们像做贼一样地见了短短一面，十来分钟的样子，但我却在火车站等了她两小时……

"读到大二，我全心放在学业上，想用过硬的专业在今后安身北京，哪怕回利音也能有个好工作……我搬到紫竹苑那晚，你不是问过我红毛衣的故事吗？我真不愿提及这件在元旦节得到的毛衣，它带来的力量让我遭遇了人生的台风，扫荡了我从前的一切光环，但毛衣却是那个台风眼，它一直风平浪静地伴着我到现在。

"元旦那天，昀昀到北大校门口看望我，送给我这件红毛衣就执意走了，她用这样的方式向我告别。我却傻傻地以为她真的到北京来办事，真的有朋友要来接她，她只能顺便来与我约会，不便厮守。我还幻想着带她来北京找工作，我真是个不谙世事的书呆子……"牧典蓝说着说着，陷入了沉默。他不愿再细说那刻骨铭心的一天，但那一天清晰地印在记忆深处，翻出来历历在目。

5

人们看见的，永远是谁和谁在一起，没在一起；看不到的是，谁和谁相不相爱，是用什么方式在传达着爱。

两年前的元旦，北京在一场大雪后变得静谧安详。读大二的牧典蓝一早泡在北大图书分馆里复习,坐在他前面的是一对学生情侣,他羡慕得要死,忍不住给梁昀发去了再普通不过的问候短信:"元旦快乐!"梁昀从不回复他的短信与邮件,他已习惯,如同他发给她的短信从无暧昧词语、从无个性风格,以防被她男友发现出什么来。他用这种可以公开的方式告诉她,他想她了,不要忘记他。

半小时后,梁昀竟然回复短信说,一小时后她到学校正大门来看他。久旱逢雨,牧典蓝使劲掐了一下脸,生痛,确信不是梦,欣喜若狂,起身就往校门奔去。

而梁昀,已在那座有名的古典校门外等着他。她身穿玫瑰红羽绒服,一手撑着酒红色花伞,一手提着购物袋,毛茸茸的白色围巾里,露出一双大眼透过无框眼镜朝他这边张望,见他来了,她的眼笑成了一道弯。

"昀昀!我的昀——昀——"牧典蓝欢叫着奔上前去,张开双臂将梁昀横抱起来,在雪地里不停地打转,那把花伞在笑声中掉落一边。等他把她放下,想去亲快要转晕的她,被她拦住了,说是有朋友马上开车来接她。

"真是显灵啊!昨晚,我梦见我们的前生了,你竟然就来了!"牧典蓝的惊喜超出了吻不到她的失望,依旧激动着,"梦里,我们本来携手投胎到人间,路上,我被一簇红色的花吸引,像罂粟花。我放开你的手,去摘那簇花儿准备送给你。结果,转身再看你,你却投胎到人间,我追赶过来,已经晚上好多年……今天终于把我的昀昀盼来了!你是我的元旦礼物!"

"我生君未生,君生我已老。忘记我吧!"梁昀说。

"我来不是听你说这种话的。你风尘仆仆地来,更不能说这种话。"牧典蓝理了理她耳边凌乱的头发,见她用簪子挽着发髻老成了几分,像新媳妇,就说,"披着长发的你,才销魂。"

梁昀没有理会,把购物袋放在他手上:"我来北京办点事。昨晚逛商场的时候,我觉得这件毛衣挺好看,就给你选了件。北京好冷,愿它给你添些暖和。"

牧典蓝打开购物袋,里面是件枣红的羊绒毛衣。穿上它相当于她的拥抱,这是定情物,他兴奋地说:"我也去给你选件衣裳,你也要穿。"

"不用了。我走了。"梁昀避开他灼热的目光。

牧典蓝以为她来到这座远离利音的城市会回归到她本来的样子,至少不用担心别人对他们说三道四指指点点,他们可以尽情地相依相伴一两天,但她还是从前那样慎独,唯恐多说一句。他的幸福之火被扑灭了,就举起购物袋,有些生气:

上卷

"你不要我送的东西,我就不要它!"

"不要就扔了吧!"梁昀更来气了,还是不看他。

"我不是这个意思……你一来就说走……陪我一天好吗?"牧典蓝害怕她生气,奢望着有单独在一起的一天。

"不了,我得赶回去。"

"为什么不看我?"牧典蓝抱住她的肩,盯着她垂着的眼,直问,"这大都市,即使不下雪,也没人会关心你我。你怕什么?看我一眼都怕吗?我要你看我!"

梁昀与他对视片刻:"好了吧?!"

"我爱你!"牧典蓝见她眼中还是从前那种惊慌,就捧起她的脸,长长地亲了一口。

梁昀由不反抗到反抗,要挣脱,牧典蓝抱紧她说:"别走,亲爱的!来北京找工作吧!我不想你离开我。"

"不可能的。"梁昀有点呜咽。

"我的专业可以去中关村做兼职,你到北京来教书也没问题。"牧典蓝相信自己,也相信她。

"你想得好简单……朋友快来了,我得走了。原谅我!"梁昀还是挣脱了出来。

"记得你的承诺,要等我……"牧典蓝见她还是欲走,悲伤而无奈,"你什么时候回利音?我送你吧!"

"有朋友送,不用了。你保重!"梁昀说完,收起了雪地上的伞。

"你不在,我怎么保重?"牧典蓝牵住了她的手,盼望着她能多留一会儿。

"读过徐志摩的《偶然》吗?"梁昀把手抽了出来。

"读过,不记得了。为什么要读别人的诗呢?读我给你写的诗不好吗?"牧典蓝说着,朗诵起来,"我是向阳花,你是太阳,我固执地成长,只为朝向你的方向。不要说这是错,向阳花怎会背对生命的太阳。"

梁昀潸然泪下。牧典蓝对她的暗恋正是因这首诗被公之于众,成了利音九中的公开秘密,他们从此成了备受争议的师生。

那年八月,高三年级提前补课。牧典蓝听栗天劲说有人向市教育局举报耿校长任人唯亲,这个"亲"针对的就是梁昀,她可能当不了高三的班主任了,要去初中部了。为了这事,牧典蓝一边听着梁昀的语文课,一边在作文本最后一页乱涂乱画了些线条，并模仿她的字迹写下了她的名字，随后在下面胡乱地写了几句话："我是向阳花，你是太阳，我固执地成长，只为朝向你的方向。不要说这是错，向阳花怎会背对生命的太阳。"梁昀讲课时会与学生们进行目光交流，学生开小差很难逃过她的眼睛，她见牧典蓝走了神，就抽他起来答问，是关于罂粟花作文立意方面的，他急中生智答对了。等牧典蓝坐下来，作文本不见了，这是栗天劲经常开的玩笑，他并没在意。下课后，作文本从另一位同学那里像传篮球一样地被飞传回来，栗天劲接篮球一样地接到作文本，最后一页的诗露了出来，就顺口读了起来："梁昀，我是向阳花，你是太阳……"诗就读了这么点儿，全班同学安静了，又惊叫了，口哨了。栗天劲见大家盯着他，就指着牧典蓝说："这是蓝子写的！"牧典蓝的脸红透了，埋到了胳膊弯里，他没有狡辩更没否认。这节课成了梁昀为牧典蓝上的最后一课，第二天年级主任章老师代替了梁昀的位置。章老师见那首诗还留在作文本上，把牧典蓝叫到教研室命令撕掉，牧典蓝不肯，章老师就亲手把它撕掉扔进了垃圾筒，让牧典蓝罚站了一下午。这事一出，很多人说，梁昀去初中部是因牧典蓝出了问题；也有人说，年轻女教师本身就不适合教高中生。

牧典蓝再次读出这首诗，留下了梁昀的眼泪，没有留住梁昀。梁昀走到路边，说是等朋友的车来接，结果等来的是出租车。上车前，她对他说："忘记我吧，忘记我的承诺吧，就像夏天忘记这雪花。"

"怎么可能忘掉？"牧典蓝挡在车门口，不让她上车，坚定地说，"我还有二十多万的高考奖金，能让你在北京安稳地找工作。就算你和邻家大哥订了婚，我愿意把这笔奖金用来为你退婚。等放了寒假，我就回来接你上北京找工作。你是教师，北京很需要教师！"

"真是个孩子！"梁昀满眼决绝，推开他上了车。她没有再回眸，没有把车内的雾气擦出一个心形再痴痴地望望他，她就是她，无关浪漫。

牧典蓝随即从手机上找出那篇《偶然》，他记不起这首诗写了什么，却见那诗写道："我是天空里的一片云，偶尔投影在你的波心——你不必讶异，更无须欢喜——在转瞬间消灭了踪影。你我相逢在黑夜的海上，你有你的，我有我的，方向；你记得也好，最好你忘掉，在这交会时互放的光亮！"这诗他曾读过，嫌它直白如水，没记在心。此时，他读懂了，痛楚难耐，泪流满面，诗句多么普通，却刺中了他脆弱的神经……

上卷

6

牧典蓝一句带过专属他和梁昀的这一天,接着讲起了得到毛衣之后的往事:

"我天真地以为,我还有那笔二十来万的高考奖金作后盾,就可以带昀昀上北京求职,我们奋斗几年就能立足北京,远离利音城的飞短流长。结果,我以为的后盾,不过是釜底下的一块薪,可以助燃,也可能被抽走。

"我的高考奖金除了取走一部分作为大学学杂费开支之外,全部交给父母保管着。等到放了寒假我回到家就找父母要那笔奖金,只敢先要十万,借口是利用寒假和同学合伙在中关村筹建软件公司创业。我想,只要父母给了第一笔钱,那么今后随着'公司'的发展壮大,就可以再把另外十万分批要出来。父亲不许,说春节不回家孝敬父母,翅膀硬了想甩掉穷亲戚,休想!并说合伙生意最不可靠,不许我读书期间创业。好话说了半天,父亲才摸出两千元来,说家里买了套房子,把状元奖金和家里这一年半开小吃店的积蓄拿去交了全款,没办按揭,家里拿不出多的钱了。

"我一听这话,急傻了,直报怨买房子的事怎么没有告诉我,还要付全款!父亲就反问我:'你不是说过,这笔钱我们想怎么用就怎么用吗?'我是说过这句话,那是我领到第一笔十万奖金后用来给父母在利音城里租房子、开状元小吃店时说的。当我准备去北大上学时,父母借着我的名气在小吃店为我办了三天学酒,收到了十万多的礼金,父母就不需要我的那笔奖金了。所以,我记住了母亲的一句话:'奖金我们一分不会动,给你存着,今后你娶媳妇用。'

"计划被全盘打乱,我不能带昀昀去北京找工作,但我很想见见她,就叫天劲出面请她出来参加同学会,我做东。天劲总是消息灵通,却说:'你还不知道啊,梁老师明天要结婚了!'我当时无力得眼泪都流不出,如果我有二十万在手,即使她和男友领了结婚证,我也会抱着奖金去找那个男人谈判,请他放过昀昀,我把钱全给他……我是不是很疯狂?真的,那时我两手空空,什么都没有,急得就跟疯人一样,什么都不管了。

"昀昀结婚那天阳光明媚,却结满冰霜。我穿着她送我的毛衣,一早守在她

| 67 |

的新房楼下。她从婚车里出来，挽着新郎的胳膊向新房这边走来，对我视而不见，她的脸上没有惊喜，没有无奈与悲伤，平和得如尊菩萨。我又气又急又绝望，见她要上楼了，就冲到楼梯上挡住她的去路……我的乞求没有用，眼泪也不起任何作用，只有拉住她的胳膊不放手。她穿着高跟鞋，在台阶上失去了平衡，差点跌倒，她尖叫了一声，新郎上前就给了我一耳光。我没有还手，只怕一还手，松开她就再也抓不住……那时楼道内已乱成一片，大家都认出了我，还对我开打。昀昀急得流下眼泪对我苦苦劝说，拼命要挣脱。我慢慢松开了手，天塌地陷。这时，居然有人提议新郎抱新娘上楼，要做给我看……那些人好可恶！

"我瘫坐在楼梯上，想等昀昀下楼。天劲闻讯赶了过来，把我拉到了他家里。我哭得脸都肿了，不敢回家。本以为这事就这么完了，第二天一早，天劲他爸晨练回来，黑着脸把一张《利音都市报》拍到我面前，赶我走，骂我坏了他家的风水，原来我闹婚的事上了报纸头条。呵呵，《昨日高考状元，今日不速之客》，声称闹剧持续时间长达一小时，真够夺人眼球！报道还配了我抓住昀昀的图片，这是我唯一与昀昀的一张合影，我却不愿再看……你相信宿命吗？我相信。我不可能和昀昀在一起，包括照片上也是。高二那年的班级郊游活动本有张班级合影，我就站在昀昀身后，但我身边的天劲在定格的一瞬间做了个搞怪动作，大手掌刚好把我的脸挡住，合影里似乎没有我。

"我的丑事上了报，不敢回家，如丧家之犬从天劲家逃往火车站，打算远离这座城。半路上，父亲打来电话，用乡下最狠的脏话骂着叫我滚回家。一踏入家门，父亲的皮带就抽了过来，我都懒得解释和抵抗了，这些都不算痛。我又被父亲推搡到主卧室面壁思过，我已两宿没睡，眼皮沉得要命，头痛欲裂，身上生痛，心身都累到极点，倒在床上就失去了知觉。等我从噩梦中惊醒，已是当晚八点多，我被父亲反锁，说是不开学不会放我出这间屋，我就吼道：'只要我离开，就再也不会回家！'随后，父亲开始在客厅砸相框，专门砸给我听……知道吗，相框全是从父母开的状元小吃店里拆回来的，当年由我亲手挂上墙，那里面有我一家人与耿校长的合影，有耿校长向我颁发状元奖学金的合影，有我在九中大门口'热烈祝贺我校牧典蓝同学勇夺全市理科高考状元'横幅前的留影，有我作手机代言、电脑代言、营养品代言的广告图片，还有各种与我有关的新闻报道……这些炫目的荣耀，被我亲手摧毁了，被父亲砸烂了，被母亲扔到了垃圾堆。

上卷

"我被囚禁在屋里过了除夕,过了正月初一、初二……初五这晚,母亲的心软了,想放我出屋,父亲坚决不许,由此,父母从一致辱骂我开始转为对骂和相互指责,家里又吵得要命。我真的厌恶这个家,就背着简单的行李,趁着夜色悄悄翻窗,实施逃跑计划。多么可笑,这套出租房是用我的状元奖金租来的,却成了我的牢笼。逃离这个牢笼很简单,它在四楼,没有防盗栏,但楼下住户的窗外都安有防盗栏,格子形的防盗栏正好连成下楼的阶梯。称不上铤而走险,似乎不到两分钟,我就借着路灯从四楼下到了一楼。

"走出那个租来的家,遥望天空中升起的串串孔明灯,我暗中发誓,不成功不回家。临行前,我再次来到昀昀的新房下面,新房没有一丝光亮,但远处有射灯射了过来,只见那间曾贴有红双喜的窗户上拉着红底白字横幅'此房出租出售'。我身败名裂也就罢了,没有想到也害到了昀昀,让她新婚蜜月也难在这座城市安身……我万箭穿心万念俱灰,恨死了这个世界。我一路狂奔,精疲力竭地停在利音城的老铁桥上。路灯照耀下的利音河宽阔地流淌着黑色的眼泪,悄无声息地带走了我对这座城市的所有眷念。一无所有的我对大学不再向往,对未来不再有梦,对人生没有迷恋。我叫喊着将行李一把投入河中,准备再把自己也投下去,要用最极端的方式向这座城市表达抗议,用最狠的方式报复伤害了我的人。

"在我准备告别世界的时候,有人拍了拍我的肩,问我是不是迷了路。那人体型矮胖,身穿毛皮大衣,身后停有黑色轿车。我神情恍惚,对那人不予理睬。那人就把我强行往车的后座上推,后座上满满地堆着几箱参人堂枣杞酒,那人还给我腾出了个位置来。那人要送我回家,我在后座盯着那人左耳后的大黑痣说:'我要去北京。'那人真的让驾驶员把我送到了火车站,告别时还递了一沓钞票到我手上,并说:'小弟,年轻就是最大的资本,大哥我只能送你这一程,自己的路还得自己走,没人能陪你到终点。'这句话我一辈子都记得,就像那位大哥耳后的那颗痣一样……世间的人是不是很怪?路人都这么有情有义,为什么,梁昀,还有父母,对我那样绝情?

"我又把火车站想简单了,我要回北大,但利音到北京的火车票正月十七都已售罄,有意不让我返回那遥远而寒冷的城市。这时有人来退票,是半夜去成都的慢车站票,似乎这票正是为我留的。我只想尽快逃离这座城,那就去成都,去流浪,要用不可理喻的方式表达我的报复。就这样,我糊里糊涂地来到了成都,

| 69 |

后来还去了峨眉山，再后来到了上海……昀昀读大学时就在这座城市，内心里，我不喜欢上海，有时我会想，我的足迹可能正踩在她的足迹之上。"

牧典蓝自顾自地讲完后，再度陷入沉默，觉得自己有些狼狈。

戴着耳麦的舒茗悦静默片刻，问道："行李都被你扔入利音河了，红毛衣却一直带在身边？"

牧典蓝说："离家出走那晚，红毛衣就穿在身上，差点连我一起投入河里。那位不知名的大哥救了我一命，毛衣也就躲过一劫。"

舒茗悦问："你不恨这毛衣？"

毛衣虽然改变了牧典蓝的命运，却是梁昀离别前留给他最后的温暖，他舍不得丢弃。他难堪地说："毛衣与我一起流浪，与我同享两年悲欢，恨不起来。我是不是特别没有骨气？应该把它碎尸万段才解这个窝囊气。"

"记得有人说过，在心爱的人面前，往往是没有骨气和尊严的。你不顾一切地爱她，她爱你吗？"

"唉，她从不说爱我，从不承认爱过我，但我分明知道她是爱着我的……我没有答案。"

"她有男友，你却让她变了心？"

"不叫变心吧。他们梁孟两家是世交，他俩从小到大青梅竹马。昀昀不忍心让双方父母伤心，只有辜负自己，辜负我。她以为，时间会改变我，只要我以后爱上了别人，一切就解决了。"

"轰轰烈烈爱过的你，还会爱上别人吗？"

"好像，爱不起来了，我心死水一潭。你会爱上什么样的人？"

"不知道。"

"没有爱也没有恨的状态，才是最自然的状态，比如我们现在。"

"昀昀与你还有联系吗？"

"她从不主动与我联系。我找她，她也老在躲避。你不会相信，我的QQ上没有她，她从不通过网络与我有任何联系。我恨她，总是那么慎独。"

"她是老师，背负的责任太多，要为人师表，不能做出格的事。"

"如果是这样还好。有时候我会怀疑自己的感觉，她不愿等我，不理我，也许是因为我来自农村，她不好实说罢了，怕伤我自尊。"牧典蓝反省着，又问道，

上卷

"作个假设，如果你遇到了喜欢的农村男孩儿，会嫌弃他吗？"

"这个嘛，没有经历，就没有发言权，得看天意。我相信，每个人来到这个世界上都有使命，有的人是为了生养你，有的人是为了磨砺你，有的人是为了成就你。昀昀是发掘你的人，章老师是磨砺你的人，一红一黑，成就你年少的辉煌，然后他们都离开。"

"也许是吧。"

"还有个问题。把奖金用来捐款的事，你最后分文不捐？"

"别人逼捐，我捐再多也换不回原谅……他们从不去想我为什么没捐款？因为我家刚从农村进城，爸爸得乙肝，爷爷又失忆，一家人养老的积蓄也没有，得在城里开个小吃店来养活一家。达则兼济天下，穷则独善其身，那时的我刚咸鱼翻身，有了家庭顶梁柱的责任感，还没来得及想到穷人还要给穷人捐款。有人用恶毒的话逼我捐，我偏就不让他得逞，就要气气他。我当时不捐，奋斗到死，再裸捐，总可以吧！"

"你看到的只是一部分人的指责，还有一部分人并没指责你，比如我啊！"

"谢谢！"牧典蓝扫了一眼电脑上的时间，凌晨两点多，又说，"女神，你真是神奇的人，让我能一口气讲这么多，我好累好累。"

"让你说出了你不愿说的秘密，你会后悔吗？"

"我再也不会讲起这些，眼泪早已流干，层层裹住那些往事，它将沉入心底最深一层，化为琥珀，那是一滴坚硬的泪。"

舒茗悦神情哀伤："你的那些日志，我今天才算读懂了。"

"你没有亲身经历，怎么会懂？感谢你没有像其他人那样骂我、笑话我。"

"每个人如同一种动物，都是有局限的。狮子笑燕子只吃蚊子，燕子笑金鱼不会飞翔，金鱼笑狮子和燕子会被淹死，是不是很可笑呢？"

牧典蓝凄楚一笑："谢谢你的理解。不说了罢。好累！"

"你们都像一种花，为对方开得好荼蘼。"

"我们都是对方的罂粟花，有人视它为邪恶之花，有人拜它为神花。"

"我视它为神花。"

"谢谢！晚安吧！"

第四章　有家难归

1

如果问爱上一个人要多久？半年。如果问喜欢一位网友要多久？三个月。这是牧典蓝的答案。

来上海认识舒茗悦有三个月了，牧典蓝赶在春节前与她有了一场从未有过的约会，算是网友见面，也不算，舒茗悦是网友，也不是。

易品城广场，大红灯笼高挂，三角串旗曼飘，萨克斯音乐《回家》在广场上空飘荡，密密麻麻的人头和沉甸甸的包裹涌动着过年的忙碌气息。

牧典蓝伫立在广场路边，等待舒茗悦的到来。阳光如绵，洒在他身上，寒风如手，拨乱了他的发型，也拨动着他欢快的心弦。他四下张望，目光停在身边大树梢上一个黑簇簇的鸟巢上，它空落落，孤单单，如他失去了爱的巢穴。他的巢穴什么时候会充盈欢歌，又会由谁来充盈？是舒茗悦吗？他明显地感觉到，对她的喜欢，是一剂良药，让他埋在心底的创伤愈合了许多。

这场见面是三天前临时说起的。三天前，牧典蓝通过"黄牛党"拿到了上海至利音的春运火车票，计划在股市休市后和栗天劲一同回家过年。但他没有回家的兴奋，更多的是回家的烦恼，他甚至不敢告诉家人要回家，打算给家人一个惊喜，不，只能叫惊诧。他离家出走前说过狠话"只要我离开，就再也不会回家！"决不回家不可能，他曾暗中发誓，是死是活不会要家里一分钱，如果事业无成，就不回利音见人，他要衣锦还乡。

两年没有回家，牧典蓝几乎与家人断绝了联系，他不知家人身体是否安好，

上卷

爷爷是否更加健忘，父母开的小吃店生意咋样，他愧对家人。他相信家里安好，如果有什么事，父亲找不到他，会通过栗天劲捎信，就像上次爷爷去成都住院那样。

回家，有时仅仅是为了一个人，他并不想见父母，却特别想念老去的爷爷。爷爷把他从小带大，爷爷还记得他时，留给他的最后一面是在落泪，这是他最大的遗恨。那是他高一寒假收拾行装准备上学时，还在休养的父亲责怪他成绩不咋样，还不能回来做农活分担负担；母亲因他姐姐外出打工为他挣学费没有回家团圆而叹气，说全家人都在供他读书，看他今后怎么来报答。爷爷则说只要他愿学就好，总比他父亲小时候宁愿被揍五十个屁股也不写字，还不学着做木活强，并拿出积攒的两百元钱递给牧典蓝作零花钱。牧典蓝能猜到，只要收了爷爷的钱就会遭来父亲一顿奚落，不敢接手。爷爷就拿着钱追着要塞给他，他又塞回到爷爷手中。如此这般，爷爷追到他上了村里的渡船，就把钱一把扔到船上，以为他会带走。他没想那么多，从船上捡起那把钱，又扔回到岸边。船开动了，爷爷吃力地捡起岸上大大小小的钞票抹着老泪哭了，他也哭了……等他暑假回老家时，爷爷头部受伤已经不认识他。那时，他直后悔寒假没有收下那笔钱，如果收下，爷爷一定好开心，即使失去记忆，至少开心过，而不是伤心过。

离家两年，牧典蓝两手空空，回家成了心理承受力的考验。按老家的规矩，打工回家后要拜访亲戚，老老少少光打发压岁钱就让人吃不消，钱包不鼓的人回家是件四处丢脸的事。他已经让父母丢尽了脸，再也丢不起了。当他纠结在"与家人联系还是不联系""回老家过年还是在上海过年"之中时，就向舒茗悦说起了这件烦心事。她的回复很简单："想回家，没理由，又不是做论证题。"她不知道他放弃大学再回家有多复杂，不知道落魄的他要去面对那么多东家长西家短的父老乡亲，需要何等胆量。他清晰地记得，读大一的那个春节，乡里那些狭窄的水泥路边停了好些挂有北京、广州、浙江等外省牌照的高级轿车和越野车，父亲就对他说过："看你这个高考状元今后开什么车回老家，如果是面包车，就别回来丢人现眼！你姐夫，高中文化，都准备去买八十万的挖车了！你姐夫再有钱，都投在工程上，没有牧家的份儿。牧家就等你来撑脸了！"无论怎样，牧典蓝还是想回老家看望爷爷，那个从不要求他成功与发财、从不要求他回报的爷爷，虽然爷爷不再记得他。

月升星落，时光悠悠，牧典蓝与舒茗悦聊起来总是滔滔不绝，他开始称她为"女神",她称他为"蓝筹"。这些都还不够,他很想真真切切地见见这位有些梦想,有些执拗的漂亮女神。眼看要离开上海,他鼓足勇气提出在回老家前来华年网亲眼看看她,也看看网站。她却担心他见了网站,会像有的编辑那样从此消失,很是没趣。加之她正在练车,准备春节后参加驾驶证考试,并不赞成见面。最终,他把见面地点改到了他们上次相遇的易品城大门口,她才接受了邀请,算是实现他一个新年心愿。

牧典蓝见舒茗悦主要有另一层用意:向她道谢。他的"王牌分析师"博客在她的炒作下已经有了一批忠实粉丝,有合作意向的博友有好几位。怎么谢她?他准备好了信用卡,考虑到了好多家可能去的咖啡店、公园和电影院,甚至考虑到了送她服装和饰品什么的。但他从家里出发前才意识到,忘记包装自己,为此,他在家里折腾半天弄了个手忙脚乱,只比约好的见面时间提前一分钟赶到了这个见面地点。

幸好,舒茗悦还没到达。

想起一早的忙乱,还有打扮敷衍的自己,牧典蓝不由忐忑起来。

其实牧典蓝早早就在准备出发,穿衣镜里,他转来转去地看着那个穿着棉质墨绿夹克的自己,头一次发现这件最喜欢的廉价棉衣已经不成型,有些泛旧。寻遍衣柜,他挑了件灰夹克,胸口皱着。他把皱处打湿,拿来不锈钢大盅子加入开水当成熨斗熨了熨,哪知盅子底没有擦净,不知哪来的油腻东西被熨了上去。洗,吹,干,那块看似洗净的污渍边沿却出现了淡淡的洗衣粉印子,放弃。他重新选出一件二折买来的休闲西装,从身后看去,胳膊肘的位置上有两块装饰补丁,怎么看怎么难看,像掰开的猴屁股,与裤子极不协调。他直怪自己不会服装搭配,单件服装买的时候都不错,集到身上就有了错,总显得土气。有人五官都长得好却不漂亮,有人五官都不出众脸蛋却很有味道,他搭配服装就属前者。栗天劲就曾笑话他没从乡下脱俗,不会穿衣服,可惜了他这衣架子。他又把整套金利来工作服套上,有了卓尔不群的味道。这是见美女的样子吗?是当操盘手去战斗的架势,是谈私募业务的架势!倒腾半天,没有一件可心的衣装,他直后悔粗心了,忘记准备一件用来见面的外套。最后,那件墨绿夹克回到了他身上,这是他钟爱的一件,柔软、暖和而舒适,再穿三年也愿意。他又注意到外套里面的羊绒红毛衣,俗话说红配绿,丑得哭,怎么一直没发现?他在衣柜里翻了个底朝天,有的毛衣

上卷

起球了，有的皱了，质地都没身上这件好。出门前还得整理头发，他恼火地发现，横梳竖梳，造型都不合意，头发好长，理发来不及了！

牧典蓝承认在穿着问题上严重失误，真是大意了！不是，是太忙了，为了加紧补上金融专业的课，尽早熟悉证券市场并了解其他投资市场，他每天的睡眠时间最多五个小时，恨不得一天只睡两个小时。他把能挤出来的空闲时间都花在与舒茗悦漫聊去了，尤其是这一个月，视频里的他看上去什么都不缺，他也就真的以为什么都有。

没有时间纠结打扮，牧典蓝在光线昏暗的门前匆匆蹬上皮鞋出了门。赶到小区门外的一家花店，正愁不知给舒茗悦送哪种鲜花恰当，无意间注意到脚下的皮鞋：天啦，左脚是六成旧的鞋，右脚是三成旧的鞋，A鞋配B鞋！回家重新换好鞋，他已经没有时间再去挑选鲜花，空手坐上了那趟开往约会地点的直达公交车。想起全身从上到下、从里到外都是旧的，他告诫自己千万别这个样子回家过年，父母肯定怕他出门丢脸。

牧典蓝赶到约好的地点，没有迟到。舒茗悦却迟到五分钟了。难道她有不守时的小毛病？

舒茗悦还有一个小毛病，是常人所不理解的，那就是不管不顾做华年网。最初，牧典蓝认为舒茗悦太不简单，年纪轻轻就创办起纯文学网站，这段时间，方知她不是那么风光。

舒茗悦中学时代就酷爱读中短篇文学作品，一写起文章来不由自主地会和名家相比，一比起来就没有信心将文章示人。她的日志不是真正的文章，总是些算不上作品的碎碎念小心情。读大一时，她突发奇想，要办个文学网站，收录精品美文，建成一座网络美文博物馆。她注册了域名、购买了虚拟主机、利用网站赠送的网页模板建起了"华年精品文库"网站，并到各大网站疯狂收集心仪的中短篇文章分类入库陈列。忙活了大半年，她发现网站主要是朋友在浏览，没有发挥"博物馆"的价值，有人还指出网站侵犯版权。她意识到要让网站、作者与浏览者互动才有生机，也就是要大家来写文、读文和评文，于是就邀请写手们去她的网站安家。没有名气的网站少有人光顾，难出精品，点击量可怜，门可罗雀。她只好一边寻找合作者，一边留意活跃的网络写手和其他文学网站的编辑，只等时机成熟就请写手们来网站安家。她办网站的想法多，标准高，能坚持下来和她一起全心做精品文学网站的人却没有,势单力薄的她眼见着网站积成了灰,却没有办法盘活,直到未艾的加入才有了质的飞跃。

未艾从中文专业毕业后做过保险、快递、广告策划、网络小说枪手,后来在一家大型商业文学网站任专职编辑四年,做到了副总编一级。商业网站的运作模式一改再改,对能产生明显经济效益的岗位不断倾斜,副总编这种不能直接产生经济效益的职务成了只能吃草还必须产奶的工种。加之网站时常拖欠编辑工资,未艾一气之下带着方绪和佳嘉两位心腹编辑来到华年网,随着这三位而来的还有一大帮粉丝、写手和几位兼职网编。

未艾办文学网站的理念和舒茗悦有些冲突,尤其是要大量引入原创长篇小说。舒茗悦认为长篇质量难有保证,会影响网站品质,不是她理想的精品文学类型。几经争论和探讨,他们都做了妥协,决定不以精品为建站之初的标准,先以搭建原创平台聚集人气为起点,边办边完善,逐步让网站精品化。未艾和编辑们大刀阔斧地对网站进行升级改版,动员网络朋友把作品搬到华年网垫底,招聘编辑写编者按,引入长篇小说让读者欲罢不能,甚至制造争议吸引眼球……大家废寝忘食地忙活了几个月,网站面目一新,有了正规文学网站的标致模样。

先前的网站属个人网站,功能单一、界面简陋、会员稀少。若要成为经营性质的网站必须要取得互联网经营资格的许可证,并对后台管理系统、数据库等进行大规模升级。为了让网站名正言顺地开展收费业务,舒茗悦找父亲资助注册了"华年文学有限公司",注册资本一百万元,取得了ICP经营许可证,将个人网站升级成了经营性质网站,并改名为"华年美文网"。在她看来,数家大型商业文学站各占一壁江山,要么有千万甚至上亿的风险投资入注,要么被其他公司收购,已经把商业文学地盘瓜分殆尽,她无力竞争,那么就走人家不屑走的路,占一片纯文学的江山,给纯文学爱好者一片纯净而稳定的天地。

网站建成有三年多,正规运营不过一年,有了些人气,但现实问题让人抓耳挠腮。网站每月基本运营成本四五万,主要的收费项目——长篇收费阅读并没什么盈利。靠明星作家提高订阅量?网站还没有那样的名家,"大神"作者热衷和大网站签约。未艾算是华年网推出的"大神",粉丝有限。靠媚俗小说吸引订阅?网站从不推荐有低俗内容的作品,低俗情节太多的小说不能通过审核。另一收费项目就是用华年币购买礼物和道具,可以送给心仪的作者。但读者很精明,会以最省钱的方式，在最短的时间，看最多最感兴趣的内容，懒得以举手之劳为喜欢的作品投一张免费推荐票或者点一个赞。在这个有免费就有市场的网络国度里，要靠网民付费来盈利，那得让网民达到上了烟瘾、酒瘾甚至毒瘾的程度才行，纯文学不是网民的生活必需品。

纯文学不能与商业文学抗衡，小网站不能与大网站较劲，如果要问困窘的华年网在赚什么，只能说在赚人气。网站的维持主要是靠另外两大经费来源：舒茗悦的父亲每月会提供三至五万的赞助资金，她戏称为"天使基金"；另一项是凭着网站的ICP证发展挂靠网站，收取挂靠费，她戏称为"第三产业"。凭着这两大资金来源，其他四位专职编辑们暂能勉强度日，再多增加一名专职都养不起。舒茗悦说，父母本意是想让她出国留学，但她除了做文学，没有别的兴趣，她自知天资平凡，只想一生做好一件事，那就是做好华年网。

所以，舒茗悦的新年心愿就是俗俗地发大财，包括得到风险投资家、文创投资家的投资，给网站升级改版，把网站建成高品质的纯文学平台，让那些写手和编辑们削尖脑袋都想来她的网站。牧典蓝懂她的苦心，很想帮她一把，实现她的心愿，但他还属泥菩萨过河自身难保。

舒茗悦问过牧典蓝，很多人不理解她的这种做法，讥笑她不知趋利避害，为什么他从不笑话她？牧典蓝说，在北大读书的时候，有两类人印象特别深：一类是超级学霸型，他们除了拔尖的成绩，该有的却没有，没有朋友，没有笑容，没有生活能力；另一类是超级洒脱型，比如一些老教授，除了书籍，别人有的却没有，没有好房，没有名车，没有酒局，其实为人谦和的他们是专业领域的泰斗。如果说比尔·盖茨那样的世界级富翁兼慈善家一生是豪气，非凡人能及；那么，在校园长椅上读书的老教授则一生是诗意，牧典蓝觉得诗意的人才是凡人可以达到的境界……

2

遐想间，一辆黑色奥迪A6在牧典蓝面前停下。舒茗悦来了！她是有专车接送的大学生，专车正是这车型。

车门打开，蓝色调的舒茗悦从副驾驶室里站了出来。她的脸白里透红细腻如脂，眼影淡蓝，修身风衣孔雀蓝，白色毛衣上有条五彩金线花丝巾也以淡蓝为主，黑色靴子衬着她笔直的腿，斜挎的白色软皮包上几条蓝线条简单勾勒出牡丹的轮廓虚实实。她的长发一圈一圈地盘着艺术发型，犹如绵绵云朵，头顶上还有一股小辫子从左耳绕到右耳。没有任何首饰装点的舒茗悦多了几分淑雅与端庄却不失华贵，眼里那股调皮劲依然呼之欲出。

　　这已不是视频里那个简约的女神，而是亭亭玉立在眼前的华美女神。牧典蓝突生一种直觉：这是他生命中的女人！这么多年他想努力摆脱梁昀带给他的纠结思念，渴望遇到一位能拉他出苦海的人，这个人似乎找到了，她就这么翩翩地飞来了，好美的蓝蝶！

　　牧典蓝本想与她礼节性地握握手，但握手得由女士主动才行，她不主动，他只有放弃。他向舒茗悦问了好，有点不知所措，就用手捋了捋随风乱飞的头发。

　　"抱歉，我迟到了。"舒茗悦歉意地浅笑着，清澈的眼睛看着他。

　　"我也才赶到。对不起了，我连一束花也没来得及给你选，就这么空手来了。"牧典蓝有点拘谨，觉得还是应该送她一束玫瑰，无关爱情，但能表达对她的喜欢。

　　"有必要那么客套吗？"舒茗悦嫣然一笑，露出白玉般的皓齿。

　　"我能猜到你迟到的原因。"牧典蓝的目光停留在她漂亮的发型上。

　　"你猜看。"

　　"在美发店弄发型耽搁了时间。"

　　"你好厉害，猜到一半！"

　　"还有一半是什么？堵车？"

　　"我没去美发店，这是我自己做的发型。"

　　"你有这样的手艺！见识了！"牧典蓝惊叹道，他无法想象那样的发型自己怎么去做。

　　"中学的时候，我爸妈经常不在家，我一个人无聊，就对着镜子做好多种发型玩。今天想起再做做，手很生了。"

　　"美极了！头顶这股小辫子是怎么辫上去的？看不到开头也看不出收尾。"

　　"这是压发。"舒茗悦把那股小辫子从头顶取下来，给他看了看，又戴了回去，"从前我可以辫得这样好看，现在辫不出了。"

上卷

牧典蓝的心怦然一动，好可爱的女神！她取下压发给他看那个动作，还有那无邪的眼神，竟有着贴心的亲近感，邻家女孩一般。想起她为这次见面亲手做了次发型，他心花怒放："第四次见到你了，每次见到你都不一样。"

"有什么不一样？"

"第一次，你是假小子大学生；第二次，你是摄影师；第三次，你是高端消费者；这一次，你是美发师了。"牧典蓝带着她边走边说，面前有相并而行的投影让他特别受用，形影不离的感觉真好。他想凝视她，却又羞于长久的对视。

舒茗悦环视四周，不知究竟要往哪里走，笑道："你选这个地方好有创意，像是节前来大采购的。"

牧典蓝抓了抓头发，不好意思了："没想到这一带这么热闹，比我想象的嘈杂，委屈你了。这里对我们最有意义，这是第一个地点，起点，我说了算，我们先转转；接下来的地点一直到终点，你说了算。"

他们相视而笑，沿路并肩而行，没有客套话，没有鲜花，似乎是多年的朋友。牧典蓝已经不只是想简单见见她了，很想和她到处走一走，看一看。

牧典蓝再次看了看她的一身："你的打扮和我猜想的不一样。"

"哪些不一样？"

"我以为，你会身着正式的套装，手拿名包。这才是网站老板的标准模样。"

舒茗悦调整了下肩上那个不知什么牌子的休闲挎包："你也没西装革履嘛！我不喜欢名包，喜欢工艺休闲包。"

"为了省钱办网站？"

"好的工艺包也是奢侈品，不过中看不中用。名包的里外都有标识，就像一张高清大图上打满了水印，我不喜欢。还是普通的工艺包好，中看也中用。"

"你的看法就是与众不同。"

"你的火车什么时候出发？"

"除夕前一天上午，第二天中午到。你回成都是什么时候的飞机？"

"除夕清晨的，中午能赶上吃团圆饭，初三就回。"

"时间真够紧的。你父母忙，你可以在成都多玩几天吧？"

"这次回去主要是接婆婆爷爷到上海来玩玩。也许，会把芸儿姐带过来，陪她玩段时间。"

"她还好吧？"

"芸儿姐还是很自闭，老把自己关在屋子里，老说不愿成为大家的负担，不用管她。家人愁死了。"

"心理医生能治疗吗？"

"这病是精神癌症，治疗也没什么效果。我爸妈老骂我没上进心，太不像他们，看到芸儿姐那样，再也不说我了。"

"是这样，经过比较才知道什么是福什么是祸。和健康的身心比起来，成败并不那么重要。"牧典蓝这么说着，但他深知，成功对一个正常人是何等重要，别人不成功才不重要。说话间，他注意到易品城旁边有座高楼，顶层有三百六十度观光咖啡厅。他侧过身，面对着她指了指那顶楼："那里有咖啡店，上去瞭望一下怎么样？外面有些冷。"

舒茗悦的目光并没向咖啡店转移，只盯着他外套胸口处露出来的红毛衣，咬了咬唇，笑了笑："还穿着这件心爱的毛衣啊？至少穿了四周吧！"

牧典蓝看了看胸口，难堪一笑："我还没添什么新衣裳，这件毛衣算是当家毛衣了。要不，陪我去逛逛商场，我去买点新衣裳换换。"

舒茗悦抬起左手瞟了下手链似的表："你去选衣裳吧，我回家了。"

"我的意思是说，我们一起去选，你也选过年衣裳。"牧典蓝意识到说错话了，纠正说。

"我不需要那些。见也见了，说也说了，你的心愿也实现了，我回去了。"

"我不选衣裳了。你说去哪里？都行。"牧典蓝着急了。

"网站要升级，我还有很多事要回去办。"

"我是不是哪点得罪你了？如果是，我先说声对不起。"牧典蓝见她目光躲闪，感觉不妙。

"没有啊！你想多了。网站正在对服务器进行升级，再不扩大数据库容量，那些数据就饱和了，容易造成数据丢失。我没空，真得走了，再会吧！"舒茗悦做了个再见的手势。

牧典蓝见她转身就走，一把抓住她的胳膊，想留住她。

舒茗悦停下来，睥睨着他："我不喜欢别人碰我！"

"对不起！"牧典蓝松开了手，解释道，"我从来没与谁这样见过面，也不知道怎么说话为好，刚才说得不对的地方，你别生我的气。"

"我能生什么气？"

"你的眼睛告诉我，你生气了。我哪点没做对，你得让我明白啊！"

"没有做得不对的。我真的有事，不能陪你了。"

"真若有事，你不会让驾驶员那么走了。"

"没走，就在这商场的地下停车场。"

"别骗我，停车场在左后边，你的车去的是右前边。我肯定做错什么了，你才突然改变了主意。"

舒茗悦很直爽，指了指他的红毛衣："你穿着这件毛衣来见我，是对昀昀的不尊重，也是对我的不尊重。就这样，可以了吧！"

牧典蓝张口结舌，支支吾吾："我，我没想那么多……我，我还没有时间去选毛衣换。"

"周末整天待在电脑前，还没时间？"舒茗悦不信，她掏出了手机打起了电话，"冯师傅，回来接我一下，就在刚才下车的对面街道。"

"你真的这么快就走？"

"春节快乐！一路顺风！"

牧典蓝定下的约会起点，成了舒茗悦的约会终点。她的心已飞走，他的话都是徒劳。她步子轻盈，他心生悲凉。她的风衣如蓝蝶飞舞，他的眼里涌出了泪水。他仰天长望，让泪水被风吹掉。怎么会如此疏忽：她穿着蓝衣而来，自己怎么能再穿红毛衣！

舒茗悦走到街对面等车，牧典蓝就在街这头目送她。车流在他们之间划着六道分隔线，分隔着他们似乎相对，却不再交流的目光。

这一刻，牧典蓝的心坠入冰窖，决定放弃回利音过年，寒酸如此的他，有什么勇气和胆量回家！

第五章　特殊客户

1

没有什么比睡着难得的懒觉，梦见持有连续十个涨停的股票，却被可疑电话戛然而止的事更窝心。

可疑电话是栗天劲打来的，催牧典蓝九点之前火速赶到虹口区的东方海运大厦，顺帆公司董事长有召见，应该有一百万找上门了！栗天劲正在驾校练侧方位停车，详情等会儿短信发来。

梦里梦外都被钞票沐浴，牧典蓝有点分不清是庄生梦蝴蝶，还是蝴蝶梦庄生。

昨天是愚人节，栗天劲说晚上要带个同学到牧典蓝家借宿，牧典蓝把被子准备好，等到晚上十二点方才醒悟上了一大当。今天这家伙是不是有愚人节的惯性？信，还是不信？迷糊片刻，牧典蓝清醒过来，从铺里一翻而下，穿上金利来，匆匆打理一番，空着肚子向顺帆海运公司总部赶去。栗天劲是个可以装病装傻装死，却在经济问题上从不装腔的人。

一百万，意味着能在上班时间管理这个账户。牧典蓝从沈奇那里打探到，沪泰公司默许交易员上班时间"做私活"，也就是管理自己个人客户的账户。不过，资金至少上百万，除了严禁做"老鼠仓"之外，还有三大要求：账户必须在指定的几家证券公司开户，在指定的几家银行办理资金第三方托管，必要时账户要交公司管理。也就是说，交易员的"私活"账户可以不向公司交纳管理费，但会被公司监控，随时可能被公司无偿借用，届时的亏损风险，由交易员自行承担。

栗天劲不拿经济开玩笑，但是要让他与顺帆公司董事长有所联系，必须来个脑筋急转弯。牧典蓝的脑筋怎么也转不过弯来，怀疑又被栗天劲给愚弄了。要知道，栗天劲认为做海运操作员是为他人作嫁衣，随时准备开溜，对公司的高管层也不闻不问，嫌山高皇帝远，他嘴上的最高长官就是代理部的负责人闻经理。在码头忙活的底层小员工，几乎没有机会去那座海运大厦，即使栗天劲撞见日理万机的董事长，怎么可能与董事长的账户牵扯到一块儿？

牧典蓝在出租车上收到了栗天劲发来的一些基本信息，其中"舒秉浩"三个字让他瞠目结舌，这个名字他几乎忘记。此人立即与一个孩子联系了起来——欧帝，远在成都的欧帝！欧帝的父亲就叫舒秉浩，欧帝就有很多集装箱船模型。这个"舒秉浩"如果是那个"舒秉浩"，那么牧典蓝与舒秉浩还有过正面接触，他们的对话加起来也就十来句，他没有让舒秉浩满意，舒秉浩留给他的印象也不佳。这还得从牧典蓝当家庭教师说起……

牧典蓝从峨眉山上下来后成了欧帝的家庭教师。住着两层楼别墅的欧帝虎头虎脑少言寡语，胆子小得怕黑怕静，胆子又大得小区里的大狗小狗都躲着他。欧帝平时见不着在外地工作的父亲，也难得和母亲在一起，还没有什么小玩伴。牧典蓝做全天候家教不如说是专职陪欧帝，陪学陪吃陪玩。欧帝被母亲池墨溺爱着，他不喜欢的家教很容易被辞退，家教协议是以月计，而不是以学期计。池墨对牧典蓝的要求繁多，概括下来就是：除了作为教师当说的话外就当哑巴，除了为人师表外不要有任何陋习把欧帝教坏，要和欧帝说普通话说英语不要说四川话。牧典蓝极为珍惜这份来之不易的工作，尽量让母子满意，只要欧帝没有原则性的问题，能放一码也就放一码，即使批评，也要换成有趣的方式。

八月的一个半夜，牧典蓝想起了那首八月写给梁昀的诗，想起了梁昀，想起了他离开半年的大学，想起没有目标的未来，难以入眠，起身去楼下的花园散心。路过欧帝关闭着的房门，屋里有键盘声，开门一看，欧帝正在对网络游戏的程序进行设置，凌晨三点了，这还了得！牧典蓝不言不语立即对电脑进行设置，让游戏无法启动。欧帝对电脑比较精通，其他家庭教师想在电脑方面约束欧帝不是对手，唯有懂计算机的牧典蓝能让欧帝失去对电脑的控制，加之牧典蓝设置的速度极快，欧帝始终看不清设置了什么，欧帝平时对他又怕又服。欧帝发现游戏权限被全部收回，开始对牧典蓝进行辞退恐吓；恐吓不行，就不听从辅导，再来个开学测试语数外不及格。池墨不相信欧帝半夜还打游戏，认为牧典蓝教育不得法，欧帝学习倒退，就在一天吃完早餐后突然辞退了牧典蓝，并多给了五百元的工资表示歉意。

牧典蓝收拾行李准备告别池家，到家辅导欧帝的钢琴老师胃痛复发就提前告辞，请牧典蓝监督欧帝练琴一小时。欧帝不喜欢音乐，讨厌钢琴，坚决不练琴，直管跑到花园里玩。牧典蓝好言相劝说，大清早不练钢琴也该学点课程才好。他见欧帝给大狼犬"烈焰"松铁链，就阻止欧帝独自遛狗以防烈犬伤人。欧帝却说新家教要来了，要让"烈焰"轰牧典蓝出门。"烈焰"露着长舌长牙亢奋着要扑来，它比欧帝还莽撞，比士兵还忠诚，比人更擅长搏斗。牧典蓝怕出事，就近从厨房侧门跑向保姆房间躲起来。"烈焰"常年关在花园里吃狗粮，极少外出溜达，长得肥滚滚，跑起来都显吃力，它追向牧典蓝，笨拙地窜入厨房。中年保姆在灶台前刚把焯水的母鸡肉捞起，正将不锈钢锅中的废水端起朝洗碗池倒，为了躲避突然冲到面前的"烈焰"，趔趄几步就摔倒了。锅中滚烫的水泼到追来的欧帝脚前，水溅到欧帝小腿上。欧帝踩到地板上带鸡油的开水中，跌倒在地，躺在了开水中，惨叫起来。牧典蓝闻声跑来，迅速向欧帝身上泼大量冷水，在确定衣服和皮肤没有粘连后才脱去了湿衣裳。一番手忙脚乱，欧帝身上起了大片的烫红和轻微的水泡，并擦上了鸡蛋清，还算有惊无险没有大碍。在楼上做面膜的池墨听到异样跑下楼来，保姆边哭边说"不是有意的"，"烈焰"似乎知道闯了祸，趴在一旁耷拉着脑袋背着耳朵委屈地看着欧帝。牧典蓝见没有他的事了准备离开，欧帝拽住他的衣角低头不语，死不放手……

那天之后，池家母子对牧典蓝的态度有了质的改变。在这之前，牧典蓝因为拿不出一万的押金，包吃包住包交通费的七千月薪只能领到两千，剩下的五千要延迟三个月才能到手。在这之后无须押金也领到了全额月薪。偶尔，他还受池墨的委托去办一些简单手续，或者带上欧帝参加朋友聚餐，从中知道了池墨在炒股、建房、炒铺面、炒车位，她真是个能人。

十月底，欧帝的十一岁生日快到了，他在房间的小白板上写着：我想爸爸舒秉浩。牧典蓝看着这个不见其人却见其名的名字，不明白欧帝的父亲怎么不姓"欧"，或者说欧帝怎么不姓"舒"，甚至连"池"也不姓。他不能去探问原因，猜测这个舒秉浩可能是继父。

牧典蓝在欧帝生日头晚见到了舒秉浩。舒秉浩体形微胖，印堂发亮，红光满面，

上卷

身穿休闲装,步伐矫健,打量别人一眼,满瞳孔都是赢家才有的自信。从舒秉浩和欧帝的亲热劲和相似的模样看起来,此人又不似继父。

欧帝生日那天舒秉浩整天没有离开别墅,似乎有意在陪家人。直到晚上,舒秉浩才把牧典蓝叫到客厅,了解欧帝的学习情况。得知欧帝在电脑方面有悟性时,舒秉浩误解成了欧帝痴迷电脑游戏,要求牧典蓝认真加强管教,又责怪牧典蓝没有尽职。牧典蓝解释说,学生的大脑不能完全被课本占领,要留些空间思考课本之外的东西,欧帝对钢琴不感兴趣,却对软件程序有悟性,花些时间去思考感兴趣的问题其实更好。这期间,舒秉浩的手机震动了几次,并没接,过后还是接了,告诉对方说打错了。片刻之后,手机又震动,舒秉浩就去了卫生间。坐在旁边的池墨感觉到了异常,一直瞅着他的背影。牧典蓝听出舒秉浩对他的教育理念并不认同,就琢磨着怎么来消除这种不满。当舒秉浩回到客厅后,欧帝则有意避开电脑的话题,要爸爸讲上海的故事。舒秉浩也就只管逗欧帝开心去了,讲起了上海新建的跨海大桥、摩天大厦、网状地铁之类,只当牧典蓝不存在。

半夜两点,客厅传来砸东西的声音。只见池墨身穿白色睡衣蓬头乱发涕泗横流,带着醉意站在大厅博古架前摇摇欲坠,失去了往日的娇贵优雅。博古架上的名贵陶瓷、玉器、工艺玻璃已经被她扔得差不多了。地上是一堆零散不堪的彩色碎片,如同她凝固的眼泪,大滴小滴,涩的苦的,让人心碎。欧帝没见过这场面,不知怎么回事,前去抱住池墨大哭不止。池墨抱着儿子痛哭道:"妈妈对不住你,没有拴住你爸的心……他不要我们了……"

那个深夜里,池墨一改往日的贵妇之态,一边喝着红酒吸着女士烟,一边给牧典蓝讲起了池家的许多往事。原来舒秉浩是成都人,在上海有家室,欧帝是私生子,欧帝不姓"舒"是为了暗示舒秉浩儿子还没名正言顺。舒秉浩在欧帝生日这天都会回成都,通常不出门,害怕遇到熟人。舒秉浩不许池墨母子去上海见他,也是怕遇到熟人。池墨一直在等舒秉浩离婚娶她,结果这晚有年轻女人打电话来讥笑她老了,拴不住舒秉浩了。此外,池家的奢华并非靠舒秉浩,而是靠池墨的弟弟池俊,一位蜀润证券公司的操盘手,一位毕业于北京大学的高才生。从某种角度上讲,舒秉浩发家资本的积累就是靠池俊。但池俊已死于妻子之手。

舒秉浩的风流史毫无新意,牧典蓝对其印象若有若无。池俊的悲情剧才叫振聋发聩,从此,牧典蓝对证券有了兴趣,并偷偷学炒股,幻想着像学长池俊那样拥有超人的财富……

舒秉浩的那次出现产生了蝴蝶效应，让一个从不关心股市的人阴差阳错地走入了股市大殿。现在，牧典蓝又将走到舒秉浩面前，让蝴蝶效应的翅膀继续扇动，不知又会卷起什么样的风暴。

2

有什么样的气度，就讲什么样的排场。

舒秉浩的办公室面积有六七十平米，有着海洋般宽阔的气场。东面的玻璃墙展示着窗外巨幅城市画卷，黄浦江两岸风景尽收眼底，浦东的超高地标建筑一览无余。沪泰公司与那些非凡建筑近在咫尺，但公司里找不出任何一个角度能看到它们，据说卢加兴有意避开了那些建筑，认为有它们压在眼前，公司永无出头之日。

黑色弧形大老板桌旁坐着的正是欧帝的父亲舒秉浩，春日的暖阳洒在他身上，他的脸带有了金色，与黑色的西装呈现出对比强烈的明暗色调。

"舒董，早上好！"牧典蓝诚惶诚恐，不知舒秉浩是否记得他，不记得最好，如果记得，不知是否会相信他。

舒秉浩乍一看见牧典蓝时略显吃惊，细看了一眼，确认是，才从大班椅上起身，用手掌指着桌对面的皮椅客气地招呼道："牧老师，请坐，请坐！"

牧典蓝刚就座，一杯茶被接待员递上，茶杯是青花瓷的。茶香飘来，那茶叶扁平光滑，挺秀尖削，有沉有浮。他认出这是龙井茶，在池墨家他有时泡这种茶，更多的时候是泡竹叶青。舒秉浩面前的茶杯则是盖碗形的玻璃杯，杯中的龙井是道飘动的景，春天般的景。

舒秉浩虽是客气地招呼着，仍有拒人千里的气势，让牧典蓝心里发怵，似乎一句话不讨他开心就可能被驱逐而出。牧典蓝扫视了舒秉浩身后书柜里的书，《辞海》、《史记》、《四库全书》……尽是厚厚的精装本，崭新。书籍旁还有一些各种仿真船舶模型，大大小小，与欧帝房间里的模型类似。舒秉浩面前的电脑背对着牧典蓝，但牧典蓝从书柜玻璃门的反光中能窥见那是股市行情图。

等牧典蓝熟悉了一下环境，没有开始那般紧张，舒秉浩才说："还是叫你小牧吧。想不到，栗天劲的同学会是你。怎么到上海来了？是成都不好，还是欧帝不听话？"

牧典蓝放松下来："都好。欧帝上初中住校了，不需要我守着他了。"

舒秉浩说："上海这边，还习惯吧？"

牧典蓝点头道："习惯。这多亏天劲的鼎力相助。他时常提到舒董对他的栽培，谢谢舒董对他的关照，也对我的关照。"

舒秉浩哈哈一笑："我栽培过他吗？关照过他吗？你我不是外人，客套话就不要讲了。"

牧典蓝知道拍马屁拍偏了，一个在码头实习的学生，说董事长栽培还为时尚早，不过拍拍别人的马屁总是没错的，肉麻总比冷场好。既然不必客套，那就单刀直入吧："舒董今天找我来，是……"

舒秉浩说："你给栗天劲做得不错，我估计你今天有空，所以就请你来了。事先没有征求你的意见，就请谅了。"

"谢谢舒董的信任！舒董是想投资股票，让我代管账户吗？"

舒秉浩点了点头。

"舒董计划投资多少呢？"

"五十万吧。"

五十万，还是不能在公司管理。与牧典蓝的心里预期有了巨大落差，似乎舒秉浩对他这位曾经的家庭教师不信任。牧典蓝不动声色，以不变应万变："舒董希望我怎么管理这笔资金？"

"我不管你有什么投资理念，我只认结果。月盈利二十点以上行吗？"

"每月？"牧典蓝以为听错了。不是说月盈利二十点不可能，但要月月保持二十点，世界级股神巴菲特也做不到。在投资市场上，全年能达到百分之二十的纯收益，不愁客源，倘若每月达到这个程度，巴菲特还有胆谈他的长期投资理念吗？要知道，地下黑钱庄贷款月息百分之八，就够黑了。

"我是说，在大盘强劲的月份，你在公司实时操作，能保持这个盈利吗？"

"五十万，不能在公司操作……"牧典蓝为难了。栗天劲的账户在家里作委托交易达到过二十点的月盈利。如果账户能在公司管理盈利也许更高，但要保持高盈利除非有超好的大盘加超好的运气。他不能让客户有太理想化的预期，"任何投资敢保证大赚的，等于在说他有长生不老药。"

"不敢保证盈利，那是不负责任的借口。我不按年份做，按月份做，你能保证每月盈利多少？"

按月做，这和池墨当年请家教如出一辙。牧典蓝不知舒秉浩究竟是什么用意，只要懂股市投资的人，就不会用"保证"来说事。你能保证明天是涨还是跌？也许都不是，是紧急停牌。在承诺面前，牧典蓝不会给自己一条死胡同，要留条退路，考虑到舒秉浩是欧帝的父亲，他就说："我保证不亏，亏损全由我承担。"

"听说上百万的账户可以在沪泰公司操作？"

"是的。"

"说说你的合作模式。"

牧典蓝本打算按栗天劲的吩咐先以最最优惠的方案吸引这位大客户，但这下改变了主意——作为董事长，倘若还在乎最最优惠的方案，这与开豪车的人与果农争论五角钱当舍还是当人有什么差别？董事长应该有让别人发点小财的慈悲胸怀才对，就像池墨那样，习惯给小费，买东西几乎就认一口价，让人家总念起她的好，觉得她大气，是真阔气。何况，这位董事长是抛弃池墨母子的负心人，赚得再多对池墨母子没什么好处，不必再给这样的人锦上添花肥上加膘了。

牧典蓝理想的模式带有了自己的感情色彩，争取自己的利益最大化，即使舒秉浩不会大大方方让利于他，至少他要一试，万一有机会呢？机会总要自己争取的，不能拱手就让了人，还要让给这样的富豪。他思索了下说："按月做的话，我认为有两种基本模式比较好，在这基础上也可作些变通。一是保本方式，我按盈利的 50% 提成，亏损由我全部承担。二是收益风险共担型，我提取 40% 的盈利，承担 50% 的亏损。如果舒董觉得这样还不中意的话，还可以协商。"

"你拿得出风险金？"舒秉浩掂量得出牧典蓝的分量。

风险金，是牧典蓝刻意回避的话题，也是操盘手们尽量隐瞒的一环。对私募来说，代客户管理资金账户尚处于法律的空白地带，这种没有信托公司参与监督的经营模式，操盘手与客户更多的是靠道德和诚信来维系合作。客户是出资人，始终处于弱势，风险比操盘手更大，一旦操盘手承诺保底却有亏损，或者承诺承担亏损却不履行责任，客户的基本利益难以受到法律保护。所以，操盘手若要承担亏损，应向客户预付一定比例的风险金作保障，有亏损出现就拿这笔钱去弥补，这是操盘手不愿意的。如果提及风险金，操盘手宁可少拿提成也不愿出风险金承担风险，通常按盈利的20%提成。

牧典蓝没有瞒过风险金这一款，就答道："我付10%的风险金。"

舒秉浩说："如果我出五百万，你怎么拿？"

五百万！牧典蓝心里一惊，脸上一烫，五百万的账户得先拿出五十万风险金！他五万都拿不出。解决办法还是有："舒董可以只拿四百万本金，所差那一百万就是我垫上的风险金。当总市值达到五百万后，我才开始计算业绩。"

"这和没有风险金有什么差别？"舒秉浩一笑置之。当操盘手不出一分钱的时候，事实上就不承担任何风险，即使舒秉浩只拿四百万当五百万人账，如果操盘手买入的第一只票就亏十点，损失的还是舒秉浩的，操盘手毛发都不会伤一点儿。

牧典蓝无言了。他是个拿不出也不想拿风险金的人，说白了，就是个空手套白狼的人。没有实力的人，地下就是有块金子，也拾不起来，如同应聘时人家一句"你得先拿一万押金"就可以把他置之门外。

"还有种模式，怎么不提呢？"舒秉浩提示道。

牧典蓝知道是哪种，那会大大影响提成。既然说起了这种传统模式，也是权宜之计，客户其实比较偏爱这种模式，宁可不要操盘手的风险金，也不愿给操盘手较高的提成。有多深的指甲就剥多硬的蒜，蛇吞象他做不到，就说："那种模式，就是我不拿风险金，不承担亏损，按盈利的25%提成。这种对我来说没有丝毫风险，风险由舒董全部承担，不知舒董愿意不。"

"你是欧帝的老师，也是小栗的同学，我也不强求你拿风险金，但是至少要达到每月十点的收益。"

"我只能尽力而为，不能保证。"

"小栗说你保证过，能达得到每月二十点。是他在骗我，还是你在骗我？"

牧典蓝心中那个气啊，直怨栗天劲为了拉客户什么牛都吹得出，增大他的操作压力，让他下不了台。牧典蓝还得让栗天劲有个台阶下来，圆场道："保证二十点，那是我给他吹牛时说的，天劲太当真了。"

"你想要走四分之一的盈利？市场行情可是五分之一。"

对尚无名气的操盘手来说，按盈利的 20% 提成是行规，多以一年为期。牧典蓝有意提高了自己的提成，也被识破了，他还是要为自己争取："舒董要求按月核算，若按 20% 提成，就是对我不信任了。"

"做得好，什么都好说。五百万，能掌控好吗？"

半年前若问这话，牧典蓝得思量一下，现在一千万都不值一提。再多的资金只要分仓操作，就不显多了。他答道："没问题。"

"小栗的股票是你们的分析师筛选出来的，还是你自己选的？"

"我喜欢自己选股。公司严禁私下炒公司推荐的股票。"

"我只和优秀的操盘手合作，对操盘手有些统一的要求，对你算是特殊照顾了，你听好。"

"我洗耳恭听。"

舒秉浩缓缓品了一口茶，轻轻靠在椅子上，慢吞吞地说："收益核算方面，以每月最后一个交易日收盘价核算总收益，盈利达到 10%，按盈利的 25% 给你提成；达不到 10%，只按 20% 提成，三个工作日内提成款会打到你银行账户上。账上的资金基本不会动，月初的本金加盈利全部作为当月的本金进行核算。记住，当月出现亏损就止损出局，我们解约，我不追究亏损。做得好的话，我随时可追加资金。还有不清楚的地方吗？"

"可以进行融资融券交易吗？"牧典蓝问。他制止过栗天劲融资融券交易的想法，因为向证券公司贷款炒股看似盈利能够翻倍，但亏损比翻倍更甚，风险极大。不过栗天劲认为舒秉浩可能喜欢高风险高收益，会接受融资融券，特意叮嘱牧典蓝要问清楚，这对盈利提成有利。

"不能进行杠杆交易。"

"好的。我清楚了。"牧典蓝点了点头。舒董就是舒董，不贪图利润的可能最大化，而是避免风险可能翻倍。

"协议嘛，你打算现在签还是改天考虑好了再签？"

"舒董方便的话，现在就可以。"

"你用真名签，还是用别名签？我用真名。"

"用真名。"牧典蓝答道。用真名意味着敢于承担法律责任，用别名也就是用假名，有利于逃避责任，比如做"老鼠仓"时要从协议上取证就很困难。当然，

上卷

在自家公司操作的"老鼠仓"多是 A 帮助 B 做的外部"老鼠仓"。

舒秉浩从抽屉里取出两份打印的《股票交易委托协议书》，说："我在沪泰公司指定的证券公司和银行开的户。如果你没意见，就在上面签字吧。"

递来的协议上除了与牧典蓝有关的身份信息和提成部分，其他的都已打印填好，本金是五百万。一切都准备妥当，不容有过多的调整空间。牧典蓝觉得舒秉浩好老道，用分级提成的方式逼操盘手做出较高的盈利，用追加资金的方式引诱操盘手永不松懈，用亏损即解约的方式确保资金安全。风险与收益总是共舞，条件虽然苛刻，但巨额资金带来的利益更是可观，这个机会不能放弃，更得争取他追加巨资，他必须一搏。他从桌上的镂雕笔筒中取出签字笔，飞快填上内容，签上名字，按上手印。

舒秉浩扫视了一遍协议："字写得不错！"

这句话瞬间让牧典蓝想起了舒茗悦。舒茗悦就曾说过，他在峨眉山客栈外用毛笔写的广告字不算太好，却挺有个性，她喜欢有个性的字，而不是写得特别规矩的字，包括一些书法家模仿王羲之所写的"永和九年，岁在癸丑……"，模仿得越像越没看头。想起舒茗悦与舒秉浩同姓，他特意细看了一眼舒秉浩，想从中找到舒茗悦的影子。舒茗悦不是欧帝，相貌上和舒秉浩没有什么明显的家族共同点。

人是自私的，一份协议就改变了牧典蓝对舒秉浩的印象。当年池墨对舒秉浩恨得咬牙切齿，牧典蓝就对舒秉浩嗤之以鼻；而此时，牧典蓝恨不起这个办事痛快的舒秉浩。他看着眼前那杯龙井，不尝口既可惜又失礼，就吸吮了一口，甘醇鲜爽，馥香直达心肺。

舒秉浩端起茶杯观赏着新绿清透的茶汤，露出闲适享受的神情，小啜了一口："这新茶怎么样？"

"真是好龙井！"

"我请的操盘手，都喝过西湖龙井。"

"真是有幸了！"牧典蓝头一次发现这位高高在上的董事长还有亲切的一面。他见舒秉浩没有其他事宜交办，就准备告辞，"舒董，不打扰你了。我会尽力做好，还有什么要求吗？"

"就这样吧，有什么问题再联系。"舒秉浩见牧典蓝起身要走，走了过来主

| 91 |

动向他握手,"小牧,欧帝的事,不要对任何人说,包括栗天劲。"

牧典蓝肯定地点了下头:"请舒董放心!"

3

栗天劲拉起业务来不鸣则已,一鸣惊人。这道脑筋急转弯题仍找不到答案,牧典蓝激动得心律都快失常了,就去吉通驾校找栗天劲要答案。

栗天劲在学驾驶的问题上也是三百六十度大转弯。前两个月还在说上海不好办车牌,学了车也无车可开,不学车;上个月突然就改口说,会开车在应聘时是个优势,要学车。最先他打算用最便宜的学费混张驾证,最终却选了交通比较方便、学费最高的吉通驾校。据说吉通出去的学员十年无发生重大事故的记录,还因为栗天劲的同学有过在便宜驾校学车被坑挨宰的经历,栗天劲相信正规驾校才能一分钱一分货。

开阔的驾校训练场,大车小车,走走停停,上上下下,人来车往,井然有序。牧典蓝思索着是否也趁周末来学车,多项基本技能,但驾车不是他必需的,他急需学的东西远比学车重要。沈奇就会开车,好些同事也有车,他们极少驾车上班,因为思考股票成了职业病,开车容易分心不安全,加之为了防止堵车迟到,大家上班通常会坐地铁,顺便也让脑子放松一些。

栗天劲正观摩车辆倒库,他见牧典蓝来了,直问多少资金到了手?见牧典蓝按捺不住惊喜地合拢五根指头比了个"五",确定是五百万,就用手掌向空中一抓,大叫了声:"耶——,机遇被我抓到了!"

上个月,栗天劲的代理部主管闻经理亲自带来三个集装箱的出口货,照例把栗天劲叫去亲自办理通关。出口申报单上填的是奶花芸豆和绿豆,这两种不涉税、不涉证,基本不用开柜检查,凭着闻经理的熟脸很容易通关。这次却遇到了开柜检查,闻经理声称有急事要走,叫栗天劲守着,如果有问题就先顶着,说是实习生最好说话,大不了算业务不懂,没人会追究实习生的责任,最多算工作失职,任何问题顺帆公司都会出面解决。栗天劲见闻经理慌慌张张的样子,第六感就是

上卷

可能要出事，于是故意问这问那拖延时间。果然，集装箱里不是申报单上所填的货，而是袋装东北优质粳米！集装箱涉嫌走私被扣下，栗天劲和闻经理也被扣下。这事一出，舒秉浩打电话过来问情况，闻经理就说这业务是栗天劲一手在操作办理。舒秉浩不认识栗天劲，就叫栗天劲接电话。参与走私要坐牢，栗天劲哪肯当闻经理的挡箭牌，就辩解说货物未经他手，他只是过来学学报关程序。刚说了几句，栗天劲只听舒秉浩说了声"120"就没有了声，他反应过来，对闻经理说："舒董发病了，快打120！"舒秉浩真的发了病，一个人在办公室，是三级高血压！幸好秘书得到了及时通知，进行了紧急处理。

栗天劲被解除人身控制后得知舒秉浩住院了，觉得这事也算因他而起，就去病房当面道歉。舒秉浩认为栗天劲反应敏捷算是救了他一命，却无辜被扣押挺委屈，就对栗天劲嘘寒问暖问这问那。栗天劲就天上地下地吹了起来，吹了大学专业就吹实习感悟，吹了工资补贴就吹股票投资，吹了股票收益就吹牧典蓝和沪泰公司，声称牧典蓝若在公司实时操作能把月收益做到二十个点子之上，并通过手机打开股票账户，展示牧典蓝在家里作委托交易的业绩。舒秉浩的女儿见了，就把笔记本拿来浏览交割单。栗天劲见舒秉浩对股市并不陌生，就大吹特吹，吹得舒秉浩有了兴趣说是考虑一下。栗天劲离开病房时，基本不抱希望，谁会相信他这个代理部实习生和牧典蓝这个试用工呢？嘿！今天一早，舒秉浩突然打来电话，说要见见牧典蓝。

牧典蓝一想起五百万即将自由管理，就像自己的账户一样，恍然若梦："我才给你做半年，舒董凭什么相信我？给我个理由。"

栗天劲神气十足："凭我的人格罢！在你我眼里那是个天文数字，在舒董眼里，五百万只不过……"

"别指名道姓的，别说太明。"牧典蓝打断他的话，指了指周围的学员。

"跟你说话就这么费劲！谁管我们在说些什么啊，你也没管人家说什么吧，你听得清楚人家在说什么不？！要不要我用男女主角、路人甲乙丙来你给说个事啊！"栗天劲不耐烦。

"你那样说，我照样听得懂。"牧典蓝后悔一时高兴，忘了保密条款。

"不说了，费劲！"栗天劲白了他一眼，观望起学员练车来，也评论起人家的技术好坏来。好一阵，他又转过话题说，"我要重新去应聘。"

"不想在顺帆干了?"

"接着干。代理部在招市场业务员,我想做这个,按业绩提成。当操作员,没前途。"栗天劲说。国际海上货物运输涉及较为复杂的各类环节与手续,如出口商检、出口报关、装箱、陆路运输、水路运输、仓储、装船、转运、进口报关、进口商检、拆箱、国外分运等,环环都需要专业人员打理。大部分船公司只做水路运输这一环,地面上的手续基本不安排。货主通常不能直接找船公司订舱,要通过专业的海运代理公司办理相关手续后才能订舱。顺帆公司有自己的代理部,实行一条龙服务,栗天劲先前做的就是操作员这块,负责部分手续办理。

"你不是说,业务员太埋没你这大人才吗?"牧典蓝问。栗天劲的理想是做人事管理,当老板,他负责动脑子,让别人跑腿。

"那是我对海运不了解。其实,海运红火着呢,天南海北的,什么货物都有,港口吞吐量大得惊人,真是源源不绝,码头通宵都在忙碌。遇到节假日,预定舱位都吃紧,还得托关系。哪像你所说的那样,海运业衰落了!瞎扯淡!"

牧典蓝没去过码头,想象不出那里有多繁荣:"人家说的海运衰落,是与前些年比较而言,有数据作证。咱们是坐井观天,把星星当月亮。"

"反正,我看好海运业,跑这个业务有赚头!"栗天劲隐隐一笑,又停顿片刻,低着嗓子说,"蓝子,舒董的女儿好漂亮,我就在顺帆公司发展了。"

"不怕人家有男友?你可别学我当年。"

"我在病房待了半天,没发现她有男友的迹象。"

"有男友是什么迹象?"

"至少,不会把笔记本的屏幕设置成她和父亲在货船驾驶舱里的合影。"

牧典蓝有了点预感,想核实一下:"知道人家的名字吗?"

"她叫舒茗悦。茗是茶叶那个茗,悦是高兴那个悦。听说舒董爱品茶,高兴的时候才会喝茶,最爱的是龙井。"栗天劲神秘地说。

"舒董不高兴的时候呢?"牧典蓝有些不自在。舒秉浩是舒茗悦的父亲,这样的结果意外而又不意外,那么舒茗悦与欧帝就是姐弟了!

"砸茶杯罢。"栗天劲笑道,他并没在意牧典蓝发呆的神情,露出了陶醉之色,"舒董对我有印象了,得做出点业绩出来,显摆显摆。我信你的话,做事就要做得不可被替代。"

上卷

牧典蓝心里酸得要命，还得露出甜的笑意来。

"舒董开的是奥迪V8，好酷啊！听说，舒董的夫人姓杜，请人开的是玛莎拉蒂。他们是大学同学，四川大学，好拽啊！就连舒茗悦都有一辆奥迪A6，配有专职驾驶员。"栗天劲既羡慕又遗憾地叹道。

"人家的私事，关你什么事啊！"牧典蓝回过神。舒茗悦的父母如此双双强势，出乎了他的意料。他与舒茗悦聊了那么久那么多，见过四回面，从不知道她名字是这么来的，更不知道她父亲究竟做着什么行业、最爱的是什么茶。栗天劲不过见到舒茗悦么一面，就将她的家底调查得一清二楚。牧典蓝直恨自己是块榆木疙瘩，难怪讨不到谁的喜欢，也没什么人缘。

"神侃嘛，你这人真是的，和你说个话都没劲！"栗天劲不快地说。

牧典蓝想起上个月栗天劲差点成了替罪羊居然没有露点风声，这很反常，原来是有了情况。他强颜一笑："你这铁算盘，舍得挤出钱来学驾驶，原来醉翁之意不在酒。"

"不会驾驶，算什么男人！"栗天劲张望了一下训练场，想回避这个问题。

"等你有车有女人了，别到我面前炫耀，就是善良。"牧典蓝酸酸地说，他真怕哪天栗天劲带着舒茗悦出现在自己面前。

"学会开车又怎么样？车牌都抢不到，到时去上个外地牌照。"栗天劲有些沮丧。他所愁的问题也是学员们都犯愁的问题，买车容易，上车牌难，选上海车牌还是外地车牌也让人纠结。不过和北京的车辆限行规定比起来，上海算宽松了，值得庆幸。栗天劲在牧典蓝的背上拍了一下："嘿，蓝子，我就靠你了！我现在急需钱，得去配部好车跑业务了。"

"又给我施压？"

"你这人我还不了解？崇尚负重效应，不压就没动力。压压，就有了实力。每月争取做到三十个点子！"栗天劲说。所谓负重效应就是船在负重时最稳定，也就多了抗击风浪的能力，往往最安全；而空船却因轻飘容易被风浪打翻，最为危险。牧典蓝就属于有压力就有动力的人，真若没有了压力，安贫乐道死水一潭也是他乐意的。

"天劲，你费心不少，不能让你白白给我牵线搭桥吧？这样吧，你带来的客户，我一次按本金的百分之一给你提成，当成辛苦费，如何？舒董这头，等我有了盈利提成，给你五万。"

"咱们兄弟还在乎这些？你能想到给我一点好处就不错了，算你开窍了！"

"我是穷人思维，只管得了自己。你是贵人思维，追求三方共赢。我得学学你，不能让你白跑，得给你辛苦费。"牧典蓝惭愧地说。

在这之前，牧典蓝没想过为介绍人提成的事，要不是舒秉浩的这笔资金大得让他有点喘不过气来，他还会让栗天劲在中间傻傻地牵线搭桥。栗天劲曾动员亲友们把零散的资金化零为整凑到一个人的账户上，让账户总资金超过百万就能交牧典蓝上班时管理。亲友们并不领情，担心到时会有纠纷，只同意把个人账户单独交出来试试。牧典蓝仍旧在公司之外打理那些本金均不超过三十万，但总市值已经达到百万的散客账户。每个账户资金量不大，牧典蓝得到的提成不痛不痒，还没想到介绍人辛苦费。在这座都市里，办事往往不能一蹴而就，通常要找中介、找代理。若找熟人，熟人其实就是中介。

"那我就不客气了，有钱就拿来。我是你的经纪人了。"栗天劲摊开一只手笑道。

牧典蓝一巴掌击下去，响亮地拍在栗天劲的手掌上："给，一个亿，拿去开兰博基尼兜风玩！"

4

生意场上的合作就像拍大片，第一部卖座，就有了续集。三个月后，牧典蓝又来到了舒秉浩的办公室，协商追加资金事宜。

舒秉浩把牧典蓝邀到沙发上，在浮雕红木茶盘上用白色浮雕瓷壶亲自冲泡了一壶西湖龙井，用白瓷杯沏了两杯茶。

说是一壶，那壶却是迷你型，能把玩于掌心之中。麻雀虽小肝胆俱全，这壶身雕有精致的三片竹叶，把手雕有松树杆，盖上雕有一朵梅。至于那一杯茶，不够牧典蓝喝一口，他深嗅了一下沁入肺腑的茶香，小小地呷了一下，打湿了嘴唇，不敢一口干，唯恐失礼茶道，他有些怀念牛饮的豪爽，不管什么风度。

上卷

两人慢悠悠地品龙井，闲聊起了近期的大盘暴跌。名茶与股市，井水本不犯河水，却绿到一块儿了。

在舒秉浩这个非凡的账户上，牧典蓝用尽了所有心思。他多番苦求沈奇，头三个月公司不要调遣这个账户，也就是不让账户参与接盘与拉抬，他愿意缴纳管理费。沈奇同意了，月底按市值的百分之一收取管理费。如果说看在栗天劲和欧帝的份上，这个账户保持月盈利二十个点子之上就是目标；那么看在舒茗悦的份上，月盈利要达到三十个点子才是想要的。只有超高的盈利率才能通过舒秉浩转道弯，传到舒茗悦耳里，没有足够震撼的收益，就没有传下去的能量。

为了达到高收益，牧典蓝首选了在专业培训课上学到的一招——涨停板选股法。也就是开盘时观察哪些开盘即涨停的股票带动起了本行业的股票上行，这第一只领涨票如果追不进，就追入第二只即将封涨停的票，或者分仓追入其他开盘就冲击涨停的强势票，无论熊市牛市，这类票表明机构有做多的雄心。涨停票下个交易日有上涨惯性的概率是10:8，也就是说，十只涨停票有八只会在第二个交易日出现高于头天涨停的价位。当然，这高出的价位可能持续一天也可能稍纵即逝，必须见好就收，执行铁的止盈纪律：如果开盘跳空高开超过两点，获利出局；如果涨幅达到4%出现双头顶后半小时不再涨，盈利出局；如果涨幅达到7%出现单头顶半小时不再涨，落袋为安出局；如果涨停五分钟后打开涨停板，也要大胜出局。还有两成概率会出现第二个交易日遇到开盘即跌，则坚决止损，比如跌到三个或者五个点子必须斩仓出局……这种盈利模式建立在历年的统计数据结果上，是大概率事件，必须不带个人感情色彩坚决止盈止损，哪怕出局之后它再次封停、再来数天涨停也不必后悔，不可凭个人感觉以为"等等可能更好"，每次都这么"等等"，就完了。涨停板选股不适用在家里进行提前委托，比如栗天劲那样的账户，必须看盘操作，见势而为。股市里没有绝对通用的盈利模式，成功的交易模式是用较大的盈利概率去抵冲较小的亏损概率达到盈多于亏，任何一种盈利模式都要迷信地坚持下去方能显示它的正确性，一旦因某次大亏产生动摇而不再坚持，导致各种盈利模式混用，就没有了模式，只属瞎赌。

这一招很管用，三个多月时间，大盘一度上涨了十五个百分点，舒秉浩账户的总盈利率差点突破九十点，但半月前的大盘重挫让盈利回吐了些，没有达到牧典蓝翻番的最高目标。

六月下旬，大盘指数在振荡中从去年年底缓慢往上爬了数月，散户们只要死守着一只股票也挣了个金银满钵，广泛的挣钱效应让股民们享用着难得的盛宴。随之而来的则是多空两派的争论，名家之言，两两交锋，你会信谁？有涨有跌，红绿相间，盈亏胶着，你会赌哪头？牧典蓝加入了看空之列，不过在舒秉浩的账户上，他仍重仓持股。夏至那晚，他的腹部开始隐隐作痛，他以为误食了什么伤了肠胃。第二天刚一开盘，大盘就跌了一点，他头天进入的数只涨停股有一半出现了开盘即跌。这个时间段并不能给该股全天的走势定调，而且未破五日成本均线，作为头天的强势股可以继续观察。十点钟之后，数只介入的股票从下跌两个多点子涨了起来，从分时均线之下上穿到均线之上，十点半之后这些股票相继从上涨的走势拐向下跌，出现了"肩头"，并击穿分时均线。不祥的走势！止损出局。大盘在十点至十点半呈迭势，资金流出巨大，不妙！他将舒秉浩的股票全部抛出，空仓。随后的交易日，大盘有反弹也无量，舒秉浩的账户空仓至今。

为此，舒秉浩直夸牧典蓝做得稳重，危险关头锁定了收益，现在追加资金，是对市场前景看好，也是对牧典蓝的信任。并强调说，大盘方向不明朗时，要像品工夫茶一样，慢慢品，不可急于求成。大客户就是大客户，这样的态度与栗天劲两位亲戚的态度截然相反，那两位亲戚见账户空仓，三番五次打电话来催牧典蓝说"还有那么多票涨着，怎么不去选一只？"

舒秉浩哪里知道，牧典蓝空仓的另一个因素是住院了。

也就是舒秉浩的账户空仓那天中午收盘后，牧典蓝的腹痛越来越严重，他只想缩成一团，没有吃午餐。办公室的陈珂见状给他买来藿香正气液和止痛药，他服了下去，不起作用。下午开盘，他按公司的指令卖出了部分股票，为了确定自主管理的两百万公司资金是守还是出，他坚持到了一点半，只为观察第五区的走势。大盘指数和股票走势按时间每半小时分为一区，开市时间共分为上午四区下午四区，第二区和第五区尤其值得一看。据牧典蓝的统计观察，大盘指数二区的走势基本能确定全天的大盘走势，因为机构当天真正开始交易不是九点一刻的集合竞价，也不是九点半的开盘时间，而是十点！九点半至十点，是机构对头一个交易日进行的修正时间。十点之后的半小时，也就是二区阶段最能体现机构当天的投资意图，也是多空双方正式较量的时候。二区如果涨，大盘最坏以平盘收盘；二区如果跌，大盘最好以平盘收盘。他等到第五区再观察，也就是下午一点至一

上卷

点半，五区是二区的延续和修正，如果二区和五区走势相反，一涨一跌或者一跌一涨，大盘最坏会以平盘收盘；如果二区和五区同样走势，那么大盘将以同样走势收盘。当然，每月始终有几天不适用此定律，这例外的几天就能撬动起巨大的风险。他相信自己的盘感，二区和五区当天均呈下跌之势，那么大盘很难有上涨动力，加上大盘到了短期高点有回调的需要，下一个交易日惯性下跌概率极大。覆巢之下无完卵，只有尽量减少损失，他将能抛的股票全部抛尽，先出局观望。这时他的腹痛已经难以再坚持，沈奇闻讯过来，得知牧典蓝并不拉肚子，就用手指压了压他的腹部，压到右下腹时，牧典蓝叫了一声。沈奇又摸了摸他的额头，滚烫，就叫来田弥送牧典蓝去医院检查。

两个多小时后，牧典蓝被推入了手术室，急性化脓性阑尾炎穿孔并发腹膜炎。

这天下午大盘以跌四个多点子收盘，这天后，又是连续大跌。医院里的牧典蓝见大盘重挫不急于用个人客户的账户抢反弹，不过手痒痒得恨不得天天操作几笔，他叫栗天劲送来笔记本观察股市动向。大跌之际，实力强大的机构往往会抛出大单实现轻仓，同时制造恐慌做空股市，把股价打压下来进行抄底。实力不济的机构会中途止损割肉，加速大盘重挫、强化恐慌气息，比如：私募基金到了清盘红线只能出局；没到清盘程度会选择出局避险；通过特殊渠道融资而来的游资承诺了收益，为了保证收益免于亏损，会迅速出局落袋为安……当这些天量资金集体逃离股市，股灾就出现了，散户跑慢一步的代价有可能是遭遇数个跌停，从天堂直达地狱，想跑出来都排不上号。

如果说股灾像地震那样分级的话，这轮大跌目前相当于六七级，造成了一些破坏，还没到灭顶之灾的程度。田弥被这轮股市地震破坏得伤了元气，尤其是"私活"账户。他去年为"泰恒成长第二期"募资了两百万，认为自己可以把收益做得更好，等基金满了三个月封闭期后就赎回，以朋友的名义开了户在公司操作。这次大跌他心存侥幸去抢过两回反弹，两回都被套住，损失是双倍的惨重，洗白了大半年的盈利，还倒亏了十来万，因为账户融了资做的是杠杆交易。

出院后的牧典蓝与田弥的命运有了不同，牧典蓝被沪泰公司正式录用，田弥则还要延长试用考察期。牧典蓝有了更多资金和更为宽松的管理权限，也有了管理基金账户的资格，户名为"上海丰润国际信托公司－泰鸿叁号"。他用基金的子账户管理其中一只股票，基金有三千万，管理方式和个人账户相差无几，在指令范围内操作。

　　牧典蓝与舒秉浩品完了龙井茶，掌控的资金已新增三百万，本金加上这三月的总盈利，总资金一千二百余万。资金增加，账户随之变化，由一个增加到四个，主账户不再是"舒秉浩"，而是在另一家证券公司开户的"杜宁"，栗天劲曾说过舒茗悦的母亲姓杜……舒秉浩没有解释账户调整的原因，牧典蓝并不多问已心领神会。熟谙证券业的人知道，股票账户在开户的证券公司数据库里裸露无遗，买卖时间、持仓数量、持仓成本、资金转进转出等均是证券公司的信息资源，也是可以向投资机构出售的商业情报。庄家可以通过证券公司掌握股票在散户中的持仓详情，持股太多的大散户是庄家的眼中刺，是精准监控和清洗的对象，不洗出来不会拉升。高手型大散户还多一个死穴，比如"舒秉浩"这个账户，前三个月大幅盈利，会成为证券公司管理层的榜样账户，内部人员会跟着这个账户炒，甚至拉上七大姑八大姨跟着炒，这不属"老鼠仓"也不违法。这一批人如果都潜伏在一只票上等庄家来抬轿就做梦吧，庄家难以收集足够筹码会反手做空大洗盘，高手散户由此光辉不再。

　　牧典蓝轻松不起来，压力如山，大盘走势何时向好？舒秉浩的这些账户会被公司借用到什么程度？今后的收益率会低到什么程度？不过前期基数做大了，即使后期收益率低些，盈利也不低。话又说回来，如果亏起来，也会是雪崩式的。

　　牧典蓝从舒秉浩的办公室出来，站在电梯的轿厢里，从上而下。他知道舒茗悦的网站搬到了这幢大厦里，至于搬到了哪一层，栗天劲并没告诉他。他走出电梯，只觉得离舒秉浩越来越远，离舒茗悦更远了——沈奇正热心为他牵着红线，物色的女子不是别人，正是同楼层译讯翻译公司的布莱兹。布莱兹并不姓布，这是她喜欢用的英文名字，Boulez。

　　牧典蓝在舒秉浩这个账户上做出的收益惊动了沈奇。沈奇开始为牧典蓝做媒了，说是他们的圈子很窄很闭塞，遇到合适的女人不容易，牧典蓝得有个女人来照顾才不阴阳失调。偶尔被沪泰公司请来作法国客户翻译的布莱兹就是相亲人选，如果成功，沈奇就将完成他的第三庄媒，视为"关门之媒"。

　　面试的时候，沈奇留给牧典蓝的印象是严厉得不近情理，其实沈奇并非那么威严，相反，很有点儿不正经。沈奇时常用女人来打比方讲道理，逗得大家嬉笑连连，即使严肃的小结例会也活跃了几分，诸如，技术指标是女人的裙子，她撩

上卷

起来让大家窥探的地方,是她想让人看的地方,你得分析她不想让人窥测到的地方;绩优大盘股如大家闺秀,你有激情的时候,她在练楷书,她有激情的时候,你正远在公园打太极……正是沈奇这可爱的一面,让牧典蓝乐意与这位操盘教练讨论操作方案,也愿意听教练的批评与指点,甚至会以"祖宗同根生"为理由请求沈奇对他网开一面。热心做媒的沈奇其实是单身主义者,他不是独子,没有续香火的责任,也无当丈夫的兴趣,自称无老婆更自由,有女友享风流。为此,沈奇从不购房,而是租房,他想去哪儿住就能去哪儿住,赛过神仙。

牧典蓝不好回绝沈奇的好意,同意等身体完全康复后与布莱兹见面,毕竟布莱兹在易品城那次帮过他,给他留下了大气、大方的印象,有缘无缘得试试。不过,牧典蓝自知有复杂的经历,不知布莱兹有些什么过往,加上布莱兹高不可攀的样子,年龄也比他大的样子,他对相亲并不看好,用股票行话来说,他看空。

牧典蓝不愿放弃舒茗悦,但他与她早已相忘于网络。栗天劲正在为顺帆公司全心效力,想追舒茗悦,他的女友有两大刚性指标:有美貌,有上海户口……牧典蓝必须斩断不切实际的念头,让舒茗悦从他的生活和脑海里消失。用股票行话来说,他得止损,让不为人知的遗憾与心伤到此为止,不再加深。

5

走出东方海运大厦,前没有公交站台,后没有地铁口,牧典蓝张望起出租车。

一声短促的喇叭响起,一辆黑色轿车来到了牧典蓝跟前,前车窗打开,熟悉的声音传来:"蓝筹,这里不好搭车,我送你吧!"

牧典蓝猫腰一瞧,穿着五彩花纹千层裙的舒茗悦正在驾驶室望着他。近半年没有见过她,竟然花瓣似的飘到眼前,他惊喜而慌乱,心怦怦猛跳。她有着无法拒绝的吸引力,他坐上了副驾驶室。

车里很凉爽,流淌着悠扬婉转的流行音乐,坐垫柔软而舒适,脚下是真皮垫子,车内像间温馨的小屋。车内后视镜上挂着一枚微摆的白玉浮雕佛像,背面雕有"一路平安"字样,下面还有红色中国结流苏。舒茗悦曾谈起过这个挂件,说是有了练车的想法后就专门选了个挂件，既保佑自己平安，也用它来检测驾车是否平稳。牧典蓝就指了指挂件，打开话题问道："这就是你那次在易品城用信用卡刷的？"

"对。回紫竹苑吗？"

"嗯。你知道我来了这边？"

"你刚才等电梯上楼时，我在后面看见你了。你是我爸的贵客，既然遇到了，我总得向你表示感谢。"舒茗悦让车在前方调了个头，朝紫竹苑的方向驶去。

"你不像新手上路，是高手。"牧典蓝见她驾车轻车熟路从容自若，夸道。

"高手驾车不可能像我这样，双手死死把着方向盘，抓得手心都是汗。最开始上路的时候，我开车连话都不敢说，我很笨的。"舒茗悦自嘲道，在车流中自如地穿梭了会儿又说，"这不是我原先那辆手动挡了，才换成了二手的自动挡。我原来那辆出了车祸，我不敢再开手动挡。"

"车祸！"牧典蓝惊诧道，他知道栗天劲和她偶尔在一起练车，还不知道有这事，"没听天劲说起过啊！怎么回事？"

"有什么好说的！只怪我太傻，傻得自己都不敢相信……唉，搬到我爸这边后老不顺畅，连网站都被黑客攻击过。以为可以省点房租，结果麻烦不少，烦死了！"舒茗悦说。

牧典蓝见她不想多说车祸，以为是刮擦之类的小事，与栗天劲无关，就不好多问。不过，真若是小事，她会大动干戈地换车吗？他打算去问问栗天劲看，就安慰说："新手出点小车祸才会有安全意识，是件好事，如同炒股之人要亏损过才知道风险。"

城市风光在车窗外一会儿飞驰，一会儿停滞。

等红灯时，舒茗悦问："你上周三出的院吧？"

"周二。"

"住院两周！"

"是啊，医生说我这病不治彻底可能引发肠梗阻。但是有病友说，他曾得了和我一样的病，只住院一周，我可能被过度治疗了。"牧典蓝早就想出院，但医生不允许，住院一周后他被转入了一个叫疗养所的病区，他就白天上班，晚上输液。他又问："呃，天劲告诉你我出院了？"

"他才没告诉，我猜的。你住院我没来看望你，今天送你回去算是补偿一下。"

上卷

"谢谢！我出没出院，你能猜？"

"你住院是哪天我也能猜。那天，栗天劲要借我的车去趟医院，说是看望朋友，顺便练车，我也就跟在车上。路上，有人打电话问他是否带上了笔记本，我从他的话中才知道住院的人是你，打电话的人是你。到了医院，我以为他会叫我一起来看你，结果他让我在外面等，一等就是两个小时。"

"你去病房不方便。天劲要照顾我，没想到把你耽误了。"牧典蓝能猜到栗天劲的用心，却又为栗天劲辩解。那是他手术第二天下午，栗天劲准备过来看望他，他就叫栗天劲把笔记本带过来。栗天劲到了病房后，按主治医师的要求，强行让牧典蓝忍着手术后的疼痛下地活动以防肠粘连。牧典蓝缓慢地拖着步子走得冷汗直冒，前后花了好些时间。

"即使不方便，也可以明说啊！"舒茗悦显出不满来，"他也不想想，你在给我爸管理股票，他没告诉我爸你住院的事，我既然一路来了，就该代表我爸来慰问你，这是人之常情。"

"你爸，你爸，当初我问过你爸是做什么的，也问过你知道顺帆海运公司不，你没有说实话！"牧典蓝怨道。

"说不说很重要吗？"舒茗悦启动了车子。

牧典蓝一时语塞，如果她说了，他会怎么办？可能，他不会有勇气约她去易品城见面。

他们静默着。牧典蓝真希望车子开得更慢些，路途更远些，远得没有尽头，他们能够多点时间单独待在一起，哪怕没有一句话，他们也走着相同的路，看着相同的风景，呼吸着相同的空气，甚至想着相同的事。眼前，高楼林立，排山倒海，山一般挡在眼前，穿行在它们的缝隙之间，牧典蓝时常觉得窒息。他经常看着那些窗户，想象着窗户里那些人家：他们来自哪里？做着什么样的工作？过着什么样的生活？有着什么忧愁与欢乐？他们多好啊，至少有自己的房子。想完这些，他就会习惯地想起自己：我的家在哪里？会和谁生活在一起？她在哪里？

牧典蓝想弄清一个悬而未决的问题："你爸当初相信栗天劲对我的吹嘘，肯约见我这样的新手，是不是你在你爸面前帮我说了好话？"

舒茗悦没有否认，事实正是如此。舒秉浩去年请人炒股，大盘不好，亏了，看了栗天劲的股票交割单，对牧典蓝的操盘水平有所心动，犹豫不决，过后让舒茗悦专程去沪泰公司调查牧典蓝的情况。舒茗悦之前并不关心牧典蓝的操盘收益如何，新手嘛，收益能及格就行，会有多高呢？看了栗天劲的账户后，她希望父亲能给牧典蓝一个机会。她去沪泰公司考察之后，对父亲说，栗天劲介绍的情况属实，牧典蓝是沪泰公司的操盘手，曾是市高考状元和北大生。她是了解父亲的人，知道父亲对陌生的操盘手，尤其是新手心存疑虑，就想让父亲再多个了解牧典蓝的途径，那就是网络博客。于是，她又哄父亲说，牧典蓝受公司所托办了个股票博客，人气火爆。舒秉浩属老股民，却是对网络有抵触情绪的人，他不相信网上的分析言论和网民留言，却相信了牧典蓝最新一篇日志里的交割单截图，上面显示的股票市值有三百余万，月盈利率有二十余点，这个足以证明牧典蓝有管理数百万资金的能力。网上的交割单虽然只有一张，但栗天劲的账户已让舒秉浩先入为主，也就对这张网络交割单图深信不疑。

"没想到你帮我炒作的博客，竟然在你爸面前派上了大用场！"牧典蓝听舒茗悦那么一说，暗呼天助我也，机会属于有准备的人，真是一点不假。三月份，他受到了启发，首次在博客里发布了一幅交割单截图，竟然被舒秉浩看中了，带来了真真切切的高收益。

"你这种保密到牙齿的人，不会公开交割单吧？是造假的吧？"舒茗悦直言不讳。

"我瞒得了别人，瞒不了你。"牧典蓝不必再瞒。他公布出来那交割单的确是假的，由专门的软件制作而成，他不由感慨道，"你爸真是英明一世，糊涂一时啊！"

"我爸啊，不去了解网络，哪会知道那么多网络骗术。我也在骗他，好可笑！"

"我当如何谢谢你？我会为你爸做好它，以此为报！"

"你签那协议，还是我起草的呢。我爸的条件是不是有点苛刻？"

"我就像跳蚤，可以饱食终日碌碌无为，一旦跳起来，会跳得很高。我啊，需要苛刻的要求来激活我。"牧典蓝需要一个喜欢的人来激活他。他还是有些怀疑，"你没来过沪泰公司吧？"

"你不信？你们的客服大厅有个金色铜钱标识，没有窗却是阳光普照的色调，有十二张椅子，一台大屏幕电视，四盆发财树盆花。前台墙边有个多层玻璃陈列柜，陈列有企业法人营业执照、私募投资基金管理人登记证书，还有一只'第二届中

上卷

国私募红榜大赛偏股型基金类一等奖'梭形水晶奖杯。奖杯搁在最下一层,被服务台遮挡,而顶层陈列的是只白底的红色二龙戏珠大盘。那盘子从款识看,是仿清代康熙年间的粉彩瓷。"舒茗悦有眉有目地说。

"你去看了盘底的款识?我从没去看过。"牧典蓝相信她来过公司了,更是伤感。她那时离他那么近,他却不知道。印象中,那盘子并不是她说的那样,他就说,"那是珐琅彩,不是粉彩瓷。"

"那就是冒充珐琅彩的粉彩瓷。"

"你分得清粉彩瓷和珐琅彩?"

"我喜欢去博物馆,也去过景德镇,这两种不同的瓷器还是能够分辨。"舒茗悦自信十足,"盘子背面那一圈,还有云水纹和两条红色的龙,工艺挺精良。"

"背面还有龙!"牧典蓝从没听谁提起过盘子的背面,意外至极。真要去看盘底,得走入客服前台工作区才行,看来她去过了。

"不过,从款识看,像是赝品。"

"那是卢董的朋友送的风水宝物,不可能是赝品吧?"牧典蓝虽然这么说,但一直认为那不过就是当代出品的仿古瓷,不过就是个花瓶那样的摆件。

"康熙御制,这四个字有好几种写法,但是第一个字怎么写,就会决定后面几个字的笔画怎么写。这个盘子,第一个字,与后面几个字的有几笔,不配套。"

"谁在乎这些?"牧典蓝不关心那个盘子,公司也没人去关心它,直问,"公司不会让你随便调查盘子,也调查我吧?"

"只要我说想购买理财产品,前台没有不热情的。我指名道姓点你来做,她们就添油加醋地推荐你。知道她们是怎么吹你的吗?"舒茗悦说,见牧典蓝等着答案,就模仿着前台工作人员的口气一本正经地说道,"这是我公司最年轻的操盘手,毕业于北京大学金融专业,有三年管理基金的经验,管理基金规模为五个亿。"

"这是我吗?"牧典蓝大吃一惊。公司的收入激励机制逼着前台人员不惜一切手段推销理财产品,以得到业绩提成,客户想听什么样的背景,就会为客人描绘出那样的背景。

"我就问那女职员,你有多大年龄?那人憋了好一阵,说你二十九了。真是吹完了牛,才想起打草稿。我就说,我找的人没这么老。"舒茗悦笑道。

| 105 |

闲聊间，奥迪驶入紫竹苑大门，径直停到了大门对面有紫竹丛和波浪形园林围墙的花园里。

"屋里还有霉味吗？"舒茗悦问。她知道他住在靠围墙的一楼，这里很潮湿，连木门都朽了，她曾教他如何除潮。

"没有了。家里到处放着干燥剂，只在晴天才开窗换气。"牧典蓝在元月的时候就按照她教的办法来解决底楼潮湿问题，由于没有空调，不能用空调除湿功能。

"那就好。"

"都到我家门口了，进去喝口茶吧！"牧典蓝礼节性地邀请道。

"不了。我去练车玩。"舒茗悦微微一笑。

牧典蓝不好在车上久留，道了谢下了车，目送调头而去的奥迪怅然若失，却见后车窗贴有红底白字的圆形车贴：女司机练车！

什么是相对论？这就是。出发去海运大厦时，犹如去天涯海角那么远；从海运大厦回来，就是前门到后门这么近。

第六章　祸福不定

1

挣钱辛苦，那是没有找到挣钱的门路。找到门路方知挣钱快乐，快乐到不知吃喝，从早到晚只想做一件事，挣钱。

这晚，栗天劲回到紫竹苑就张开四肢仰面躺在铺上，闭目养神。他早餐就解决了午餐，一瓶自带水灌了一天，嘴唇仍是干裂，不过他也咧嘴笑着，踌躇满志。他从荣维外贸公司刚拉到了十六个集装箱的单子，二十尺的，四十尺的都有，是他史上最大一笔业务，为他三个月的业务员入门期画上了圆满的句号。三个月，是业务员的一个坎，很多新手熬不过三个月就会泄气、转行，而他却有老客户了，能够稳得一些大单子。

栗天劲狼吞虎咽地吃完牧典蓝煮的鸡蛋面，精神恢复了些，就打开彩票网查看是否中大奖。哼，依然与奖项无缘！他查看股票账户的心情也没有了，账户上的数字月月在增长，他越看越觉得穷。栗天劲并不是看上去那么窘迫，他其实算得上阔少。他父母靠药品生意和门市出租属千万级富翁，但家里能抵押的不动产全都抵押出去贷款了，父母也不许他乱花钱，他一直认为父母的财富与他无关。

栗天劲横在沙发上休息，见电视在播英文财经节目，指了指电视说："十回有十回你都在放英文，你要出国发展吗？"

牧典蓝换成了体育频道："不懂财经英语，基金经理都当不了，一辈子只能算个键盘手。"

"高手就在民间，我看那些人 ABC 都不懂。"

"你这样来比,还有花两元就中五百万的呢,你花五百万未必中得了两元的奖。"牧典蓝理解彩民,全民炒股的A股,让股票更像彩票。

"你咒我啊!"

"但愿你下期中大奖!"牧典蓝抱歉地说,然后解释道,"好多操盘手看的是英文网站,第一时间了解国际财经信息,多懂点英语总比不懂好,不然成了长着耳朵的聋子。"

"不学英文的中国人不是好操盘手,野心不小啊!"栗天劲诡笑道。

牧典蓝是有一点儿野心,他不想成为一只默默吸血的跳蚤,想蹦跶起来被别人看见,被沈奇看见,被卢加兴看见,被舒秉浩和舒茗悦看见。他一心想知道舒茗悦出车祸的事,为了不让栗天劲多心,就漫不经心地找了个借口说:"天劲,那天我去舒董那儿谈修改协议的事,舒董接电话咕哝了一句,好像在埋怨女儿出了车祸。你知道这事不?"

栗天劲忐忑不安地坐了起来,睁大眼睛小心地问道:"真的?舒董不会知道这事吧!"

牧典蓝一听舒秉浩都不知道,怕露出破绽,赶紧激将:"是不是你练车出的事,瞒着舒董?"

"胡说八道,我的技术当教练都可以,不可能出车祸!舒茗悦怕她爹生气,没敢说!"

"新手难免磕磕碰碰,有什么好怕的?"

"那车是她父母送她的十八岁礼物,也是送她的大学礼物,送她车并非要她开车。她遗传了她妈的缺点,手脚协调力不行。你肯定不相信,她连自行车都不敢骑上路!当年她妈学车的时候差点把车连同舒董一起倒入悬崖,那之后她妈就发誓不再学车,也不许她学车。这下,她驾车上路,出了车祸,哪敢吱声……唔,舒董是怎么知道的?"

"原来你在帮她隐瞒。"牧典蓝说。舒茗悦还有如此软肋,他竟然不知道,栗天劲却什么都知道了!

"我隐瞒什么了!你以为我是宰相,天天能见到皇上,见到皇上只知道打小报告?"栗天劲急道,哼哼两声说,"如果当时是我开车,才没那事儿呢!"

"你们真是在一起练车!出车祸这么大的事也不跟我说声,平时芝麻小事都

上卷

要来骚扰我！"

"有什么好说的，一件小事，弄得我们窝囊至极！说到底，就是因你而起。"栗天劲沮丧了。

"这还怪了，关我什么事？"牧典蓝摸不着头脑。

"你住院那天，我借她的车到医院来看你，回去时出的车祸。没你，就没这事！"

"你开人家的车，出了车祸还在抵赖？"

"来的时候是我开，回去的时候是她在开，她出的事。我们被那伙混蛋给玩了，妈的！"

"找保险公司不就解决了？"

"想得美！遇到不对的人，倒八辈子霉！"

牧典蓝想知道到底是什么情况，一再追问，栗天劲说出了那次倒霉的车祸。

舒茗悦拿到驾照后自以为是独自上路，那时开的是手动挡，有两回在人挤车多的路段吓得不敢动车，造成堵车，引来了不满的喇叭声。有回在海运大厦等电梯的时候，她就向原来那位驾驶员冯师傅请教目测距离的问题。栗天劲作为业务员会来大厦内的代理部，正好在一旁听见了，就说他正愁没车可练，只要他有空，她练车时可以叫上他壮胆，油钱他包。舒茗悦觉得是个好办法，当她要去路段复杂的地方，就叫上栗天劲，这样练了几回胆子才大了些。

栗天劲得知牧典蓝做了阑尾切除手术后，第二天就借用舒茗悦的车去医院看望，也叫上舒茗悦去练车。他们说好，去时他开，回时她开。

从医院回来，由舒茗悦驾车。来到一条两车道的小街，前面有辆三轮摩托拉着长长的不锈钢管慢悠悠地行驶着，舒茗悦就去超车。刚超过三轮摩托就得右转弯，舒茗悦担心被摩托车前面支出的管子碰到，就向前多开了点距离并加速转弯，转过去才发现对面有车驶来。对面的车刹住了，她手忙脚乱慢了一拍，与来车正面相撞。对方是辆深绿色尼桑逍客，它的前保险杠、引擎盖和左大灯撞变了形；奥迪受损部位也差不多，看起来伤得不轻。对方驾驶员是位看上去像高中生的小伙子，叫陆伟，认为责任在于舒茗悦没及时刹车，要求私了。栗天劲见两车在中线对撞，责任应各半，就催双方找车险和交警。舒茗悦报了案，陆伟偏不报案因为车主不是他。

交警赶来明确了双方责任各半。在舒茗悦和栗天劲的催促下，陆伟才给车险公司报了案。陆伟的车险公司与舒茗悦属同一家，财安保险，但由不同辖区分公司负责理赔。车险定损员代陆伟的车险分公司出现场，并叫陆伟也到指定维修点修车。

第三天上午，舒茗悦按约好的时间去交警支队领取事故责任鉴定书，认为当怎么办就怎么办，不许栗天劲陪她。栗天劲建议她找冯师傅出主意，她却怕冯师傅向父亲告密。栗天劲就叮嘱她千万别让步，如果她不好处理就让他来。

陆伟不是一个人来的，身边还有一个矮胖的光头男人。光头男人力劝陆伟不要在鉴定书上签字，车子修理了两三天，耽误了他们的生意，这笔账还没有清算。舒茗悦担心他们不签字就拿不到鉴定书，得不到应有的赔偿，想起自己没有刹住车才造成了这样的结局，她就退了一步，愿意承担70%的责任。经交警一再解释，证明舒茗悦让了一大步，陆伟才勉强签了字，承担30%的责任。交通事故管理系统中显示，尼桑逍客的车主叫黄禄，是保禧房地产开发公司的。

办完交警这方的手续，还得完善理赔手续。双方除了提供事故驾驶员的身份证，还要提供车主的身份证和银行卡复印件以及维修发票等。舒茗悦除了维修发票和订损单，其他需要提供的证件材料已经准备妥当，均交给了陆伟。陆伟却说他的所有材料都没带，得回去拿，如果舒茗悦愿意可以一同去。舒茗悦一心想把这事了结，就和陆伟打出租车去拿材料。路上，有人通知陆伟可以取车。舒茗悦考虑到对方急需用车就同意陆伟先去取车。她打电话问奥迪是否修好？没有。出租车到了尼桑4S店门外，陆伟主动给了出租车费，并说："姐姐，你下车时注意后方有没来车。"舒茗悦很感动，觉得他是个懂礼节的小弟弟。

陆伟的维修费为3870元，他掏出钱包翻给舒茗悦看，说他是打工的，只带了一千余元，没有银行卡，只能支付这么点，其余的70%维修费得请舒茗悦帮他垫付，反正70%的维修费到时保险公司会打到她的银行卡上。至于舒茗悦的车，等修好后，他承诺说会把30%的费用支付到她银行卡上，有他的字据为凭，如果骗她就到保禧房地产公司找他。舒茗悦觉得有理，跑得了和尚跑不了庙，做房地产生意的人也不缺这点钱，就帮他取回了车，并收好了陆伟写的凭据。

陆伟的证件资料很快收集齐全，车主黄禄却拒绝出具任何资料。原来逍客车不是黄禄所购，而是朋友所送。黄禄有车，就把逍客车送给别人在用，却不办理过户，而且专门交代过，逍客车与他无关，出了事故不许向保险公司报案，谁出事谁负责承担后果。陆伟说他不可能要到黄禄的资料,等发工资后再来协商费用问题。理赔的事搁浅。

栗天劲得知这一情况,遗憾万分,认为舒茗悦已经身陷被动。舒茗悦认为陆伟写有凭据无法抵赖,做着房地产生意的人,不会在乎明年多承担点保险费。栗天劲笑她犯傻,那些人不是把文学当饭吃的人,而是把穷人和富人都当工具使用的人。他们连建筑工的血汗钱都会拖欠,怎么可能去承担他们认为不该承担的责任?舒茗悦认为陆伟彬彬有礼不是翻脸不认人的那类,他给人家开车,没领到工资作难也在情理之中。

事情果然没有向舒茗悦期望的那样发展。奥迪车维修费是13000元,她认为这样的费用纯粹是天价。但维修员拿出维修价目表,她又看不懂有何破绽。她拿着维修发票数次电话找陆伟,请他把奥迪车维修费的30%打入她卡上。陆伟态度很好,不是说"姐姐,我在出差,抽空就给你打过来",就是说"姐姐,我太忙了,忘记带钱包了",反正不给拿钱出来。如此这般一周就过去了。

舒茗悦越想越不放心,就到财安保险公司了解理赔细则。不问不知道,一问吓一跳,车险理赔方式根本就不是她理解的那样。她以为保险公司指定了维修点,那么赔付款就是以发票金额为基数计算,结果是以保险公司的定损金额为准,保险公司只定损为8600元,超出的部分保险公司不管。她又以为她的车险公司会给她赔定损费金额的70%,剩下的30%由黄禄的车险公司赔付给她,事实上却是交强险和车损险有交叉互赔部分。她被这种奇怪的理赔计算方法弄得云里雾里,还没等计算出能得到双方保险公司各自多少赔付时,却被告之:陆伟提供的车辆维修发票无效,他并没在指定的维修点修车,尼桑4S店并非指定的维修点!这还没完,陆伟那方已经销了案,销案时间正是他取车的当天。对方销了案,意味着对方的车险公司不会参与理赔,她这头纯粹是在瞎忙活。

舒茗悦问工作人员,遇到这种既不提供资料,还要销案的人怎么办?得到的回答是:要么告他,要么也销案,毕竟自家的保险公司赔不了多少,还会影响第二年的保费。她又咨询律师朋友怎么去告陆伟和黄禄,得到的答复是:这种总金额才一万多的纯车损小案子,不涉及第三方受害者,打官司得不偿失。

舒茗悦转眼间共损失近一万六。她打电话找陆伟和黄禄,不接。她就发短信给陆伟说第二天要去找他。陆伟只回复了一个字:行。

第二天，舒茗悦就叫上人高马大的栗天劲作陪壮胆，来到虹口区的保禧房产开发公司办公室找陆伟。没人认识陆伟，也无人认识黄禄！舒茗悦就给黄禄发短信，声称她会在保禧公司再等两小时，仁至义尽，如果陆伟和黄禄再玩空城计、再踢皮球，她就把陆伟连同黄禄抵赖的行径向保禧公司甚至媒体公之于众，让大家来评理。

漫长地等了接近两小时，等得舒茗悦都想报警了。在最后十分钟，陆伟终于回了短信，说他在长宁区的一个工地上脱不开身，请她十三点之前到莺歌私家会所谈谈，他下午还要出车，又没时间了，他在大门口接她。

"莺歌"是上海有名的高档会所，位于长宁区的一个公园里，坊间传说这里只为会员开放，入会费最低五十万，最高一千万，一桌饭一两万算是简餐，一瓶窖藏红酒十万，这里有五个出入通道，避免会员与意外的熟人碰面。要从保禧公司赶到"莺歌"得要一小时车程，时间已是十二点，为了赶时间栗天劲壮着胆子开起快车来。

密林深处的"莺歌"表面上就是一幢五层楼的精致小宾馆，四周用长有藤蔓的黑色铁艺栏杆围着，外表并无特别之处。若说特别，就在于栏杆内停放的一排颜色各异、形状奇特的世界顶极豪车。舒茗悦的奥迪没有会员证进不了门，只能停在门外的临时停车位。陆伟已经在大门口等着，一脸稚气未脱的笑容，连声叫着"姐姐对不起"，很是热情。过来的路上，舒茗悦直后悔太相信人，声称再也不相信陆伟这号人，见到陆伟连连点头哈腰赔不是，认为他能在这样的娱乐会所谈事，应该不会在乎那点赔偿费，又升起了希望。

他们三人来到二楼一个有机麻的豪华包间坐好，舒茗悦取出奥迪车维修费发票说起了维修费用的问题，如果黄禄不便提供资料，那就私了。陆伟取过发票正在看，那天在交警队出现的光头男人进来了，说不关陆伟的事，不承担赔偿。舒茗悦拿出陆伟写的凭据，要求按凭据兑现 30% 维修费。光头男一把扯过凭据和陆伟手中的发票，干笑两声，把票据撕成碎片，朝舒茗悦的脸上撒去，说那些东西是个屁，车祸耽误了他们的大事，这个损失怎么算？赶快拿钱来！说话间，进来六个手拿铁棍和砍刀的人，个个五大三粗不比栗天劲弱，戴耳钉的、染绿发的、理着朋克发型的，手臂上都有相似的文身图案：骷髅头。他们在光头男人身后随意站成一排，一言不发，只是将手中的凶器拿在手上把玩。

上卷

　　舒茗悦吓慌了，直说要和黄禄谈谈。光头男说黄禄没工夫来谈，并问舒茗悦还想不想把事情公之于众？还敢不敢请人来评理？赔不赔他们这边的损失？随即又从打手那里取过一把砍刀，比在舒茗悦脸上，问究竟怎么赔？栗天劲见状，马上掏出钱包扔到地上。光头男人捡起钱包，见里面就一百来元现金，没有银行卡，随即一耳光扇到栗天劲脸上。舒茗悦见这伙人要动真格，不得不掏出钱夹来。光头男取走了钱夹里的五百多元现金，还有两张银行卡、一张信用卡以及身份证，要走了密码，把它们交给了陆伟去提现。光头男威胁说，如果密码是假的，就让栗天劲亲眼看怎么在舒茗悦脸上刺字；如果回去后报警，嘿嘿，二十四小时之内，舒茗悦这脸蛋就没皮了。半小时后，陆伟回来把东西还给舒茗悦，光头男冷笑一声，没有再纠缠，把手一挥，那帮人就撤出了房间。

　　舒茗悦早已听到了三条手机短信的提示音，她知道，那三张卡上的钱被弄走了。用手机一查，两张借记卡上的钱近二十万，已经被取走；信用卡被刷掉了十万。这张信用卡她积累的信用值达到了十万的免息提额金额，第二天正好就是信用卡的记账日，相当于她碰到了最短的免息期，她必须在三周内要全额还回透支的十万。

　　操心十来天的车祸理赔，得到的是三十余万的损失。忙不迭地赶来，又被劈头盖脸地威胁。头一次来到高档会所，头一次遭遇恐怖的黑帮。人家宁可花高价请打手，也不给她拿几千元的维修款。舒茗悦哭也没用，她怕父亲知道这事会急得犯高血压，也怕母亲又责怪她不听话，不敢声张车祸的事，也销了案。她和栗天劲约好，再也不提这次车祸。栗天劲过后问起信用款的事，她避而不谈。

　　善良，是善良者的镇静剂；卑劣，是卑劣者的养生丸。

　　牧典蓝想不出惩罚陆伟和黄禄这帮恶人的办法，又不好火上浇油："你们没事就好。"

　　"我是不是太懦弱？"栗天劲惶惶不安。

　　"灾祸面前必须止损，在这样的匪徒面前，保全自身比保全钞票重要。"

　　"舒茗悦这么想就好了！……你无法感受到那种气氛，真的让人吓尿了。"栗天劲仍有奇耻大辱之感，用拳头砸在茶几上，"我迟早要出这口恶气！恨不得背包炸药把那伙人送上天！"

　　"送他们上了天，你也不值啊！善恶终有报，不是不报，时候未到。"牧典

|113|

蓝有些唯心主义，相信苍天有眼。但是，苍天看到这帮恶人了吗？

"我现在弄明白了，要在这种车祸中减少损失有几种办法：一是正当途径，就是主动承担全责，程序最简单，对方也愿意，不过影响第二年保费。二是变通途径，在全责的基础上，买通那个出现场的定损员，把定损弄高些，远远高出维修费，在车祸中赚钱都不成问题。三是非法途径，差不多算是骗保了，就是在对方不愿参与理赔的情况下，干脆伪造避让别的车辆而撞墙的假现场。妈的，保险公司当赔不赔，车主和它签协议，它让双方车主先斗智商斗手腕，它坐视自己的两位客户内斗，居然不管！简直是逼人骗保！"栗天劲像在作经验总结。

牧典蓝无心关心那些于事无补的理赔窍门，本来平静的心又因舒茗悦遭遇黑帮而突生波澜。命运如此捉弄，在她最危险的时候，他浑然不知，没有为她分担丝毫。他转而又想：自己一厢情愿做什么呢？她根本不需要他。

"她成天泡在网上，前后耽搁了那么多天，怎么就不拿出一天来，从网上查查别人的理赔经验？唉，我忙得也忘记去请教那些高手了……"栗天劲又叹道。

"人啊，有时头脑木木的，傻得自己都不相信。"牧典蓝想起舒茗悦那天在车上说过的话来。把事情想得简单的人，人们未必当成善良，而是当成蠢笨。

"她这种泡在心灵鸡汤里的人不犯傻才怪！社会是钩心斗角，她走出网络，面对的是从不喝心灵鸡汤的人，是杀人不眨眼的人。她以为生活是小说，一场车祸之后可以发生一场惊天地泣鬼神的友情，甚至爱情！"

"你总这么恶毒！"

"你想都想不到，她的大学毕业论文写的什么，叫《论商业文学与纯文学之现状》！凭她这能力去应聘，除了她爸妈的公司，其他公司没她的好日子过！"栗天劲断言道。

牧典蓝不能为她作任何申辩，一声不吭。

"算她命好，出身好，如果像普通女生那样，这几个月去应聘，啧啧啧，惨哦！"栗天劲经历过无数次的应聘，和相亲一样，他看好的公司看不上他，看好他的公司他又看不上，"她这种，有个轻省的工作，挣点低微的工资，找个好男人嫁了，把老公关照好，把孩子教好，就够了。"

牧典蓝见过女大学生、女硕士生应聘，万幸投胎成了男生，再不济流浪街头，还可以半夜酣睡在草坪。记得有位工科女大学生在人才市场面试，考官嘀咕了句：

"啊！又是女生！"接着只说了四句话："你多大年龄？""平时住哪里？""有男友吗？""回去等通知"。依舒茗悦的专业条件，真难想象她去接受应聘时，会是什么情景。

2

晚上九点半，美国股市开盘，牧典蓝就去电脑前关注。世界股市中，美股一股独大，它目空一切，走势极少被其他国家所控制，却极大地影响着其他各国的股市，包括A股。美股还平稳，没有异常情况，牧典蓝就浏览起华年美文网，这里是舒茗悦精心呵护的文学家园，不沾染功利尘埃，有着他的美好回忆。他好怀念那段和她一起谈网站的日子，只因有她的陪伴，他的心情一度宁静。那静水深流的日子不再有，心里的难受无法言表，似乎被谁持续地揪着，成天舒张不开，又非疼痛难忍，还总是排解不掉。

华年网首页有推荐文集栏目，有一部文集是总编未艾的《有爱未爱》。牧典蓝将它点开，舒茗悦的评论很可能出现在未艾的文章下面。

未艾诗歌、散文、小说、日记都写，他的长篇小说有六部，最长的写了三十余万字，短的只有开头几章，内容以玄幻和言情为主，小说场面铺张，描写细腻，点击量和留言量出奇的高。不过这些小说都有头无尾，是典型的只有上半身没有下半身的太监小说。未艾看似成天窝在屋里码字的宅男，但从日记中能看出走出屋子的他就是社会观察员，会与任何人攀谈，上至开法拉利的富豪，下至小巷里拉客的发廊小姐，对方的谈吐举止细节都会被他捕捉，生活的大事小事触动着他敏感的神经，一切都成为他思考的引线，并从中得出一个结论，诸如"小的时候其实我蛮勤快的，可大人总说我懒，于是我就懒到底。后来遇到喜欢的人，每次对她好，她最后说我对她不好。我想想吧，不能辜负这句话，所以就再不对她好。人这辈子就是如此，如果我做的一切你看不到，那我就再不会为你做什么"。

未艾的一篇日记《来生有约——致悦海女神》闯入了牧典蓝的眼帘。

日记写于六月底，也就是牧典蓝住院期间，离现在有大半个月了。未艾用两千余字回忆了在网络上认识舒茗悦,并来到华年网的经历,表达着对舒茗悦生日的祝福,还有对她的敬佩与感激。

文中有段话牧典蓝反复看了三遍:"有晚,我问她在做什么?她发来一首音乐叫《死了都要爱》,叫我听听。正好我在写一部爱情小说,这首歌似乎是为小说谱写的插曲,那一刻,她成了小说的女主角。我借用小说里的话说:'如果有来生,我们不妨来个相约——来生,让我与你牵手走过。'那刻,真的很相信很相信还有来生,真的还相信,有那么一条河,上面有一座叫奈何的桥,有位佳人,在那里等着我……"

这篇日记后有很多祝福留言,没有舒茗悦的留言。

牧典蓝浑身透凉,这天是舒茗悦的生日,他不知道,未艾知道。舒茗悦曾在未艾所在的商业文学网站以"花成茗"为笔名发布过许多文章,但文章现已无影无踪,他未读过,未艾读过。那首《死了都要爱》牧典蓝曾听过,舒茗悦提起这首歌是何意?未艾那句"等着我"是何意?牧典蓝能接受栗天劲带给舒茗悦幸福,不能接受这位给数位女笔友都写过日记的未艾与舒茗悦有情感瓜葛。

牧典蓝心乱如麻,他关掉华年网,来到客厅,陪栗天劲看网球赛。他的火气腾腾直冒,喝水的时候把杯子重重地放在茶几上,引来栗天劲瞅了他一眼。

网球赛结束了,播起了剃须刀广告。栗天劲换了频道,骂道:"剃个胡子的洗脸台,比橱柜还长!盥洗间比客厅还大,这剃须刀不是人用的!"

另一个频道仍在播广告,一位欧洲版络腮胡男人将一辆豪车驶入一座玻璃大厦,引来一群中国版女人的爱慕回眸。

"这些女人,离了外国男人就不嫁了!"栗天劲骂道。

"人家看的是车,你吃车的醋啊!"牧典蓝笑道。栗天劲的前女友就是因为想嫁到欧美去过环境优美的日子才和他分了手。

广告最后出现了黑底银光闪闪的四环形奥迪标识。

牧典蓝注视着那个标识,五味杂陈,它象征着一个人。再看栗天劲,栗天劲竟盯着他,并带着怪怪的眼神。牧典蓝一阵心虚,调侃道:"我觉得你比欧洲男人还酷!"

"这还用说!除了体毛没他们多。"栗天劲自信满满,"蓝子,等周末了,我借舒茗悦的车带她去兜兜风,你去不去?"

上卷

"让我当灯泡啊！"牧典蓝不自在，把茶几上的一张楼盘宣传单拿起来折叠着玩。

"什么灯泡啊，就是出去郊游，我叫她也把闺密带上，大家认识下，热闹下。她都说了，你帮她爹赚的钱，有一部分就是提出来给她办网站，她很感谢你。正好你们可以认识一下啊！"

"我没空。你告诉她吧，如果股票盈利是按百分比提出来给她的网站，那么，网站还会有更多的资金。"

"把钱花在那网站有意思吗？"栗天劲不以为然，想了想又说，"我感觉，那次车祸之后，她对我的态度和从前明显不一样了。"

"有什么不一样？"

"她都说了，如果我白天跑业务急需用车，可以找她借。"

"以前流行借书，现在可以借车。这等好事，别错过了。"

"总不能白借。账上才五十多万，花起钱来都心疼……等你做到六十万，我送她一个能拍小鸟的超长焦镜头，至少五万起，即使她不收，可以找我借。那炮筒样的镜头是男人玩的，哪是女人玩的东西！要不，送个折返镜头。"栗天劲内行地说。他把单反相机拍出卡片相机效果，但他的摄影姿势能倾倒很多人。他注意到牧典蓝双眼无光，面色失神，就推了推牧典蓝，"在想女朋友吧？"

牧典蓝顺水推舟："嗯，我正为这事发愁呢！"

"好啊——有女朋友也不说声！谁？啥时让我见见？"栗天劲来了兴趣。

"我那主管要给我介绍女友，我不知应当见还是不见。想起好心烦。"

"见吧，又不损失什么。"

"其实应该算早见面了，我认识那女子，经常遇到，一直没有感觉。有感觉我还心烦什么？明知不可为而为之，这不是故意伤人家的心吗？"

"相见算什么，要相处才会有感觉。只要人不丑，你先交往一段时间再说。"

"如果不爱，在一起多费时间！"

"她很难看吗？"

"不，身材如模特儿，模样如大明星。"

"哪来的桃花运啊，你！爱不爱，摸摸先！"栗天劲坏笑起来。

"她那么漂亮，我怕她做过整容，有过男朋友，或者比我年龄大许多，也怕

117

她看不起我这个乡里人。"

"你这人，是奇葩……"栗天劲点了点牧典蓝的额头说，"好想有部能跑业务的车。到时，我们都把女友带上兜风。你快把那女人搞定！"

"车嘛，我买，你用。"

"有本事就买辆奔驰，没档次的车少来！"

"你开大众，人家当你是做微利业务；你开大奔，人家就知道你在做暴利业务。要了面子，丢了单子，值吗？"

"你这外行，车越好人家越信服你。就是当骗子去骗财骗色，借辆大奔也比开着自己的大众出面，成功率高百倍。"

牧典蓝不由笑了，手中那张宣传单已被折成了彩色的蝴蝶，他让它飞到了茶几上。

"笑啥？"

"我想起一件事了。有回，我说，那些中了五百万的人，除了买房，怎么花得完那笔钱啊？人家笑话我说，一听你这话，就知道你是没花过钱的人。"

"精辟！你这穷包子，有钱都不知道怎么使！"栗天劲笑起来。他没想到，牧典蓝所说的"人家"正是指的舒茗悦。

3

给别人机会，也是给自己机会。牧典蓝同意了沈奇的安排，周六中午在亚带那海鲜馆与布莱兹相亲。

海鲜馆宫廷一般，高大的朱红色餐椅靠背把一张张餐桌分隔成了半开放式的小雅间。低低的轻音乐不知从哪里隐隐约约飘来，就餐者们小声低语着，似静非静。牧典蓝和沈奇坐在一头，布莱兹坐在他们对面，他们各自点了海鲜等待上菜。这里的菜品总共才四种，种种都是世界顶级海鲜，别无选择。一看单价，心都抖两抖，那是以十克为计量单位、以百元人民币为计价单位的价格！

布莱兹的披肩卷发变成了金黄色，头顶架着一副太阳镜，耳架上是香奈尔标识。牧典蓝的目光总是停留在她头皮那截冒出来的半厘米黑发上,虽然她的脸更好看。他会反话正说,恭维道:"你这头发好有个性!"

"漂亮吧!这是花了一千多烫染的,我还没烫两千多的。"布莱兹欣喜不已,从室外刚进来的她从桌上取了张纸巾擦了擦额头上的汗。她身着咖红色的职业裙装,戴有小钻石坠子的耳环和项链,她的打扮从来都一丝不苟,似乎衣裳中的每条褶皱都做了精心设计,每缕发丝都有寓意,每个举止都有考究,不容许任何人去打乱一丝一毫。

牧典蓝一听她随意弄个头发都花一千多,顿时矮了一截,他理个头发上了三十就心痛。他大气不敢出,不然显得粗鲁;脊背不能松弛,不然显得佝偻;声音不敢放开,唯恐唾沫会溅到她脸上。当与美人儿共赴美餐也显得庄严的时候,就是美人儿不那么可爱的时候。是的,布莱兹很美,她略显苍白的脸找不到一颗瑕疵,脸形眉形鼻形唇形均轮廓分明,下巴微翘的她有着西方人的洋气。他承认她是他近距离见过的最漂亮的女人,如果他是女人都会嫉妒上帝对她太过偏心。但他对她一直没有爱的感觉,转过身就不再想念,即使现在这样与她对视,也如同远远地欣赏绝世美景,毕恭毕敬,叹为观止,却不打算在美景里安居。

牧典蓝不由想起约舒茗悦在易品城相见的情景,她的自然而然才让他一见倾心。他提示自己,不要去比较什么,布莱兹就是布莱兹,她和别人本身就不同,应该有不一样的可爱之处。他努力去寻找布莱兹的优点,去欣赏她、喜欢她。他已经得知布莱兹本姓李名仕琴,并查过她的英文名 Boulez,有位法国指挥家和作曲家就是这个名字,却是个男人。他对她如此取名很奇怪,就问道:"你的英文名挺好听,为什么取这个名字呢?"

"嗯,我高中时特别喜欢 Sarah Brightman 的歌,也喜欢她的中文译名莎拉·布莱曼。我就把她的中文译名稍加改动,成了布莱兹。大学时才知道布莱兹对应的英文 Boulez 是另一位音乐家。虽然是位男音乐家,但布莱曼的英文 Brightman,就带有一个 man,也有男人的意思,不是正巧吗?两位音乐家不经意间集于我一身,很好啊!"布莱兹说,然后问道,"你喜欢听莎拉·布莱曼的歌吗?"

牧典蓝不知这位外国歌手是谁,就说:"外语歌,听不太懂。"

布莱兹有点不解。她见用贝壳盛着的黑色鲟鱼鱼子酱送到了面前,用带细密花纹的欧式瓷盘托着,就把盘子翻起来看了看底部的英文标识,兴奋地说:"果然是 Bernardaud，柏图，法国顶级瓷器品牌！"

牧典蓝不懂法国瓷器，哪肯一开场这不懂那不懂被她小觑，就接着上个话题说："恩雅的歌不错，她的《Only Time》有种历史的脚步缓缓而来之感，让人安宁，像教堂里诵着圣经。"

牧典蓝提起的这首歌最先是从舒茗悦的 QQ 空间背景音乐里听来的，他头次听这首歌就超级喜欢特别有感觉，曾反复播放着听，连歌词都记得。其他外语歌他最多记得调子，记不清歌词。

海鲜都已上桌，大家开吃。

布莱兹熟练地用瓷汤勺将鱼子酱涂抹在苏打饼干上，又舔了舔饼干上的黑鱼子酱入口，用牙齿将鱼子轻轻咬破，享受了一下纯真的美味，点了点头："真好吃！Enya？她是爱尔兰人，是世界上最有名的女音乐家之一……嗯，你不懂英语？"

"我最怕外语，就知道 on、off、I and you 之类。"牧典蓝一边开着玩笑，一边夹了片生鱼。他点的是份冰镇挪威三文鱼片，色泽橙红的鱼片带有漂亮的条形鱼肉花纹，十二片鱼被摆放成了两朵花形，花心是用来蘸鱼的绿色山葵酱。他的胃口对生鱼片有抵触情绪，但这里的海鲜基本都生吃，还不得不吃。

"布莱兹会英法双语，给你指导不是问题！"沈奇偿了口金枪鱼生鱼片趁热打铁，然后又对布莱兹说，"把你的号码告诉他，他好找你请教。"

布莱兹迅速说出了手机号码。牧典蓝掏出手机拨了一个电话给她："我的号码就是这个。"

布莱兹的手机响起了动听的铃声，她从身边拿起红黑相间的香奈尔提包，掏出一只用彩色水钻装饰着的手机："好听吧，这就是莎拉·布莱曼最经典的歌《斯卡布罗集市》，《Scarborough Fair》，响彻世界各个角落的经典音乐。"

这歌的确动听，虽然以前从没听过，现在也听不懂，它终于响彻到牧典蓝这个角落里来了。他赶紧指了指她手机背面的标识说："苹果牌呀！"

布莱兹把手机封面朝牧典蓝一亮："都用一年了，还没换。"

牧典蓝见那手机封面是布莱兹与劳斯莱斯的合影，觉得自己没戏了。聊天的基调太高，就像用高音开唱，后面就难以再高唱上去。他用过苹果电脑感觉并不好，还没摸过苹果手机不知好不好，而且他不爱玩手机，如果谈起苹果手机又会显示出他的无知来。他不知当谈什么才好，又把话题转开了："这款提包好漂亮，特别配你的服装。"

布莱兹的这个提包牧典蓝见过几次，无论她穿什么颜色的服装，都配着这个包，似乎只有这一个包，提包上面体操吊环似的香奈尔金属标识特别醒目。

"这是香奈尔，Chanel！在法国买的，正品，三万二，在国内至少卖四万八。"布莱兹将手机放在桌上，从包里掏出一个红色的钱夹晃了晃，"这也是香奈尔的，你猜我买成多少？"

牧典蓝在易品城用信用卡套现遇到她那回，见过这只皮夹，看样子它有着难以想象的价格，就冲破胆说："至少也要一万吧！"

布莱兹笑道："在国内至少也一万八。我买成一万三，从法国带回来的。国内的香奈尔假冒货太多，要不太贵，我从不在国内买。"

牧典蓝惊愕了，他全身上下换了新，加起来也不上五千，这还是吸取了见舒茗悦的教训，为相亲忍痛奢侈了一把。他看着她钱夹上那个显眼的标识，想起舒茗悦在火车站评论名包的话来，就说："如果上面那个标识不那么明显就好了。"

"不明显，谁知道它是香奈尔啊！"布莱兹不解。

"好比你，即使不带耳环，也比那些戴着吊环似的大耳环的女孩子，有气质吧！"牧典蓝说。

"标识有无形价值，和耳环怎么能相提并论？没标识等于没身份。我的衣服和化妆品全用这个牌子，我喜欢成套的，不喜欢那种脸上是 Dior，包包是 Louis Vuitton，服装是 Versace。混搭成杂牌，最掉价！"

牧典蓝一听布莱兹出口又是英文，就明知故问："你说的是些什么英文？我听不懂呢！"

布莱兹把包收拾好放在身边："我忘记了你不太懂英语。刚才我说的是世界上最出名的品牌，迪奥、路易斯威登和范思哲。这些是大型商场里很容易见到的时装品牌啊，没注意吗？不过那些商场的款式只算人家的三流货，基本款。"

"你经常出国？"牧典蓝问。

"国内走得多，国外只去过缅甸和泰国……我得省钱，这些都是托朋友带的，比国内的便宜。我的好多同学在国外当随行翻译，有的当导游，连迪拜都去过几次。我算是最不能干的一个，我爸妈不许我离他们太远。"布莱兹遗憾地叹道。

"在服饰方面，你眼光独到，很有档次！"牧典蓝笑道，自觉奉承得很突兀。

把钱轮斤数就能买到的档次无须什么眼光，谁说香奈尔没档次那就是谁不懂档次。

"大家一直都是这么评价我的！"布莱兹张开左手的五指，自顾自地欣赏起贴有水钻的桃色美甲笑了。

牧典蓝有些失望，低头吃起三文鱼片。这道誉为"冰洋之皇"的世界顶级菜品被描述得不吃似乎就白活一场，没有讨得他的喜欢，人的胃口有时特别顽固，与名气、价格毫不相关。

安静了会儿，布莱兹说："奇哥，你这块 Patek Philippe，很贵吧？"

沈奇看了看手腕上那只黑色机械表，笑道："你知道这表？"

"百达翡丽，名表之首，谁不知道啊！多少钱？国内买的还是瑞士买的？"布莱兹问。

"瑞士，折合人民币五十万。"沈奇说。

"我可以买十多个包来配衣服了！"布莱兹夸张地瞪大眼睛捂住了嘴。

"把一部豪车戴在手上了！"牧典蓝也惊住了，他第一次知道了沈奇这只表的真实价值，只笑自己太不识货。

"上千万的表都有，这是一般的。"沈奇淡淡地说，仿佛那就是一只普通不过的表。他拍拍牧典蓝的肩，"你努努力，这表不成问题。"

"等我发了财，先去买房，再买好表。"牧典蓝喜欢有力量感和精度感的手表。

"买房是搏傻，只管七十年。租房才实惠。"布莱兹说。

"是啊，不必当房奴！"牧典蓝赞同，学学沈奇不买房日子会很轻松。

"不如省下钱来买普拉达、阿玛尼什么的。"布莱兹说。

"对，下午你带他去逛逛，他找不到地方。"沈奇趁机说。

"如果我买一件，和其他服装不相配；如果我买一套，和原来几套反差又太大。如果把钱都花在这些大品牌的基本款衣服上去了，我住哪儿啊？还是吃住要紧些。"牧典蓝不便打击她爱奢侈品的积极性。他曾逛过普拉达之类的专卖店，瞟一眼那些不打折的标价就默默地走了，试都不曾试穿过，他无法接受一件衬衣就得拿一个月房租去交换、一套西装差不多可以买一平米房子的价位。

"一套一套地攒，正式场合穿就是。"布莱兹说。

牧典蓝拉了拉胳膊上的蓝格衬衫短袖，歉意地对布莱兹说："对不起了，我在这正式场合没穿世界品牌来。但我这套是前几天在专柜选的，是国内品牌。我喜欢国货，中国工人生产出来的东西，如果中国人都不买，那些工人岂不饿肚子？"

"中国制造，是粗制滥造，WTO一进来就完了！"布莱兹鄙夷地说。

"也有工艺精湛的国货，物美价廉，我很喜欢。"牧典蓝不能否认她的看法，但国货有好有坏。

"不比不知道，一比就知道国货差远了。"布莱兹说。

"我比上不足，比下有余。你是大家出来的闺秀，有家人关照。我是乡村跑来谋生的牧童，还得照顾家里人。我在世界品牌专卖店里多站一会儿，就像农家的白鹅混在天鹅群里那样，优雅不起来，浑身不自在！"牧典蓝说。

"别误会，我注重生活品质，但不会花父母的钱，我不是啃老族。"布莱兹吃着带鱼籽的饼干说。

"真佩服你！"牧典蓝心想法语翻译的收入也太高了吧，把奢侈品当标配了。

"挣钱总是为了花，是吧？为了旅游，为了赌博，为了房子，为了投资……我呢，就是为了打扮。"布莱兹说。

"你少买一个包，就可以亲临你喜欢的法国了。"牧典蓝说。

"只怕到了那里，我什么都想买。那时，更觉得寒酸了。"布莱兹有些挫败感。

"法国的鲜花窗台啊、教堂啊，还有凡尔赛宫，比衣服耐看多了。"牧典蓝说。

"那些风景，在电视里和网络上看得还清楚些。不如省下来买一款新上市的香奈尔套装。"布莱兹说。

"你用香奈尔，香奈尔都沾你的光。它就怕被普通人用，会失去光彩。"牧典蓝是这么看待奢侈品的。

"有人不喜欢让女人过得精致，认为女人就是下个厨房上个厅堂。"布莱兹带着复杂的表情笑了，"女人要爱自己，要过得精致，这是尊严。我从不像有的女人那样，依靠男人打扮自己，全靠自己。"

牧典蓝真想说，他要的女友就是下厨房上厅堂，而不是作花瓶摆设。

布莱兹的手机铃声响起来，她忘记了在这样的餐厅里要关闭铃声。

布莱兹接起电话："你好！……我都说过了，我早出晚归，从没在屋里开伙，衣服基本干洗，洗澡是去同学家里，晚上只是回屋睡个觉。对面那两口子，天天在屋里烧水做饭洗澡洗衣服，不能按人头让我来缴水电费……这怎么行？我没用那么多水电，决不会帮他们付费的！……再说一次，我最多只承担一吨水费，十度电费。好了,我不和你们这些不讲理的多说!"

牧典蓝见她挂了电话,问道:"你住的是合租房吧?"

布莱兹点点头说:"这些房东,以为我有钱,想怎么骗我就怎么骗,我见得多了。"

牧典蓝想象着她身着顶级品牌,住在昏暗杂乱的合租房里,计较着水电费的情景,不知道她所说的"精致"在哪里。他朝沈奇轻轻瘪了下嘴,表示这不是他喜欢的类型,随后用勺子品着花瓶造型的咖啡色花粉冰淇淋,心都凉了。

沈奇想活跃一下气氛:"对了,下周二开始,剧院有三天的大型3D歌舞表演,叫《洛神》,据说不比中国版的《猫王》差。票嘛,我找熟人给你们买,贵宾席的,我请客。"

牧典蓝问:"猫王?还有这样的名字?"

布莱兹笑道:"应该是中国版的《猫》吧?"

沈奇意识到了:"对,对,我记混了。猫王是个歌手。"

牧典蓝认真地问布莱兹:"什么猫,还中国版的?"

布莱兹和沈奇面面相觑,嗤嗤地笑了。

布莱兹诧异道:"《猫》,是世界上最最经典的音乐剧,你没看过,难道也没听说过?新闻上也播过啊!"

牧典蓝脸一红,自我解嘲地说:"我是个书呆子,对音乐啊、美术啊一点儿不懂。当年看别人练钢琴,就不知道在弹什么。"

"不急,好剧一辈子也看不完,慢慢去看。"沈奇解围道,又说,"本周上映的电影有几部不错,你们下午或者晚上可以去看看。"

"有没有欧美大片?"布莱兹问。

"我不喜欢看电影。"牧典蓝没有与她一起看电影的兴趣。

"国产片才没看头!剧情弱智不说,谁最当红,谁就是满街片子的主角,演什么角色都是同样的眼神和表情,分不出究竟是在演哪出戏!"布莱兹深恶痛绝地说完,又兴致盎然地问牧典蓝,"欧美电影你喜欢哪几部?"

又来一道考题!牧典蓝直想抹汗,他未曾有时间和心情去看一部经典电影,包括网络版的。他只觉与布莱兹有着中国西部农村和欧洲艺术之都那么遥远的距离,他干脆把自己贬到最低,为这场相亲画个句号,给她留点面子:"小时候,我成天玩；高中时，我成天做题；现在我得充电，对电影没怎么关注。我啊，是个很多都不懂的人。"

"人嘛，千万不要太完美，完美的人会招天妒，下场都不太好。"沈奇说。

"我也这么认为。月满则亏，花满则谢，因为不完美，才有期待。"牧典蓝深表赞同。

"奇哥没说错，做你们这行的人，基本是没有爱好的人……好像只有你们才最忙！"布莱兹勉强地笑道。她从包里掏出湿纸巾擦了擦嘴，正襟危坐，随即用英语与沈奇说起来。

布莱兹说："I am a lady with good taste on life, not just focus on his appearance and income. I simply can't communicate with him, seems like he knows nothing about arts!（我是有品位的人，不会只注重相貌和收入，这种不懂艺术的人，简直无法交流！）"

沈奇说："He's not used to your way. Take some time to get to know him, maybe you would find out he's not so bad as you thought.（他还不习惯，多交往些时间就好了。）"

布莱兹说："But I don't want to waste my time on him. Want to get off right now, is that okay?（我不想浪费大家的时间，我想提前走了。可以吧？）"

沈奇说："Then I will arrange you guys meet again.（那，改天再约你们聚聚。）"

布莱兹说："Sorry, I am afraid it's not necessary. Having such a bad lifestyle, he just is not my kind.（对不起！不用了。这种没有生活品质的人，与我不在一个档次。）"

沈奇没有再挽留布莱兹，瞟了一眼那只名表，又看看桌上还剩下的一点儿海鲜，对牧典蓝说："布莱兹说她今天还有事，两点得赶到一家公司领份文件，要先走一步。今天没吃痛快，改天我再请你们吃大餐！小牧，咱们两个留下来慢慢享用。"

布莱兹站起来，露出八颗牙齿微笑着朝牧典蓝伸出右手："帅哥，不好意思，我得去办点事，失陪了！"

牧典蓝并不起身，用标准的英语回答说："I am sorry that I can't dirty your elegant hands, because I don't know anything about arts.（对不起,我这不懂艺术的人，

不能弄脏你有品位的手。）"

布莱兹大吃一惊，收回了手："You are speaking English!（你居然会讲英语！）"

牧典蓝说："As a Chinese, I don't like speaking with another Chinese in a foreign language.（中国人用外语交谈，我不喜欢。）"

布莱兹把太阳镜从头上滑到眼上："It's good that you can speak English! Looks like you may have learned something. Ciao!（会讲英语很好啊，还算你有些文化。拜！）"

4

目送布莱兹走出了海鲜馆，牧典蓝扭了扭身子，放松了一本正经的坐姿，跷起二郎腿来。他无意苛责谁的生活方式，无权干涉别人喜欢不喜欢哪个国家，但他相信，一个对教堂、凡尔赛宫和鲜花阳台都没兴趣的人，不算是懂法国。

"有胆啊，你——，装傻，我小看你了……"沈奇气急败坏地点着牧典蓝的鼻子，表情又来了个一百八十度调头，拍了拍牧典蓝的肩说，"好小子，不愧是北大的！来，接着吃，不能浪费了。"

牧典蓝端起那杯已经融化的冰淇淋，歉意地说："对不起沈哥了，我没完成你的第三桩媒。真的很感激你，敬你！"

沈奇把杯中冷饮一口干了，低声问："不喜欢？"

"我是不是穿越了，我在法国和外国美女侃世界艺术……好不习惯！"牧典蓝可不想把日子过得跟考试一样。布莱兹如果像宣纸上的水仙，多有仙韵啊！非要把自己弄在帆布上成油画，一点儿仙气都没有了，却自认为有个金边浮雕油画框装饰着，高档。

"你一点儿准备都没有！有你这么相亲的吗？"沈奇说。

"我准备过的！'你好'说成'笨猪'或者'傻驴'，'谢谢'说成'没喝C'，'再见'说成'我喝乌瓦呵'。她没考我法语，还没派上用场。"牧典蓝说。

"不知重点！"沈奇恨铁不成钢，"女孩子家，要哄，哄着哄着就听你的了。"

上卷

"我不是洋气的人,总不能拿五谷杂粮来哄她。沈哥太高抬我了。"牧典蓝自嘲道。有人说,媒人给你介绍什么类型的对象,就是把你当成什么类型的人。

"真可惜她了,Let it be……"沈奇遗憾片刻,找到了后备人选,"还有位可能才适合你。小珂,她名花还没有主。这个不只是作女友,是要做老婆的。"

"同一公司的,不考虑。"牧典蓝连连摇头。小珂,就是办公室的陈珂,那个在他阑尾炎发作时给他买过药的热心同事。牧典蓝来公司面试时,也是陈珂引导他去接待室的,那时她是客服大厅的实习生。今年她刚大学毕业就坐进了办公室,直接享受正式文员待遇,没有试用期一说。论模样,没说的,她素面朝天的娃娃脸粉嫩粉嫩的清纯,低头时她那螺旋形短发长的那一端会盖住半张脸,属于看着很顺眼的那类人,但牧典蓝不喜欢。

"那些年我只顾挣钱,错过了好时光,现在后悔莫及。我得提醒你,好好珍惜这二十来岁,一晃就再也没有了。"沈奇说,见牧典蓝还是没兴趣,又说,"别以为小珂工资低,她的家境不差哦!女人嘛,要拿高工资会失去很多。"

"我家境不怎么样,有什么资格要求对方?我不是为这个。"牧典蓝说。

"你阑尾炎发作去医院后,我听小珂说,你像一位韩国明星。小珂对你有好感,这不是明摆着的吗?我来顺水推个舟。"沈奇神秘地对着牧典蓝的耳朵窃窃私语,"实话告诉你,小珂来路不凡,她是卢董的外侄女。"

"啊——,我更不敢接近她了,别人说我另有所图。"牧典蓝恍然大悟,难怪她待遇特殊!

"别人根本就不知道这层关系,你知道就行,不要对别人讲。这是个机会。你若和小珂好了上,卢董肯定会器重你,你有实力。小子,现实些才能走捷径,有卢董助你的话,平台就大了。你要完全靠自己来干,干一辈子都可能成不了个事。"沈奇说。

"靠女人,靠攀亲,往上爬……太猥琐了!"

"你当是为了小珂而奋发图强!"

"出发点本来就不是这样。"

"老实交代,小珂哪点不好?"

"没缘,就这么简单。"牧典蓝说。他不喜欢陈珂另有原因,那就是她喜欢否定别人的话。你说"天气真好",她会说"昨天的天气才好";你说"得加强锻炼了"，她会说"锻炼未必好，我家亲戚在锻炼时发病了"；你说"人漂亮，穿什么都好看"，她会说"不会打扮的人，再漂亮都没气质"；你说"现在的房价好高"，她会说"还不是最高，肯定还要涨"；你说"这利空消息好突然"，她会说"不是吧，这事儿早就在争论了"等等。牧典蓝听陈珂闲聊就败兴，更不要说与她生活在一起。

"什么有缘没缘，日久生情，懂吧？其他人我还不会牵这红线。你定个时间，我约小珂出来。"沈奇热情不减。

"要不，介绍给田弥，他家境比我强万倍，配得上陈珂。"牧典蓝更想成人之美，不知道陈珂认为美不美。田弥的家里有门面出租，生活算是优越，他从参加沪泰公司面试那天起就对陈珂心波荡漾，为此田弥是快快乐乐地在客服大厅等了五个小时，还以介绍家人来买理财产品为名要走了陈珂的 QQ 号。虽然陈珂现在并不怎么理睬田弥，田弥暗恋陈珂还是看得出。

"田弥？他就吃个大学老本，没什么长进，我不放心。"沈奇明显不满意，他见牧典蓝意兴阑珊，又问，"说实话，你喜欢什么样的？娴静的，还是风骚的？"

"能来电的就行。"牧典蓝看着桌上精致的法国瓷盘，心想，如果介绍一位像舒茗悦那样的女孩子还差不多。突然，他想起舒茗悦的一句话来，又问，"沈哥，公司那个双龙盘是不是赝品？"

"谁说它不是真品？"

"电视节目里说，'康熙御制'四个字，第一个字的笔画会决定后面三个字的笔画。这个盘子的款识笔画与真品不一样。"牧典蓝找了个借口。

"盘子都能仿制出来，这几个字还仿制不了？"

"御制品不可能流传在市面上吧？如果是赝品，郑重其事地放在那里，多滑稽！"

"难道你不知道，清朝末年，很多太监和宫女把一些御制品带到宫外去了？它放了那么久，没人认为它有问题。"

"人家不好说罢了，比如我啊！"

"你这乡里娃，也研究收藏？"

"我只知道这一点。"牧典蓝解决了最后一片三文鱼，肚子还饿着。

上卷

5

黄泉路上无老少，奈何桥上无早晚。四天后一大早，牧典蓝和另四位同事参加了市场总监李含父亲的葬礼。沈奇没有来，脱不开身。

高大的李含跪在父亲的墓前直哭"子欲养而亲不待"，平时的无限风光荡然无存。

李含早年在国内外求学，又在各大城市当股票分析师、操盘手，少于与父母团聚。半年前，他把父母从小城市接到上海来安享晚年，父亲心满意足地说死了也不回老家，就葬在上海，下辈子投胎也要投到大城市。前段时间，父亲身感不适，在医院输了五天液仍未退烧，不知何因。第六天，父亲想吃家乡的剁椒鱼，母亲就先和保姆去了菜市场，想多买几种菜回来给父亲弄些好吃的补补身子。父亲上午独自去了医院，中午母亲去接父亲时，父亲却进了重症监护室，当晚父亲就撒手人寰。医院有理有据，坚决否认这是医疗事故，只是象征性地赔了五万作安抚。李含想起父亲不明不白地走了，既后悔没有早点把父亲接到上海，又后悔那些天在外地出差没有陪过父亲，连父亲最后一面也没见着……

葬礼结束，亲友们安抚着悲恸的李含往回走。牧典蓝跟在一旁，看着四周成排成列的坟墓，想起这里埋葬着男男女女老老少少或长或短的悲喜人生，不由悲从中来。这些有过爱有过恨、被人爱过也被人恨过的人，多年后，谁还记得他们？

路过艺术墓地，这里的墓碑形状各异，墓地旁有一块开有睡莲的太湖石假山池塘。池塘边有块雪白的心形汉白玉墓碑引起了牧典蓝的注意，那墓碑边沿刻有凸出的万寿纹，碑下依着一圈火红的花环，是用彼岸花编织的。这种有点儿类似百合花花型的彼岸花，俗称龙爪花，牧典蓝在老家的山恩寺附近见过，在成都的青城山也见过，有红有黄，传说是开在黄泉路上的花，能唤起死者生前的记忆。这种花不太吉利，很少有人见到它、认识它，即使有首流行歌叫《蔓珠莎华》，很多人也不清楚它就是彼岸花。

谁会向逝者送如此艳丽而稀有的花？牧典蓝俯下身去看花环上的落款，字迹被水珠晕染开去，像黑色的泪流了下来，是用书法钢笔写的行书体，还能辨认：第二年的问候，安息！——悦海女神。

难道舒茗悦才来过？牧典蓝的心提了起来，以为花了眼，又定睛细看，是那个让他敏感的名字。花环很新鲜，明显是才放上来的，他张望四周，寥寥数人，冷冷清清，并不见她。他没见过舒茗悦的手写字，既不能确定那几个字是出自她之手，也不能确定那是别人代写的，很难说这位"悦海女神"就一定是舒茗悦。他又有着直觉，花环可能就是舒茗悦献上的，一个对生者比较文艺的人，对逝者同样会很文艺。何况这墓碑很文艺，逝者应该是位文艺人。

再看碑文，碑文不是电脑刻字那种呆板样式，是手写手雕的隶书体，带有个人风格。逝者叫杨爱渺，遗像英俊，生卒年显示其去年三月去世，去年九月才满三十三岁。墓碑看不出是谁为他立的，因为没有"爱子""夫君"之类的称呼，也没有落上其家人的名字，此人仿佛是一个只有去路没有来路的人。墓志铭也独具一格——闪电，何曾击穿黑暗。

此人究竟想击穿什么样的黑暗？牧典蓝猜想着，不由为此人扼腕叹息，却又迷惑了：为什么会用彼岸花而不是菊花？如果这花环是今天献上的，为何今天既不是此人的生日，也不是卒日？那个"第二年"，从祭日上算，还不足二年啊？那个"问候"，是什么意思？今天究竟是他的什么日子？今天是农历七月初七，离七月半的中元节还有那么几天，今天来祭祀没有理由啊！传说里，不该来这里的时候，就不能来，这会惊动土下安睡的灵魂。对了，七月七，鹊桥相会，今天是中国的情人节，难道……不可能吧！此人去年就三十三了，而舒茗悦去年才二十一二……

同行的田弥见牧典蓝对这块墓特别关注，催道："有什么看头！快走，快走，太晦气了！"

"匆匆来人间走一遭，带着遗憾或者痛苦而去，真不如不来。"牧典蓝叹道。

"把地球的历史当成一天计算，我们人类也不过是晚上最后一秒才出现的。咱们来到这世上，和没来过其实没有什么区别，和那些鸡鸭鱼是一样的。"

"是啊，万事皆空。"

"别虚伪，你那么讨好沈经理和李总监，还万事皆空！"

"我参加个葬礼就算讨好？你不是也报名来了，别自扇耳光好不好？"牧典蓝听出田弥有揶揄的口气，觉得怪怪的。

所谓报名，就是自愿报名参加这次葬礼。李含的父亲从外地来上海定居不到半年，去世后在这边没有什么亲友。李含的朋友多是从事着忌讳参加丧事活动的人，加之李含长期出差在外，与公司的职员交情也说不上很深。昨天的追悼会，前来吊唁的人只有零星几个，李含的母亲觉得老伴走得不热闹，伤心不已。李含只好请沈奇出面帮他叫五位同事参加今早的葬礼，让母亲好受一点儿。沈奇直接就点了牧典蓝，其他人则自愿报名参加。大家已经为李含送过了礼金，由陈珂代表大家参加了追悼会，这几天又是交易日，大家不便请假，更不愿意半夜就出发来参加葬礼。昨天沈奇作了好些工作，才勉强凑足人数。

"我是最后一个报名的！"田弥强调说，五十步笑百步，"咱们一起来公司，你都来了，我能不来吗？今天是七夕节，以为我想来这种鬼地方啊，我是被你逼来的！"

"沈经理让大家自愿报名，谁逼你了？"

"他当然要说自愿，总不能逼我来吧！你并没报名吧？沈经理一来就直接点了你的名，根本就不征求你的意见，就知道你不会反对。我看，你和沈经理的交情不浅啊！"田弥歪嘴一笑。

"他直接点你，你也不会反对。"

"有的事我会服从上司，有的事，我是有原则的，才不像你这样会讨好上司。如果他命令我来，我还偏不来，我是有骨气的人！我是看你来了，大家都不愿意来，才来的。"

"你把这事想得好复杂！沈经理直接点我，那是因为他知道，当初我冒名顶替来面试，本来没有资格进公司，却是李总监把我留了下来。没有李总监，就没有我的现在，李总监有恩于我，肯定会安排我了！"

田弥用怀疑的眼神盯着牧典蓝。他哪里知道这其中还有原因，牧典蓝注定是会来的。

牧典蓝相亲那天，在准备离开亚带那海鲜馆时，沈奇就接到了卢加兴的电话，随即赶往殡仪馆给李含的父亲敬香。牧典蓝本打算跟去，被沈奇阻止了，说是这种事能不参加就不参加，更不能主动去，一旦败运全年都缓不过气，何况当天牧典蓝是来相亲的，更不能用那样的方式去收尾。牧典蓝说，虽然李总监很少在公司，与他几乎没说过什么话，但面试那天，是李总监给了他留在公司的机会，这个恩他记着。加之因阑尾炎住院那回，李总监在外地也打电话问候过他，他好感动，这正是报答李总监的时候。沈奇叫他今后换种方式报答，即使公司统一收份子钱，也不必送太多，做他们这行不靠丧事发财。所以，当李含需要人手时，沈奇首先会点到牧典蓝。

沪泰公司有个不成文的规矩，参加丧事的人当天不能回公司，要回家沐浴更衣，除去晦气。

牧典蓝回到家，带着那个强大的疑问首先百度"杨爱渺"，网上没有这个人！他又从QQ上查找网名昵称叫"悦海女神"的人，除了舒茗悦，没有第二个。他几乎能确定，送花环的人就是舒茗悦。

牧典蓝忍不住给舒茗悦网上留言："女神，请谅！无意间发现了你的秘密。你为何在今天这个本应浪漫的节日里，给一位姓杨的人送彼岸花？"

许久，舒茗悦回复道："我高兴！"

"彼岸花不是现在开吧？"牧典蓝记得彼岸花的花期没这么早。

"空运而来。"

"那人一定很非凡。"

"对。"

"如果，我死了，你会为我送彼岸花吗？"

"不会。"

"因为我平凡？"

"你比我活得久。你怎么去了那种地方？"

"天意。"

第七章　账户密码

1

所谓朋友，就是有悲有喜，都跟你谈。牧典蓝一心想与栗天劲谈点喜事。

所谓客户，就是有生意可谈，就陪你玩。栗天劲一心在陪客户打网球。

"武总，好球！"栗天劲身穿黑色网球服，边打网球边夸道。

这里是威克网球俱乐部，六个场子爆满，"噗噗"的击球声不断。栗天劲在场上生龙活虎，与他对打的是身穿白色网球服的荣维外贸公司经理武原。头发乌黑的武原有六十余岁，身材精干，动作敏捷，接球利落，似乎没有接不住的球。一老一少看似旗鼓相当难分伯仲，一记球发出后连续打了十分钟，仍看不出输赢迹象。

身着白色网球服的牧典蓝坐在场外观球，心猿意马，这局球其实毫无看头。他明白，栗天劲在陪武原玩，并未发挥真实水平。

栗天劲发展的第一位海运大客户就是武原，武原爱好网球，栗天劲就陪他打球，谓之投缘。武原退休前是一家事业单位的一把手，退休后创办了只有三名职员的荣维外贸公司，凭着他的人脉资源生意挺红火。为"夕阳红"得意并惬意着的武原，却不喜欢别人叫他"武经理"，栗天劲开口闭口称他为"武总"甚至"武董"，武原就喜笑颜开。武原打起网球来不喜欢输，比分输多了会发脾气，三盘球打输会黑脸，但他口头上老说"你们年轻人，不必让我"。栗天劲投其所好，击过去的球通常让武原回个正手或者反手平击球，要让武原得分就在五分钟之内有意输球，要让自己得分就发个爱司球，或者让武原去接抽球、反手旋球，保证武原三盘两胜是最终目的。武原把网球打爽了，生意就好谈了，还有什么比过了球瘾又做成了生意更来劲？

栗天劲曾试图将武原发展成牧典蓝的股票客户，但武原资金紧张，未成。这没关系，有人的地方就有人脉，爱好网球的生意人说不定还有爱好高尔夫球和马球的人脉，上层人脉就是暗藏的财富。栗天劲对自己可能吝啬，对客户却大方，打完球喜欢邀请球友一同喝茶或者就餐，借此添枝加叶地讲些"80法则""4321原则"之类的投资法则，包括杜撰的法则，鼓动球友要用资产的多少比例去做风险投资，而风险投资最省事的就是找操盘手炒股，或者申购私募基金。运气好的话，即使球友不需要，也可能介绍朋友来试试。牧典蓝曾戏称，他抓住栗天劲这一条人脉，就抓住了全球的人脉。

牧典蓝跟栗天劲练过几回网球，刚学会正手接球，本不想上场在武原面前献丑，栗天劲硬拉着他一起练练。牧典蓝使出浑身解数，无奈栗天劲击过来的球十个有八个都得反手接球，牧典蓝无法摆布，网球满天乱飞。栗天劲一再奚落牧典蓝握拍方式不标准、击球动作没做到位、身体重心不稳、反应太慢等等，直怪牧典蓝练这么久没长进，连武总这样的老将也不如。牧典蓝见栗天劲损朋友来讨好客户，把网球往栗天劲那方的边角抽了过去，不打了。

牧典蓝来俱乐部，本身不是练球的，是找栗天劲拿主意的。

钱少犯愁，钱多也会犯愁。牧典蓝积攒了一笔钱，本计划购套二手房解决人生大事，或用于炒股。不过，计划转眼要变，操盘室的张助理两个月前递交了辞职申请，公司至今未找到满意的接替人。沈奇已推荐牧典蓝接替，认为牧典蓝一月一长进，操盘富有激情，是公司内部最有培养潜质的一个。从交易大厅调到操盘室，就是从步兵升级为骑兵，作为助理将参与基金的核心管理，必须交纳一百万作职务风险金，购房计划就得搁浅。升职后管理资金的权限将发生质的飞跃，薪酬理论上说将达到一个较高的平台，但一百万的风险金连同薪酬可能会因一场风险化为乌有，还不如购房牢靠……牧典蓝本是得意扬扬来找栗天劲听取意见，究竟是先买房还是先升职，结果一场网球打下来被栗天劲奚落得一无是处，好心情全被栗天劲一拍抽死了。

牧典蓝瞅了瞅栗天劲，这场马拉松似的比赛以武原连胜两盘宣告一段落。栗天劲今天的球打得有些较劲，仍没拿出绝杀球技迅速置武原于死地，只是让武原

上卷

在每一记球上加倍耗了时间。武原累得够呛，下了场瘫坐在一边喘粗气，上气不接下气地直夸栗天劲球技提高了。

栗天劲已是挥汗如雨，自称累得不行，灌了几大口茶水就在一边当起了观众，并用球拍拍着网球玩，还朝牧典蓝张望了一眼。正是这远远的一眼，牧典蓝发现栗天劲的神色不似往日，一层心思夹杂其中，并非刚才那般唯我独尊。

"帅哥，快来！怎么还不来呀！"撒娇的手机铃声在牧典蓝身边的一堆衣服里响起。

栗天劲小跑过来，从衣服里掏出手机，走到一边轻声说起话来。牧典蓝隐约听见栗天劲提到了"车""网站""小姐脾气"等关键词，预感着打来电话的是舒茗悦。

接了电话，栗天劲向球友们道别，收拾行装准备回顺帆海运公司。

牧典蓝换下网球服，穿上休闲蓝T恤与栗天劲走出俱乐部。栗天劲无心与牧典蓝共进午餐，牧典蓝也没有心思找栗天劲拿主意了，打定主意要先争取基金经理助理。人啊，不上个高台阶，谁都可以来踏上一脚。

栗天劲来到路边，刚和牧典蓝道了别，又转过身说："蓝子，如果舒茗悦找你借钱，千万不要答应，一分也不要借。"

"亏你想得出，她怎么可能找我？"

"还装蒜啊！我忍了又忍，一直还没找你说个子曰呢！你再装，我就要剥开你的皮了！"

"你当我是演员啊，我演给谁看啊！"牧典蓝不明就里。

"她都告诉我了，说你们认识，你曾是她的编辑！她出车祸那回，就是因为在车上说你们认识，还要和我争个输赢造成的。你那段时间在住院，我不好实话告诉你罢了！"栗天劲带着憎恨的口气说。

"你们争什么？"牧典蓝不信。

"她结交的网友一个又一个，包括你在内，基本是些现实里过得悲苦，只有在网络上装牛气的人。我说她生活在臆想里，她说我有成见，还和我争！"栗天劲愤懑地说，又哼了一声，"华年网搬到海运大厦里那回，我还当成新闻给你说。你肯定事先就知道，在我面前装傻！"

"胡说！你爱说不说，网站搬到哪里不关我的事！"

| 135 |

"既然她认识你,可能会来找你。你别心慈手软!"

"我早不当编辑了,她怎么可能找我?!"

"你给她爸做股票,她知道你比我有钱!"

"我买房还差得远,哪来的钱!"

"叫你一起去兜风那次,我本想问你的。若不是你要去相亲,我当晚肯定要问你!"

"你想问出什么来?"牧典蓝见栗天劲气势汹涌,本来就不好的心情更是烦躁。

栗天劲见牧典蓝有些恼怒,语言软下三分:"这事我懒得和你计较。她不找你就好,如果找到你,千万别听她的,别被她的哭哭啼啼软化了。我都差点被她软化了。"

"她究竟怎么了?你把我弄糊涂了。"牧典蓝不争气地问道。

"别提了!上周一大清早,一辆救护车赶到海运大厦底楼,医生上了39楼,大家以为舒董又犯高血压,上下乱成一团,把舒董弄得哭笑不得。结果是医生看错了单子,把34看成了39,得病的是网站的未艾。这个总编在网站门口突然昏厥,不省人事,犯了低血糖必须住院。网站连垫付住院费的钱也没有,舒茗悦还在找人借钱。还有什么好说的,舒董要关闭网站,把网站人员解散出大厦,并吩咐下去了,不许公司任何人支助华年网,否则,辞退。"

牧典蓝听呆了,不相信网站困顿如此。

栗天劲叹了一声说:"不知舒茗悦是怎么想的,就算家里的钱多得没处花,也不至于养未艾那种人,一副病相,让人风言风语。未艾这种人瘦得跟筷子一样,若到其他公司应聘,人家都怕接手。那未艾,写再多文章,也卖不出一分钱,还落得一身是病,有什么前途!像你我这样做正事的人,有多少时间去看那些无聊的文章?舒茗悦也是闲得慌,靠舒董养活那些编辑,以为就是老板娘!"

牧典蓝心如针扎,为舒茗悦的苦心梦想,为未艾的可怜境地,为栗天劲的蔑视。他知道纯文学的悲哀,但他尊重文学,尊重热爱文学的人。他就说:"你别用收入去度量一个人,也不要以为打球是正事,上网就不是正事。前两年,我曾差点沦为街头乞丐,就需要被别人养活,我不承认那是我无能,也不认为人格就比别人低一等。有的人,是生不逢时,或者没有找到适合他的位置。"

上卷

"什么生不逢时！是不识时务！"

"这世上，有人活的是肉体，有人活的是精神。"

"没有肉体，哪来精神！我就可以既活肉体，又活精神！体育精神！"栗天劲不屑地说，话锋一转，"她有你的电话吧？"

"没有。"

"她在网上找得到你吧？"

"你还有完没完！我和她早没联系了，网上没有她！"牧典蓝不敢承认。他差点将"悦海女神"从QQ好友中打入黑名单，不忍下手。没有舒茗悦在网络那头相伴的这些日子，紫竹苑的那间出租屋早已不再吸引他回家，待在公司更舒服些。如果QQ上没有"悦海女神"，似乎，QQ也就失去了灵魂。

"华年网被驱逐出海运大厦了，舒茗悦没钱再去养活那些编辑，正在到处搬救兵。找到你，你别管！"栗天劲把网球包换了个肩挎上，做了个再见的手势，"我猜她也没什么脸来找你。她这种穿惯了钻石高跟鞋的人，打起光脚来，比谁都自卑。"

2

牧典蓝独自搭地铁回家，成了一条在地下穿梭的都市蚯蚓。

林间嬉闹的鸟儿，怎么可能理解地中蚯蚓的耕耘。栗天劲的眼里是网球，是饭局，是面对面的交流与谈判，怎么可能是老死也可能不见面的无声文学网站。舒茗悦办起华年网来，就像蚯蚓一样默默无闻，写手们知道华年网，知道未艾，未必知道舒茗悦。

牧典蓝知道，栗天劲轻视了舒茗悦办网站的决心，轻视了弱不禁风的未艾。文学网站究竟怎么去办，舒茗悦考虑了好几年，其中的艰难辛酸她无一不知，但她坚守着，耕耘着，自有其原因。

舒茗悦的理想就是为作者搭建优质的文学创作平台。在这里，作者各显其才，劳有所获，精品辈出。在商业文学和纯文学平台之间，她选择纯文学，要让网站

| 137 |

成为高品质文学的孵化园。

　　学生时代的舒茗悦曾作为写手入驻过几家知名的商业文学网站,看到的不是想要的文学,而是披着文学外衣的商业。诗歌、散文甚至中短篇小说在那里被边缘化,长篇小说大行其道,竞争惨烈。那里,长篇没有卖点不会签约,没有足够的点击量和订阅量不会上架推荐。那里,三十万字以下算是短篇,这个字数在签约作品中基本属免费章节;上百万字是网站想要的,编辑不关心写得好不好,只在乎新情节有没有市场卖点。那里,签约作者日更三五千字算是及格,作品不被订阅就无稿酬,有的作者会请一帮人代笔,再请一帮人捧场,办成文字加工厂。那里,没有刺激点的作品比论坛发帖沉得还快,不懂炒作的作者会沉入冷宫,懂点自我炒作的作者会发现难以炒过专业写手。那里,约束作者版权与收入的条款五花八门,作者声讨稿费被克扣或者作品被盗版却没有下文。那里,首页上架作品有着俗上加俗的书名、有着与别的网站雷同的封面、有着大量类似的情节。那里,大神都有书友群,书友在群里聊什么都行,唯独聊起大神之外的同行作品就会被飞快地踢出群。那里是市场,也是战场,看似多情实绝情。商业文学网站估值动辄数亿,绝大多数作者一文不名。所有的所有,刺痛着舒茗悦那颗理想主义的心。

　　商业文学是人气爆棚的艳舞,观众想看什么就能表演什么,所谓"读者是上帝"。纯文学是观众寥寥的芭蕾舞,舞者想表达什么,观众才能看到什么,所谓"我思故我在"。舒茗悦就是愿意为芭蕾舞者搭舞台的那个人,为特定的作者和读者服务,要做这个舞台的观众和守望者,哪怕纯文学网站已经过了风生水起的黄金时期,处于日薄西山之境。

　　舒茗悦是那种对知名上市公司一轮融资达数亿美元的成功故事不感兴趣的人,却是能被某位陌生人的精品情结打动的人。她的QQ相册里有个"专注就是赢"专辑,从那些摄影片片里能洞察出她对精品小店的迷恋之情:手工定制西装小铺,一个月最多只接三十单,要花上数月、试穿数回才最终定型成衣;珠子艺术加工坊,让装饰针对个体打造,不同材质的珠子用于不同的服饰和场合,每粒珠子都有生命和使命;艺术花盒,能将鲜花做得巧夺天工独一无二,让自然与艺术浑然天成……她这样的优越小女生,不愁吃穿住行,喜欢那些优雅的玩意儿,想做那些高雅的事,多么和谐的事。富贵人做高雅事,才是真的高贵。

　　牧典蓝杂七杂八地想着,不知不觉已走入紫竹苑小区大门。当他抬起头来朝

上卷

自家那扇窗口望去,窗外有辆奥迪!一看车牌,正是那串让他心跳的代码,舒茗悦的代码!

栗天劲好有预见,舒茗悦真的就找过来了!不是他们所料想的方式。

牧典蓝惊诧地慢下脚步,心跳不由加速,缓缓向那辆车走近。又要看到她了!有的人,天天看见,不会去想;有的人难以看见,天天在想。如果,想念的人能天天看见,多好!

车门打开,舒茗悦从车里出来,一脸愁容,两眼浮肿,与往日判若两人。

牧典蓝停在舒茗悦面前:"除了华年网,还有什么能让你如此伤心?"

舒茗悦垂下眼,弱弱地说:"除了网站,我还能做什么?"

牧典蓝的心不由一紧:我除了做股票,还能做什么?他心情沉重:"才听说了网站的事,我也为它遗憾。你应该好好想想了,不要再建空中楼阁,难以长久。"

"既然你知道了,我就不多说了。如果我不建空中楼阁,要借用商业模式,你会帮我吗?"舒茗悦望着他。

"那不是你一个女儿家能支撑的,也不是我能帮得了的。"

"我有个改版计划。你能陪我出去坐坐,了解一下这个方案吗?"

牧典蓝不敢参与:"我不想插手你的事,你自己看着办吧。"

"你把拒绝帮我说成不插手,真动听。"

"网站苦撑了这么久,何必!"

"我想引入商业化模式,我需要资金,有资金就能启动新的方案。"

牧典蓝见她一针见血地说到了实质问题,思量片刻说:"就算是资金,人家今天可以帮助你,明天也可以坚持,问题是以后怎么办?日复一日,年复一年,不是那么简单。你有决心,未艾有经验,但你们都不是网站的九死还魂草,只算是杜冷丁和强心针,改变不了大趋势。"

"我从没打算改变什么趋势,也不可能改变趋势。我只想做出个性化的网站,为一部分作者量身定制。你能帮我多少就是多少,解决我眼前的问题就行。其他的,我再想办法。"

"光看眼前怎么行?……你眼前有什么问题?"

"服务器快到期了,容量也小了,不续费,网站就会关闭。关闭一天,会员将会树倒猢狲散,人气尽失。再等恢复网站,没人敢再来。"舒茗悦焦虑地说。

139

服务器就是存放网站内容的空间，网站人气越旺，越需要高配置的服务器，服务器必须有足够的容量和足够好的安全性进行巨量的信息交换，不然网站会瘫痪，这是网站的刚性运营成本。服务器开始流行云主机，费用明低实贵。

"近期就这一个问题？"牧典蓝估计解决服务器的问题不是大问题，但以后呢？

"还有一个，得要一百万。"

"一百万！做什么？"

"等几个月必须办理网站 ICP 证年检。"舒茗悦说得一点信心也没有了。ICP 证属经营性网站的必备证件，每年三月底前必须完成年检。

这不是个小数目，牧典蓝努力也能帮她，但不能胡帮一气："你爸为你投了那么多资，网站也不过如此，还能经营多久？"

"我爸不是投资，是施舍。那点资金让网站要活活不好，要死又死不了。"

"施舍，好奢侈的施舍！我知道你有梦想，但有的梦是黄粱梦，早醒为好，别怪人家叫醒了你。"

"这不是黄粱梦！"舒茗悦神色黯然语气坚定，转身从车里取出一份资料递到他面前，"今天抽空看看我们的方案吧，如果觉得有一线希望，或者有改进的办法，就救救网站，也救救我。"

牧典蓝接过资料，是份《华年美文网商业模式改版方案》，不禁问："你想商业化运作？"

"不完全是。改版主要是大量引入广告，靠广告盈利。"

这不是换汤不换药吗？广告又能挽救什么？牧典蓝并不看好："有的事，不是我想救就能救的，我们都得面对现实……"

"这方案就是屈服于现实。"

牧典蓝想知道究竟是什么样的方案让她有破釜沉舟的打算，就说："唉，走吧……"

"你赶我走？"舒茗悦急了。

"走吧，我们出去坐坐，好好研究研究你的方案。"牧典蓝又好气又好笑，然后又说，"你稍等，我去拿样东西。"

等牧典蓝从屋里出来，手上并没拿什么东西。

上卷

3

  草帘茶坊，牧典蓝与舒茗悦相对而坐，窗对面是紫竹苑的波浪式围墙一角。茶坊客人不多，清静雅致，每个沙发雅间用东阳木雕花窗分隔，灯芯草似的飘逸门帘让一雅间成为一世界。

  舒茗悦点了杯最便宜的杭白菊，牧典蓝跟着点了杯。两杯杭白菊分别上到了他们面前，淡花朵朵，菊香飘摇。

  "你不必点这种女性化的茶。"舒茗悦说。

  "人们把等级色彩加给西湖龙井，你把性别色彩加给杭白菊。品茶加入自己的情感都会是好茶，如同你总认为华年网是最好的。"牧典蓝就着杯中的吸管吸了一小口，滚烫，又说，"花儿开得再灿烂，当谢幕就谢幕吧。有些事，不必从头做到底，换件事做，也许做得更好。"

  "一件事做不好，其他事未必能做好。不做到底的事，怎么算做得好？有些文学网办几年就关闭，可惜作者数年心血。有些网站被转手卖掉，作者、作品、点击量被打包估价，老东家成了投资家数着钱走了，作者成了什么？这类短命网站，和街上那些租个门面、做上一两年就荡然无存的公司有什么差别？"舒茗悦不屈不挠，把茶杯轻轻晃了晃，"我要让华年网保持本色活下去，不求大红大紫，但求细水长流，给作者一个能静下心来坚持到底的家园。即使作者二十岁在网站发布的文章，八十岁带着孙子来看，也能找得着网站，找得到那篇文章。"

  不到乌江心不死，不到悬崖不勒马。牧典蓝打心眼里钦佩她的专注，欣赏她做事就做精的理念。他不好反驳，翻看起改版方案。方案落款时间在二月，也就是春节期间，他就问："怎么不早拿出来？非要走投无路才作改变？"

  "我找过一些朋友，也找过天使基金和文创投资人。他们需要高成长高利润，不看好这个方案。"

  "投资商的嗅觉极度灵敏，他们不看好文学这块蛋糕，也就是不看好它的前景，你何必执迷不悟？"

  "我做的不是商业投机，不是什么赚钱我就去做什么。我做的是当做、还无人做好的事，是精神投资，价值投资，无形价值。投资商如果只看重短期盈利，要我按他的意志变得不是自己,那就不是我需要的投资商。"舒茗悦有着外强中干的固执。

"你呀,像位从未沾过酒的人,随时都很清醒;也像个醉酒的人,一直没从酒中醒来。"牧典蓝知道安慰不解决问题,劝说也是多余,就拿着方案先初看了一遍。

网站目前日均两万多IP量,计划初期投资五十至八十万用于商业化改版,方案就网站定位、团队组建及管理、作者福利、会员特权、盈利模式、广告营销、版权出售、软件及程序开发等方面作了详细分析与规划,针对可能存在的问题也有应对措施。

牧典蓝侧重了解网站的盈利模式。华年网将最大限度简化读者付费和作者稿酬结算流程,推出"作品免费阅读,稿酬终身结算,VIP会员绿色通道"的盈利模式,即"来写,就有稿酬;来读,全是免费;来VIP,尽享特权!"网站收入主要来自于各种形式的广告收入,包括点击文章摘要后面的广告图片才能浏览全文;另一个收入来源则是发展收费VIP会员;长远的收费业务还可发展作品代理出版……

牧典蓝对方案是否可行深表怀疑:"改了版,能保证网站自给自足?"

"只要锁定了一些优秀作者,也就锁定了一帮读者,广告可以维持基本运营。"

"如果,我没有实力来帮你呢?"

"你有多大的能力,就帮我多少,包括找朋友借借款也成,我可以付利息。最好能帮我融资一百万以上……我找朋友借钱,他们都当玩笑听,没人相信,也没人给我借,他们都认为我不缺钱。"

牧典蓝心头温热,在紧要关头能想到他,他还是个有用的人。不过,手头的积蓄借她花掉了,基金经理助理的风险金怎么解决?他不反对她办网站,却不能轻易帮她办下去,那是一场豪赌,一旦失败,也就意味着一群人的失败。他千回百转地想了一番,不能确定利弊,犹豫不决。

舒茗悦的手机响起轻音乐来,她从包里掏出手机瞥了一眼,并不接,直接放回包内,让它一直响到没声。她一脸神伤:"网站除我之外,只剩下四名专职,是生死与共做纯文学的。他们都在家里打理着网站,也在想办法筹资,至今没有让人察觉网站的异常。有他们的忠心,华年网一定能做好。网站培养了一批铁杆作者,不乏优秀写手和优秀作品,作品库也内容丰富。网站最核心的财富就是积累了人气、作品以及管理经验,也建立了信任。网站关闭一日,就失去了信誉,

上卷

即使今后重新来做,也得花三五年时间积淀,毁不起。文学网的发展就像写作能力的提升,滴水穿石非一日之功,必经多年的积累才可能初具规模。华年网刚刚有了点规模……以前我在上学,没有精力打理网站,现在我把它当毕生的事业去做,必须进行专业化经营,完全可以把它一年年做大,做到垄断纯文学的程度。"

牧典蓝听她幽幽地说着,对网站的未来仍没有把握:"未艾都病得那样了,今后谁来撑起网站?你又能撑多久?他在日记里说,希望你在奈何桥上等他,共赴来生。我看他累得那样子,只怕会在桥上慢慢地等你了。"

舒茗悦一愣:"你挖苦我也就算了,侮辱人家做什么?你怎么和栗天劲一个德行!编辑是编辑,我是我,编辑或来或走,我始终会在!"

牧典蓝意识到说过分了:"对不起,我忘记了未艾是和你并肩战斗的人。天劲的话可能是不好听,他不过说出了大实话,忠言总是逆耳。"

"别再提那个栗天劲!他对网站一窍不通,对文学漠不关心,发篇博客都不知道从哪里下手,连我的网名也不知道。他有什么资格评价我做得对不对!"舒茗悦义愤填膺地说,似乎还不解气,"他以为,帮我爸夺去我想吃的葡萄,逼我啃西瓜就是为我好!我就不啃那个大西瓜!"

"天劲站在第三者的角度,从市场的角度在分析,有他的道理。"

"只认市场的人,一辈子都在找市场,什么都在做,什么都做不精!"

"不认市场的人,下场会很惨!"牧典蓝见她毫不嘴软,也强硬起来。

舒茗悦咬咬唇,不语了。

牧典蓝吮吸了一口茶,心又软了。赤手空拳的舒茗悦已经向市场低了头,就差第一把柴去点燃那个梦想。他就问:"你手头还能拿出多少资金?"

"我没有资金了!栗天劲明明知道我出了车祸之后,银行卡被那伙人盗刷光,信用卡被盗刷十万,我根本没有什么积蓄。这几个月爸妈给我的零花钱也全用去还信用款了,他却在这个时候支持我爸给我断水断粮……"舒茗悦说着说着从桌上取了张面巾纸,捂着脸哭了起来,"我爸逼我,那是以为我有积蓄可以支撑段时间。他们哪里知道,这几个月,我在外面吃饭,都得找有刷信用卡的地方,来拖延开支……"

牧典蓝的眼睛酸楚:"别哭了,你一哭我就没有了理智。我们都不能凭着感觉来办事,每一分钱大家都挣得不容易。"

舒茗悦擦擦泪:"我才不想哭!"

"天劲一直在关心你还信用款的事,你又不肯告诉他,他想帮你也帮不上啊!"

"他真若想帮我,我就不会被洗劫得那么干净了!我偏不告诉他!"

"这话从何说起?"

"他事后说,他的预感很准。他陪我去找陆伟之前,预防了一手,没有带上银行卡。他没被抢到什么,我呢?我呢?不用他事后假惺惺地关心我还信用卡的事!"舒茗悦像头发怒的小豹子。

"天劲肯定没料到事情会那样。难道你希望他和你一样,也被洗劫一空?"牧典蓝直恨栗天劲不打自招,把好事弄成了坏事。

"他提不提醒我,比我被抢不被抢更重要!"

牧典蓝认为真相应该不是栗天劲说的那样:"天劲只是找个话题吹吹牛罢了,你太当真了!我知道他为什么不带银行卡,因为他的卡上根本就没钱,钱全泡在股市里,他随时都像被打过劫,钱不够就借钱用。"

"既然这样,那他更不必假惺惺地来关心我还款的事!想看我笑话!"

"你这样对他不满,何必事后还把车借给他?"

"我车技不熟出了事,希望他能把车练熟些,不要出事!"

女人对男人好,可以大气得如舒茗悦这般,与爱情无关。男人爱女人,可以像栗天劲那般小气,小气得股票在这两月从六十万涨到七十多万,迟迟不愿取出钱来送舒茗悦一个镜头,说是再等涨到八十万。牧典蓝暗自嗟叹,电话响了,他听着专设的铃声问她:"天劲的,我接不接?"

"他找不到我,就来找你了。如果你觉得不方便,我回避就是。"

"没什么不方便的。"牧典蓝说完,接通了电话。

只听栗天劲在电话那头问:"蓝子,舒茗悦找过你没有?"

"没有。"牧典蓝只得否认。

"真的?"

"是啊。她找我做什么?"

"你现在在哪里?"

"我在逛商场,买点东西。"

"你可不要骗我,我容不得你骗我,尤其是这个时候!"

"你需要什么东西,我给你买下来。"

上卷

"你还要多久才回家?"

"可能一个小时的样子。你在哪里?"

"我还在办事。给你说的事别忘了,再次警告你!"

"等会儿和你联系,晚上咱们一块儿吃饭。"牧典蓝说完挂了电话。他见舒茗悦盯着自己,解释道,"我请天劲中午吃饭,他没心情,只好晚上请了。"

舒茗悦隐隐听到了栗天劲的声音,脸阴了下来:"他要来干涉你?"

牧典蓝不愿加深他们的矛盾:"没有的事。"

舒茗悦说:"他不许你帮我,或者你不愿帮我,我就把那台车先处理掉,再挣扎几个月。我会有办法,没你们想象得那么可怜,你们难不倒我。"

牧典蓝见她还在硬撑,又急又气:"那车是你父母送的礼物……"

舒茗悦打断他的话:"我驾驭不了那礼物,早换掉了!"

牧典蓝好想抱住她安慰她,让她不那么焦急,焦急得乱了方寸优雅尽失。他又不敢轻易答应她,就说:"我知道,车祸的事、换车的事、信用卡被盗刷的事,说到底都是因我住院而起。我可以赔你一辆新车,你不要坐二手车……"

舒茗悦收起了方案,揣入包里,无望地站起来:"说了半天,你关心的是车,不是华年网……算我白说了!我这就去卖车,等你赔我一辆新车!"

牧典蓝望着她走离座位,要掀开帘子走出去,只觉一树繁花即将落尽,世间可能再也不会有华年网,那个存放过他特殊岁月的华年网。他的心一刀一刀割得生痛,一把抓住她将消失在帘子外的左手腕:"不要卖掉那台车!那是你曾送过我的车!"

舒茗悦回首注视着他。

牧典蓝望着她:"女神,坐下来,喝会儿茶吧。看把你急的,坐了这么久,一口茶也没有喝。"

舒茗悦带着哭腔说:"你会帮我吗?"

"你问了这么多遍,我什么时候说过不帮了?"牧典蓝说着,把她拉到身边坐下,"你要答应我一件事。"

舒茗悦警觉起来:"你有什么条件?"

"看你,成惊弓之鸟了……"牧典蓝凝视着她紧张的眼眸,笑道,"你认为我会有什么条件?"

舒茗悦说:"你有什么条件,直说吧!"

| 145 |

舒茗悦桀骜不驯的样子，让牧典蓝看到了欧帝最初不服他管教的影子，这对姐弟有着只有他才能察觉到的神似。如今，欧帝的姐姐就这样出现在眼前，用着相似的神情，让人爱怜。他对她有种亲近感，这份感觉愈渐浓烈，事实上这样的亲近感一直存在，他们沉默也好，责怪也好，争辩也好，分开也好，并没有过真正的隔阂，遇到了，就能自然地说到一起。

牧典蓝端起茶杯，慢吸了一口，若有所思地说："我也希望华年网一直存在，等我老了的时候还能从那里找到曾经的记忆。我只是想请你答应我，别让天劲和你爸知道网站与我有关。今后，我不会过问网站，它是生是灭我都不会关心，你也别怪我。"

舒茗悦这才放松下来："你真的肯帮我？"

牧典蓝说："你生死攸关，我岂能视而不见？我怎会忘记，在我最悲凉的时候，是你的话语抚慰着我。在离别成都之前，是你帮我爷爷筹集善款。初来上海的多少个夜晚，是你在那头帮我圆着股评之梦……现在，你都这样了，我还能怎么办……我知道，有的梦想对别人来说如同草芥，对自己来说却珍若生命。"

舒茗悦的眼泪簌簌而下。

"我不是说过，华年网有恩于我，总有一天，我会来报答网站。现在是报答网站的时候了。你不是说过，你的新年心愿就是办出最有品质的网站吗？我真的希望帮你实现，春节前我无能为力，现在我能助你一臂之力。"牧典蓝见她还在流泪，好想抱着她，轻轻为她擦去泪水，但他却只能从桌上取出一张纸巾递给她，"不想看到你流泪。我的泪流干了，你也不要流泪了。我喜欢看着你快乐的样子，笑的样子。"

"我不会辜负你的。"舒茗悦接了纸巾擦起眼泪，呜咽着说。

"不要说辜负不辜负吧，尽人力而知天命。很多事不是你和我能左右的，尽力、尽心就好，成败有时不重要。"

舒茗悦见他掏出一张银行卡递了过来，问道："你准备好了？"

"这卡里装着你父亲那笔资金带给我的收益，有着你的功劳，我拿着它没用，能解你的燃眉之急，算是物归原主吧。密码是我们在易品城见面的那天，六位数，能猜到吗？"

"我知道了。刚才你进屋拿的就是这个吗？"舒茗悦接过银行卡问，见他一笑，又说，"需要我打借条还是签协议？"

"什么都不要。如果有人问起来,就说找到了天使基金投资人,不要说是借的。"

"以后,我如果有能力,会还你。我一定会还你。"

"做好网站再说吧。"

"万一,我失败了,你会不会后悔?会不会怨我?"

"不成功便成仁,不必怨谁。还记得峨眉山上那只枯叶蝶吗?"

"记得。"

"一直以为,只有我才是那只枯叶蝶,没有了阳光就难以飞翔。是你,是天劲,还有你父亲,给了我缕缕阳光,我才展开了翅膀。其实,你也是枯叶蝶,被现实打湿了翅膀。如果,我能成为一缕阳光,让你重展双翅,那是多么好……"牧典蓝见她有了笑容,心情也好起来,"我们都是大街上的凡人,不是殿堂上的伟才,没有苍鹰那样的翱翔天资,就做枯叶蝶也不错,不管能飞多高多远,能翩翩起舞就好。我也希望,华年网像它的标识那样,翩翩起舞。"

"谢谢……只有你对我才是真的好!"舒茗悦把银行卡贴在胸口。

"别这么说。当年我认为身边的人对我都太狠、太坏。过后一想,并非那样。天劲和你爸对你都太用心,别怨他们。他们没有我的经历,暂时不能理解你,就像你不理解他们。"

"总有一天,他们会理解我的。"

"去救你的命根子吧!别忘了刚才我说的话。"

"我当你是网站投资人。网站暂时会维持现状,必须等所有程序调试无误后才会正式上线,可能要花些时间。"

"这些都与我无关!"牧典蓝不想被牵扯进去。

4

再回紫竹苑。舒茗悦在前,牧典蓝埋头走在其后,隔着三米的距离。世间最遥远的距离不是生与死,是我已爱上你,而你却爱着华年网。

舒茗悦走近奥迪车，停住了，也怔住了。牧典蓝走上前去准备告别，顿时呆若木鸡，只见车另一边的花台上坐着栗天劲，露着难以揣摩的神情，似笑似怒。

栗天劲左手把身边的一只小竹枝折断，站了起来，绕过奥迪走到牧典蓝面前，冷冷地用鼻子哼了一声，不自然地笑道："商场逛完了？买的些啥东西？"

牧典蓝的脸阵阵发烫，他无话可说，也难自圆其说。他明白了茶坊里接的那个蹊跷电话，那时栗天劲应该发现了奥迪车。栗天劲怎么就跟过来了？

栗天劲说："牧典蓝，终于露出你的狐狸尾巴了。不用我来剥你的皮。"

牧典蓝说："你想到哪里去了！"

栗天劲说："都这样了，还用得着想吗？你一直在装蒜！"

舒茗悦见栗天劲目光恶狠狠，对他说："他又不是你的奴隶和傀儡，你对他凶什么？"

"你得意……我知道，你得逞了。"栗天劲对舒茗悦说完，转身指着牧典蓝的鼻梁，横眉冷对，"你一直在骗我！在骗我！"

牧典蓝推开栗天劲的手："天劲，别这样子……"

栗天劲说："你这伪君子，重色轻友，忘恩负义！我的预感没有错，真是这样！我一直被你骗得溜溜转！"

牧典蓝听出他话语背后的心伤，却不能安抚："天劲，这不叫骗你。你永远是我最好的朋友，网站编辑也是我的朋友。"

栗天劲怒目圆睁："你竟然为了讨好她，存心与我作对，还想把我蒙在鼓里！"

牧典蓝说："网站有恩于我，我不能见死不救！"

栗天劲说："难道我对你就没有恩？你别忘了，没有我就没有你的现在！哼，你现在有实力，只要能成全她，就会出卖我，我知道你的居心！"

牧典蓝说："我知道，我欠你很多。我今天唯一的错，就是和她走在了一起，这不是我的位置。"

栗天劲说："她想和谁走在一起，那是她的事，我从不勉强女人。我只问你，上午我给你说了什么？你答应了什么？"

牧典蓝说："你何不读读网站的改版方案，给她一次机会，成全她？"

栗天劲怒吼起来："那方案就是小孩子过家家！你故意和我作对，想达到你不可告人的目的！"

上卷

"我不想和你吵架。天劲，我不可告人的目的就是，我既要帮她一把，又不能失去你，我只能这么做。"牧典蓝真想说，如果你爱她，我会让你，永远不再见她！但他把这句话咽了下去。

栗天劲的脸有些抽搐，眼中也有了泪光："你想两边都当君子是吧？我不允许！今天你必须给我一个回答，要么帮她做梦，我从你们眼前消失；要么让她清醒，我们俩还是好兄弟。"

牧典蓝说："我们既可以是好兄弟，她又可以办好网站，这不好吗？"

栗天劲说："我不是你这样的墙头草，两边都可以倒。"

牧典蓝说："你可以作为投资人帮她。如果资金不够，我借你就是。"

栗天劲"呸"地吐了口唾沫在地上，说："你的钱也是舒董给的，得意什么！我老爸老妈的钱能淹死你，我从不差钱！我有钱也不会去做无聊的文学网站！"

舒茗悦靠近栗天劲："无不无聊，你有什么权力管我？"

栗天劲说："你爸说的，这次不许任何人帮你，包括他！"

舒茗悦说："为了讨好我爸，你唯命是从不帮我也就算了，你有什么资格命令他也听我爸的？他不是我爸的下属，更不是你的下属！作为朋友，你凭什么非要他听你的，你却不听他的？你是他的朋友，就算是他的恩人吧，有你这样拿恩情作要挟的恩人吗？"

栗天劲说："我希望你走上正路，他才不在乎你走什么路！"

舒茗悦说："正路邪路不是你说了算。你要走阳关道，我就想过独木桥，碍着你什么了？我为之自豪的事你视若粪土，你引以为荣的事我不感兴趣，你和我不是同一类人，你影响不了我。"

"我影响不了你，现实会教训你！"栗天劲对舒茗悦说完，转头对牧典蓝咬牙切齿，"我太单纯了，忘了你是一个深藏不露的人！她连你住哪里都知道，你还说你们早没有联系过，我居然相信了！"

牧典蓝一时又不知如何解释，抓挠着头发吞吞吐吐："我……我……"

舒茗悦对栗天劲说："他不好给你说，我亲自给你说好了。他刚搬到这里的时候，我就知道他住在这竹丛下了。他和谁联系，我和谁联系，哪条法律规定必须老老实实向你交代？"

"我的预感没有错！我就说华年网的蝴蝶标识怎么那么眼熟呢，真的是那个头像！你一直在哄我，在装傻，骗了我这么久……"栗天劲脸色铁青，他眨巴着快流下泪的眼睛，掏出钥匙链，把牧典蓝出租屋的一把钥匙取出来，猛砸在地上，转身就走。

舒茗悦叫住栗天劲："你是不是要去给我爸告状？"

"我没那么小人！"栗天劲虎视着他们，"你们都瞒不过舒董！"

"我做的是天经地义的事，不需要瞒！"舒茗悦说。

牧典蓝看着栗天劲跑开的背影，又看了一眼地上那把从栗天劲脚下蹦跶到自己脚下的钥匙，一脸失神，身体僵住了。他头一次看到了栗天劲的泪，他很懂那是怎样的泪，他的眼睛也湿润了，心头战栗起来。

舒茗悦拾起钥匙，递到他面前："对不起，我不该把车停在这里……"

牧典蓝接过钥匙，翻来翻去地看着叹气："停不停，都瞒不过他了。他想起了你曾闪动过的头像。"

"他生气了，你反悔吗？"舒茗悦忧心忡忡。

"你走吧！"

"你怎么办？"

"我知道怎么办。你考虑网站当怎么办吧。"

"我没有存心破坏你们……"

"我也没有存心破坏你们……"

"别把我和栗天劲扯在一起！就像栗天劲把我和未艾扯在一起一样！我讨厌谁把我和谁乱扯！"舒茗悦愤恨地叫道。

"你走吧，我不送了。"牧典蓝无精打采地说。他不知道栗天劲把自己和舒茗悦扯在一起，舒茗悦是不是也讨厌。

"那，我走了……"舒茗悦徘徊着，上了车，又下来，"如果我爸知道了，可能会收回股票账户。你怎么办？"

牧典蓝陡然想起不只舒秉浩的系列账户，还有栗天劲关乎着的若干亲友账户，当这批账户统统撤走，他将失去前几个月的威风，差不多被打回了原形。如果这次错失升为助理的良机，他可能永远都留在交易大厅，不再有升职机会了。他不后悔："开弓没有回头箭，听天由命吧！其他的，你就别考虑了。"

第八章　情定机场

1

时间步慢慢，岁月却匆匆，转眼又到春运时。

牧典蓝在浦东国际机场候机大厅里戴着耳麦听着音乐，望着玻璃幕墙外的停机坪发呆。

上海有直达利音市的航班，两个多小时的航程。利音市属革命老区，利音机场的前身是抗战期间的军用机场，虽然利音市是座大山环抱的山区小城，但出产煤炭和天然气，也有钢铁厂，在全省也是较早通铁路和高速公路的城市，交通还算便利。利音机场从前离老城较远，随着城市的扩容发展已临近城边，飞机在固定时间会从城市上空穿城而过，昭示着这座小城的繁华。这个袖珍的支线机场和上海国际机场没有可比性，那里下了飞机就能看到五十米外的露天停车场，住在老城区的人，从下飞机舷梯到进家门，如同从浦东机场北边到达南边。

很快，就能回到三年没敢回的家，去问候一直不敢面对的家人和乡亲，去看看那套用高考状元奖金买下的房子，还要回老家的船上撒网打鱼，独钓寒江雪，牧典蓝心潮澎湃。

牧典蓝以出众的业绩已被正式聘任为基金经理助理，可以衣锦还乡了。母亲已经打来电话连怨带骂地说，父亲把牧典蓝寄给家里的过年钱拿去买了高档家具，把以前还没坏的家具全换了个遍，还用起了最新款的苹果手机，只会接电话，连短信都不会发。母亲还抱怨说，父亲连续几天几夜打大麻将输了上万，为了不再赌就去逛街，自作主张给她买了件黑裘皮大衣，三万多，她穿起来像只狗熊，还无法退货。母亲也叮嘱牧典蓝说，一定要穿件皮衫回来，乡里现在流行带毛毛领的皮衫，那是身份。为此，牧典蓝特意穿了件带貂毛领的黑皮衫，老成了几分。如果不按母亲的要求穿皮衫回家，弄不好会因一件衣服引发一场争吵，他没有名车开回老家撑面子，穿件皮衫还不容易？

短信声传来，牧典蓝以为是订制的财经信息，瞟了一眼，是舒茗悦发来的："春节快乐！我有个新的计划，请知名作家到华年网来。网站开辟作家专栏，指导写手创作。"

删除。牧典蓝删除得果断，却希望着还有这样的信息能够发来，再删除。

牧典蓝的身边有位和他年龄相仿的小伙子，正读着一本厚厚的书。有人说，飞机上坐头等舱的人往往在看书，坐经济舱的人往往在看杂志或者打游戏。这位小伙子会坐什么舱，或者说将来会坐什么舱？牧典蓝正猜测着，却见那小伙子打着哈欠把书扑在胸前，封面露了出来：《情场厚黑学》。牧典蓝不由扪心自问：我脸厚了、心黑了吗？就算我脸厚心黑了，失去了栗天劲，为何没有得到舒茗悦？唉，一败涂地！

为了拯救华年网，牧典蓝不只是失去了两个知心的人和一批股票客户，还失去了舒秉浩的好感。牧典蓝曾在一天晚上被舒秉浩约见，这次没有得到龙井茶的款待，连白开水也没有一杯。

舒秉浩认为：舒茗悦是父亲控股的"股票"，父亲希望女儿能摆脱没有业绩的状态，抛弃文学网站，重新起步做些实事，然后一路走高；牧典蓝却给"股票"资助诱多，让"股票"看似上走一步，却会在往后跌得更狠；牧典蓝充当网站投资人，不是风险投资，是死亡投资。

牧典蓝认为：纯文学好比自来水，不能像饮料那样满足众多口味卖出高价钱，但总得要有人去经营无利可图但又不可或缺的自来水。我不下地狱谁下地狱？舒茗悦和他都愿意去下那样的地狱。华年网没有大资金运作，难出业绩，成了冷门股，一旦有可行的商业运作方案，有大资金投入，就有业绩预期，它完全可以是潜力股，会有涨起来的那一天。他不是投得太多，而是力量有限投得太少。

舒秉浩可以原谅牧典蓝一时热心做了糊涂事，还给了牧典蓝一个反悔的机会：只要牧典蓝收回投资，舒秉浩的系列账户仍由牧典蓝管理。牧典蓝不为所动，认为挣来的钱如果用来作一次风险投资，用来帮助华年网一把，都由不得他，那握在手中的钞票和废纸有什么两样？舒秉浩见牧典蓝毫无悔意，就警告说，不要和舒茗悦走得太近，不然不会客气。并说，如果网站朝不保夕，会把牧典蓝的投资如数奉还，到时，决不允许牧典蓝再掺和到网站上去。

牧典蓝从舒秉浩办公室恍恍惚惚回到紫竹苑那晚，女房东找到他，焦急地说，家里有老年人国庆后要来上海住这房子，月底得把房子提前收回来了，如果想要续租，得按月三千付房租才行。牧典蓝明知房东在找借口提高租金，他没有和房东理论当初"租一年"的约定问题，毅然决定搬离紫竹苑，要逃出这个结束了所有情义的地方……

又来一条短信，依然是舒茗悦的："不知道你是否收到过我的消息，不过还是想告诉你，我爸说栗天劲开了家海运代理公司，叫航胜。"

这消息并不让牧典蓝惊诧。他已经知道栗天劲会做海运代理，但"航胜"这个名字还是第一次知道。他在搬家后曾给栗天劲发短信道歉，并说："正因我和舒茗悦认识才处处小心，结果还是冒犯了你。我已搬到了浦东圣庭世家A座33楼3号，随时欢迎你过来，这也是你的家。"栗天劲回道："我们没有谁对不起谁。我们会有见面的那一天，希望是我成功之时。感谢你帮我赚了那么多，我正在筹建海运代理公司，照样能为顺帆联系业务。愿我们都走运吧！"

删除。牧典蓝用沉默对待着收到的短信，就像梁昀当年对待他发出的短信。此刻的他理解了梁昀当年的无情，不是不在乎，不是不想回复，而是不能回复。他并不想成为梁昀那样的人，也没有必要像梁昀那样去对待在乎的人。他陷入了沉思，反问自己是否成了冷面人，死了心的人。其实没有，他一直没有死心，明明，他在等她，用一种安静的方式在等她，让沉默的时间去还原他们的真实，真实的他，真实的她，不被外界所扰的他们。他还想再等等，现在还不是走出那一步的时候。

牧典蓝觉得现在不太合适，是因为他正被外界干扰着，有些彷徨。

卢加兴董事长正对牧典蓝寄予厚望，言谈中有意提起陈珂的能干，又夸又赞，似乎想撮合他和陈珂。牧典蓝清楚卢加兴的用意——他的潜力初显，如果他和陈珂联姻，那么就会留在公司忠诚效力，今后有再大的业绩也会少些跳槽的杂念。陈珂呢，正式来公司不过半年时间，有着特殊待遇和补贴，有些像机要员。她很精神，办事利索干练，和大家相处还算融洽。牧典蓝能感知陈珂对他有意，但始终无法接受她那种一开口就否定别人的性格。

而田弥其实早早就在暗中追求陈珂，他自认为自己很帅，尤其是那头别的男人没有的天然卷发，加之家里多金，他想用行动感化她，用家庭背景打动她。用他的话说就是，依他的条件和耐力，除了女总裁他没有把握，没有追不到的女人。陈珂再对田弥进行贬损，哪怕直问他送的鲜花是不是店里回收的二手货，田弥也视所有的贬损为爱情考验。即使如此，沈奇也不给田弥和陈珂牵红线，说是怕卢加兴会怪罪。

沈奇指点牧典蓝说，卢董事长年过五十，其儿子在国外做科研，不会接手沪泰公司，如果牧典蓝有陈珂这层关系作后盾，说不定能接卢董事长的班，最终成为沪泰公司的掌舵人。即使不接这个班，接基金经理的班不在话下；即使公司有多名基金经理，也会是权限最大的那个；如果工作上有什么闪失，陈珂还将是把保护伞。至于沈奇自己，他承认私募公司的基金经理讲究新、奇、快，也算吃青春饭，过了四十就老了，思维就会僵化迟钝，需要有人来接班。所以，要当上基金经理并且坐得稳当，陈珂是可靠的桥梁。沈奇的话很实在，至少有了陈珂，依牧典蓝的能力，短期升为基金经理有了保障，真若接管沪泰公司，就减少了创业之初的艰辛，有了做大做强的雄厚根基。

这些对牧典蓝来说，有些诱惑力，但不能撼动他。如果为了得到这些"福利"就得违心地去讨陈珂的欢心，一年又一年，他做不到。有爱的日子多么绚烂，无爱的日子只有苍白，如果在青春年华出卖爱情，就再也赎不回来。他不能接受与不爱的人长年累月地生活，还要生养与爱情无关的孩子。他不呆不傻不丑不懒不老，想去追求想要的幸福，要和心爱的人在最美的年华里生养身心合一的孩子，怎么可能像有人那样，出卖感情换来财富后，以一颗蒙灰的心再去弥补感情……

卢加兴少于在其他部室走动，并不知田弥暗恋陈珂的情况，仍有心为牧典蓝牵红线。牧典蓝不知如何婉言谢绝，只好假装糊涂，等待时间这个红娘能不能让自己对陈珂产生一些好感。他怎么可能对陈珂产生好感呢？有田弥在，那太不道德。这和有没有栗天劲在，他仍然不愿放手舒茗悦是完全不同的概念……

上卷

2

  候机大厅的地板光亮如镜，倒映出一对情侣，他们一高一矮、一黄一蓝，并排而行，在人来人往的倒影中尤其温存。牧典蓝抬头一看，那对恋人牵着手踱着小步来到玻璃幕墙边的栏杆旁，依在栏杆上望着楼外忙碌的机场卿卿我我。

  牧典蓝真希望化作那个男人，那个女人则化作舒茗悦，他俩相依相偎，成为最动情的风景。如果说梁昀是他曾经的太阳，那么舒茗悦是一轮当空的明月，明月在白天隐去了，夜晚会浮现，还会潜入梦里。梦中的他与她，是隔世离空的知己，遥遥相望，触不可及，像皎洁的月光轻洒蓝色海面，海面倒映着月影，那是只有他们才懂的关怀与爱慕，无声胜有声，无言胜万言。

  牧典蓝梦想的未来，已为舒茗悦留下了地盘。他不知道，追梦的舒茗悦，是否把他纳入过她追逐的未来。他想去寻觅那个答案，却又回避着那个答案。不是回避，是畏惧，畏惧舒秉浩的警告，畏惧舒秉浩夫妇的地位，畏惧舒茗悦的高贵，畏惧那个答案给他一个致命的否定。但这些畏惧，不曾阻挡过舒茗悦和华年网融入他的血脉，渗入他梦想中的未来。

  改版后的华年网于元旦正式上线，舒茗悦用 QQ 留言的方式告诉过牧典蓝，并说网站搬到了静安区的一幢写字楼，也就是草帘茶坊附近，网站也招聘了二位新职员。牧典蓝回以沉默，用三缄其口的方式告诉她，网站与他无关。怎么可能与他无关？那是他和她都用过心的精神家园，他从未忽视它的存在，默默关注它的发展。引入广告模块的华年网失去了从前的洁净，仍有着不失典雅的文艺之风，网站强大的功能、丰富的板块、商业化的自我炒作，无不按照方案在步步实施。从频繁更新的稿件、活跃的浏览与留言量、热闹的笔友论坛来看，好的开端已经显现。他由衷地高兴，为自己，更为她。她的喜与悲牵动着他的每一条神经，暗暗地，深深地，不可逃避地。

  成功需要与人分享，哪怕成功只有那么微乎其微的一点点。牧典蓝希望自己是舒茗悦最想与之分享成功的那个人。他更希望在自己成功的那天，第一个与他分享喜悦的人，就是舒茗悦……

155

麻木有什么好？回避办不到！畏惧也没用！男人，就该是有血有肉敢爱敢恨的人，是追求成功也面对失败的人！牧典蓝不想再违背内心，要让新年有个新样，回到真实的自己，过上真实的生活，不再缩头缩脑。时不我待，他没有再迟疑，向舒茗悦发去一条短信："我在浦东候机，回利音。年年岁岁茗相伴，岁岁年年悦相随！想着茗悦的今愁。"

短信发出，牧典蓝紧张起来，等待一个人的宣判。她会回复吗？会的，那回复是想要的……

舒茗悦的短信立即回了过来："你在哪儿？我在五十七号登机口。"

五十七号！她也在机场！还有不到半小时牧典蓝就要登机。他站起来，取下耳麦，找准方向，撒开双腿，向前方的登机口跑去。

牧典蓝远远地寻觅到舒茗悦了，她靠在登机口旁的栏杆边，身着白色修身毛呢大衣，一手握着手机，一手扶着斜挎包，正向另一头张望。她转过头，看见奔过来的他，又惊又喜，就挥着手朝他小跑而来。

牧典蓝跑到她面前，两人好久没有相见，这样见着了又似相别在昨天。是的，他们就是这样，似曾相离，却未曾走远，不曾说爱，却已抵达心间。

牧典蓝的心激烈地欢跳着，笑道："原来，你也在这里。"

舒茗悦双眸灵动，神采飞扬，望着他轻声说："刚才，你说什么了？"

牧典蓝低声说："我说，我想你。不行吗？"

舒茗悦并没直接回答："你不是相过亲吗？她呢？"

一定是栗天劲给她说起过相亲的事，牧典蓝不愿她知道这件事，但她既然知道也就不可回避。直说结果不是他愿意的方式，就绕了个弯说："我没那么多艳遇。如果说秀色如美食，我特别挑食。"

"听说她身材如模特儿，模样如大明星。"

"有的漂亮过眼即忘，有的漂亮入心难忘。你希望我相亲失败，还是成功？"

"祝你成功吧！"舒茗悦忍着笑。

"我也想成功，但还是失败了。知道为什么失败吗？因为我老在想，来相亲的人是你多好。"

舒茗悦再也忍不住，笑了："知道你说假话，你只会想昀昀。"

他们之间，不能回避梁昀，牧典蓝就问她："你希望我想昀昀，还是想你？"

上卷

"你爱想谁就想谁。"

"是的,我爱谁才想谁,我现在想的是你了。"

舒茗悦羞涩的爱意写在眼里。

"如果,相亲的那位是你,你会相中我吗?"牧典蓝问。

"才不!"舒茗悦颔首低眉。

"我愁,你悦。我们总是冤家路窄,怎能让我不想你?"牧典蓝见她又忍不住抿嘴笑起来,那般娇美可人,也不管这是大庭广众之下,轻轻抱住她,欣喜若狂,却又有着相知相依的平静,仿佛他们从前就是一对恋人,走了好多年好多年,终于相约这里,顺理成章。他嗅着她的发香她的气息,对她耳语道,"你想过我吗?"

"从不想。"

"你总这么嘴硬,小心今后嫁不出去。"

"我谁也不嫁。"

"你再不说实话,我可要飞走了,你想说也没机会了……亲爱的,你想我吗?"

舒茗悦依在他怀里,抱着他的腰,嘟哝着说:"还用说吗?你这么坏的人,还要去相亲,把我忘了……气得我心都痛了。我真的心痛了,刀绞一样。"

爱的感觉就是心痛,彻心彻肺的痛,牧典蓝为她心痛了不知多少次,他幸福地抱紧了她:"你终于能为我心痛一场了……你这么好,追你的男人那么多,我好灰心!"

"乱说!我是个不可爱的人,没人喜欢我。"

"本来,去年这个时候,我就想这样抱着你,你却跑了。那时,我就开始心痛了。好恨你!那天你走得好决绝,在街对面看也不看我一眼。"

"你穿着红毛衣来见我,我就特别生气……今后,不穿那件毛衣好吗?"

"不会了。我知道,你吃醋了。你哪里知道,去年那时,我把时间安排得满满的,只为腾出一点空余时间能和你说说话,真的没空去选件好衣裳……"牧典蓝回想着一年前相约见面时的尴尬,又苦又涩,"知道我现在想说什么吗?"

"可别叫我和你一起回利音。"

"我还真是想说这话了……我还是要说去年那句话——陪我去逛逛商场,选件新衣裳。没有你在,我不会挑选衣裳。"

"会陪你去选的,给你选最帅的衣裳。"舒茗悦深切地注视她,美美地笑了。

她看着牧典蓝穿着的黑色皮衫，有些不解，"你喜欢皮草？"

"不喜欢。但我爸妈喜欢，这次回去是让他们高兴的。"牧典蓝解释说，不由紧张两分。舒茗悦喜爱动物，反感皮草制品；她喜欢工艺品，却反感象牙雕、犀牛角雕。他歉意道，"我的衣服总是不合时宜。我好害怕，你又会因我的穿着问题离我而去。"

"你为父母而穿，我有什么好说的？"

"谢谢你的理解。"牧典蓝见她真的没有生气，放心下来，"你第一次给我留言说，世间的人都是为另一个人而来，愿我等到那个真正为我而来的人。原来我等的人是你，差一点，我就错过你了。"

"能够错过你的，就不属于你的。"

"我们终于等到了这一天。谢天谢地，谢谢你！"

"我初六回来，你呢？"

"三年没回家了，我得多陪陪家人，初七才会回来。你一个人回去吗？父母呢？"

"他们在贵宾厅。"舒茗悦听见广播里在提醒牧典蓝所乘的航班正式登机了，舍不得他离开，把他抱得更紧，"你这班是中途停靠利音吧？"

"是的，终到成都。早知如此，你和我同班飞机该多好！"牧典蓝捧起她的脸，只见她的眼和他一样湿润着。他握住她的双手，轻轻捏了捏，不由自主亲了亲她的唇，"亲爱的，我得走了，等我电话。"

时间紧迫，牧典蓝依依不舍地放开舒茗悦的手，带着从未有过的收获向回跑去……

客机滑过修长的跑道，腾空而起。牧典蓝望着长江入海口铺展在眼前，对这座充满滚滚爱恋的城市有了眷恋。

下卷

曾因一个人,逃离利音城。再因一个人,恋起上海城。
这座股市圣地,成了爱的圣地。

第九章　商战丽人

1

曾因一个人，逃离利音城。再因一个人，恋起上海城。这座股市圣地，成了爱的圣地。

正月初七下午，天色渐暗，牧典蓝如倦鸟回巢，降落到浦东国际机场。他与前来迎接的舒茗悦十指相扣，四目相望，心心相印，只觉机场内外春暖花开，全城人都在抱他入怀。这个春节有亲人、有恋人、有电话粥，牧典蓝不再与凄苦孤独为伴，恢复到了本应该的样子。柔情蜜意的电话粥在分别的这几天里一天接着一天煲，让他们对这份来之不易的缘分倍感珍惜，渴望着相见的这一天。

相见短暂，牧典蓝回家放好行李，又被舒茗悦送到了聚凯商务大厦楼下，他要参加一个紧急会。

会议地点在董事长办公室。这里最有特色的当数一台超大高清电视墙，它位于三人座沙发之后，也就是在董事长办公桌对面，有六平方米那么大，占了半堵墙，显示着半年来的大盘K线图及成交量。

卢加兴正在办公桌前打着电话，沈奇和李含坐在沙发上谈论着春节见闻，他们不会意识到，七天之隔，牧典蓝不再是从前。至于如何通告自己恋爱了，牧典蓝已做好准备：明天一早他会向各部室送上盒装凤翎茶，并说成"女友老家的极品凤翎茶"。凤翎茶属发酵的红茶，茶树生长在利县的凤翎山上，此山与牧典蓝老家的龙爪山首尾相连。

牧典蓝坐在沈奇身边等待开会。去年国庆后，张助理正式辞职离开公司，牧典蓝凭他稳定的高业绩从交易大厅调到操盘室，跟着沈奇学习阳光基金管理。拯救华年网之后，牧典蓝没有资金缴纳一百万职务风险金，只得将业绩提成抵冲风险金后才能与其他助理享受同等待遇。四个月下来，牧典蓝如鱼得水，业绩稳中有升，开始列席与他有关的投资会议。今晚的会议地点没在会议室，参会人数也少，落地窗也拉上了不透光的窗帘，屏蔽了浦东斑斓的节日夜景。牧典蓝迷惑着，不知如此秘密的会议将有什么重大投资决策出台。

沪泰公司能大胆启用牧典蓝这样的新人，与卢加兴的创业经历有关。

卢加兴公开出来的简历气势恢宏，这种被漂亮文字加工而出的简历是盛装，如同被美化过的数码人像，供外人远看，有着众所周知的光鲜。换种角度去详述，卢董事长就不完全是那模样了。

卢加兴，个子中等，甲字形瘦脸，体型偏瘦，牙齿微龅，看那头标准的 M 型发际像是老板，看脸却不太像老板。他热衷男士养颜，年纪半百的他有着不惑男人的皮肤，红润油亮。他口才中等，嗓门尖细，在人多嘴杂之时说话跟没说一样。他在出差途中与陌生人聊股票，人家直接就问他亏了多少。如果他与驾驶员走在一起，很多人会把驾驶员当成他的老板。

卢加兴早年在广州一家电视台做经济栏目制片人时就身在曹营心在汉，一心想创建自己的公司，却苦于没有称心的项目和充足的资金。他打算把儿子送到美国留学，却没有足够资产，幻想着用低成本的投资得到高回报。七八年前，股市还没有被大众广泛熟悉，公募基金对很多人来说还属陌生概念，私募基金还属地下行业。在一次出差上海的应酬中，卢加兴结识了在熊市中欠上一屁股债的公募基金经理秦阳。得知秦阳曾是省高考状元，且正在编撰一套股票实战系列丛书，卢加兴很想了解公募基金经理在熊市中的生存状态，打算做一期专题电视节目，就与秦阳攀谈起来。两人一见如故，认为牛市可期也一拍即合，卢加兴这才对"基金"有了兴趣，对"公募"与"私募"有了新的认识，并且有了新的想法：既然牛市可期，为什么不从熊市中爬入牛市呢？经历过熊市的操盘手才真正懂得风险，今后操盘应该更加成熟稳重。

卢加兴回到广州后连天连夜咨询了几位懂点私募的朋友，还到深圳调查研究了一番，坚信私募有"钱"途。他邀请秦阳到广州一起创业，今后要发行自己的私募基金。秦阳认为在上海进行交易时更方便快捷，在关键时刻哪怕占 0.1 秒的

下卷

速度优势都能起决定性的作用。如此这般，卢加兴就辞职来到上海这个全国金融中心，找朋友借款注册成立了沪泰投资管理公司，做私募，他出钱，秦阳出人。沪泰公司的名称就是根据他们俩的姓氏"卢"和"秦"演变而来。

卢加兴做过股市节目，目睹过股市兴衰和股民悲欢，对股市极为防备，自己从不炒股，算是私募界的门外汉。但他认为经济向好，民间热钱丰富，股市会热不会冷，私募则属新兴行业，前途无量，更重要的是做私募正属小投资能办大事的行业。他把希望寄托在有两年基金管理经验的秦阳身上，认为只要股市不再熊就能大显身手，抢在牛市前作好公司的铺垫最合适不过。

成立之初的沪泰公司毫无名气，职员只有卢加兴和秦阳两人，一人身兼数职，办公点和住宿点合二为一，只有三十来平米，位于徐汇区的一间宿舍里。卢加兴时常穿着西装、夹着笔记本，装着电话不断的忙碌样子，在各大券商的会议上作旁听，靠蹭会来长见识、学管理、集人脉。股票上市前通常要在上海搞路演，路演是证券发行商发行证券前针对机构投资者开展的推介活动，不是随便哪位都可以入场参加。沪泰公司的名片与宠物待遇差不多，严禁入内。为了混进星级会场听一次路演，了解新股信息，卢加兴只得用收集到的知名基金公司高管名片有头有脸地混进去，名片要多张一致，表示名片是他本人的。

公司成立近半年，有了第一位客户，是卢加兴的死党介绍来的。这位死党酷爱古玩，曾送卢加兴一只清代康熙年间的御制瓷盘作为开业庆贺，也就是陈列在客服大厅的那只双龙戏珠大瓷盘。卢加兴怕客户见到公司的寒酸样放弃合作，就在五星级酒店招待了客户，并由秦阳向其详述投资理论和操盘方案。客户有了合作意向，计划第一笔委托资金为一百万。半年后，秦阳趁着大盘上扬，把这笔资金做到了两百多万，名声大振，客户转眼间就上百，资金大小不论。公司这才搬到了写字楼，三十平米。

卢加兴在上海私募界很快有了朋友圈，公司在写字楼里的面积迅速从三十平米到五十平米、八十平米，再到一百二十平米，职员数也由两个到四个到八个、十六个，不是关系户就是挖过来的人才。随着沪泰公司由独资型公司升级为有限责任公司，并跨入阳光私募之列，秦阳受到众多私募和公募的追捧，身价倍增。秦阳开始认为从不操盘的卢加兴对他的投资方案指手画脚，属外行领导内行。

秦阳生活低调，穿着朴素，坐公交地铁也是家常便饭，看上去并不张扬。他

| 163 |

最高调、最奢侈的爱好就是环球旅游，只要心血来潮就敢放下手头要紧的工作出国周游一转再回来，这让恨不得一年有四百天能够工作的卢加兴很是恼火。秦阳在工作中又极为高调，操盘冒险激进不说，不容许谁把他当成普通高管对待，所有待遇要在一人之下，他人之上。卢加兴认为过分强调秦阳的待遇就会造成其他高管心理失衡，不同意他搞特殊化。那时李含正在规范公司管理模式，要打造公司整体形象，包括统一着装。唯独秦阳反其道行之，认为服装是最不值一提的形式主义，诸如此类，秦阳成了公司唯一违反规定而不受处罚的特殊职员。

卢加兴和秦阳的矛盾越积越深，四年前在一次争论谁对公司的发展功劳更大的时候，卢加兴大骂秦阳："离了你，沪泰公司照样阳光普照！离了我，你的钱就是堆积成山，也升不起一家阳光私募！"他们两人不和已是公开的秘密，这次争吵全公司无人不知。秦阳认为卢加兴忘恩负义，断然出走，去做公募基金去了，管理的基金有一百亿。去年上半年秦阳利用未公开信息参与内幕交易被查处，下半年被罚终身禁入市场，没收220万元非法所得，并罚款220万元，操盘手圈子里没有了秦阳的最新传说。

市场总监李含是在六年前公司写字楼面积为五十平米时加入的。在北京的一次券商与银行的交流活动中，卢加兴认识了做公募总裁助理的李含，他俩针对公募与私募的发展前景促膝长谈了一天一夜。李含正对公募基金的刻板管理和低收益率不满意，尤其反感公募基金投资审批环节太多，导致错过最佳投资机会，并且环环都容易走漏风声，"老鼠仓"猖獗到了可以上班操作账户的程度。李含对公募基金的规模越做越大也持有反对意见，上百亿的大规模严重束缚了它的盈利能力，它"船大难调头"不说，由于承担股市维稳的责任，在熊市必须有百分之六十的仓位用于护盘，亏损起来只有眼睁睁，虽然能保障股市早日见底，却没有最大限度地保障基金客户的利益，这不符合投资规律。他对卢加兴"要创办受人尊敬的阳光私募基金公司和基金品牌"这一雄心颇为钦佩，见名不见经传的卢加兴分析起私募市场思路清晰，目标明确，志向高远，把私募当成事业而不是当成投机，再三思考后，就冒险投奔而来，想创立一只阳光私募基金，让投资多些自由度。

卢加兴把这次自不量力的邀请称为"无知者无畏"，因为后来他才发现，李含有着非同一般的能力，集分析师、操盘手与社交家于一身，完全有实力自立门

下卷

户创办自己的私募公司。李含却自称不是做一把手的料。正是这个原因，卢加兴对李含尤其敬重，很多决策会听取李含的意见。

李含来到沪泰公司时，公司管理混乱，他为公司构建起了完整而规范的工作框架，使公司具备了公募机构的部分雏形。为了打造长青品牌，李含对激励机制进行了改革，不用高提成来激励基金经理，而是用入股的方式让基金经理成为公司高管之一。因为高提成是把双刃剑，容易导致基金经理为了追求短暂的高盈利采取偏激操作，容易大盈大亏，增大投资风险，不利于品牌的打造。当基金经理着眼长远、做稳业绩、做好品牌、做大规模后，自然会有较高的收入，这种激励更深远。同时，公司引进先进的管理系统，包括基金经理只能在股票池里进行选股操作，未进入股票池的股票无法下单。这两项改革当时对秦阳都起到了制约作用，也引来秦阳的极大不满。

李含的主要任务是开发阳光私募基金产品，并作投资市场调研。公司陆续推出了公司式、契约式、虚拟式、组合式基金，满足多方投资者需求。信托式基金是在公司注册资本达三千万之后推出的，算是较迟推出的一种，它的推出加速了公司阳光私募化进程。公司第一只阳光基金"泰鸿壹号"，募集资金三千万，从研发开始到产品发行就花了近一年。李含和卢加兴在银行和券商面前反复游说，争取合作，再怎么吹沪泰公司多么与众不同、多具实力，在那些财大气粗的人眼中，就像医生看着病人那么普通。发行首期基金的程序问题、客户问题、资金募集问题都是魔鬼般的问题，他们都挺了过来。当"泰鸿壹号"千辛万苦募集到资金正式发行后，他们看着那些排队配号买公募基金的客户，只有慨叹公与私的巨大反差。"泰鸿壹号"在秦阳的管理下取得了可观收益，并在"第二届中国私募红榜大赛"中获得了偏股型基金类一等奖，客服大厅陈列的梭形水晶奖杯就是这么得来的。卢加兴过后对秦阳心存芥蒂，把这奖杯放在了并不显眼的位置，所谓"成绩是过去的"。

基金经理沈奇则是在五年前办公面积刚升级为一百二十平米来的。

之前，卢加兴见秦阳心高气傲不服从管理，就着手寻找新的基金经理，并有了培养后备操盘手的意识。在一次偏股基金高峰论坛上，卢加兴认识了做公募基金的沈奇。沈奇坦言公募基金经理的待遇极为悬殊，基金业绩好坏对绝大多数基金经理的收入影响并不大，他呕心沥血一年下来，税后总收入三十来万，亲友们

165

却认为他打了埋伏年薪有三百万。他的公募基金公司总规模有一百多亿，基金经理有五人，公司对基金经理监控特别严，摄像头、监听器无所不用，还严禁直系亲戚炒股，包括妹夫。他每天睁开眼就要操心基金排名，管理的基金在同类所有基金排名中必须位列前三分之一，如果连续四周排在后三分之一，那么就走人。遇到牛市出成绩，公司会说"傻瓜都赚了钱，你赚个钱算什么？"遇到熊市必须有不低于六成的仓位锁在股市护盘，难出成绩，公司会说"傻瓜赚不到钱，你也赚不到，我要你做什么？"沈奇得到的和付出的严重不对等，仍愿待在牢狱般的公募，卢加兴知道为什么——越有信息渠道的基金公司越不看重基金经理，基金经理则利用职务之便通过隐秘的"老鼠仓"来弥补内心的失衡。沈奇不承认违背职业底线做过"老鼠仓"，只承认靠公募基金经理的头衔很容易私下发展自己的大客户，其中包括期货客户，他主要是靠期货挣外快。

　　卢加兴就承诺，只要沈奇愿意来沪泰公司，什么类型的交易都可以放手让他去做，为公司拓展新业务。并说，他卢加兴吃肉决不会让沈奇啃骨头，沪泰公司会让优秀的操盘手像君子一样地赚钱，不会把操盘手当小人一样监管。沈奇由此心动，也就"奔私"而来，操盘风格从"公募型"向"私募型"转变，加上他能做期货、权证、对冲等交易，比秦阳只炒股更加全面，一年下来轻轻松松也不比从前的收入低。不久，因秦阳辞职离开公司，公司的基金在开放日遭遇了大规模的赎回潮，几乎到了清盘的边缘。沈奇接过了秦阳管理的基金，全权管理公司的基金，收益虽然赶不上从前，但公司的理财产品因沈奇的到来变得更加丰富，公司的操盘手以证券类为主，也增加了期货类操盘手。牧典蓝进入沪泰公司那年的熊市期，开放基金、封闭基金、QFII基金、私募基金、银行及券商理财产品的平均收益率满盘皆绿之年，沈奇手下的所有基金仍保持5%以上的稳健收益，有只参赛基金进入了当年私募红榜大赛第十，沈奇在私募界名噪一时。

　　两年多前，在全国私募公司雨后春笋成立之时，沪泰公司已经搬到浦东的这套五百余平方的五星甲级写字楼，人员已达二十人，各类私募产品算得上"人有我有"，能满足大部分客户的投资需求，能傲然接受高端客户的现场考察，公司已属受银行和券商青睐的知名机构之一。

　　目前全国有五百余家阳光私募基金公司，总规模达两千多亿元，其中排名前十的阳光私募公司就占据总规模的三分之一。排名第一的私募公司基金规模上百亿，即使排名第十的私募公司基金规模也在四十亿之上。去年底，沪泰公司已成功发行"泰恒成长第三期"和"泰鸿肆号"，公司阳光基金总规模超二十亿，非阳光化的资金还是个谜，从规模上讲处于中游水平。

沪泰公司的资金总规模一年年壮大，仅靠沈奇一位基金经理统管不同"性格"的私募产品会越来越吃力，公司不是人才太多，而是人才紧缺，正在加紧培养优秀的操盘手，牧典蓝成了被培养的一个。

2

今晚的会议议题只有一个：由牧典蓝以沈奇的身份参加今年第七届私募红榜大赛。

中国私募基金年度红榜大赛是上海私募界的知名赛事，它由上海私募投资俱乐部主办，一年一届，比赛时间通常从三月一日至十一月三十日，今年根据参赛性质分为五大项分别评比：权益投资类、固定收益类、量化对冲类、证券专户类、衍生品类等。其参赛范围逐年扩大，以前只局限于上海的私募公司，现在已经扩大到全国。其参赛门槛逐年提高，基金产品的参赛资格必须达到规模为五千万元以上；证券专户类，也就是个人参赛的股票账户资金要达到两百万元以上。大赛有严密的防作弊措施，由主办方每周记录账户的实际业绩，每月进行一次排名，年底进行总排名。

沈奇连续几届参加了私募基金大赛，无论是"泰恒成长"系列，还是"泰鸿"系列，最好成绩是进入了前十，未曾进入前三捧得"红梭"奖杯。虽说基金产品的业绩是团队智慧的结晶，但同样的资金进入同样的股票，不同的基金经理来操作，盈利水平可能大相径庭，所以基金业绩很大程度上还是要靠基金经理的个人能力来决定。沈奇也参加了私募基金经理的个人大赛，排名并不出众。个人业绩与基金业绩并不成正比，其操作手法完全不同，个人业绩特别好的，其管理基金的业绩未必好；即使同一个人，管理不同风格的基金产品也会有不同的收益。公司并不看重个人业绩这头。

卢加兴认为沈奇去年培养新手，精力有所分散，操盘风格上仍保持追求风险最小下的收益最大化，这样的收益要得到客户"敬仰"比较困难。而牧典蓝，非科班出身，无市场调研经验，却有着草根派的拼劲闯劲，有着技术派不按套路出牌的灵气，虽然管理基金的时间很短，但成长迅速，操作娴熟，思路敏捷，能恰当地规避风险，非传统思路可比，并得到了李含和沈奇的认可。卢加兴以前信奉正统的东西，对民间派、草根派不以为然，不过他也慢慢转变了观念，相信英雄不问出处，尤其是去年的私募大赛前三甲就有一名基金经理属草根派，已连续两年稳在三甲之列。卢加兴有了让牧典蓝一试身手的打算，操盘手如同驾驶员，并非做得越久越好，天分比资历更重要。

让卢加兴最终下定决心的是春节期间一位机构客户打来的电话。此机构在公司配置了三只基金产品，有三千余万，忠实大客户将赎回基金，这是对沪泰公司信心不足。沪泰公司作为位于中游的阳光私募，一方面要与上游的私募竞争，并要防着后起之秀，另一方面又得与比其强大十倍的公募对手争夺有限的生存空间，未来几年，形势会更加严峻。稳健的沈奇在熊市期深受客户信赖，但市场走牛后，没有超额的收益就难让客户满意。私募界的明星基金可谓是"江山代有才人出，各领风骚一两年"，沪泰公司的基金沉寂了数年，需要出头领领风骚了，牧典蓝的冲劲初露锋芒。

卢加兴已经征求了李含和沈奇的意见，决定"泰鸿肆号"这只偏股型基金参加今年的"权益投资类"比赛，以绝对收益率定排名，这只基金由牧典蓝负责管理，也就是实际的基金经理，但会用沈奇的名义报名。基金经理个人参加的"证券专户类"赛，公司会为沈奇开设一个两百万资金的账户，交牧典蓝操作。也就是说，今年的大赛，牧典蓝将成为沈奇的替身。

"我参赛！"牧典蓝得知将独立管理"泰鸿肆号"惊得两手无措。

"泰鸿肆号"是去年发行的一只基金产品，"肆"字对有些迷信的卢加兴来说是个不太好的数字，对客户来说也有不良的心理暗示，沪泰公司本想跳过这个数字直接称"泰鸿伍号"，最终决定序号不能断档，宣传产品时就着重强调成"四通八达之号"，预期年化收益达12%。春节前，这只基金由牧典蓝协助沈奇共同管理，公司的要求是这个"肆"号要做成公司收益最高的基金产品，横扫它的晦气，增强大客户自信。该基金为非结构化基金，也就是风险或者收益全由投资者承担

下卷

的基金，规模为五个亿，申购的最低额度也是两百万，客户基本是身价数千万之上的大客户或者机构客户，做好这只高端基金有着不寻常的意义，它足以打通高端客户的绿色通道。如果牧典蓝携"泰鸿肆号"参赛，就意味着他成了这只基金的基金经理，容不得有一点闪失。

"这是我冒险的决定，我一贯喜欢冒险。小牧，这个担子就交给你了。"卢加兴说。

牧典蓝喜欢任务加身，又担心接手基金去参赛会引起沈奇的不快，犹豫着。

沈奇察觉了牧典蓝的心思，拍拍牧典蓝的肩："我看，没有你完不成的事。你好学、学得好！属于能干事，能把事干好的人！没问题，上！"

"虽然小牧还没有足够的基金管理经验，但学习能力很强，凭这一点，让沈经理作些指导，放手让小牧一试也是可行的。只要到时放稳心态，不计较荣誉归宿就行。"李含用手指滚动着金丝楠木手串说。

"如果我成绩不好，岂不记在了沈经理头上？"牧典蓝担心的是这个。这种赛事会考虑商业机密因素，冒名顶替参赛也是默认的，实实在在的成绩才是硬货，参赛名字只是一家基金公司的象征和代号。如果顶替沈奇参赛，成也萧何，败也萧何，成功了大家都好说，失败了就比较复杂。

"开年大吉，要说好的话！"卢加兴不快了，这个行业比较讲究吉凶祸福。他见牧典蓝表态说会尽力做好，又解释说，"小牧，让你这样参赛，并不是我想作假，更不是有意埋没你。沈经理名声在外，客户们很放心。基金经理必须保持稳定，客户才能稳定。如果突然要更换基金经理，人家误以为公司出现了动荡，容易导致基金赎回潮。你还没有管理一只基金产品的业绩，客户对你可能不放心，暂时不能让你公开出来。等你有了几年稳定业绩，大家熟悉了你，再把你推出来更妥。所以，你要理解一下。"

"我完全理解。"牧典蓝说。

"你要考虑好。如果取得了荣誉，名气归沈经理，而不是归你。"卢加兴提醒道。

"有荣誉也属大家。我会珍惜这个机会。"牧典蓝有信心，充满了感激。

在美国，基金经理的平均培养期在十二年以上，以中年人居多；在中国，基金业发展时间短，基金公司众多，基金规模巨大，专业的基金经理稀缺，导致绝大部分基金经理速成，平均培养年限仅为四五年，私募基金经理不少来自草根，属边

| 169 |

管理边培养，培养期往往更短，他也没有想到自己会成为速成的一个。

"好！我们三个都看你的了。"卢加兴双手拍了拍自己的大腿。

"谢谢大家的信任！"牧典蓝激动地说。信任和相信是完全不同的，无论别人怎么相信你把股票做得好，只要不肯把资金交给你来做，就是不信任。

"如果夺得前三，我有重奖！"卢加兴并不说明重奖标准。他见牧典蓝神往地笑着，又说，"小牧，你别只是笑，以为自己不可能。去年期货大赛知道谁得了第一？一位在校本科生！"

牧典蓝还真不敢去想一参赛就夺前三。他相信奇迹会眷顾他，但更相信奇迹不会老是眷顾他，他的学业、事业、爱情都走了红运，如果运气再度垂青自己，进入专业级大赛三甲，命运似乎对别人不公。

"你的操盘风格与秦阳很相似，但，不要成为脱缰的野马。基金是个拳头，要靠集体智慧重拳出击，形成长久的品牌效应。你要向李总监和沈经理多请教，多听取他们的投资意见。希望这只基金能把公司的品牌击响，不只是击响这一年就没有了气儿，而是要让它像洪钟一样余音不断。你用沈经理的专户参加个人赛，可以完全根据你的喜好操作，完全体现你的个人风格。基金和个人专户，是完全不同的操作思路，懂吗？"卢加兴说。

牧典蓝频频点头。个人专户的资金不会太大，全仓进入一只股票如沙投池，难起涟漪，进退自如；基金完全不同，数千万、上亿资金进出一只股票就如石击池，会造成股价波动，能惊动庄家，你一进，庄家可能就出货，你一出，庄家可能就吸筹，好进不好出。作为基金经理，不单单考虑一只股票的业绩与前景，还得考虑基金进入后能否安然退出。正是这个原因，规模巨大的基金，通常会选择大盘股建仓，进出不易掀起波澜，业绩往往也很平稳。

"你只管点头，知道我的要求吗？"卢加兴问。

"基金和个人排名争取进入前十。"牧典蓝说。

"我的要求是进前五，进入前三夺红梭奖才是最高目标。小牧，还敢接这个军令状吗？"卢加兴问道，见牧典蓝表态说有信心管好参赛基金，又强调道，"这只基金代表的是整个公司，不是你个人，交给你负责，并不表示全权由你管理，根据需要有时会作些调整，你必须在公司的决定范围内去操作。"

四人正谈论着参赛基金的交接问题，敲门声响起，大家安静下来。

卢加兴说:"丁顾问可能来了,正好可以在这里谈谈分仓和佣金的事。"

"卢董,我可以走了吗?"牧典蓝觉得不适合再留在这里。丁顾问是联金证券的分析师,这么晚来说事,应该与自己无关。

卢加兴斟酌了一下:"你可以了解一下情况,以便今后有目的地操作。记住,对其他人,你始终要以助理的身份去面对。"

今晚的会没有牧典蓝预计的那么长,他本想会后约舒茗悦出来共享二人晚餐,看来终将失去这个机会了。他遗憾着,又为丁顾问将带来什么话题好奇着。

门被遥控器打开,陈珂出现在门口:"卢董,丁顾问他们来了,在接待室。"

卢加兴说:"请他到我这儿来吧!……他们?他们几个人?"

陈珂说:"一共四个,还有三个小姐。"

卢加兴眉头一皱:"既然这样,那我就不参加了。李总监,佣金和分仓的事你安排就是。丁顾问如果问起我来,就说我等不及他了,刚走了。"

陈珂吐了吐舌头:"我才给丁顾问说了,你在的。"

卢加兴改变了主意:"那我们去接待室。小珂,隔两分钟给我打个电话。"

3

装睡的人喊不醒,要走的人留不住。卢加兴与来客们简短打了招呼,接了个电话,就以朋友的火车晚点,必须去迎接为名,金蝉脱壳而去。一切由李含说了算。

接待室里,大家围坐在一圈沙发上,茶热着,笑脸也冷着,气氛不那么有节日气息。牧典蓝无缘无故地受到了感染,面色凝重。

西装领带加身的丁顾问失望中夹杂着不安。他四十余岁,体型微胖,大眼厚唇,发长而稀疏,带有一个笔记本似的手提包。他身边坐着三位打扮各异却风情相似、手挎名包的美艳女子:营销经理曾妍,左眉里有颗黑痣,做了一头复杂的发型,穿着高腰皮草和短皮裙,胸脯丰满得快要从低领衫里爆炸而出;顾问助理万颜,烫着一次性大波浪卷发,长长的假睫毛扇子般地眨着;咨询经理朱洋,集瓜子脸、大眼睛、樱桃小嘴于一脸。

丁顾问着急地向李含和沈奇解释说，卢加兴年前不知听了谁的小报告，只信其一，不知其二，误会了，这趟赶来拜访作个解释，还专门带来三个证人，结果，卢加兴还是忙着走了，只好麻烦李含能帮着作个解释，不能按卢加兴提出的那样，再降低沪泰公司的佣金，也请沪泰公司不要把仓位调整到别的证券公司。

调整仓位，就是分仓，是证券公司和基金公司都敏感的话题。说起分仓，不得不从证券的交易席位说起。证券交易所在中国主要有两家：上海证券交易所、深圳证券交易所。无论公募基金还是私募基金，基金公司都不具备沪深交易所的会员资格，也就没有交易席位和直接交易资格，必须租用证券公司的交易席位才能进行交易。由于每只基金规模太大，必需分散资金进行操作，以提高成交速度，就得把基金分散到多个交易席位进行交易，这就是"分仓"。租用交易席位就得拿租金，这就是佣金，它按实际成交金额的一定比例进行计算。基金佣金是证券公司的主要收入来源，所以基金规模越大的公司就是证券公司最爱的那盘菜。

有市场就有合作，有合作就有利益链，如同自然界的生态链，链链相扣，不可能孤立存在。任何机构都是市场利益链中的一环，相关环节往往一荣俱荣，一败俱败。机构要与谁相扣、相扣到什么程度，就有了商榷的条件。对沪泰公司来说，在哪家证券公司的哪家营业部开设交易账户，通常由卢加兴说了算。每个账户的最大基金量、全年至少要达到多高的交易量，几乎由李含说了算。交易量最终大小几乎由沈奇说了算，如果下令频繁交易，哪怕仓位的基金量并不大，也能产生可观的交易量，也就产生可观的佣金；如果下令停止交易，再大的仓位也可以不产生交易量，自然不产生佣金。所以，各大证券公司的销售员们会频繁围着沪泰公司的董事长、市场总监、基金经理转，千方百计要拉到仓位、提高仓位基金量、增大交易量。公司里一旦出现几位漂亮的陌生女子，多半是证券公司的。

对私募公司的客户来说，资金在哪家证券公司交易都是交易，不足挂齿，很多时候他们没有决定权，即使有开户的决定权也没有交易量大小的决定权。但对基金公司来说，只要有决定权的地方就有获利权，这是与成本、利润密不可分的大事，有太多的文章可做，所以与证券公司的瓜葛是剪不断理还乱。

丁顾问提起了分仓，瞟了瞟陌生的牧典蓝，欲言又止。

李含明白丁顾问的顾忌："他不是外人，你能当着这三位美女说的话，就能当着他说。"

下卷

丁顾问就放心地说起来，牧典蓝只作听众。

事情的起因是春节前卢加兴得到了一条消息，联金证券有位散户前年的佣金只有"万六"，也就是万分之六，违反了联金证券当年的承诺。因为前年，也就是牧典蓝刚来上海那年，联金证券刚在上海成立，丁顾问与卢加兴因为认识，两家公司就成了合作伙伴。为了抢占市场，联金证券向沪泰公司承诺：沪泰公司享受首批机构客户待遇，佣金为"万八"，同时协助推销"泰恒成长第二期"不低于百分之二十的份额；普通散户的佣金原则上不低于千分之一，千万级以上的散户原则上不低于"万八"，被称作"零佣金"。当卢加兴得知有位散户享受"万六"的佣金后，认为还有更多的散户和机构在联金证券享受低佣金，他感觉被联金证券和丁顾问给耍了，很是生气，要求交易佣金从"万七"降到"万五"，不然就调整仓位或者减少交易量。由于沪泰公司的基金交易量达不到规定的倍数，联金证券没有同意，卢董事长就很不高兴。

至于这个特殊客户的"万六"佣金，是迫不得已才让其享受的。

前年，在募集"泰恒成长第二期"时，联金证券举全体员工之力，推销了约六千万，完成了承诺的推销任务。其背后的艰辛少有人知，尤其是基金在募资大限即将到来时，仍有两千余万的缺口，联金证券作为基金的托管证券公司为此操碎了心。当时联金证券尚无名气，人脉资源能用的几乎都用上了，还得推销其他公司的基金产品。实在没有办法，丁顾问就托朋友转了两道弯找到了一位只算数年前有过一面之交，却没有交情的房产开发公司财务总监。与丁顾问一起去拜访这位人物的正是曾妍他们这三位姑娘，四个人好话说尽，喝了不少酒，终于让这财务总监先认购了一千万的基金，过后再次做工作，追加了五百万，成了当年认购基金最多的客户。但财务总监有个条件，就是要在联金公司开个股票账户，佣金"万六"，因为那笔资金是他挪用来的资金，算是冒着砍头的风险在帮忙，等封闭期一过就必须赎回基金归还。其实，这个"万六"的账户交易量并不大，联金证券并没靠这个账户占到什么便宜。相反，为了维系这个大客户，联金证券还得通过返现的方式给这位客户回报。总的说来，联金证券推销基金的成本高昂，利润微薄，不能再降低佣金了，更不能让沪泰公司减少联金证券上的仓位。这位财务总监既是联金证券的大客户，也是沪泰公司的大客户，得善待。那个"万六"账户，在目前已经算不上什么低佣金，只当是顺顺人家的心，沪泰公司没必要较真。

曾妍她们三姐妹对天发着誓，证实丁顾问的话属实，说是去年沪泰公司发行"泰鸿肆号""泰恒成长第三期"的时候，也是她们三位出面去找的这位财务总监，陪酒陪得胃出血。

李含没有再纠缠那位散户的事，只是借着这个事情与丁顾问交涉起了佣金的优惠事宜。去年各大券商都在扩张营业部，机构"万六"的佣金已不鲜见，也有降到"万五"甚至"万三"的。丁顾问的态度只有一个，优惠一两个点子没问题，但要提高交易量。

天下没有免费的筵席。对散户来说，本金越大，越能享受低佣金；对机构来说，交易量大小才决定佣金的优惠程度。沪泰公司与联金证券在交易量这个问题上可谓是唇齿相依。

证监会有规定，基金公司不得将席位开设与证券公司的基金销售挂钩，不得以任何形式向证券公司承诺基金在席位上的交易量。这条规定正是针对基金公司与证券公司存在的潜规则而定的。潜规则也是规则，规则已经深入基金行业骨髓，要禁止谈何容易？这个潜规则是在牧典蓝作为助理参与基金管理后才深有体会的。

私募公司在基金没有绝对收益的情况下，得不到盈利提成，绝大多数私募公司的基金只保持微利，负盈利的也不少，他们靠什么维持生存？如果说私募公司管理人员可以靠不能见光的"老鼠仓"求生，那么整个公司呢？

私募公司收入主要来自三方面：一是收取基金2%左右的管理费，这笔收入只能勉强维持日常的管理开支，有的基金公司为了招徕客户甚至可以减免这笔管理费；二是提取基金盈利部分的20%，这是公司的核心收入，也是操盘手的收入源泉，但股市走熊时可能颗粒无收；三是灰色收入，除了在公司性质、产品设计、通道选择等方面避税外，主要从"返佣"中得到绝对收益，比如基金公司交易佣金达到一百万，证券公司会返给基金公司二十万甚至更多。

"返佣"这种潜规则的形成正是由于基金的运作方式决定的，对私募基金来说尤其如此。私募基金不能像公募基金那样大张旗鼓地公开宣传，就得靠银行、证券公司、信托公司这些网点找准目标客户去推销基金。银行网点多，股票型基金的代销提成约1%；证券公司营业点也多，代销提成约2.4%。理论上说，基金公司应该选择提成少的银行代销，但事实往往相反，基金公司普遍选择提成高得

下卷

多的证券公司，原因只有一个：给银行的提成是现金支付，是实打实的支出；给证券公司的提成则可通过基金的交易佣金进行转化，代销费用转嫁到基金客户头上，自己不用现金支出。

同理，基金公司与证券公司合作产生的其他费用，甚至与合作无关但需要基金公司自行支付的费用均可通过交易佣金的形式隐性支付。比如基金公司需要购买专用资讯产品、IT系统、证券用户信息等，所有费用可以不掏钱，而是交给证券公司代买，基金公司只需要频繁交易，为其做到一定的佣金量就算支付费用。又比如支付联金证券在"泰恒成长第二期"的代销提成，沪泰公司得以"万八"的佣金率，按代销六千万的三十倍去完成交易量，也就是达到144万的交易佣金，以此作为支付方式。在这之后，沪泰公司有了主动权，开始计较与成本和收益相关的佣金比例。加之沪泰公司还有其他非阳光化的业务，这些客户是否在联金证券开户，交易量是大是小，都可被沪泰公司控制，这都成了讨价还价的砝码。

佣金包年也是一种支付模式，对交易量大的机构来说比较经济，省下的佣金会成为利润。但利润会被税收瓜分一部分，一些特殊的费用不便进行账务处理，只得放弃理论上比较经济的支付模式，通过人为调整交易量来控制收支。工夫在诗外，你以为人家在炒股？人家在做交易量。

正是如此，如果基金公司与证券公司勾结，甚至证券公司入股到基金公司，昧着良心榨取客户养肥自身轻而易举。对有的私募公司来说，返佣甚至可以作为主要利润来源。那些基金净值跌破一元的基金公司未必就一定亏损着，只要他们超频地交易，做大交易量，哪怕基金净值亏再多，给证券公司创造的却是旱涝保收的绝对利润，这些利润返还部分给基金公司，就成了基金公司的利润，这笔利润完全可以达到比盈利提成还要高的程度。当然，基金产品是基金公司存在的本钱，不能为客户创造满意收益的基金很容易被赎回，基金公司还得努力赢得客户的信任，得把握好与证券公司的亲热度。

新的一年里，沪泰公司的佣金将如何优惠，李含、沈奇与丁顾问达成了初步谅解协议，丁顾问还有事与李含单独谈谈。

与"单独谈谈"无关的人员就起身告辞。

牧典蓝来到门口，礼节性地送三位美女出门，让李含与丁顾问谈私事。却见美女们拥到李含和沈奇面前，笑若桃花地撒着娇，要他们答应关照她们，似乎相互已经熟识。李含和沈奇被美女们叽叽喳喳地簇拥着出了门，三位美女从牧典蓝身边路过，看也没看牧典蓝一眼，目光和笑脸全聚在李含和沈奇脸上。当李含带着丁顾问朝总监办公室走去，美女们就聚在沈奇周围向电梯口走去，你说我笑，嘻哈打俏，沈奇就和她们开起了荤玩笑。

牧典蓝被冷落到了一边。慎重的气氛突地变得轻佻，他呆住了。

"这些小姐，尊严也不要。"陈珂闻声过来收拾接待室，在牧典蓝身后鄙夷地说。

"不是所有人像你一样有所依靠，能撑起尊严。我推销一笔基金，会把尊严踩在脚底。"牧典蓝说。去年发行的基金，他依然没有成功推销一笔。

"你什么意思啊！公司没逼你推销基金。"陈珂说。

"公司也从不逼我吃饭。"牧典蓝说。

"你什么意思啊！听不懂……天好晚了，等会儿送我回家好吗？"

"我这就电招个出租车来接你。"牧典蓝说，他怎么可能开那样的头。

"以为我坐不起出租吗？"陈珂说着端起水果盘关掉接待室门走开了。

第十章　基金经理

1

在其位，谋其政。独立管理"泰鸿肆号"，牧典蓝的苦日子也就开始了。

只要是交易日，牧典蓝的一天和绝大多数基金经理一样，呈机械式连轴运转，全天的大体日程是上了发条的时刻表，可以精确到分钟：清晨六点必须醒来；七点前迅速了解最新的欧美股市行情、国内外期货行情；七点从家里出发，八点左右到达公司，并解决早餐问题；进了操盘室开机第一件事就是消化早间财经信息，查看券商和公司对大盘及个股的分析报告，对全天的操盘方案拟出初步计划；八点四十五至九点十分在会议室召开晨会，振奋士气，并统一上缴手机；九点一刻关注或者参与集合竞价，并通过操控系统向交易员们单线下达操作指令，打响一天的战斗；十一点半至十三点休盘期间，吃饭、休整或者反省；十三点进入股市下半场，比上午略有休闲，持续关注各方消息；十五点股市收市后开始汇集数据，与操盘手们作当天小结，相互交流意见；十七点半后方能下班，若要避开晚高峰就得更晚回家，在这之前进行复盘分析，总结经验教训；晚上必看新闻，并相继关注欧洲股市开盘和美股开盘；二十四时之后才会休息，休息前除了考虑个人问题，就是股票问题。除此之外，还要参加公司临时召开的会议，偶尔还要利用休息时间拜访重要人士和客户……真是有时间时没有恋人，有恋人时没有时间。

好不容易忙到四月，牧典蓝已能驾轻就熟地独立调遣"泰鸿肆号"资金，紧张的脑神经终于能松弛一下。他挤出一天来，第一次亲临华年网站，与六位职员见了面，以舒茗悦男友的身份。他与舒茗悦尽情地看车展、看电影，把股票完全抛在脑外，沉浸在爱河里。快乐的二人时光永远都短暂，他送她的二十支玫瑰安放在了她办公桌上的陶瓷花瓶中，豪华车展的精彩保存进了她的相机里，电影院里最浪漫的镜头是他给她的吻……一首花前月下的恋曲在夜幕中唱到了尾声，牧典蓝回到家，坐到电脑前，开始一个人的忙碌。

电脑屏幕上是牧典蓝和舒茗悦在元宵灯展上的合影，他们揽腰相依，脸贴脸，笑得亲密而灿烂，这是他们的第一张合影。不过此时，牧典蓝眼前闪过了舒茗悦看完车展后那懊丧而幽怨的神情，这个神情延续到晚上，她再怎么掩饰，他都能察觉，本来完美的一天被啃了个缺口。

下午，牧典蓝和舒茗悦到浦东的新国际博览中心观看"驿动天地·豪车概念"主题车展。那些艺术品般的车子们都是王子与公主，沉默却从不寂寞，一开场就招来粉丝们蜂拥的目光和惊叹声。它们被限量版、新概念、新性能等耀眼光环笼罩着，只可远观，不可近玩。男摄影师们全副武装，围着魅惑的车模争先恐后地拍摄着，有的甚至趴在了地上，长长的镜头里不知究竟看到了什么。舒茗悦虽然被牧典蓝护着，仍被男摄影师和男观众们排挤在一边，总抢不到最佳的角度，捡着漏子抓拍车模。身处各型名车之中，对豪车和奢侈品迟钝的牧典蓝也被有型有价的豪车看花了眼，既滋生了从未有过的征服欲，又产生了强烈的自卑感。他有心送舒茗悦一辆新款奥迪作为定情物，增加他在她父母眼中的好感，但她拒绝了，说是他房子都没有，就别先送车子吧！

车展看了四个小时，新车型也体验了两款，舒茗悦走出展览中心浏览起那些照片，把不满意的依次删除，一张接着一张。她认为在现场看车模感觉不错，拍下来看第二眼感觉就坏了，因为车模与豪车没有任何感情，人车根本不能合一，相互都是生硬的道具，搔首弄姿矫揉造作的车模甚至降低了豪车的品位。她觉得拍摄路人更有余味，就开始物色有故事的路人，却发现了什么，小心地跟了上去。原来，她在跟踪一位着装新潮的黄发小伙子，直到那人上了一辆银灰色宾利车驾驶室，送一位头发梳得油光的中年男人离开了，那车牌号是个很霸道的号码。舒茗悦呆看着那辆远去的车，开始还灿烂的脸懊丧了几分，说是那小伙子正是陆伟，也就是去年为了不承担车祸损失，把她和栗天劲骗到黑帮手中威胁了一番的那个逍客车驾驶员。从这刻起，舒茗悦就如鲠在喉，怎么也欢畅不起来，甚至说，陆伟这号人都开宾利了，她真想驾车与陆伟同归于尽。

下卷

陆伟曾给舒茗悦造成三十万的损失,他是舒茗悦的一块心病。牧典蓝看着电脑屏幕上的舒茗悦,思考着如何让恶人得到应有的惩罚,仍然无计可施。

牧典蓝心里还有个疙瘩——华年网的办公环境让他心寒。

网站办公点在静安寺附近的老式写字楼第五层,电梯像是用了百年,"叽呷"作响随时都可能散架。办公室总共仅有二十平米,布置得极其紧凑,过道差不多只能侧身而行。门口位置摆着小茶几和一张黑色三人沙发,沙发上有很多细眼,像是被猫练过爪子,有的已被抓脱了皮。这里有六张并排着的写字台,不是电脑办公桌或者格子间,竟是老得掉牙的实木榫卯结构的写字台,六张写字台就是六个样式,高低一样,漆色不一,宽窄略有差异,排列无法整齐。桌上的立牌标有编辑部、美工部、广告部、技术部、财务部、策划部。部门不少,其实就七个专职,个个都身兼数职。业余兼职人员倒是有数十人,做网编的、发展收费会员的、寻找写作大神的、拉广告的,他们分散在全国各地,可以按业绩提成。凳子则是米黄色的塑料方凳,放入桌下才能达到不挡道的程度。最里面的窗户那头是蓝天白云图案的窗帘,窗户外面是堵挡了光的粗沙高墙。角落处有个三四平米的格子间,是舒茗悦的独立办公室。网站门外,一边是贵金属投资公司,一边是公厕。牧典蓝叫舒茗悦换个环境好些的写字楼,租金他出。她却说网站不能再打游击了,等网站有所发展,一旦换个好地方,就终身不变,现在编辑们觉得交通便利,感觉还行。舒茗悦说得轻松,牧典蓝无法轻松。

许久,舒茗悦上了线,时间临近十一点。

舒茗悦发来怒火的表情:"早知你回家这么久不给我留言,真不该送你。"

牧典蓝开始就想在网上留言安慰她,还是放弃了,说再多不如做一件,他会为她雪耻,还没到时候。他回了个拥抱和亲吻:"你数过我家门而不入,恨你!"

"我睡了,不理你!"

"我用三年为你报仇,不要十年。"

"不必刻意为我做什么,陆伟害我一个就足够,不能再害了你。"

牧典蓝要点通视频。

舒茗悦并不接受,发来白眼的表情:"今天看够了,不看。"

"不到九点你就匆匆往家赶,怎么现在才回?"

"路上有辆劳斯莱斯被面包车撞破大灯那块了,维修费都可买部高级轿车。

179

看热闹的好多，堵了半条路。你猜最后的处理结果是怎样？"

"不可能这么快就出结果吧？"

"当时就处理了。那劳斯莱斯的车主就在车上，让面包车司机拿了一万放他走了。那面包车司机是为了避让一部电瓶车撞上去的，早吓软了，借钱赔给了车主。那豪车老板才是真正的贵族。我怎么就没遇到呢？"

"因为你是贵族，把便宜让给那冒牌贵族了。"牧典蓝安慰道。

"我就那么倒霉。"

"你妈妈回来了吗？"牧典蓝不想她纠缠车祸的事，就换个话题问道。这是他不喜欢的话题，却是他最关心的话题。

"她在。"

"没说什么吧？"牧典蓝有点紧张。

"还没。问也不怕嘛，堵车。"

"又是堵车，你妈妈不会相信了。"

"我妈在叫我了，她洗完头了。我下了。"舒茗悦发来脸红的表情，以前是假堵车，今晚是真堵车了。

"是不是要约法四章了？"牧典蓝担心起来。舒茗悦在春节与他煲电话粥，她母亲得知她有男友了，不是欢喜，而是制定了几个不许，让舒茗悦不得越雷池一步。

"也许吧！"舒茗悦发了个吐舌头的表情。

"今后不让你晚上送我了，我把你送到楼下，可以和你约会到九点五十九分。"

"好啊！早点休息吧，爱你！"

舒茗悦发来亲吻的表情，下了线。

牧典蓝好是郁闷，他们的相爱遭到舒茗悦父母的双双反对，反对的理由在情理之中，也在意料之外。

舒秉浩对操盘手有所了解，认为牧典蓝的职业风险太大，带给家庭的风险也大。对操盘手来说，遭遇熊市和"黑天鹅"带来巨额亏损的风险还在其次，更大的风险则是私募公司很容易参与内幕交易，一旦事情败露，私募公司往往会舍小保大，所谓"被鳄鱼咬住了腿，就斩掉那只腿逃生"，到时的法律风险将由操盘手个人承担。舒茗悦如果嫁给操盘手，生活再优越，也是过着刀尖上的日子。舒秉浩这一关不好过，至少还有希望过得了，比如放弃高收入不参与内幕交易就可以规避。

舒茗悦母亲这道关，则是道密封死了的天花板，没有出头之日。无论牧典蓝是多么优秀的主操盘手或基金经理，都有一个无法逾越的障碍。不要说迎娶舒茗悦，就是和舒茗悦在一起的这段日子，都很不畅快，预想的浪漫阴影绵绵。

2

舒茗悦的母亲叫杜宁，是上海绫雅莱时装公司的副总经理，公司员工就有三千余人。她通常穿着绫雅莱牌子的时装出入社交场合，请人开的车是玛莎拉蒂。这位整天忙于工作、少于在家的事业型母亲，从未放松对舒茗悦的管教。

杜宁认为，如果生的是儿子，只要儿子没有方向错误她就放手不管，让儿子去闯天下，儿子想娶什么样的女人都是他的事；如果生的是女儿，就要把女儿培养成贵族式淑女，女儿得嫁给门当户对的人家，不愁孩子生养，相夫教子，直接过上高品质生活，不用像自己那样从零开始辛苦打拼。

舒茗悦和表姐达芸小时候在成都一块儿生活的时候，杜宁就按礼仪标准严格教育，两个小女孩儿对长辈少说一个"请"字之类，都要挨批评。舒茗悦从小讨厌那些无处不在的规矩，总与杜宁对着干，没少挨骂。而达芸则十分听话，有的礼节甚至无师自通，很讨杜宁的喜爱。

杜宁让舒茗悦和达芸参加音乐、舞蹈、书法和绘画培训，却不许她们上台表演歌舞。仅仅是因为杜宁发现，女同事们丢下幼小的儿女加班加点排练的歌舞上演时，台下的领导却在埋头谈论别的，几位邋遢的同事像看歌女舞女一样说着下流的话，还有好多同事懒得来看表演。

舒茗悦到上海读初中，却不能就近读到重点公立中学。杜宁在当时家庭经济条件还很拮据的情况下选择了贵族中学，也就是民办重点中学，让女儿接受封闭式教育。读贵族中学还有一个目的：舒茗悦若早恋，对方的家庭条件不会差。

杜宁不知道如何开口对女儿进行青春期教育，只是要求女儿少和男生交往，不许和男生牵手，不许去男生家里，不许去宾馆，只要不住校晚上八点前必须到家等等。有次，初三的舒茗悦约六位同学来家里玩，杜宁见男生占了四个，竟然就坐在大家旁边与同学们聊了起来，舒茗悦一句话也插不上，同学们觉得无趣，早早地告辞。从此，极少有同学再来舒茗悦的家玩。杜宁说这样才好，不然舒茗悦假期总是一个人在家，可以经常在家开舞会了。

杜宁偶尔把数本与生理卫生、健康保健知识有关的杂志带回家，那些封面的文章标题少儿不宜，她总是让杂志在女儿眼前一晃而过，进入书架，但从不叫女儿看。舒茗悦就很好奇，便偷着看，这一看，让她比同龄人多了对男女身体的了解，也少了几分天真无邪。当女生们私下大谈要像言情片里的女主角那样勇敢地去爱的时候，她会想到可怕的怀孕和妇科病。后来，舒茗悦才从母亲与邻居的经验交流中明白过来，故意让她偷看杂志是个计谋，那些杂志都被精心排了序，自己偷看时没有注意还原，当杂志的顺序乱排得差不多了，母亲就会换批杂志。相似的方式还包括在门口故意散点细如灰尘的粉末之类，能查看假日里有没有外人来家里。每当舒茗悦有非分之想时，就会觉得母亲在暗中瞅着自己。

长久的管教让舒茗悦差不多断绝了与男生的交往。她只能暗恋身边的男生，这种暗恋说不上是恋，一季度也许喜欢在省报上发表了文章的男生，二季度也许就喜欢敢说敢做敢与老师理论的那个，三季度又开始喜欢在体育赛中夺魁的了……那些被她暗中欣赏着的男生一个接一个地轮换着，从来没有"专一"过，她甚至怀疑自己属花心之人，是个私底下坏坏的女生。

当读高中的舒茗悦清醒地明白爱情的背面可能是什么时，远在成都的达芸则不管不顾地与同班同学公开早恋着，连杜宁的命令也不再听从。

高考后，被称为校花的达芸被初恋同学抛弃，成为她抑郁的诱因。最初，家人以为达芸是因为失恋、复读、未考到上海的大学等连续的打击而绝望，其实真相并不是这样。对达芸的打击只有一个，却是毁灭性的，那就是高考后她为了表达对男友的真心把初夜给了他，但男友在完事之后却说她"胸脯怎么像个男人"，从此不再理她，只管读他的大学去了。达芸却在复读高三之时偷偷做了人流，并坚持上课，从那以后她变得极度沉默，看人的眼神也像有仇。

达芸这个一失身就成千古恨的秘密最先只有舒茗悦知道，因为达芸见两个月没来例假，把这事告诉了舒茗悦，舒茗悦首先就想到了怀孕，叫达芸去尿检，果

下卷

不其然。达芸怕事情败露只好独咽了苦果。后来为了配合医生对达芸的心理治疗，家人也知道了达芸患病的真实原因。好强的杜宁得知真相后气得回到成都准备找那个负心男生的家长要求道歉和赔偿，最后还是无疾而终，她也怕这种找不到证据的丑事成为笑谈。

达芸的悲剧强化了杜宁对舒茗悦的婚恋管教，那就是不许舒茗悦随意恋爱，严禁同居试婚。对杜宁来说，打着爱情旗号玩弄女人的男人太多了，犯傻的女孩子就像达芸那么可悲可气。高贵的女孩必定是淑雅的而不是开放的，初夜是花蕾，只有一次绽放的机会，只能为婚姻绽放，即使今后感情不和，离婚总比成为试婚品好。如果男友婚前不能克制，婚后更无法面对众多的女色。

为了让出落得亭亭玉立的舒茗悦能高贵地嫁给门当户对的人家，当她满十八岁读大学的时候，杜宁和舒秉浩有意送了她一部奥迪A6，并安排驾驶员接送她上下学，以此彰显她的尊贵身份。这一招不知是好还是歹，舒茗悦车来车往，朋友越来越少，她喜欢的男生没一个来追她，一些她不能接受的男生倒是引来了几位，比如请来一帮舞伴围住她的车跳街舞。

杜宁见女儿大学毕业，正当恋爱的年龄却成了宅女，就暗示女儿要去交往有品行、有品位、有品貌的男友，最好不要考虑单亲和离异家庭，晚上回家允许延迟到十点。今年春节，杜宁察觉到女儿恋爱的端倪，得知牧典蓝出身于地图上都难以查到的偏远山区，做着听起来新潮却是豪赌性质的工作，还没有大学文凭，不相信女儿有如此低的眼光，枉费多年的熏陶，还发动舒秉浩也来反对，希望女儿趁早重新去找做实业的城市男友。杜宁见舒茗悦油盐不进，就约法三章，章章都是与时下年轻人恋爱相悖的规矩。并说，不许牧典蓝来见她，她不容许舒茗悦嫁给乡里人去受罪；即使牧典蓝任基金经理甚至私募公司董事长，也不许来见她，她瞧不起在股市里买来卖去搞投机的人。

舒家选女婿的首要条件是门当户对，说白了，就是不与乡里人和家境平平的城里人结为亲家。如果舒茗悦下嫁给农村小伙就完全打乱了杜宁的计划，舒茗悦将沦落成乡里人的儿媳，得看乡里公婆的脸色，还要时常带着儿女回乡里祭祖，她将弯下高贵的腰去讨得乡里人的好评，并以此维系与丈夫的感情。无论男方家族"树缠藤""龙附凤"地来个土鸡变凤凰，还是男方自食其力有了雄厚的经济实力，高贵的家族气质在上一代是缺失的，在这一代还没形成，在下一代也许才能上路。真若这样，岂不枉费舒家没日没夜地打拼和对女儿的精心培养。

舒茗悦心中的白马王子从前是按母亲的要求设定的，风度翩翩完美无缺，从来与农村男孩不沾边，但牧典蓝偏偏就成了她的白马王子，无可救药。她对母亲的反对有着思想准备，可以不管母亲的反对爱她所爱，但她还得遵守母亲定下的家规，包括不能去牧典蓝的家、不能去宾馆、晚上十点前必须回家。有回杜宁见舒茗悦过了十点才回家，脸色就很不好，告诫舒茗悦不许轻信牧典蓝的甜言蜜语，不许收他的贵重礼物，也不要随便花他的钱，这样大家才平平等等好合好散。似乎，这个当母亲的人，一直期待着女儿与男友分手的那一天。至今，舒茗悦没有同意和他一起去看楼盘，没有同意他给她选款远焦镜头或者折返镜头，也不要他送任何礼物。

只知豪门亮，不知门槛高。牧典蓝明白，舒家的门槛不算太高，而是自己家起点太低。舒茗悦的父母用来作消费的代步车，自己的父母不吃不喝也要挣几辈子；舒茗悦的父母谈论上千万的跨国生意也如家常便饭，自己的父母可以为了鸡毛小事吵上大半天；舒茗悦的母亲会计较一句失礼的话，自己的父亲开口就是带把儿的话；舒茗悦的父亲休闲时是做健身、品茶，自己的父亲拿着儿子寄回家的钱成了半天输上几千也不发脾气的赌鬼……不是每个人的父母都精明能干高大伟岸，牧典蓝无法想象双方父母相见时会是什么情景。

如此家庭悬殊，牧典蓝早在春节就有了应对准备，但是父母不予理睬。为了让父母名誉上有身份有地位，牧典蓝建议父母把小吃店升级为大酒店，父亲任董事长，母亲任总经理，挂个名就成，其他的事务请人打理，所有费用牧典蓝来出，酒店能不能赚钱不重要。父亲一句话就把牧典蓝的计谋打翻了："请我当市长都不去，我是该享清福的时候了！"母亲似乎明白牧典蓝的用意，却说："我才不稀罕当官！谁看不起我，我还看不起他！"时常观点不和的父母，在这一点上却是出奇地一致。

爱情是飘在空中的白云，无须落根，被风吹到哪里都纯洁无瑕；婚姻是掉落在地的雨滴，落根就得顺势而行，无法清澈。其实它们都是水，同样的水却有不同的命，使命。牧典蓝深知双方家庭本身就是生活在不同的世界里，谁说谁有理，他能做的，就是尽自己所能，淡化舒茗悦父母的成见，改变他们的一点儿观念，能勉强接受他无法高贵的家庭背景，以及他引以为荣而他们反以为耻的职业。

第十一章　海运代理

1

不相见，长相忆。牧典蓝想见一个人，就动身了。

牧典蓝径直来到虹口区的一幢代理大厦B座第十层，找到了航胜海运代理公司。事先他没有与栗天劲取得联系，怕栗天劲有意躲开。能不能见到栗天劲？随缘。

航胜公司一览无余，不到三十平米，格子间八个，门口是沙发搭成的会客区，有两位年轻女子在办公，一位操作电脑，一位打着业务电话，能听出拉集装箱的车子很紧，无法派车。

操作电脑的女子起身相迎。她穿着海蓝色职业套裙，挽着空姐般的发髻，带着明媚清秀的笑容："你好！请问你有什么货需要我公司代办吗？"

牧典蓝自称有批灯具要用两个二十尺柜送法国马赛港。那女子请他坐到了沙发上，送上纸杯泡的苦荞茶，问了一下送货的大概情况，就双手递来一张名片。名片不是她的，是栗天劲的，上面的电话两个，一个用作外贸，一个用作内贸。他把名片收好，假装说："栗经理，你的名字真不错。"

女子笑道："这是我们经理的名片，不是我的。我是实习的，没有名片，我叫叶岑。请问帅哥贵姓，如何称呼呢？有名片吗？"

"我姓王。不好意思，我的名片发完了。"牧典蓝胡乱地答道，又说，"我只找栗经理谈。"

"栗经理有点事，可能要晚些才会来。"叶岑打了份资料递了过来，"王老板，这是报价单。运灯具，必须得作好包装，以免途中损坏。汇率问题，可以和栗经理再谈。"

牧典蓝接过报价单看了起来。上面是上海港至马赛港的报价，中文夹带着英文简写，不同的货物，不同的船型、箱型、航线和港口对应着不同的海运费和其他杂费。他想象不出那些字母对应着的是什么样的船，是什么样的箱，会选择哪条航线远渡重洋……真是隔行如隔山。

舒茗悦说起过，栗天劲去年年底离开顺帆公司之前，在代理部的个人业务量已经占到了总业务量的百分之五。代理部的业务暗合"二八法则"，也就是百分之二十的业务员所完成的业务量占总业务量的百分之八十，栗天劲短短时间差不多挤入了这百分之二十中的业务员。

栗天劲在顺帆公司的代理部只做了短短九个月的业务员，取得了让老业务员也瞩目的成绩是注定的，所谓性格决定命运。牧典蓝清晰地记得当初栗天劲向他天花乱坠地讲述拉货源的经历。

栗天劲放弃操作员成了代理部的业务员之后，最先是利用黄页与一个个潜在的商家取得联系，他从早到晚地向上海和周边省份的商家打电话，寻找可能的目标。他冒充要订货的客户与商家聊，看似东拉西扯，却了解了商家的具体负责人、主要送货方式、进出口情况、负责人的主要信息包括爱好，甚至也了解了这些商家习惯与哪些船公司和代理公司合作、对各大船公司和代理公司的评价等等，他一个个作了详细记录。各大商家们被他的电话扫了一遍，虽然没有联系到客户，他心中已有了谱。

在此基础上，栗天劲正式以顺帆海运公司代理部业务员的身份联系到了第一家海运客户，荣维外贸公司。该公司成立不久，尚未与顺帆海运公司有过合作，经理武原只同意给一个柜的货尝试一下。作为业务员，拉来货源就可以为这项工作划个句号，剩下的事交给操作员们接手就成。栗天劲不这么想，他注重这第一笔单子，就亲自安排到厂家装柜，并到现场监装。他对拉柜的司机特别尊重，小心伺候，以防司机耍小脾气不准时到场，一旦货柜迟迟不送到码头报关，更容易遭到海关的查柜，那就会大大增加工作量，并且影响上船。

装柜第二天上午，栗天劲按约定到荣维公司取报关单。半路上天气突变，雷雨交加，路上堵车，地铁挤不上，他就徒步前行，走了三个多小时才出现在武原面前。武原大为惊奇，后来，会把有的货指定交给栗天劲去发。

下卷

在这期间，栗天劲没有放松他的另一项基础工作，扫楼，就是拜访上海各大外贸公司、进出口公司、某公司的国际业务部，还有外贸客户常入住的宾馆。他一改吝啬的毛病，不只是给客户发名片，也给宾馆的前台人员送小纪念品，请他们帮着发，帮着推荐。这一招很有效，三个月后，其他新业务员陆续有了些小单子，而栗天劲的一笔大单子就能赶新手一个月的业绩。

在与客户的交往过程中，栗天劲发现，顺帆公司十二艘海运船，总载重吨近二十七万吨，除了一些热门的近洋航线，根本无欧美方向的远洋航线，海运能力太有限，不能满足客户所需。而顺帆公司见海运已属薄利经营行业，平时的船舶空舱率较高，无力扩大规模，不愿再购买和租赁大船、开辟新的航线、发展特殊物品运输，这对公司也形成了一种制约。

自从牧典蓝因为华年网的事与栗天劲闹翻后，一度认为栗天劲离开顺帆公司是因为不再心牵舒茗悦，细想起来，栗天劲曾经有过创建私募公司的念头，离开顺帆公司创建海运代理公司也是迟早的事。

牧典蓝正想着栗天劲，叶岑又递来一份问卷调查表请他填。他连蒙带猜地填起来："人家可以乱填，调查并不准确吧？"

"调查总比不调查好，能遇到几位认真的客户提些真实意见就足够了。王老板肯定是认真的人。"叶岑坐在他旁边，守着他填调查表，在填到有一栏时就笑道，"王老板，你是通过我们的网站才找来的？"

"对。你们的网站很好。"牧典蓝说。来这里之前，他百度了一下航胜公司，从这家网站上知道公司注册资本五百万，主要经营国内及出口货物的海运代理业务，包括承揽、订舱、储运、拖车、报关、商检、结算运杂费、代办保险等。他不只猜疑这笔注册资本的来处，也迷惑航胜公司的网站，网站美观而专业，有提交舱位订单的功能，俨然一家大型海洋运输集团的企业网站。这太不像栗天劲藐视网络的风格，难道栗天劲当了老板来了个华丽大变身？

另一个打完了电话的女子叹道："岑岑，我就说嘛，总会有人看得到你的网站。"

"这是我们的赵会计。"叶岑介绍说，脸上有了成就感，"网上有在线跟踪系统和支付系统，包括手机客户端，客户几乎可以不出家门就把货物从家门送到国内外各大港口，一切我们来办。"

"你学的什么专业？"牧典蓝好奇地问道。

"电子商务。"叶岑说。

"网站是你做的？"牧典蓝问。

"我一人不行，还有朋友帮忙。"叶岑接过了牧典蓝递来的调查表，没开始那么激动了，"这暂时用来作测试，如果习惯了电脑和手机操作，很方便快捷的……"

2

一阵争吵声传来，身穿粉红衬衫、挎着单肩包的栗天劲和一位穿着全套耐克运动装的小伙子不好气地进来了。

"别给我耍赖！你不赔钱，我把这店砸了！"小伙子中气十足地吼道。他比栗天劲高出半个头，虎背熊腰，让高大的栗天劲也显娇小。

栗天劲看见了牧典蓝，有些诧异："你来干什么？"

牧典蓝说："我要发货。"

高个子一听，对牧典蓝嚷嚷道："找这公司就瞎眼了，他们坑死人了！"

牧典蓝问："怎么回事？"

高个子说："我上个月发的货，延迟四天才到，错过了五一前的黄金销售期。这破公司还死不承担一分损失！"

栗天劲说："别听他吹！那些时装和包包又不是月饼，过了五一照样好卖。"

牧典蓝问那高个子："货送上船就算交货，按不按时到，不关你的事吧？"

在海运业中，出口时通常采用 CIF 价格进行成交，也就是卖方承担货物的成本费、到达目的地点的保险费和运输费，货物在起运港越过船舷时，视为完成交货，卖方就可在银行办理交单结汇收到货款。交货前的所有费用及风险由卖方承担，交货后货物就属于买方，从此发生的额外费用和风险，则由买方承担。也就是说，如果货物延迟送达，着急的应该是目的港那头的买方，而不是起运港这头的卖方，来找麻烦的也应该是收货人，而不是这个高个子发货人。

高个子说："就关我的事！货物迟到影响销售，我们不赔，对方已经终止了

下卷

今后的合作。武总找我算账，我只好来找这个姓栗的算账！"

牧典蓝就说："船公司不守信，去找船公司更好。"

"我和航胜签的协议，就找这个姓栗的！"高个子说着，又对栗天劲说，"武总扣了我的工资奖金。你说怎么办吧？休想东躲西藏！"

栗天劲说："沙敏兄弟……"

"别和我称兄道弟，我们之间不是兄弟关系，是甲方乙方的关系，现在是原告和被告的关系、债主和债户的关系！"高个子沙敏气势汹汹地把话打断。

"我上周就给武总解释了，节前各大船公司都爆舱，我给你们抢订到了舱位，并把货按时送上船，我尽职尽责了。至于船在中转港要甩柜，不拉你们这批货，我的能力范围不能解决。这是不可抗力造成的，协议上有这条，我们不承担意外损失，不可能赔付！我帮你给武总说了许多好话，说责任不在你，当然也不在我。至于武总坚持要扣罚你，我也无能为力。"栗天劲一再辩解。

牧典蓝一听这话，大致明白了其中的恩怨。

所谓爆舱，就是货物量超过了船的运载能力，舱位吃紧。平时，因为各种原因有不少柜子订了舱位也不能按时上船，甚至被客户取消舱位，很难保证船只满舱起运，当舱位低到一定程度，运输就亏本。为了保证满舱起运，船公司订舱时是按120%的运输能力发放舱位预定，即使这样，在淡季往往也不能保证满舱起运。但是大假前后就是运输旺季，能按时上船的柜子可能就达120%，这多出的20%只得由船公司强行取消上船，被称为甩柜。弄不好这批柜子还要重新办理一些手续。这好比一个人订到了机票，办完了所有手续，过了安检却不允许登机，是乘客极为恼火的事。

沙敏说："少扯这些原因！除了赔我的工资奖金之外，还得退还旺季附加费！"

叶岑站在一边劝道："沙大哥，好多柜子都滞留在码头，现在还没发出去，堆积如山。你的货赶在节前送达就很幸运了！"

"不用你多嘴！那些单子做完了吗？"栗天劲对叶岑喝道，又转头对沙敏说，"荣维公司和我合作一年了，是我最早的客户，武总是我最好的朋友，我什么时候没有优待过你们？在这件事上，我的意见不会变，交货后的风险转到收货方，跟我们一毛钱的关系也没有。遇到收货方耍赖，我能怎么办？"

沙敏说："我不要求高了，你至少得赔我三千，把基本工资补给我。"

栗天劲说:"你可以去问,任何代理公司不会承担这样的责任。"

沙敏指着栗天劲的鼻子:"老子去告你!"

栗天劲把沙敏的手按下来:"你没看提单背书写的啥吗?船公司对于何时到港口有最终解释权。懂不?它的意思就是说,到港时间由船公司说了算,就像飞机起航不是以机票上的时间为准,得听机场通知,就是晚点十小时、取消航班,机场也没责任。"

沙敏吼道:"船是船,别给我扯到飞机上去!"

"不只我们一家的客户被中途耽误着,我可以说,所有做海运代理的,都不能保证大假前后的所有货能按期送达。船公司运输能力有限,货物无限,如果你我告赢了船公司,那么过一次节,所有的船公司就全部赔垮!"栗天劲说。

船公司甩柜不赔是安全的需要,也是合作默契。货代公司为了确保万无一失,一票货物会向多家船公司订舱,综合比较后再确定一家最合适的船公司承运。其他退订舱位,代理公司本应向船公司支付一半的运费,船公司为了保持合作并未收取退订费。所以船公司出现爆舱甩柜后,代理公司也不会追究船公司的责任,大家相互关照着。

沙敏说:"你胳膊往外拐,帮船公司说话!"

栗天劲说:"兄弟,五一大假是个特殊时期,旺季的时候,人山货海,没有哪家公司的服务能全面跟上。你看那些旅游的,花的是最高的票价,住的是涨了价的宾馆,吃的饭菜又贵又差,排队时间比看风景的时间还长,看到的也尽是人头……大家玩得都不满意,弄不好飞机火车还晚点,你看谁告赢过了?这是客观原因制约的,不是谁马上能根本解决的!"

沙敏说:"你在推脱责任!"

栗天劲说:"我预先告之的责任尽到了。你不要忘了,当初我催过你,劝你在上月三号前尽快订舱,要提前发货,你不信,认为我是为了拉生意在哄你。你拖到十号才订舱,十八号才发货,以为货船是飞机。这样的结果说到底,究竟是谁造成的,你心里清楚!"

沙敏说:"你没本事保证按时送到,还签什么约?"

栗天劲说:"如果不签,你这批货舱位都订不到,装货的司机都没空,不知滞留到什么时候。当时我能保证按时上船,本来没问题,也没料到中途会有这

下卷

种事。"

沙敏从茶几上的名牌盒中抽出一张名片，指了指上面："你上面不是在吹吗，你们公司会优先配舱，优先！优先在哪儿了？中途被别人甩，还优先！"

栗天劲说："你的货运价低、数量少，怎么去优先？"

沙敏将名片撕碎，往空中一抛，雪片般纷飞，他一把抓住栗天劲的领口，凶神恶煞地说："说了半天，当我白说啊！我是连命都可以不要的，大老远跑来不是喝西北风的！"

牧典蓝见状走上前去，站到栗天劲身边，对沙敏说道："你想怎么样？"

沙敏见有人力挺栗天劲，愣了一下："滚远点！老子拳头不认人！"

栗天劲对牧典蓝说："单挑他，没问题！"

牧典蓝说："知道，你能把他像扔篮球一样，从这个篮板一手扔到那个篮板。"

沙敏把拳头举到栗天劲眼前捏了捏，冷笑道："知道我是做什么的吗？拳击队员。"

牧典蓝心想，拳击队员也不能一个顶俩。

栗天劲笑了笑，胸有成竹："沙兄弟，你吓唬不了我。看看你的手，像极了林妹妹……看看什么是男人的手。"

栗天劲把右手掌往沙敏眼前一张，沙敏一看那只大手，就松开了手，气焰一下灭了。

栗天劲的手上长了不少茧子，手的骨节也突出，显得有力度却没温度，一看就知道属力量派。牧典蓝就曾开玩笑说，栗天劲如果有了女朋友，怎么好意思下"手"呢？

沙敏左顾右盼，一把抓起茶几上有书本那么大的方形玻璃烟灰缸，不知是要砸烟灰缸，还是要用它来砸人。

栗天劲眼疾手快，一把将沙敏两只胳膊抱住，牧典蓝则上前夺过了烟灰缸。

沙敏开始用脚蹬玻璃茶几，茶几上的茶水倾倒出来。他又踢栗天劲，牧典蓝就去抱他的双腿。他哪是栗天劲和牧典蓝的对手，三两下就被栗天劲压倒在沙发上动弹不得。

栗天劲吓唬道："寻衅滋事，送派出所算了！叶岑，给我打110。"

叶岑说："没必要吧！双方都得逮去询问。"

牧典蓝劝道:"都是同龄人,好说好商量,大家都让一步吧。沙兄弟,航胜公司也不想发生这种事,就别为难人家,吸取个教训,下次早点发货。"

沙敏放弃了挣扎,对栗天劲说:"你这无赖,尾款,我们是不会支付的!"

栗天劲放开了手:"你们拖了这么久,我也不指望收回尾款了,算我们白做。国庆前的时候,你如果还是那么晚订舱位,被甩的机会都没有了,因为你连舱位也订不到。"

"你等着,武总还会找你算账!"沙敏站了起来,拍拍衣服,惶惶地走了。

栗天劲理了理衣裳,看了看已经放回原位的大玻璃烟灰缸,一把将它扔进了垃圾筐:"叶岑,抽空去换个砸不伤人的烟灰缸。"

3

航胜公司缓过气来。栗天劲疲惫地坐到沙发上。

牧典蓝坐到栗天劲身边:"你是不是经常和客户争嘴打架啊?"

栗天劲说:"天下什么怪人都有,当争得争,当揍得揍。"

叶岑惊魂初定,指了指牧典蓝说:"栗经理,这位王总要找你。"

"动动脑子,他像老总吗?"栗天劲指了指自己的脑袋训斥道。

"王总有一批灯具……"叶岑怯怯的,有些委屈。

"他说姓王就姓王了?他说有灯具就真有灯具了?"栗天劲带着嘲讽说,又对牧典蓝说,"是不是称王称霸惯了,改姓王了?"

"不见大王现身,我只有称王了。"牧典蓝笑道。他见叶岑过来摆正茶几,就指了指茶几上倒出来的苦荞茶,"怎么要给客人喝苦荞呢?生意人,怎么能苦呢?"

栗天劲注意到了那些颗粒状的苦荞茶,对叶岑来了气:"你把茶叶换了?这冲剂样的茶能喝吗?吃错药了!全部给我倒掉!"

叶岑的脸红了,打起起茶叶来:"办公室没茶了。这是我爸单位发的,我爸爱喝浓茶,这茶放家里也没用,我就带过来了。"

下卷

"你家不喝的,就拿给客户喝?"栗天劲说。

叶岑不语了。

牧典蓝没想到自己一句暖场的话,让叶岑挨了训,就圆场说:"这茶很香,我挺爱喝的。"

栗天劲对叶岑说:"公司的事,不需要你来贴钱。你是该做的不做,不用做的花心思做。"

叶岑重新给牧典蓝接了一杯白开水,又从最里面的一个格子间里拿来陶瓷杯接了杯冰水放到栗天劲面前。栗天劲喝了两大口,杯子又被叶岑续满了。

栗天劲对叶岑说:"你和赵姐两个,这就去楼下买茶。"

叶岑和赵会计离开了。栗天劲来到最里面的一个格子间整理起资料。他的手机在振动,掏出看了看,扔到桌上并不接。

牧典蓝站了起来,见他不理不睬,就说:"天劲,还没自己的单独办公室吗?"

"会有的。"栗天劲又浏览起电脑上的报表。

"中午有空吧?"牧典蓝走到栗天劲身边。

"没空,我早饭还没吃!"栗天劲看也不看他。

"钱要挣,身体别拖垮了。"牧典蓝劝道,见栗天劲无动于衷,又说,"那个沙敏,我们对他那样粗鲁,岂不是把客户往其他代理公司推了?"

"他货比五家,把时间耽搁了,得给他个教训!我能帮荣维解决其他货代公司不能解决的问题,到时,他还得找我。"栗天劲自信地说。

"你有如此强悍?"牧典蓝啧啧两声,带着怀疑。

"荣维这种三个人的小公司,票票都想做电放提单,有的货武总出面都出不了保函,我能帮他解决。"栗天劲昂起头志在必得,"他不找我,还会找谁?"

传统的海运正本提单是船公司收到发货方货物后出具的货物收据,收货方将凭它取货。随着科技的发展,船舶从出发港到目的港的航行时间越来越短,而提单的流转要经历多次背书、结汇、检查、邮寄等环节才能到达收货方手中。在近洋运输中,比如运往韩国、日本、中国香港的货,极容易出现货到单未到,也就出现了"货等单"的情况,导致货物在目的港口滞留产生大量费用。电放提单应运而生,也就是在船公司收取发货方货物并开船后,发货方经货代公司向船公司提出电放申请和保函,保函是一种赔偿担保书。船公司收到保函后,收回全套正本提单,

193

将提单以电报、电传等方式通知目的港的船公司，允许该票货物由收货方凭电放提单提货。电放提单不是正规提单，船公司本质上属无单放货，一旦电放提单的货物交接过程没有按预期顺利完成，就易导致各方纠纷。所以，保函在电放提单中起着信用担保作用，无论银行、保险公司或者其他公司要为荣维公司出保函，都会慎之又慎。能否出具保函对荣维公司这样的发货方有着举足轻重的作用。

"三日不见，当刮目相看，你这家伙越来越厉害了！"牧典蓝见栗天劲信心十足，放了心，他见栗天劲的手机又在振动仍是不接，又说，"是不是又爆舱，或者甩柜了？"

"不只这点儿。你到这里来，不是为了吃饭吧？"

"半年不见，来拜访你。真不错啊，五百万的公司也注册成功。当初我找你要一百万，你都说不可能拿出来。"

"这是五人人的股，包括赵商。"

"我没说错吧，当初不是他们拿不出钱来，是对我不信任。"

"你这号人，凭什么信任你？"

牧典蓝又扫视了一下办公室，指着墙上的两个工作制度说："八个严禁，十个不得！你的老板架子吓死人呢！"

"没架子，管不住人！"

"会管的人，往往没架子。"

"你没当过老板，没资格教训我！我没工夫听你挑刺！"

"刺就一个字，我只挑一个。叶岑是个很用心的人，你别那样对人家。男生对女生吼来喝去的，大失风度！"

"你以为我是那种与女下属玩暧昧的老板啊！还要给她轻言细语、眉来眼去的！"

"你的世界不是红就是黑，暧昧是危险的红，冷酷是可怕的黑，它们之间，还有很多种温和的颜色。"

"我没空去玩那些色彩！她爸在码头工作，我以为她懂些海运流程，办事更熟练，结果比绣花女还慢。我不招她，没人会招她来实习着玩！"

"原来你在省人力成本！"牧典蓝懂了栗天劲的算盘。实习生通常不能向公司索要工资，属无偿工作，不另缴实习费就积累工作经验就感激涕零了。牧典蓝

下卷

并不赞同栗天劲的看法,"她怎么慢法我不清楚,但她是个用心的人,懂网络营销,你要用其所长。现在的网络平台,王者通吃,就看谁走在最前面占有最多的客户,客户一旦对平台有了粘附性,别人来挖墙脚都难。这是软实力!"

"我不靠网络,靠人脉,靠口碑!"

"今后,老板会竭力降低人力成本,恨不得自己一个指头就把事情搞定。谁有那么一个平台,能让客户达到一键就搞定的程度,谁就能称雄。"

"不用你教!"

"你对我用什么口气说话都行,但你对手下说话的口气得改改。你在客户面前孙子一样,在手下面前老爷一样。其实,客户随时可以抛弃你,而手下才是与你同甘共苦的姐妹兄弟。"

"你管不着!"

"你还不知道怎么当老板,顶多当个三流小老板,老是板着脸。我那卢董事长,从不进行股票交易,他的手下在有些领域比他还强大,但那些高手就愿放弃原来的大公司,放弃从前优厚的待遇,投奔到他的公司,愿意为他卖命,这才叫大老板!老,应该是有人字旁那个佬,大佬,以人为本的老板。"

"你专门来给我洗脑的?"

"我没洗脑的本事,我只是想你了,来看看你。真不错啊!佩服你!"

"我这简陋的小地方,没有好茶好酒招待你,你就委屈着吧!"栗天劲站了起来,把牧典蓝带到了沙发上,一起坐了下来,"你一个人来的?她呢?"

"悦儿在商场里等。"

"有本事,把舒董的千金带上来啊!"

"我和悦儿想请你吃饭呢!"

"如果请我喝喜酒,我就有空。"

"会请你喝的,还不是现在。怎么样,请你早饭午饭一起吃?"

"没空,马上要去见位客户。现在的事好多!这两天,我电话都不敢接,基本都是麻烦事。"栗天劲显出焦虑来,望了一眼墙上的挂钟,"其实我比他们还急,早就在帮着催了,等有了结果才敢回人家电话。"

"那些货有的是交给顺帆公司的吧?"

"嗯,我与顺帆有合作,只要顺帆能运的,全让顺帆承运,但航线太少了。"

| 195 |

"做得多不如做得精,顺帆只做热门线路也不错啊!"

"越是热门的,竞争越大,不比冷门的好多少。"

"荣维的那些货,该不是顺帆送的吧?"

"正是顺帆运的,居然甩了我的柜!"栗天劲气愤道,"我正在查。"

"谁干的?"

"船离开了上海码头,那些货就由不得我了。就是舒董,也鞭长莫及。"栗天劲遗憾道,又说,"甩荣维两三天还算运气好,有的会被甩几周。"

"你陪武总打那么多场网球,武总怎么任由手下来纠缠你?"

栗天劲一阵呆愣,还是有些失望:"姓沙的不懂规矩!生意场上无友情,以为我只是打球啊,那打的是业务球!"

说话间,叶岑和赵会计回来了。叶岑手中提着两袋用塑料包装着的散装茶叶,赵会计则把一只仿瓷白色圆形小烟灰缸放到了茶几上。

栗天劲盯着叶岑手中的茶叶,深呼吸了一口气,耐着性子说:"你们不能多花一点时间,选好一些的茶吗?"

叶岑说:"以前就是这种茶呀!"

赵会计见栗天劲神情严肃,对叶岑说:"我就说嘛,栗经理有事要谈,不用这么快回来,可以慢慢选。"

"我怕耽误久了,万一栗经理要出门呢,万一有客户打电话来呢?"叶岑解释说。

"离了你,公司照样转。"栗天劲带着嗤之以鼻的口吻说。

牧典蓝用脚抵了栗天劲的脚一下,怕栗天劲的话伤了叶岑,就朝叶岑笑道:"这世界,离了谁都照样转!大家彼此彼此。"

叶岑并没在意,放下袋装茶,打开手中的大提包,拿出包装精美的面包和蛋糕,朝栗天劲递了过来:"栗经理,吃不吃点东西?你喜欢面包还是蛋糕?"

"这种膨化食品,哪是男人吃的!"栗天劲又喝道,见牧典蓝正带着诧异的眼神盯着他,就站了起来,换了个口气说,"你们既然回来了,我也可以走了。"

赵会计见叶岑尴尬地把面包和蛋糕放在了格子间桌上,就对叶岑说:"我就说嘛,栗经理不喜欢吃这个。"

叶岑自我解嘲地说:"现在又没盒饭卖,只有这种可以拿在手中吃啊……我当午饭吃好了。"

下卷

　　栗天劲依旧没领叶岑的情，和牧典蓝朝电梯口走去。他看了看手中振动的电话，把它忽略掉，说："唉，你看吧，这两个不懂事的，让我不得轻省。"

　　"你那样对叶岑，好打击人家的一片热忱，让人心凉啊！"

　　"这种实习生，迟早会走，怕什么？"

　　"水流千里归大海，人走千里情意在。人家把航胜当成个宝，你把人家当根草，人家没有得过且过，你就打算人走茶凉……人与人，哪怕只有一面之缘，也要有情有义才是。"

　　"好了，好了。我没有你那么多闲情，懒得跟你理论！"栗天劲不耐烦。

　　"任何一家公司最需要的是忠诚，而不是聪明。你这样的聪明人，好是好，说走就走，动不动就自立门户，恐怕最让老板不省心。"牧典蓝说，想起叶岑刚才那尴尬的样子，就劝告道，"叶岑这种认真的人，放手让她去做，扬长避短，不会让你失望。你要好好对待忠诚的下属，聪明过头的下属还得防着点。"

　　"难道，还要我去讨好下属？不能忍受我，就早点滚蛋！"栗天劲把手一挥。

　　"迈科房产集团的董事长，身价百亿，再忙都会定时去荒漠与当地村民一块儿植树种草，像普通的农民一样。这才是真正的大老板，学着点。"

　　"那些炒作你也信！"

　　"你肯花一天在那里去炒作，我也就服你。"

　　"那些人物，有一帮子手下，当然有空矫情，我没法比。"栗天劲来到电梯口，按了下楼键。

　　"只比比人家的平常心。不要在工作之外，还像那个武原一样，打个球都要摆个老总的谱。武总以为被你捧在天上，你心里却把他踏在脚底。滑稽！"

　　栗天劲一拳抢在牧典蓝肩上："我们都把叶岑看简单了！她也许比我还有心计，我得防着她点！"

　　牧典蓝一时语塞，分不清叶岑是单纯还是复杂，有的事真不敢多想，想多了不疯也会傻。

　　栗天劲见电梯门打开，说："蓝子，我得回去给她们安排点儿事，你先走吧。等我有空了，会和你联系。"

　　牧典蓝独自走入电梯，看着栗天劲满眼的风雨彩虹，一笑："栗总，汽车不加油会熄火的！还是赶紧加点油吧！"

第十二章　伪交割单

1

人有喜与忧,在别人眼中总是喜的那一半,所谓"只见贼吃肉不见贼挨揍"。股市上涨期的新闻正是如此,看到的总是五只股票又创历史新高,十只股票开盘一字封停,数十只股票收盘涨停,似乎不入股市就错过了脚下的金子。看不到的是有近一半的股票相继打回两个月前的原形,很多捡到手的金子不过掂了一掂,连同自己带的金子也被别人夺了回去。

五一后的大盘节节走高,"泰鸿"系列基金的净值均在上升通道上。红的不只是这些,牧典蓝以"沈奇"之名参加的私募基金经理大赛,个人排名总成绩入围前二十,参赛基金"泰鸿肆号"进入前三十。这样的名次已经进入参赛页面首页,但也意味着,每前进一名将更加艰难。

操盘室里,剩下牧典蓝一个人,他端起玻璃杯中乌红色的凤翎茶豪饮而尽,口带微苦。做这一行要痛痛快快喝水都不容易,操盘时间谁都不愿遇到内急,只有休盘后才能痛饮一番。他来到窗前远眺,窗外高楼参差,有疏有密,是无边无际的钢筋丛林,少有人在意他所在的这幢大厦和这间操盘室。在上海,投资机构层出不穷五花八门,这样的操盘室不过是大厦中的一小块蓝色玻璃墙。

操盘室约有五十平米,位于公司一个错层的深处,位置比较隐蔽,公司高管办公室都在这一层。这里有四排独立排列的弧形操盘桌,与交易大厅的操盘桌相比,占地面积更大,装备明显不同,可谓是武装到了牙齿,散户要在机构眼皮下抢食,真是无处遁形。桌上电脑达到八台,盯盘很少屏幕切换;股票行情软件是

下卷

全景版，能看到买卖盘中各前 500 档的行情数据，其刷新速度极快；下单软件批量操作功能更为强大，能实现众多账户和资金同时买入或者卖出某只或某些股票，形成一个板块同时暴涨或者暴跌；行情分析软件则对采集到的各类数据进行自动分析，做出自动判断，提供参考；每张桌上有一至三部加密座机电话，接受操作指令。沈奇的桌上要多两样摆设，白玉雕菩萨和琉璃烟灰缸。沈奇会在开盘前拜拜佛，他曾亲眼看见同事猝死于操盘桌，也有同事家破人亡，他迷信地认为自己是股市里的刽子手，大逆不道，容易遭到报应，得求菩萨宽恕。他还会在焦虑和疲倦的时候大量吸烟，包括雪茄。

这里只有四位操盘手，除了沈奇，就是沈奇的三位助理。助理有明确分工：一名助理精通期货与对冲，协助沈奇管理非阳光化的私募产品，并重点关注各类指数波动、股市资金流向、指标股和龙头股行情、对异常情况进行提示，如同侦查员。另一助理协助沈奇管理"泰恒成长"系列基金。牧典蓝协助沈奇管理"泰鸿"系列基金，尤其是参赛基金"泰鸿肆号"。沈奇则结合公司的调研报告负责分析宏观政策、市场被高估还是低估以及目前当吸货、拉升还是打压、出货等大背景。他的指令通常很简单，只是说用哪些基金买卖什么股票，什么价位区间，多少量，通常由助理自行安排，自己做，或者下达给交易员去完成。

沈奇除了全权管理阳光私募基金之外，还做非阳光化的对冲基金，也就是专做对冲交易。比如在 A 股市场他看涨，只能靠低买高卖盈利；同时，他在股指期货上看空，卖出开仓，跌后买进平仓，开仓不隔夜，通过高卖低买去盈利。两边都进行交易，两笔交易的买卖方向相反，交易的数量大体相当，这样无论两方市场向什么方向变化，总有一盈一亏，利用盈多亏少实现总体盈利。在沈奇看来，资本投资讲究"正与奇，实与虚"，"正"就是实打实的现货股票，它是基础，是本身没有什么战斗力的航空母舰舰体；"奇"是各种金融衍生品，包括股指期货，这是航空母舰上出神入化的战斗机，比较虚。对冲基金的收益主要靠金融衍生品，沪泰公司要在股市走熊后屹立不倒，要靠对冲交易。

牧典蓝很想试手期货，学点对冲交易手法。沈奇并不当这个领路人，说是刚在股市这头有了盘感的人，会用股票思维去做期货将是致命的风险；回过头来又会用期货思维去做股票，造成投资思维混乱，弄个鸡飞蛋打。

牧典蓝瞭望着远远近近高高低低的建筑在暮霭中化为剪影，有只股票成为阴影心投入他心,"南国电子"。

"南国电子"是只中盘股,沪泰公司去年年底进入这只股票,春节前就完成了一批出货,但春节后的第一个交易日,牧典蓝就接到沈奇的指令,基金"泰鸿肆号"开始大规模吸货,由他单独完成,并不下达给其他交易员,凭他的直觉,公司在与别的机构联手坐庄这只股票。要坐这种盘子的庄至少要五十亿以上的资金才能勉强控盘,对资金实力还不雄厚的沪泰公司来说独自坐庄不现实,只有与其他机构合作才有可能。

沪泰公司不会轻易长时间跟庄或者坐庄一只股票,既然看好"南国电子",肯定有背后的利好因素。单从公司收集的调研报告来看,这家位于江苏南通的上市公司以高频开关电源设备、不间断电源设备、电力自动化设备等为要经营项目,该股的"充电桩"概念是最为光鲜的题材点,似乎国家有扶持新能源政策出台的预期。这两年,有关新能源汽车概念的个股相继走高,"充电桩"成了一个单独的概念,市场对汽车充电桩的关注已不止一次,但是关注之后,电动车并没像手机和电脑那样迅速占领人们的生活,传统能源汽车依然独霸一方。电动汽车是个什么呢?要说它的历史,可以追溯到十九世纪,近两百年的发展也才现在这个样子,不是一般的慢热。它还可能要慢下去,因为快速充电技术没从根本上解决,充电接口不统一问题也是各大公司故意建起的技术壁垒……话又说回来,炒股炒的是概念,而不是炒现状,如果国家有扶持政策出台就有了炒作点。相比其他新能源、充电桩概念的股票来,"南国电子"的优势在于电气智能管理辅助设备和快速充电技术在同行领先,这是它的核心竞争力。

眼下,参与"南国电子"的基金正耗在这只票上,即使通过做波段摊低了成本,完成了部分交易量,但这样的收益并不理想。无论理不理解,牧典蓝都必须按指令咬牙坚持,不能主动打探个中原因,就像不必去掀开绵羊的尾巴去看清脏处。

作为私募公司,独自做点短线中线,也就是做做普通的组合投资,吃吃散户,揩点庄家的油,风险较低,自由度高,收益也许不错。如果与其他大小机构抱团分食,就成了博弈,这是老虎与狮子对鹿群的围攻,鹿子多还可饱食无争,鹿子少了会来个狮虎相残,输赢难料。如果要与主庄抢食,如同一只雄狮闯入了另一只雄狮的领地,双方会升级为战争,那将是你死我活的搏杀。牧典蓝连公司在这只票上究竟扮演着什么角色还不能确定,整天为这只票担着心。这样的担心没有力量，公司本身也就没让他担心，如同他的一掌击在棉花上，没有什么作用力和反作用力，尽是不爽。

牧典蓝不爽的还有一个，那就是刚才沈奇私下问他是不是在做"南国电子"的"老鼠仓"。他夜以继日地为基金辛劳，却被怀疑没有底线，很有些委屈，辩解说，他个人不看好"南国电子"，真若要做"老鼠仓"，会选择公司参与的另外两只股票轻松获利，不至于这么久还耗在这只老在洗来洗去越洗越低的"南国电子"上。沈奇仍是警告他说，如果做了"老鼠仓"，就尽早收手，不然后果很严重，卢董事长在"老鼠仓"问题上对谁都不会手软。牧典蓝说，如果不相信他，那就去调查他，他是身正不怕影斜的人。

事实上，做得隐蔽的"老鼠仓"难以调查，即使证监会使用了大数据这样的千里眼技术进行精准定位，也只在捕捉"硕鼠"上占些优势，对躲过敏感交易节点的"小鼠"却力不从心。私募公司若要对花样百出的"老鼠仓"明察秋毫，那是杯水车薪，就算利用高科技来保密，世上也没有能够密封的秘密。基金经理略施小计做"老鼠仓"成为漏网之鱼易如反掌，就看基金经理视职业为神圣使命而远离"老鼠仓"，还是把职业当成监守自盗的途径贪恋"老鼠仓"。

2

下班。操盘室与交易大厅有一墙之隔，两间大屋均属交易部，但两个房门隔着一个错层的直角弯，有着咫尺天涯的距离，主操盘手可以去交易大厅，普通交易员严禁进操盘室。交易大厅灯光大亮，牧典蓝朝里面张望了一眼，田弥还在，正用手背托着下巴在思考。

"还在当思想者吗？"牧典蓝站在玄关前调侃道。他见田弥只动了下眼睛瞟了他一眼，身体纹丝不动，就说，"你不走，我走了。"

田弥松开托下巴的手，招了招："哎，有本事，你参加股票大赛去获个奖。"

牧典蓝心头一颤，田弥怎么知道我参加私募大赛？不可能吧！谁会告诉田弥？陈珂？不会，也不应该告诉啊！他假装不知："什么股票大赛？"

"决胜王千万实盘炒股大赛啊！咱们都去比赛，你这个助理如果不拿个前三回来，都不好意思，是不是啊！"田弥说，又怨道，"刚才我请示沈经理，他不许，还说我Out了！我再不去报名就错过参赛了，那才真的Out了！你的面子比我大，你出面去请示，哪怕每天批准一个小时管理参赛账户也行，肯定会批准。"

牧典蓝一听此话，虚惊一场。实盘炒股大赛是多家财经网站举办的公开网络赛事，似乎无比赛，不财经。主办单位多是证券公司和银行，比赛规则大同小异，声势看似都很大。但工作期间，公司不许交易员参与这类纯个人化的比赛。他走到田弥面前劝道："沈经理不许，自有他的道理。"

"你当面会巴结，背后也巴结成习惯了啊！"田弥带着不屑说。

"你怎么说话呢？"

"你比我帅，比我高，比我嘴甜，比我运气好，比我会巴结，谁都喜欢把机会给你！"

牧典蓝不止一次听田弥说他会"巴结"了，不客气地说："怎么信口雌黄呢？"

"大家心知肚明。我不像你那样去讨好谁，所以没你受宠，我只有自己找机会。沈经理却不给我机会，一句就把我打发了。你那么逗沈经理欢，你出面求个情，他肯定就会同意我们一起去参赛。按你们的指令做，我一辈子都不可能出头，你们还说我水平不行！"

牧典蓝见田弥如此分析不受器重的原因，满身是嘴也说不清。他自愿参加李含父亲的葬礼，田弥认为那是在屁颠屁颠图表现，李含有恩是借口。他和沈奇交往密切，田弥认为那是在沈奇面前阿谀奉承换来的，却不知卢加兴对沈奇有过授意。春节前同事们吃团年饭，他坐下席，与同桌的交易大厅主管最后离席；田弥率先坐到上席自顾自吃完下了席，认为牧典蓝在主管面前讨好卖乖，却不知牧典蓝的老家有个风俗，即晚辈必坐下席，不早于同桌的老者和尊者离席。尤其是春节后他给同事们分发凤翎茶，说成是女友的家乡茶，本意是通告他有女友了。田弥得到的是简装小袋特级茶，就故意在大家面前质问牧典蓝"你给卢董送的茶是不是更好？""你敢说连包装也一样？""你给卢董送的不只是茶吧？是不是还夹带红包？"反正，在田弥看来，牧典蓝升为助理不费吹灰之力，纯粹是爬天梯，人家干四五年都没这样的速度。靠业绩？过了试用期不过才半年，能看出什么业绩？不靠巴结还靠什么？

下卷

牧典蓝很反感："参赛就算了吧！我知道沈经理给你说了什么。"

"你是他肚里的蛔虫。"田弥的话有时像陈珂那样不受人听。

"沈经理叫你回家逐条读懂参赛规则的潜台词。是吧？"牧典蓝重重地敲击桌子发泄对田弥的不满。

"你还有偷听的本事啊！"田弥不敢相信。

"你本事大，连话也听不懂吗？"牧典蓝阴火直冒，"你落后我一年了，一年前我就听沈经理说过这话了。"

"我才不是你，他说东你不敢西。"田弥明白过来讪笑道，"我准备请两个月事假去参赛，如果第一季做得好，我就续假，赛完全程。"

田弥铁定了主意，牧典蓝真想让他去竹篮打水一场空，以解心头之恨。

模拟炒股大赛、实盘大赛在证券类网站时有举办，牧典蓝在成都学炒股的时候就关注过这种比赛，当时公布出来的模拟盘前几名业绩经常达到月盈利100%以上，让他傻眼。去年春节后，有家网站的实盘赛四月开赛，参赛资金为一万以上，只要半年后总盈利率进入决赛就能得到主办方一千万实盘进入最后的赛事。他自认为参加过专业培训，有了参赛的硬件和软件条件，差一点就去开户报名，心想公司不许上班操作就在家做委托交易。他私下恳求沈奇给他上班时操作参赛账户的权限，沈奇就叫他回家逐条读透参赛规则再说。他真的一字一句读起了那些规则，分析为何那么制定规则，然后浏览了往年的比赛报道和论坛，也比较了其他网站的实盘赛，大致明白了大赛背后的商业动机，从中还有了别样的收获。

实盘大赛对获得决赛前十名的奖励方式之一就是推荐到私募公司、证券公司等投资机构做股票操盘手甚至基金经理、投资顾问。这对已经是操盘手的人来说，并不具吸引力，但对更多还没跨入操盘手、投资顾问行列的草根股民来说，"推荐"二字却熠熠生辉。

对田弥来说，比赛的目的是为了证明他能驾驭更多的基金，不比牧典蓝差。其实在沈奇眼里，那些获了奖的民间高手未必敢用。前年底，有只阳光私募基金的净值跌到了0.45，清了盘，管理这只基金的就是曾获得全国炒股大赛实盘操作第三名的人气明星。道理并不复杂：即使实盘比赛成绩是真实的，但个人参赛与管理基金是完全不同的手法，何况市场行情变了，参赛时可能是牛市行情，比较拿手，管理基金时却到了熊市行情，只有失手。

田弥的一台电脑上正显示着大赛的页面。大赛全称是"决赛王 3000 万实盘炒股大赛暨职业基金经理选拔赛",主办方是联金证券和裕广发展银行。硕大的"3000 万"字样夺目地显在首页,怎不让有所幻想的人蠢蠢欲动?

牧典蓝不忍心推波助澜让田弥花上数月去上当,那对他们都没好处。他要劝田弥放弃参赛,就指了指那个诱人的数字说:"你别一开头被这 3000 万给迷住了,忘记了脚下的陷阱。"

田弥哼了一声说:"人家年年在搞大赛,我就算没本事得大奖,也不会怪人家设陷阱。"

"陷阱这个词是难听了点,我来帮你解读这些规则,数数他们给你设了些什么门槛。"牧典蓝说着用光标逐条点着规则讲了起来,"首先看这条关于开户的。你必须在联金开证券账户,必须在裕广发展银行进行资金第三方托管,资金不低于五万。你以为他们真是像说的那样为了统一监管参赛账户,进行数据统计?非也。普通散户的交易佣金如果是千分之一,你参赛后才会发现,协议上佣金是千分之二……我怎么知道?关注一下往届论坛上的留言吧,参赛账户的佣金比普通佣金高。

"你想没想过,比赛五月初开始,报名截止时间为何在七月底?这上面说是为了让更多的草根高手参与进来,不错过决胜良机,但根本的良机是指证券公司在报名期间增加户头的良机。

"再看,关于操作的。你的账户每月至少要有四次买卖记录,每月交易额不低于十万,这才算成绩有效。你算算一个最小账户每月最低的交易成本。半年下来,如果一万人参赛,证券公司最低能收入多少佣金?你的收益还是未知数,人家的最低收益已经很分明!

"再看获得实盘奖的资格。除了参加完前三轮赛事,还必须在前三季赛事中均入围前五十名,才能按决赛总盈利率给前三名选手 1500 千万、1000 万、500 万实盘奖金。田弥,那么多高手,你在初赛中能入前五十,能保证复赛和挑战赛还在前五十吗?……你还指望撞到妖股能进前三?我只能呵呵两声,告诉你,你就是超常发挥,也得不到。

"我没有小看你!我的意思是说,人家不会把这笔奖金给任何人。不信?你看它每天公布排名的时间,九点半前公布头一交易日的盈利总排名。为什么不时

下卷

实发布却要拖到第二个交易日公布？因为他不敢，也不愿，包括不会公布参赛者的真实姓名和联系方式。不要以为他们真的是为了替参赛者保护隐私，那是他们弄虚作假的幌子。可以说，你的最终决赛总盈利即使达到了500%，本来排第一。但是，公布出来的第三名也许叫阿猫阿狗，盈利率是500.01%，他们的交割单图还真是那么高的盈利率。你只有悲叹自己为什么是差0.01%的命，其实你的好命早被人家掐掉，没有得奖的基因了。

"凭什么这么说？我说得还不清楚吗？前三名他们可以任意编造出三个来，那3000万实盘只是水中花，镜中月，没有谁真正拿得到。他们还可以号称五亿实盘炒股大赛……

"你认为公布出的交割单和仓位能核实真假？交割单是真是假你会鉴别吗？去看看往年的大赛论坛吧，上面就有一些神奇的交割单，前三名的交割单就可以那么制造出来。如果主办方想制造暴富效应，还能把前十名、二十名的交割单制造出来，个个都是每天赚涨停。

"不是我看问题太阴暗，是他们做得不光明，让人产生遐想……你以为往年那些颁奖大典、获奖感言不可能作假？个人账户参赛，你不知他不知，天知地知，作假还需要很高深的手段吗？明星都可以找替身拍出大片来，更不要说文字和图片了……

"你不相信交割单可以全面造假？要不要我给你造一个可以公开出来的交割单，让你马上有3000万的实盘资金，买入的是今天涨停的'万花国际'和连续三天涨停的'科技园'。你说吧，账户上用你的实名显示，还是网名显示……好吧，我现在不方便，晚上回去后就给你造个实名的，让你身价直达3000万！你还等不等到几个月后，去看别人造出来的那些身价单？"

田弥见牧典蓝等着他的答复，似信非信："正规网站，造假，太掉价了吧？"

"只要能赚钱，他们当成是经典策划。"牧典蓝见怪不怪，"最后一条特别声明，别以为是废话忽略了，不起眼的地方往往有致命的死穴。人家很严肃地给你道明了死穴：本大赛提供的数据、图片、分析文字不作为投资参考依据和投资邀约，由此造成的投资风险本大赛组委会概不负责。懂它的意思吧？也就是说，上面说的一切一切，谁让你当真了？谁请你真的参赛了？没人为大赛负责！"

3

说服人，正说无效，那就反说，拿出反面教材来说。

牧典蓝通过伪造交割单说服了田弥，即使不能断定这次大赛必会造假，但田弥已经明白，那些图片是真是假难说清，请事假去参赛还是要悠着点。

制作交割单，确切地说是伪造交易明细对牧典蓝再熟悉不过，他用交割单制作软件和图像处理软件轻易能做出一张来，前后几分钟搞定。田弥这张交割单被有意制作出破绽，上面显示：田弥用联金证券的账户于这天上午9：42至9：50之间以26.25元至26.52元之间的价位先后买入"万花国际"100万股；于上午9：55至10：15以10.32元至10.50元之间的价位先后买入"科技园"30万股。由于收盘时两股均涨停，账上当天总盈利近19%，总市值已经超过3000万元。

这张交割单的破绽在哪儿？单独看交割单不会发现任何问题，但是细心对比交易行情中两只股票的走势图和成交量明细，问题就很明显。"万花国际"在今天开盘五分钟内就巨量封停，一直没打开涨停板，交割单上却显示在封停后以低价位买入，把不可能变成了可能，岂不怪哉？"科技园"在9：55至10：15这个时间段的股票成交价最高也才10.30元，交割单上的高价位成交明细在行情软件中根本无据可查，这个时间段挂高价委托买入也只会以低价成交。这两种交割单破绽就是在往年的大赛中被细心的参赛者发现的，并在论坛中提出了质疑。牧典蓝那时才明白，这种大赛不过是一种广告营销。

牧典蓝不会告诉田弥，他不但会伪造交割单，还会把它们晒在博客"王牌分析师"中，以佐证他的水平。他不可能晒出客户的真实交割单，只有晒出伪造的交割单。说好听点，他在作平面广告；说实质点，他在行骗。这类虚假的交割单他更多地晒在"金色蓝筹"股票群里，以打动那些加入进来却未下定决心成为客户的考察者。只要他愿意，今天什么股票走得好，他就能做出昨天进入该股，今天卖出该股赚了一笔的效果；极端的时候，也能做出在一只妖股蛰伏期买入，在它连续八个涨停后卖出的效果……凡是可以想象出的效果，要做出来都不在话下，不过高盈利率容易引来警觉，盈利温和点更可信。

下卷

　　菜鸟级骗子会用模拟盘交易界面和有关模板之类做出交割单，普通散户往往盯着上面的盈利情况，信以为真。但对牧典蓝这种见识过各大证券公司交易平台界面的操盘手来说，通过观察图片上的交易软件名称、账户菜单、功能键、交易时间对应的交易价位等细节，就能识破穿帮之处。中级骗子则有意避免暴露马脚的其他部分，只把那些最基本的数据贴出来，看上去没头没脚只有肚子。

　　牧典蓝制作的交割单界面则从头到脚都完整，大大一张，一应俱全，仅从图片上看，无懈可击。这类交割单最喜欢贴出卖出的效果，制造获利的假象，如果贴出买入的效果会担些风险，不过可以制造出在当天低价位买入的样子，火眼金睛似的。也有客户要求时实公布交割单，牧典蓝理论上可以办到，时间上会晚上可以忽略的一两分钟，但公司不允许工作期间与外界有联系。

　　编造交割单这一招，就是牧典蓝去年精读实盘大赛规则时，从论坛里学来的，有效地提高了他的日志说服力，仅去年就给他带来了三位资金上五十万的客户，一位资金上百万的客户，不包括同样受骗的舒秉浩。这几位客户见收益真的不错，不但增加了资金，今年还给他介绍了七位客户过来，大小都有。

　　这些重量级的投资者都不是傻瓜，会怀疑那些交割单图片不是牧典蓝经手的成绩，交割单图只是最先吸引了他们，最终说服他们的是另一张伪造的截图：银行转账单。牧典蓝能使用编程软件制作数家银行的网络转账单样式，显示客户支付他的提成，转账单与交割单上的一些基本数据一一对应，让人不得不相信：牧典蓝的大客户真的给了他高额的提成！

　　伪造银行转账单这一招，是牧典蓝从一个股票投资群里学来的。他曾到多个股票群里混，想拉些客户，有个群老在晒交割单、银行转账单和推荐涨停股的聊天记录，他信以为真自叹弗如。自从知道交割单可以造假后，他就看穿了其他伪造图。比如某只股票9：45涨停，有人在9：50晒出一张在9：25向某会员推荐进入该股的聊天记录，第二天再晒出一张银行转账单证明该会员支付了该涨停股的盈利提成。其实聊天记录上的时间能通过更改电脑时间来实现，是在该股票涨停后再制作的一张假图。银行转账单造起假来也不在话下。交割单与转账单是多么绝好的搭配啊，怎不让人深信不疑？

　　难登大雅之堂的股票论坛和贴吧里，灌水多，经验教训也多，这类骗术偶尔有所曝光，有人从中了解到这类骗术，有人从中学到了骗术。更多的人依然对这类骗术一无所闻，被骗了也不知道问题出在哪里，包括一位通过"王牌分析师"博客找到牧典蓝的客户，叫蒋远，是利音老乡。

蒋远网名叫"巷子深"，电脑打字刚入门，用一个指头打拼音输出文字，这几天正通过网聊与牧典蓝相互了解，为下个月的合作热身。蒋远把牧典蓝称为"小弟"，自称是朋友推荐了那个股票博客才开始关注牧典蓝，感觉不错。牧典蓝以为是栗天劲作的介绍，但蒋远不认识栗天劲，栗天劲不知道这个博客。

蒋远有笔一百五十万的资金将于六月中旬从公募基金赎回，到时交给牧典蓝管理。牧典蓝与外地客户签约有两种方式：要么谈好后通过快递交付协议；要么当面洽谈签协议。如果外地客户要当面签，要么牧典蓝抽节假日去外地见客户，要么请客户来上海见他，来去的所有费用他全包。蒋远却说有人为牧典蓝作了担保，他相信牧典蓝，没必要那么麻烦，只要牧典蓝愿意，口头说好更省事。没有纸质协议的君子协议，牧典蓝只和栗天劲有过，它听起来很美，不过，无论甲方还是乙方，都可能因某种意外原因难保君子风度，操盘手得不到提成事小，客户资金可能大亏事大。牧典蓝见蒋远如此诚意，也就同意君子协议。谁在中间作了担保？蒋远不肯说，牧典蓝也不知。

蒋远简要谈及了那笔资金的来历。他十多年前在县城办了家酒厂，酒厂最初销路很好，但是后来城里各种酒厂越办越多，外地酒也抢占市场，竞争白热化，五花八门的费用开支惊人，酒厂疲于推销生存艰难。去年，他解散了所有工人，将酒厂转卖，把部分资金投资公募基金图个轻省，但基金年收益和银行一年定期存款差不多，没跑过通货膨胀，属倒亏。他正在等基金赎回后投资股票，相信牧典蓝能把盈利做得更好。蒋远一直不肯说他酒厂的名字和产品牌子，似乎有意在回避，牧典蓝百度了"蒋远"，查不到他的更多信息。

牧典蓝感慨蒋远艰难地奋斗却落得如此结局，这不是蒋远一个人的结局，似乎是利音城的一个缩影。他记得，小时候父母谈起利音城里的钢铁厂、罐头饮料厂、纺织厂、肥皂厂、酒厂，充满了神往，只恨没那个命去那些大厂子当工人。乡里随处可见这些厂生产的毛巾、布匹、肥皂、饮料和特产酒。他去利音九中读书时，钢铁厂成了亏损企业饱受诟病，其他大厂要么灰飞烟灭，要么成了贫民窟。利音城不再有如雷贯耳的大厂，也难见本地生产的生活用品，人们不屑于说"我是某某厂的"，更乐于聊起哪里又有家豪华休闲娱乐场所开业了。

下卷

牧典蓝也感慨大客户们都有与蒋远相似的经历，也就是放弃艰难生存的实业，从实业家化身为投资商，投资股市或者期货，要不就成为炒房、炒茶叶、炒古玩之类的"炒"家，事儿少、收入高、面子足。即使有人实业做得成功，为了逃避技术创新的难题或者规避规模扩大的风险，也就选择进入资本市场，不再靠人赚钱，而是靠钱生钱。包括上市公司的实业家，当公司发展遇到瓶颈，对股权套现的痴迷往往大于对公司长远发展的追求。没有健康而强大的实业来支撑股市，就是一座根基不牢、框架歪斜的危险建筑，但是它会被很多人吹捧成地标大厦。操盘手就算有天大的本事把大厦里的每块地皮炒成天价，也无力阻止大厦在某天轰然坍塌，无人能在这样的市场坍塌中幸免于难。

蒋远对电脑网络和股票行情并不懂，就连如何在"金色蓝筹"群的共享文件里下载《客户须知》、《委托操盘协议基本条款释义》也不知道如何操作。牧典蓝就通过电脑的远程协助功能，把需要的基本资料和股票行情软件等下载到蒋远的电脑桌面便于查阅和使用，并对蒋远的电脑进行了一些优化设置。蒋远大开眼界——牧典蓝能在上海操作利音这边的电脑！

牧典蓝不想与蒋远网聊，建议说可以电话沟通，或者在网上语音聊天。蒋远却说，他以前太忙，不懂网络，放弃酒厂后才意识到自己太落伍了，必须尽快学会打字，网聊是个好办法。

牧典蓝的忍耐极限被打字奇慢、不懂网络、喜欢聊天的蒋远考验着，要不是这位准百万级的老乡对他完全信任，号称"快枪手"的他怎么可能当陪聊。蒋远喜欢聊利音老城，诸如利音城里又在做楼房美容了、又在改造人行道和行道树了、今年可能又要发大洪水什么的。蒋远不知道，牧典蓝恨这座曾伤害过他的利音城，对它变得是美是丑根本不关心。最让牧典蓝难以忍受的是蒋远会发来"便便"的表情作告别，让他发懵，那么多可爱的告别表情，月亮也好，困也好，哪怕不沾边的鬼脸也好，为何选择这个与屎有关的表情？难道察觉出了他的不耐烦和敷衍情绪，借此表达不快？横想竖想，他耐着性子听蒋远慢吞吞地说天说地，大到国际局势小到如何区分翘舌音平舌音，不应该招来如此不满啊！……这是个无礼的老乡！

第十三章 神秘馈赠

1

华年美文网又开始改版。

改版费时费力，不是华年网喜欢改，而是不得不改。华年网的版面风格、栏目设置和稿费支付模式被许多家纯文学网站模仿着，出现了同质化现象，舒茗悦极为反感。从前她认为商业文学网站有些千篇一律，现在她明白了，不是人家不讲风格，而是只要哪家出现了好风格，就会被效仿，如同最新款式的服装刚在专卖店上架，地摊上很快也在卖相似款式的服装。创新网站谈何容易，仿冒一家网站轻而易举，改版之后还会再改版，"变脸"将无休无止，舒茗悦恼火地说："如果华年网做得像佳能镜头那样就好了，别人连假冒产品都生产不出来。"

华年网首页新开辟了"铂金位"板块，周六晚即将上线，网站正加班调试。

"铂金位"实为自荐位出租，是网站推出的一项收费业务，在首页右边呈一列二十行排列，二十个小格子就是二十个自荐位。这是舒茗悦针对网站的刷点击之风想出的点子。

网站文章的稿酬按每篇或者每章的 IP 点击量进行单一核算，要得到二十元稿酬的最低发放标准就得积累一定的 IP 点击量，没有足够的人气难以短时间达到稿酬支付底线。有些作者千方百计拉粉丝刷点击，甚至也有请炒作公司代刷点击。为了遏制刷点击之风愈演愈烈，不能堵就用疏，舒茗悦就想出了"自荐位出租"，让不擅长刷点击、拉粉丝却愿意花钱宣传自己作品的作者有出头机会。

自荐位按天计价，位置不同价格不同，作者在管理后台通过竞价的方式租到

下卷

自荐位，就有了在首页整天显示文集或者单篇作品的设置权限。这是一种有偿广告，对提高作品和作者知名度有立竿见影的效果。这项新业务已经显示出了可行性，在预告之后有租用意向的作者已经过百，首批自荐位已经名花有主，未租到的还在排队之中。有人建议增加自荐位数量以增加收入，舒茗悦认为物以稀为贵，如同上海的车牌，数量紧缺才能激起作者"抢"的劲头，这才能让自荐位增值。

牧典蓝在网络工程师旁边看测试页面的调试，网络工程师打开了即将上第一个推荐位的作品网页，是一部签约长篇小说，作者叫莫等闲，小说已经完成五十余万字，点击量有二十余万，订阅量有三万，留言量有四百多条。这些租用了铂金位的写手一天挣得回租金吗？舒茗悦已经做好了最坏的打算：如果点击量没有预想的好，不能让租用者大亏，比如每天一百元的租金，但一天的点击量只挣得到十元的稿费，那么网站会通过后台人工设置点击量，让作者当天的稿费最低能达到五十元，相当于返给作者一半租金，网站最多得一半利润，对作者来说只要有一天的"知名度"就能为今后积攒人气，有"增值"效果，能够接受租一天亏一半的现实。

牧典蓝不好过多干涉网站事务，独自来到舒茗悦那间办公室，尽量不影响大家，就玩起了反恐精英游戏，成为里面无坚不摧的特种兵。他不能完全进入游戏角色，脑海里不时闪过无头无绪的股票魅影，尤其是让他纠结的"南国电子"。私募基金大赛这方，他的业绩并不理想，"泰鸿肆号"正陷在"南国电子"之中，净值没有起色，排名可能被挤出大赛首页，这么耗下去会大大拖累业绩。

为了让"泰鸿肆号"能崭露头角，牧典蓝已作了些改变。他有些信佛了，刚才来网站，还特意路过千年古刹静安寺，在门口作揖拜佛，求个保佑，保佑在证券市场获利，也求个宽恕，宽恕他将在这只基金上掠夺别人的财富。他极少再写股评日志，不再把精力耗在网络交流，而是潜心研究公司推荐的股票。他不会再发展百万以下的客户，以前的客户是饥不择食多多益善，现在他深深体会到了小客户钱少事多的麻烦，大客户介绍来的新客户通常也是大户，他们投资后更能沉得住气，他能省很多心思去作解释。

"嗒嗒嗒——"，一串子弹扫过来，牧典蓝在反恐精英中被对手击毙了，游戏结束。游戏就是好，即使死掉了还可以"投胎"重来，如同电影里的英雄，再密集的子弹和炮火都能躲过，车子只要在英雄手中横冲直撞始终都是崭好。基金

| 211 |

跟庄不是玩游戏，一切不可能重来，一个坑陷进去了，就被对手活埋。

牧典蓝疲惫地嘘了一口气，关闭了游戏，注意到舒茗悦隐身挂着的QQ无声地闪动着，看了看，就喊道："悦儿，雁如在网上找你。"

"她说什么？"舒茗悦来到门口问。

"她问'在吗，什么时候处理他？'"

"不管她，把QQ关了，免得她点视频打扰你。"舒茗悦转身走了，只听她说，"未艾，你把雁如的事处理好。"

"我正在和雁如说。"未艾的声音传来。

牧典蓝打算把舒茗悦的QQ切换到自己的号上看看客户有没有留言。他在点"主菜单"图标时点到了紧临的五星形空间小图标上，舒茗悦的QQ空间打开了。

好陌生的空间！这本是最熟悉的空间，眼前除了模板之类还认识，其他都像是陌生人的世界。这个本来没有一篇日志的空间，此时展示着的是成排的标题。牧典蓝反应过来，这些日志被舒茗悦设为了"仅自己可见"，他现在是以她的身份进入了"自己"的空间。

芝麻开门了，里面会是怎样的金山银山？牧典蓝从来没有读过舒茗悦真正意义上的心情文字，他的目光被牵引着，带着心跳的声音探寻着。

日志约有三四十篇。标题基本是《今天怎么了》、《有个小心愿》、《如果运气好一点》之类，看不出她要说什么事。从时间上看，最新一篇写于上个月，也就是看车展的那天晚上；最早一篇写于她高考后的七月。从每篇的浏览量和留言量统计数据来看，她在大二那个暑假里应该是设置了浏览权限，浏览量突然从数百锐减到个位数；从大三之初开始，全部日志应该设置成了"仅自己可见"，浏览量为零。

牧典蓝点开了最新的那篇《又来了》，想窥探她在车展这晚有些什么念头。按照她原来在综合性门户网上发布博客的风格，应该是配上满意的摄影片，再谈点心情或者感悟之类，说不定还会把他们那天的合影保存在这里。这个"又来了"，大概是说车展又来了吧，上海的大小车展太多了。不可能说那个陆伟又来了吧？把这种人搁在空间里保存着简直就是污染源。

却见日志里并没有图片，只有一段话："时间过得比我开的车还快，两次都差点闯红灯，车也没有摆正就跑掉了。回家还是晚得太久，做贼一样地回了屋。

下卷

妈妈，放过我吧，多么希望你问我玩得是否开心，而不是问我终于知道回家啦！不要再给我介绍什么人，我就是一个不听话的人。不要再说那些人多么合适我，我已选中这一个，给我自由吧，不要骂我标准低，优秀不等于就喜欢。糟糕，手刹忘记拉了……"

牧典蓝的眼酸酸的，想笑，更想哭。如今的他们，在杜宁这位高贵的母亲面前，多么弱小而无奈。舒茗悦回家也如做贼一般，不是他们渴望的热恋。杜宁还没有甘心，还在为女儿介绍更般配的男友，这些烦心事舒茗悦从未向他吐露过……多么可爱的悦儿！我真是对不起她！牧典蓝好想这就把她娶过来，天天与她耳鬓厮磨，拥有他们共同的白天与黑夜，不看谁的眼神和脸色。

偷看日志不对吧？牧典蓝心虚，却又想读她更多的文字，想知道她真实的想法。他想，再看一篇就打住，却又不知哪篇最值得"偷"看。他再次扫视了一下标题，选中了最早的那篇《我姓什么》，这篇日志曾有三百多点击，现在来看看就不算偷看。我姓什么，她怎么问这个问题？欧帝才该这样问。

这里面有几段文字，后面配有一张图片，高中生模样的舒茗悦和达芸分别坐在竹编椅上，做着萌萌的手势，她们的身后开有紫茉莉，长有半人高的杂草。文中写了屋顶花园的来历与趣事，诸如舒茗悦因为害怕青虫而不敢除草、曾把月季当成蔷薇种下、葡萄总被鸟儿们先啄食等等，也写到这个没有大门与围墙的花园极少有人上来光顾，除了一群带来零食垃圾的孩子。文中最后写道"孩子们为这荒芜的花园带来难得的生机，他们喝过我的饮料，吃过我的零食，听过我的劝告甚至训斥……但他们不知道我姓什么。"

日志是舒茗悦高考后回到她成都那个家，与达芸在屋顶花园玩耍后写的。文章的浏览量不少，留言只有一条，留言者网名叫"闪电"。

闪电，难道是那个墓志铭为"闪电，何曾击穿黑暗"的人？那个舒茗悦为其送上彼岸花环的杨爱渺？

闪电的留言写道："也许文如其人吧，干净、清新、自然。作者以较流畅的文笔不经意地使人窥见了她生活的一角，她的屋顶花园。她流露出了对现实生活的满足和惬意、享受跟遗憾。俗世里的快乐原来就是这样要自己去寻找的，没有感觉到荒芜，感觉到了明净。最后一个段落以点睛之势掩盖了她企图想表达的另一些东西，她欲言又止。那些孩子当然不会知道她姓什么，因为她是来自东海那方的客。"留言时间是日志发布两年后的六月，那时舒茗悦的大二快结束了。

双击闪电的头像，此人QQ空间未开通。查看其QQ信息，签名为"生，不可贪睡；死，自会长眠"。牧典蓝开始在舒茗悦的日志里寻找闪电的足迹。

接下来的，有舒茗悦的照片秀，有些是她在相馆里拍的，摆着别扭的姿势，穿戴珠光宝气，有着豆蔻年华的纯真美，带着成长时期的婴儿肥。从简短的文字说明上看，多是她高中时代的留影。现在的舒茗悦已不是当年，她已不喜欢这类相馆里的生硬摆拍照，更不喜欢珠光宝气。

标题为《改名了》的日志让牧典蓝的心一颤——舒茗悦拍了三张婚纱照，半身照、全身照、外景照各一张，仙子般楚楚动人，真是杨家有女初长成，青春逼人！她怎么会在大学时就拍婚纱照？难道……他不敢往坏处想，觉得不可能，就看起了最底部的一段话："俏佳人婚纱影楼请我当橱窗照模特儿，还给我一千元酬劳。我把喜讯告诉妈妈，被臭骂了一顿，骂我发什么神经，一千元就把自己卖了！晴天霹雳啊！照片不敢上橱窗，酬劳也没了，倒给摄影费两千，谨此作纪念。我要加倍发点神经，女孩发神，谓之女神。从今天起，面朝大海，尽情呐喊，我的网名不叫花成茗了，叫悦海女神！"

一场虚惊！原来，她的网名是这么来的！好个顽皮的家伙！原来她也当过广告模特儿，如他当年一般，只是这个美梦被母亲的训斥化为了泡影。这篇日志的点击量上千，留言量有九十多条，条条都是溢美之词，唯独不见闪电的踪影。

有些日志的照片则是舒茗悦的摄影作品，能看出她在读大一时开始学摄影。摄影片里，有她在欧洲和美洲旅行时见到的风土人情，那些片子用各种各样的边框装和各种字体装饰着。有些日志是舒茗悦对文学网站的一些想法，生活里的趣事什么的，碎碎念的风格。浏览量在大二后的八月锐减，她似乎不愿再完全公开日志了。

从大三的日志《记录》开始，浏览量开始为零，她明显低调了。这篇日志写于十一月，是一首诗："我的不堪，与你无关 / 我的灾难，不在人间 / 或明或暗，也正也偏 / 多少感叹，都在指间 / 几许感动，几多变迁 / 两人知晓，无人分担 / 花为谁放，茗为谁鲜 / 举步夏季，却步秋天 / 网络之上，未来不见 / 现实外面，梦境里边 / 今宵尚在，不谈明天 / 沧海月明，蓝玉生烟 / 所有惘然，大多这般 / 万般感伤，逝若闪电"。

下卷

这首诗有着浓厚的忧伤绝望之气，牧典蓝读不懂它所表达的意思，却又能读出这不是舒茗悦所写。不是她的诗，放在这里做什么？记录，是什么意思？最后一个词是"闪电"，这有什么玄机？这是网络诗吗？他搜索了一下，不是。

"赶快赶快，全部删除！封掉这些ID号！"舒茗悦急切的声音传来。

网站人员有点乱哄哄，牧典蓝听出事态不妙，赶紧起身去看出了什么事。

2

华年网首页突然出现大量推荐文章，文章内容尽是性病广告，作者的文集封面尽是淫秽图片。

一通忙碌，网页恢复正常。舒茗悦下令取消雁如和另三位兼职编辑的所有管理权限，并厉声责怪道："未艾，看你和雁如干的'好'事！"

雁如擅长写情感细腻的散文和小说，是未艾的超级粉丝，未艾的每篇文章都有她的留言。她跟着未艾来到华年网，任兼职副总编，是网站骨干编辑之一，她发展的兼职编辑和写手有相当数量。她不许谁说未艾的坏话，也曾给他物质支助，那次未艾在海运大厦昏倒住院，网站没有钱垫付医药费，就是雁如帮未艾垫付的。她是有夫之妇，编辑群里有关她和未艾之间的出格玩笑大家也见惯不惊。她家住安徽，开有手机店和手机网店，是所有编辑中"最有钱"的。华年网的有些网页上就有她的手机网店广告，广告词是未艾设计的"到手机网店，选最好的手机，说最美的情话"。为此，她给未艾赠送了一部两千多元的手机作感谢，一度成为编辑群里最火爆的话题。

牧典蓝问是怎么回事？舒茗悦却假装忙网站，并不多说。这更激起了他的兴趣，当他听到自荐位基本调试完成，这晚八点将正式上线，就对大家说："今天大家辛苦了，就休息了吧？未总编留下来。"

舒茗悦见牧典蓝在发号施令，有些诧异，又不好反对，附和道："网站基本调试好了，大家也该休整一下了，现在就把宣传图放到首页。"

片刻工夫，大家散去，网站剩下三人。牧典蓝招呼未艾坐到了三人沙发上，并坐到未艾身边。舒茗悦坐在了对面的塑料凳上，不知他究竟要做什么。

"刚才的事故，必须追究责任！未总编，你从头到尾地把情况说清楚，别说虚的。"牧典蓝发话了。

"老大都没让我说，说给你有什么用？"未艾不解地看看舒茗悦，又疑忌地看着牧典蓝。

在网站人员眼中，网站投资人不是牧典蓝而是某位天使基金投资人，牧典蓝不过是从兼职编辑转行到了股票投资公司，和隔壁的贵金属投资公司职员差不多，喊些"你不理财，财不理你"之类的口号，发些"零门槛，零风险，高收益"之类的广告，拉些眼睛发红、做着美梦的客户，表面风光而已。舒茗悦没有把牧典蓝的真实情况告诉大家，她不愿大家知道他们的太多私事，以免招来是非。她本是公事私事分明的人，但牧典蓝的特殊情况难分公与私，包括牧典蓝到网站来，说是私事陪她也像，说是公事来视察网站也没错。

"那你问问老大，当不当说？"牧典蓝知道网站的事本不是他管，但舒茗悦如果为未艾和雁如隐瞒什么，导致网站这场事故，他不允许。

"又没其他人，事情都出了，说说也无妨，大家心里才有数。"舒茗悦见牧典蓝态度强硬，瞒也瞒不了，只好劝道。

未艾不得不招。

原来，网站有位热心写手叫尘恋，是云南人，她年轻漂亮擅长写抒情诗，不少诗歌被未艾加为了精华首页推荐，她一直视未艾为伯乐很是感激。她曾申请当诗歌栏目的兼职网编，雁如认为诗歌网编不缺没有批准，为这事尘恋曾在作者群里报怨雁如嫉妒她打压她，她和雁如不合是公开的秘密。

上个月，尘恋的单位发了旅游券，她私下对未艾说要送他几张表示感谢，他能凭旅游券在云南一些风景名胜免费玩。未艾从未去过云南，眼看快要结婚了，就想趁最后这段自由时间去看看。为了便于请假，他就向大家声称利用五一节请十天假，回趟广西老家看望守寡的外婆。雁如估计未艾来去的交通费吃不消，就私下支助未艾三千，说是提前送他结婚礼金。

昨天，雁如在尘恋的空间里发现一张尘恋的个人留影，是五一期间在玉龙雪山拍的，照片的角落椅子上放着一对男包和女包，虽然都露出了一半，但男包的背带是红白条纹，这是Bally牌男包的一大标志。雁如曾给未艾送过这么一款男

下卷

包……雁如意识到被未艾的谎言给骗了,向舒茗悦提出必须马上开除未艾,因为未艾不只骗了她三千礼金,也辜负了大家的信任。舒茗悦认为网站正在忙新业务,暂不提这种私事。雁如就说,如果不开除未艾,她就带着她的那伙编辑和写手离开网站,并向大家通报未艾婚前出轨的事。舒茗悦就劝雁如冷静几天再说。今天,雁如见舒茗悦没提这事,在网上也没有给她回话,就通过扰乱网站的方式实施了报复。

雁如不会因此放过未艾,她要收回那三千元结婚礼金,未艾已经把那笔礼金花光了,打算等发了工资就还。雁如又要未艾把以前用她的全部偿还,算下来,这些年,未艾除了用过她送的男包、手机和医药费之外,还花了她一万多。这些都是雁如找着各种由头主动给未艾的,未艾没有拒绝,他曾说等挣了稿费就还,她总说她不缺钱,不用还。

未艾强调说:"包括这次的三千结婚礼金,我只不过说了回趟老家,她就主动提前给我了。既然送给我了,我想怎么花就怎么花,她现在却要我还!"

牧典蓝顿生厌恶:"你说去云南游玩,她还会送你礼金?她是让你结婚用的,孝敬你外婆也成,不是让你和另一个女人去游玩的!你都要结婚了,还不知道收敛?"

未艾说:"结婚后我会忠于老婆,结婚前我还可以自由。"

牧典蓝说:"有人愿意嫁给你,你好好珍惜吧!"

未艾说:"我不爱老婆,结婚后会珍惜的。我现在就喜欢尘恋。"

牧典蓝本想骂未艾,却不由想起梁昀,梁昀就是在婚前特意去北京见自己的。未艾不爱未婚妻才有如此出格之举,与梁昀本质上没有差别,如果骂了未艾,就等于在骂梁昀轻浮。他就转而问道:"雁如对你那么好,你不喜欢她?"

未艾说:"她口口声声说喜欢我,假的!她要在老公和儿子面前装贤妻良母,每次都是让我去安徽看她。我去了,她又怕被熟人撞见,总是在一个很偏远的地方见我。她给我买打折的衣服,是因为她嫌我穿得没档次。我说要娶她,愿意带她的儿子,她又不肯嫁给我。我知道,她嫌我穷,并不爱我,我只不过能填补她的空虚罢了。我花她的钱,基本都是去见她的开销,现在却叫我全部还给她!哼,这么多年,我再忙再累都在逗她开心,叫她把那些开心还给我,她照样还不起!她以为给我一些钱我就得处处听她的,还不许我和其他女人接触。她倒好,有老

| 217 |

公有情人有儿子，也有钱，什么都不缺！……刚才我跟她说了，如果她要把我的事捅出去，或者再做对不起网站的事，我就把她的事也全盘托出。她不敢了！"

牧典蓝问："她有什么不敢的？"

未艾说："雁如这样的少妇，写着海枯石烂的文字，做着背叛丈夫的事，我见得多。我虽然一个都娶不到，但我可以用甜言蜜语把她们忠贞的假面具各个击破！这些少妇嫌我穷，我就让她们倒在我这个穷人的怀里！"

舒茗悦对未艾说："你怎么是这种人！太不像你了！"

牧典蓝说："未总编，你别往雁如脸上泼脏水，口无对证，我不会相信你的一面之词！"

未艾说："相不相信，看雁如的表现就会清楚了，她不敢把事情再闹大，她比我心虚！她是什么都想要的人，我是什么都可以不要的人。"

舒茗悦责怪道："你们比路人都不如，可惜了这么多年的友情！"

未艾说："她不配谈友情！你看她这一翻了脸，把网站搞得什么样，她是什么样的女人不是明摆着吗？她还想把我搞臭弄死，我要搞臭她轻而易举，我那里还有她在宾馆里的照片，她不敢有下一步行动，你放心。"

舒茗悦难以置信："你好卑鄙！"

未艾说："不是我有意留一手。那是用她送我的手机试拍的，她当时就让我删除，从不让我拍与她有关的东西，我悄悄保存了一张作纪念。"

舒茗悦说："这是纪念？是你要挟的手段！"

未艾说："人不犯我，我不犯人；人若犯我，我必犯人。"

"这起事故，你有不可推卸的责任。这段时间网站之忙，你不是不知道，却用结婚前回老家来欺骗大家，没有谁能容忍。你不能在这里干了！"牧典蓝对未艾没有了丝毫好感，他开始还打算让未艾自己提出处理意见，现在根本不需要征求这种人的意见了。

"我虽然请假走了，工作是交代好的，路上也在管理网站，并没影响网站什么啊！就算是骗了雁如，她也没有权利干涉我的生活吧！"未艾说。

"不是工作的问题，也不是生活的问题，是信誉的问题。不讲信誉的总编，建不好有信誉的网站。"牧典蓝见未艾丝毫没有愧疚，包括对未婚妻的愧疚，更不想留他。

下卷

"老大都不赶我,你凭什么赶我走?"未艾不服。

"那你就问问老大吧!"牧典蓝说。

未艾央求地看着舒茗悦。

"这个时候发生这种事,真是的……未艾,你应该知道,雁如和网站翻了脸,很多编辑都知道你的事了,这件事肯定不会到此平息,你还是避避风头走吧!以前别人因为喜欢你、同情你甚至爱慕你才来捧你帮你,这事一出,只怕你待在这里也尴尬了。"舒茗悦见牧典蓝决心已定,无能为力地叹道。

"我和雁如都走了,网站怎么办?"未艾说。

舒茗悦看了牧典蓝一眼,希望他能放未艾一马,她见牧典蓝仍没有改变主意的意向,只好说:"只好辛苦其他编辑了。如果你暂时找不到合适的去处,就缓几天再走吧。"

"缓什么缓?出这么大的事故,再缓,我看网站不得清静!文学追求的是真善美,不是假恶丑!"牧典蓝见她的心又软了,反对道。

"我不当总编,就在这里当个普通编辑也可以啊!我得还雁如的钱。何况,我要结婚了,如果老婆知道了这事,还失业了,我怎么活啊!"未艾哀求道。

"你这样的人,还在乎老婆吗?走吧,走吧。"牧典蓝并不同情他。

"老大,我在网站没有功劳也有苦劳吧?就不能给我一个将功补过的机会?"未艾泪水泛滥,对舒茗悦说,"我都三十多岁了,好不容易能成家,我不想去其他地方做事,我就喜欢华年网。"

"你惹出的事,如果不加追究,让我今后怎么去管理?"舒茗悦恨铁不成钢。

"都怪那个尘恋,把照片发到空间做啥啊!"未艾怨道。

"要想人不知,除非己莫为!把钥匙交出来。周一把工资结完,就没人会干涉你的自由了!"牧典蓝说。

"你这该死的尘恋,害死我了!"未艾急得要哭。

牧典蓝见未艾反倒怪起尘恋来,催舒茗悦下班走人。

未艾哭着,哆哆嗦嗦地取出办公室钥匙,交给舒茗悦:"老大,你知道,我只会做网站,我如果要走,会带走编辑去别的网站。我不得不这样,对不起了……"

舒茗悦为难地接了钥匙,不知如何是好。如果未艾和雁如都带走了心腹编辑,这意味着网站专职人员将流失三至四人,流失的兼职主力编辑就将达到一二十人,

| 219 |

网站会出现一段管理空档期,那无异于一次网站强震,要重新培养一批熟悉网站运营的铁杆管理人员将是一个较长的过程。

牧典蓝清楚未艾和雁如在编辑们中的号召力,未艾的这话一出,也意识到问题的复杂性,但他不能宽恕未艾:"不要用编辑来要挟,他们愿跟你走,请便。不过,请你告诉他们,一旦离开这个网站,就回不来了。"

未艾如霜打的茄子,用塑料袋收拾完一包东西,慢慢腾腾地来到舒茗悦面前:"老大,我走了……"

舒茗悦说:"吃喜糖的时候,别忘了我们。"

3

网站办公室静若无人。

牧典蓝见舒茗悦坐在办公桌前失神,就过去拉住她的手哄道:"看你,花容都失色了……给你赔个不是,我管了你的闲事,让未艾都弄不清该听谁的了。还在恨我啊?"

"你垂帘听政,我敢恨吗?"

"下不为例。宝贝,相信自己!这两个总编挟编辑以令老大,你这位老大要证明给他们看,你有着比他们两个还要强大的魅力!"牧典蓝觉得自己也许做得急了点。

"突然间就把未艾赶走了,是不是太残忍了?"

"出这种事,还能让他稳坐钓鱼台?我是穷过的人,未艾是曾经给我爷爷支助的人,我很不情愿逼他到绝境,但这不能作为原谅他的理由。他喜欢谁我们不好苛责,你看他,有意拿文字去玩弄笔友,还挖苦人家不贞。如此总编,坐在网站都玷污了文学的圣洁。"

"你根本不知道我担心什么。"

"别担心太多,别把我的美人儿焦老了。"

"方绪是未艾的心腹,即使不跟着未艾离开华年网也比不上未艾。他不是特

下卷

别有思路和点子,也不太会笼络粉丝,情绪化重些,工作起来也不会玩命。如果另找总编,没有谁会像未艾那样对网站死心塌地,可以不设防。"

"不设防?你看他现在什么谎都敢撒了,你再不设防,网站不知会被他弄成什么样!你太相信他了,他以为这是他的天下了!"

"至少他对网站从无恶意。"

"他都要带走一批粉丝了,还无恶意……你也要相信那些编辑和写手,总有一些是有独立思想的人,有辨别力的人,不会任由雁如和未艾去摆布。如果网站培养出来的尽是没有分辨力的写手和编辑,一群盲目的跟屁虫,这个网站也没有必要办了。"

"你匆匆就把人辞了,我得马上安排人手去,纯粹不让我休息!你打乱我的计划了……"

"你还有什么计划?"

舒茗悦并不答,激活了处于屏保状态的电脑,准备在网上安排事情,却见空间日志《记录》出现在眼前。她愣愣地盯住牧典蓝。

牧典蓝直后悔刚才没有把这个页面关掉,手足无措地挠挠头发,不敢看她的眼睛。

舒茗悦关闭网页和电脑,起身说:"烦死了,我回家了。你坐地铁回去吧!"

牧典蓝见她脸色黯然,突然说起了回家,知道她生气了,心里着了慌:"我,我不是在偷窥,我是无意间点开的,对不起!"

舒茗悦说:"看就看,没有什么见不得人的。"

牧典蓝见她要绕着离开,抱住了她:"别这样好吗?你不高兴,打我,骂我也好啊!不要生闷气……我知道不对,但我没有忍住,我想读你,就像当初你想听我的秘密一样。"

舒茗悦淡淡地说:"我没怪你。我读过你,你来读我,扯平了。"

"一直以为,你什么事都会说给我听,原来不是。你宁可用文字来说话,也不讲给我听……为什么要对我设防?我那么让你不放心吗?"牧典蓝见她的目光躲避着,一股心痛袭来,"我太自信了,以为我是你最信任的人,结果不是。"

舒茗悦的视线停在一边:"我怎么没信任你,我这就可以打开给你看,你想怎么看就怎么看。"

"看你这样子,听你这语气,瞧你这眼神,言不由衷!宝贝,别生气。你生气,我比什么都难受。我认错,我以后再也不看你的私密空间。"牧典蓝把她紧紧揽在怀中,她没有反抗,他稍微心安了点,"如果今天不读你的文字,我永远不知道你回家竟然有着那么大的风险,我太让你为难了……知道吗,刚才我的眼都潮湿了,从来都是你送我回家,你独自回家,还要讨好妈妈,我好愧对你。这么多年,没有人为我写过这样的文字,你在暗暗地为我而写,我看得真的着迷。"

"我才没为你写,我只为自己写。"

"我没有为你写过,也不要求你为我写什么。不写你,不是因为我不在乎你,是因你带给我的幸福无以言表。能看着你的眼睛,和你说着无所顾忌的话,比写什么文字都好。你说呢?"牧典蓝摇着她,憧憬着他们的二人世界,"亲爱的,我好想和你从早伴到晚,好想早点给你一个无拘无束的家。我已经在尽力,会有那么一天,我会为心爱的悦儿披上圣洁的婚纱。我要让你的婚纱照,大大地挂在我们的小窝里。宝贝,别怪我了……"

"我没有怪你,真的。以前,我的空间本来就是公开的,任何人都可以看。"

"不要骗我,你对我的脸色,比你母亲对你还难看。我像个贼,请求你宽恕呢!"

"还要我怎么说嘛,我没怪你。"舒茗悦被逗笑了。

"你关机那么果断,还说没怪?"

"刚才那篇,偏偏不是我写的。我烦!"舒茗悦轻轻推开他,坐到办公桌边。

"我就知道那不是你写的。你见着了既然心烦,何不删除?"牧典蓝不解。

舒茗悦失神片刻,叹道:"写那诗的人已经不在了,让他的一点儿文字留在这世上吧。两年多来我一直没有点开去看,就怕难过,你却把这篇尘封的日志点开了。"

"是那个叫杨爱渺的人写的吧?闪电。"牧典蓝警觉道。

"是。你去年不是问起过他吗?正是他。"舒茗悦看了看他说。

"那诗是为你写的?"

"嗯,他和我在网上聊天时写的。那时他已病入膏肓了,随时都可能死去,我就把诗保存了下来。"

牧典蓝想象不出舒茗悦和杨爱渺有着怎样的故事,也不愿知道她和谁还有什么情感故事,就说:"人都走了,就不说他了吧。你不愿说的,我决不再问;不该我看的,我决不再看。只要你不心烦就好。"

舒茗悦说:"知道你有小肚鸡肠。既然你发现了这首诗,也曾问起过这个人,我可以把答案告诉你。我没有对你设防,没有什么不可告人的事。"

"对啊,我们之间不能有任何隔膜和猜忌。"牧典蓝见她能够看着他说话了,一切恢复到自然的状态,就坐到她身边,"你一直是我最知心的人,我也要成为你最知心的人。"

舒茗悦重新开了机,在网上给几位编辑留了言,把事情安排完毕,然后打开她的空间,点开了《我姓什么》:"给你讲讲闪电的故事吧,你不要吃醋,也不要生我的气。"

"我才没那么小心眼。"

"更不许笑话我。"

"怎么可能!"

4

舒茗悦对闪电的关注正是从《我姓什么》这篇空间日志开始的。

舒茗悦高考后开始在这个空间和文学网站写点小文章,也喜欢读别人的文字,只要是写得好的,她会给作者用心留言,但没有谁为她的日志用心留过言,最多是些空洞的赞美之词,她认为自己写得不好,没有真正打动过谁。直到有天,她发现这个网名叫闪电的人居然为她第一篇日志留下了如此大段评论,她感动了,因为闪电留言时,这篇日志已经枯守两年了。而且,其他人更乐意在有她个人漂亮照片的日志后留言,闪电却没有,她觉得闪电是个很特别的人。

那时舒茗悦正在操心个人网站"华年精品文库",对闪电也没过多在意,结果闪电主动加她为好友。她很开心,希望遇到值得交往的人。那段时间,她还把发布在文学网站上的文章也发给他看,请他指点。闪电的点评一针见血直指要害,说得她心服口服,也说得她更没有信心写文字了,反而删除了很多文章。她也把"华年精品文库"网站发给闪电听取意见。闪电说收集整理名家作品更适合中老年人去干，年轻人应该着眼当前与未来，有所创造。闪电的结论让她难堪，却让她下定决心走原创网站之路。

　　舒茗悦欣赏闪电这种有见解也会表达的人，开始把摄影作品也发给他指点。闪电在立意与构图上提了些建议，并指出各种照片边框成了狗尾续貂的败笔，无边框的照片才让观众不受干扰……这句话如闪电般，解开了她一直未解开的一个结，就是她的片子为什么看起来总不大气，原来边框运用不当就是其一。闪电差不多改变了她对照片、对网站的装饰观念，就是大美则简。

　　有晚，闪电提出视频，她和闪电已经热聊了近一个月，不把他当陌生人，同意了。他们相互看了五秒，他就关闭了视频。她刚把他五官看清，能看出穿黄T恤的他很帅。他再次约她见面，要送她一件礼物，她再次拒绝了。这次短暂的视频之后，天天在线的闪电就消失了。她以为，她那头毫无造型的短发太丑，把到网上来寻刺激的闪电吓跑了。

　　半月后，是七夕节，闪电突然上线了，并问她，如果某天他死了，她会到他坟上送个花环吗？她见他如此无厘头，也就来了个无厘头，说，如果他死了，她七夕节就给他送花环，不只送一个，送三年，三个。他说："说话算话，我们来个人鬼情未了。听听《死了都要爱》，这辈子我与你无缘，下辈子，我会来找你。"闪电就说了这么几句话，又消失了好多天。她不明白他究竟是什么意思。

　　所以，当牧典蓝去年留言问舒茗悦"如果，我死了，你会为我送彼岸花吗？"舒茗悦想起了闪电当年问过的那句话，不敢再随意开玩笑，害怕一语成谶。

　　闪电第二次消失后，再次上线时是九月初，他见她的空间又发布了生活照，就叫她不要随意公开个人照和生活状况，要有隐私意识。她说没必要那么保守，让别人分享也是快乐。他就说，他通过空间的文字和图片，已经到她家楼下见过她了。她不信，他说出了她居住的小区楼号、车牌号、穿着什么裙子、驾驶员是什么样、在哪所学校读书、父母的姓名及公司职务……她吓蒙了，被陌生人掌握了一切，太恐怖了！她飞快地删除了空间那些暴露她隐私的日志，同时把空间设置为答问进入，就是能答出她原来的网名首位大写字母的好友，才有资格看她的空间。

　　这下，答对问题的人不到十个。那时，舒茗悦觉得好失败，网友再多有什么

下卷

意思，有几人真的记得她，有几人真的用心读过她的文字，记得她一年前的网名？当时，好多人问她答案是什么，她坚决不告诉了。

闪电却能答对提问进入她的空间，但他哭了。舒茗悦哪里想到，她的原网名"花成茗"大写首位字母"HCM"正是带给闪电无尽痛苦的字母——他患有一种病，叫肥厚型心肌病，极容易导致猝死，此病的英文简写就是HCM。他近期时常消失，正是这个病在发作。他不愿待在医院里，不遵医嘱，在家里办了家庭病房。

得知这个消息，舒茗悦突然间在乎起闪电来，怕他死掉。他说，他知道她的电话，能否在某天他无法上网的时候，给她打电话？她同意了，愿意他在病痛时、需要她帮助时，她能通过电话安慰他、鼓励他。不过她对他有所防备，因为很多网络骗子就是借病骗钱，只要他找她借钱，让她给他转款，就能识破骗局。但他从不提钱的事，犹如他从不透露他的电话。

直到国庆前，闪电给舒茗悦打了个电话，才告诉她说，他面临着猝死的威胁，说不清哪一刻就走了，他是全家族最敏感的人物，他不愿因为电话联系把她牵扯进去，导致家人的误会。他甚至不能在家里打电话，会找其他电话打。他不愿她去打听他，所以不会告诉她有关他的情况，请她原谅。闪电把这次电话当成是诀别电话，因为他在美国一家医院预约的治疗时间快到了，他病情不稳，还必须登机前往，预约好的时间一旦违约就不可能再有机会预约。他担心上了飞机，或者上了手术台就回不来，就在起程前打个电话作别。他说，如果十一月底他不与她联系，就证明他不在了。他依然不肯说出自己的姓名，只是说，如果他走了，她会在七夕节知道他的名字。

舒茗悦相信意念能支撑闪电，就说，她是女神，带着好运，她会给他网上留言，把好运送达到他那里。他说，他短期不可能上网，如果能幸运地活着回来，第一件事就想看她的留言。舒茗悦觉得如此体贴一个连名字都不肯告诉自己的人，很可笑，但她却不能随便放弃了，只希望他不是在捉弄她。

空间那首名为《记录》的诗是闪电回国后写给舒茗悦的。她把这首诗保存到空间，取了这个标题，设为自己可见。她又把所有日志都设为自己可见，不再让网友分享她的一切，网友不在多，有知己才行。没有谁像闪电那样带给她成长，闪电的不幸让她好难过。

闪电给舒茗悦发过来这篇诗后，与舒茗悦通了两个小时的电话，她才知道诗

225

中"灾难"一词意味着什么。闪电是独生子,家境殷实,大学毕业那个夏天他从游泳池里出来突然昏厥,被诊断出患了这种难以治愈的心脏病。出院后他见没什么异常,并没重视,娶了位漂亮的妻子。结婚不到两年,他又发了病,才意识到这种病有遗传,还会进行性加重,不能要孩子。他特别喜欢历史,常去各地拜访一些文化人。他的妻子对历史文化不感兴趣,认为他经常把她冷落在家,甚至怀疑他有外遇,本身就有些不满,得知不能要孩子后就有离婚的意思,他没同意。他的病情越来越重,越发越频,只想治病,即使去了国内几家知名心血管医院,手术风险太大,不敢做。相对较好的治疗办法是心脏移植,但一直配型不成功。他被迫同意离婚,并开始恨女人。这次去美国治疗,由于心脏病还带有梗阻,手术预后不佳,他的心律仍不齐,随时有生命危险。他不敢去想自己走后,老来丧子的父母将面临何等的痛苦……

年底,闪电又犯了一次病,病情稳定后,他才告诉她说,最开始的时候,他本是想来捉弄她,但她改变了他。

原来,闪电因病被迫离婚后,觉得这样被妻子抛弃很失败,想报复女人。无聊的时候他就上网,专门捉弄在网上晒个人照片的少妇,认为那些晒大头照的女人就是卖弄风骚,期待红杏出墙。他就投其所好,成功捉弄了十余位少妇。他看到有人转发舒茗悦的日志《改名了》就找到她的空间,以为拍婚纱照的她是少妇,读了她的日志后方知不是那么回事儿。他喜欢那篇《我姓什么》,就在下面留了言。后来,他用甜言蜜语和昂贵礼物来诱惑她,想让她对他产生好感,下一步目标本来是约她去宾馆见面,其实就是让她去敲五星级总统套房的房门,让套房里的客人给她难堪。但是,他的物质引诱在她面前失了灵,她不打算见面也不想得到一份什么奢侈礼物。而后,他通过视频,打算用英俊的脸来赢得她的芳心,她也不为所动,一个"帅"字也没出口,他有了挫败感。要知道,他五秒钟的视频在以前动摇过很多有底线的少妇,他的脸差不多是最后击垮女性防线的王牌。之所以只露面五秒钟,那是他怕对方截图保存他的头像。也就是这次与舒茗悦第一次视频的当晚,他发了病。等病有了好转,他通过特殊途径查询到她的家庭情况,就驾车到她家楼下偷偷看她,那时他是一幅病人的样子,害怕被她看见。

闪电在舒茗悦面前坦白了阴暗面,笑称他只是暂时在舒茗悦面前失败了,如果他从网站或者从摄影的角度出击,一定会成功。人都有阿喀琉斯之踵,没有攻

下卷

破不了的软肋，他败在了前妻的美貌上，却被前妻抛弃，所以才有了戏弄少妇的荒唐之举。闪电还说，他可能会有另一个荒唐之举。

闪电的病还是越来越重，最后一次和舒茗悦通话是二月底，他说不行了，声音微弱，说得很短。她想去见见他，他说网络与现实是不相交的，他不愿谁看到他垂死的样子，就让一切美好存在于网络上吧。他只想听她的声音，她就对着电话给他讲从小到大的趣事，讲了一个多小时，讲到手机没有了电，讲到她只听得到自己的哭泣。从此，闪电杳无音讯。

半年后的七夕节，舒茗悦收到了一份快递，寄信人署名"槛外人"，寄信地址留下的是一家根本就不存在的公司。信里装有一间商铺的钥匙、房产证、土地证、合同书。商铺位于新天地外围的一条路边，有三百多平方，户头落着"舒茗悦"，合同书中所有费用已经缴清，减免了五年的物管费。合同的封底是封简短的遗书："谢谢你在我生命最后一程陪着我，商铺是对你的感谢，希望你今生幸福。它是干净的，坦荡地使用吧，不要有顾虑，这是我最后一次荒唐之举。"遗书似乎是请人代写的，正文字体工整，但落款歪歪扭扭，签名为"杨爱渺"，加按了指印，时间为这年三月初。这间商铺她一直不敢去看，如同《记录》这首诗她一直不忍再点开。

收到快递的当天下午，舒茗悦找到了闪电的安息之地，为他送去的是用白色的菊花编成的花环。第二年七夕节，她就改送了用红色彼岸花编成的花环，让天国的他能感知一份温暖。她觉得，他在她家楼下见到她时，她不知道，她见到他的遗像时，他不知道，他们就像彼岸花的花与叶，有花无叶，有叶无花，两者永不相见。

舒茗悦讲述着，仿佛回到了当年。她不停地眨着眼睛，没有让泪掉下来。

牧典蓝不由被这个说不清是好还是坏的男人搅得心慌意乱，他仍觉得可疑："你不在场，怎么可能办到它的房产证？"

"这正是他强大的地方。他对我了如指掌，我对他一无所知。"

"强大？这种把刚性规则当泥巴推掉的人，什么证都能单独办下来的人，叫恐怖！"

"人都走了，何必把话说得那么难听？"

"办房产证必须要身份证复印件存档吧？他们怎么可能弄到手？"牧典蓝百

思不解。

"我也觉得不可能。我从网上查过了,有一种身份证复印件生成器,只要设置身份证号码和有关信息,就能制作一张复印件。"

"别说了,走吧,走吧!别想这个死了都要爱的男人了!我的醋坛子打翻了!"牧典蓝以为自己在交割单和转账单上造假已经很厉害了,原来没有什么不可以造假,做坏事造假,办好事还得去作假。

"我说过,七夕节会给他送花环,送三年。今年就是第三年。"

"到时,我和你一起去,让他知道,有我照顾你,他不用担心你不幸福了。"

"这间铺子,我不敢告诉任何人。我不知当不当把它用起来,它闲置好久了……"

"如果,我没发现这首诗,你什么时候会告诉我铺子的事?"

"也许,在某天,在你面前,我会说成是我爸送我的。在我爸妈面前,我会说成是你按揭的。"舒茗悦看了看牧典蓝,顾虑着,"你认为怎么用这铺子好?我不想它再那么闲置下去了。"

"让它闲置肯定不是人家的遗愿……你想怎么用起来?"

"我不知道。"

"如果就这么租出去,当地租婆,不是你的风格,也应该不是人家的本意……我们还没有实力去利用它。除非,除非拿它去抵押贷款,再来装修和经营……又经营什么呢?"牧典蓝思索着,他承认自己不是生意人,对其他投资一窍不通。

"决不抵押!我再想想……"舒茗悦也没什么点子。

牧典蓝没有反对。不抵押不贷款,有多大资本做多大事,看清方向再做事,看似不懂以少博多的投资窍门,其实是万全之策,只要贷了款,就可能永无宁日。

第十四章　冤家路窄

1

平静的海面，会覆盖野蛮地厮杀。华年网看似运行照旧，不过总编易人，方绪代替了未艾；兼职副总编由另一位兼职编辑接替了雁如；十余位编辑和热心写手消失，均属雁如那一派；未艾净身出户，他没叫上谁，也没谁跟他走。

舒茗悦又为六月将开展的"一爿小店一片情"征文大赛忙开了。网站每年通过大型征文活动增添网站的传统文化底蕴，以高额奖金吸引各方写手。首页推荐文章的幻灯片配图多用摄影、手绘和漫画，这些图片均系管理员原创，摄影配图素材则出自舒茗悦之手。

舒茗悦带上佳能EOS5D相机和摄影器材，与牧典蓝穿着红蓝相间的情侣衫来到新天地一带寻找个性别出的小店，将其拍摄下来作为图片素材。她曾在不同的季节、不同的天气、不同的时辰来过新天地，用相同和不同的角度拍摄这一带的石库门建筑，形成强烈对比。当同一地点的场景用春夏秋冬，或者用五年前、十年前、十五年前的场景进行对比拍摄时，淡忘的是技术，震撼的是匠心。

舒茗悦拍得心满意足，挽着牧典蓝当起了游客，她在一家手工店里选了对树脂做的车载摆件，是穿红肚兜的中国娃娃，一男一女相依而坐，颈部安有弹簧，头部能轻轻晃动。牧典蓝背着装有数只大小镜头的摄影包，扛着沉重的三角支架，路人都把他当成了摄影师，投来或好奇或羡慕的目光。

逛到一家名表专卖店门口，牧典蓝停下脚步，随即把舒茗悦牵往里面："宝贝，这么久了，我还没送你一件像样的礼物。今天要送你件定情物，一情定终身。"

"我有手表啊！"舒茗悦抬了抬左手腕上手链形的表说。她的手表刚维修了一次。

"别要装饰表，维修一次的费用都可以重新买只表了。咱们要来对不出故障的情侣表！你戴只凤表，你妈妈不会清问你。"牧典蓝说。他曾想送她珠宝项链之类的首饰，她不肯收更不敢戴，怕母亲审问和责怪。

手表专卖店店面窄小，门庭冷落，有着神秘的肃穆感。店里的手表招贴画只有手表，没有代言明星，这是舒茗悦喜欢的手表店——靠明星代言的手表，是不自信的手表。柜台中被射灯聚光的各种手表不亚于珠宝的璀璨夺目，怀旧版、日历版、陀飞轮版、露摆版、多功能版、纪念版等，高贵地静候主人的到来。

牧典蓝不看中不发话，发话必定准备到手。他看中了一对陀飞轮版的情侣机械表，它采用瑞士机芯，圆形表盘简约典雅，全钢表壳带18K黄金表圈，蓝宝石水晶镜面，全钢表带，蝴蝶表扣镶嵌18K金商标。这款表属男左女右佩戴。

舒茗悦也觉得这款不错，细看价格，十八万！

牧典蓝接过柜台员递来的这对腕表，取下舒茗悦左手腕上那只有些掉色也掉了些水钻的装饰手表，小心翼翼把崭新的女表试戴在她右手腕上。

舒茗悦白皙的右手腕焕发出异彩，她环顾着工艺精湛的名表欣赏了一番，既喜欢又顾虑："好看！好贵啊！"

"它不是最昂贵的，却是最珍贵的！"

"好奢侈！没必要吧！"

"当奢侈就奢侈，不会花就不会挣。"牧典蓝知道她的意思，她更希望他把钱积攒下来买房子，解决他的头等大事，这也是他们的头等大事。不过，她若一直拒绝他的昂贵礼物，拒绝定情之物，那就是不想情定终身，不愿心有所托，他没有安全感。他要靠实物来证明她真的接受他，他托起她的右手掌亲了亲她的手背，"它将成为我们的见证！喜欢吗？"

"喜欢！"舒茗悦甜蜜地笑着，没有拒绝，欣然接受了。

"你从不戴名表，是为了等我来为你戴上吧？"牧典蓝喜不自胜，她的心归于他了！

"正是！次的我看不上，好的又买不起。"

"再选选，也许还有更中意的。"

"这款就很漂亮，戴着也舒适，我喜欢。"

"给它们取个名字吧，就叫'一见钟情'怎么样？"牧典蓝把自己手腕上的旧表取下来，试了试新款龙表，超级满意，就要下了这对情侣表。他让柜台员调整表带的大小，觉得还是少了样东西，"过段时间就是你的生日，到时再送你一枚订婚项链。"

"不要了。送我也不敢戴。"舒茗悦对母亲定下的规矩有些畏惧，又问道，"还有两个月就是你的生日，你最想怎么过？"

"我从不过生。"

"以前不过生日，今年我陪你过。"

"不是我不想过，是我不敢过生日。你不知道，我爸出生之时，我曾祖父就去世了，家里人从不祝我爸生日快乐。我的生日从农历上看，比我爸早一天，家里人也从不祝我生日快乐。我爸和我都不过生日。加上我的生日在暑假，学生时代，也没有同学会提及我的生日。"

"还有这么纠结的生日啊！"

"是啊，我的生日影响了我的名字。我本叫牧昌蓝，我属'昌'字辈。但从我爸开始，就不再用字辈取名了。我家的字辈是：'天文常炳朗，人才世克昌，忠厚传家远，源渊自流长'。我爸本属'克'字辈，他出生之时曾祖父就去世，爷爷认为问题出在'克'这个字辈上，有'克死'之意，就不用字辈为我爸取名。我的生日与我爸紧临，'昌'和'克'两个字辈正好紧靠在一起，成了'克昌'，有'昌盛克星'之意。我爷爷找算命先生算了一卦，就用'典'字代替'昌'给我取名。其实，'克昌'本意是'子孙昌大'之意，我现在就希望自己能像所属的字辈那样，让牧家昌盛、昌大、昌乐。"牧典蓝解释说。他爷爷是个比较守旧的人，唯独在字辈上没有守住。

"阴历不方便过，就过阳历，错过祖辈的祭日，不就解决了？"舒茗悦出了个主意。

"老家都认阴历。"

"今年是你的本命年呢，想收到什么样的生日礼物？"

"到时告诉你。"牧典蓝坏坏地笑了，暗暗捏了捏她的手。他很想说"就要你"，又觉得是对曾祖父的不敬。

2

  手戴情侣表的他们从手表专卖店出来,沿着窄窄的人行道向停车位走去,准备到另一条街上去找"闪电"杨爱渺赠给舒茗悦的那套商铺,再策划如何利用它。
  奥迪车前面停着一辆宝马车,是成都牌照。舒茗悦上午将车停在它后面时就赞叹过"哇,宝马 7 系!我喜欢这种开司米银的色调!"牧典蓝还说"只要你妈妈不反对,我就给你换台开司米银的车!女儿家,就别开这种男性化的黑色奥迪了!"
  牧典蓝把摄影器材放入奥迪车后备厢,回到了副驾驶室。舒茗悦刚把那对树脂娃娃安装在挡风玻璃下。他俩把戴表的手腕并排放在方向盘上,欣赏起来。
  等他俩抬起头来准备出发,车前已站着一对母子正打开宝马车后备厢,慢悠悠放起四包东西来,每个包装袋都要打开看一下,再选择最合适的位置摆放。奥迪后面的那辆车又隔得太近,奥迪无法通过倒车再驶离停车位,只好等着。舒茗悦自责道:"还是该离前车远点才对,直接起步就不被动了。"
  牧典蓝看着这对母子,心提到了嗓子眼——那是池墨和欧帝!
  池墨变了,从前的她唯恐走在大街上被人忽视,总是名包在手名牌加身的艳丽打扮。现在她穿着灰色休闲装,无首饰装点,系着卷发马尾,素面朝天的她有点不像贵气四溢的她了。宝马车彰显着她低调的招摇,这车连同车牌号也变了,以前是白色的宝马 5 系。
  欧帝更是变了,从前一米五的他已经有一米七,高过了池墨半个头,不再是稚气的小男孩,成了真正的少年。他留着小寸头,唇上有了小胡子,脸型不再滚滚圆,有了男人的初步轮廓,长得更像舒秉浩,脸上星星点点长有红色青春痘,还戴起了眼镜。
  牧典蓝打心底喜欢这个叫欧帝的孩子,不,是喜欢舒茗悦的弟弟。
  舒茗悦迟早会知道她还有个同父异母的弟弟,为了让她有个思想准备,牧典蓝早在春节与她煲电话粥时,借着聊成都的机会,有意大聊特聊池墨和欧帝,并告诉舒茗悦说,虽然池墨当年把他辞退了,让他陷入绝境,但他对这对母子满

下卷

怀感激……

　　欧帝看似顽劣，连狼犬"烈焰"也畏惧他两分，其实胆子特别小，晚上怕黑，雨夜怕雷，养狼犬就是为了壮胆。池家别墅人少面积大，周围有大树遮掩，随时都能听到不知哪里传来的细小声音。白天，只要二楼没人，欧帝独自去二楼都怕门背后躲着个什么隐身人，他甚至说"住八十平米的房子多好啊！"所以，池墨会挑选男家庭教师全天候陪欧帝，并住在欧帝卧室的对门便于照管。

　　池墨在欧帝生日那晚把变心的舒秉浩赶出别墅后，过了三个月就交了位男友。那男友说欧帝该锻炼胆子了，别墅里再住年轻男教师容易招来怪言怪语，要牧典蓝三月份搬出别墅。别墅周边房租很贵，牧典蓝只好在远些的地方租房。租房也就罢了，那男友竟然嫌牧典蓝的工资高得离谱，要降低工资。池墨认为牧典蓝不只教欧帝，还教着接来同住的侄女小绒，加之又在租房住，没有同意。牧典蓝的工资没变，隐形福利却大部分失去，加之他的股票被套，他开始发生经济危机。

　　欧帝考入私立名校后将到封闭式管理的学校读初中，牧典蓝在池家待的时间屈指可数，因为池墨计划今后请女教师带小绒。那时，牧典蓝的爷爷又因前列腺增生并发尿潴留到华西医院住院，顺便也治疗失忆症，爷爷没参加任何医疗保险，所有费用都得自己拿。牧典蓝四万本金的股票又被套着，他不想割肉，就在信用卡上想办法支付医药费。那段时间，牧典蓝成天在别墅、出租房和医院之间来回跑，也往大商场跑，因为要用信用卡套现，那个困啊，可以直接倒在地上、靠在墙上就睡着。

　　最麻烦的就是信用卡套现也不能维持医药费，实在没法，牧典蓝就趁池墨的男友没在别墅的时候，找到池墨说起了爷爷住院的事，恳求她提前支付两个月的工资，他会写借条并拿身份证作抵押。池墨并不要他的抵押，提前支付了工资，一大沓现金，还多给了一千表示她对爷爷的慰问，并说如果爷爷需要他，可以先去照顾爷爷。

　　牧典蓝感激不尽，揣好钞票正要提前离开别墅，欧帝说有个题不会做，把他叫回到房间。欧帝并非是想做题，而是神秘地说，他可以借给牧典蓝一万。这钱是欧帝生日那天父亲给的，母亲就用这笔钱训练欧帝理财，并要求拿十分之一留作慈善基金，今后可以参加捐款之类的公益活动。欧帝认为把一万借出去不收利息，到时还回一万，既做了慈善，本金还不少，两全其美。牧典蓝太需要钱了，

233

一听欧帝的"理财窍门"觉得可行,稍加犹豫就写起借条来。欧帝从一个铁皮小盒里挑出了一张银行卡。

就在这时,池墨走了过来,她拿起牧典蓝还没来得及落款的借条看了看,把银行卡从欧帝手中夺了回去,猛地抽了欧帝一记耳光,把欧帝打哭了。欧帝说出了借钱的理由,池墨一边撕借条一边骂欧帝"慈善基金总共一千,你就借出一万,怎么在理财?"骂完欧帝又骂牧典蓝"你哄我就算了,还骗小孩子!慈善基金都算不清,当什么老师?"池墨那一巴掌打在欧帝脸上,实际是打在牧典蓝脸上,还有什么好说的,牧典蓝没有辩解一句,知道自己在池家的日子彻底结束了。他道着歉,把刚从池墨那里求得的钱一分不少地还给她,也收回了开始写给池墨的借条,离开了欧帝的房间。小绒正躲在门外怯生生地望着他,他估计是小绒去给池墨告的密,但他能怪小绒吗?其实他还是有些恨小绒,如果不是受小绒父亲池俊的影响,他不会学炒股,不会落到如此境地。

别无选择,牧典蓝第二天就把股票全部割肉清仓救急,并注销了股票账户,发誓再也不炒股。

牧典蓝离开池家别墅也从未记恨过池墨。当他进入沪泰公司后,曾用短信的方式向池墨解释了找欧帝借钱的原因是炒股大亏的无奈之举,池墨也就原谅了他。牧典蓝最歉意的则是欧帝挨的那一巴掌,最感谢的也是池墨的那一巴掌,把他从成都打到了上海,他才找到了属于自己的位置。

牧典蓝在车里默默地注视着这对相遇却不敢招呼的母子,疑窦丛生。这不是大假,池墨驾车带着欧帝来上海看父亲不太正常,时间太短不说,舒秉浩是不许池墨来上海找他的,因为怕遇到熟人。今天还真遇到了!还有,那年池墨和舒秉浩已经决裂,甚至交了男友,难道他们已重归于好?

舒茗悦见牧典蓝看傻了眼,取笑道:"这富姐很漂亮是吧?"

牧典蓝回过神:"我在猜他们什么时候离开。"

说话间,更让牧典蓝惊骇的事出现了。身穿休闲黑T恤的舒秉浩走了过来,刚要和池墨说话,注意到了奥迪车,随即注意到了车里的舒茗悦和牧典蓝。

舒秉浩怔住了,眼里有着没来得及掩饰的惊慌。

池墨关好后备厢和舒秉浩说起话来,跟着舒秉浩的视线注意到车里的人,认出了牧典蓝,并向他招起手来。

下卷

舒茗悦盯着父亲发起懵来，问牧典蓝："那是我爸吗？不对……"

牧典蓝不知如何回答才好，只好说："你爸看到我可能要生气了。我们赶紧逃吧！"

舒茗悦打开车门："该逃的不是我们。我要看个究竟。"

舒秉浩见舒茗悦走到了跟前，一脸严肃："你跟过来的？"

"我从不跟踪别人。"舒茗悦说着，看了池墨一眼，"爸，她是谁？"

池墨见牧典蓝下了车，正准备招呼，从舒茗悦的话中已经明白了怎么回事，有些慌乱，更有些惊愕，一言不敢发。

舒秉浩看了一眼也不敢说话的牧典蓝，对舒茗悦说："不该问的不要问！你该做什么就去做什么！"

舒茗悦指了指池墨和欧帝说："爸，你从没时间带我在上海痛快地玩过，现在有时间陪他们玩？"

"我不是在陪玩！"舒秉浩说着，把手朝池墨一挥，"我们走！"

"你还不承认！"舒茗悦见父亲走向了副驾驶室，追上去说，"你有车，怎么坐这女人的车？妈妈的车你都从没坐过！"

"大人的事，你别管！"舒秉浩打开车门说完，和池墨母子都坐上了车。

宝马车发动起来，车头缓慢驶出停车位。

舒茗悦见父亲并没把她放在眼里，就跑到车子左前方挡着去路，对池墨喊道："你给我下来，说清楚再走！"

池墨无法行车，只好将车暂停。

舒秉浩打开车门，探出半个身子厉声说："悦儿，让开，回去再说！"

牧典蓝在一旁拉舒茗悦，拉不动。

舒茗悦说："我要她当面说清！"

后面有车驶来，见宝马车挡了道，就用喇叭催促。

"快让开，别挡路！"舒秉浩说完回到车里。

牧典蓝见舒茗悦执意不让路，就抱住她的肩往旁边推，小声劝道："别争了，那就是墨姐和欧帝，看在我的分上放他们一马。等会儿我给你说。"

舒茗悦更是吃惊，似乎明白了些，她反抗道："你让开，原来你知道内情！不能放这狐狸精走！"

| 235 |

舒茗悦还是被牧典蓝强行推到了一边，见宝马行驶起来，欧帝正在后排车窗内惊恐地注视着她，她猛地一挣，一把从车窗口抓住欧帝的衣领。

牧典蓝掰着舒茗悦的手，急道："你跟孩子过不去做什么？"

池墨停了车，喊道："冲我来，别冲着我儿子！你爸是来给他看心脏病的！"

舒茗悦一听此话，触电一样地放开了手，但是双手又抓住了车窗框，朝父亲叫道："我要告诉妈妈！"

舒秉浩喝道："懂事点！"

"不是我不懂事！"舒茗悦争道，被牧典蓝掰开了手，推到了一边。

池墨迅速关闭车窗，启动了车子。小街窄小，不时有人横穿马路，也有车驶离停车位，宝马时行时停。

"休想逃，看我不追上你！"舒茗悦挣脱出来，要往奥迪车里钻。

牧典蓝拉住她："别追了，你追不上墨姐。她擅长飙车。"

舒茗悦说："你轻视我！让开！"

牧典蓝乞求道："给你说过，墨姐不是坏女人。"

舒茗悦冷言道："她靠着我爸，开得气派啊！让开！"

牧典蓝说："不是你想的这样！"

舒茗悦说："你再挡着我，为第三者说好话，我们就一刀两断！"

牧典蓝并不让："你改变不了现实，又何必？"

舒茗悦推着他吼道："我这就要改变现实。让——开——"

牧典蓝见宝马已经不知去向，放开了舒茗悦："走吧，这是大街上呢！别争了！"

舒茗悦白皙的脸色已经红得带紫。她开始解那只崭新的凤表，气急之下一时又解不开，就开始连拉带拽。

无声胜有声的生气更可怕，牧典蓝抓住她的双手阻止她："扯断它，修不好的！你撕我的心吗？"

舒茗悦退到一边说："你套不住我的！"

"别这样，我们走吧！"牧典蓝见路人们围了上来，看着他们的热闹，用手机拍着他们的照片，不好再与她争执和拉扯，焦急地说。

舒茗悦好一会儿才取下凤表，把它提在牧典蓝眼前晃动："还你。我不要！"

下卷

"你不要，我要它做什么？"牧典蓝退了一步。

"你信不信，我会把它扔了！"

"不信！"

"以为你视我为生命中最重要的人，结果不是。关键时候，你宁可帮别人，也不帮我……你和栗天劲是一样的货色，为的是讨好我爸！我不会饶恕你！……给，这表不配戴在我身上。"舒茗悦愤恨地说。

"它只属于你……"牧典蓝的心跌到了谷底。

"我不是你的什么心肝宝贝，只不过是你的头发，表面顶在头顶，实则无足轻重，随时都能剃去。"

"他们的事，你来怨我。我好冤！"

"你现在就能为别人说话，今后伤我肯定不在话下。我妈说得对，不要在男人失意时动心，那时他会重视你，一旦得志，就无视你。"

"我失意也好，得志也好，都尊重你。"

"从今往后，你是南，我是北，各在自己那一极互不相关吧！我不稀罕这表！"

"你不稀罕，我更不稀罕！"

"我数三声，如果你不接，就让它就此落地。愿你能接住它，把它送给属于它的人。无论你接还是不接，我们从此回到素不相识的从前。"

"你不能！就算我做错了，你怎么拿它出气？"牧典蓝哀求道，眼泪急出来了。

"好了，不必多说，我们的倒计时开始，三，二……"舒茗悦哽咽道。

牧典蓝没听她数完，拨开围观的人群跑掉了。跑了一段路，他想了又想，又返了回来。好马不吃回头草，好男人怎么能逃跑？

奥迪还停在那里，舒茗悦在驾驶室里埋头哭泣。牧典蓝就站在车后那么看着，看着，看得心酸不已。他终于忍不住了，开门进了副驾驶室。

舒茗悦见他又回来了，指着门外吼道："下去！去找你的昀昀吧！我们不是一路人！"

"不要拿昀昀来捅我。她是过去时，你是现在时，也是未来时！你答应过我的，不会再提她！"

"好，我让你坐！"舒茗悦见牧典蓝赖着不走又无可奈何，猛地发动了车子，向新天地外的大道驶去。

| 237 |

"我们不要吵好不好？你听我把话说完……"牧典蓝努力辩解。

"我不听——"

"你不听我也要说。你不要以为墨姐开着宝马，就是靠着你爸玩气派。我给你说过，她弟弟是早期的操盘手，创造了巨大财富。墨姐的投资项目很多，没有依赖你爸。你爸的股票账户最初就是由她弟弟在打理，为你爸积累了创业资本……"

"住嘴吧，你！她怎么说，你就怎么信！强盗不会承认他是强盗！"

"你不信这些，那你可以想想，欧帝都十多岁了，你爸爸十多年前是什么样的情况？墨姐能靠着你爸爸什么？"

"她破坏了我的家庭，不能饶恕她！"

"那不是存心的！墨姐为了你爸，这十多年她什么委屈都受够了。女人的青春那么可贵，名誉也珍贵，她为你爸暗中流过不知多少泪……再世俗一点吧，凭她的个人条件，找个爱她的人嫁了还不容易？即使另嫁，还不容易？她根本没必要当没名没分的小三，让儿子也没名没分……但她一直在等啊，等到老，等到死……"牧典蓝真希望自己的劝解能起作用，但明显觉得无力，想起欧帝来上海看心脏病，他很是难过，"欧帝都患心脏病了，放过他们吧！若不是为了给欧帝看病，墨姐不会来上海，你爸也不会和他们在一起。欧帝可是你爸想关心却关心不到的亲骨肉啊！你爸不带欧帝看病，不陪欧帝逛逛上海，他还是人吗？想想你爸现在是什么心情……'闪电'得了心脏病，你愿意安慰一个陌生人。欧帝得了心脏病，祈祷他吧！他是你爸的爱子啊！"

奥迪车向浦东方向前进，他们沉默着。挡风玻璃前的两个中国娃娃微笑着点着头，车里的两人一个是怒容，一个是愁容。

好一阵，牧典蓝见车子并没有送自己回家的意思，而是向浦东郊区开去，见车超车，就问："你要去哪儿？"

舒茗悦说："把你这种没有原则的人扔到海边去！让你去想想你的梁老师，想想她是怎么在讲原则。"

"你居然拿昀昀来中伤我！你不能用昀昀作为否定我的理由！早知如此，我不该写那些文字！不该写！更不该告诉你那么多！真的不该说！我不希望我年少的真心成为你眼中永远的过错。我爱过昀昀又怎么了？我不过是在错的时间错爱

下卷

了一个人。你不知道错爱的痛苦,想说不能说,想爱不能爱,被抛弃了还不能责怪,只能恨相见太晚!我理解墨姐的苦,那真的是有苦无处诉,有泪无处流……你不要用墨姐和欧帝来筑起我们之间的高墙,无法挽回的东西,就让它去吧!"牧典蓝痛心地说,他感觉车速越来越快,看了一眼车速表,一百二,急了,"你不要命了,这不是高速公路!"

"只要你不下车,我还会开快!一百八怎么样?"

"我下,现在就下!别拿生命当儿戏!"

舒茗悦随即减速,把车靠边停下。

"宝贝,我下了。不要恨我,千万别在车上生气。"牧典蓝说着要去拉她的手。

舒茗悦把手躲开,怒目圆睁,吼道:"别碰我——滚!"

牧典蓝见她去意已决,心痛刺骨:"今天的事,我给你道歉,你别这么仇视我。你这样,我都没力气走下车了。"

舒茗悦看也不看他:"腕表,我会原封不动地寄还给你,我不稀罕!"

"如果你把它当垃圾,那好,我收到它的那天,就是帮你把它扔进垃圾箱的那天!"

"你给网站的所有投资,我一个月内全部奉还。不要以为我无力还你的投资,我把那个本不属于我的商铺转手,连本带息地全还你!"

"别说气话好吗?你这样说,不但能把我这个活人气死,还能把那个走了的人气活!我们冷静一点好不好……"牧典蓝真怕她做蠢事。

"别赖在我的车上,下车!没说的,后会无期!"

牧典蓝磨磨蹭蹭地打开车门:"亲爱的……"

"少套近乎!"

"你让我想撞墙了!你爸的事,别让你妈妈知道……"

"你凭什么管我!"

"你现在大脑充血,不要做傻事,过几天再说这事好吗?"

"不会给你说任何事了。走吧!"

牧典蓝迟迟不下车。

"让你见识一下我的赛车水平好了。"

牧典蓝这边的车门打开着,她就把车子缓缓启动了,他不再寄任何希望,一

239

脚跨出了车门:"车开慢点,别开小差。"

牧典蓝刚一下车关了车门,那车加大油门"呜——"的一声绝尘而去,飞快消失在车流里。

3

牧典蓝被舒茗悦丢在了路边,这一带车辆成串行人稀少。他魂不守舍地独行,没有了方向和目的。一辆又一辆豪车从他身后神气地驰向前方,豪车让多少人羡慕得眼红啊,那里面的悲欢又有多少人在乎,豪车里的池墨又有多少不为人知的辛酸。

牧典蓝对池墨的了解还得从那年他放弃出家从峨眉山回到成都说起。

一天,他在中介公司刚相中一份工作,准备去一家不缴纳押金的火锅店做服务生,因为相信"很多老板是从服务员做起来的"。穿着讲究的池墨此时走进中介公司,中介人员认识她,对她极其殷勤,将一沓表格并附带照片的资料送到她面前,由她来挑选家教。她的条件极其苛刻,要求全天候专职家教,住在别墅,包吃包住包交通费的月薪也高达七千。牧典蓝正居无定所,不愿失去这样的良机,再三恳求池墨给他一次机会,七天免费试教也行。但他没有家教经验、没有大学文凭、交不出一万押金,被一口拒绝了。情急之下,他就说自己曾是北大生,因为家有变故才没有取得文凭,他完全能胜任全职家教的工作,他一千的押金也交不起,可以把头两个月的工资作抵扣来交。池墨仍说免谈。

最后一线希望破灭,牧典蓝无奈地离开中介公司,走到门口,被急匆匆赶来的送水工撞了一趔趄,纯净水桶从送水工肩头滑了下来,他帮着把水桶接住了。送水工连声道歉,看着那送水工满头大汗,他不忍责怪,说了声"没事"。这时,池墨才叫住了他,让他试教一周,如果儿子满意就继续。

池家别墅如皇宫般富丽堂皇,大门两旁的巨幅欧式窗帘用遥控器控制,屋内铺满暗红色地毯,楼梯设计成螺旋形的钢琴键。牧典蓝在池家得遵守各种各样的规矩,包括不得打骂欧帝,不得有兼职等等,尤其是严禁打探池家的任何家事,

下卷

这是一个雷区触碰不得，属零容忍。所以，在欧帝生日这天牧典蓝看到欧帝在小白板上写出父亲的名字"舒秉浩"时，丝毫不敢问欧帝为什么不随父姓，也不随母姓。

忙于各种投资和保健的池墨总是满面春风，说话带笑，她的快乐在欧帝十一岁生日那晚打碎了。她发现舒秉浩变了心，将其赶走后就在大厅哭骂着砸东西。欧帝跑过来跪在地上抱着她的腿大哭，又喊爸爸又喊妈妈。母子俩的哭泣让偌大的别墅浸漫着难以言说的悲凉。牧典蓝和保姆好不容易把母子俩劝安静下来，欧帝嚷着要和妈妈一块儿睡。池墨扭不过，把抽泣的欧帝带入了她的卧室。

半小时后，池墨叫牧典蓝去她房里把欧帝抱走。牧典蓝来到她欧式风格的豪华卧室，她正披头散发坐在布艺沙发上，用银色的金属打火机点着了一只纤细的女士烟，烟缸里已经有好几个烟头。她面前圆形小茶几上还有半杯红酒，酒瓶里只剩下小半瓶，她是自诩能喝红酒的人，但也很醉了。屋里的地毯上散着大大小小的物什，像是她在大厅砸东西之前赶走舒秉浩的现场。池墨没有让牧典蓝去抱铺上的欧帝，而是软弱地示意他坐到她对面。借着落地式台灯的柔光，他无所顾忌地看着她的脸，她圆形的脸上留着擦过和没擦过的泪痕。他不能帮她什么，也不知道说什么才有用，就静静地陪着她。

池墨把烟吸完，灭掉，才缓缓地说，把牧典蓝叫过来，是因为想起了她弟弟池俊。牧典蓝从没听说过她还有个弟弟，倍感意外，不知此时提起她弟弟，和母子被抛弃有什么关系。池墨告诉牧典蓝说，当初同意他来池家别墅教欧帝，表面上看是觉得他对送水工比较宽容，人品应该不错，其实最深层的原因是他让她想起了弟弟，因为她弟弟曾是北大生，也不戴眼镜。不管牧典蓝自称北大生是真是假，反正说到了她的心坎上。

这晚之前的池墨骄傲无比，这晚的池墨娇弱不堪。牧典蓝也就在这晚听她幽幽地讲起了弟弟池俊的遭遇，遭遇带着血色，她从不愿提起，但这晚历史似乎在重现，她害怕历史会重演。

池墨的弟弟叫池俊，是三代单传的独子，长得面若冠玉，从小到大都是家里和学校的宠儿，池家引以为傲。池俊喜欢成都的闲适生活和温暖气候，从北大经济专业毕业后回成都做了蜀润证券公司的操盘手。那时股市就像商品房，未被大众接受，先期进入股市的人遇到了一波牛市，有人靠此发了财。过后遇到熊市，

| 241 |

散户甚至操盘手们血本无归，池俊照样揽金。池家这幢别墅就是池俊送给池墨用来照顾父母颐养天年的。经过几年打拼，池俊和池墨顺风顺水似乎站在了人生的巅峰，好是得意，忘记了乐极生悲。

池俊的妻子叫米秀，是东北人，她性格内向，不喜欢交际应酬，在成都举目无亲，视池俊为一切。米秀怀孕后，第一次打B超时说是男孩，分娩前打B超确定是女孩，池俊虽然失望也没在意。米秀害怕顺产太痛，要求剖宫产。池俊认为剖宫产打全麻影响母子智力，而且剖宫产的伤口更大还影响腹部美观，坚决要求顺产。米秀在病房阵痛了一天两夜，苦苦哀求剖宫产，池俊就鼓励她说女人都得过这一关。米秀的羊水快流干了，孩子却难产。池俊在产房外终于改变主意同意剖宫产，冲入产房去安慰妻子，一见米秀下身那么多血就晕了过去，他晕血。米秀最终剖宫产生下了女儿小绒，但身体从此大不如以前。小绒母乳也未吃到一口，后来成了病秧子，一家老少成天往医院跑，四五个大人成天围着小绒转。池俊受不了连串的挫折和打击，加上他目睹了米秀流血那一幕，看到米秀腹部有大蚯蚓一样的疤痕，有了心理障碍，无法再和米秀亲热。被小绒拖累得疲惫至极的米秀怀疑池俊变了心嫌弃她，就时常与池俊争嘴。池俊无处浇愁，干脆酗酒放纵，和别的女人好上了，不想再回家。有段时间，池墨还为池俊遮掩，说池俊在坐庄，公司不许他与家人联系。后来，池俊有外遇的事被米秀知道，米秀就老去证券公司找池俊，也指望池俊回家，再生个儿子挽回池俊的心。池俊无法对米秀再生性趣，最终不能忍受米秀的哭闹，坚决要离婚，以为把家产分一大半给她，让父母带小绒，就能求个安宁。哪知道，离婚那天，米秀在登记离婚时故意扔掉离婚协议，趁池俊埋头去捡的时候操起包里的铁锤，砸向他的后脑……医生用了六个小时也没能让池俊再睁开眼，那时池俊刚三十出头，小绒才三岁。

池俊一走，池家的香火断了，父母差点哭瞎，不愿再来别墅，把小绒带回乡下老家去了。池墨的心也死了一半，当时只恨米秀太毒辣，恨不得让她立即执行死刑，为了侄女小绒，才想尽办法为米秀争取死缓。池墨一直恨米秀，恨得要命，从来不许小绒与米秀见面。

池墨从前觉得米秀可恨，但是在欧帝生日这天所遭遇的事，让她也生有杀舒秉浩的念头了，就像当年弟媳仇杀弟弟一样，池墨觉得自己像米秀那么可怜。因为晚上舒秉浩正在刷牙时，有位女人给舒秉浩打来电话，被池墨接到。那女人自

下卷

称是大学生,已怀上了舒秉浩的孩子,叫池墨不要再纠缠舒秉浩。池墨无法容忍舒秉浩为这种厚颜无耻的年轻女人变心,认为自己老了,被抛弃了。舒秉浩极力否认,说那个大学生他不认识,晚上已经骚扰他几次,但他无法解释那女人的电话号码最后四位为何是他的生日日期。

池墨回想起这十多年的煎熬,到头来落得被嘲笑的境地,就不能自已。舒秉浩是有妇之夫,没有兑现当年离婚娶她的誓言,她在父母面前一直没能抬起头来,在朋友面前总被误解成被大款包养着的小三,欧帝也失去了健全的童年变得沉默寡言。她从舒秉浩身上看到了池俊的冷酷,体会到了米秀的无助与冤屈。她重新审视米秀的过往,发现罪魁祸首还是池俊一意孤行强迫米秀顺产,不是米秀害了弟弟,是弟弟害了米秀,害了好好的一家人。

池墨叫来牧典蓝,就是想看着他,让她尽量念叨起弟弟好的一面,忘记坏的一面,让她找到不杀舒秉浩的理由,不然她要像米秀那样去报复。因为舒秉浩对池墨的辜负不只是情感上的,还有经济上的,没有池墨,舒秉浩在上海的成功打拼应该还要花上许多年。牧典蓝这晚才明白,欧帝为什么不姓舒,不姓池,而叫欧帝。

十多年前,池墨是名出租车司机,有天她见舒秉浩在雨中拦车求助,并指向一辆被淹没轮子的奥迪车,没人帮他。她就穿上雨衣下了车,卷起裤腿,帮他把因进水而熄火的奥迪从水里推出来。为了赶时间,他搭上她的出租车去办急事,并说借朋友的奥迪车本是为了省时间反而把时间耽搁了,恐怕要误事。于是,她把车速开到八九十迈在车来车往的路上狂飙,后座上的他吓得到达目的后撑开伞匆匆下了车。她继续拉客,过了一个小时,经乘客提醒她才知道他把文件袋遗落在后座上。她又开飞车赶回到他下车的地方,他正在那里急得团团转。错过了办事时间,只有改天办,她就把他往奥迪车那头送。车上,他说那个失而复得的文件袋算是不幸中的万幸,当如何表示感谢?她顺势就想给刚作操盘手的弟弟拉业务,建议他趁着牛市去蜀润证券开户投资股票,得知他不懂股票而且平时并不在成都而在上海,就说正好可以全权交给她弟弟代炒。他就要了她弟弟的电话,说等办完一个手续就来试试。她以为他在哄她而已,没有当真。

三天后,舒秉浩真的就在蜀润证券开了户,找来一万资金交给池俊打理。很快,舒秉浩尝到了股市的甜头,开始疯狂借钱和贷款,再托池俊帮他运作。舒秉浩平

243

时在上海,他在成都这方的筹资款托池墨帮着打理,两人联系就很频繁,再后来就有了欧帝。欧帝的名字就是为了纪念那辆带给他们缘分的奥迪而取的,可以说这部车也带给了舒秉浩意想不到的财富。池墨告诉舒秉浩,只要他一天不成为欧帝正当名分的父亲,欧帝就一天不跟他姓。他说,他一定会让欧帝姓舒,成为他名正言顺的儿子。

池墨知道舒秉浩有家室,但她愿意为他生养孩子,指望着他像说的那样,会与没有感情的妻子离婚,再来娶她。这一等就是十多年,这些年舒秉浩不许她带欧帝去上海找他,更不许他们母子去上海定居,到头来等到的不是他的承诺,而是年轻女人的挑衅电话。

池墨那晚涕泪交加,边说边想,边想边哭,断断续续诉说了近三个小时,最后还是醉醺醺与欧帝一起睡了,说是欧帝渐渐长大,很快将不属于她,她得珍惜和孩子在一起的时光。她还说,要把小绒接到别墅里来住,以前不喜欢这个长得像米秀的侄女,现在她想照顾这个可怜的侄女了,要带小绒去看望妈妈……

牧典蓝也就是在这晚对池家和池墨有了崭新的认识,原来这幢豪华的别墅背后,有着那么一段如泣如诉的悲剧,还有这么一出爱恨交织的悲欢剧。别人的悲剧终究是别人的,牧典蓝除了万般感慨与扼腕长叹,体会不到个中的苦涩,触动他灵魂的是池家的发家史,影响他一生的则是那位操盘手池俊。

池墨的那段孽缘没有带给她最终的幸福,即使今天在新天地和舒秉浩同车而行,那也不过是一面打碎过的镜子、一张揉皱过的白纸,还不了原。这还没结束,舒秉浩的形象在舒茗悦心目中坍塌了,家也破碎了,舒茗悦的愤怒没有人能在此时化解。

要命的是现在,人家的孽缘掐住了牧典蓝的喉咙,让他窒息得说不出话来。

一辆黑色奥迪从他身后飞驰而过,似乎,那就是舒茗悦远去的背影,也是欧帝远去的背景。

第十五章　分手晚餐

1

相见未必是为了相聚，也可能是为了相离。

舒茗悦在生日这天同意在美轩茶餐厅见上牧典蓝一面，不是为了过生日，而是一起吃顿最后的晚餐。

美轩茶餐厅在华年网站附近，舒茗悦经常在这里吃午餐。

牧典蓝下班后赶到位于二楼的茶餐厅，只见舒茗悦坐在窗边望着窗外的雨，脸上有着梨花带雨的忧伤。

出门时的小雨变成了中雨，牧典蓝忘记带雨伞，身上已经被雨水淋湿了大半，头发也湿漉漉的滴着水。他一屁股挤到她身边，见她眼睛浮肿，就问："怎么了？你哭成这梅雨天了，吓死我啊……我有那么坏，让你伤心得这个样子吗？"

"你落汤鸡样地跑来，怕吃不到这顿散伙饭吗？"舒茗悦说。

"我是赴宝贝的生日宴来的！"牧典蓝凑拢到她脸前说，头发上的一滴雨水落到她的脸上，"你好狠心，三十多天可以不理我。我急疯了，对你有什么好？"

舒茗悦从桌上取出一叠纸巾，给他吸起头上和身上的雨水来，并用纸巾把湿衣服与身体隔开。

"这才是你嘛！"牧典蓝见她温柔如从前，抱住她狠狠地亲了一口，"知不知道，昨晚我做噩梦了！梦见工厂倒闭，股价暴跌，股市崩盘，我抛出的股票几天几夜也卖不出去，急得敲碎了键盘。客户们对我围追堵截，我逃到窗边，往外望去，全城哀鸿遍野，你却在楼下对我挖苦讥讽，恨不得踹上我一脚。我双眼一闭，纵身一跃，从窗口飞下去了……"

舒茗悦冷冷地盯着他："少来威胁我！"

"没有你的日子，梦都是苦的。出租屋不再是家，成了我只想逃离的旅馆。我从进屋那刻起，孤寂就张牙舞爪地扑来，霉霉的味道如同带着口臭的叹息。我不爱江山爱美人，失去你，一切都毫无意义！"牧典蓝带着怨恨说，见舒茗悦仍是冷冰冰的样子，意识到了什么，强颜一笑，"我是来给宝贝过生日的，怎么尽说这些？亲爱的，你就在眼前，我没有失去你。想吃什么？"

"不想吃。"

"我有好久都没怎么吃饭了……你是吃得下饭，还是吃不下饭？你瘦得这样子，是不是知道相思之苦了？"

舒茗悦抱住湿漉漉的牧典蓝，咽咽地哭道："怎么办啊？"

牧典蓝不清楚她究竟在哭什么，如果真有什么不测，她不会有心情来这里，就打趣道："放心，我又没做过坏事，你不会怀孕的。"

舒茗悦捏了他肩膀一把，继续哭。

牧典蓝搂着她，脸贴着她的秀发："该不是被你爸骂了一通吧？你这喜欢使性子的人啊，骂骂也是应该的……好了，我不趁火打劫了……哭够没啊……浪不浪费我们的好时光啊！"

舒茗悦望着窗外淅淅沥沥的雨和星光点点的灯，眼神中透着梅雨般的神伤。

牧典蓝见她的右手腕光溜溜的，问道："我们的'一见钟情'呢？"

舒茗悦从包里取出一个金色的精致小包装盒，递给他："给，还给你。物归原主。"

牧典蓝接过盒子，打开，取出那只女式腕表，重新为她戴上："原主是你！你才是它的主人。再不套住你，你就无法无天了。这些天，我好怕，怕有快递叫我收货，真怕你发小孩子脾气。"

"你诚心送的，我不好强行退你。我收下了，就当成朋友之间的礼物吧！"舒茗悦没有喜色。

"我怎么可能给朋友送这个！只给老婆送！我现在就视你为老婆。"牧典蓝瞪大了眼，她的话太不中听了，"你过生日，我还没准备礼物呢！等会儿，咱们去选。"

下卷

"不用了……你送我多少，我会回赠你多少，我还不起。"

"这是人话吗？"牧典蓝带着骂的口气，然后又自责道，"今天是你生日，你怎么舒服就怎么说吧！我受着。"

"无话可说了。"

"还记得那段我们网聊的日子吗？你说你的忧，我说我的愁，我们什么都可以说。现在，反而什么都不愿说了……怎么会这样？"

舒茗悦抽了张纸擦起鼻涕来。眼泪可以强忍，鼻涕却会将眼泪出卖。

"今天你肯见见我，我就很高兴了。好希望，你见到我，会欢呼雀跃……"牧典蓝把她揽入臂弯，酸楚地说。

"真该听你的，我就不会惹事了。"

"惹事了？"牧典蓝听出话中有话，"那件事，告诉你妈妈了？"

舒茗悦点点头。

"那种事，怎么可能说出去呢？"

"说都说了，我收不回来了！"舒茗悦被他这么一责怪，眼睛又红了。

"你妈妈怎么说？"

舒茗悦抱住他的肩膀，哭道："他们昨天离婚了！我该怎么办啊？"

"你分不清利害关系吗？"牧典蓝目瞪口呆，"他们现在住哪里？"

"我也不知道妈妈去了哪里。我妈伤了心，什么也不要，也不要我。"

"正好我要啊！你妈不管你，多好啊！"牧典蓝不知这是利好消息还是利空消息。

"我妈又说了，如果我和你这样的人结婚，她不会来参加婚礼……我该怎么办啊？"

"有这样当妈的吗？我偏要娶到你，证明给她看看！"牧典蓝被激怒了，他对舒茗悦的母亲无法容忍，"每个人的出身是天定的，不是谁能选择的！你妈妈凭什么瞧不起我，瞧不起我的父母？如果她和她的父母没那么幸运，也出生在乡下，就不会说这种话了！"

"我妈不是瞧不起你，是为了报复我爸，不会让我走她的老路。我还能怎么办？"舒茗悦没有了主意，"妈妈的话不信，我还能信谁？"

"父母的经验未必就对。"牧典蓝不相信舒茗悦父母会分开得如此决绝，毕

247

竟他们人到中年，有了地位，经历过大风大浪，池墨的出现虽然会打击杜宁，但是杜宁这种讲脸面、重家庭的强势女人，应该不会轻易让位，让第三者顺利登堂入室，让宝贝女儿落到难堪的境地。

"如果没有你的出现，没有新天地那件事，我不会想到父母的情感不是我看到的那样……"舒茗悦失落地说。

"什么意思？"牧典蓝不懂。

"他们一直在骗我，骗我……"

"骗你什么？"

"他们早就形同陌路了，却在骗我！"舒茗悦愤慨道。

"会有这种事？怎么会这样？"牧典蓝不相信。

2

谁的恋爱一步登天？谁的婚姻一帆风顺？牧典蓝遭遇过初恋之殇，舒茗悦的初恋正遭受母亲反对，他们都难以走入婚姻。似乎一代一代的男女在魔咒中轮回。

数月来，舒茗悦发现，母亲的委屈是座沉默了二十多年的火山，爆发了。舒茗悦清楚自己的恋爱如母亲的翻版，母亲不愿她重蹈覆辙。现在才意识到，母亲反对她将选择的婚姻，是母亲对自己婚姻的彻底否定。

杜宁的祖辈是成都人，她读大学那会儿一家人可谓是风光无限。她的父亲任成都一家大型国有企业副经理，负责材料采购，走遍了大江南北。她的母亲本是做服装生意的个体户，一天的收入比得上杜宁父亲一个月的收入，虽然早成了让普通人望尘莫及的"万元户"，但起早贪黑南北奔波身体也累垮了，就千方百计转为另一家国有单位的职工，拿着可以忽略不计的工资过上了退休般的轻闲日子。杜宁大学毕业后，分配到父亲的单位做会计，享受干部等级基础工资，有六十元，但每月拿到手的有八十元，不比一些老工人收入少。

杜宁的男友舒秉浩是她的大学校友，他同年毕业后分配到成都郊区一家机械厂，厂子面临亏损，拿到手的月收入不及杜宁的二分之一。加之他来自农村，兄

下卷

弟姐妹共四人，还得挤出一些工资孝敬父母、帮助因病丧失劳动力的大哥，更是自身难保。这让身为副经理的杜宁父亲常骂杜宁"你让我的脸往哪儿搁！"要知道，在那个座机电话都属奢侈品的二十世纪八十年代，杜宁的父亲拥有一部价格近五千元的家用电话，价值相当于当时一套一百平米的集资房，是单位配的办公电话！前来提亲的人之多，地位之高，让舒秉浩差点死了心。舒秉浩不服输，放下被誉为"天之骄子"的本科生面子，做起了当时社会地位极为卑微的业务员，朝思暮想地要提高收入，在单位集资一套房子成家。

杜宁仍不顾父母断绝关系的威胁，一心要嫁给舒秉浩。新房是舒秉浩单位的单身宿舍，里面最值钱的就是一台二手彩电，厨房就在公共过道上，那时他们把钱尽可能地存起来准备集资房子。杜宁的母亲已享受着当时极为先进和奢侈的CD机，见到杜宁简陋的新房于心不忍才给杜宁准备了体面的冰箱和洗衣机做嫁妆。这两大件放进屋子差不多把新房塞满了，杜宁的母亲直哭"你是何苦啊！"

新婚那时，舒秉浩的父母对杜宁感恩戴德，直夸她没有城里人的架子，不计较贫富，看得起乡里人，回乡下也吃得苦。杜宁觉得自己是舒家的福星，虽然内心里尤其反感公婆能把同个盆子在同一天当淘菜盆，洗菜也洗肉；又当洗脚盆，三五个人共用一盆热水，也共用一条擦过无数天的干毛巾；还当洗脸盆，洗脸洗手也洗袜子……所有的不习惯，只因有舒秉浩在，她都可以忽略。

舒茗悦出生后，杜宁与舒秉浩的矛盾开始显露冰山一角。

舒茗悦满月那天，杜宁的父母请舒秉浩的父母在家吃饭。大家聊着聊着就聊到了工资，此时舒秉浩的月收入是杜宁的两倍。舒秉浩的母亲说，农村人在外面打工也比杜宁挣得多，城里出来的大学生还没有乡下没文化的收入高啊！杜宁说这份工资在全市国营单位还算好的。杜宁的母亲发话了，说农村人挣再多，一场病下来谁管呢？退休后谁管呢？饭后，杜宁被母亲训斥了一通，说她现在被乡下人挖苦还不敢还嘴，舒秉浩也不帮着说一下，毋庸置疑苦日子还在后头！

舒茗悦的第一个春节，舒秉浩不顾杜宁的反对，颠颠簸簸把一家人带回了乡下老家。杜宁听出公婆要她生个儿子就解释说，国企里的独生子女政策很严，她超生不但会被开除，而且全单位职工的文明奖将从此取缔。公婆说就算真的开除了，大不了去打工，工资肯定比单位高得多。这个春节下来，舒茗悦的睡眠规律被彻底打乱，开始半夜啼哭，花了一个月才恢复正常，把杜宁折腾得瘦了好几斤。

249

舒茗悦的第二个、第三个春节都在乡下过，不是拉肚子就是长一身红疙瘩，过一次春节就把杜宁折腾一次。开始发胖的舒秉浩却鼾声如雷，不相信杜宁会为孩子的小病一夜没睡。有老乡羡慕舒秉浩年年带老婆孩子回家过年，诉苦说他的老婆从不依他回老家过年。舒秉浩就笑称"老婆得靠自己调教"。杜宁在旁边听见了，声称明年春节决不回乡下，不会再让孩子和自己受罪。舒秉浩就说，城里的孩子是温室的花朵，容易被恶劣环境淘汰，必须要到农村锻炼。杜宁反对说，正是父母把她锻炼成了能适应艰苦生活的人，才敢选择舒秉浩。她不会再让女儿也像她一样，什么苦都能吃，什么罪都能受，什么人都敢去嫁。单位里，勤快的人有一辈子都干不完的活儿，懒惰的人可以从早到晚嗑瓜子聊天，有后台的人咳嗽都有人看望慰问，霸道的人从不见人影照样领工资，是什么样的人就有什么样的命。她要把女儿培养成挑剔的贵族女孩儿，只适合生长在舒适的环境里，只能去选择优越的家庭生活，走到哪里都不会被别人轻视和欺负。

下一个春节舒秉浩依了杜宁，没有回老家，把父母接到城里生活，顺便带读幼儿园的舒茗悦。一家人已经搬进了集资来的一套砖混结构套房，不过舒秉浩论资排辈下来，只能住老职工们选剩的一套，十一楼，顶楼，夏天四面被晒，洗澡水压很低，乡下一帮亲戚来了只能搭地铺。杜宁与公婆在生活习惯上的矛盾日渐增多，想起来一大箩，说起来不足挂齿，大家心里都不痛快。那时，舒秉浩的月收入已经远远高过杜宁，在公婆眼里舒秉浩并没高攀杜宁，而是杜宁高攀了舒秉浩。杜宁本来不那么在乎城里人或者乡里人，但公婆口里，随时都在区分城里人和乡里人。后来，杜宁跟着舒秉浩去上海发展，逃避公婆是一个因素。

在温室里长大的舒茗悦，丝毫没有察觉父母的异常。在她眼里，一家人总是和和睦睦，除了父母太忙让她得到的父爱母爱太少，还有对她与男生的交往管理太严之外，她说不出父母还有什么缺点。换个角度看，父母没有更多的时间管她，也就给了她更多的自由空间，说是优点也对。如果不是这几个月听母亲唠叨，她眼里只有另一番景象：父亲是忙碌的，倘若哪天父亲在家待上一整天，多半是病了；母亲是勤学的，是较早一批自学电子表格进行财务管理的人，是能熟练在手机上办公的人；父母是恩爱的，即使偶尔争上几句也会很快收口。

要说家里的异常，舒茗悦只感觉到了一点，那就是父母都换过车，越换越高档，却不把六十平方米的小房子换成大些的房子。有亲戚曾笑话她父母装穷，为此她

下卷

才把那些破旧家具和装饰品陆续换了新，让家看上去好一点。父母宁可给舒茗悦买套成品房空置着升值，也不搬出这个有些老态的家，心思似乎都没放在"窝"里。这，无法用一个"忙"字来解释，可以理解成"怀旧"。

直到在新天地与池墨母子遭遇，舒茗悦自认为这个谜解开了，一定是那个女人和她的儿子夺走了父亲的心，母亲有所察觉，家里这套没有起色的房子印证着父母并不好的关系。

杜宁从舒茗悦那里得知舒秉浩和另一个女人有个儿子后，早早回了家，找舒茗悦问清了情况，就开始收拾东西准备离开这个家。她见舒茗悦来阻止，就说："明白了吧，再好的感情都会变淡，男人的心是不安分的。与其嫁给一个乡里人年年受苦受气，不如嫁给门当户对的人过些太平日子。我这辈子没听父母的劝告，走了弯路，在父母面前从来不敢说出来。我辛苦把你培养大，你却走我的老路！我有今天也是被你爸逼出来的，如果我留守在成都，最终会被你婆婆爷爷挖苦死，他们以为，我不过是只城市老母鸡，还得靠你爸撒把米养活。给我记住，牧典蓝现在为你变得可爱，但他会变得不是你所期望的人！"

舒秉浩这天也回来得出奇地早，他见杜宁用床单把东西已经打成了大包小包放在门口的沙发上，知道事情无法隐瞒，就向杜宁道了歉。杜宁就跟舒秉浩约好，找个时间去办离婚手续，由于他有高血压，就让舒茗悦陪着他，她净身出户。舒秉浩说，少来夫妻老来伴，没必要走到那一步，要为家里的老年人作想，决不办手续。

但是杜宁说出了让舒秉浩不得不离婚的理由，那就是舒秉浩另有女人她不会责怪，但是那个女人恬不知耻地给她打过骚扰电话就不得不怪。舒秉浩不信，说池墨不是那种女人。杜宁说，几年前有个尾数是1229的手机号码给她打过几次电话，只是"喂，喂"几声就挂了，这是专门打给她听的，她只是懒得理会罢了，这个尾数正好是舒秉浩的生日，不会无缘无故地打错。舒秉浩坚定地说，不可能是池墨打的，那是另一个他也不知道的女人故意在作怪。杜宁已经不再相信舒秉浩，究竟是谁打的不再重要。

昨晚，舒秉浩带着酒气回了家看起电视来。舒茗悦恕罪般的为父亲沏了杯龙井茶，六神无主，不知这杯茶会不会像前几天那样又被父亲倒掉。除了沏茶，她不知道还有什么方式能与父亲产生联系。

舒秉浩这次没有倒掉茶水，叫舒茗悦坐到身边，告诉她说母亲不会回这个家了，并说："你妈妈只说结果，却不告诉你为什么会有这样的结果。今天，我可以告诉你原因，让你既知其一，也知其二。

"你妈妈当初选择我，是受你外婆的影响，只是这与你外婆的愿望背道而驰。你外婆从小失去了父母，她和三个哥哥背过煤炭、修过铁路、睡过马路、吃过草根，受尽了人情冷漠和世态炎凉。你外婆成天在你妈妈面前说这个亲戚嫌贫爱富，那个朋友唯利是图，让你妈妈从小就不太相信亲友，也没有真正的朋友。你妈妈上了大学后，人生第一个朋友是我，也就跟了我。她认为跟了我这个乡里人，证明她不嫌贫爱富，不唯利是图，不是你外婆口中最憎恨的那类人。结果，你外婆偏偏也嫌我家穷，怕我家会拖累她家，不答应。你妈妈不理解你外婆为什么口是心非，和你外婆闹得很僵，发誓今后不会拖累他们。

"你婆婆爷爷这边，砸锅卖铁地送我读大学出来，我有什么理由不在春节去讨他们老人家的开心？你妈妈只会从你的角度去想问题，就受不了，认为我不体贴你们母女。她要求我和你婆婆爷爷在你面前不许说三道四，要为你营造优雅的成长环境，让你得到高贵的熏陶。你婆婆爷爷还是依了她没有说东说西，没有在你面前表露出重男轻女吧？你妈妈怎么不去想想这些？你不要以为我和你妈妈在你面前伪装，这都是为了履行当初的约定。但你妈妈首先就违背了这个约定，说你婆婆爷爷的不是，也说我的不是了。

"至于儿子问题，男人都想有个儿子，但我从不歧视女儿，也从不在儿子问题上为难你妈妈。有件事，这么多年我们一直不好给你提起，怕你受不了，现在应该告诉你了……你来上海读书之前，我因说错了一句话，你妈妈从此不肯原谅我，发誓不会再生孩子。那时，可以说，我们的感情就已破裂。只是考虑到你还小，我们都坚守着那个约定，给你一个完整的家。

"你妈妈来上海发展，本意是想避开单位的监管，在上海为舒家偷偷超生一个儿子，我也就急切地想趁年轻要个优生的儿子。她来上海之后却想先发展事业，再生儿子。有天，我很晚才回家，屋里凌乱不堪，水也没口喝，饭也没口吃。她也刚回来，正烧水理菜，说是煮面。我浑身无力，往椅子上一躺，见她没精打采的样子，就骂了句'你哪像女人，也不像老婆，我养得起你！'她当时就关了灶火，去卧室倒下了。我以为她在发脾气，就去拉她起来说个清楚，才发现她双手

下卷

滚烫……原来，她在发烧，硬撑着在上班，在给我弄饭……我给她道了歉，但她再也不许我牵她，碰她。她说，从此以后，她不再是女人，不会给我生儿子，会成为一个女强人，会比她的父母还强……她从此成了工作狂，不到凌晨不会回家，对我不理不睬。我那句话，她至今不原谅。

"你妈妈发烧那时，不知道我通过池墨的弟弟在股市里赚到了十万，我正打算买套房给你妈妈一个惊喜，让她当家庭主妇带儿带女，不用辛苦打工。所以我有骄傲自大情绪作祟，也才对她口出狂言。她呢，误认为我轻视她侮辱她，要干出一番事业和我比试比试……打那之后，想起你妈妈对我的冷淡，池墨对我的关照和帮助，我也沉迷进去了，也就有了欧帝……至今，你婆婆爷爷并不知道还有欧帝这么一个孙子……欧帝始终是你的弟弟，你再怎么不满，不接受，我不许你去伤害他，他是没有任何错的。他从没进过舒家的门，一直不姓舒，这么多年来极少得到我的照料，我很亏欠他，也亏欠池墨……池墨和你妈妈一样，是容忍了我这么多年的人……你妈妈既然执意走了，我可能会给池墨母子一个名分，补偿他们。你理解最好，不理解也得理解。

"你妈妈把你管得严，我担心你像你妈妈一样，缺少异性朋友，没有比较，也不知道如何选择，遇到谁就会跟着谁。运气好，一生幸福；运气次，像你妈妈，半路后悔；运气差，像达芸，终身被毁。我不知道牧典蓝是不是你经过比较和深思熟虑后才选择的人。关于牧典蓝，我不表态。我们家的情况你很清楚，他家的情况也很具体，他的职业风险你也知道。人，在不同的环境，在不同的身份，会有变化，不可能一成不变，你也好，牧典蓝也好，无一例外。自己的未来，自己慎重考虑，这也是赌博，愿赌服输。"

舒茗悦这晚辗转反侧。长这么大，父亲第一次和她如此谈论家事和人生大事。她觉得，自己要冷静一下了，她和牧典蓝真的合适吗？能在多年后相爱如初吗？会像她的父母那样从爱慕到冷战吗？她会让母亲的经验教训再次成为自己的经验教训吗？她从小就和父母亲作对，现在还在作对，她不想一辈子成为父母的死对头，更不能重走母亲的老路，不然，母亲真的不会原谅她……

3

　　女人分手会有多种理由。男人分手只需变心。
　　牧典蓝听舒茗悦说出了分手的意思,他能理解杜宁的苦衷,就说:"父母那一代,跟我们这一代,情况不同,生活方式不同,结局没那么可怕。"
　　舒茗悦低下了头:"我想一个人过段日子,清清静静,你不要来打扰我了。"
　　牧典蓝把她的双手紧紧包在自己的掌心里,放在胸口:"不必使性子……这些天你心烦,我可以暂时不见你。当你想我了,我再来见你。"
　　"我想,我想……我们还是分开吧。我妈只有我这一个女儿,我不想和她作对一辈子,这辈子我不是来找妈妈讨债的。"
　　"你是什么意思啊?刚才对我说了那么多,就是为了说这句吗?"
　　"我的家事,本不该给你说……"舒茗悦说,似乎有些后悔,"说这么多给你听,也是让你知道,我为什么这么做,你别恨我。我和我妈都没有嫌弃你的意思。我爸伤过我妈的心,我不能让我妈再伤心。这最后的晚餐,我来点菜……"
　　牧典蓝见她拿起桌上厚厚一本菜单看起来,一把夺了过来,扔到对面的座位上:"你把我凉一边,不怕我终身不娶,鳏寡孤独一辈子?"
　　"我谁也不嫁,你我扯平。"
　　"如果你要另嫁他人,我就像金岳霖那样,住你家隔壁。"
　　"我饿了,你不让我吃,我到别处去吃。"
　　"别说气话了,天塌下来有我顶着呢,日子总得过,晚餐咱们照吃不误。"
　　牧典蓝叫来服务员,并不看菜单:"来份明炉烤鹅、椰子炖鸡、上汤菜心,再来两份木耳鲜虾煲。"
　　"点多了,我只想喝碗粥。"
　　"看你消瘦得这样子,得补补了,好像我很克扣你似的。"
　　"说好了,这是最后的晚餐。"
　　"不管是不是,先吃了再说。"
　　"我不想妈妈为难你,我也不想和妈妈闹僵……还有比我更好的人……"

下卷

牧典蓝见她当真在说分手了，焦急起来："更好的女人是别人养肥的涨停票，我只爱亲手捧它上天的好股票。"

"我妈当年还认为我爸最好呢，到头来，还不是同苦不能同甘，银婚还没等到。"

"别因噎废食吧……那些白头偕老的夫妻，什么苦难没经历？咱们一不穷二不傻，这点麻烦，算个什么事呢？只要我对你好，就算你妈现在不高兴，今后会改变看法的。"牧典蓝不知怎么说才好，琢磨了一番，"那些教堂婚礼，神父问得多好：无论疾病还是健康，无论贫穷还是富有，不管是年轻还是衰老，你是否愿意永远爱护她、安慰她、陪伴她，一生一世，不离不弃？我会坚定地说'我愿意！'神父问你这句话，看来，你不敢说'我愿意'了。"

"我不要西式的，要中式的，要一起拜父母那种的，妈妈一定要到场的！"

牧典蓝木然了一会儿："你是为自己成家，还是为妈妈成家？"

舒茗悦说："生活全是琐碎的细节，比如带孩子，难道让你父母来帮着带？他们那么爱吵架，你说起我都怕……我连父母都爱顶嘴，万一和你父母争嘴，你会呵斥谁？"

牧典蓝思索了下："我再拼几年，夯实基础。到时，我放下几年事业，亲自带孩子！不带孩子的父亲，是不称职的父亲。不带孩子的母亲，也是不完美的母亲。你说呢？"

"说起来总是那么容易。"舒茗悦自然不信。

饭菜已上了桌，牧典蓝说："别想太多了，好好吃饭吧！车到山前必有路，孩子是人生路上最美的风景，慢慢去欣赏吧！"

舒茗悦并不动筷。

牧典蓝往她的木耳鲜虾煲里夹了一块烤鹅："这是生日宴，大胆地吃吧！"

舒茗悦还是不吃。

牧典蓝就独自吃起烤鹅来，眼睛酸涩："越来越觉得我是只癞蛤蟆，想吃你这只天鹅肉。你却像那只带我飞向蓝天的天鹅，我以为在和你比翼齐飞，哪知你在半空中把我扔下来，把我打回了原形……如果你真的要嫁他人，我怎么可能住你家隔壁，也许会故伎重演，到你的新房来找你，再次身败名裂，只有逃往天涯海角……难道，这就是我的宿命？"

舒茗悦把身子朝向窗外，埋头擦起泪来。

窗外的雨下得更大，路灯下，五彩花伞从窗下匆匆飘过。大雨能让大街换个面目，换不掉的是男男女女的情爱悲欢。

牧典蓝越吃越嫌菜难吃："这样好不好，咱们都不把话说绝了，你不说必分，我不说必合。咱们听天由命，打个赌怎么样？愿赌服输。"

舒茗悦背对他，呜咽着说："你想怎么赌？"

牧典蓝正要开口，只听有人在他旁边叫了一声："嗨，牧经理！"

牧典蓝转头一看，是位烫着棕黄细碎卷发、穿着连体裤的美女，大裤管差不多拖到了地上，白底衣服上是密布的彩色锁针花纹，锁针是解了锁的样子，针尖大张，似乎四面八方正朝皮肤刺去。连体裤很显女人的身材与气质，不过牧典蓝首先想到的是这种服装怎么解决上卫生间的问题。这位有着长长假睫毛的美女很眼熟，直觉里她是某家证券公司的业务员。各大证券公司的女业务员到沪泰公司来过好多个，他一时想不起她姓甚名谁。

那美女见牧典蓝有点茫然，就自我介绍起来："牧经理，真是贵人多忘事啊，正月初七晚上咱们见过一次面的。"

牧典蓝从记忆里提出这个人来，正月初七那晚到沪泰公司来谈分仓事宜的三姐妹之一的顾问助理万颜。他并不想此时被打扰，勉强笑道："我不是经理。万经理也来这里吃饭啊？"

万颜说："现在是助理，今后就是经理啦！才路过这里，顺便吃点简餐。在和女友吃饭啊，今天我请客！"

万颜扭动着身姿走到对面，把刚才扔到对面座位上那本菜单拾起，放回到桌上，坐了下来。她把深棕色的单肩包放在了菜单上，LV的标识印满了包的四周。她瞟了眼还低头擦泪的舒茗悦，说："牧经理，不好意思，先打扰你们一下，我说几句话就走。"

牧典蓝见她是来谈公事的架势，恨不得她赶快走人，直问道："有什么事吗？"

万颜恳求道："联金证券又有好多任务，牧经理能不能帮我跟沈经理求个情，下半年把量做高点？"

"今天不谈公事。"牧典蓝作为幕后的基金经理，能控制联金证券部分仓位的交易量大小，但在万颜眼里，决定权仍在沈奇手里。

下卷

"吃饭正是谈公事的好时候。"万颜凑近他低声说,"到时不会亏待你的。今天既然遇着了,就帮帮我吧!劳驾了!"

"嗯……我试试吧。到时我请你帮忙,可别摆架子。"牧典蓝迟疑了下,答应了。他见万颜找了自己,突然有了新的念头,不妨和她把关系拉近些。自从在车展上遇到陆伟之后,他就把为舒茗悦雪耻的事提记在了心上。陆伟,只是一名开车的小卒,不承担一分车祸赔付责任的事,说到底就是车主黄禄的意思。从光头男威胁时说的话看,让黑帮出面解决事情就是黄禄的指使,黄禄才是最可恶的头儿,是复仇的主要目标。复仇计划针对的是有着黑帮背景的人物,必须谨小慎微,避免留下与舒茗悦有关的蛛丝马迹,要让复仇实施得不露痕迹,以免招来灾祸。他苦于没有"自然而然"的切入点与突破口实施复仇计划,这下机会不是来了吗,比如让黄禄在联金证券开户,再让黄禄成为他的个人客户,万颜正好可以作为中间人出面。

"我有给帅哥帮忙的能耐就好了,哪来的架子摆啊!到时你说一,我决不说二。"万颜笑道,随即从包里取出一份彩版折叠广告单,展开,摆正,放在牧典蓝面前,"我这里有几款新的理财产品,样样都好划算、好划算!牧经理,你可以叫朋友们来买这些产品,无论资金量大小都有适合的,全无手续费。"

牧典蓝扫视了下宣传单:日增月益,起度五万元,28天超短期,小投资积累大财富;联金定投,起度十万元,三个月短期,市场下跌赚份额,市场上扬赚净值;联金宝藏,起度一百万元,三个月,短期大资金的最佳选择……它们都用红色的上升箭头大大地标示着不同的预期年化收益率,低者5.5%,高者12%,比起存款和国债来,有些诱惑力。

牧典蓝冷淡一笑,有人当"年化收益率"为承诺,盯着后面那个红色的大数字,其实它的焦点是年化收益率前面小小的黑字"预期"。所谓预期,就是预想的是那样,事实会不会是那样,没人负责。牧典蓝不想当面拒绝,就说:"我试看吧。"

"颜颜,你不是去澳洲留学了吗?"舒茗悦的声音传来。

万颜这才注意到转过身抬起了头的舒茗悦,没有惊喜,只有纯粹的错愕:"悦悦,怎么会是你?……你怎么了?"

舒茗悦红着眼睛问:"你回来怎么不告诉我?"

万颜说:"我,我早回来了。我混得这样子,怎么好告诉你嘛!……你,你们在闹不开心啊!"

舒茗悦说:"是啊,我们分手了。"

牧典蓝见她们俩竟然认识,本想否认分手,但现在让万颜认为他和舒茗悦不再有什么关系更好,也就默认。他不能让万颜去接近黄禄,那会暴露舒茗悦。

万颜说:"我来得不是时候……有男朋友了也不告诉我!悦悦,你没把我这个闺蜜放心里了!"

舒茗悦说:"你才把我忘了,我以为你还在澳洲。"

万颜说:"悦悦,这么帅的经理你也肯放手啊!赶快帮我求个情,让他帮帮我,不然今年完不成任务,我可就惨了!"

舒茗悦说:"不关我的事,你自己求他去!"

"牧经理,你要珍惜啊,大学里追求悦悦的男生可以装一个操场。"万颜以为可以把大家逗笑,但气氛丝毫没有改变,她独自一笑,"你们晚上吵架早上就会和,不会分手的。牧经理,我是悦悦的闺蜜,看在这个份上,你得帮我。沈经理眼里只有丁顾问那些大人物,没有我这种虾兵蟹将。你帮我想想办法。"

牧典蓝觉得万颜没有利用价值了:"现在吃饭,不谈公事。"

万颜说:"你刚才答应我的啊,要试试。"

牧典蓝说:"试不成功可别怨我。"

万颜对舒茗悦说:"悦悦,你看,他转眼就不认账了。你得帮我说说话啊!你俩争争嘴,明天也就好了。今天你不帮我说,明天帮我说说啊!"

舒茗悦说:"我不管!"

万颜说:"你再不帮我,我就穷得更没脸见你了。你不知道,留学那年我妈生了病,我就放弃留学了,一直打工,土不土洋不洋的,日子惨着呢!"

舒茗悦打量着穿金戴银的万颜:"你这样子,惨在哪儿了?"

万颜说:"你别看我的打扮。我再不打扮,就更拉不到单子,只够喝西北风了!悦悦,答应我啊,给这位帅哥下道命令,帮我!我们可是闺蜜呢!"

舒茗悦说:"他的事,不关我事!"

万颜又拿出一张相同的广告单递到舒茗悦面前:"悦悦,他不帮我,你能帮。你是那种往来无白丁的人,富朋友一大把。这些产品的收益高过其他证券公司和私募基金的产品。咱俩是闺蜜,我不可能害你是吧?我是真心在给你推荐。今天碰到了，就是碰到运气了！这些产品，你就可以买。"

舒茗悦无视广告单："你明明知道，我没吸取妈妈的优点，从来没有理财观念！对钱也没有概念！"

万颜说："你睡在钱堆上，再不找人帮着理财，那钱就成废纸了！试试吧，你会感谢我推荐的这些产品的！"

舒茗悦说："别说了，烦死了！"

万颜见舒茗悦没兴趣，又问牧典蓝："帅哥，你刚才答应的啊，要帮我。"

牧典蓝说："我做不了主！"

万颜失望了："不打扰你们说悄悄话了，只怪我来得不巧，把好事也弄黄了。悦悦，抽空我请你吃饭，今天我顺便也请了。"

牧典蓝赶紧说："不用了，我们刷了会员卡。"

万颜就起身拎起了包，笑道："改天，我请你们俩吃饭好了。拜！"

牧典蓝把那张宣传单卷成了细筒状，折了折，扔到桌上，问舒茗悦："你从没提起过万颜，她不知道你今天过生日？她真是你的闺蜜？"

舒茗悦说："她是我从初一到高三的同学，以前很要好的。她大一就恋爱，大二考出国，联系就少了。"

牧典蓝说："追你的大学男生有一个操场，我得把你看紧了！"

舒茗悦说："她根本不认识我的大学同学！"

牧典蓝指了指饭菜："快吃吧，菜都凉了。你的泪啊，别像这梅雨落个没完了，闺蜜还以为我欺负了你。其实是你在欺负我！"

舒茗悦慢吞吞地吃了一口菜心："这真是最后的晚餐了。"

"话不要说急了，三思而后说，好吗？"

"我想了好久，这样坚持下去真的好难受，每天都不轻松……"

"你坚持，只有你妈妈不高兴。你不坚持，只有你妈妈高兴，你真的就好过？"

"高兴不高兴，都是眼前的，暂时的。"

"你呀，如同股市里的悲观派，不相信自己能成为股市里的大胜者，以为泡在低部横盘的股票中最安全，一辈子收获三四个点子就认为比亏损好。为何不做乐观派？看好一只票就和它一同起起落落，最后到达山巅。就算跌下来，同样只收获三四个点子，但一路的滋味比悲观派精彩。"牧典蓝说，怕她不明白，又说，"说俗气点吧，如果你怀疑没有天长地久，那就追求曾经拥有。有，总比从没有过好，对吧？"

"男生就想曾经拥有……"

"在你最伤心的时候，我却不能给你安慰和依靠，我好无能。我真的那么可有可无吗？我希望我是那个在你最脆弱的时候能想到的人，而不是在你开心的时候想到的人。"

"如果没有想到你，今天也不会来见你了……我就想单独静一静，我好烦，好烦。"

"你静一静可以，烦一烦也正常，不要动不动就分啊，分啊的，过家家一样。我父母天天吵架，吵得要打仗似的，但他们从来不说分手。我以前认为他们过得很痛苦，现在想起来，他们这种底层百姓，也有他们的乐子，我的担心真是多余了。"

"如果我父母天天吵架打架，这样分了，我还好受些。"

"我们在任何时候，都不提分手两个字好吗？有不快就说出来，有问题就共同解决，哪怕有灾难也一起承担。打死都不分手。"

"我害怕和谁一起承担什么了，至少妈妈这头，你承担不了，承担不起。"

牧典蓝一直担心舒茗悦承受不住母亲的压力，现在她终于屈服了，他不想再说什么，就想了个办法："不说多了，我们还是来打个赌。"

"怎么赌？"

"我们以前多次遇见，那就是缘分。下次，我不刻意找你，你也不用刻意找我，如果我们再次遇见，就证明你注定是我的，你就别说妈妈高不高兴之类的话了。"

舒茗悦犹豫了下："好吧，期限一年。"

"我要确认下。如果我们再次相遇，你就属于我了，不许有杂念。"

"嗯。"

"知道属于我的意思吗？"

"不知道。"

"不知道还赌什么？属于我，就是你要去我家，我们一起弄饭吃，不在外面吃馆子。而且，还要一起选房子。你还赌不？"

舒茗悦冷静了："不赌了，你狡猾，包赢才会打赌！我决心已定，不会再变了。"

"我真笨，确认什么呢？你开始答应过的，你反悔，我不许了。"

下卷

"我刚才犯傻了,你随时可以假装遇到我。我就不赌了!"

"不说赌不赌吧,吃饭!"牧典蓝闷头吃了几口,"今天是你的生日呢,却这样寒碜……"

"我不过生日。"

"我今年的本命年生日,所有的期待都碎了一地……唉……"

"不过本命年也好。"

这是一顿绵长的告别之餐,两人的话越说越少,确切地说是舒茗悦越来越静,越来越静,仿佛她刚才从外婆和婆婆那一代说到父母那一代,再说到她和他这一代,乃至考虑到了她的下一代,所有当说不当说的话都被她说尽了。

牧典蓝受不了这窒息的气氛,只觉他们曾经的激情在渐行渐远,他胸口阵阵作痛,又无所适从:"我好难受!我不烦你了,先回了。我要打那个赌,我还会遇见你,你躲不开我的!"

牧典蓝来到茶餐厅一楼门口,大雨如帘子般挡着去路。他沿着屋檐,找到一家超市,买来两把雨伞,一把粉红,一把深蓝。

等牧典蓝赶回来,舒茗悦正在一楼望着雨惆怅着。

牧典蓝为她撑开粉红色雨伞:"让我为你遮风挡雨吧!是不是要回网站取车?"

"我不会送你回家了。"

"我送你上车吧!"

"不用对我这么好!我不会改变主意!"

"你改不改变,我都要送你这一程。"

"别以为我在开玩笑!"

"即使你不爱我,我也要最后牵牵你,不然没机会了。"牧典蓝左手牵着舒茗悦的右手,行走在夜幕下的大雨中,蓝伞紧靠着红伞。

第十六章　初识主庄

1

残云收夏暑，新雨带秋岚。失路情无适，离怀思不堪。

已是八月，牧典蓝曾打的赌有了结果，他以为必赢，其实输了。幸好这个赌当初舒茗悦不认，输赢可以不论。

舒茗悦第一次走进牧典蓝在圣庭世家的屋子。打不打赌，她都认输，输给时间，输给自己，输给牧典蓝。

昨天，是舒秉浩和池墨喜结连理之日。牧典蓝与舒茗悦打赌时所说的再次相见，就是针对的这一天。他相信，舒秉浩放弃杜宁不会再抛弃池墨母子，只要他们办婚宴，舒茗悦应该到场为父亲祝福，他应该是受邀嘉宾之一，两人相见水到渠成……

婚宴在外滩祥茂大饭店举行，按四川的风俗安排在中午，未按上海风俗安排在晚上，很不方便。牧典蓝收到池墨的电话邀请是周四晚上，也就是婚宴的头一晚。主操盘手请一天假至少要提前三天，牧典蓝当晚向沈奇请假未得到批准。好在昨天上午股市平稳，参与的个股照本宣科，牧典蓝死缠烂扭，声称愿意用一百个加班来换午间四个小时的假，沈奇才破例放他出来跑一马。

牧典蓝特意换上孔雀蓝小方格短袖衬衣和西裤参加婚宴，这是舒茗悦上月快递寄给他的本命年生日礼物，衣服是她母亲所在的绫雅莱公司打造的新品牌，绫士牌。舒茗悦虽然力挺绫雅莱公司，但很少穿这家公司生产的女装，认为太职业化，穿上这个牌子的女装得配上职业化的首饰、职业化的包、职业化的高跟鞋，还得

下卷

有职业化的举止才般配,这些不是她喜欢的。她喜欢有些独特创意的休闲女装,有的服装甚至被她母亲当成另类,她因穿着问题挨母亲一顿训也是有的。

牧典蓝赶到祥茂大饭店时快十二点半,婚宴等不及他,已经开席。婚宴更像家宴,只有四桌,两位新人不刻意化妆,不举行仪式,不收礼金,席上多为家人和至亲朋友,包括欧帝和小绒。唯独不见舒茗悦!牧典蓝和欧帝短暂地谈了会儿,为欧帝高兴着,因为欧帝那次到上海检查确诊不是心脏病,而是因为学习过度紧张,必须周周面对年级排名,加上心理作用造成了心律失常,大家虚惊了一场。

牧典蓝不会轻易打赌,本以为"相见"这个赌必胜,却彻底宣告失败,他想象不出还有什么时候能和舒茗悦自然相见。婚宴对他失去了意义,他的希望落空,匆匆向新人敬了酒,借故要赶回公司提前告辞,直奔华年网站办公室。

不按套路出牌的舒茗悦幸好还按习惯待在网站。

牧典蓝将舒茗悦一把拉出网站,又气又恨:"为什么不参加你爸的婚宴?"

"凭什么要去见小三?"

"别这样说墨姐。她将是照顾你爸爸下半辈子的人了。"牧典蓝不知如何称池墨为妥,称墨姐已不再合适。

"难道你参加了?"

"为什么不参加?我想在那里见到你!"

"一举三得,你考虑真周全!"

"我得到什么了?为了能见你,我中午请假得用一百个加班去换,随叫随到,无条件服从!我把自己都卖了!"

"我又没卖你,关我什么事?"

"我不想加班!再加班,我就没时间和你在一起了!"牧典蓝急道。

"你作茧自缚!"

"反正,我今天见到你了。我赌赢了!"

"我不是赌鬼,从不打赌。"

"那你做做论证题,论证一下,到底还有谁比我更好?"牧典蓝说着,见舒茗悦隐隐一笑,就揽住她的腰说,"我们都不赌了,就过我们自己的生活……明天,我们一起在家弄饭好吗?不要成天吃馆子、压马路了。"

"明上午我要送婆婆爷爷去机场。没空。"

"正好，我和你一起去送。我们还有下午……"

舒茗悦没有忸怩没有推脱，他们之间，人生若只如初见，怦然心动相对时。

不过，舒茗悦执意不参加父亲的婚宴是有代价的——舒秉浩发了火，声称只要杜宁不参加舒茗悦的婚礼，他也不会去。舒茗悦差不多灰心了，大音希声，大象无形，那么大婚就至简，简到不要婚礼。

2

牧典蓝把刚从超市买来的食材放入厨房，准备和舒茗悦在家开伙。他刚理了发，身上已是一身臭汗，就在窄小的浴室洗澡。

这套四十平方米的小出租屋简洁到了不能再精简的程度，平时六分整洁四分凌乱，只因迎接舒茗悦的到来变得十分整洁。客厅一角有个小书柜堆了些厚厚的书籍，基本与证券有关，包括投资心理学。有本美国人著的《伟大的博弈》吸引了舒茗悦的目光，确切地说是书中插有一枚带有蓝色流苏的书签吸引了她。

舒茗悦抽出这本厚厚的书，封面上的副标题是"华尔街金融帝国的崛起"，她浏览了一遍目录，是对话式，就问："《伟大的博弈》是小说还是经济学著作？"

"你当成小说，我当成经济学，都行。你喜欢就拿去读吧！美国的投资环境、投资理念和投资技术与中国大不相同，我怕被误导，早没读了。华尔街不是上海滩，人家的T+0交易模式成就了计算机自动完成程序化高频交易，千分之一秒搞定，每笔利润极低，但每天反复交易，金额巨大。我和他们比，是鸟枪对导弹。"牧典蓝有着危机感。美股是投资机构之间的专业对决，这种势均力敌的较量才叫博弈。A股则是主力和散户之争，狼吃羊不叫博弈，主力斗赢散户，不算本事。遗憾的是，散户总想斗赢主力。

舒茗悦打开书签的位置。书签是纸质的，淡蓝，上半部分是镂空的深蓝色蝴蝶，下半部分是小花边。她看了书中的一段文字说："我读不懂。你这理工男，文艺一点不好吗？纯粹的功利主义阅读派，除了投资就是金融。"

"我再当文艺男，恐怕连谈情说爱、吃饭睡觉都没时间了。"

下卷

"你陪我的时间都没有，哪有时间读这么多书啊？"

"基本是去年读的，那时没有你做伴，我啊，就把书当成你，狠狠地看！"牧典蓝笑道，"真是书中自有黄金屋，书中自有颜如玉。"

舒茗悦把书签翻过来看了看，却见背面用黑笔手写有"悦，我愁了，好想你"。她细细端详了一会儿，咬咬唇笑了，又问："你什么时候就不读这本伟大的书了？"

"这个嘛……大概是你那次把我从海运大厦送回到紫竹苑之后吧！都一年多了。"牧典蓝说着，想起什么来，"水烧开了吧？别忘了泡杯凤翎茶。"

舒茗悦还真忘记了，她将书签亲了亲，放到原位，将书也放回了原位。

"黄色茶叶，泡出这样的红汤来，茶红素好神奇！"舒茗悦泡了杯凤翎茶，玻璃杯中茶汤暗红，像红酒，茶叶沉底。她品过牧典蓝送她的凤翎特级茶，遗憾地说，"如果它不带苦味就好了。"

"有人喝茶不苦还不喝呢！很多人并不喜欢龙井茶的清淡。"牧典蓝关掉了喷头的水，用干毛巾擦着头央求道，"亲爱的，你比什么茶都让我兴奋，我想和你一起被这热水泡一泡。我是龙茶，你是凤茶。"

"休想！"舒茗悦的目光又回到了书架上，这屋里的家当没有什么比书架有看头。

"这里还容不下你。什么时候，我们去选间能洗鸳鸯浴的房子就好了。"

"最好阳台还带游泳池。"舒茗悦戏谑道。她听浴室的门开了，就转身一看，却见牧典蓝露着健美的上半身，下半身裹着白浴巾。她呆呆地吞了一口口水，"你……文雅点好吗？"

"在什么场合穿什么样的衣服就是文雅，在家里，只在你面前，这也是文雅。"牧典蓝说着，上前用双臂把她抱住，胸脯紧贴着她的胸，双手摩挲着她的背，亲吻着她的眼、她的额、她的唇说，"我的女神，我想要你了，给我吧。我等了好久好久。"

"我不该来这里，你太坏了！"舒茗悦不是第一次听他这么说了，想挣开还有些湿漉漉的他。

"我坏吗？阿Q对吴妈说，我想和你睡觉，人们说他是流氓。徐志摩对陆小曼说，我想陪你起床，人们说他是情圣。我对你说，我想和你拥有每一个夜晚，就是坏人？"牧典蓝章鱼般将她缠得更紧，她那八分羞涩两分恐惧的眼眸点燃他

| 265 |

征服的欲火。他与她脸贴脸，唇对唇，身体摩擦着身体，"你是我的女人，我的，从今天起……告诉我实话，我抱着你的时候，你是快乐，还是害怕？……我多么希望，你在我怀里，能忘记一切顾虑，把我当成你的避风港。"

"过段时间好吗？我才第一次来这里。"

"为我醉一次吧！我的女人。"牧典蓝解起她的裙子拉链来。

舒茗悦阻止他的手，挣扎着："不要——"

牧典蓝一把将她横抱起来走入卧室："乖乖的！明天我们去选房子，买不起好的可以先租好的，把我们的爱巢换成大的。"

"我不……放我下来，我要去浴室。"舒茗悦有些惊恐。

"你冰清玉洁，不用洗。"

"我要去卫生间。"舒茗悦双颊绯红，挣脱开来，冲到浴室，把门反锁。

牧典蓝见她惊慌如脱兔，浴室门虽薄却城墙般将他俩隔开，他体内燃烧的爱火顿时灭掉了。他垂头丧气地靠到门边，不知怎么开始这"第一次"才好。

舒茗悦透过花玻璃能看到他的身影："别守着我，把衣服穿上好吗？你不穿，我不出来。"

"你这样子，我不知是该高兴，还是该难过。我有这么可怕吗？"

"你心急，我就怕。"

"出来吧，我不会吃掉你的。我可以坚持，坚持到你愿意嫁我的那天……一个坚持不碰你的男人，就像一个不看你一眼的男人，你会认为他爱你吗？"牧典蓝叹了一声，坐到米色的皮沙发上，见她没有动静，就说，"亲爱的，我不吓你了，你安全了。"

"你把衣裳穿上，我就出来。"

"别躲猫猫了，我用一枚硬币就能打开那门锁，像嫦娥抱玉兔一样地把你抱出来……出来吧，我不会勉强我的女神。我要你开开心心、自自然然地和我在一起，而不是现在这样子。你把我当魔鬼，比刀割我还难受。"

"对不起！我怕……"

"出来说好吗，那里面又潮又臭的。"

"你把衣服穿上。"

牧典蓝并不换衣服，隔了会儿说："好了，我换了。"

下卷

舒茗悦开门出来,见牧典蓝还是赤着上半身,嘟嘴说:"你骗我!"

"衣服在浴室里,你让我怎么换?"

舒茗悦把浴室里的衣服拿出来,递给他。

牧典蓝接过衣服,搁到一边,把舒茗悦一把拉了过来,拥入怀中:"我就不穿!我就流氓,就坏蛋,就色狼!我不想当坐怀不乱的伪君子了。"

舒茗悦倒在他臂弯上:"我可不像别的女人那样,爱一个人就要用身体。我也不希望你只爱我的身体。"

"下辈子,你当了男人,就知道上辈子说的话多么幼稚了。那时,你就会明白,你上辈子是多么虐待我,折磨我。"牧典蓝的鼻子与她的鼻子厮磨着,"你究竟爱不爱我?"

"不告诉你。"

"你当我是你人生的过客,还是生命的一部分?"牧典蓝亲吻着她,要抚平她的恐惧,"我当你是生命的另一半,缺少了就不完整,就急不可待、焦躁难耐。你却当我可有可无,随时都能把我撇开,还能保持完整的样子。"

"你欺负我,你们都欺负我……我做什么都是错的!我不答应你,你说我不爱你;我答应你,父母会说我太轻率!你要我去选房子,我家现在就空着一套;我不让你选房子,你又认为有愧于我家!我嫁你,我妈说会错走她的路;我不嫁你,你说除了你我会选错人。我现在有了继母,今后可能还会有个继父,我现在要让父亲高兴、让继母高兴。但我更想让母亲高兴,你又说我让你不高兴……我的高兴是把枯草,被你们拿去一点就烧个精光了!"舒茗悦噼里啪啦地说,放鞭炮似的。

牧典蓝没有了言语。此时的她,怎么可能像他希望的那样,真正无所顾忌?他为她理了理有些凌乱的头发:"我知道你为难,所以我尽力做好自己。我希望带给你快乐,包括,身体的快乐。"

"现在还不是时候。"舒茗悦的脸微微红了。

"你抱抱我的背好吗,我好想你也抱紧我,需要我。"

舒茗悦抱住他光溜溜的背,亲了亲他的肩,含羞一笑。

"看你,比猫的胆子还小,一点惊吓就跳得老高。"牧典蓝亲了亲她的丹唇、她的脸颊,炙热地凝视着她,"亲爱的,我爱你!我们好不容易才有了今天的二人世界……我,我就想与你零距离地合二为一,灵与肉都不再有隔阂。你是我的。"

"我知道，但我做不到。"

"你仓皇逃离的样子，就像给了我一耳光，好伤我心。"

"难道到这里来，就非要……如果我不愿意，你是不是就不爱我了？"

"我希望是你的第一个男人，更希望你成为我的第一个女……人家说起来，得到一个女人跟喝杯茶一样容易，我怎么就像摘星星那么难呢？可能我是书呆子吧，总怕伤害你，笨手笨脚的。"牧典蓝说着，爱抚起她来，呼吸急促起来，"你知不知道，不是我太坏，而是你太坏，你总让我从跌停到涨停……我又涨停了，你叫我怎么办？"

舒茗悦被他遍布地亲吻着，被融化得失去了反抗，柔柔地说："我怕像达芸姐那样，迈出了那一步，你找个理由，就不爱我了……"

"你把我当达芸遇到的那类男生！我是那号人吗？"牧典蓝从狂乱中又清醒了两分。她其实是有心理阴影的：母亲的管教让她对男生心存畏惧，达芸的遭遇让她对男人有了怀疑，而父母的离异让她对婚姻也有了重重顾虑。她的害怕，已深达骨髓。他希望爱情与婚姻是人生一段美好的旅程，就轻抚她的脸说，"叫我怎么说呢，这样说吧，我们都有生命周期，每个周期有不同使命。现在的你，是一棵开花的树，在你最美丽的时刻遇见我了，我欣赏着你，爱慕着你，摘下了你。你总不能说，哼，我花期一过，你还会为我着迷吗？其实，你的四季都让我着迷啊，夏天有凉爽的绿荫与喧闹的鸟鸣，秋天有丰硕的果实和静美的落叶，冬天有细密的树枝在夕阳下成为精干的剪影，你的哪一道风景不让我爱慕呢？"

"尽找好听的说。"

"你只要求我疼你爱你珍惜你，你呢，用什么方式来表达你对我的爱？难道就是使小性子，今天说分手，明天说等等再嫁给我？我也是一棵开花的树呢，最美的时光之后也会凋零。我多么想在这最美的时光里，与你相互绽放，相互拥有这一去不回的大好年华……"牧典蓝一边亲吻着她，让她说不出话来，一边说，"亲爱的，我来了，为我绽放好吗？"

舒茗悦在他狂热的亲吻中醉倒在沙发上，玉米般被剥了出来。

牧典蓝的手机响了起来。他针对不同的人设置了不同的来电铃声，听得出是沈奇打来的。

舒茗悦翻身要起来，提醒道："快接电话。"

下卷

"天塌下来我都不接！我的世界只有你！你这么倔强，我要征服你……"牧典蓝呼吸急促，心跳加速，将她按住，扯掉浴巾，与她紧紧相贴。沙发太小，他怡悦着，亢奋着，将她抱入了卧室。

阳光透过窗帘柔和地照进来，电脑音乐漫飘回荡，爱的气息四处弥漫。

电话铃声停了又响，停了又响，无人理会。

两人沉浸在忘我的爱抚中，前所未有地羞赧与激动。牧典蓝成了一只出击的雄狮，舒茗悦化为了温顺的羔羊。他们相拥在一起，交织缠绵，天地万物在他们激烈的心跳中化为热汗涔涔的三个字：我爱你！

等他们平静下来，也安静了。

舒茗悦趴在牧典蓝胸膛上，抚摸着他的喉结，心有所思。

牧典蓝抚摸着舒茗悦的香肩玉背，好一阵才说："我们没做错事，对吗？"

"好像错了。"

"你是在安全期，不用吃药吧？"

"你，你知道这个！"

"我研究你很久了……"

"你会嫌我胸脯小吗？"

牧典蓝听出她的担忧，漂亮的达芸就是胸脯太小被男友抛弃，就说："你有着维拉斯一样的胸脯，恰到好处。我们老家有句俗语，叫胸大无奶。"

"你还会是从前的你吗？"

"肯定不是从前的我了，我把自己当大丈夫看了，把你当孩子他妈看了。"牧典蓝深情地注视着她，觉得自己真正长大了，"记得这个划时代的日子，我终于是个男人了！有我爱的女人了！"

"会爱我多久？"

"就想这么抱着你到天长地久……"

手机又在客厅响起沈奇的特有铃声。

"哎呀，打个不停。这个时候，千万别有什么事！"牧典蓝不得不起身去接电话。

沈奇清问牧典蓝为什么久久不接电话，也不回电话。牧典蓝只好撒谎说刚才在小区的泳池里游泳，才回家。沈奇就通知他说，他昨天上午请假承诺过，请四

269

小时的假愿意用一百个加班来换，机会来了，半小时后到小区门口等，有车来接他去拜访位客户。

牧典蓝还想享受温存，刚想借故推脱，那头已经挂了电话，不容他有任何借口，必须无条件履行昨天的承诺。他无奈地放下手机，转过身，舒茗悦已经穿好衣服站在身边，带着幽怨的眼神看着他。

牧典蓝抱住她的双肩："宝贝，怎么办呢？昨天我破例请了假，马上要去见客户，不得请假。在家等我好吗？"

"还天长地久……"舒茗悦失望地说着，从沙发上拿起衣服递给他，"穿上吧，羞死了！"

"你美死了！我就想那么天长地久。"牧典蓝接过衣服穿了起来。

"本来想跟你商量一件事。"

"什么事？"

"一时也说不清，等你有空再说。"

"谁这么可恶？插上一脚，破坏我们的好事！"牧典蓝还有些恋恋不舍，无奈地怨道。

2

奥迪走了。雷克萨斯来了。

沈奇没来，来的是卢加兴。

卢加兴从未带牧典蓝去见过客户，卢加兴一句话不说，牧典蓝不敢多问一句。

雷克萨斯路过静安寺，驶入一条小路，进入皇冠大都会的庭院。这家宾馆有二十一层，无论建筑样式、院内绿化还是内部装饰，有点显得过气，没有丝毫皇冠之富丽。这里，离华年网站直线距离就一两百米的样子，触手可及。

"从现在起，在这边叫我张董，你叫林涛。手机借我用一下。"卢加兴在二十一层下了电梯说。他拿过牧典蓝递来的手机，关机，随后锁入一个巴掌大的棕色真皮套子，由牧典蓝自行设置密码，又收回到手包里，说是到时候驾驶员会

下卷

送来。牧典蓝惊诧之余预感到这次有重要行动。

卢加兴把牧典蓝带到离电梯口最远的一套标间,将房门一关,对着两位正在看电视的人作起介绍来。那位身穿黑色商务休闲装,大腹便便,精神饱满的中年男人是齐董事长。另一位戴着眼镜的是陶经理,他的身材和模样都很标致,形象却被稀稀拉拉的长头发大打折扣。牧典蓝没听出齐董事长和陶经理来自哪家公司,怀疑大家相互用的是代号,如同他的代号是"林涛"。

大家招呼着寒暄着坐到了沙发上。牧典蓝注意到,这并非普通标准间,沙发这头还有一扇关着的门,里面应该还有一间。

卢加兴亲自给牧典蓝泡了杯铁观音,语气温和地说:"小林,没经你同意就让你来,先请你原谅。你不会见怪吧?"

"谢谢!"牧典蓝毕恭毕敬地接过茶,他本想说"谢谢张董",说不出口。

"是这样的。今上午,这里的另一位基金经理突发急病,少个人手,公司反复考虑,决定派你来顶替他。这段时间,你就住在这里,不能与外界有任何联系,只负责听从陶经理的指令,完成任务后就可以回去了。具体当怎么做,陶经理会安排你,你要无条件地执行,圆满完成任务。"卢加兴注视着牧典蓝的眼睛,顿了顿,"我看好你,没有你完成不了的任务。'南国电子',必须漂亮收官。"

牧典蓝在"南国电子"上越来越怀疑沪泰公司是主庄的帮手,而不仅仅是普通跟庄,现在得到了明确答案。现在是八月,那个有关新能源的政策已于七月初出台,汽车新能源是规划中的一部分,其他充电桩概念股借机小规模爆发了一轮,"南国电子"只涨到了十四元左右,倘未突破春节前的高点,又掉头向下,目前的价位也就在十元多。一个中盘股通常会有几家机构联合坐庄,算是主庄,当主庄洗去跟庄筹码,达到流通盘吸筹 70%-80% 才算完全控盘,才有走出独立行情的胜算条件。另有 20% 被称为死盘,也就是怎么洗都不会洗走、盈亏都不卖的盘子,这对主庄没有威胁,当是锁仓。如果达到 60% 左右的控盘程度,也能成为主庄,但出货风险较大,如果遇到资金链断裂,就会后继无力面临灭顶之灾。目前,"南国电子"还在低位做平台整理,不知主庄的控盘到了什么程度,要做到所谓的目标价并完成出货不是几天的事,弄不好以月计。

牧典蓝不能突然与舒茗悦失去联系,赶紧说:"我现在打个电话可以吧?"

"不行。"

"我只给女友说声近期不回家。"

"她若找到公司，我们会说你度假去了。"

自己的忧，别人永远不懂。牧典蓝心急如焚，他怎么能让这个洞房花烛般的日子成为人间蒸发的日子，让她从鱼水之欢转眼跌入被抛弃的深渊，这岂不成了达芸第二！他不罢休："她不会找我，直接把我打入冷宫。我得跟她说一声。"

"女友的事，不是什么大事！"卢加兴坚定地说，然后又解释道，"情况火急，你熟悉'南国电子'，也是快枪手，我只得派你来。你应该有数了吧？公司会与这头呼应。现在是关键时期，决定生死，让你接替上来，是对你的重托。"

"在这里没问题，我只是想……"

"什么都别想！清空！只管跟着陶经理学，你会学到很多，得到的也不会少。"

"我就给女友说'出差了'，三个字。"

"一个字都不行！"卢加兴见牧典蓝满脸不乐意，脸色变得铁青，"完成任务后，没有你得不到的女友！不肯等你的女友，不要也罢！"

"不是这么简单的事……我宁可不做，我不需要赚那么多！"牧典蓝说。参与到坐庄中来提成将是前所未有的，但在舒茗悦面前的诱惑力很有限。如果为了得到大钱，他置舒茗悦的感受于不顾，她丝毫不稀罕他和再多的钱。

"男人不是贪恋安乐窝的，是冲锋陷阵的！你必须听从齐董和陶经理指挥，否则，就别回公司了！完成基本任务会给你补假三天。事关重大，我拜托你了！"卢加兴没有谈判的余地。

重任压肩，牧典蓝无法推辞别无选择，他枯坐在沙发上，右手抱左手无可奈何地搓着。

"小林，别忘记行规。如果某个账户有意外，就是你的个人行为，与任何人、任何公司无关。只要公司安全，你和女友才会安全。"卢加兴义正词严地说完准备告辞，走到门口停下来，给牧典蓝吃了颗定心凡，"你放心，我们踩线不越线，每个账户都做了精心安排，不可能有什么问题。只能成功，不能失败！"

牧典蓝后背寒意飕飕，这钢丝走也得走，不走也得走，由不得他还没作好热身。他木然地看着卢加兴与齐董事长、陶经理道别而去，忘记了起身相送的礼节。此时此地，他只觉自己成了奴隶，被沪泰粗暴地卖给了齐董事长，他垂头不语表示抗议。这本是个绝好的提升能力的机会，绝大多数操盘手一辈子都不可能参与

下卷

这样核心的坐庄，但今天太不是时候，或者说机会来得太陡，事业指向山巅，爱情朝向深渊。

齐董事长见牧典蓝情绪并不高涨，就拿钱学森来强调男人的社会责任，说钱学森的太太好多年都不知道丈夫去了哪里，又在做什么。这说服不了牧典蓝，钱学森是为国家的高科技攻坚，自己是为老板谋利，这没有可比性。齐董事长又拿陶经理来强调操盘手"工夫在诗外"，靠个人技术散户也会，只能保自己；靠团队才叫专业机构，是和别的机构在战斗，做了泥鳅就不要怕泥浆糊眼睛，做了机构操盘手就必须适应与世隔绝，这是为客户利益负责。

牧典蓝迅速调整自己，人生不可能顺风顺水，都得和舒茗悦去面对。不能改变的现实，只有让它有个最好的结局。他强打精神，听从吩咐。

接下来，牧典蓝被带入了那间紧闭的房间。这间屋子俨然就是操盘室，有十来平米，不透光的窗帘紧闭，有两张配有五台电脑的操盘桌用来盯盘和下单，还有八台普通电脑用来批量下单，众多电脑有利于分散IP地址。

陶经理从抽屉里拿出一本文档资料递给牧典蓝，要求抓紧熟悉这部分账户和仓位情况，将在周一这天按备注进行仓位调整。递来的这套资料里基本是些数十万级、一两百万级的个人账户，这是庄家为了逃避监管进行的精心分仓，也是私募公司坐庄的一种方式。无论他们姓甚名谁，无论在哪座城市的哪家证券公司营业部开户，无论持仓成本高低，无论个人仓位多少，只有"南国电子"，没有第二只股票。这些账户，一类属囤仓账户，在底部价位保持锁仓，将在顶部出场，庄家盈利主要靠它们；一类属控盘账户，主要通过对倒与对敲来拉抬或者打压股价，完成波段盈利，掩护锁仓资金出局。

这些金额不等、任务不同、性质各异的众多账户在下单时也有所不同，有的需要通过手工单独下单，更多的则通过电脑平均分配到相关账户，那些账户一带五十，一带一百，批量完成下单。当这些资金一波又一波地反复在该股进入与退出，它们猎获多少战果凯旋离场，就有多少资金在血雨腥风中粉身碎骨。

一把蓄谋已久的杀戮之枪被别人填满了子弹，现在递到了牧典蓝手上……

3

庄家云：我悄悄地来，悄悄地走，吹一吹枪口，不留一个活口。

两个月后，牧典蓝从皇冠大都会出来，走入夜色之中。来这里之时还骄阳似火热浪逼人，离开这里已是秋雨初停夜风带寒，真有天上才一日，人间已千年的味道。

华灯成行，行人来往，楼群座座，谁能看出，这座不起眼的大都会里，已经完成了多么巨大的交易量。一亿有多少？一百的新钞摞起来有一百米高，堆起来有一个立方那么大，称起来有一吨重。那么一两百亿呢？没人能看到它有多高多大多重，仅仅是个被完全分解到大大小小账户中，反复进出于一只股票的数字，没有重量，却真真切切经过了牧典蓝的手，轻若尘埃。当它们落袋成金，能砸醒很多人。

这四十余个交易日，牧典蓝从清晨睁开眼到夜晚入眠，他的世界被"南国电子"充斥，看的、谈的、思考的、计算的、担心的、梦见的，无不于"南国电子"有关，就差没在身上打水印、刻刺青了。

这场声势浩大的出货行动是在牧典蓝来到大都会的第一个交易日就打响的，用的是先抑后扬、两抑两扬的战术。

来到这里的第二天，也就是周日晚上，媒体发布了一条报道《"南国电子"将公开充电桩技术专利》。周一这天，牧典蓝和陶经理借助这一利空消息，开始最后一轮大洗盘。这也属吸筹期，不过到了最后一击的时刻，所有的行动都是引诱对方卖净低位筹码。他们挂出大抛单制造恐慌之气，事实上那些大单子并没有真正卖出，而是挂后即撤，不断把别人的卖单推到第一二档位置成交，即使需要有大单卖出也能自己买回来。股价从横盘平台一路砸到跌停价，临近10.2元，不少筹码被吓了出来，所有卖单暗中在低价被他们一一吃进。

周二这天上午如法炮制，参与集合竞价，开盘定势，开盘即砸盘，所谓"惯性下跌"，一砸就是五个点子，一砸再砸，一路向下。这势头击垮了顽固跟庄者强大的心理防线，一些死守的筹码凌乱地抛出，成交量萎靡。炒股之人都有自己的心理止损位，最容易割肉的止损位在亏 7 点、13 点、19 点的位置，一旦亏到 20 点还不止损者，基本都打定主意做长线死守了，如果不急需取钱，很难再逼其割肉。这也就意味着，这两次大跌，基本洗盘到位。

9：53，牧典蓝按照既定方案从主账户打出 500 万股卖单，分时图上一个闪电脉冲直扑跌停板。眨眼工夫，有个账户买入 1800 手把股价迅速吃回到 10 元的价位。一卖一买两个动作不到三秒钟，分时图上看不出这五个点子的振幅，因为分时图成交数据的最小输出间隔是三秒钟，一旦小于这个时间间隔就不留痕迹。但在 K 线图上和成交记录中能查到，尤其是在 K 线图上，会形成极长的下影线，而分时图上却看不出这瞬间的异常波动。如此下影线有时是底部的象征，有时是庄家拼命护盘的手法，也有可能是完成一笔利益输送，也就是让那些提供特殊信息或者资金的"幕后功臣"借此做"老鼠仓"作为回报。即使猜测到"老鼠仓"入了场，但难以猜测庄家会把股价抬升多少作为回报，猜测不到是近期就回报还是远期回报，更猜测不到是在某天用三秒之内完成回报，还是用半年一年来完成回报。看 K 线图看不出明确的结论。

K 线图明显走坏，没有迹象有助于该股大幅反弹，其前途灰暗。死守的学院派、技术派、价值派、投机派再也沉不住气，利用跌停价后的这波小反弹纷纷缴械，割肉出局，以弃暗投明。开盘一小时后，成交量出现地量，也就是主力无筹可吸，拉升时机成熟。

12：00，"南国电子"发布申明《公开充电桩专利系误读，实为新的充电桩技术公开寻求合作伙伴》。下午开盘，牧典蓝以巨量封涨停，不给任何出局的人再次买入的机会，20% 的振幅让股票回到横盘期间的价位，洗盘宣告完成，拉升正式启动。

随后的交易日，"南国电子"来了三个开盘涨停，由于浮筹极少，属无量涨停，跟庄者难以在此区间进入"南国电子"，既减少自身拉抬成本，又提高之后跟庄者的成本。

"南国电子"用所控筹码在三周迅速完成拉抬，价位站上 25 元，是近两年的最高价位。这其中有相当部分筹码属自买自卖，自拉自唱，先演好前戏。第一轮先抑后扬完成，大量筹码仍然在手，为第二轮出货作铺垫。

第二轮先抑后扬从 25 元反手打压到 18 元。打压只用四天完成，断崖之势，这样才能用最快的速度、最低的价格再拾回筹码，以减少慢跌的接盘压力。18元才是真正的目标价，也就是出货起动价，前期做出的25元是供接货人心理安慰的参考价，低于此价感觉就便宜，会认为是"低吸"。好比有些店铺会打出"原价99元，泣血清仓价49元"，顾客们认为此时来买捡到大便宜，店主亏死活该，其实那货本来只该卖19元。世上本无所谓便宜与不便宜，一比较，就有了便宜与不便宜，占到的便宜未必是真便宜。

这一轮拉抬将开始大量抛出筹码，筹码越来越少而股价越来越高，盘子就越来越大，走势越来越不被自己所控，大盘不好、人气不高都可能导致股票难卖，一卖就跌，大卖大跌，这才是坐庄的风险所在。前一轮从10元之下拉升到25元快速完成，这一轮从18元涨到25元，将是个漫长过程，要借大盘和人气之势进行逐一派发，要达到边卖边涨的效果，快则一月，慢则数月，即使涨到25元还可以横盘派发，制造蓄势待发冲击更高价位之势。

似有天助。大盘走势强劲，大盘股闻风起舞，股市热情高涨，股票做多动能充足。不过，暴涨过一轮的"南国电子"会让人退避三舍或闻风而逃。

"南国电子"的股价在第二轮站上22元后，有关它的信息你方唱罢我登场，如同新捧红的明星全身都散发着金光。一旦利好消息频出，就是股票进入了回光返照期，出货的号角吹响了：《南国电子与某汽车制造商签订战略合作协议》、《南国电子年度中报》、《十亿风投资金入注南国电子充电桩技术》、《大盘向好，未来可期，"南国电子"有望站上四十元》……这个阶段，分析师说涨就涨，预言很准，这是庄家有意印证分析师，让散户从不信到信，再从深信到深套。庄家很懂投资心理学，很懂人性。股票在底部时，分析师推荐此股，散户不信；股票大涨一波后，分析师推荐说"前景广阔，主力抢筹，大胆持有"之类，散户反而相信。

庄家这类老套诱多手法百用百灵，因为中国股市属散户市，中小投资人没有独立的交易体系和风控体系，只有听信消息凭感觉追涨杀跌。这些不确定性的游资可以被机构利用，也可能成为机构出货时的一大风险，所以A股总在暴涨暴跌剧烈震荡，有时涨得不讲原则，有时跌得没有道理。如果说可以一年内暴跌75%，可以单月涨跌幅超过20%的A股K线图是一张心律失常的心电图；那么无涨跌停限制、采用T+0交易模式、从6000点涨到18000点之间的波动极限不超过20%的美股K线图才是正常的心电图。

下卷

　　牧典蓝本是刚能驾驭十亿资金的小操盘手，做的是组合型投资，面对的是个性十足的众多股票，如同在赌场上可以玩两下老虎机，再玩玩百家乐，再大玩轮盘。这次，他做的属项目型投资，也就是让数十亿资金仅在一只股票上反复运作，那是另一种操盘概念，这相当于开赌场，要吸引别人来赌，要对赌徒们察言观色，连哄带吓，要么让赌徒们失去理智孤注一掷最终一败涂地，要么让进场挑衅的同行见好就收少来与庄家掰手腕。牧典蓝诚惶诚恐地按陶经理的思路，闪电式操作，完成一项项极限挑战，跨过了心理门槛。

　　每个交易日，牧典蓝通过盘口挂单暗号与联手的机构进行交流，包括沪泰公司，其他还有什么机构牧典蓝并不清楚。双方以何价位在何时进何时出心照不宣，很多时候用约好的挂单数字进行解密后进行大单操作。比如在约好的尾数为"9"的价格上若出现上千手低价买盘，牧典蓝就直接卖给他，由此砸下去让股价快速下行，这就是联手的庄家在不同账户之间做的对倒，砸破整数价位容易引发游资恐慌，以便捡回便宜筹码。要让股价迅速上涨也是同理，牧典蓝就把数千手货卖给高价位的大买盘，股价上抬能吸引跟风追涨的买盘。通过这些操作，一边试探场内资金的稳定性、获利盘、被套盘等等，一边调整买卖策略。为了防止来路不明的大资金参与进来，就必须试盘，牧典蓝则用几笔大买单放在买二或买三上把股价推高，如果无人理会，或者只有小资金抢单，证明没有对手，就撤掉下面托盘的买单，让股价回落到当初。尔后，在卖一位压上大卖单，倘若股价轻易下挫，说明没有对手吃货，或者对手不足以形成威胁。如果试盘时上推股价时有较大的抛压，牧典蓝则先将买盘托至阻力价位之前，忽然撤掉托盘买单使股价下挫，如此往复，使高点不断降低，直至持有者不敢再坚守，不得不减仓，从中击垮挑衅者的信心。

　　牧典蓝既要顺势而为，顺大盘之势，顺同类股票之势，顺消息之势，顺人气之势，顺波峰波谷之势……也要逆势而为，逆势跑赢大盘，逆势走出新高，逆势走出"南国电子"的个性行情，让它成为耀眼的强股。他的双眼在各个屏幕间穿梭，手指在各个键盘上游走，超速地键入数字，频繁批量挂单买入，制造买盘活跃的场景，然后又批量撤出买单，又批量挂单，把人家的买单推在前面，去接住他挂出的一批批卖单，不动声色地完成出货。很多时候，为了迷惑盯盘的技术派对手，还得通过利用盘口的刷新频率局限，巧妙地撤单和挂单，造成盘口不能完全真实地显示每笔交易细节,能达到把主动卖出的股数显示成主动买入的股数,如果单单看盘口显示的交易详情,则会误认为主力在大量吃货,由此吸引跟风者入场,就能达到边卖边涨的效果。

在对手们看盘口、听消息面确定进与出的时候,牧典蓝从中分析的是无形的市场情绪:有多少人会迷信指标图进行买卖,有多少人会因贪婪放弃原则增仓,有多少人会趋利避害追涨杀跌始终在割肉,有多少人涨跌都还在观望……那些渴望暴发、渴望投机的情绪是一桶汽油,一点火星就能让"南国电子"之火烧得旺之又旺。牧典蓝眼观着手中的巨量筹码逐步出手,看着别人的浮动筹码坐成股东,第一次感受到了天量资金交相出货的惊心动魄。主庄的资金是洋流,带来了沙丁鱼般的成群跟风者,主操盘手们则是守候在此的鲨鱼,疯狂享受着这顿饕餮盛宴。生为鲨鱼就得狠准快,没人赞赏一头毫无杀气的鲨鱼。

目前,"南国电子"被热炒到了近26元,又创新高,这对散户有着良好的心理预期:新高之后将开始新的拉升。它的K线图被制作得非常漂亮,移动均线走势良好,无法人为做得良好的均线也瑕不掩瑜。牧典蓝与陶经理配合得天衣无缝,完成了生死攸关的前期拉抬与出货。首战告捷,离大功告成指日可待,后面的事,则交由联手坐庄的几家公司众多交易员分头实施。坐庄的收尾期正是"内部消息"泛滥期,为的是让更多的炮灰进场接货。这个阶段,参与其中的大小股东基本都赚着,正等着赚更多。但是巴菲特有条至理名言:如果你看牌桌上没有谁像那个输钱的傻瓜,那你可能就是那个。

齐董事长这头将会以何种手段完全出货,牧典蓝不得而知,如同他上午不会知道下午将有什么消息发布,头天不会知道第二天的具体走势,也不可能知道庄家的进货成本、利息成本、拉升成本、公关成本和交易成本等,更不能猜测庄家目前究竟盈利多少,有多少亿货已经完全离场,那些账户最终以什么价位、以多少盈利出场……所有的所有,牧典蓝不过是身在此山中,云深不知处,他不过是赌场里的一位发牌员,知道一些赌鬼们的牌,看得到一些赌鬼们的悲喜,听到一些赌鬼们的下场,其他一无所知。

皇冠大都会第二十一楼在夜晚不再空荡冷清与黑暗,那一层唯一有客居住的隐秘操盘室完成了使命,已宣布解散。一切都像聊斋中的鬼屋,晚上那里是一座昏暗的寺庙,白天那里是一片平凡的树林。

下卷

在这段特殊的日子里，齐董事长很少来宾馆，陶经理用不同的手机与外界的神秘人物保持着联系，只言片语，不知情者听起来不以为意，知情者方懂那是一字万金。牧典蓝唯恐因操纵股价坐牢，不愿像秦阳那样背上一辈子都洗不白的污名。他找陶经理聊过，害怕他们在大都会的摄像头中留下影像证据，害怕用大数据进行监控的证监会通过IP地址找来。陶经理不以为然地说，电脑做过特殊处理，不会留下让人警觉的IP地址；摄像头会为他们的行踪关闭，没有他们的影像；他们代管散户账户，属普通私募业务，没有操纵股价。这种操盘会习惯成自然，有公司保驾，出了问题通常没收违法所得、罚款了事，再不济来个吓唬人的终身市场禁入，最坏的运气加最坏的结局也不过判三缓五；即使没有公司保驾，个人获利上千万上亿，顶格处罚也不过五年以上十年以下。

在陶经理看来，从轻处罚操盘手也是为了保护股市，没有机构坐庄的A股，就是一群死气沉沉的沙丁鱼群；坐庄的机构就是沙丁鱼中的鲶鱼，才能激发沙丁鱼的活力。水至清则无鱼，人至察则无徒，没有机构的获利，哪来股市的繁荣？没有操盘手的超常获利，哪来机构的战斗力？操盘手为何要超常获利？因为他们透支超常的智慧，肩扛超常的风险，往往会付出超常的代价。为了坐庄，陶经理没有陪着老婆生孩子坐月子，没有照顾过腿脚不便的母亲，没有为慈爱的父亲送终，三十岁就开始秃顶，在北京待了五年没见过故宫和长城；晚婚晚育的操盘手是生女孩儿的命，但他想要个儿子……不过陶经理已经有了职业病，真若放弃操盘工作回归家庭，或者休假旅游，他会焦虑虚度了光阴。

牧典蓝已经释然，既来之则安之，做什么样的职业就有什么样的使命。股市是弱肉强食的战场，它的交易方式有利于机构而不利于散户，有利于大机构不利于小机构，有利于"狡猾"的机构不利于"老实"的机构，有利于核心操盘手不利于普通操盘手。要做到完全公平、公开、公正，那就和五个指头要长得一样齐那般不可能，这就给不同的机构坐不同的庄提供了条件。让信息在机构和散户面前完全对称透明不可能，一家上市公司就像一个人，不可能完全公开自己，哪家机构探得它"隐私"哪家才能察言观色踩准进出点。取消涨跌停板不现实，绝大多数人无法忍受坐过山车的夺命刺激。涨跌停板是安全网，也是大牢笼，大利好出来时"笼外"散户难以抢到涨停票，大利空出来时"笼内"散户难以卖出跌停票。取消T+1交易模式同样不现实，任何规则都是强者制定，用来维护强者。若要改变规则，除非强者已经准备好了更好的对策。眼下的股票交易模式，散户做多才能获利，当天进场获利不能落袋为安加大机构接盘风险，当天买错股票不能止损出局减少亏损；机构投资者却能用一篮子股票换取 ETF 交易型开放式指数基金，这样就能卖出当天错误买进的股票间接实现"T+0"减少损失。而股指期货，说穿了就是为机构规避股市风险而设计的，它对 A 股助跌不助涨，这里实行的 T+0 交易模式，有利于机构当天做空 A 股，同时在股指市场里靠做空指数挽回在 A 股做空的损失，也就是用股指期货中的大盈抵 A 股的小亏实现对冲获利，而散户基本不能参与到股指期货中来"对冲"……操盘手当做什么就做什么吧，为机构做是天职，是本事；为个人做"老鼠仓"才是找死，其实找死都远远不算，纵观历年被查处的"老鼠仓"，最多也不过判三缓五。

没有星星的夜空下，有专车来接牧典蓝回家，卢加兴的驾驶员驾着租车行的车等在大都会门口。牧典蓝头昏脑涨地要回了手机，坐车赶到华年网。舒茗悦失落了，伤心了，无聊了，也许会待在那里，她不会接他电话。

未艾正独自在办公室里吸着烟打着字，屋里烟雾缭绕。未艾宁可顿顿吃泡面也要抽好烟，五十元左右的那种，认为神仙生活也不过如此。这位被牧典蓝辞退的总编，在七月底又找回到了华年网，其他公司不愿意收留瘦弱的他，他也不愿意去那些网站。得饶人处且饶人，舒茗悦将他收留了下来，让这个住着阴暗的婚房写着俏丽故事的人成为普通的专职编辑，安静地过起了小日子。未艾以新的笔名"守望者"出现在网站的编辑名单中，他从前的笔名连同他的网络文集已在网站中淡去。

牧典蓝从未艾那里得知，今晚写手们在留言板书吧聚会，舒茗悦可能在那里。书吧位于上海火车站驿站链锁网吧隔壁，在五楼，是华年网的一位写手开的，写手叫麦卡。

第十七章　王者归来

1

从门上招牌上看，留言板书吧二十四小时营业，集看书、借书、售书于一体，集咖啡、奶茶、品茗、简餐于一身。

从虚掩的磨砂玻璃门口望去，书吧昏暗幽静，没有开聚会的亮堂之景与嘈杂之声，不像昼夜营业的店，与隔壁忙碌的网吧是两个天地。

牧典蓝估计聚会已经结束，还是怀着侥幸推开门，绕过门口的书架往里面张望，并敲了敲书架。

门口的灯被敲击声点亮，里面有应答之声，随即从前面窗口处的一个矮书架背后走出一位女人。她披着幻彩披肩，穿着无袖旗袍，露着胖乎乎的上臂，有三四十岁的样子，用簪子挽着随意的发髻，眉目间有着书香闺秀之韵，很契合书吧这样的店铺。

"你是麦卡姐姐吗？"牧典蓝问。

"是啊，你认识我？不过，对不起，书吧关门了。"麦卡笑道。

"不是二十四小时营业吗？"牧典蓝朝窗口那边望去，没有舒茗悦。

"今天起就停业了。"麦卡一笑。

"悦海女神走了吗？"牧典蓝这才明白麦卡所说"关门"是指关门大吉，但她丝毫没有关门大吉的失意。

"找女神大大啊！她还在。"麦卡有些惊奇。

"真的！我要见她！"牧典蓝兴冲冲地走了进去。

舒茗悦坐在那个矮书架下面的双人布艺沙发上，桌上有盏橘黄色台灯映衬着她的脸。她瞟了牧典蓝一眼，从桌上拿起一本书胡乱地翻起来。

牧典蓝坐到她身边，把书从她手中取出来，放在桌上："别装了，你看得进去吗？这么久了，我是死是活，你居然不管，电话也不肯打个！"

舒茗悦说："我没那么贱，就不管你死活！"

牧典蓝见她欲哭不哭，声音带着呜咽，凑近她说道："我活该，委屈你了。对不起！我才恢复自由身了。"

舒茗悦移了下位置，想离他远些："走开！不需要你现在想起我！"

牧典蓝拥抱住她："我无法联系你！我每天都在窗口张望，恨不得你从楼下路过，我好折个纸蝴蝶把消息传给你……"

舒茗悦见麦卡在一旁好奇地注视着他们俩，把他推开："我和麦卡在说正事，别打扰我们！"

牧典蓝只觉困意排山倒海袭来，微弱的灯光也刺眼，全身没有了力气，像正在泄气的皮球，他强打精神眨巴着眼睛说："这么晚会有什么正事？亲爱的，快送我回家，我好累好累。"

麦卡不好意思起来："你们聊，我去收拾下。"

舒茗悦见麦卡走开了，带着怒气说："我不是马车夫，休想我送你！"

"好怕今晚找不到你……"

"没有什么事你不放心！"

"好怕你像达芸那样……"

"我不是达芸，不是达芸！"舒茗悦对他叫道，随即捂着脸哭起来。

牧典蓝见她刚刚还若无其事的样子，转眼就伤心决堤，一如暗中舔舐伤口的小猫被别人发现了遮掩的秘密，眼泪也就跟着她的哭泣出来了。他把她再次拥入怀中："你当然不是达芸，是我的老婆。我回来了，自由了，能看着你了……对不起，宝贝！我可以安心陪你五天了……"

舒茗悦呜呜地哭了一阵，见牧典蓝没有了动静，再一看，他竟然枕着她的肩睡着了。

舒茗悦用手擦擦泪，厌恶地把牧典蓝推到沙发上，背起包就向吧台前的麦卡告辞。

下卷

"闹小别扭了？他就是今愁吧？"麦卡已经猜到。

"没见过这么邋遢的人，走到哪儿睡哪儿！"舒茗悦骂道。

"是不是病了？"麦卡问。

"他不发烧，装病！我不吃这套！"舒茗悦说。

"你不管他了？"麦卡不解。

"你也不要管他，当下班就下班。"舒茗悦说。

"我把钥匙给你，你随时可以来。"麦卡说。

"我才不会来！等会儿，你把他赶走好了！"舒茗悦气冲冲离开了书吧。

十分钟后，舒茗悦又返回来了，站在门口踟蹰着。

麦卡在吧台整理着一摞书，见她来了就笑道："我就知道你要回来。"

"麦卡姐，还有被子吗？"舒茗悦问。这书吧有个别名，叫书吧客栈，因为经常有旅客为了省住宿费在这里过夜，租一床被子只需要十元钱。

"我已经给今愁盖上了，我可不想谁在我这店里受凉。"麦卡说着，从抽屉里拿出一把钥匙放在柜台上，"我就不陪你们了，得走。等今愁醒了，你再回去吧。钥匙到时放到一楼的行李寄存处就行。"

麦卡走了，幽暗的书吧安静得可怕。

舒茗悦慢步踱到酣睡如泥的牧典蓝面前，见他仰头而睡，就找来一个小靠垫给他当枕头。双人沙发短了些，他的腿撑在地上，她又找来两只凳子，把他的双脚抬了上去。他的右手吊在沙发外面，她抓住他的三根指头，把手放到沙发上，手心不觉触到了指头上坚硬的东西，但肯定不是指甲。她张开这只手掌一看，灯光下，只见他的五个指头上都有一层茧子，全是触及键盘的部位，虽然薄如蝉翼却触目惊心。这是牧典蓝从前没有过的，也是她未曾见到过的。她把他的左手掏出来，一样的茧子！

这两个月，牧典蓝为什么失踪了？一层薄薄的茧子，给了舒茗悦一个无言的回答。

舒茗悦坐到他身边，她捧着这双手惊愕好半天，又捋了捋他那头长长的头发，眼泪无法抑制地掉落到他的手心。刚才的憎恨瞬间淡化了，变成了钻心的疼痛，她把这双手久久地贴在自己脸上，恨不得让那些粗糙的茧子在今夜的泪水中柔软、融化、消散……

283

秋夜如水，在凉风晚歌中流淌而去。留言板书吧如一本泛黄的书，静静翻到了它最后一页。

2

清晨六点，牧典蓝从梦境中的数字堆里爬了出来，长长地伸个懒腰，让散掉的力气聚回到身体，翻身而起，神清气爽。

舒茗悦在他对面的沙发上裹着凉被侧身熟睡着。

天已微亮，牧典蓝关掉还亮着的台灯，坐到舒茗悦身边，端详着梦中的睡美人。她那般恬静，他好想凑上前去亲吻她轮廓有致的脸，让她惊醒；他好期待能与她有共同的夜晚，哪知这样的夜晚就这么糊里糊涂地来了，又错过了。有的男人喜欢漫长的恋爱，那是因为没有找到想要的爱。他找着了，就想与心爱的人晨伴朝阳醒，夜随月色眠，相亲相拥，少受相思之烦，哪怕共同面对婚姻的平淡与麻烦。

坐了许久，想了许多，牧典蓝不忍惊醒舒茗悦，就在书吧里转悠。卷帘门关着，书吧不见其他人，包括麦卡。

书吧有八十平米的样子，中间有圈长短不一的沙发和椅子围着两张并排而放的方桌，是开聚会的摆设。四周错落的书架上有多种分类的书籍，畅销类书籍较多，书名很潮，甚至成了固定的语句格式，诸如《……一本通》、《赢在……》、《中国式……》之类。书吧一角开辟了留言墙，叫"都市留言板"，上面贴有各种颜色、各种图案、各种形状的便签留言，有的附带照片，大大小小的心愿被展览了出来，不知有多少心愿会随着书吧的关门如风飘散。

手机响起来，是田弥的。田弥开口直怪牧典蓝只知度假快活，不管别人死活，打无数电话也不接听，责怪半天之后才通知牧典蓝：本周六参加他和陈珂的婚礼。

真是闪婚啊！还没等牧典蓝从惊诧中回过神来，田弥又神秘兮兮说起一个天大的秘密。陈珂前些天去第一副董事长办公室打扫卫生，这屋里有间可供四人住的小卧室，还有张操盘桌。陈珂在路过操盘室时，听沈奇对助理们说，"南国电子"可以做到35元，十个交易日就能做到位，再辛苦大家几天。沪泰公司像在坐庄"南

下卷

国电子"，牧典蓝恰好这段时间外出度假，公司肯定是有意支开他的。田弥已将家里的资金全部投到了"南国电子"里，叫牧典蓝也悄悄投一些，还有10元的上涨空间，赚点小钱没问题，自己不做就找个朋友代做。

牧典蓝已经明白了大半，那是沈奇故意放出风声，要达到一传十、十传百的效果，让更多人凭"内幕"消息在山顶接盘。他提醒田弥"它市盈率都上百了！"相当于说豆腐都卖到土鸡价了。田弥说"有庄不怕价高！放心，站上三十我提前出。我还要融资去炒！"牧典蓝警告道"融资去做'老鼠仓'，你疯了！"田弥却说"看在上次劝我别参赛的份上，我才和你分享……"

牧典蓝见舒茗悦揉着眼睛起身，打住了与田弥的通话。陈珂轻信沈奇并泄密，田弥轻信陈珂而不信牧典蓝，这对小夫妻还没踏上婚姻红地毯就踏入沈奇设下的陷阱。沪泰公司对交易员有多种考验方式，田弥这种就是其一。牧典蓝不由怀疑，沈奇当初给他和陈珂说媒，可能就是在进行考验。

舒茗悦见牧典蓝坐到身边凝视自己而不语，以为他不好开口，问道："是不是又要去见客户？"

牧典蓝搂住她的肩，亲了一个："我要专心陪你五天，好好谈场恋爱……只是，周六得去吃个喜酒。"

"这算陪我吗？"舒茗悦不满地说。

"这小两口都是同事，其中一个是田弥，是和我一块儿来公司的，而且，我住院那回，也是田弥送我去的医院。我们一起去吃喜酒，让大家见见我的未婚妻。"

"谁答应了？"舒茗悦把头一扭。

"不答应？昨晚还哭鼻子呢！"牧典蓝说，见她淡淡的笑容也消失了，又说，"这一对儿半年前还没牵手呢，现在就成家了，多容易！我成家却这么难，一句妈妈不同意，你就轻轻松松剥夺了我成家的权利。"

"你这种杳无音讯的人，还结什么婚！"舒茗悦怨道，又问，"老实交代，你是不是参与坐庄了？"

"没有啊！我这初出茅庐的键盘手怎么可能！"牧典蓝立即否认。坐庄就是操纵股价，除了涉及内幕交易的违法行为外，背后有可能涉及非法集资、骗取银行贷款。谁承认坐庄谁找死，知情人会被控制在最小的范围，包括主操盘手能用两个就绝不用三个，资金账户也要经过精心分仓以防被查处，个中细节无不处心积虑。

舒茗悦把他的手掌摊开，指着上面的茧子："还骗我！你这个大骗子！"

牧典蓝看了看，也惊诧了："怎么这样？我都没发现！"

"招不招？"

"打死也不招！"

舒茗悦沉重地叹了声，靠在沙发上生闷气。

"别生气了。这是第一次，也应该是最后一次，公司出现了点意外。我和你一样，受不了也得受着。你要原谅我，我不是故意的。"牧典蓝搂着她讨着好。

"难怪我爸要反对你……你总是那么优秀，真怕聪明反被聪明误，到时毁了你。"舒茗悦这才理解了父亲的担忧，她一直认为父亲的担忧是多余的。

"放心吧，以后没这样的奇葩事了。"牧典蓝劝慰道。不过，他仍是心里发怵，万事开了头，就可能那样走下去了，人在江湖身不由己，他根本没有退路。

"你这才做多久啊，就这样了……以后还有那么多年，会是什么样子？"舒茗悦有着胆怯不安。

"别把我的职业想得那么阴暗好吗？太阳还有黑子呢，人们从不说它有污点。"牧典蓝哄着她。理想归理想，现实归现实，就像上帝和恺撒不是一回事。他不敢断定今后会做到什么程度，是不是会走入法律禁区，虽然有的操盘手认为挨罚也值得，但他是爱惜羽毛的人，不愿名誉有污点。他冷静下来，意识到今后的确有了不可预料的大风险，有的事能掩盖一时，不能掩盖一世，万一败露了，要来个秋后算账，他的家庭怎么办？舒茗悦愿意去承担那样的家庭风险吗？又能承受多大的风险？看着她仍有所顾忌，他想知道答案，就问道："亲爱的，我也许是个危险人物了。如果，我迫不得已，是迫不得已地做踩红线的事，出了意外，你还会爱我吗？"

"不要这个如果！"舒茗悦不肯面对，皱起眉头摇起头。

"如果有人用枪比着我，我不踩红线就会死得难看呢？"

"那，那……你先保命，做完就和那些人拜拜。你不需要他们的嗟来之食！"舒茗悦斩钉截铁地说。

说时容易，做时难。牧典蓝不可能向卢加兴说拜拜，从某种角度上讲，还得感谢卢加兴的信任与培养。士为知己者死，操盘手为提携者效力，还有什么好说的。

下卷

牧典蓝又问:"我只想知道一点。没有沪泰公司就没有我的今天,也许没有我的未来,我不脱离沪泰公司的话,你还愿意嫁给我吗?"

舒茗悦抚摸起他指头的茧子,望着失落的他,半晌,才说:"我相信你是有底线的人。"

"成王败寇,一将功成万骨枯,什么才是底线?"牧典蓝也迷惑。他见她低头不语,低声问,"我还想知道,你现在是不是在后悔,后悔那天不听妈妈的话,提前把你给了我?"

舒茗悦瞪了他一眼,把他的大腿一拍:"讨厌!"

牧典蓝见她娇羞地笑了,亲吻起她来:"告诉我,你还敢嫁给我吗?"

"你要好自为知。"

"嗯。我知道适可而止,我要给你一个安稳的家。"牧典蓝亲够了,想回家和她亲热,"我们去添置些东西,把屋子重新布置一下,得让它像个家的样子。"

舒茗悦站起来叠被子。

"怎么想起在这家倒闭的书吧聚会?"牧典蓝问。

"麦卡姐有心经营这书吧,不以盈利为首要目的,主要是想方便火车站的乘客歇脚。她坚持了三年,亏了不少,再也开不下去了。她很感伤,半年来写了好多怀念书吧、怀念读者的文章。难得她有这种情怀,我想安慰她,就让大家来这里聚聚,热热闹闹地为书吧告别。她昨晚很开心。"

"旅途劳顿,有多少乘客有心思在车站读这种书?"

"有不少乘客喜欢有书的氛围,在这里等车、会友,或者上网。即使不看书,在这里感觉比餐馆、酒吧好。麦卡姐希望有更多的人能喜欢这样的氛围。"舒茗悦来到吧台,把两床被子放入墙边的柜子里,"她大学毕业就在中学校门外开过书店,靠教辅书籍和畅销书赚了些钱,就想做公益了。唉,现实总是残酷的,上网的越来越多,读书的人越来越少,这里越来越像旅馆,不是她想要的书吧了。"

"不开书吧,她打算做什么?"

"她想换个地方开新的书吧,书吧更像一种文化符号和情调了……嗯,昨晚我突然有了个想法,正在和她谈这事儿,你一来,就搅了局。"

"哼,离了我,你过得照样好,还有心情策划大事!我却急死了,唯恐你像达芸那么忧郁下去。

"别提了！你把我扔下，我差点疯了，只有让自己忙死忙活，没时间去想你、恨你，没空去忧郁！我心里一直在喊，我不是达芸，不是！你不要我，我会过得更好！"

牧典蓝搂住她说："我们都熬过来了。你是我的悦儿，我怎么舍得丢下你？我要让你像名字一样，喜喜悦悦！亲爱的，这几个月好难得看你一笑，笑一个给我看看。"

"我才不表演。"

"在大街上，看着你笑的样子，我恨不能光天化日地亲一个。"

舒茗悦刚一开口要笑，就被他吻了上去。

亲够了，拥抱够了，舒茗悦理了理他睡乱的长头发："时光似乎倒流了，上次陪你理了发，这次还要陪你去理。"

牧典蓝把她横抱起来，兴奋地转了三个圈："让时光倒流到两个月前吧，你要陪我理发，还要把一切交给我！"

"坏蛋！你就不能关心上次我要说的事？"舒茗悦说。

"什么事？"牧典蓝想起了那个没有答案的事。

"等你静下心来再告诉你！"舒茗悦还是不说。

3

世间万物，有始有终，有终有始，周而复始。留言板书吧沉寂了，一家新的书吧开始浮现。

舒茗悦一直想说却没来得及说的事与一间尘封的商铺有关，也就是网名叫"闪电"的杨爱渺遗赠给她的商铺。她一直想与牧典蓝好好商量如何经营它，却一直没有正式提上日程，这段时间她有了些眉目，不得不提，那就是建书吧，同时作为华年网永久的根据地。

牧典蓝一拍即合，书吧不属热门投资项目，但冷门项目也可以做好，所谓没有不好的项目，只有不善的经营。他们就专程来寻找这间曾经差点就谋面，却一

下卷

直没能谋面的商铺。

今年的七夕节，舒茗悦第三次为闪电送上了花环，兑现了她当年的承诺。花环献了三次，闪电走了两年多，那个曾经指点过她、感动过她、影响过她的人如尘埃般飘散无影，令她动容而泣。在她看来，除了牧典蓝，最理解她、最能读懂她、最能为她解惑的人就是闪电。然而，老天带走了闪电，父母拒绝牧典蓝，她成了一个无人可倾诉、无人可寄托的人，孤苦零零。也就是七夕节下午，她在小区里亲笔签收了一封紧急邮件，前年闪电的遗书也是这么收到的。这次收到的依然是"槛外人"的来信，信里有封打印件，两页的书信让舒茗悦知道了那间商铺的大致来历。

寄信人说，多年前他酷爱收藏，达到了卖掉老屋换古董的痴迷程度。他擅长书画，但风格不被大众所接受，难以养活自己，经人介绍被迫将一件藏品低价卖给了杨爱渺。杨爱渺见到他的国画，要走了一幅，不久，那国画被海外一位收藏家高价收藏。从此他与杨爱渺交往甚密，在杨爱渺的引荐下，他的作品终于被书画界认可。他不忘知遇之恩，视小小年纪的杨爱渺为恩人。无奈恩人大病缠身，有幸在生命的最后有舒茗悦的陪伴，恩人无以为报，就用商铺作为报答，这是用三件藏品换来的铺子。商铺证件也由原户主负责办理过户，请舒茗悦不要对商铺有任何顾虑，接受恩人的一片苦心。两年整过去了，他多次去看商铺，一直闲置着，没有被她真正接受，很痛心。中元节将近，他老梦见恩人临终前的托付，觉得恩人在责怪他，他有愧恩人，很不安。他希望舒茗悦能接受恩人的心意，把商铺利用起来，发挥它的价值，让恩人的遗愿不付之东流，也让他能够完全了却心事，给恩人一个圆满的交代。

读到这封信时，舒茗悦和牧典蓝正在分手期间，她正为放弃牧典蓝伤心而纠结。这封信让她再一次接受了生与死的洗礼——闪电病痛缠身，英年早逝，没有孩子，遭遇离异，和万劫不复的闪电比起来，好好活着的自己无论怎样都是幸运，哪怕与牧典蓝过柴米油盐粗茶淡饭的日子何尝不是恬淡的幸福？她开始思考铺子的经营，希望闪电的遗愿能以最好的方式呈现，让他在天之灵有所慰藉。她也开始思考谁会是那个能和她一起用心打理商铺的爱人？闪电曾谈起过离异的妻子："我陪她逛完街，带她看电影，我连声叫绝，她吃完爆米花却睡着了。她醒来又想起买东西催我去逛另一条街，我悲凉的样子，可能让她更加悲凉吧。相看两不厌不可能，相谈两不厌方为贵，这比什么都重要！"舒茗悦想起闪电的这番话，已深有了体会。那个能与她相谈两不厌的人，还有谁？只有牧典蓝。

不同的人有不同的婚姻结论，母亲的结论与闪电的结论大相径庭，舒茗悦相信闪电，她希望自己也是牧典蓝心目中那个相谈两不厌的人。当牧典蓝在舒秉浩与池墨的婚宴那天中午跑到网站找到她时，她听从了内心的召唤，再一次与母亲作了对。

新天地是名满天下的海派商业中心，它所波及的周边仍不失国际风范，商铺各有千秋，哪怕三五平方大小的冷饮小店也是精心之作。它的外围也属寸土寸金的商业圈，商铺价位令人咋舌。两年来，舒茗悦不愿来看这间属于自己的商铺，害怕勾起对闪电的回忆，回想起他绝望的情景，更重要的则是认为，闪电尸骨未寒，她无功受了禄，若靠商铺去发财欢喜，太不仁义。

华年美文网正在发展壮大，人员结构和机构设置极为简单，专职人员和专业人员还明显不足，窄小的网站已不能容纳更多的人员，恶劣的办公环境越来越制约网站发展。舒茗悦严禁工作人员拍摄网站现场照片，担心那些照片流出后，兼职编辑和写手们见到网站实况会失去对网站的信任与信心。舒茗悦早先也曾考虑让华年网搬到这间商铺，从此告别东躲西藏。不过，把如此大的当街铺面用作并不商业化的网站，显得荒唐。麦卡有关怀念留言板书吧的文章让舒茗悦有了将其打造成书吧的念头，一直没有时间及与牧典蓝商量。

牧典蓝失踪期间，舒茗悦想到了"自用二楼、出租一楼"，让一楼作为二楼网站的提款机。尤其是在留言板书吧聚会那晚，麦卡的理想让舒茗悦有了朦胧的眉目。麦卡并不甘心留言板书吧的没落，想换个地方新建一家上档次的"情牵"主题书吧，将有关爱情、亲情、友情、战友情、师生情甚至人与动物之间的感情等等方面的书籍、图片、音乐、绘画等收集于此。书吧也许不赚钱，但比赚钱本身更让麦卡快乐。麦卡认为自己人近中年，挣钱不再是首要目标，越老越要做些有品位的事才够人生意义，才老有所依。

舒茗悦由此冒出一个想法：一楼的商铺建成书吧，与二楼的网站一脉相承，这才完美！闪电赠送的铺子，不能成为她牟取暴利的工具，让它公益化些，她用起来会坦然。这间铺子来得让她纠肠百结，不能让它太过世俗，应该让它脱俗一些，高端些，这才是最理想的铺子。但书吧以什么为主题才有好生意，在那样的商业

下卷

区以什么人为目标客户，她一时没有主意。聚会结束，她就与麦卡探讨起了在一楼商铺共建高品位书吧的设想。

华年网收益微薄，资金紧张，要建高档书吧实力还差很远，舒茗悦又不愿把商铺拿去抵押贷款作为启动资金。为了解决这一难题，舒茗悦愿意不收取租金，让麦卡出资独立负责书吧这一层的建设与经营，主题可以是"情牵"，等收回成本后再谈租金事宜。舒茗悦要求有二：书吧招牌为"华年美文网·情牵书吧"；书吧整体风格为上档次的中式风格。麦卡却不愿受制于网站，她不需要建那么大的书吧，更想把书吧建成现代风格，而且要建在幽静之地。她俩的合作没有达成协议，舒茗悦只能单独干，怎么干却是个问题。

舒茗悦只是从麦卡经营书吧的酸甜苦辣中冒出了这么个星星点点的想法，这些想法都没能形成更具体可行的点子。她仅仅是凭着直觉，认为新天地以酒吧、咖啡店之类吸引着一批高端人群在这里聚会，谈情说爱也好、谈生意谈投资也好、休闲漫聊也好，书吧同样有此功能，同时可以在海派文化汇集之地填补中式文化这一空白。

牧典蓝赞成把铺子建成书吧，不过对这间铺子心怀醋意和敌意，但辜负逝者的一片好意未必能证明谁有骨气。他不无嫉妒地说："天上有个男人为你创造了硬件条件，地上有个男人为你创造软件条件，都来保佑你这位女神吧！"至于资金问题，牧典蓝即将有一笔坐庄操盘的提成到手，有六百万的样子。钱真是好东西，来得正是时候，能解决他的很多问题。

寂静了数年的神秘商铺终于找着了，它的外观不是新天地中心地带那种石库门样式，而是当代商铺样式。它位于一条主街和一条小路的转角处，离地铁一号线站台不太远，这里桂花树成荫，周围车水马龙，大街对面有购物广场，繁华眼前流转，此地正是黄金口岸。

怀着复杂的心情，他俩打开商铺卷帘门，缓缓走了进去。

商铺一楼面积达一百五十平方，相当开阔，临街的两面是玻璃窗，屋外的风情映入眼帘，树荫投影入屋，视野很美，是客人喜爱的休闲地势。这一层将建成书吧，主题为中国文化，风格为中式。至于在这浮躁的商业区，有多少人会停下脚步坐下来读那些深厚的中国文化，暂不考虑。他们要做别人无心去做、也无法做成的书吧，不打算一味迎合市场，既然有做百年老店的计划，就按百年规划那么去走，倘若迎合市场，市场随时都在变脸。他们要把书吧做成袖珍的中国文化书籍博物馆，如果谁想查阅与中国文化有关的资料，不会想到去大图书馆，而是想到这家主题书吧，就是成功。

宽宽的梯子转向二楼，二楼与底楼大体相似，窗外是一片树叶簇拥着的绿意。这一层将是华年网的办公区，面积也许大了些，可以分出一部分作为书吧的聚会区，也相当于网站的会议室。

为了让一楼的书吧与二楼的华年网有联系，不产生脱节感，舒茗悦设想着把华年网的一些作品汇集成册，或者把作者的经典语录制成书签、明信片、插画，把主角制成玩具什么的，让那些作品衍生出网站独有的商品在书吧里出售……她的理想是，书吧与华年网唇齿相依、有实有虚、互为补充，写手能在书吧看到自己的作品成为商品，客人能从这些商品中了解华年网。

他俩讨论着，设想着，舒茗悦甚至想到了一家装修公司，正艺堂。正艺堂是上海最有名的室内装修公司，设计风格独特，设计费也最高，一旦做出效果图，只要不是原则问题，基本不会再修改。如果客户再改来改去，就算第二笔设计业务。正艺堂的规矩太过霸道，已经霸道六年。舒茗悦见过正艺堂设计的一家以摄影为主题的书吧，独具匠心，施工精湛，口碑极好。

商铺的初步形象基本设想了出来，牧典蓝激动地说："等我得到了这两个月来的辛苦费，第一件事就去选套我们的新房，就在这附近选，你可以少奔波。第二件事就是打造这套商铺，让它成为精品书吧。如果春节前不能开业，争取春节后开业，让你早些搬离那个简陋的网站办公室。"

舒茗悦听得呆呆的："在这附近买房？四十平米都算豪宅了，八十平米差不多可以全家移民到一些小国买套别墅了！"

牧典蓝诡秘一笑："新房还是要一劳永逸的好，和这铺子一样，住就住个百年。"

"不说房子了！来为书吧构思名字吧，我想了好久了……"舒茗悦对以前想的名字都不太满意，"我觉得呢，名字中的最后一个字也要带中国味的才好。比如堂啊，居啊，舍啊，阁啊什么的……我也不知道选哪种好了，你看呢？"

"不必刻意从建筑样式来过多考虑吧，故作深沉、舍本逐末的。顺其自然不好吗？"

"怎么顺其自然？"

下卷

"就叫华年忆书吧怎么样？古代的词牌有忆江南、忆旧游这类以忆字开头的，忆华年是失去了华年才回忆，太感伤。把忆字用在后面，华年忆，就是盛时之回忆，这是气势，忆的是中华，忆的是华年网。"

舒茗悦正欲开口，有电话打来。未艾通知她说，"净网行动"开始了，华年网被关停，公安局通知网站法人代表或者总编去领取处罚通知，具体情况不明。并问是不是让总编方绪代她去领处罚单？

舒茗悦傻了眼，呆愣片刻，叫未艾召集编辑们回来对敏感作品进行重新审核，她要亲自去公安局看看是怎么回事。

挂了电话，舒茗悦紧张地望着牧典蓝说："糟糕！网站内容可能出了问题，通知我去公安局，不知罚款还是关停……是不是要逮捕我啊？"

"你没有故意传播非法内容，凭什么逮捕你？你一个女儿家，去什么公安局！我去，就当是总编。"

"你去有什么用？我的责任，我承担。"舒茗悦说得干脆，还是露出了恐惧之色，语气又软了下来，"白纸黑字的东西，有些问题说大就大，说小就小……如果我被逮捕了，你是不是会歧视我？"

"你若是罪犯，全天下就黑压压一片了。谁逮捕你，我就和他拼，咱们一起被逮捕好了。"

"真若要逮捕我，就不会通知我，或者总编，去领处罚通知了，是吧？网站应该没什么原则问题啊！"舒茗悦自我安慰说，仍不无担心，"公安局抓人有时就是请君入瓮，对不对？"

牧典蓝见她害怕起来，一手抱住她的肩安慰道："别急。我去，你在外面等消息。"

"我去！有问题就让他们提好了。要罚款我也认，只要不关闭华年网就行，多关闭两天，人气就全跑光了。"

"我陪你去！能用钱解决的问题，就不是问题。"

"就怕网站被关停，钱也解决不了。"

"只要你没事就好。大不了，再创办个悦海女神网。"

4

不是所有花都能结果，不是一出海就能捕到鱼，更可能像老渔夫圣地亚哥那样，苦战八十余天，还失去了唯一的战利品大马林鱼。

华年网加班加点忙碌了半个月，得到的是五万元的罚款。处罚网站的并不是公安局，而是设在公安局的"净网行动"行政执法总队办公室。缴清五万罚款，舒茗悦亲自写出了整改措施后等待网站恢复访问。

半月前华年网接到过主管部门的通知，全国将开展"净网行动"，要求黑道类、耽美类、乡村类、官场类等小说必须下架，违规内容必须清除，擦边内容即刻整改，不然要处罚。这些需要清理和整改的内容主要集中在长篇小说这一大类。网站的长篇小说就涉及五六百万个章节，光看章节标题，依每个标题五个字算，将近三千万字，更不要说海量的章节内容。有的违规内容隐藏在字里行间，有的敏感词汇用谐音字或者用标点符号作间隔，不去读根本看不出问题。每部小说都有责任编辑，网站还设立了专职审读编辑，但是编辑要负责好多长篇文章，要挖掘新作者，要与作者沟通，根本看不过来，通过自动检测后，扫视一下没有大的问题往往也就会通过。专职审读编辑的阅读速度最快也就一分钟一章，四千字的样子，全天加班加点审下来也就五百章，两百万字的样子，长期下来不是看得麻目就会看得发吐。而且，以前可以发布的内容，现在严禁发布；以前不算敏感的词汇，现在列入了屏蔽范围；以前可以用的标题，现在不许再用……所以，这半月来编辑们重点在审长篇稿件，原来的内容都得全部重审，还要进行删改。

小说作者的作品发布平台有写作警示。但有些规定，只要做得不过分，在许多网站都是雷声大雨点小，网站也好，写手也好，都在打擦边球。即使网站发出了自查紧急通知，很多作者根本不当回事，认为是吓唬吓唬而已，他们不愿修改，懒得修改，有些作者很长时间不登录还不知道要修改。编辑们这头要审核旧稿，那头要审新稿，已经手忙脚乱。为此，网站已经发动热心网友来帮忙审核，审核一千个章节的内容不出现问题，奖励一个华年币。

网站用自动屏蔽功能和人海战术肉眼查阅，半月来并没有发现大篇幅和大量的违规内容，还以为平时审核工作做得扎实。编辑们刚刚歇了一口气，这下网站却毫无征兆地给关停了，让编辑们来了个措手不及。

华年网的首页已经是张固定的白底界面，上面用红色的字标有"净网行动整顿中……"字样。同行网站也有不少类似的首页，大家都人仰马翻。少数几家大型文学网站未关停，正发布声明大力支持"净网行动"云云。《净网突击行动全面展开》的新闻报道已经登上头条，报道说，经过全国扫黄打非办等部门数月取证，于今天凌时展开了净网突击行动，截至今天下午三时，全国已有超过三十家文学网站因涉黄涉非被关停整改，其中三家文学网站被吊销两大许可证，五位写作大神因涉黄贩黄被刑拘，多家涉黄站的创办人和编辑被带走调查，三十余部热门小说被列入禁书……"净网行动"前些年搞过好几次，这次声势特别大，首次出现大量文学网站关停的情景。

舒茗悦和牧典蓝连走带跑地赶回到华年网。

网站仍没有恢复，编辑们已经得知了被处罚的大体情况，个个蔫头耷脑，唉声叹气。

华年网首次遭到罚款，是被查到有三部涉黄的长篇小说。这三部从书名和章节标题上看没有任何问题，但部分章节内容淫秽，已经违规。五万罚款算是最轻的处罚，如果这类违规作品再多些，或者小说涉及更严重的问题，将是更为严厉的处罚。舒茗悦对这三部小说通过审核却正好被查处很是不解，一细问方知它们不是被"净网"办公室查到的，而是被举报的！

理着平头的总编方绪得知情况后，已经调出了被查处的三部小说，它们由三位不同的作者完结于上半年，从没被推荐，总点击量就两三千多，并不热门。被审查到的二十余个章节，内容龌龊不堪，涉黄文字全用标点符号进行了分隔以逃避自动屏蔽，从版面上一眼就能发现标点的异常使用，初审根本不应通过。作品的初审分别是三位不同的编辑，但上周这三部小说全由兼职编辑流莺进行了复审，问题明显出现在复审这一环节。方绪想起是流莺主动要求复审的这三部小说，怀疑是流莺做了手脚，并举报了华年网。没有内鬼，普通读者怎么可能从这种冷门小说中挑出毛病去举报？

未艾违规地当着大家的面吸起了烟，他坚信是流莺加害了网站，而且是雁如和流莺在联手加害。流莺是雁如的大学同学，喜欢写点现代诗，雁如当初把他培养成了兼职编辑，平时他在编辑群里默默无闻。雁如脱离网站后，流莺并没随之离开，而是一贯低调地留了下来。雁如既然与华年网闹翻了，流莺可能就是雁如安插在网站的内鬼，专门给网站使绊脚。这次流莺作为诗歌编辑帮着网站审核小说，就想置网站于死地。

舒茗悦正在气头上，觉得方绪和未艾说得有理，她无力地坐到沙发上，痛心地说："文化人，怎么能做没有文化的事！唉，五万呢，马上要发工资和稿费了……不能饶了流莺，在编辑后台进行通报批评，取消流莺的编辑资格，踢出群，打入网站会员黑名单。"

牧典蓝劝道："这种严肃的事，不要感情用事，还是找流莺亲自谈谈，究竟是他个人的主意还是雁如的指使，为什么要加害网站？至少要让流莺明白，网站不是那么好欺好骗。"

"好吧，我不会冤枉任何人，要亲自找他谈谈。方绪，看看流莺在没在线？……没在？"舒茗悦得知流莺并不在线，只好暂时作罢。

"塞翁失马，焉知非福。网站要趁机把这事变坏为好，等网站恢复访问，就当捷报一样地宣传，自吹自擂，就说网站凭纯文学性顺利通关！说不定我们还是恢复得最早的一批。"牧典蓝见大家情绪还低落，就为大家鼓劲。

"对呀！这种整顿像森林大火，很多网站挺不下来就化为灰烬，如果挺过来反而能赢得作者和读者。"舒茗悦转忧为喜，"方绪，你赶快起草捷报，等网站恢复访问，就登到首页，吹吹创作纯文学是最健康的写作！"

牧典蓝沉思着，随后说："我有个提议，既然是做纯文学网站，就要趁这次整顿对商业性长篇小说进行总量控制，不要弄得荤不荤素不素，让网站特色不鲜明。最好，把那些冗长的长篇当成不良资产从网站剥除，让网站轻装上阵，减少编辑们的工作量和审核风险。要引导作者们追求精品，而不是图数量。"

舒茗悦说："只怕会打击长篇作者，造成大量粉丝流失。"

牧典蓝说："商业长篇不是华年网的长项，干脆不做。不是说不做长篇，而是说只做文学性强的长篇，五十万字以下就足够，三十万字以下最好。要让作者们明白，文章不能再精简一个字的时候，才是最好的。如果作者担心字数不多，更新次数少，难以登上首页被阅读，可以让作者反复修改，修改一次也能推到首页，这样同样能提高点击率。"

下卷

"是得考虑下了……"舒茗悦点了点头,若有所思,"就借着这次整顿,把那些啰唆的长篇干脆淘汰,作者们应该不会追究我们违约。五十万字以上的长篇我们不做了,删除多余的章节,或者督促作者修改到规定的字数,省得我们提心吊胆地审核。今后要写超过字数的长篇,必须进行申请才能加长。"

编辑们你看我,我看你,空气凝结了。

牧典蓝说:"现在的纯文学网站,无所不包,大同小异。华年网要强化风格,有所为,有所不为,专做中短篇类,做得独树一帜。我们还没一种文体真正拿得出手,叫得响。必须淡化长篇,把精力集中在散文作者的培养和挖掘上,打响这个品牌,让散文作者以到华年网发布文章为荣。三十年河东,三十年河西,现代人生活节奏紧张,短篇类做好品质,会有红火的市场。"

未艾说:"难道,我们从前辛苦审核那么多文字,白审了?"

穿着鱼网状毛衣的专职审读编辑佳嘉说:"我好不容易才拉来一位能写五十万字以上的长篇写手,奖金还没领到手呢!这下就要撵他走?"

兼管财务的编辑媛红说:"那些快要完本的长篇作者,被我们删除了剩下的章节,还发不发完本奖?"

舒茗悦说:"那就等完本。最好叫作者精简,不然过几个月再删除。"

未艾说:"那些作品岂不是被网站强行太监了?"

舒茗悦说:"我们要像做出版那样来做网站,提升作品的含金量。那些超长篇,无事找事写,与十个人见面就要写十次打招呼的详细过程。有的写到后面,前面写的内容都忘记了。这些文字太浪费我们的空间和时间,踢出去也罢。"

方绪说:"未艾,你那些打算写五十万、一百万字的小说,尽量控制在三十万字以下吧。写得太长的,也没多少人会从头到尾读完。"

未艾说:"网络小说写惯了,都不知道怎么来写用来出版的小说了。难道,长篇写手们以前的精力都泡汤了?"

舒茗悦拍了拍脑袋,想冷静下,就问牧典蓝:"我今天有点急了……这样快刀斩乱麻,妥吗?"

牧典蓝觉得也不太妥:"情况紧急,我们都有点急。说说可以,想好再定。"

舒茗悦说:"没有谁喜欢不诚信的网站。就像有的网络游戏,本来几年才可能升到的级数,后来规则一变,只要花上一大笔钱,就能一秒赶超玩了几年的会员。

咱们这种，一秒就让作者和编辑往年的心血付之东流，也是不讲诚信吧？"

牧典蓝被满屋的失落与沮丧包围，也有了顾虑："嗯，我看，华年网还是要讲诚信。既然以前的作品有了点击量和初期稿酬，咱们不能说推翻就推翻，让大家没有安全感。这样吧，新的规定按公告规定的时间开始执行，只对今后新创建的长篇进行一些限定，以前的就成为历史留在那里。"

"对！我们要对从前说过的话负责，哪怕说错了，也不能牺牲大家。"舒茗悦觉得这是个两全其美的办法，满意地点点头，"方绪，马上起草这个公告，长篇新规从十二月一日起执行。大家各自看着办吧！"

5

一位模样黑瘦、头发乌黑、穿着蓝黑西装的老头子在网站门口张望。

舒茗悦定睛一看，惊呼道："倾杯老师！欢迎倾杯老师莅临网站！快请坐！"

倾杯是位精神矍铄的花甲写手，上海人，开有醉美酒吧，喜欢以酒会友，热心组织网络写手聚会。他喜欢发布文绉绉的散文、杂文和古典诗歌，特别爱引经据典，他的文章大部分被加精，在首页推荐。他的网络文集名为《倾生淡泊》，简介起笔就是"全国著名作家倾杯……"，并用近两百字介绍他任过的职务、出版过的诗集散文集、获得的荣誉以及广泛的爱好。他的文集页面配有牵着萨摩耶犬的真人头像，一看就是精力特别充沛、也很潮的那类老人。他在华年网论坛发布的照片基本是与社会名流的合影，似乎谈笑有鸿儒，往来无白丁。

倾杯被请到了沙发上，接过未艾递上的茶水，对舒茗悦说："我看网站关闭了，网站电话也打不通，就来了解下情况。"

舒茗悦解释说："电话被打爆了，只好把电话搁一边。"

倾杯说："哎呀，终于找到网站了！我问了楼下好几个人都不知道，楼下该立块牌子。"

舒茗悦坐在倾杯身边，为难一笑："我们在背面，人家不允许我们在前面立牌子，也不准贴指示图，不然就得花高价，当打广告。"

下卷

倾杯扫视了遍网站办公室："网站这个样子啊！还是上世纪八九十年代的风格！现在不是越穷越光荣的时代了，你们年轻人要有现代意识才行。这种不伦不类的办公室，不太像样！"

舒茗悦说："这写字台全是老教授用过的，可以当收藏品了。"

"这种粗笨工艺，送我都不要。家具收藏，不是这种桌子。"倾杯摇着头瘪着嘴认真地说，然后问，"网站被关闭，出了什么问题？"

舒茗悦说："网站在接受检查，快恢复了，没什么问题。"

倾杯说："我前两天的稿子是在网上修改发布的，忘了留底，别丢失了。"

舒茗悦安慰道："不用担心，网站有备份。"

倾杯说："我最不喜欢耽搁别人，你们也忙，我废话少说，我来，还有一件事……"

舒茗悦见倾杯欲说不说，就说："倾杯老师尽管说，能办到的我们一定办。"

倾杯说："签约作家专栏上都有四位了，为什么不与我签约呢？我没他们写得好吗？"

倾杯所说的签约作家不是指的普通签约写手，而是网站为了提升品位、汇聚人气、宣传纯文学，特意邀请来网站安家的著名纯文学作家。也就是与这些名家签约合作，请他们到网站来发表文章，谈创作体会等。他们直接享受VIP会员服务，报酬结算方式与普通写手完全不同，是按合作项目一次性支付。

舒茗悦看了看旁边坐着的牧典蓝，又看看站着的未艾和方绪。与自称"全国著名作家"的倾杯签不签约，网站曾有所讨论，舒茗悦还征求过牧典蓝的意见，最终确定不签约，必须确保签约作家的质量。

倾杯的文章写得不少，大部分被加为精华或者加为推荐。网站主要是出于尊重这位热心老写手的考虑，也算是对铁杆写手的福利。其实网站的编辑们并非真正喜欢倾杯的文章，认为太程式化，太爱借用名人的话说事，有些观念、有些表达方式和年轻一代不一样，有代沟。本来，好的作品不应该有代沟，甚至不分中国外国。不是说倾杯写得不好，而是他知道当说什么，却不知道怎么说最好。当一个人把简单的事说得复杂，把轻松的道理说得沉重，要真正地"著名"就难了。

舒茗悦被倾杯当面这么一问，有些两难："签约作家都是不愿来网上写文的，我们只有用签约的方式请他们来。"

"无论他们爱在哪里写文,他们是作家,出过书,我不比他们差吧?他们有专栏,我也可以有专栏。"倾杯说。

"他们写的文章少,办专栏是一次性付稿费。倾杯老师不设专栏更好,你的文章那么多,像积蓄一样,终身都能给你挣稿费,更合算呢!"舒茗悦找了个理由说。

"你们网站当初没有稿费,我照写不误,至少一周一篇吧!我不靠这些文章养家,我啊,给其他单位写篇汇报材料、事迹材料都可以挣上万稿费。"倾杯显出了得意之色。

"倾杯老师,谢谢你对我们的长期支持。网站会把更多的作家请进来,得把位置让给他们,请你理解一下。"舒茗悦只有换个角度来解释。

"不要以为那些签约作家名气大、粉丝多,很多人气是靠水军刷出来的!我就从不弄虚作假搞那一套,没有一个假粉丝!"倾杯义愤填膺地说。

舒茗悦不好让倾杯自尊心上过不去,就想了个权宜之计:"这样好不好?今后我们开展评选活动,请作家当评委时,特邀倾杯老师。"

倾杯思虑了一下:"这样啊……我最通情达理,也不为难你们。我有作家证,当评委是有资格的!"

"好作品就是证书。"舒茗悦说。

"那不一样!有证书,证明大量文章被专家公认。仅仅几篇好文章,达不到一定字数,啧啧,是得不到证书的。"倾杯纠正道。

"能写一篇流芳百世的文章就足够了,像张若虚的《春江花月夜》,孤篇横绝,竟为大家……"舒茗悦较着劲,有点拧巴。

牧典蓝咳嗽了声,示意不必争个输赢。舒茗悦立即闭了嘴。

"呵呵,作家不是歌唱家,一辈子就唱一两首歌。"倾杯不那么认为,"你们编辑得努努力,多发布好文,才能服众。"

"编辑的职责不是写作,就像教师的职责不是答题。"舒茗悦说。

"教师也是从学生出来的,不是天生的!编辑写不出高水平的文章,怎么分辨什么是好文章?"倾杯反驳道。

"我们的编辑都是出身于中文专业,除了我之外,都写过文章。只是他们忙着审稿,没时间写。"舒茗悦不服。

"我没说你们啊!我是说有些网站,那些网站我就不会去!"倾杯站起了身,

下卷

"不打扰你们了，我回去后还要发篇稿子。"

"我们期待倾杯老师的新作！"舒茗悦起身相送。

舒茗悦和牧典蓝送倾杯来到了电梯口。

倾杯转过身，慎重地说："还有一件事，我不好当着他们说。我发布了那么多时评文章，没有一篇加精，是我说得不对吗？"

倾杯的杂文以时评为主，针对时评稿件，网站通常不加精、不推荐，这正是从倾杯的多篇文章中得到的启示。比如倾杯读到一则张三的负面报道，会发布一篇评论，大骂张三毫无素养；数月后，他与张三见了面，又发布一篇评论，大赞张三素养超群。倾杯的态度可以忽左忽右，华年网怎么能行？

舒茗悦不能明说原因，就说："请谅了！时评文章如果推荐多了，网站就成论坛了。网站主推时效性不强的文章，至少一年后来读也不过时。"

倾杯痛心疾首地摇头叹道："唉，文学不关心民生，还叫什么文学！"

舒茗悦说："倾杯老师的有些小小说把一些新闻事件写进去了，我们加了精的呀！也就是在关心嘛！"

电梯打开了门，倾杯并不上，又说："说句实话，你别计较啊！网站怎么能和那个叫佟雪的签约呢？她写来写去都是些花花草草、瓶瓶罐罐，这种不关心国家政策，不讨论社会形势的人，眼界是不高的！"

舒茗悦说："佟雪文笔隽永雅致，很好啊！"

倾杯摇摇头："现在的读者啊，很多也是没有大眼界的……网站要好好引导。"

有几人进了电梯，倾杯也走了进去向他们招手作别，消失了。

舒茗悦开始还热情的脸像电梯门一样关闭了，只剩下冷却的表情："文人相轻，这里又不是新闻评论网站。按这逻辑，齐白石他老人家就爱画些花鸟虫鱼，就不能称作大师了！"

牧典蓝笑道："如果佟雪这样的女人都跳出来写慷慨激昂的时评文章，那些男作家只有投笔从戎了。"

舒茗悦说："倾杯老师的新闻报道和杂文经常发表，公文写得也很好，开起醉美酒吧也有文化气。如果他不强调是作家，把文章当成爱好写，我会很欣赏很敬佩他，会视他为作家。不知怎么的，他越是强调作家身份，越是说别人这不行那不行，我就越不能认同他是作家。就算我认吧，也把他归到作家排名靠后的位置，

301

敬佩感就没了。"

牧典蓝说:"他宁为凤尾,也不为鸡首,各有所求嘛!"

倾杯并不知道,佟雪是舒茗悦第十二位受邀的作家,却是第一位与华年网签约的专栏作家。也不是说前面十一位作家都架子哄哄,而是有的作家喜欢灵感来时进行创作,不愿意为了完成谁的任务而签约;有的传统作家则是不喜欢网络写作,更喜欢作品以纸质的方式呈现。佟雪是北京人,文摘杂志和她的博客上经常有她的闲情怡文,她来华年网安家半年,每月发布一两篇生活随笔,粉丝上十万,驻站数年的倾杯粉丝量只有她的十分之一。佟雪从不自称作家,认为三十年后还有人喜欢读她的文章再称她为作家才好。舒茗悦很钦佩佟雪的谦逊,认同佟雪主张的"要强化个人创作风格,让读者于万千作品中认出自己,不要什么都去写"。舒茗悦戏称倾杯的写作是开百货店,佟雪的写作是开专卖店。她极为反感百货店和专卖店对掐,各开各的店不好吗?

天黑时分,华年网恢复了访问。它为何被举报,已被舒茗悦调查得一清二楚。

舒茗悦通过电话找到流莺理论,软硬兼施,声称网站已经被罚款五十万,将被关停,网站损失巨大,准备报案。经网站查实,受处罚的三部作品初审是佳嘉等三位编辑,当时根本没有那些露骨的描写。上周流莺主动向方绪提出对这三部小说进行复审,并私自加入了露骨描写以栽赃陷害于网站。网站决定揪出内鬼,确切地说是揪出故意传播涉黄内容的编辑,以洗清网站污名。流莺见网站能提供上周他向方绪申请复审这三部作品的聊天记录等证据资料,意识到玩火自焚,吓坏了,唯恐追查下来去坐牢。

流莺不得不承认是他举报了网站,但否认受雁如指使。流莺加害网站的原因说起来简单不过,那就是泄私愤。原来,网站从上月起开始在首页发布稿费公告,以刺激写手写作,上个月发布了《七月份稿酬即将隆重发放,莫等闲稿酬六万!》,公告说"华年美文网已完成七月份稿酬核对,暂定于 8 月 28 日发放。本次稿酬发放额总计 150 余万,有 5000 余位作者达到稿酬支付标准,其中万元级稿酬获得者 32 位,千元级稿酬获得者 1038 位。八月份获得最高稿酬的是莫等闲,稿酬近 6 万,其中 VIP 会员为其打赏近 1 万……"。流莺见网站稿费支出那么高,而他作为兼职编辑,没有联系到广告业务,也没有拉来一位人气写手,网站一分钱报酬也未支付过他,他认为白白为网站兼职了数年,被剥削了,伺机报复。

下卷

得知"净网行动"开始后,他认为机会到了。他还以为,"净网行动"不过是一阵风走走过场,这次报复下网站只是让网站受点警告难堪一下,并没想到这次行动来真格。他诉苦道,家里上有老下有小,家里很穷,只拿得出五万来赔偿网站。舒茗悦就说,看在他为网站工作这么多年的份上,那就先拿五万来买个教训,如果网站能恢复就暂且饶他一次,如果真的关停,只怕他拿五十万也不解决问题了。

流莺哪里知道,那稿酬公告主要是为了炒作"铂金位"和大神"莫等闲",因为铂金位的首个位置由莫等闲占据了数月,而莫等闲就是未艾。网站公开出来的稿酬数据不过是为大家描绘一种梦想,让大家抢着租用铂金位去寻梦。

第十八章　谎言惹祸

1

　　撞到鬼都有可能，所以不要轻易说这不可能，那不可能。牧典蓝趁着休假要去见一位千万级大客户，见面地点不是别处，正是舒茗悦曾遭洗劫的莺歌私家会所，客户不是他一直寻找的黄禄，却同样姓黄，叫黄勤。
　　自舒茗悦在那次车展上看见陆伟驾着宾利大摇大摆而去，心病集结，牧典蓝把复仇目标锁定在了逍客车车主黄禄身上，要为她雪耻。陆伟只是一个没有主见的小虾米，若不是那个车主从中作梗，并幕后指使，舒茗悦和栗天劲当初就不可能遭遇黑帮身受奇耻大辱。牧典蓝通过"包打听"公司很快查到了宾利车主，正是黄禄，现任鑫光投资担保公司的财务经理，曾任保禧房产公司的财务总监。黄禄并无证券和期货账户，这不能证明他没有进行这类投资，对这种人而言，若要谋取私利逃避监管，有条件隐姓埋名甚至票据造假，让巨额资金照样在其手中流转，个中环节非普通人能为。
　　人为财死，鸟为食亡，无论黄禄有无这类账户，要动员他成为牧典蓝的客户并非不可能，只要有合适的中间人。中间人是利益链中关键一环，中间人从牧典蓝这头得到绝对好处，比如交易量；中间人往往会给客户绝对好处，比如金钱美色等等；牧典蓝再让客户得到可能存在的好处，比如盈利；牧典蓝则从客户的盈利中得到好处，比如提成，利益链由此形成。万颜本可做中间人，但她已经不适合，即使过后又找来，牧典蓝仍以"分手"为由不认这个闺蜜，静等时机。
　　不出牧典蓝所料，万颜不屈不挠，她不行，就找姐妹出马。七月的时候，美

下卷

艳性感的曾妍出面来拉业务了。牧典蓝就称公司做交易量要权衡多方关系，并且严禁他擅自利用公司的资金帮亲友的证券公司做交易量，他必须回避万颜。不过，制度面前可以变通，比如曾妍给他个人介绍来的大客户，他可以用其资金单独做交易量，算是曲线帮助她完成任务。他可以帮曾妍，不能帮万颜。

与上亿基金的交易佣金比起来，大散户的交易佣金不值一提，曾妍想不出还有什么大客户可以挖掘。牧典蓝就说，正月初七那天，丁顾问和曾妍都提到一位享受"万六"佣金的千万级客户，可以再做些工作，让此人再筹集点资金单独托他代管，盈利按行规分成。牧典蓝每天按不低于三成仓位做出交易量作为对曾妍的回报。也就是说，一千万本金每天要卖出三百三十万，算下来每月要做出本金近七倍的交易量，月佣金有四五万，曾妍的提成虽然不太多，有总比没有好，长期下来也不错。保交易量就不一定能保本，牧典蓝不承担亏损。

牧典蓝以为曾妍会为难，成与不成对他都有利。成了，他能与曾妍拉拢关系，下一步再推荐黄禄；不成，更好，立即就推荐有宾利车的黄禄。即使黄禄的账户有人代管，只要中间人找好了，没有拉不来的业务。曾妍不是畏难的人，并没说发展那位千万级大客户"不好办""不太可能""佣金低，真麻烦"之类，而是说："我想想办法，如果他不愿意，我就另找人。"

牧典蓝从皇冠大都会"闭关"回来，曾妍才联系上他说，那位客户同意了，约他到莺歌私家会所见面一谈，进门时报上姓名和"介绍人黄勤"就成。

牧典蓝一听是"莺歌"大吃一惊，黄禄那一伙正是把舒茗悦和栗天劲骗到此地进行了威胁和洗劫。在此地见客户，有这么巧的事？这个黄勤与那个黄禄，是不是有什么关系？他有很多疑问只有藏在肚子里，没有找曾妍去核实这两个姓名是否是同一人，以防打草惊蛇。他从曾妍那里了解到，黄勤是这家会所的财务经理，通常在会所会见贵客。

今天下午，牧典蓝按约定的时间来到密林深处的莺歌私家会所，这里的欧式铁艺大门紧闭，有英武的年轻保安把门。牧典蓝按曾妍提供的方法报上了大名和介绍人，才进入铁门，被身穿燕尾服的英俊侍者带往会所大楼。路过排列有兰博基尼、法拉利之类顶级跑车的露天停车场，牧典蓝从大楼侧面一个叫"永定门"的进口来到二楼名为"芝加哥"的咖啡雅间。雅间是间比较私密的屋子，窗外是片香樟树林，有着欧式的奢华。牧典蓝刚坐入宽大的布艺单人沙发，后背和大腿

| 305 |

下就有东西滚动起来，沙发竟然是按摩椅！

片刻后黄勤来了，此人竟然正是在车展上陆伟开宾利送走的那个头发梳得油光的中年男人。黄勤体态微胖，脸形方中带圆，淡眉大眼，薄唇厚耳，被整套的Prada包装着，开口就笑，闭口含笑。如果他是黄禄，完全不是想象中城府极深贼眉鼠眼的样子，却是一幅待人友好的儒商样子。

牧典蓝和黄勤一起用精雕细刻的银质器具品咖啡，咖啡有着特别的酸味。黄勤开场并不谈投资，而是谈咖啡。原来咖啡豆特别讲究产地，他们品的咖啡是纯正的牙买加蓝山咖啡，是世界第一咖啡。面对谦和的黄勤，牧典蓝告诫自己，千万别被对方的彬彬有礼给蒙骗了而心慈手软放松戒备，此人可能就是手下有爪牙的"笑面虎"黄禄或者同伙。人的面相就像股票的基本面，基本面漂亮的股票可能让人深套，基本面丑陋的股票反倒是妖股。

谈天说地聊了近半小时，黄勤才切入正题，开始关心股票投资和资金账户。他主要是听牧典蓝分析当下股市行情、个人擅长的投资风格和今后的操盘思路等，对短线交易尤其关注。黄勤称他的资金都是用来为别人提供短期融资的过桥资金，流动性极大，所以对盈利并不作太高要求，但是要规避亏损风险，保证资金能随进随出，要达到两三个交易日内能从股市里整体提现的程度。也就是说，这些资金只能做短线甚至两日超短线，严禁做五日以上的中长线。

如果黄勤就是黄禄，这就打乱了牧典蓝把资金代管一年以选择最佳报复时机的计划。这是很厉害的一招，牧典蓝陷入了被动。不过，炒股之人会像吸鸦片一样，如果牧典蓝把这单做好了，黄勤即使突然收回资金捡了大便宜，下次往往也经不住诱惑会再次找上门来。牧典蓝得把这个关系维系住，还得维系好，短期不成就着眼长远。猪养肥了才好杀，无耐心，不操盘！如果黄勤不是黄禄，也无妨，今后也许能通过黄勤找到黄禄。

一个小时的会谈有了成效，黄勤将把一千余万资金交给牧典蓝试做一个月再确定是否长期合作，账户将有数个。黄勤要求双方都用化名签协议，用非实名登记的专用电话卡联系，电话卡每月更换，一切都以不暴露双方真实身份为目的。黄禄的狡诈能窥见一斑，不知主要是为了隐藏黄禄的真实身份，还是主要便于牧典蓝做"老鼠仓"。

牧典蓝把自己化名为"付九"，在协议上签了字，它隐喻着"复仇"之意。

下卷

再一看黄勤的化名——黄禄！

撞到鬼了！

苍天不但有眼，还盯住了黄禄！

复仇方案正式启动！

牧典蓝从莺歌私家会所快意而出，仿佛找到了黄禄的葬身之地。他已从黄禄这里找到了想要的答案，包括为什么相信了曾妍，愿意找他这样的陌生操盘手代管账户。因为曾妍在黄禄面前吹嘘说，他是沪泰公司最年轻的主操盘手，是有时间打理"私活"的基金经理助理，尤其擅长超短线交易，正适合黄禄手中大量的过桥资金，而且新的操盘手是最放心的操盘手……

牧典蓝回到家，舒茗悦正在厨房准备晚餐。他不打算把这个天赐的好消息告诉她，要等到计划完美实施后再给她惊喜，让她心病痊愈。有时候，梦想也好，计划也好，就是隐私，不为人知更好，可以朝着目标一步步实现，十年不成就用二十年；一旦过早被人知晓，还得去对付四面八方的干扰，目标也就散架了。

2

晚饭时间，牧典蓝和舒茗悦坐在沙发上，一边看纪录片一边弓着身子津津有味地吃起两菜一汤。两菜是家常茄子和虎皮青椒，烫是木耳白果炖鸡。煲汤、炖汤、烧汤是舒茗悦学生时代最擅长的厨艺，肉烫有荤有素，放冰箱可管两三顿，还能加新鲜蔬菜，力气不多花一分，营养不会损多少。

牧典蓝吃着色香味美的饭菜，连连说："好吃！"

"颜颜请我今晚去吃饭，我没去，专门给你做好吃的补补。"

"万颜还要找你推销产品？"

"可能是吧。反正，听她在电话那头请我吃饭的口气，像在摆鸿门宴，那顿饭不好吃。"

"你们不是闺蜜吗？也这样生分？"

"想当初，我和颜颜衣服都换着穿。这么久没联系，感觉好疏远，始终亲近

| 307 |

不起来了。可能，她也有同感吧！"

"真正的知心朋友，就是数年不联系，见着了还是很亲近。你们不过就换换衣服穿穿，这算闺蜜吗？"

"当年我习惯请她吃饭，她现在请我，还不习惯。"

"原来是酒肉朋友啊！"

"那天在美轩遇到颜颜，单眼皮变成双眼皮，小虎牙也没有了，漂亮得跟韩国美女同一张脸了。里里外外感觉都不是她了。本想帮帮她推销点产品什么的，一想起她回了国也没告诉我一声，我就不能原谅她。她也许根本没把我放眼里。"

"她也真做得出啊！那天，你们几年没有相见，她明明见你在哭，还大谈业务，挺敬业的……如果她还要找我帮忙，你千万不要答应，就说我已经试过了，沈经理会和他们主管谈。"

"她找我几回，我都说我们分手了，她不会再指望你了。"舒茗悦很失落感伤，"我的闺蜜本来就少，颜颜算是唯一的一个，这一个也没有了。都怪那个马楚！"

舒茗悦与万颜之间的疏远是从万颜有了男友马楚后开始的。

万颜的名字是父母姓氏的组合，她父母在上海同一家国企工作，父亲是当年包分配的老牌本科生，但是父亲一直郁郁不得志，人到中年还是个成天写各类汇报材料的文秘干事，母亲则是三班制工人。万颜小学成绩很好，按户籍所在地读不到重点公立初中，全靠做副食品批发生意的婆婆爷爷支助，才进了民办重点中学，成了舒茗悦的同班同学。舒茗悦的父母与万颜的父母颇有些相似，她俩的共同话题就多些，成了无所不谈的知心朋友。她们都喜欢臭美，梦想着成为赫赫有名的女明星，就经常相约去相馆拍艺术照，万颜总嫌自己不好看，尤其不喜欢自己的单眼皮和小虎牙。舒茗悦却羡慕万颜的小虎牙，觉得可爱极了，万颜认为舒茗悦在骗她。

万颜有英语天分，笔试不得满分都算是怪事。舒茗悦相反，英文单词字母哪个在前哪个在后，老是弄反；老师越是强调哪些连词不能搭配，她偏就记成要那么搭配。万颜经常给舒茗悦辅导英语，舒茗悦则请万颜吃零食作为回报。高中之后，同学们迫于杜宁的威严，不敢来舒茗悦家玩，万颜就敢，因为她文文静静，穿着素净，很懂礼节，成绩也好，有点像达芸。

大一时，万颜与舒茗悦同城不同校，她在地铁里和一位叫马楚的帅哥同站上

下卷

同站下,一路聊下来方知双方家住同一街道,也就迅速发展成了恋人。马楚是上海人,身高一米八,帅气、魁梧加上几分斯文,是万颜梦想中的白马王子。马楚家境一般,工资只够最基本的开销,比万颜还节约,请万颜吃饭去的是民工那类馆子,地下到处是餐巾纸和骨头渣,桌上飞的是苍蝇。万颜却觉得马楚不属那种乱花钱的人,实在,可靠。舒茗悦曾用奥迪车接万颜和马楚去特色饭店吃过两回,想暗示马楚,请女友吃饭要去干净些的好馆子,对女友要好点,不能太吝啬。结果,万颜并不领情,怨舒茗悦在他们面前摆阔,在讥笑他们,她男友不高兴了。也正是这两次聚餐,舒茗悦并不看好马楚。比如,马楚发现菜里有只飞蛾,他不当面指出,叫万颜出面去要求换菜,私下却评论说"大饭店的碗未必干净"。又比如,马楚被辣味呛得打喷嚏,竟然对着一桌菜接二连三地打。舒茗悦认为万颜与马楚不相配。万颜却认为马楚善良,性格好,这样的人作老公才会在乎家庭,心不会太野,对她也会好。

过后万颜一心恋爱,舒茗悦一心弄网站,两人联系也不再频繁。那时,大学里出现了留学潮,万颜本想考着玩,结果以出众的雅思成绩考上了澳洲的大学,她就打算在那边打工挣学费。不料,马楚却更自卑了,提出分手。万颜却不想放手,她觉得马楚不强,就得自己强,她指望留学回来在外企找份好工作,争取当高管,让马楚过上好日子。

为了出国留学便于回国当高管,万颜不顾父母反对,在婆婆爷爷那里借钱,也找舒秉浩借了十万。舒秉浩认为万颜除了想进外企当高管,并无具体的工作目标,多半将属于"海龟干不过土鳖"那类,并不赞成万颜出国,借这十万也是无奈之举。

马楚跳过几回槽,越跳越不如意,收入低福利差,老板一个比一个抠。万颜在出国前恳求舒秉浩给马楚安排一个好工作,工资高高、活儿少少的那种,让男友自信些,可以安心等她几年。舒秉浩那时忙得不可开交,就吩咐人力部主任去考察马楚,结果马楚只想坐办公室,那里的工资其实很低,加之他的性格属于不来气那种,坐办公室都不合适。那时公司刚成立了代理部,也就是让业务员去联系货源,不再完全依靠外面的货运代理公司,马楚又不想听从人力部的建议去跑业务求人办事。舒秉浩听说后,认为马楚如扶不起的阿斗,宁可借钱支助万颜留学,也不给马楚安排任何工作,恨不得万颜借留学之机把马楚甩了。万颜却认为舒秉浩让第三者来考察，是对她和马楚的不尊重。

万颜在舒秉浩这头碰了壁，转而向舒茗悦的母亲求助，认为手握大权的杜宁作为女人，更好说话。杜宁同意在办公室见马楚一面，马楚却是带着万颜来的，马楚几乎一言不发，基本是万颜一口气在帮他吹。杜宁当面拒绝试用马楚，并直言说，她最看不起靠女人来想办法的男人！马楚当即就不辞而别。万颜则痛哭流涕地说，马楚不是没有能力，是性格太文弱，没人给他出头的机会。杜宁则教训万颜说，世上没人会给他现成的机会，机会得靠他去争去抢，怎么能让女友低声下气到处求人？从这以后，万颜再也没来过舒茗悦的家。

万颜那年七月去了澳洲，与马楚分了手，与舒茗悦的关系也僵了。过后，她没有提起还舒秉浩那十万元借款的事，加上与舒茗悦没有什么联系，舒茗悦一直以为她在留学，也以为是父母对马楚的拒绝导致了她们闺蜜情感的破裂。

万颜在美轩与舒茗悦不期而遇后，才主动与舒茗悦联系过几次。电话里，万颜只管诉苦，她母亲在她去澳洲不久就摔成了粉碎性盆骨骨折，她放弃留学回家照顾母亲半年，马楚闻讯后也来帮着照料。她和马楚已经合好，但她母亲感谢归感谢，并不愿意万颜嫁给一个有文凭却没有魄力的人。马楚这样的男友不放心还有谁能放心呢？现在万颜与马楚并未成家，租着房子住在一起，两人的收入刚好可以养活自己，还无力偿还欠下的所有债……说到最后，万颜的目的只有一个，求舒茗悦帮她推销理财产品。

万颜说起了那么多难处，舒茗悦本想帮她一把，即使不能救万颜于水火之中，也能解万颜燃眉之急。但是一想到自己曾费尽心思帮马楚，没能如愿，万颜就心怀不满不再联系她，现在找来只为推销产品，她哪有心情见万颜。

牧典蓝一听万颜是这样的人，更觉得没必要帮她，说道："咱们现在要装修书吧，要给网站搬家，还要买房安家，也需要大笔的钱呢！先救救自己吧！"

舒茗悦说："我给颜颜说，我资金困难，她还不相信。其实，我都被颜颜骗了，她根本不像她说的那么穷，她都有车了。刚才她在堵车的时候给我打的电话，约我一起吃饭再去酒吧聊聊。"

牧典蓝说："豪车都能几万就办按揭，看不出什么来。"

舒茗悦说："但是颜颜最后的口气挺大，说她幸好懂得理财，她自己都买理财产品，也才有能力买车，不然只有坐地铁的命。她说，我如果买了她推荐的理

下卷

财产品,过几年开保时捷也不在话下……她啊,刚叫完了苦,又来显摆,不知是不知是不是为了推销她的产品才那么吹。我也分不清她哪些话是真,哪些话是假。我既然不是她的救命稻草,那就什么都不是吧!"

3

从不身心相拥的恋人,不是真正的恋人,那是红颜与蓝颜。

晚上九点半,牧典蓝和舒茗悦沉浸在快活的被窝里,柔情蜜意温存得不能再温存。青春的激情、人生的童话、世间的浪漫都在这里,但统统敌不过世俗的烦恼——分别的时刻到了。

舒茗悦通常九点就要离开圣庭世家往回赶,而今晚在牧典蓝的死缠烂哄下她大胆破了例,多待了半个小时。她的目光不时落在腕表上,不时落到黑黢黢的窗外。牧典蓝知道,她的心不在这里,不在他身上,在想着回家。他只好抛开温柔乡里的不舍,与她一起整理了一番,送她下楼。

来到小区的露天临时停车位,舒茗悦的电话响起来,是母亲的铃声。她大骇道:"我妈真的找起来了!"

牧典蓝说:"还没到十点,可能是其他事吧!看把你吓的,她是你的妈,又不是魔鬼。"

舒茗悦做了个"嘘——"的动作,接起电话来:"妈,……我还在路上,马上到家……啊!你要过来!到家里等我会儿吧,我堵在路上的……啊!就在楼下等啊,我就回来!"

舒茗悦挂了电话,匆匆上车:"糟了,我妈马上会在楼下等我!今天她怎么想起过来了……来不及了,我走了!"

不到半小时就到十点,这里到舒茗悦的家通常要一小时的样子,按时赶回家已不可能。如果杜宁要坚持等到舒茗悦回家,会等上好半天,一顿训斥在所难免。杜宁虽然离开家在别处居住,但她不定时地会在晚上十点的样子把电话打到家里的座机电话上,核实舒茗悦是不是按时到家。所以舒茗悦总不敢晚回家。

牧典蓝见车子发动起来，眼疾手快，拉开后排的车门坐了上去。

舒茗悦焦急地叫道："你上来做什么？下去！我要赶时间。"

"我今晚要见见你妈妈，让她也见见我！"

"这么晚了，我妈见到你会发火的！"

"迟早也有这一天，迟到不如早到！我们光明正大，为什么要偷偷摸摸？像偷情，我受不了！"

"别耽搁时间了，下去吧，别把事情闹大了！我妈的脾气有时很倔的，不要惹到她。"舒茗悦见他还执意要一起回去，急道，"哎呀！我不回去了，让我妈骂死我算了！"

牧典蓝一脚跨到副驾驶位置，坐了下来："不能老让你挨骂了，要骂就骂我吧！亲爱的，我们必须面对现实了，逃避不了的！平时我不能去找你妈妈，也见不到她，她更不想见我。今晚她既然回来等你，无论她愿不愿意见我，我必须主动去拜见她。走吧，亲爱的，你永远这么怕下去，我们就没有明天了。我们要一起当着你妈妈的面，听她到底要说什么。穷女婿总得见丈母娘。"

"你要答应我一件事。"

"什么事？……说呀！"

"如果妈妈在气头上伤到了你的自尊，你，你不能和我妈顶嘴、对吵。你就把她当做更年期的人那么看，理解她做的一切是为我好，行吧？"

"她好歹是生养你的母亲，是我未来的岳母，我会理解她、尊重她的。我只想向她表明娶你的决心，让她知道我是认真的，我配得下你。我要她给你自由，给我们自由，允许我们成家。"

舒茗悦还迟疑着，仿佛前面的路是万丈深渊。

牧典蓝亲亲她的唇："走吧，我的爱人！这是我们必须要过的关，勇敢些，有我呢！"

车子启动了，飞快地向家的方向驶去，车速达到了六十迈以上。前挡风玻璃下面那对穿红肚兜的中国娃娃正笑眯眯地朝他们晃着头，他们却笑不起来。

舒茗悦不停地切换着远光与近光灯，远光灯是为了看清更远的路，也提醒远处的人，近光灯是为了让对面来车能看到自己的车。

"别开快了，这是晚上呢！"牧典蓝提醒道。

下卷

"为了见你，为了赶回家，我已经习惯开快车、开夜车了。这条路我只要看到绿灯显示的倒计时，就知道在哪个秒数开过就是一路绿灯，在哪个秒数开过总遇到红灯。"舒茗悦说。

"别急，你能平安地回去，才是你妈妈想要的。"牧典蓝眼睛潮湿，心也急切。

"放心吧，没事的。这条路我闭着眼睛都知道什么时候当转弯了。"舒茗悦并没减速。

"有必要这么谈妈色变吗？就是回去晚了，又有多大回事呢？"牧典蓝见她连续超车，就说。

"我妈为我用了好多心，我不想让她难过。"

"她难过的理由在哪里？我对你不好吗？我没有能力吗？我的人品很坏吗？我的长相很丑吗？我的家庭会拖累你们吗？我父母会为难你吗？这些，都不存在，她难过在哪里？"

"至少，她今晚不想我迟到。"

"回家准不准时，是形式上的样子，她能管得了你的一分一秒吗？"

"别用这种口气说我妈！"

"用回家的时间来约束你，这是自欺欺人，可笑！"

"不许笑话我妈！"

"我没笑话谁。我觉得她可悲，你可悲，我可悲。本来大家都可以开开心心的，非要弄得大家都不开心！"

"我妈想的比你多，因为我是女孩子。"

"她怕我对你不负责？"

"千万别在我妈面前说，你对我负责之类的话。是苦是甜，是福是祸，我对自己负责，不奢求谁对我负责。"

"是你妈妈灌输的吧？"

迎面驶来一辆车，一直打着远光灯，在与舒茗悦会车时仍未切换成近光。舒茗悦眼前的路一片漆黑，只有强光入眼，车子凭着惯性向前行驶，好几秒钟她的视觉才恢复过来。这种情况极危险，前面若有异物或者有车减速停车都易酿成事故，她终于放慢了车速。

舒茗悦好一阵又说："我妈对我爸的记恨其实还有一个，早在他们结婚之前就埋下了,你不知道罢了。"

"他们还有过结?"

"妈妈对我严加管教,说到底,就是那次记恨留下的心理阴影。过后,达芸姐出了事,正是她担心的,更是加重了那样的阴影。你不要恨我妈,认为我妈歧视你。我妈本善良,只因她当年伤过心,不相信谁了。"

"有那么严重吗?"

"你知道,我妈恋爱时遭到父母反对。我爸认为遭到了歧视,很是恼火,一气之下,就不再提结婚的事。后来,我妈怀上我,肚子都出怀了,我爸在我妈的催促下才办了结婚证。奉子成婚,那时在我妈的单位上是很不光彩的,也扫了父母的脸。我爸有时跟朋友开玩笑说,是我妈主动要嫁给他,我妈伤了自尊还不好说出口,只有后悔自己太轻率……我妈在离开家之前才给我讲起这些她不愿说的秘密,如果知道我还放纵自己,不知有多伤心。所以,我特别怕她伤心。"

"放纵?你算放纵吗?"牧典蓝苦笑道,"我怎么可能像你爸爸那样一拖再拖,只要你愿意跟着我,我恨不得现在就成家。我是个想有家的男人。"

"这些家事,本不该告诉你。我还是不争气地告诉你了……"舒茗悦又有点后悔,家丑怎么能外扬?

"你若不告诉我,我早误以为你妈妈不可理喻了……她还是有些道理……唉,谁的母亲能那么完美啊!其实,是我不完美……你到时不计较我的父母亲就很好了。"

车子将路过一个路口,绿灯还剩下最后三秒,舒茗悦踩了一脚油门冲了过去。右侧道路上有辆载人摩托却飞驰转弯而来,从车头前一冲而过,差点撞上。舒茗悦来了个急刹,车轮发出凄厉的摩擦声,停到了下一个人行道上。牧典蓝忘记系安全带,头撞到了前挡风坡璃上。

牧典蓝捂着被撞的头顶,惊魂未定。

舒茗悦把车靠了边,打开双闪灯,惊恐而懊悔:"撞伤了?我再也不开快车了!你平时系安全带没出事,这次忘记了,就出了事!"

"把我撞成傻瓜,叫我怎么来爱你?"牧典蓝打趣道,又说,"挨着了下,没事。别说话了,慢点走吧,别开快车了!"

舒茗悦打开车内灯,观察了一番,又摸了摸他的头顶,仍不放心:"要不要去照个片？内伤最可怕了。"

"别小题大做，我清醒着呢！"

"如果头晕头痛就告诉我。"

车子前行，放慢了速度。

牧典蓝回过神来，安慰道："男怕找错行，女怕嫁错郎。你妈妈不知道我多么在乎你，多么在乎家庭，高估你的风险了。"

"妈妈对我的估值太高了。我不过是个普通的小女孩。"

"是小女人！"牧典蓝窃笑着纠正道。

4

欲速则不达，舒茗悦和牧典蓝赶到长宁区的一幢老式电梯房楼下，花了近一个半小时。十月的夜风不算太冷，还是吹得她打了个哆嗦。此时此刻，有人酣然入梦，有人胆战心惊。牧典蓝曾来过这里，至今不知道她家的窗口朝向哪里。她得按母亲定下的规矩，不能让他早早知道她家的具体位置，甚至不许他看到杜宁的照片。

杜宁离婚之后不再回这个家。舒秉浩和池墨也搬到另一个新家去了。舒茗悦前段日子与牧典蓝失联，独自在家特别害怕。

泛白的路灯微照着高大的香樟树和茂密的花草，影影绰绰。一位微胖的中年女人交叉着双臂坐在花台边的休闲椅上，望着他们走来。她盘着卷发，戴着无框眼镜，身穿白色旗袍，外套深黄镂空针织长袖坎肩，衣服上的水钻反射着星星点点的光。不用说，这位有所等待的人，是舒茗悦的母亲杜宁。

舒茗悦放开和牧典蓝相牵的手，疾步走上前去，带着讨好的语气轻声叫道："妈，外面好凉！回家坐坐吧！"

"你看看，几点钟了！"杜宁站起来指了指腕表说。又不解地看着舒茗悦身后紧跟而来的牧典蓝。

牧典蓝走到舒茗悦右边，看清了杜宁的脸，才注意到这位有着雍容华贵之气的母亲把更多外貌特点传给了女儿，她与舒秉浩有着夫妻之相，都带有一种英气。他强压内心的紧张，笑着喊道："杜姨，晚上好！让你久等了！"

"你是谁？"杜宁打量了一番牧典蓝，目光落在他衬衣胸前的绫士标识上。

绫士，是杜宁的绫雅莱服装公司今年正式推出的男装品牌。牌子名气还不响亮，但她的公司做男装就是从做好每件衬衣开始的。为了克服国内众多品牌衬衣穿两回就无款无形，难上档次的问题，设计师花了两年向日本的衬衣设计大师学习，对领子垫衬、袖口折皱个数、棉料原产地、纤维粗细长短等无不精益求精，很适合中国男人体形。为了支持母亲的公司，舒茗悦专门为牧典蓝挑选了多套绫士牌男装，把他打扮得时尚而精神，他也不再愁服装搭配的问题。

牧典蓝心想，明知故问，也太轻视我了吧！但他必须保持心平气和："杜姨，我是牧典蓝。"

杜宁有些惊愕，指着牧典蓝问舒茗悦："你没和他分手？"

"谁说我们分手了！"舒茗悦大惑不解。即使七八月份他们分开的那段日子，她在父母面前从没提分手的事。

"刚才碰到万颜了，她说你们早就分手了。她还说，就是今天下午，你还给她说没交新朋友！"杜宁说。

"就是分手，也可以合好啊！我本来就没交新朋友。"舒茗悦说。

"不知你是怎么想的！"杜宁狠一改开始的优雅，对舒茗悦指指点点地骂道，"你要气死我吗？如果我有高血压，被你气死几回了！"

舒茗悦仍用撒娇的眼神恳求道："妈，你别管我好不好？"

杜宁用上司的口气直问牧典蓝："你刚才带悦儿去哪里了？"

牧典蓝面对的哪是未来的丈母娘啊，分明是女总裁，他哪敢实招，强作镇静："书吧。"

杜宁问："哪家书吧？"

牧典蓝说："华年忆书吧。"

杜宁问："在哪里？"

牧典蓝说："新天地一带。"

杜宁问舒茗悦："回来要一个半小时吗？"

舒茗悦说："堵车嘛！"

下卷

杜宁说:"除了堵车还是堵车!这么晚会堵什么车?"

舒茗悦说:"那些商场的人正下班,是夜高峰呢!每走一个路口都等红绿灯。"

杜宁说:"休想骗我!真是管不住你了!"

舒茗悦说:"妈,别在这里说吧,别人听见多不好。"

杜宁看了看四周,这里离住宅楼还有些距离,有夜幕下的大树和花草作掩映,他们看不清别人,别人也看不清他们,周围已经没有行人。事实上这里的邻居们多半互不认识。

"你看谁像你这么晚才回来!"杜宁的声音低了两度。

"妈,回家说嘛!"

"我发过誓,踏出那个家门就不会再进去了。"

"妈,你去住爸爸给我买的那套房子吧,我不需要了。我们在黄浦区至尊观邸看中了套一百平米的房子,正在准备首付款。"舒茗悦说。她至今不知道母亲住在哪里,除非她和牧典蓝分手才能从母亲那里知道答案。

"你得意什么?那是准备给他父母来过晚年的!这样的房子够几人来住!"杜宁一口就把舒茗悦还没来得及漾起的得意抹掉了,虽然黄浦区商品住宅成交均价在每平方六万之上,算是上海各区县均价最高的,似乎牧典蓝有别墅也不能改变她的主意。

舒茗悦蔫了气。牧典蓝也不知如何回答。他知道自己父母的性格,并不打算今后三代同堂,至于今后究竟会怎么样,他也不清楚,他可以说到了那一步会单独给父母租房或者买房,但自己的房子现在还没着落,说什么都是空谈。

"买得起房有什么了不起!悦儿有,不稀罕谁的房子!"杜宁对牧典蓝说完,又朝向舒茗悦,"说,我不打电话,你们还会去哪里?是不是一起回这家里?"

舒茗悦说:"怎么会?他听说你来了,才专程过来拜见你,不然早回家了。"

杜宁说:"是不是你送他回家?"

舒茗悦迟疑了下:"就送他到小区大门口而已!"

杜宁说:"有女生送男生回家的吗?我给你的车,难道是让你送男生回家?你搞反了吧!"

舒茗悦低下头,用手拨弄起头发来。

牧典蓝说:"杜姨,我今后会送悦儿回家的。"

| 317 |

杜宁质问牧典蓝："你开什么车送？"

牧典蓝不想和杜宁争辩。相爱的人，谁送谁，怎么乐意就怎么做，别人干涉得了吗？票子、房子、车子，这是套在男人头上的三大紧箍咒。紧箍咒一代与一代不同，始终由上一代人向下一代人念咒。

杜宁冷笑了声："听悦儿爸爸说起过你，知道你是位能干的小伙子。但是，我家有我家的规矩，你不适合我家悦儿，就放手吧！"

无论人家怎么夸你，但她反对把女儿嫁给你，那么，夸，就不是夸了。牧典蓝说："弱水三千，我只娶悦儿一个。"

杜宁说："既然你敢来，我也就敢说。不妨给你明说吧，我不赞成你们在一起！你们年纪都还小，只图眼前快活，不知道婚姻究竟是什么。我也是从年轻走过来的，经历的、看到的比你们透彻。我不好过多地责怪你们，但我得尽到当母亲的职责，以免今后大家追悔莫及。"

牧典蓝说："我不会后悔，决不！"

杜宁说："悦儿各方面条件都比你好，你能后悔什么？就是分了手，你还可以炫耀她开车接你送你陪你。悦儿呢，她能炫耀什么？"

牧典蓝左手牵住舒茗悦的右手，并举了起来："我不会和悦儿分手。我想在老了的时候炫耀说，这辈子都是悦儿接我送我陪我，我们比谁都幸福。"

杜宁注意到他们的情侣表，把舒茗悦的右手臂抓了过来，看了看她的腕表，说："你们才认识多久啊，少在我面前秀亲热！"

牧典蓝说："我们认识有三年了，已经很了解、很信任了。"

杜宁问舒茗悦："三年！你们不是春节前才认识的吗？"

舒茗悦解释道："他是说我们第一次打交道的时候，离现在有三年。"

杜宁说："不管你们认识多少年，你们当普通朋友更好。说了这么多，你们还不知道我今晚是来做什么的吧？"

舒茗悦和牧典蓝都盯着杜宁，感觉大事不妙。

杜宁对舒茗悦说："你还记得童阿姨吧？刚才在酒吧，她听万颜说你们早就分了手，就想把她儿子介绍给你。她儿子刚留学归国，是尖锋科技的高级工程师，这家公司快要上市了……"

"我不可能去的。"舒茗悦打断了杜宁的话，双手抱住牧典蓝的手臂，几分

下卷

胆怯几分焦急。

杜宁说:"我当着那么多朋友的面答应了你童阿姨,让你们明晚见个面。你现在弄成这样子,你说吧,怎么收场?"

舒茗悦说:"妈,颜颜说的话,你信什么啊!"

杜宁说:"你亲口对她说因为分了手没心思出门,还有假?"

舒茗悦和牧典蓝面面相觑,没料到一个敷衍万颜的理由产生了后遗症。

"颜颜也真是,当着别人的面说我的私事做什么啊!"舒茗悦埋怨道,又说道,"妈,你给童阿姨说明一下就行啊!"

杜宁说:"你把大事当儿戏,让我来当小丑?刚才你童阿姨还笑话我说,我这个当妈的,还不知道女儿分手很久了……现在,我又不知道你们怎么就合好了。你不去见上一面,还要让我被笑话一回?"

舒茗悦说:"你就说我英语差,不喜欢海归派,配不上海归派。"

"混账!有什么人是你配不上的!只有别人配不上你的!别把我的脸丢尽了!"杜宁呵斥道,又命令道,"我不可能出尔反尔,逗人笑话。不管你愿不愿意,明晚得去见一面,成与不成,再说。"

舒茗悦说:"我不可能一脚踏两只船。"

杜宁指指牧典蓝说:"谁让你踏着这条船不放了?分都分了,还合什么合!"

舒茗悦说:"我们从没分手。"

杜宁说:"不管你是真分还是假分,颜颜的话已经说出去了!"

舒茗悦说:"反正,我不去!"

"明天只是去见一面,我也不强求你必须答应,总得让我给童阿姨他们作个交代。"杜宁说着,指了指牧典蓝,"他这头嘛,应该没意见。"

舒茗悦盯着牧典蓝:"你没意见?"

牧典蓝单手从背后抱住她的肩,对杜宁说:"我视悦儿为未婚妻,不可能同意她去见另一个男人。"

杜宁又来了气:"还未婚妻了?悦儿,我再问你一次,明天去还是不去?"

舒茗悦说:"那人是王子我都不去。"

"自己都小看自己,谁看得起你!你这个不争气的!"杜宁怒火中烧,又指着楼上,"你不去,今晚就别回这个家!"

| 319 |

舒茗悦咕哝道:"不回家就不回家!"

杜宁怒目圆睁,突地挥起巴掌向舒茗悦扇了过来:"你这目光短浅的!"

牧典蓝眼疾手快,把舒茗悦往后一拉,抓住杜宁挥过来的手腕说:"悦儿做错什么了,你这样对她!"

舒茗悦没想到一句咕哝话就遭到母亲这一顿打,她长这么大,挨的骂不少,还从没遇到过挨打,吓得躲在牧典蓝的身后哭起来。

牧典蓝放开了杜宁的手,把舒茗悦拥到怀里,对杜宁说:"悦儿会是我的妻子,我会好好待她,不许任何人欺负她,现在不许,将来也不许。"

"话说起容易,谁都可以说得动听!"杜宁无可奈何,又指指点点地对埋头而哭的舒茗悦说,"我不该把你管严了,你还没出去见过大世面,不知道山外有山,人外有人,眼光就盯着周围这一圈人,以为就是整个世界!"

舒茗悦一边哭一边说:"那人女友都靠母亲去找,还能做什么?"

杜宁又要过来扇舒茗悦,被牧典蓝用身体挡住了。

杜宁怒气冲冲:"不要以为你行,离了父母你什么都不行!也不要以为,男人会对你钟情一辈子!钟情,那是因为他没有更好的选择,一旦有更好的选择,会弃你而不顾!"

牧典蓝说:"杜姨,你不能这样说……"

"我只跟悦儿说!"杜宁打断他的话,对舒茗悦说,"我已经答应人家了,你不给我面子,我也不会对你手软。只要你不去,休想回这个家!"

牧典蓝说:"杜姨,你不让悦儿回家,她就回我的家。你放心,我给他的家,只会比这里这个家更好,她不会一个人守在屋里担惊受怕。"

杜宁恼羞成怒:"悦儿,你去他的家吧!越容易得手的东西,就越不会珍惜。到时你后悔,就别怪我没提醒你!你别那么贱!"

牧典蓝说:"杜姨,你别把那么难听的词用在女儿身上。你为什么要给自己的宝贝女儿泼脏水?我和悦儿都是高贵的,不是什么人都会去见。如果你不信任我,对悦儿不放心,我可以当面承诺你,承诺悦儿:悦儿选定什么日子,我就能在什么日子娶她,让她高贵地出嫁,不会给父母丢脸。"

杜宁说:"我不会参加你们的婚礼!"

牧典蓝说:"杜姨,参加我们的婚礼,是你作为母亲最为荣耀的权利,一生

下卷

就这一回,你千万不要放弃!借此机会,我真心地请你,请你一定参加!我很希望在那天,能亲口喊你一声妈妈。"

"别扯远了!"杜宁不耐烦地把手一挥,怒视着呜呜而泣的舒茗悦,"看你像个什么东西!离了他就不能活吗?看着我,你给我个答复。今晚究竟是回这个家,还是去他的家?"

舒茗悦仰起泪流满面的脸:"妈,别逼我,我不想让你伤心!"

杜宁说:"你和你爸一样,早把我的心伤透了,现在伤不到我!说吧,你想去哪边?"

舒茗悦说:"我不会去见别的人。"

杜宁说:"那好,从现在起,这房,还有那部车,就空着,让它们全报废!让这个人去养你一辈子!"

杜宁冷冷地看了舒茗悦和牧典蓝一眼,拎着手包,气冲冲地绕过他们,走入了小路,消失在树影婆娑的夜色里。

路灯下,剩下两人紧紧相拥的身影。

舒茗悦哭道:"别怪我妈……"

牧典蓝说:"不怪,你妈妈也进退两难了。我得谢谢你妈妈,没有她,哪有我爱的你呢?哪有只为我而来的你呢?"

舒茗悦说:"我一无所有了。"

牧典蓝说:"还有我啊!我们的蓝图才刚刚起笔。有你,就有我的一切;有我,也就有你的一切。"

舒茗悦说:"别说这些好听的。"

"别哭了,亲爱的!这些日子,我让你流了好多泪……你妈妈比我想象的通情达理多了,我以为她还会破口大骂,再强行把你拉走,或者像当年我爸囚禁我一样地来囚禁你……"牧典蓝轻抚她的背,与未来的岳母终于见上一面,这一关总算熬过去了,他畅快起来,"宝贝,你妈妈终于舍得你离开她了,终于给你自由,给我们自由了。走吧,咱们回家!"

"我不会去你那里。"

"不去我那里还能去哪里?"

"就回我家。"

"难道,你反悔了?"

"我妈只是说说气话而已。"

"你回去了,你妈妈会误以为你同意去见那个人!"

"我妈没那么傻。她不可能逼我去你那里的。"

"还是你了解你妈……要我陪你回屋吗?"

"不要。"

"好吧,等我娶你那天,就把你从神秘的闺房里抱出来。"牧典蓝轻叹一声,见她还在哭,安慰道,"你妈走远了,还哭什么呢?"

"刚才,我好害怕你为了讨好我妈,同意我去见那个人。"

"你是我的珍品,不是商品,怎么可能拱手作交换?宝贝,我爱你呢!"

舒茗悦紧紧抱住他:"今晚的你,从没有过的可爱!我爱你!"

树影下的他们相依坐到了椅子上,在寒风中抚慰着内心的波澜。他们都没有注意到,杜宁已经返了回来,在离他们五米开外的树荫下,默默地注视着他们,眼里噙满泪水。

第十九章　鼠仓诱惑

1

"昨夜雨疏风骤，浓睡不消残酒。试问炒股人，却道大盘依旧。知否，知否？已是绿肥红瘦！"牧典蓝在卧室里复盘，自言自语地叹着。

大盘已处于震荡行情，资金撤出明显，沪深指数双双连续数天微跌，仅靠权重的大盘股在勉强支撑，绝大多数股票早已进入下跌通道。牧典蓝对后市看空，并完成了基金的调仓，在信息技术、社会服务业、金属非金属方面大量减仓，回避造纸印刷、建筑业、食品饮料、能源生产和房地产，轻仓潜入到滞涨的交通运输仓储、机械设备仪表、医药生物制品等板块之中。无论他多么看好一只股票，最多只能用一只基金的两成仓位建仓，这是一只股票的最高仓位；如果公司特别看好某只股票，会动用所有基金产品的最高仓位去建仓一只股票，但总持股量不能达到该股流通股的20%，这是顶格限定。

牧典蓝的目光聚焦在"翰盛斋"这只股票上。

从皇冠大都会回到沪泰公司，牧典蓝惊奇地发现："泰鸿"系列基金没有一手"翰盛斋"，自己的几个"私活"账户已被公司调遣，全仓持有"翰盛斋"，目前这只股票停牌！通常情况下，沪泰公司跟庄某只股票会动用所有基金产品的一定仓位先潜入，需要拉抬时再动用"私活"账户参与其中，不太可能让"私活"账户满仓持有可能暴发的停牌股票获利，而基金袖手旁观。这是谁的主意？多半是卢加兴的决策！

牧典蓝闭上眼也清楚公司股票池里所有股票的详细走势，唯独"翰盛斋"从未纳入过股票池,也找不到这只股票的内部调研报告。如果还有更多"私活"账户被公司用来参与这只股票,有种可能性极大:沪泰公司与这家上市公司有密切瓜葛,为了避嫌内幕交易,公司的所有产品表面上不参与该股。单从"翰盛斋"的基本面和技术面看,这只股票风险不大,亮点也不多,走势长时间弱于大盘,在 40% 的振幅间横盘了近百个交易日,K 线图上阳线比阴线多。这种长期横盘的股票是庄家收集筹码的一种表现,有暴发的可能,所谓"横有多长,竖有多高",但必须等它收盘价突破横盘平台创新高,同时均线像五指那样张开才能确定主升浪形成,单从目前的技术指标上看,不知它还要横多久。爱情可以不要理由,投资不可能无缘无由,既然公司在敏感的停牌节点前蛰伏于这只股票,肯定有戏。

翰盛斋是上海一家文化集团,下设拍卖公司、文化传媒公司、艺术学院等。虽然它打着文化产业的旗帜,说白了就是一家拍卖公司,其他业务只算点缀,好比网球手偶尔也打打羽毛球。以拍卖为主业的上市公司全世界屈指可数,因为拍卖业以收取拍品的佣金盈利,属人力主导型,不属资金主导型,上市融资后,资金多少与成长并不紧密。加之拍卖公司的拍品不同,成交额也不同,业绩稳定性很差,与普通上市公司业绩稳定、能看到未来的增长值等要求还有些距离。关键是上市公司不再属于私有,要履行众多义务,其中向公众包括竞争对手公开重大信息就是挑战。单纯的拍卖公司无须上市,作为文化集团这样的综合体上市能提升与拍卖有关的产业链服务,只能如此理解。

翰盛斋算不上全国数一数二的拍卖公司,龙头还没出头,它为何要当出头鸟?公司上市就像"操盘手"一样听起来很美,个中艰辛只有自知,那好比把女友打造成明星,要想一边数钞票一边控制女友,谈何容易。倘若没有足够强大的"自卫"之术,隐形的资本大鳄们只要发起攻击,原始大股东很容易没有还手之力,最终失去控制权,痛失"女友"。

牧典蓝再度琢磨起几条与翰盛斋原始大股东杨博昭限售股质押有关的公告。按照法规,原始大股东的限售股在流通性上备受限制,但此位大股东却如履平地未受到实质上的限制。这种现象并非特例,在股市中早就争议不断最后不了了之,只能归咎于法律不健全,实际操作有困难。

翰盛斋于去年四月上市,六月,副董事长杨博昭辞职。从最早的十大流通股东排名上看,前四位均姓杨,杨博昭曾位列第三。这类公司属于家族公司,它的

下卷

名气往往就靠掌舵人和家族的声望，此人急于从家族公司辞职，这无异于制造利空消息。网上搜索不出此人有价值的信息。

去年八月至九月，杨博昭三次将总计1100万股的股份质押给华凯信托公司，占总股本3%。股份质押属于权利质押，上市公司时常通过质押限售股份进行融资，解决资金不足问题，有点类似于银行的抵押贷款。有些股东会把限售股质押给信托公司得到融资，让"死股权"变为"活资金"。照理，公司上市不到一年，原始大股东不得用其股份出质，并且在离职后半年内不得用其所持有的股份出质。但是负责办理质押登记的公司不会较真地按法规把关禁止，往往默许质押，把由此产生质押无效的法律后果完全推给质押方，这也就助长了限售股的质押之风。

时隔近一年，今年八月中旬和下旬，也就是牧典蓝待在皇冠大都会之初，杨博昭解除质押在华凯信托公司的股份，因个人发展资金需要，准备减持其所持有的股份，并两次通过大宗交易分别以当日跌停价，也近乎历史最低股价售出所有股份，均由融大证券深圳第五营业部全部买入。通过大宗交易平台完成交易是股东们快速套现的主要方式，因为限售股减持有严格规定，一个月内最多减持1%，超过的话必须上大宗交易平台并进行公告。一点一点地卖难等，只有上大宗交易平台。在如此低的价位出手，再度制造利空消息，肯定不是犯傻，那是飞跃之前做的下蹲，蓄势待发。

九月二十一日，翰盛斋因"筹划重大事项"停牌，至今没有复牌。这类停牌时间没有规律，长则数月。似乎，这只股票的坐庄策划案一直在有计划有步骤地实施着，临近高潮和尾声……

杨博昭这一番折腾下来，目的很明确——逃税。限售股解禁后抛售必须交纳20%的个人所得税，在股价低位出手与高位出手，纳税额是天壤之别。为了避税，原始股东通常用过桥资金转移，由联系好的关联方在低位接盘，随后释放利好，接盘机构炒高股价，在高位完成二级市场抛售，这时不需另缴个人所得税，关联方进行利益分成，双方皆大欢喜。同样是逃税，事前做做手脚，那是避税或者节税，叫高明；事后再做手脚，就成了偷税，那是犯罪！

牧典蓝盯着"翰盛斋"弱弱的K线图思考着，一只低调的股票往往是在用时间代价和成本代价去蓄积冲天的能量，一旦暴发起来就会让所有的代价得到足够的回报。他想象着这只股票会有多么开阔的成长空间，它的成长空间，也可以成为他的成长空间，做做"老鼠仓"就可以飞上天。A股的T+1交易模式和涨跌停板限制有利于庄家有节奏地进出套利，也为"老鼠仓"提供了绝好的滋生环境。"局内人"做起"老鼠仓"来可以是零风险，空手套白狼，所有的风险可以用"局外人"的资金去承担，承担市场风险也承担人性道德风险。

牧典蓝面对了太多刀尖上的风险，想做点零风险的事，为自己捞金了。他要尽快风风光光地成家，要和舒茗悦大踏步地圆梦，要拓展更为广阔的事业天地，要让家里的老人有个舒适的晚年，一切一切都需要钞票铺出黄金路。何况，A股正走入下跌通道，盈利更加艰难，若进入漫漫熊市，公司基金可能空仓，他何以为生？他必须趁早贮藏熊市期的冬粮，切切实实有了做"老鼠仓"的打算。

2

刚才稍微停歇的大雨在风声中又打在雨篷上，发出密集的"啪嗒，啪嗒"声，子弹扫射一般，窗外的雨已经模糊了所有的景，霸道得让人有了迷失感。

舒茗悦一早过来了，她把洗净的衣物和床单晾在小阳台上，走了过来，坐到牧典蓝身边。

"大珠小珠落玉盘，好痛快淋漓的雨！我想起我们挤在伞下，走过林荫路的情景了。"牧典蓝舒畅地说。

"好听什么啊！都十一月了，还下这样的雨、吹这样的风，台风似的！太反常了！"舒茗悦说。

"上海的天被灰尘蒙了一层又一层，不下场大雨看不到蓝天，让台风来得更猛烈些吧！"

"你没经历过真正的台风，不知道它的恐怖。那时你得把门窗钉上木板，不能让风灌进来，不然就遭殃了。"舒茗悦看了看窗外的狂风骤雨畏怯地说，"这大风还不停！我爸昨晚肯定通宵没睡，天没亮就会出门。"

"你又没跟着你爸住，怎么知道？"

"那些船舶总在海上，遇到过好几回台风和大风，只要船没有靠岸，我爸就不会放心，就会失眠。"

"天气预报都精确到小时了，没说有热带风暴，也没说有台风、龙卷风吧？你爸担心什么呢？"

"预报了台风还好办，可以作避险准备。最怕的就是这种说大不大、说小不小的风，比如看似七八级那样的，会有十级以上的阵风，那种突发性的大风和大浪最危险，海上的船舶没有避险准备。"

"我们这里刮大风，别的地方不一定刮吧！就算海上在刮，那些船员难道还不知道该怎么应对？何况，现在的船舶那么大，万吨级，有抵抗大风的能力。你爸这么多年不是都过来了吗？"牧典蓝搂着她的腰安慰道。

"有几回就是差点出了事。船舶为了避险，有时会把舱面上不安全的货物推向大海，或者调整货物以平衡船舶，以求人员和其他货物的安全。只要船员处理不当，那些货主就得不到保险公司的赔偿，就会来找船公司的麻烦。"舒茗悦还是担忧。

"是祸躲不过，躲过不是祸，你和你爸担心也没有用。"

"刚才我过来时，那雨刷不停地刷，挡风玻璃还是像被泼着水，路都看不清，后视镜也看不清，不堵车也像在爬。我心慌慌的，车子差点撞到隔离栏，感觉那车子是被风吹过去的。"

"有你这样的女神在，女神她爸自然会平安的。"牧典蓝打趣道，随后说，"亲爱的，跟你商量个事儿，你看行不行？"

"什么事啊？神秘兮兮的。"舒茗悦见他神情肃穆，紧张了一分。

牧典蓝指了指"翰盛斋"的K线图："喏，我想找个账户做这个。知道我的意思吧？"

舒茗悦看着K线图，听出他的意思，意外而踌躇："找谁来开这个账户才好？"

"必须找个看似与我、与你无关的，最好不在上海的，而且特别放心的人。"

"你敢违反规定？"舒茗悦不放心。

"只要找个可靠的账户、可靠的人，谁能证明我违反规定？"

"不妥吧？"

"咱们手头好紧，不抓住机会多赚些，只怕贫贱恋人百事哀，还有好多事情摆在我们面前。"牧典蓝其实和舒茗悦一样在乎名誉，害怕背上污名，这也是为了他们的前途而背水一战。他见她还有些畏惧，就说，"就这一次，下不为例。"

舒茗悦沉思了一会儿，妥协了："嗯……芸儿姐怎么样？她少与人交往，名字也改成'文笑祝'了，没人会留意她。"

牧典蓝最理想的人选就是达芸，这个与世界几乎隔绝了的人，父母期望用改名的方式改变她命运的人，再合适不过。他点头道："下周，你就用达芸的身份去成都开个户头，带上她的身份证，去办张新的银行卡，再去凯通证券开户。要请达芸把银行卡给你保管，并开通网银，到时便于资金周转。这些，尽量别让其他人知道，包括她父母。"

"难道要把芸儿姐哄着去办？"

"差不多吧。多一事不如少一事，如果被她父母亲问起来挺麻烦。我想，你俩长得像姊妹，你就是拿着达芸的身份证，冒充她去开户都行，这样最好，没人知道。"

"这样啊……我们能隐藏多久？"舒茗悦意识到事情的严重性。

"没有把握的事，我不会做，这是千载难逢的机会，过了这村就没这店。新房问题，商铺问题，都只能算暂时勉强解决。网站这头，要做成百年网站，升级就是个无底洞……"在牧典蓝面前，是他要一个一个跨过去的栏，走寻常路难以跨越，抑或说要花上很多年才能跨越。他俩在昨天已经完成了一件大事，那就是去离新天地那间商铺不远的至尊观邸支付了购房首付款四百万，这套约一百平米的新房属精装房，尚未建成，已署下他们的名字，不菲的月供开始了。虽然同样的房子租上七十年远比买到七十年使用权更加划算，还得硬着头皮买。

舒茗悦左思右想，同意了。没有天降横财，太多的梦想即使不是空想，也足以让她熬成婆。

他们约好，星期一舒茗悦到成都凯通证券开户。这家证券公司没有与沪泰公司合作，不但能增加"老鼠仓"的安全系数，而且融资门槛宽松，能让手头两百余万装修款发挥出六百万的魔力。不是所有的长时间停牌股票复牌后都会大涨，复牌后连续跌停的情况也不少见，包括复牌时出"资产注入"之类的利好消息在内，一旦通过"定向增发"等方式把利益让给特定大股东，先前看好它的机构吃不到肉喝不到汤就会实施报复，把该股做空。至于停牌前就提前把股价炒上去，复牌即使有利好出台往往也是"利好出尽是利空"，机构复牌即砸盘也有赚头，

下卷

而散户见复牌是利好就冲入则成了接盘侠。所以，没有木板上钉钉子的绝对把握，牧典蓝不会在"翰盛斋"的关键节点上冒险选择融资交易。

融资融券是各大证券公司如火如荼推出的新兴业务，也就是证券信用交易，股民用股票账户上的资金作抵押，向证券公司贷款买股票。这给股民打了鸡血，融资客无论盈亏，只要贪婪不止最终殊途同归，上演狗血悲剧。牧典蓝计划的融资比例约1：2，在证券公司算是高比例高风险，也就是本金200万，作为保证金在证券公司融资400万，共有600万，是盈是亏将是三倍的幅度，"爆仓"风险大，被强行平仓的风险更大。海运业中的"爆舱"是指船舶接货大于运货能力，生意好得犯愁；期货中的"爆仓"是指亏损大于保证金，亏得要命；股票交易本身不会"爆仓"，一旦融资就会有类似于期货的"爆仓"。股票小涨大跌，慢涨急跌，甚至暴跌到卖不出的程度，证券公司为了安全回收融资款，会在"爆仓"前强行平仓，造成融资客无法挽回的损失。比如600万资金亏到低于400万，相当于把200万本金全亏了，约亏35%以上就"爆仓"，看似风险可控。事实上，当账户剩下不到520万，亏损达到近13%时就触及平仓警戒线，因为不能维持担保比例130%，这种情况两个大跌就到位，难以控制。这时就必须在下一个交易日收盘前增加保证金，保证账上有600万以上。否则，再下一个交易日账户会强行卖出股票平仓，并收回融资款400万加利息，账上资金瞬间不到120万，本金亏损大于40%。若想熬到反弹，只有东借西凑不断维持600万；一旦无钱补仓，只有割肉卖出部分股票还一部分融资款，降低融资比例，延迟强行平仓。遇到股票继续大跌，把本金全割完，剩下的全是证券公司的回收款，那真是上周五是大富翁，这周五成穷光蛋。如此凶险牧典蓝清楚，舒茗悦并未意识到。

不能确定"翰盛斋"何时复牌，正好可以进行相关准备，先用本金买入"大秦新材"，让"老鼠仓"看上去不那么直接。"大秦新材"是牧典蓝个人看好的中盘股，与公司、与他的个人客户也绝缘，看似与他无关联。等到"翰盛斋"复牌当天，就本金连同融资款分批全仓追进，哪怕有十五点的盈利就将近一百万的利润。为了避免IP地址留下"鼠脚"，严禁在家里操作，也不能在华年网站操作，而是要在外面找台无关的电脑操作。为此，还得趁早踩点，要找台没有摄像头监控、不易被其他人注意的电脑。

"如果复牌就跌呢？"舒茗悦问。

"跌就更好。我怕的是开盘就涨停追不进去，如果连续三天开盘涨停无法买进，就放弃这票。"牧典蓝相信公司选择这只股票有绝对的胜算把握，如果连续三个开盘涨停后再买入，进入洗盘期的可能性很大，做"老鼠仓"就不值了。

"你也没有把握，那你还研究什么技术指标？"

"股票们通常情况下是行走在大街上的淑女，穿戴整齐，步履快慢有规矩，我能猜出她下一分钟能走到哪里。个别股票会走偏，一旦走入了卧室，衣服啊、文胸啊什么的都扔到了一边，不讲大街上的规矩了。我的心一乱，不知道下一分钟会和她在哪里……"牧典蓝神情严峻。

舒茗悦开始还当成真话在听，听到最后才明白被取笑了，气恼地捶起他来："你这不正经的！"

牧典蓝一把将她双手连同身体紧紧抱住，让她动弹不得。他吻着她说："宝贝，这只股票做好了，高规格的华年忆就可以轻轻松松打造了，你将有最气派的办公室。"

"你知道这机密，公司会不会又把你关起来？"舒茗悦问。

"不会吧！公司只当打点野食，没有动用杀伤性武器。"牧典蓝不认为公司在坐庄这只一直回避着的股票，即使公司所有的"私活"账户全仓介入这只股票也掀不起什么浪。他真希望被公司关起来，那收获可就大了，"如果它复牌之日我就失联，那就更好，证明有超级大行情！只要我没有回来，你就大胆追进，一直坐轿子。如果它在高位出现长长的上影线，或者出现巨量阴跌，或者出现不可思议的天量，可能有变盘，你就果断出局。"

"这样做，妥吗？"舒茗悦又畏惧起来。

"机不可失……"牧典蓝轻轻摇晃着她，想象着在这只股票上满载而归的情景，"放心吧，现在的法律，'老鼠仓'入罪，适用范围是公募基金，并没包括私募，我还不够格！说是做内幕交易吧，我并不知道什么内幕啊！"

"不怕公司追究你？"

"你这家伙，说点好的不行吗？"

"你这君子，也放弃道德了？"

"嘘！"牧典蓝用嘴堵住了她的嘴，又耳语道，"你知我知，就像我提前拥有了你，就不要再笑话我不道德了！"

正周密地策划着，舒茗悦的手机在客厅沙发上的包里响起来。

舒茗悦过去掏出手机一看，将它放回原位："广告电话，尾数还四个二，真高调！"

"池姨的电话尾数就是四个二，是她的吧？"

"那就更不用接她的！"

"人家不会无缘无故给你打电话。"

"那就等她打五遍再说。下大雨，我没听见。"

牧典蓝的手机随即响起来，是池墨打来的，尾数就是四个二。他指了指手机："你躲得过她，我躲不过。"

牧典蓝接了电话："池姨……她在，可能开的振动没听见……什么！在往医院赶！……我们马上来！"

舒茗悦从牧典蓝大惊失色的脸色中已经猜到了什么，脸也惨白起来："出什么事了？"

牧典蓝催促道："快走！有条船沉了，你爸高血压复发进了重症监护室……你还不接电话！"

"我就说呢，心里怎么这么烦躁呢！"舒茗悦六神无主，转身四顾，"我的包呢，伞呢！路上肯定堵死了，什么时候才赶得到啊！"

"你爸已经在医院就好！"牧典蓝把沙发上的包和门口的伞抓到了手中，两人慌里慌张收拾东西奔出了门。

3

新的一周有新气象，牧典蓝来到沪泰公司，一切看似照常，其实和往日决然不同。

一艘名为"丰硕号"的滚装船沉没诱发了舒秉浩的高血压，脑出血有 0.2 毫升，昨晚已从重症监护室转到了普通病房，需要住院观察一周。顺帆公司为了稳定舒秉浩的血压，暂不向舒秉浩通报情况，让他平静养病。

"翰盛斋"复牌公告已于周日晚发布,它将兼并广州宝恒拍卖公司。宝恒拍卖公司在海外华人高端客户市场独树一帜,这样的利好对停牌前股价走弱的"翰盛斋"是锦上添花,行情似乎要启动了。舒茗悦计划等父亲血压稳定后就去成都办理开户事宜,争取飞机去飞机来一天搞定。

　　牧典蓝刚到公司用指纹签完到,就被卢加兴叫到第一副董事长办公室。这间办公室的门牌是"副董事长室(1)",就在操盘室斜对面,长年紧闭,通常没有人。第一副董事长叫孔群,全年在外面跑调研,所谓"他不在上市公司,那就在去上市公司的路上"。公司几乎无人谈论有关孔群的话题,因为无话可谈。这间办公室比较窄小和简陋,办公桌对面没有卢加兴办公室那种大屏幕股市走势图,有台超薄大电视,办公桌后的书架只装有一半书籍,不过这里最特别的地方是多间四人休息间,带有一套完整的操盘电脑桌。

　　卢加兴口头交给牧典蓝一个基金账户"华凯信托－瑞宏稳健增长",同时把公司调用的五十余个"私活"账户权限也交了出来,要求牧典蓝这半个月就留在这里独立管理这批全仓介入"翰盛斋"的账户。牧典蓝的任务是保证"瑞宏稳健增长"十个交易日内出货,至少保证拉升价1.5倍的盈利,也就是这只股票若在十个交易内从十元涨到二十元,看似涨了100%,那么"瑞宏稳健增长"至少得达到150%的盈利,这意味着几乎要用满仓进行两日交易的超短线买卖,几乎要天天精准踩到最大振幅的高低点上。至于其他"私活"账户,无盈利要求,它们是"瑞宏稳健增长"的卫兵,不计任何代价。

　　牧典蓝窃喜,"翰盛斋"的大行情雷厉风行地启动了!这次他可以放心地与舒茗悦失联,坐等丰收。

　　沪泰公司没有"瑞宏稳健增长"这只产品,也未与总部在深圳的华凯信托有过合作,账户的证券托管方是融大证券深圳第五营业部。账上有一亿多市值,账户交易记录上只保存着八月份共买入"翰盛斋"1100万股的记录,与当月杨博昭在大宗交易平台上出售的股份和时间吻合。

　　牧典蓝通过搜索,发现了账户的异常之处:这只基金早在四年前就已经成立,由另一家阳光私募公司管理,当时的基金规模是五千万,前年基金净值跌破了清盘线,该基金已完成了清盘不复存在,管理它的私募公司也于去年宣布破产。

　　信托公司的账户从前开设较容易,后来因出现管理问题在全国被严格控制。

下卷

在不能开设新户头的时候，所有已经存在的账户都是宝贝，有的私募公司会"借壳"信托公司往年打新股的账户或者其他私募公司已废弃的基金账户新建基金产品。牧典蓝查不出这只基金目前的正规投资顾问，也就是私募基金公司，也没有信息显示它与沪泰公司有关。信托产品的所有信息必须向信托公司完全披露，很多内幕细节，外人难以知道，华凯信托公司必定知道。这种没有公开面目的"借壳"基金账户极有可能是某位人物通过特殊关系从信托公司拿到的个人账户，如果不是卢加兴的，又会是谁的？难道与出售限售股的杨博昭有关？

"翰盛斋"停牌是因为兼并另一家拍卖公司，属利好，复牌首日并未受前期大盘下跌的影响进行补跌，也未随当日大盘微跌而下跌，而是高开高走，从开盘涨四点多一路高歌猛进，不到五分钟就封停，几乎不给犹豫者入场机会。

随后的交易日，"翰盛斋"被大小庄家们疯炒着，股价节节攀升，丝毫不管大盘走势，走出了独立行情。由于A股买卖时间要间隔一晚，坐等拉抬不可能超过总涨幅，牧典蓝必须满仓运作进入"翰盛斋"的资金，利用上升趋势的大振幅找准买卖点做出波段收益，能把全天一两点的涨幅做到四五点的盈利，这些会以牺牲"私活"账户的盈利为代价，它们假冒散户去追涨杀跌。这是牧典蓝与各路庄家和散户虎口夺食的较量，这是一场残酷的零和游戏，一位操盘手的光辉史是另一部分人的血泪史。

牧典蓝在复牌后的第八个交易日就对"瑞宏稳健增长"进行减仓，在第十个交易日，也就是周五这天完成了"瑞宏稳健增长"的全部套现，它抓住了三次15%以上的振幅，盈利190.5%，超额完成任务。十个交易日里，"翰盛斋"从10.76的停牌收盘价一度飙升到23.55元的历史最高价，收盘回抽到22.15元，涨幅高达105%，天天涨停的气势。"翰盛斋"涨再高，利益属于"做"高它的主力军，不属于"等"它长高的游击队。"私活"账户们在牧典蓝的对敲出货中成为接盘侠，将复牌后的利益从左手还到右手，还给了"瑞宏稳健增长"，盈利回吐殆尽，遍体鳞伤，并未从复牌中捞得好处。最幸运的也不过是老乡蒋远的账户，在该股上尚未亏损，损失的是数个月的时间。牧典蓝旗开得胜地退出了"瑞宏稳健增长"账户，宣告它本阶段大功告成。

牧典蓝收获的不只是这头，还有舒茗悦那头。一旦用"文笑祝"的身份开了户，哪怕受舒秉浩生病的影响，晚在周三周四进入"翰盛斋"，坚守到目前，中

333

途不用任何操作，三倍杠杆下来，闭着眼睛也赚两三百万，商铺装修绰绰有余，新的豪车也到手了！再观"大秦新材"，这些交易日不做波段共涨了三个多点子，跑过了大盘，在"翰盛斋"面前不值一提。

还有一个收获牧典蓝难以置信。他晚上待在孔群办公室无聊时翻看书柜里的书，有本《企业并购和国际会计》竟然不是书，而是一个书籍样式的硬盒子，里面装有数本证书。最上面的一本是由财政部颁发的CPA注册会计师，授予时间是十多年前，持证人是孔群，证件照上的人物不是别人，而是在皇冠大都会见到的齐董事长！想起公司还有一位姓周的副总经理一直未曾露过面，牧典蓝不由联想到皇冠大都会的操盘手陶经理。牧典蓝隐隐觉得，沪泰公司没有表面看到的那么单纯，它的实力可能比简介上吹嘘的还要强大。在有的城市，私募公司看似有很多家，其实最核心的只有一家，其他私募公司不过是它的中介，为它拉客户、融资、分仓，从中分得一杯羹。即使沪泰公司不是上海的核心私募、明星私募，但它同样可以让一些小私募唯其马首是瞻……

牧典蓝圆满完成任务，与舒茗悦取得了联系，得知舒秉浩在家休养已经无恙，就哼着歌儿在更衣室换上了土黄色的西装夹克，准备回家，确切地说是回舒秉浩的家，要去看望这位未来的岳父大人，要去和心爱的人儿分享胜利的果实。

田弥找了过来，仇视着牧典蓝："是不是你给沈经理告密的，说我在做'翰盛斋'？"

牧典蓝被弄得丈二和尚摸不到头："我凭什么来说你？"

田弥说："只有你才知道我做过'南国电子'，你就以为我还会做'翰盛斋'。"

田弥做"南国电子"的"老鼠仓"，牧典蓝当然知道，是田弥自己说起的，包括最后的结局。田弥和陈珂去欧洲度了半个月蜜月回来闹起了别扭，三天互不理睬。问起来，他俩都不说出理由，下班也各走各。牧典蓝猜到了八九分，沈奇也不奇怪。因为"南国电子"在二十六七元左右的历史高位横了数天后，来了个跳空三点开盘，半小时后直线涨到八点多。场外观望的资金跟风而进，包括喜欢追涨停板的散户。其实在上涨八九点追进的不叫追涨停，而叫赌涨停。牧典蓝追涨停板通常要等冲到九点五以上即将封涨停之际，而且很少去追大幅跳空高开的冲涨停，那容易出现补缺。田弥这次，当股价差点达到29元时，不到五分钟就暴跌下来，最终以24.12元的跌停价收盘，庄家以18%的振幅砸盘出货了，把新进的、横盘期坚守的众多散户留在了高高的山冈上。这天离牧典蓝走出皇冠大都会不过半个月时间。

炒股有盈亏本属正常，但"老鼠仓"没赚钱倒亏钱，陈珂和田弥就相互责怪。田弥托朋友操作这个"老鼠仓"，短短几天亏得不一般。那朋友在大跌第一天认为可以等等看，没斩仓，一夜之后开盘跌七个点子，斩仓，总亏十五点，这笔泡汤的钱可以供田弥小两口双双再游趟美洲和澳洲。田弥那些天被老婆骂，在电话里被跟着买了"南国电子"的朋友骂，苦恼至极，曾向牧典蓝大倒苦水。田弥唯一幸庆的就是听了牧典蓝一半的话，没有发疯去融资炒股，损失没有扩大。

"你做没做'翰盛斋'，我怎么知道？"牧典蓝不解。田弥的"私活"账户被公司借用后会更改密码，他不应该知道账户究竟做了些什么。

"我知道，你嫉妒我，要给我使绊子。"田弥说。

"你就是成了巴菲特，我都没心思嫉妒。"牧典蓝不由火了。

"别装傻。我不会和你争基金经理，卢董只认钱，不会认我这个人！"田弥说。

"比你我值钱的人多……"牧典蓝说。

"你猫在这里啊！沈经理叫你去接待室。"陈珂来到门口，敲敲门，对田弥叫道。

田弥白了牧典蓝一眼，出去了。

"卢董请你去他办公室。"陈珂通知牧典蓝说。

牧典蓝心里打鼓，难道是为田弥做"老鼠仓"的事？如果问起来，当实说还是不说？坚决不能说！他又有一种直觉，问陈珂："'翰盛斋'是不是你给田弥说起的？"

陈珂吞吞吐吐地说："别提了！卢董叫我试探一下……他就上钩了！"

牧典蓝摇摇头："这话真不该跟我说。你也很容易上钩！"

4

以为是去见卢加兴，牧典蓝却见到了一位风骨铮铮的人物。

此人叼着黑色大烟斗，左手无名指戴有硕大的帝王绿戒指，目光如炬，有微微的眼袋，微胖而粗糙的脸并无什么皱纹，却蓄着及胸的花白胡须，披着齐颈的长发，黑色风衣里是件白色对襟装，脚蹬黑布鞋。他面前的茶几上还放有只黑色的皮质大提包，与其说是提包，不如说是箱子。

卢加兴给牧典蓝介绍道："小牧，这位就是翰盛斋的董秘翁显梵。翁大师特意要见见你，等你多时了。"

翁显梵手握烟斗，起身与牧典蓝握起手来："你就是牧典蓝？幸会幸会！辛苦你了！谢谢你了！"

"久仰翁老师大名！今天能见到大师，真是三生有幸！"牧典蓝激动地握着翁显梵厚实的手掌，惊喜着，也迷惑着，不知这位董秘在谢自己什么。他又立即反应过来，此人既然与翰盛斋、与卢加兴有关，也就必定与刚交回的信托账户有关。公司基金从不参与"翰盛斋"，原因已不言自明。

董秘，并不是指董事长的秘书，而是指董事会秘书，该职位负责股东大会和董事会会议的筹备、文件保管、股东资料管理、办理信息披露等事宜，可谓是上市公司的外交官和新闻发言人。有人不把董秘当高管，勉强说成"可以算高管"，事实上这个职务不可小觑，他们往往具有多重身份，比如兼任董事、副总经理、秘书长或财务总监等，是强有力的综合体。牧典蓝接触过众多股票，读过众多上市公司的材料，从没实地调研过，还是头次与上市公司高管面对面，也是第一次与知名书画家接触，有些受宠若惊。

牧典蓝对上市公司的董秘通常不太关注，翰盛斋的董秘是个例外，因为这位董秘由书画家兼任，这和某家上市公司某股东持股两千股就进入前十大股东一样奇特。

翁显梵在书画界赫赫有名，被称为"翁闲之"。"闲之"是其字，"闲山散人"是其号。他的书法以行草最有风格，行笔之间粗细分明，俊秀潇洒、温婉流丽。其国画不是传统的山水花鸟或者仕女高士，全是当代市井人物，画中人物并非靓女俊男，而是街头的大婶大伯，三五个在一块儿做着有些生活情趣的日常小事，人生况味浓郁，有代入感。他还擅长篆刻，作品中的用印全是亲手刻制。

网上搜索得到翁显梵的三十余幅书画作品，国画作品只有十幅，找不到翁显梵的一张近照。从少量的访谈和报道里看，翁显梵不愿公开照片，通常也不与别人合影，这是他的一种心理阴影——小时候他的村子都习惯用废旧报纸当厕纸，

下卷

有回他意识到报纸上的那些人物照片原来是那样的结局，就曾想过，如果他成了新闻人物，决不公布照片。翁显梵后来真的成了新闻人物，但成名前的作品少有人花钱买，卖得也很便宜，十元就出手，他又酷爱收藏，生活落魄，老婆当他是怪人。成名后，他一年只完成十余幅书法和三幅国画作品，最低十万起，大量练手之作从不加盖钤印出门示人，是典型的低产画家。现在他把作品有选择性地交给专业藏家，或者用作品换取他喜爱的藏品，惜墨如金。他在市面上流转的作品稀少，作品估价节节攀升，已是重金难求。

牧典蓝并不喜欢翁显梵这种似工笔似写意似漫画的大杂烩式国画，更喜欢诗情画意的国画。不过，想起舒茗悦评国画，牧典蓝相信翁显梵名副其实。因为人物是最难画的题材，难在画脸，如果画群像更难画出人与人紧密的呼应关系，弄不好就是几个人貌合神离。很多名画家即使画单个的人像也摆脱不了脸谱化，比如"金陵十二钗"系列，单独看一幅画中的人物脸蛋、体态、服饰还有身边环境，无可挑剔。倘若把这十二钗放在一起看，天啦！黛玉、元春、熙凤等等，不是十二胞胎也是一个娘生的！翁显梵笔下的群像人物则一人一面，神情各异，惟妙惟肖，聚精会神地专注着同一件事，从人物的姿势神态中似乎能联想到某位熟人来。

在牧典蓝的想象里，书画家作了董秘，不是西装笔挺的白领样子也会是财大气粗的富商样子，亦文亦商的艺术家很难超凡脱俗。翰盛斋不愧是翰盛斋，眼前的翁董秘就有这种不食人间烟火的老古董形象。

翁显梵慈祥地招呼着牧典蓝坐到了身边，把双手搭在了沙发靠背上，双腿也直直地撑着，完全休闲的样子，就差双腿没搭在茶几上了。他对卢加兴说："阿兴，你一点儿没变，敢起用新人。"

阿兴！牧典蓝一听这带着乡土气的小名，差点笑出来。平日里，谁敢这么称呼卢董事长？

卢加兴并没坐，瞪了翁显梵一眼："不是我爱用年轻人，而是我总把自己当成二三十的年轻人。这一混，我都成五十多岁的老头子了，走到哪里都被孩子们叫爷爷，吃个饭也老塞牙，心有不甘啦！我如果年轻二三十岁，把沪泰公司做上市也有可能。"

"上市有什么好！我当这个差，老挨杨董的骂。回乡下悠闲着才好！"翁

337

显梵说着，注意力转到了牧典蓝身上，"小伙子，出手不凡，我的目标是盈利一百二十点，你就做到一百九十点，厉害厉害！"

卢加兴哈哈一笑："我定的是一百五十点！如果我定两百点，他恐怕要做到三百点。"

真是站着说话不腰痛啊，牧典蓝觉得太把卢加兴的话当个事了。

敲门声响起，卢加兴说了声请进，田弥哭丧着脸出现在门口。田弥看见了牧典蓝，又白了一眼。牧典蓝不再憷了，回了一个白眼。

卢加兴对翁显梵和牧典蓝说："我去说点事就来。"

卢加兴和田弥掩门而去。

翁显梵见牧典蓝恭恭敬敬地坐着，吸了两口烟笑道："我和卢董是同一条裤子穿大的，随便惯了，你别见笑。我姓翁，名副其实，从小就比你的卢董显老。再过两年，等我头发雪白了，还会像他爹，其实我叫他大哥。"

牧典蓝不由笑了，的确如此，不过艺术家越老才越有味，就像古树盘根错节方能从容擎住铺张的树冠。

"你不必紧张，我不喜欢中规中矩。我相信你的卢董，卢董相信你，我也就相信你，爱屋及乌嘛。这年头，用人不疑，疑人不用，相信一个人很不容易。我很想认识下卢董相中的操盘高手，听说你今年才二十四？"

"嗯。"牧典蓝放松了些，他喜欢比较随意的人，翁显梵又太随意了些。

"前途无量啊！杨董今天心情很好，说要奖励你一百万。今天来，我也是来传达杨董的意思。过几天会到你账上。"翁显梵说。

"真是谢谢了！"牧典蓝窃喜，马太效应带来的财富就这么任性地来了，他一时忘记了谢绝，比如说点"这是我应该做的"之类。不过他被搅晕了，不知"杨董"究竟指的谁。开始翁显梵说挨杨董的骂，牧典蓝理解成的是杨董事长；现在说杨董心情好，不知是指杨董事长，还是与信托账户可能有关的原副董事长杨博昭。于是他问道："翁老师，杨董是指哪个杨董？"

"我说的是小杨董，杨博昭董事长。"

"他不是辞职了吗？"

"辞不辞职，他永远是杨董。只要为他办事，我肝脑涂地也在所不辞。"

"翁老师，恕我冒昧，我有个问题，不知当问不当问？"

下卷

"别提账户的事就成。你还有什么要问的？"

牧典蓝就想知道那个信托账户是否容易被查处，他害怕受到牵连，问清了好有个思想准备。翁显梵既然拒绝这类问题，只好换了个话题："拍卖公司上市，有必要吗？"

翁显梵的神色遇到日全食，暗了下来。他把烟灭掉，把烟斗收拾进了茶几上一只精巧的盒子里，把盒子放入了大皮包。

牧典蓝以为自己的问题被翁显梵误以为"上市就是为了圈钱"招来了反感，赶紧阐明："拍卖公司的客户比较高端，上市前后必须向大众公开大量信息，就像在自家花园里搞新闻发布会，大费周章。公司可能有新的发展战略，才通过上市寻求更大的发展空间吧？"

企业若要上市，通常情况下从改制、上市辅导、申请、初审，再到最终批准，历时会长达三年之久。从内部规范开始，到聘请财务顾问、审计、律师等中介服务，花费往往高达数千万。对拍卖公司来说，并不需要大量融资来走上发展快车道，上市可谓劳民伤财。

翁显梵坐起身，端起茶杯缓缓喝了几口，才说："别人关心的是我们融到了多少亿、翰盛斋目前的市场估值，以及杨董的身价，你关心的却是这个问题……你问到我的痛处了，这也是翰盛斋的痛处。"

牧典蓝无意间戳到人家的痛处，歉意道："对不起！"

"你认为翰盛斋上市是为了捞钱？"翁显梵说。

"不是，我想它可能在业务上会有所扩张。"牧典蓝摆摆手说。不过心里暗想，"瑞宏"这个信托账户如此处心积虑，不是捞钱还是什么？

"有人以为翰盛斋上市是想争夺拍卖业第一把交椅，其实不是……唉……唉……"翁显梵连叹几声，似乎是很久的遗憾积到一块儿叹了出来，一声比一声沉重，"唉，上市是没有办法的事，杨家无人来继承家业了，今后就交给职业经理人去打理，让这个老字号延续。"

家族型的公司，和皇帝世袭一样，若要守住它的江山，继承人是个生死攸关的问题。牧典蓝仍有不解："十大流通股里就有几位杨家的人，怎么可能无人继承？"

"大杨董年事已高，在董事长这个位置做不了多久，他的三个子女有的移民国外，有的不做收藏和拍卖。二杨董精通文物鉴赏，著书立说也行，却不懂管理，不喜欢社交，难以胜任董事长一职，而且，无子女。小杨董略懂收藏，不喜欢经商，他有一独子，酷爱收藏，也慧眼识珠。本以为杨家后继有人……哎呀，天妒英才呀……"翁显梵说着说着，竟然掏出纸巾捂着脸哭了起来。

"对不起！对不起！"牧典蓝连连道歉，本来是说件高兴的事，却说到了伤心处。这位开始还飘然若仙的老男人转眼就成了有泪只管弹的世俗小男人，牧典蓝着实吓着了。

卢加兴进了屋，见翁显梵哭得跟泪人儿似的，呆住了："你又谈起杨家的事了吧？我最忌讳有人哭！外面才有人哭了，这里面也在哭！"

牧典蓝心想，难道田弥在外面哭了？不至于因田弥做"老鼠仓"把他辞掉吧，好歹是卢董的侄女婿……

翁显梵擦着泪，忍住了哭泣："说到爱渺的事了，我忍不住……"

爱渺，死了都要爱的杨爱渺！牧典蓝的心一抖，预感到了。

卢加兴说："没事找事！"

翁显梵说："翰盛斋上市，真是惹来一身骚，想起来我就失眠……"

卢加兴说："你认为不该上市？你现在来责怪我？"

翁显梵说："只怕今后变得不是翰圣斋了……"

卢加兴见翁显梵又抹起泪来，不屑地说："翁爹去世，没见你哭过！"

翁显梵说："我爸寿终正寝，有什么好哭的。爱渺是第一个懂我的人，不到三十三岁呀，后人也没有……翰盛斋就他这么一个继承人，他死不瞑目啊！"

牧典蓝这才明白翰盛斋上市是卢加兴的主意，而翁显梵视杨爱渺为恩人，他想确认一下那个被天妒的英才："那个爱渺怎么了？"

翁显梵说："心脏病。"

牧典蓝能确认杨爱渺的真实身份了，这个本来与他无关的副董事长之子，已经与他有着剪不断理还乱的关系，这个曾让他眼酸的男人，此时也让他痛到了心坎。如此说来，那个给舒茗悦两次寄匿名信的"槛外人"，就是这个翁显梵！

卢加兴见他们俩都悲悲切切，很是不悦："没话说了是吗？那就走吧！"

翁显梵："话都说到这里来了，小牧，你要明白一点儿……这次请你帮忙，你不要以为我们是为了圈钱，钱再多也治不好心脏病……小杨董这么做，也是为

下卷

了实现爱渺的遗愿。爱渺生前就想把遗失到海外的一些珍稀文物收购回国，要送入国家博物馆。我们从股市里挣到的钱，将全部用于那些重点文物的收购。我这下半辈子，就想做成这件事。"

如果是别人，牧典蓝会怀疑那个冠冕堂皇的动人理由，但翁显梵的话还有那些泪，他信。想起自己还在做这只股票的"老鼠仓"，他愧意难当："翁老师，这次能尽我一点绵薄之力，我很荣幸。我不要杨董的任何报酬和奖励，你代我谢谢他。"

卢加兴对牧典蓝说："在商言商，当赚则赚，当得就得，别坏了规矩！做我们这行，讲究仁慈会死得僵硬！"

气氛不适合再聊，三人起身，准备回家。

"翁老师的作品我很欣赏。改天，我可不可以请您赐幅墨宝作为收藏？"牧典蓝突然有了新想法。

翁显梵小心翼翼地提起了大皮包："我的作品不随便送人，哪怕你得到了我的赏识。"

牧典蓝估计翁显梵误会了他的意思，解释说："我决不会藏着藏着就把它高价拍卖掉，定是一生的珍藏。我女友特别喜欢有风格的书画，她定会视为珍宝。"

"翁大师的作品不是你能保管一辈子的！股票炒到顶不放手是场空，藏品涨到天价放家里就是风险，沾灰都怕。"卢加兴笑道，又指了指翁显梵的大皮包，"公司的双龙盘价位飞涨，我都不敢保管，物归原主了！"

原来龙盘是翁显梵送的！龙盘将更换藏家了！牧典蓝意外之余不由问道："翁老师，请教个问题。那龙盘底部的款识，'康熙御制'的第一个字与后面几个字的笔画怎么不相配呢？"

"你知道这些？"翁显梵一愣，随即问卢加兴，"阿兴，你从没问过吧？"

"我才不像你，附庸风雅。"卢加兴说。

"你这不识货的，送你真是可惜了！"翁显梵带着责备说，转而问牧典蓝，"你怎么知道这款识有问题？"

"我女友来公司找我，见过这龙盘，特别喜欢。"牧典蓝想给翁显梵一个暗示。

"不简单！"翁显梵说。

"当然不简单，那是顺帆海运公司舒董事长的女儿。小牧可是未来的豪门女

341

婿！"卢加兴哈哈一笑。

豪门，说归说，事实上只是一种玩笑话。在大上海，舒秉浩这样的人物，舒茗悦这样的家庭，不说遍街都是，也算不足为奇。公司未上市的董事长可以算有钱人，要进入豪门之列，那得看他一个电话是否能办成有钱人也不能办成的事。

翁显梵一听此言，不敢相信地盯着牧典蓝，张着嘴呆了两秒，欲说，还休。

"翁老师，这盘子不是珐琅彩，应该是粉彩瓷吧？"牧典蓝没有放弃讨幅墨宝的念头，得拉拢他和翁显梵的关系。

"谁说是珐琅彩？你女友说的？"翁显梵问。

"不是。我女友怀疑它不是珐琅彩，认为它是粉彩瓷。"牧典蓝说。

"它明明就是粉彩瓷！"翁显梵指了指提包急道，转而问卢加兴，"你说的珐琅彩？"

"开业那年你说珐琅彩比较火，我就说它是珐琅彩。"卢加兴笑道。

"粉彩瓷现在都被炒到上千万了，你搞清楚，别让它掉价了！"翁显梵把提包举了举说，"不收回去，金子都被你埋没了！"

"它款识有问题，是不是康熙年间的真品？"牧典蓝想知道龙盘更多的真相。

"哪有那么多康熙真品？可以实话告诉你，它是光绪年间的仿古瓷。"翁显梵捋了捋胡须，像遇到了知心人，"这匠人技艺高超，能以假乱真，无人能敌，就特意从款识上与真品有所区别，那是对真品的敬畏。"

牧典蓝有了希望，又暗示道："翁老师，我朋友有间商铺，你的书法风格正合适。如果请您为它题写牌匾，可以吧？"

翁显梵迟疑了会儿，没有拒绝："得在我有心情研墨的时候。"

卢加兴难以置信地看着牧典蓝："你小子本事不小，把这老顽固也能搞定！"

第二十章 沉船困境

1

牧典蓝离开公司就直奔松江原小区，舒秉浩与池墨就住在这里。他们的家是跃层式精装套房，不到两百平方米，屋里是地中海式风格，以挪威湖蓝为主色调，以马蹄状门窗为特色。

舒秉浩一周前已出院，舒茗悦在这里照顾他，怕他会为沉船理赔事宜着急犯病。自从舒秉浩度过了危险期后，牧典蓝守在沪泰公司没敢打一个慰问电话，自知有愧。本来，卢加兴得知舒秉浩住院这一情况，允许牧典蓝用座机问候一下，牧典蓝却不敢，那电话会被自动录音，无论打给舒茗悦还是舒秉浩，都可能引起"老鼠仓"的败露。心里有鬼的人，总怕露出点什么来，不如失联就失联。

舒秉浩正靠在卧室床上看电视，气色还好，病情恢复很好，并无严重的后遗症。他对牧典蓝的看望依然是副不冷不热的态度。

"丰硕号"沉船事故因救援及时未造成船员死亡，但还需按程序做保险标的损失的查勘检验、核实保险案情、分析理赔案情、确定责任、计算赔偿金额等系列复杂而专业的工作。顺帆公司作为实际承运方牵扯着众多公司的利益，舒秉浩心事重重，大家也就都沉重着，说什么都显得不合时宜。这条滚装船从上海港开往广州黄埔港，出事时在东海南部海域遇到了九级大风，船体右倾，颠簸中偏离航道，船舱进水，随后触礁沉没。沉船及货物对事故附近海域的航行安全不构成威胁，不必打捞，已经完成海面油污清理工作。气象局的实测纪录，出事时海面有十一级阵性大风。这船舶保了一切险，不过理赔还需要漫长过程，加之任何保险都有免赔率，即使保险公司履行了所谓的全赔，仍有一部分损失必须由顺帆公司承担，由此造成的间接损失就难以计算。一旦保险公司找到由头证实"装备装载不妥""船舶带病出航""人员配备不当"或者"船员操作不当"导致沉船，这类由船方责任因素导致的事故，一切险就成为一切都不管，也就意味着不但船舶得不到一分赔偿，船上的货物损失也将由船方承担，后果不堪设想。

大家都认为舒秉浩是因沉船事故诱发了高血压，但半月前池墨在医院里告诉牧典蓝还另有其因，犯病大概只是迟早的事。近半年来，舒秉浩操心的事一桩接着一桩，难有宁日，可谓是祸不单行。除了让欧帝到上海确诊是否患心脏病导致与杜宁离异之外，还有三件头痛的事，导致他长期失眠。

首当其冲的是顺帆公司的经营开始恶化。目前各大船舶公司恶性竞争，运价一家比一家低，今天比昨天低，实力雄厚的船公司可以用每天损失一辆宝马车的运费代价来吸引客户，以此拖垮小的船公司。顺帆公司在有些航线上已属负运费，表面看是亏损进行承运，不靠运输费赚钱，而是通过收取收货人的币值变动附加费、港口附加费、码头拥挤费等费用来弥补运输费的亏损。说白了，就是其他杂费比海运费还高。另一个弥补运费亏损的办法就是做拼箱，比如发往韩国釜山的货，一家客户的货物装不满一个集装箱，就便宜客户几十美元，这样，几位客户的散货共用一个集装箱，总价格比单独客户的一个集装箱的费用高，以此赚取利润。即使如此，公司也陷入了亏损的局面。上海有家上市公司洋澳集团正对顺帆公司虎视眈眈，想来并购，舒秉浩不顾其他董事所谓"傍大树好乘凉"的意见，想尽办法反并购，但如何改善眼前的经营困境又束手无策。

然后就是户籍问题。按上海的户籍政策，丈夫户籍在上海，妻子户籍在外地，妻子要迁到上海，不同的条件有不同的待遇。舒秉浩不属于"引进人才"之列，妻子不能立即随夫迁入户籍。池墨尚属"新婚"，也不算"人才"，必须在结婚登记日十年后才能随夫迁入户籍。最头痛的则是欧帝的户籍，上海允许独生子女随父迁入户籍，欧帝却不符合"独生子女"这个条件。这就意味着，欧帝即使在上海读书，户籍仍在成都，今后的中考和高考均面临着严峻的户籍门槛。池墨若想尽快迁入上海户籍，让欧帝的户籍随母迁入，池墨就必须在上海直接投资，并且连续三个纳税年度内累计缴纳总额及每年最低缴纳额达到规定标准，或连续三年聘用上海市员工人数达到规定标准……为此，舒秉浩警告欧帝说，不要以为现

下卷

在和上海的同学成绩差不多,高考的时候,会比同学们低一个平台,总分必须先高出一百分以上再和同学们在同一平台上谈论大学和专业。欧帝认为上海与成都的教材并不完全相同,今后还得回成都参加高考,每门课大概要比上海同学高出二十分才行,开始灰心和厌学。沉船事故前一晚,班主任打电话来,反映欧帝学习不在状态,作业质量越来越差。欧帝却说"牧老师就没读大学,我也可以不读!"舒秉浩气得骂欧帝"有本事就像牧老师那样先考到北大再说!明天,就是下冰雹,你也给我顶着钢板去补课,休想窝在家里打电脑!"

也就是在为户籍问题焦心,考虑欧帝和小绒究竟转到上海哪所学校读书的八月,舒秉浩的系列股票账户又出现巨额亏损。这些账户去年从牧典蓝手中转到另一个操盘手那里,头俩月做得还算不错。五月,操盘手说"南国电子"有可靠消息,行情要启动了,就半仓进入到该股。两个多月折腾下来,"南国电子"达到重仓却盈利微薄。舒秉浩刚从杜宁离婚这头缓过气来,三度要求操盘手轻仓操作,认为庄家就在洗他。操盘手一说电气设备板块正在走强,等等看;二说江苏沿海概念股正在领涨,等等看;三说设备仪表板块主力资金净流入最高,等等看,它横盘这么久,该涨了。"南国电子"所属的板块都大涨过,唯独这只股票就没强势过。等到八月,等来了绝望的利空消息,操盘手只好减仓止损,股票的大量卖出又加速了大跌,最终在底部割完了肉。虽然"南国电子"洗盘后走向了大涨通道,但那时舒秉浩对操盘手已经失望,收回了所有账户。除去给操盘手的提成,算下来全年净盈利很低……

牧典蓝已经从池墨那里打探到,这位操盘手就是栗天劲介绍来的赵商。赵商仍是普通交易员,但赵商在网上结识了一帮工作上未受器重、有大客户资金可在上班做"私活"的职业操盘手,大家组建了一只"抱团敢死队",联手冲击小盘股,头天冲高甚至冲至涨停,第二天完成获利出局;或者一人得到内部消息,自己不亲手做"老鼠仓",交别的操盘手代做,从中分成。后来,有人打听到"南国电子"有新技术同时也有新政策扶持的内幕消息,赵商和朋友们就潜伏于该股伺机行动。赵商大概忽视了,正是他们过多仓位的插手,主庄才花了大量时间反复洗盘,不洗净不拉升。赵商更不会想到,完成"南国电子"那次最后洗盘的正是牧典蓝。即使赵商在割肉之后又想在"南国电子"拉升期间扳回损失也并不容易,那之后新进场的成本都较高,而庄家最清楚控盘筹码有多少、自己成本有多高、什么时

| 345 |

候可以拉多高、什么时候可以洗多深、哪些大账户必须洗出才能发起下一波拉升。"局外人"得不到真正的内幕消息，看不清楚庄家的控盘实力，不知道庄家什么时候才把盘子洗净，不是卖得太早就是卖得太迟，能在合适买卖点进出而大赚的人寥寥可数。赵商大概这辈子也不会再进入"南国电子"了，一旦在某只股票上深套后斩仓，就会一朝被蛇咬十年怕井绳，股票那么多，鬼才会再捧你！

赵商这次败走"南国电子"，解开了牧典蓝心中的一大疑惑，那就是沈奇在五月的时候曾问他是否在做"老鼠仓"。一定是舒秉浩的那些账户在五月进入"南国电子"，就被庄家沪泰公司察觉了，散户难以逃过庄家的眼。牧典蓝在坐庄"南国电子"时，有时就是那么盯着一个大账户洗盘的，洗到其成本之下，等其止损而出，死心而出，如同一只狼要耐心地等到肥羊又累又困之际再发动进攻，让其只有招架之功，没有还手之力。

牧典蓝自知在"南国电子"上搬起石头砸了自己的脚，玩命了两个月，误伤了舒秉浩和赵商，算成功还是算失败？守口如瓶的好处就在这里，杀手可以装得像良民，舒茗悦他们什么都不知道。

2

牧典蓝和舒茗悦坐在大厅的沙发上看起了超大超薄高清电视，立体声音响带来电影院的享受。网络音乐、手机音乐听多了，几乎忘记了电视还能达到如此身临其境的音响效果，哪怕电视里的海浪打过来，感觉就像置身礁石之上，在惊涛拍岸中被海浪吞没，忍不住要用手去遮挡迎面而来的巨浪。

牧典蓝真想把杨爱渺的真实身份告诉舒茗悦，让她知道，此人的"灾难"比她理解的还要深重，翰盛斋的上市正是因为这个人的早逝，本来此人会是翰盛斋的掌门人；而且，那个给她寄过两回快递的神秘人物，今天哗啦啦现身了，还是一位名家，并把那只她起疑的龙盘带走了……但他不能提起翁显梵和杨爱渺，过来的路上，翁显梵给他打过电话，问清了他与舒茗悦的关系，也问及了那个铺子，恳求他帮着保守商铺的秘密，并说这个秘密卢加兴也不知道。

下卷

舒茗悦眼神脉脉，目光游离，欲说还休……

这里不是家，牧典蓝不好太过亲昵，就悄悄牵住她的手，小声说："几天不见，生分了么？"

舒茗悦捧起他的双手，看看那些指头，并没上次那样的薄茧，就把她的右掌心贴着他左掌心，然后十指相扣，一对情侣表相依在一起。

电视上，一对情侣一边说分手一边回想当初在沙滩上画两颗心。牧典蓝换了个财经频道，只觉气氛沉闷无聊，就问道："回过成都了吧？"

舒茗悦嗫嚅着："嗯……你别生气……我没回。"

"没有开户！"牧典蓝惊愕道。说好的事怎么就变了？岂不黄粱美梦空欢喜？虽然翁显梵的出现，让他觉得啃"翰盛斋"这只股票有点惭愧，但卢加兴的话也对，在商言商，操盘手当得就得。那个"瑞宏稳健增长"，本质上就是个硕大的"老鼠仓"，别人大啃，自己小啃啃也无妨。田弥做"翰盛斋"的"老鼠仓"败露，那是手段不高明，被捕到了活该。高明的操盘手，一边蹑手蹑脚做着"老鼠仓"，一边在媒体上大谈特谈投资组合技巧也是行的。

"我就在这边联金证券实名开的户，支持一下颜颜。"舒茗悦说。

"怎么能实名！公司和证券公司是通的，你这名字是一级敏感词，一细查，我就完了！"牧典蓝瞪大了双眼。公司没有禁止交易员直系亲属炒股，看似无为而治，实则对有直系亲属炒股的交易员有着戒心，一旦发现做"老鼠仓"就会发动捕鼠袭击。

"我连你的直属亲戚都算不上，有什么好怕的！"

"你买'翰盛斋'就不行！"

"我没买这个。买'大秦新材'可以吧！"舒茗悦松开相牵的手。

牧典蓝抚摸着胸口放心了："吓死我了！你一买，我就完了。"

舒茗悦气恼道："瞧你这凶样！如果我就买了这股票，你是不是要揍死我啊！"

牧典蓝平和了一些："我凶了吗？猫咪高拱着背、竖着尾毛、发出呜呜之声，看起来凶吧，其实是它最恐惧的时候……如果我失业了，你妈妈更会反对我，且不说你会不会爱我，你和我牵手肯定都不敢了。"

"我才没那么势利！"

"我知道你不势利，但你很听妈妈的话啊！"

"如果是因我的原因导致你失业，我对你负全责！"

"我不奢望谁对我负责！"牧典蓝借用她曾说过的话，将她的手牵住。

"看你惊慌得……离了沪泰就活不了？"

"吃操盘手这碗饭，如果因这种事被炒，走到哪里都是过街老鼠！我除了做这个，还不知道做什么能够娶得到你。"

"看来，没去成都是正确的。"

"说得好好的，怎么就变了？"

"爸爸在住院，我却要离开上海谋发财。达芸姐还没好，我去成都不是为了关心她而是利用她。我们可以赚很多钱，但害怕别人发现……那两天我心慌慌的，横想竖想，这违背天意，逆势而为，会得到报应。如果老为那事提心吊胆，唯恐说漏了嘴，是好兆头吗？"舒茗悦并不为放弃"翰盛斋"而遗憾，那不是她想要的，"我要光明磊落地赚，可以摆上台面来说地赚。看你刚才吓的……做贼心虚，有什么好？"

"那就算了吧！我可以睡安稳觉了，不怕说错梦话了。"牧典蓝只好面对平淡无奇的现实，错过了暴发机会，失望还是有，已经没有用。

"万事开头难，只要开了头，今后就轻车熟路难收手了。胆子也会越来越大，那样下去，不敢想象。还是不要开这个头好。"

"好像，有点道理。"牧典蓝不得不承认，最初十万的本金就是他的奢望，现在十亿的基金才算像样的基金，资金也是一种麻药，让人变得麻木。

"我看见了，'翰盛斋'涨得很好，但那不是我们该去挣的……你别怪我。"

"你不在乎的，我还在乎？君子爱财，取之有道，每个人都能张口就说，往往也只是说说而已。我是经不起诱惑的人，你经受住了。你呀，不是凡人，是圣人！"牧典蓝用手缠住她的腰笑道。

"你不要去冒那些风险。安安稳稳地过日子，踏踏实实地做梦多好。如果哪天你出了事，挣再多有什么意思？"舒茗悦依着他说。

"我怕你嫌我挣得少，不能送你法拉利，不能让你住别墅，不能让你早点离开那个寒酸的网站办公室……"

"你挣得不少了，我还有什么不知足的？股市里那么多曾赚大钱的人，最终比不炒股时还穷，不该得的终究是要还的。我爸说过，德不配位，必有灾殃，厚

下卷

德才能载物，不义之财，守不住。我啊，越来越相信因果报应了。"

牧典蓝懂了她的意思，他们刚准备做"老鼠仓"，舒秉浩这头就出了大事，这是报应，比现世报还及时。但他不认为这两件事有因果关系："我们还没开始呢，跟报应有什么关？"

"这是在预警！如果坏事做成了，不知我们会是什么样的下场，可能这头赚的，会在那头加倍吐出去……"舒茗悦有些后怕。

"你想得太严重了！"牧典蓝虽然这么说，但又不能否认，很多"老鼠仓"并不是被证监部门发现的，而是因某种戏剧性的意外事件而泄露，包括错打一个电话、说漏了嘴、被知情人举报等等，上帝要其灭亡，必先使其疯狂。

"我真的做不得坏事，不然立刻就遭到惩罚。记得读小学三年级的时候，班上有个捐款箱，同学们可以把几毛几分的零钱捐到那里面充班费。有天中午我值日，去得早，见没人，就找来铅笔从捐款箱的入口缝里掏钱玩。我并不是想得到那些钱，我曾朝里面捐过好些钱，那里面基本是些一毛两毛什么的。我只是想证明那箱子不防盗，有人可以把钱从里面掏出来……知道我为此付出了什么代价吗？"

"被人发现了，全校通报批评，取消值日生资格？"牧典蓝猜道。

"才不是！那捐款箱钉在讲台旁边的墙上，我踮起脚在讲台上掏，有张一毛钱眼看被掏出来了，我听到有人朝教室过来了，一紧张，就踩滑了，从讲台上跌了下去，把脚扭伤，跛了一个月才好。我不敢实说，就说成是擦黑板摔伤的。班上就把那捐款箱里的钱用来慰问我，不到十元钱，就送我一束花，外加一张同学们手工做的祝福卡……"舒茗悦郁闷地说。

"这只算碰巧罢了。"牧典蓝忍俊不禁，太黑色幽默了！

"还有次，我第一次去颜颜家，就在副食批发店称那种独个包装的散装饼干作礼物。我怀疑饼干缺斤短两，称秤的老太婆说我嫌贵不买就是。我本是有意照顾老年人的生意，才没有在隔壁买饼干，她居然这样说我，我就把饼干狠狠扔到一旁的桌子上，去隔壁买了……知道过后是什么结局吗？"

"老太婆指责你不文明，让你当众难堪？"牧典蓝又猜道。

"没这么平淡。那晚我在颜颜家吃饭，颜颜的婆婆给她带了些零食过来，她婆婆正是那个称秤的老太婆，那袋零食正是我扔了的那袋饼干！老太婆不停地对

| 349 |

我唠叨，她开了二十年的店从不在称上做手脚，不可能缺斤短两，但这袋饼干被我摔碎了，只有自家人吃了。过后老太婆还叫颜颜不要和我玩……"舒茗悦懊丧地说，"老天把我看管得太严，我一做坏事就挨罚。"

牧典蓝想起另一件事来，不由说："善恶终有报，应该是这样。你一做好事，老天就加倍奖励你。你对'闪电'好，老天就让一套商铺出现在你面前。你对我好，老天就让我不知天高地厚地爱上你。"

舒茗悦笑了笑，说："我无心做坏事都那样，更不要说明知故犯了。"

牧典蓝仍然看好"大秦新材"，就问："你想继续炒股，还是把钱取出来做装修？"

华年忆书吧的装修图已经出来了，舒茗悦挑不出设计上的一点毛病，她说："刚才是骗你的！我根本就没开户，开了户也不会怎么炒股。我啊，恨不得书吧现在就开业，让网站早些搬到楼上。网站不得不增加两个人手，那办公室快挤不下了。"

"你这捣蛋鬼！害得我脑细胞都白白牺牲了好多！"牧典蓝用指头点了点她的额头，"一切照旧，准备开工。让你啊，早点逃离那间苦海！"

"等爸的病再好些，就正式动工。争取明年五月开业。"

舒秉浩清嗓子的声音从楼上传来，他穿着米黄色方格纹睡袍，趿着棉拖鞋慢步下楼来了。他见牧典蓝和舒茗悦迎上来要扶他，摆手拒绝道："我没病！"

舒秉浩坐到了大沙发正中，舒茗悦和牧典蓝并肩坐到了旁边的贵妃椅沙发上，略带紧张，不知有什么事情要吩咐了。

舒秉浩并不是要下楼看电视的样子，隔了好一阵才问牧典蓝："天劲和你联系过没有？"

"上个月联系过。"牧典蓝说。那时栗天劲刚花高价买了部有上海牌照的二手车，有些兴奋地打电话给牧典蓝报喜，并说航胜公司的电子商务平台见到了成效，好些客户正是三十以下的年轻人，特别喜欢这种可以一边约会一边办业务的网络模式。

"哦……"舒秉浩又沉默了，看起电视来。

牧典蓝见舒秉浩提到了栗天劲，不知何意，就问："舒叔叔，你找天劲有事吗？"

舒秉浩说："没事。"

牧典蓝感觉不对劲："我问问天劲看看。"

下卷

栗天劲的电话关了机。他有两个手机号码，原来那个用作外贸，新的一个用作内贸。牧典蓝还记得起那个内贸电话，再打，仍是关机。

"该不会突然就换了手机号吧？"牧典蓝纳闷了。

"我也打不通。"舒秉浩说。

死寂。

"舒叔叔，现在海运业萎靡不振，有的企业正在寻找降低成本的突破口。有家中小板的海运公司，深圳的振雄集运，正是建起了电子商务平台，效益较好。顺帆公司不妨一试。"牧典蓝想起顺帆公司目前举步维艰，就找了个话题，想打破这种僵硬的沉闷，至于建议能不能被采纳，并不重要。

这两年来，海运市场受国际经济不景气影响，集装箱之类的海洋运输亏损已成家常便饭，加之出口货量减少、运价下降，而燃油成本、人员工资、融资成本等各方成本全面上升，海运公司亏损已比比皆是。此外，大量新船运力还将按合约交付使用，航运业供大于求的状况还将持续相当长一段时间，海运业的黑暗期远没结束。早在三年前，振雄集运就建成了电子商务平台，其大客户能通过VIP EDI数据交换获取专项信息服务；中小客户能通过网站获取在线电子商务服务；经常外出的移动客户可直接通过移动电子商务平台及时获得有关货物动态信息。这套商务平台锁定了一大批客户，同时降低了经营成本，其总运力有五十余万吨，比顺帆公司运力多出近一倍，但职员只有顺帆公司的一半。

"你认为这种表面的东西能降低很多成本？"舒秉浩交叉着双臂说。

"船舶维护、燃油价格这类成本是刚性成本，难以减少，只有从人工这头着手。顺帆公司代理部职员就有数十名，基本工资加业绩提成就是一笔不小的开支。如果引进先进的电子商务平台，能够实现信息集成，就像智能化手机把电话、相机、电视甚至电脑的功能都囊括了，从前五种工具才能完成的工作现在一个工具就搞定。管理也是一样，节约下来的费用就是收益。电子商务只会越来越简易和完善，再多的部门都会逐步实现联网合作。"牧典蓝认真地说。

"背景，才是振雄集团的经验，他们不会谈。"舒秉浩冷淡一笑。

牧典蓝不能否认这家上市公司有着特殊背景，但它也有着先进的管理技术，就说："无论有无背景，引进先进管理手段，精减人员是大趋势。天劲的航胜代理公司已经建好了电子商务平台，可以实现客户在线订舱、拖车及报关预设、费

| 351 |

用预算、在线支付、货物跟踪，双方都可以少跑路，已经有一批年轻的客户正是奔着他的这个平台而来。如果顺帆公司的代理部有套这样的商务平台，会如虎添翼，达到事半功倍的效果。"

凡事都有两面性，牧典蓝不知道自己的建议会让多少人恨之入骨。所谓精减人员降低成本，就意味着部分在岗人员下岗，更多的人更难找到工作；所谓船公司建成自己的商务平台，就意味着栗天劲那样的代理公司业务量将锐减。这是一个有人笑，就会带来有人哭的残酷市场。

"再大的商务平台又能怎么样？客户说来就来，说走就走，不带任何感情。哪有靠业务员亲自联系的客户有长久性！"舒秉浩不屑一顾。

牧典蓝无言以对，这话似乎有些道理，生意场上除了赚钱，应该有些人情味。

舒秉浩沉思着，面色凝重，他放下双臂站了起来："小牧，明天，你还是去趟航胜公司吧。"

牧典蓝感到了不祥的气息："舒叔叔，天劲究竟怎么了？"

舒秉浩说："'丰硕号'上，有一票货是天劲代理的，可能有麻烦。"

牧典蓝倒吸了口冷气。栗天劲能够扛住的麻烦，他不会关机；关机，意味着他扛不住了。

3

有人离开手机或网络就感到孤立无援，有人没有手机和网络方觉安全。

牧典蓝在航胜海运代理公司找不到栗天劲，叶岑不愿告诉他栗天劲的下落，他只有苦等。等了大半天，没有笑容的叶岑才带牧典蓝来到了洋澳集团安江分公司的码头。

码头位于黄浦江下游，东临黄浦江，码头腹地开阔，岸线长达一公里多。这家分公司的前身是上海安江海运集团，本是一家国有性质的内外贸货物装卸企业，是上海港机械装备齐全、装卸效率较高、通过能力较强的综合型港口，前年底被洋澳集团以承担两千余万债务的方式并购，成为其五大分公司之一。因为这场并

下卷

购，牧典蓝当年还用栗天劲的账户买入过洋澳集团这只股票做了个短线。洋澳集团的新并购目标本是顺帆公司，差不多是用一种强硬的态度想买获顺帆公司的部分管理人员。舒秉浩通过在章程中增设反并购条款、与友好公司相互持股等方式来抵制该集团的敌意并购。但沉船事故增加了并购的不确定因素：如果保险公司赔付不力，顺帆公司损失惨重，会动摇管理层反并购的决心；如果并购成功，在海运业并不红火的情况下，洋澳集团也会面临并购成本较高的风险。

牧典蓝跟着叶岑来到调度大楼底层角落一间简陋的休息室，不见栗天劲。他们朝码头边上找去。牧典蓝走在花花绿绿的集装箱堆场之中，恍若进入了集装箱搭建的高墙迷宫，感慨着个人的渺小。远处江面货轮上那些集装箱犹如积木，近处万吨货轮上的集装箱却是排山倒海的气势，煞是壮观。岸边起重机、轮胎式和轨道式龙门起重机等无一不用它们的钢铁身躯昭示着强达三五十吨的装卸能力。数十台装卸机械和各种专用车辆正发着风格不一的噪音见缝插针地忙碌着。

震撼中，牧典蓝不由羞愧自己的感觉犯了主观化的错，好比他一度认为上海证券交易所一定是红马甲排排坐手忙脚乱的样子，结果参观了那里才发现上证所即使在交易日也没有什么人，空荡荡的，因为那些红马甲都像他一样守在各自的电脑前了。在这个码头的反差感也是如此，海运业不景气，他认为码头应该冷清，哪知竟然如此忙碌，忙碌的背后究竟是盈是亏他更无法凭感觉去想。也难怪有那么多股票分析师深入一家上市公司去调研，再决定是否投资。他再一次接触到一家上市公司的一角，他曾进入的那些股票仅仅参考过冷冰而实在的数据，很少感受过股票如此实在的温度，可以说他从未真正地爱过一只股票，仅仅是纸上谈兵。

深秋的江风呼啸而过寒意瑟瑟，在离调度大楼很远的码头边沿，有位把黑色冲锋衣帽子罩在头上的男人，他双手揣在兜里，弓着背坐在码头边沿一个废弃的系船桩上，望着海洋般的江面发呆。这是栗天劲的背影。

"劲头，你看谁来了？"叶岑在栗天劲身后轻轻地说，唯恐惊吓到他。

牧典蓝惊奇了，从叶岑对栗天劲的昵称和语气中，能察觉她和栗天劲的关系已经变了。

栗天劲雕塑般一动不动。

叶岑轻拍了一下栗天劲的肩。

栗天劲惊吓了一跳，转过脸来，平时被他刮得干干净净的络腮胡露出了丝丝毫毫的野性，白色的耳麦正堵着他的耳朵，他是个一高兴就听摇滚乐，一难过就听情歌的人，情歌往往是悲歌。他取下耳麦站起来："你来这里做什么？"

"我正想问你呢！"牧典蓝说。

"我想跳江。"栗天劲说。

"怎么不给我打电话？我不会来讨账！"牧典蓝骂道。他刚才见到了航胜公司那间被砸得一片狼藉的办公室，叶岑在那里孤零零地处理着一些业务，不敢再收拾办公室，说是只要收拾好，有个讨账的人再找到公司，见不到栗天劲就会再把东西砸一遍。至于谁在砸，为什么要砸，栗天劲为什么只有躲的份，叶岑并不说。

"我找过你，你关机。"栗天劲说。

"你看看，有你的来电吗？"牧典蓝亮出手机的来电短信。昨天下午他从公司"解放"出来，开机后专门翻了翻来电短信，没有栗天劲的，他也就没有想起栗天劲。

"我是用别人的电话打的，打了三次，你至今没回复。"栗天劲说。

"哎呀，我当成骚扰电话了！"牧典蓝解释说。的确有个陌生电话来过三次，是十天前打的，他想这两天既然没有再打，应该是广告电话。

"对，也不回家。"栗天劲冷冷地笑道，"我知道，你有好去处，乐不思蜀。"

"你到圣庭世家来找过我？唉，这两周我都没法回家，昨晚才回了家，好啥啊！顺帆公司出了那么大的事，我从何乐起？"牧典蓝讶异道，真是太不凑巧，事情都集中到一块儿了，"天劲，是不是没有住处了？这就去我家吧！我专程接你来了，还不行吗？"

栗天劲对叶岑说："帮我把东西收拾下。"

叶岑点点头离开了。

"怎么搬到这里来住？噪音好大啊！"牧典蓝问。

"我那房东想把房子粉一下再要高价，我退房了，只好来麻烦叶岑她爸。她爸在这里开吊机，有休息室。"栗天劲说。

"你终于肯听我一回话了，把叶岑留了下来。"牧典蓝说。

"你不说，我也会留她！"栗天劲狡辩道。

牧典蓝不好多争，直接问道："'丰硕号'上的货保了险，怎么弄得你这代理公司天翻地覆的？"

下卷

栗天劲眺望着水波涌动的江面，失神地悲叹道："记得你曾经说过，人有时头脑会木木的，傻得自己都不相信。我这次傻到底了，唉——"

"你这脑袋，恐怕不是发木吧，应该是聪明到顶了。"

"你现在得意了，怎么笑话我都行！"

"天劲，你的麻烦就是我的麻烦……究竟是什么情况？咱们总得一起想办法解决才是，总不能这样躲一辈子吧？"

"你解决不了！"

"谁能解决？咱们总得去找啊！是不是要找保险公司，或者打官司？"

"那货没保险，它灭失了，我完了！航胜完了！"

"货物保险由发货方办理，不是代理的责任，你怎么就完了？"

栗天劲无力地蹲了下来，捂着脸似哭非哭："荣维这批货恰恰就应该由我负责保险……哪想到，'丰硕号'会成为'泰坦尼克号'，它一沉，我就完了！"

栗天劲之所以称他完了，那是因为他的侥幸，把本不该由航胜公司担的责任担上了。

荣维外贸公司通常按 CIF 价格发货，若是普通的集装箱运输，会根据货物性质投保平安险、水渍险这类海运保险，缴纳的保费一般是货物总值的千分之二三，十万的货物缴纳保险费两三百元左右，一切险由于保费较高多用于特殊货物投保。沉没的"丰硕号"不是集装箱船，是滚装船，也就是货物由车子载着滚上滚下，适合仓至仓运输。其中有五个四十尺挂衣箱是荣维公司发往广州市的中高档西装，这一票货用五辆集装箱车装载上船，将负责把货物从上海起运仓库送达广州市目的仓库，全程不但涉及上海港至黄埔港的海洋运输，也涉及两头的陆路运输甚至目的仓库的储存期安全。如果将全程风险合并在一张远洋运输货物保险单中投保，能最大限度地降低货物运输风险，不过保险费将会增多。货主们如果认为国内运输风险不大，有时不愿投保这类险，就像坐长途客车，很多人花了一两百元的票价，却不愿再花两元去投保人身险。

问题的特殊性就在于，这票货不算是航胜公司代理的，而属航胜公司无船承运的，因为航胜公司不是收的代理费，而是收取总包干费，包办这票货物运输途中的所有事务，包括保险事宜。在海运货代行业，货代与船公司合作到一定程度，可以"升级"为无船承运方，将货代与船公司的主要职能合二为一，它比普通货代最明显的优势就是能像船公司那样签发提单，甚至可以电放提单，直接影响货物的去向。这对荣维公司来说，能省事省时省钱，对航胜公司来说总利润多些，风险也多些。为了降低作为无船承运方的风险，栗天劲暂时只签发顺帆公司承运货物的提单，并在工作制度中规定"严禁货物不投保就签发提单"，但他首先就违背了这一"严禁"事项，放弃了对货物办理保险这一环。说起来，他对风险的麻痹始于荣维外贸公司经理武原。

武原从事外贸工作有十余年，对海运业很了解，依他多年管理经验，如今的海洋船舶在高科技的支撑下，安全系数很高，船舶出事就像飞机失事的概率那么小，船舶之外的风险更是千奇百怪，靠投保来减少风险就像摸彩票中大奖一样困难，不需要它时觉得它是万能的，需要它时才发现保护不了什么。比如"平安险"，你认为能保一路平安？它却强调共同海损，你个人的单独海损它就给你躲猫猫；比如"水渍险"，你认为货物不愁被水淋？它却会给你讲，雨水、淡水淋了不赔，被海水间接淋了也不算，即使最霸道的"一切险"，也不保障一切，一旦与列举的承保范围有所差异，那就跟没投保一样的下场，如果涉及国外的公司，还得作好不死也要脱层皮的准备。于是，为了节约费用，在有些运输风险相对较小、货值不大的情况下，他会与买方商量不投保，买方有时为了节约成本也会同意，甚至有些买方根本就不提保险的事，他会直接就把保费省了。

这让栗天劲发现了新的商机，他平时会通过与保险公司的合作来赚取客户保费的差价，或者得到保险公司的提成，原来还可以通过省去保费来节约开支。渐渐的，只要货物运输风险小、收货方保险意识淡薄，他在"包干"业务中就私下省略投保，把客户付的保费变成航胜的流动资金。老客户们都没注意他的这个小算盘，毕竟大家太熟悉了，有些事一个电话就照惯例办理，保险单这类事后就会作废的票据不值一提，合作这么久，还没一例找保险公司索赔的案例。

不过，姜还是老的辣，在发出这批总价值达三百万的西装前，武原专门向栗天劲强调了要保水渍险，一则货值较高有保险才稳当，再则他对滚装船的安全系数有些不放心。滚装船由于构造特殊，比集装箱船容易出事，因为它有个便于车辆通行的通道门，这个门一旦密封不严就可能导致海水进入船舱；加之滚装船没有常规船舶那样的舱壁或隔断墙，一旦海水进入就没有隔离措施，海水会迅速涌入整艘船，货物就有被水浸的危险。

下卷

栗天劲却认为，顺帆公司的"丰硕号"从未出过大事，小事都屈指可数，加之这票货属沿海内贸运输，从上海港到黄埔港，比起那些跨洋运输来算是超短途运输。何况那些西装用集装箱货柜改装成了挂衣箱，用塑料纸在箱内四周做了防水处理，每件服装也用塑料包装袋包着，再加上挂衣箱用集装箱车子载着进了滚装船的船舱里能避雨避浪，即使有海浪打到船上，海水上了船，最多把集装箱车轮打湿，车上的柜子几乎不存在海上"水渍"之忧。所以，栗天劲见收货方并不关心货物投保事宜，也就没有按武原的委托投保水渍险，暗中省下投保费八千余元，要用这笔钱来支付为荣维公司垫付的部分运费，用它的骨头榨它的油。航胜公司和荣维公司差不多，业务量增大后最头痛的问题就是周转资金告急的问题，你欠我的，我欠他的，大家相互欠着也得继续办事，航胜公司已经给不少客户垫付各类费用，资金紧张得要冒火。

叶岑清楚栗天劲的如意小算盘，平时管不了他，但在这票货物上船之前提出了必须进行保险的建议，因为那段时间南方的恶劣天气不断。栗天劲则认为货物要等几天才会出港，等船开到南方时，恶劣天气应该结束了。就算天气还恶劣着，"丰硕号"也见惯不惊，层层包裹的服装想被淋也淋不着。

墨菲定律往往在不经意间就露出了狰狞的面目，不出事一切太平，一出事就是大事。船沉了，保险单就不再是文件夹中那张废纸，成了理赔的敲门金砖。栗天劲哭也哭不出一张能让自己脱身的保单来。

本来，货物如果没有保险，一旦因船方的原因导致沉船，可以找船方赔偿。但是栗天劲明白，顺帆公司管理相当规范严格，所有船只装载都有安全标准，出航船只必会经过船检，船长船员都是精挑细选的强人，只有恶劣天气这种不可抗力才会导致"丰硕号"沉没，这就意味着顺帆公司无责免赔，不会对任何货物进行赔偿。如果，他按武原的要求投保了水渍险，荣维公司也好，收货方也好，即使拿着保单找他这个无船承运方，他完全可以像顺帆公司那样理直气壮，因为无责，所以免赔。

三百万的货啊！航胜公司虽然已经向收货方电放了提单，但收货方的货款还迟迟未打到荣维公司账上，货款肯定不会打过来了，哪怕货已经过了船舷算是荣维公司完成交货。武原没有去找收货方的麻烦，也顾不了往日栗天劲陪打网球的交情，让沙敏找栗天劲把没按要求投保的事先作个了结，沙敏解决麻烦的办法除了威胁就是打砸抢。即使荣维公司不找上门，收货方一旦要按交易规则支付货款，也会找上门来，航胜公司就算把缴纳的八十万元无船承运保证金用作赔付也不够。如果，他投了水渍险，就尽了责，保险公司赔与不赔都是收货方去操心的事，货款会不会由收货方打给荣维公司也是人家的事，他最多受到牵连损失些包干费，不至于让公司背上如此巨大的责任。只恨，这世上从来没有"如果"这味后悔药。

栗天劲省略投保的事情在圈子内已经传开，客户们都开始核实从前的货物是否被航胜公司挪用了保险费，有的已经找上门来要求退保费，多者近万，少的数百；有的会直接在所欠的款项中抵冲。航胜公司的几位股东见大事不妙，已经提出撤资，赵商也一直认为做海运代理利润微薄，加之在"南国电子"上遭遇滑铁卢也有撤资充实股票资金的意思。栗天劲的父母是股东之一，被栗天劲的小聪明气得也要收回资金，说是等舒秉浩的病好了，还会亲自出面找顺帆公司赔偿，打官司也不惜……公司的大量资金都押在垫付的费用之中，短期根本无法收回，出事后公司内外都有人来找栗天劲的麻烦，他害怕接到任何人的电话，那一定是噩梦，就像他接到沉船消息的电话一样。

黄浦江的浪击打着码头，黄浦江的风阴森森地掠过发梢，如一声比一声大的嘲笑。牧典蓝和栗天劲都无精打采地坐在码头上，看着来往船只，听着汽笛声声，那都是别人的精彩，而自己成了被浪头打翻的落汤鸡。

牧典蓝的短信来了，他回复了，说："天劲，咱们回家，有我就会有办法。悦儿在外面还等着咱们呢！"

4

充满期待的新年序幕徐徐拉开，各类总结与评选如火如荼地为过去的一年谢幕，忙碌的元月正是收官之时。

在一个特定的圈子里，第七届中国私募基金年度红榜颁奖典礼正热火朝天地筹备着，将在周六隆重举行。大赛结果在官方网站的排名上一览无余："泰鸿肆号"总净值增长率86.23%，获"偏股型阳光私募基金第一名"；沈奇参评账户总收益

下卷

达到272.54%,获"证券专户类十大潜力基金经理冠军"。大赛规格较高,颁奖典礼隆重,参会名额有限,能受邀出席盛会的多是业内名流。沪泰公司双双夺魁,将上台领取万众瞩目的"红梭"奖杯。卢加兴和沈奇将分别接受相关媒体的访谈,有关投资理念的发言稿已经被加工得并非完全是实际操作的那样,其他人看到的访谈将如看到的K线图一样,亦真亦假。

牧典蓝并没收到那份让私募界看重的颁奖典礼请柬,仍名不见经传,颁奖典礼不会出现他的身影,业界也不会谈论他的名字,他只是一位替身。这是他在参赛之初就得面对的结果——他掌控"泰鸿肆号"的资金,拥有其最大的指令权,付出最多的心血,承担最大的风险,获得的业绩只是团队智慧的结晶,他必须保持最低调,尽量在证券界隐姓埋名。他要按卢加兴苦心安排的那样,低调、淡泊、专注,两耳不闻窗外事,一心只炒手中股。

第一次独立管理基金并参赛夺冠的牧典蓝让卢加兴喜忧参半。前些年,股票和投资机构相对较少,主力操纵股价相对容易,散户相对好忽悠,净值年增长率达到100%也有。如今,新股频繁上市,基金公司增多,监管更严,散户风险意识提高,竞争更为惨烈。私募公司要在保证其他基金产品获得稳定收益的同时,让参赛基金登上最高领奖台实属凤毛麟角。牧典蓝在短期内战胜众多对手,成为一流操盘手,并身处幕后,未必心甘隐姓埋名。

在证券界打拼了这么多年,卢加兴很清楚,新晋操盘手如果身价大增,将会面对众多投资公司的诱惑,即使自身公司不断发展壮大,新晋操盘手都忍不住去寻找更富挑战性的新战场:从小私募奔向大私募或者公募,从股票型基金奔向对冲基金,从A、B股奔向美股,从股票市场奔向期货市场……总之,新晋操盘手也是冒险家,会去寻求他们再也超越不了的舞台,只有当他们最终头破血流甚至折戟沉沙之后才会安分,成为心智真正成熟的操盘手。

卢加兴把牧典蓝叫到身边促膝长谈。大意是说玉不磨不成器,年轻人经验不足还需要锤炼,不要为一时的荣誉骄傲自满,要学会保持一颗平常心不被名利所累。基金经理必须经过数年的考验,尤其是要经过熊市的历练才可能优秀,真正的熊市还没到来,不要放松风控意识。春节之后公司还会将重任落在牧典蓝肩上,包括第八届私募大赛还是由牧典蓝以沈奇之名参赛,今后几年要把他培养为专项基金经理,逐步让他名正言顺。另外,本届大赛名誉虽归在沈奇名下,但会给牧

| 359 |

典蓝重奖,包括从明天开始的一个月休假。

"卢董,公司用重金培养着我,基金收益体现的是公司的综合实力,不是一人之功。我能力有限,会尽我的绵薄之力。"牧典蓝表态说。他理解卢加兴的苦心与担忧,在这个行业里,操盘手说来就来,说走也就会走,流动性很大。精英型的私募是优秀操盘手集中效忠之地,这样的公司往往才有忠实的大客户,也才能持续发展受人敬仰;反之则属流寇型私募,操盘手频繁流动,客户大量流动,业绩大幅波动,客户时常闻风而逃。

"我们的成功只是'田忌赛马'式的暂时成功,不是真正的实力体现。懂我的意思吧?"卢加兴的话有着弦外之音。

牧典蓝当然懂,股市里的赢家往往会牺牲道德,和田忌赛马异曲同工。田忌与齐威王赛马,规则上约定"上马对上马、中马对中马、下马对下马",田忌次次都失败。田忌听从了一个违背规则的"金点子",采用"下马对上马,上马对中马,中马对下马",由此反败为胜。历年历代少有人追究如此比赛是否违规无效,更多人视它为"舍小保大""扬长避短"去争取竞技成功的经典案例。这场著名的古代赛事无不隐喻着另一个事实:成功的背后有时未必光彩,但人们就认成王败寇,就认结果不管过程。其实,田忌赛马得到冠军,并不能证明他拥有天下最好的马匹,还有很多好马根本就没参赛。

牧典蓝在乎盈利高低与比赛排名,却不高看大赛排名。这个排名,难说个人成就感,有时是种挫败感,当他知道一些幕后真相却不能左右手中的股票,仍得按指令动用资金,那种失去了控制权的感觉,就是被资金奴役的感觉。他把操盘手这份职业看得透彻,把自己在公司里的地位也认得清楚,知道自己还太弱小,不要说纵横私募界,就连沪泰公司也纵横不了,他只有像只被细线牵着的纸风筝,尽量飞得像雄鹰。

沪泰公司逐年强大,却逃不出私募公司的魔咒——千金易得,一将难求。私募公司的高管团队是几位核心股东,此外的骨干很难再挤入,导致骨干操盘手像流云一样,哪里向他们抛来更好的绣球就往哪里流。牧典蓝要成为正式的基金经理不会像公司描绘的那么容易,也就是说他成为调遣士兵的"将"可以,很难再成为能调遣大将的"帅";成为幕后的基金经理可以,不太可能成为名正言顺的基金经理。在公募公司,多名基金经理管理不同的基金产品就如一片原始森林中

下卷

各只老虎有自己的势力范围,大家都是"帅",相安无事。在私募公司,多基金经理制很难实施,只因一山难容二虎。即使牧典蓝成了第二基金经理,把身份放得比沈奇低些,沈奇对他宽容大度些,两位基金经理之间过得去,在客户面前也难过去:为什么沈经理手下的基金净值比牧经理的高?是不是用牺牲牧经理客户的代价,把利益输送给了沈经理的客户?等等,都是些说不清也道不明的问题。私募公司的客户有限,个个都是得罪不起的大客户,个个都得有个好交代,与其让客户疑神疑鬼,不如只让一位基金经理坐镇山头,让客户言听计从。

即使牧典蓝的基金业绩连续数年远远高过了沈奇,即使沈奇辞职离开沪泰公司,牧典蓝要成为能坐镇山头的"帅"也很渺茫,因为沪泰要的是全能型基金经理,也就是擅长做对冲交易的操盘手。股票之外的"手艺"牧典蓝从沈奇那里学不到丝毫,哪怕按指令试手期货也没有过。他也不指望公司砸重金把自己培养成期货操盘手,更不敢自行尝试期货,唯恐付出倾家荡产的学费,像赵商当初学期货那样最终认输只有重操旧业。若要在证券这头成为实至名归的基金经理,通常有两种去处:要么像张助理那样被其他基金公司挖走担当重任;要么另立山头自创私募公司,自任董事长兼基金经理。但,这两条路都有很多操盘手走过,能比从前走得更逍遥的没有几个。也有操盘手成立一人私募公司做小规模基金,看似比较适合擅长单打独斗的牧典蓝。事实上,当资金发展到一定规模,难以靠纯操盘技术稳定盈利,必须有实地调研作后盾。调研,不是牧典蓝的长项,真若成了长项,他将面临一个老问题:手下需要一位基金经理。

吾生也有涯,而知也无涯,牧典蓝没有什么可以去骄傲狂妄,尤其是两个多月来亲历了沉船事故及其理赔后,他对成败、对风险有了更深刻的体会。

舒秉浩从没放松过风险这根弦,包括每年不惜高昂保费为所有船舶保一切险,不惜花高价对船员进行专业的应急培训和演练,不惜在淡季耽搁数天对操作员和业务员进行业务考核,终于使"丰硕号"在出险后没有船员死亡,没有被保险公司抓到任何可以拒赔的把柄。除了必需的免赔率之外,"丰硕号"船舶得到了保险公司的全额赔付,并且因为顺帆公司对沉船事故无责,也就不对沉没货物负责赔付,沉船损失已经降到了最低,顺帆公司只算伤了筋,还没有动到骨。

相反,栗天劲的小算盘开始打得噼噼啪,最终有几位大股东拒绝承担小算盘导致的赔偿责任。为了不让栗天劲的父母找顺帆公司的麻烦,那会两败俱伤,并

| 361 |

让航胜公司渡过难关东山再起，牧典蓝征得舒茗悦的同意，把装修商铺的资金全部用来救助栗天劲。第一轮救助是进行货物全赔，包括返还包干费，比保险公司的全赔都高，因为武原根本不认免赔率，声称若不是看在球友这层面子上，还会要求赔偿间接损失和精神损失。第二轮救助则是应对数月后的年检关。这一番下来，牧典蓝差不多成了航胜公司的第一大股东……栗天劲借牧典蓝之力，用沉重的代价挽回了失掉的信誉，算是从地狱里爬了出来，捡回一条小命。在这次沉船事故中，还有两家货代公司和三家发货方因为未投保承担了责任，损失惨重，其中一家货代公司的情况与航胜公司差不多，已经破产倒闭。

　　代价之沉重，还在于巨额赔付之后，牧典蓝无法按原计划把商铺全权交给正艺堂进行高品质装修，商铺至今还是清水房，它那近乎完美的设计效果图还安放在家里，不知何时能变为现实。没有两百万以上的资金在手他不敢随意动工，爷爷说过，做做停停的工是短命工，不是好兆头。他要让精致的装修一气呵成，浑然天成。舒茗悦眼见着网站搬家的计划搁浅，没有说什么，但他能感知她的焦急。他很自责，率先承诺过她，却失信于她。栗天劲不知道这些，只管羡慕道"你这阔佬！"以为这笔钱来得轻松。只有牧典蓝才清楚，没有"南国电子"和"翰盛斋"的滚滚而来，不要说商铺装修，就是他的婚房也将是个大问题。

　　牧典蓝从卢加兴的办公室出来，深知自己的事业刚起步就到了瓶颈，差不多也算走到了顶，目前的"幕后基金经理"状态可能将持续八年十年，甚至更久，一旦过了操盘手的黄金年龄，他将永无基金经理之名，也就难有真正的基金经理之实。他惆怅迷惘，就独自散心，不由自主地来到已经定名为"华年忆"却还原封未动的商铺。这间铺子，将承载起他的另一个事业，让事业有所拓展，也让生活更加丰富，是他未来的归宿。他知道在商铺上失信于舒茗悦，也辜负了那个叫杨爱渺的人，他很想对这间商铺说声，对不起！

　　牧典蓝得到了一个月的休假奖励，却轻松快活不起来。他对休假早有安排，本计划带舒茗悦回利音见见自己的父母，也去老家摄摄影，但舒茗悦不敢，因为母亲不答应。他也计划带舒茗悦去国外旅游度假，逗她开心，舒茗悦仍是不敢，因为母亲不答应。他觉得不完全是"母亲"的原因，也许，她暗自怪他了，也就不情愿。

　　商铺四周灯火通明，人来车往，唯独华年忆商铺这片幽深寂静，成为夜景中

下卷

不协调的补丁。这寸土寸金之地，分分秒秒都能变现成金，而这不凡的铺子却黑暗了好几年，不知何时它能亮起高贵之灯，与周围的霓虹灯交相辉映。牧典蓝站在商铺对面的小街上望着那两层黑暗之色颇为内疚，他重重地叹息了一声，转身要回家，家里没有舒茗悦，住着栗天劲。

舒茗悦！她不知何时已经站在了他身边，也望着那间铺子。

牧典蓝不敢相信，惊喜地牵住她笑道："亲爱的，谁给你通风报了信？"

"心里烦，就想来散散心。你怎么也跑来了？"舒茗悦也难以置信。

"嗯，就想来看看。做操盘手迟早会金盆洗手，我可不愿成为聪明绝顶的顶尖操盘手，除了股票什么都没有。这里，才是我们一生的事业，有情有义，无穷无尽。"牧典蓝感慨地说，想起陶经理为长年坐庄付出的代价，还有沈奇单身主义的选择，他宁可不去做那样的基金经理。他又抱歉道，"让你烦的人是我，对吗？对不起……等春节前的各类奖金领到手，就有足够资金装修商铺了，正月之后应该可以开工。"

"我烦自己太无能。它一直空在这里，我却一直没有能力装修它，让网站搬过来。"

"你若有那样强大的能力，我更难得娶到你了。男人都难办到的事，你这样的小女人就不要去办了……六月，你生日那天，争取让网站搬过来。好好庆祝你的本命年。"

"那次，如果听了你的话，我融资买了'翰盛斋'，你现在就不会为难了。你是不是在怨我？"

"怎么会？"牧典蓝见她不信的样子就问道，"是不是你后悔了，觉得应该听我的？"

"我不后悔。这段时间你的头发都白了几根，你别怪我。"

"怎么可能怪你？相反，我越来越觉得你是对的，不该我们得的就不要去得。我们不能像天劲那样，为了一时之快，到头来偷鸡不成蚀把米。有的风险，是千万触碰不得的。得学学你爸，未雨绸缪，防患未然，一切都要从长计议，要大智慧，而不是小聪明。"牧典蓝亲了亲她的手背，凝视着她说，"对不起，宝贝，我食言了。你受委屈，我比你还难受。"

"你也别太操心。你还记得这里就好……"舒茗悦笑了，挽住他的胳膊说，

| 363 |

"比起天劲那头来，我们这点事算个什么呢？"

"明天我就休假，陪我回趟老家好吗？答应我。"牧典蓝见她没有怨自己了，又想带她回老家。

"说过了，不行的。"

"别小瞧我老家，它名不见经传，却美如仙境。那里山河相依，有神山圣水的味道，坐在船上说不定有条鲤鱼会跃上船来自投罗网，田间的水牛背上有白鹭放哨，杂草丛里会飞起几只野鸭，真有李清照笔下惊起一滩鸥鹭之感。我家屋后的山顶上有片马尾松林，林间的松针厚厚一层，像铺了上棕垫。更奇的是，这块山顶开了裂，有一尺多宽十多米长的裂口，不知哪一天形成的，从裂口向下望去，大山里面是空的，洞底巨石林立，但无法下洞。裂口处，手腕粗的树根从这头窜到那头，像缝合伤口的针线，搭成了一张网，踩在上面，脚临深渊，头顶白云，好刺激！"

"吹牛！"

"你去看看就醉了，不骗你。你的相机不留下我老家这些美景，真是对不起你那昂贵的镜头！"

"知道你的老家美，但我妈不许……"

"你撒个谎啊！"

"你以为，我骗得了妈妈？"

"唉，你妈妈什么时候才会放心你，放心我啊？"

"我原先可自由了，想怎么游就怎么游。你一来，就成了我的枷锁。"

"会解放你的。"牧典蓝带着舒茗悦往回走，"我老家还有一大绝，全国独一无二。"

"真的！是什么啊？"

"我发过誓，跟我回老家的老婆，就带她去看。现在不告诉你。"牧典蓝神秘地说，又问，"可不可以啊？这就跟我回去，你不会失望。"

"现在把你老家看遍了，今后几十年看什么呢？"

"看咱们的儿女罢！"牧典蓝搂紧她，见她不语，又催道，"想个法子，跟我回去。这是好难得的大长假！"

"不可能的。"舒茗悦仍不愿意，"你父母会当我是轻浮的人。"

下卷

"你呀……老顽固！"

"有这长假，可以带你父母来上海玩玩，我当导游。顺便，可以见见我父母。"

"对呀！还是你有法子！我只管眼前，你看的是长远！"牧典蓝一拍脑袋，幡然醒悟，随后担忧地说，"我爸我妈爱吵架，你别往心里去，就当他们在打情骂俏。"

"为了你，我什么都能包容。只是，我爸妈那头……"

"我会求父母收敛一点儿，他们会为我考虑的。"牧典蓝对口无遮拦的父母有着担心。

"但愿我们两家能坐到一起吃顿团年饭吧！"舒茗悦有点不乐观。

"会的！我想点办法，让大家聚在一起过个团圆年！"

第二十一章　校庆基金

1

元宵节后，栗天劲搬离了牧典蓝的家，用电话给牧典蓝捎来一个消息：利音九中将于三月三十日举行一百周年校庆，校友们可以登录学校网站，录入个人详细信息输入学校信息库，学校将展示每一届的优秀学子名录。栗天劲已经录入了自己的信息，并提醒牧典蓝要录入个人信息，好歹当年的高考状元不能少了。

牧典蓝煲起饭，就打开九中的校园网浏览起来，并没有录入信息的打算。短短几年的成绩不值一提，即使获得了私募大赛个人冠军，投资了华年网和华年忆书吧，投资了航胜海运代理公司，都无以证明。他已经不再羡慕那些名誉的光环，甘心做个幕后英雄，如果学校将他遗忘，就忘记吧。他只是希望若干年后的某天，他取得的荣誉足够大，大得他无法隐藏于幕后，只能耀然前台，不用他去说，去填，学校就会主动把他庄严地记入史册。

利音九中已经更了名，全称叫"利泉市第九中学"，因为利音地区在古代被称作利泉郡，城市开始怀旧，从今年元旦起"利音市"更名为"利泉市"。要命的是牧典蓝的老家"利县"随着这次更名撤县设区，改叫"利音区"，只因利音地区的母亲河利音河就纵贯利县南北。老家利县的痕迹在名称上已经难寻踪迹，在现实里也是如此，上个月他休假回老家看望爷爷婆婆，老家竟变得面目全非触目惊心，烙在他心中的老家已经不存在了。

牧典蓝看着更了名的校园网心有所失，这不像有百年历史的母校，而是与他无关的新学校。校名为何不能像姓名那样相随终老，不依时间和地名变化而保持

下卷

永恒不变，让任何时候的学子都能轻易找到她。九中最早叫"利泉郡中学堂"，后来先后更名为"利泉联合县立中学""川北公立利县第九中学"等，各种校名共达六个，仿佛一个朝代替换了另一个朝代。校训也因校名的变化改变了四次，大意都是目前的"好学、求实、奋进"，表达方式上都带有时代印迹。

百年华诞校庆公告占了一半网页，呼唤着各地学子回校庆祝，并有学子信息输入入口和学子捐款公示榜的链接。下一半页面则是学校新闻和学生们的校庆文章。他点开一篇校庆文章，词句优美，感情充沛，如果让他来写，已经写不出那些华丽的修饰词。

牧典蓝一个一个地浏览着网站的栏目，校园网的确不再像他当年当学生会主席那样单调和空洞，百年校庆让这个没有特色和人气的网站重生，网站内容之丰富可以读上几天几夜，他震撼了，也遗憾了。

校领导全换了，耿校长早在他高考后就退了休，新校长姓饶，来自于另一所学校。牧典蓝的高三班主任章老师在他考入北大后成了副校长。别的副校长他不认识。

学校在经济开发区建了新校区，校园里栽满了时下很流行却少了厚重感的银杏树。全校师生达六七千人，比六七年前多了一倍。事实上，这些学生有不少来自各县，老城区的许多优秀生和家境较好的学生去了成都、绵阳、重庆等学校。城里排名第一的利泉一中也遭遇到优生寒潮，高考成绩排名在全省节节靠后。

图书馆从老校区搬入了新校区，有百年历史的两层红色砖墙老图书馆被爬山虎包围着，它已经封闭起来，作为文物一样地保护。牧典蓝担心的是，没有人住的房子，坏得特别快。

建校百年来的大事记历历在目，还配有他从没见过的老照片，如此光辉的校史他居然不知道。那些年，他只管读书考试和早恋，其他的都不关心。

近二十年来的各届各班师生名录及毕业合影基本能从中查阅，包括牧典蓝的班级，照片上有些同学已经记不起名字，原来记忆并不是他以为的那样牢靠。梁昀中学毕业于九中，他通过搜索班级找到了她的初中和高中毕业合影照，照片是扫描版，那些脸不清晰，他没有分辨出哪位是中学时代的梁昀。梁昀虽然任过高中班主任，也教过初中语文，但她没有送走过一届毕业班，毕业照里也没有作为教师身份出现的她。

从学校走出去的名人、精英头像及简历用专栏罗列，从政的官至国家级和省部级，经商的资产数十亿，搞科研、文体的获国内外大奖，他们大多已不年轻，年轻的多在国外或者外企就职；最年轻的"名人"是牧典蓝的上届学生会主席邱界，此人已是利泉市团委书记。

历届学生会成员及文体活动剪影应有尽有，邱界上镜的照片最多，有五十多张，其中有张邱界和牧典蓝握手的照片，那是邱界祝贺他当选学生会主席时的合影。而牧典蓝作为学生会主席主持会议和活动的照片只有三张，他自己也没见过，那时他很瘦，有着青涩的稚嫩，也有点土气。

牧典蓝饶有兴致地点开"历届高考状元"一栏，上榜的头像共有五个，以单科状元为主，他是唯一同揽语数单科状元的理科状元，在他之后学校没有出过状元，似乎他为学校的百年辉煌画了个句号。这些状元都附有简历，他们都被各大名校录取，有的在省部级机关就职，有的在外资企业任职，从职务上看都称不上重量级；有的还在国内外攻读博士什么的，仍没完成学业；牧典蓝的简历在"考入北京大学计算机科学技术系"后就戛然而止。

牧典蓝被自己那张头像吸引，那是他的毕业照，有着懵懂而倔强的眼神。看着看着，他的鼻子酸酸，他清晰地记得，在校门口照这张毕业照时，他正想着梁昀，心想如果他能考入北大，那么她就一定能通过学校的橱窗看到他的这张"光辉形象"。不知道，梁昀是否也来浏览过校园网，是否来这里寻找过他的身影，是否看到了这张正想着她的照片。

牧典蓝又在"教师风采"中寻找那几年的教师赛课照和活动照，希望找到梁昀的身影，偏偏没有她。他点开"历年优秀教师"，那里面没有她，但是有章老师，在牧典蓝考入北大那年的教师节章老师被评为"省优秀教师"。再找，再找，依旧没有她，似乎九中已经将她遗忘。

牧典蓝扫视了一下网站，点开了历届校长名录，浏览了各位校长的头像后，首先打开了耿校长的页面。里面有学校记者对耿校长的访谈，小记者问耿校长关于校庆最想说的话是什么？耿校长回答说："希望学子们，无论成功还是失败，都能不远万里，回来看看。"牧典蓝眨了眨眼，眼睛酸楚难耐，在这个以成功论赏的时代，还有几人能不计较成功与失败，盼着一个人的归来？

开门的声音传来，舒茗悦回来了。

下卷

牧典蓝赶紧关闭校园网,去门口接她。在她面前,他不会让她察觉到梁昀的存在,如同她再也看不到那件枣红色羊绒毛衣。他俩正处在一个脆弱的时期,不能再有什么闪失。

休假一个月的时间里,牧典蓝没有说服舒茗悦回利音城见他父母,就把父母接到上海旅游。舒茗悦驾车带着大家逛上海,一路上也见识了他父母无所不在的争论与争吵,与其说是争吵,不如说那是一种说话方式,似乎吵着说才能表达意思。舒茗悦能够忍,她担心的是自己的父母见了后能不能忍。

牧典蓝的父母对舒茗悦的印象非常好,夸她"长得硬是乖""办事溜刷",但对舒茗悦的父母颇有微词。他们千里迢迢来上海,属客人,舒茗悦忙碌的父母没到机场迎接可以接受,却不尽地主之谊抽空为"远客"接风洗尘,连礼节性的电话也不打来一个,这样的人家太高傲,还打什么亲家?

舒茗悦认为,男方父母还没到女方父母面前提亲,双方父母还不算亲家,也不算朋友和熟人,自己的父母没理由出面迎接和招待牧典蓝的父母。

为了解决如此尴尬,牧典蓝就请双方父母在大酒店吃饭,以共同商订婚期。杜宁却要求必须男方父母亲自请,如果请,她就来,如果不请,她一点儿也不意外,不见面正合她意。

牧典蓝见杜宁没有完全回绝双方父母见面,满心欢喜,以为杜宁为婚事开了绿灯,男方父母出面请太正常不过,这不是问题。

不是问题的问题往往会成为问题。牧典蓝的父亲见牧典蓝请客被拒绝,却火了,直骂牧典蓝是软骨头,现在怕准丈母娘,今后也是怕老婆的命,私房钱都会被老婆没收得一干二净,就不要指望牧典蓝再寄钱回家孝敬家人。并说,牧典蓝有的是钱不愁娶不到媳妇,女方家在摆什么架子!牧典蓝请客不来,那牧家不会再请第二遍……

双方父母的僵持让两家人在春节前的团年饭也没有团圆起来。这个春节,牧典蓝和舒茗悦都在各自父母的劝散声中度过了。

牧典蓝和舒茗悦不能改变父母,只有改变自己,他们一心想做的,就是把华年忆书吧建好,立业,成家。

2

牧典蓝和舒茗悦一起做起晚饭,这件不讨人喜欢的家务事,只因一个人在身边就有了乐趣。

舒茗悦切着青椒说:"刚才我去正艺堂把时间商定好了,三月二号商铺正式动工,最多花四个月。网站六月底搬家都行,书吧晚几天开业,一先一后才不手忙脚乱。"

牧典蓝理着芹菜"嗯"了一声,其实他想改变主意。

"我正在挑选最优秀的图书批发商给我们配送需要的书籍。我啊,还打算举网友之力,在全国范围募捐中国文化方面的书,这些书必须是品相好的正版书,装帧设计有风格再好不过,说不定能淘到一些书商也没有的好书。"

"好书人家舍得捐出来吗?"

"书吧将成为博物馆和藏书室,有读者愿意让好书有个好归宿。只要遴选入书吧的书,捐赠人可凭身份证随时到书吧享用一杯好茶。这也是一种广告效应……唉,今后实体书会淡出生活,书吧就把有些书籍做成收藏品。"

"真有你的!"

"还有,借着书吧即将开业的契机,今年的征文活动就跟书籍有关,比如叫'一本书,影响我一生'什么的。这样来为书吧造势,效果肯定好。"舒茗悦恨不得马上就开展征文活动,见牧典蓝无动于衷,觉得他有心思,"你不高兴?"

"没有啊!我觉得,可以换个主题。"

"还有什么比书籍更贴近书吧的主题?"

"乡愁怎么样?"

"总离不了愁呀!何必为赋新词强说愁?"

"闻说乌犀春尚好,也拟泛轻舟。只恐湖上小扁舟,载不动许多愁。我想老家了,真的愁了!"

"上个月才回了老家,又在想家啊!"

"真该早些带你回老家。"牧典蓝不忍告诉舒茗悦,她已错过家乡的美景了。

下卷

"我去，还是不去，你的老家始终在那里。还有几十年，急什么呢？书吧开业只在今年，错过今年，'书籍'这个主题就没这么好的氛围了。"

"书籍随时都可以有，乡愁不是年年有……不说乡愁了，你认为哪种主题好就选哪种吧！亲爱的，跟你商量个事。"牧典蓝更想着校庆的事，他不太愿意在她面前提及利音九中，怕她联想到他与梁昀的往事，担心她不高兴，但不得不说了，"利音九中要在三月底举行百年校庆，我不打算回去，想给母校捐点款表示一点心意。"

"一百年了呀！百年树人哦！你想捐多少？"

"我欠母校的太多，愧对母校。但母校连名字听起来都像是别人的学校了，我不知捐多少为好。你认为呢？"

"捐款啊，未必就是好事。我爸当年也给中学母校捐过款，专用来给打工子女建活动室和阅读室。你认为好不好？"舒茗悦问。见牧典蓝点头表示肯定，就摇头说，"非也！那学校唯恐把器材和书籍弄坏，也许是懒得去管理吧，很少向学生开放。几年后我去那学校一看，书籍崭新，器材不用也锈蚀了，枉费我爸一番心血。想起那么多学生在窗外眼巴巴地看着屋内整齐的书，却读不到一本，那比没有书看还失望。"

牧典蓝觉得有道理，但这次情况又不一样："这是百年才有的校庆，失去这个机会，我就难找机会回报母校。如果换个时间去捐助，那容易成为新闻焦点，这次就是多捐些也显得很自然。恐怕，我这一辈子只会为它捐这一回。"

"捐款得有个明确目的吧？"

"我想建立基金。"

"基金！你想捐多少？"

"你认为呢？说出你的直觉。"

"一万，顶天了。弄不好，你爸会问你，为啥不把一万捐给家里的穷亲戚。"

"一万，这叫基金吗？"

"有的事，不是你有多少就捐多少，而是要平衡一些关系和感觉。如果这次捐多了，下次就麻烦了。"

"没有下次了。错过这次，就得再等一百年。"

"只要是行善，没有什么时间是不合适的。"

"有位教过我的老师都去世了,再等几年去捐,教过我的老师大多都退休了,甚至走了,少了意义……"牧典蓝欲说难说,终于壮起胆子开了口,"唔,不捐则已,要捐就惊骇世俗,一百万才像只基金。我想建两只基金,为学生建一个,资助贫困生和优秀生;为老师建一个,鼓励敬业的老师。"

"共两百万!"舒茗悦无论怎么想,也不会想到这么多。

"是有点多,但不多不行。九中的优秀师生流失得很厉害,只怕长期下去像水土流失那样,会成为荒漠。有的事,能早做就早做;不做,也许再也没有机会去做了。"牧典蓝有些为难。

"城里的公立学校,人满为患,不至于吧?"

"你有所不知,利音和好多城市不太一样,位置偏,收入低,消费却惊人,半夜都有许多人吃喝玩乐。十多年前利音到成都、到重庆开通高速后,有些条件好的家长就在大城市买房,把孩子送到大城市名校,那些孩子因此考上了重点高校和好专业。有些老师也去那些城市发展。数年下来,铁路更便利了,利音城里的家长们像追星一样地追逐外地名校,小学生也往外地送。利音城里的重点中学从我那一届开始,县上招来的生源就占很大的比例了,录取线并不高,因为很多优生选择了外地学校。记得那年我陪欧帝参加小升初选拔考试,我问了十个考生,大概有四个人说是利音来的,当时我就感觉好恐怖!我现在,就想用基金的方式,来挽留一些为九中彷徨的优秀师生,让他们安心留在九中,让九中不要从重点中学衰败成普通中学。"牧典蓝对九中的未来有些悲观,他改变不了那样的趋势。成都学生向往国外的学校,利音学生向往成都、重庆的名校,县里乡里的学生向往利音城的重点学校,县上镇上的学生很多是留守学生,乡里的学生已难觅踪迹。

"两只基金就能拯救九中?"

"螳臂挡车,拯救不了,有基金,应该比没有好吧!我不想眼睁睁地看着百年老校就这么一日不如一日。如果有更多的师生来支助一把,资金也好,责任心也好,上进心也好,一定能挽救九中。即使挽救不了,我们尽力了,无愧了。"

舒茗悦开始炒起菜来:"你的事,你定吧!等会儿我把银行卡给你就是,让你再去当个捐款状元,成为九中的救世主。"

牧典蓝听出了她的抱怨,捐助两百万出来,装修费又将告紧。春节前他得到的提成和各类奖金本来足够开销,他春节回家花掉了一大笔,留下商铺装修费后,

下卷

其余的用在网站改版升级上去了，并没想到校庆这点。他怕自己的新主意让她再度失望，就说："我再想想办法，书吧这边，按计划动工吧。"

"装修的事，等你把所有风头出尽后，平静下来再说吧。"

"你认为我想出风头？"

"还用说吗？九中会再度关注你，利音城会关注你，还有位梁老师会关注你，你永远都那么耀眼。"

牧典蓝听出了她的醋意："我不会回校参加校庆，但我想资助九中……我是不是又辜负你了，我很自私，你会包容我的自私吗？"

"你是大公无私，不是自私！"舒茗悦不快地说。她可以理解他对栗天劲的无私资助，不会理解他对九中的偏心。

牧典蓝很希望得到她的理解："我做操盘手这行，挣得越多越有亏欠感，那些钱都是别人亏出去的。我把一部分用来捐助九中，也算投资教育回报社会吧，这样才会得到保佑，不会遭到报应。佛家弟子会诵经忏悔，我用捐助的方式进行忏悔。"

"你在否定自己的职业。"

"有的职业注定不是行善的，就像杀猪匠一样。但你能说他在做坏事、他是坏人吗？"牧典蓝对自己的职业有了罪恶感，还没有达到像沈奇那样拜佛求保佑的程度。如果要设立两只基金，又将打乱书吧的装修计划，他也有点为难，"校庆还有一个月，我找沈哥借些资金来，不会影响装修……我的心很大，什么都相兼顾，可能什么都没顾好。"

"我决不会欠着账去装修。未到天时地利人和时，就不是好时候，把你这头的大事处理好再说吧……准备吃饭！"舒茗悦把菜舀入瓷盘里说。

"我们是不是太霸气了，人家说他的铺子每天赚了多少租金，我们却可以说，我们能把黄金铺子空置多少年多少月。"牧典蓝自我解嘲地说。

"就是，有本事就来和咱们比空置时间！"

3

一个月后，利音九中，准确地说是利泉九中的百年校庆隆重举行。

牧典蓝声称无法请假，没有回校。

栗天劲本无脸回利音，最终被几位高中同学逼着回去参加了校庆。

一不做，二不休，栗天劲把女友叶岑也带回了利音，完全公开了他们的恋情。栗天劲最初对体贴过人的实习生叶岑起了防备之心，防着防着自己都觉得累。叶岑实习结束时，栗天劲觉得牧典蓝那句"公司需要的是忠诚"有些道理，就向叶岑表示说欢迎她再回航胜公司。叶岑果然就留了下来，认为反复跳槽反复适应新的环境和业务并不利于个人发展，不如像蒲公英那样，飞到哪里就在哪里落根，把小事做精，把小事也可以做大。她的业务越来越娴熟，货代网站的功能也不断完善和推广，让航胜公司的业务效率大幅提高。有天下班后，栗天劲回到公司等一位客户，却见叶岑独自在茶几上用工具正在修理一只出了故障的多功能电插板，突然觉得公司离了她真就不能转了，有她在，公司就井井有条，他能在外面放心揽货。栗天劲刹那间为心灵手巧的叶岑动了心，就对她说："你一直把航胜当家，它就是你的家了。你愿意当这里的老板娘吗？"……其实，叶岑并不是完全随风摆布的蒲公英，她愿意落在初出茅庐的航胜公司生根，主要是被栗天劲的一句话打动。栗天劲最初在公司面试她时，有人跑来报告说在某个手续上出了问题，他就说："责任在我，我来处理！"叶岑就凭这句话，觉得航胜公司是有担当也会有前途的公司。当然，后来的事不用说，叶岑实实在在被栗天劲的活力吸引了。

凌晨时分，与同学们喝得八分醉的栗天劲给牧典蓝打来电话，讲起了校庆的事。

最让牧典蓝关心的当然是两只基金。饶校长在仪式上公布了一位来自上海的匿名校友捐助的两百万"栋梁"助学基金和"蓝图"优秀教师基金，老教师和部分同学都能猜到这是牧典蓝干的。牧典蓝为基金分别冠名为"栋梁"和"蓝图"有着怀念梁昀之意，他想用这种隐晦的方式纪念发生在这所百年老校那段不被学校和世人认可的爱恋。为此，他联系上了退休的耿校长，委托其办理有关事宜，

下卷

并在典礼上为基金揭牌，同时在台上向十八位兢兢业业的老师每人发放了一万元"蓝图"基金，为三十位优秀生发放了"栋梁"奖学金，另外私下为三十位贫困生每人发放了一千元"栋梁"助学金。基金的揭牌，成了百年校庆最出彩的一章。

最让牧典蓝牵挂的还是梁昀。他好希望梁昀能在场看见基金的揭幕，让基金带给梁昀荣耀，基金是他特有的语言。但梁昀也没参加校庆，听说她在成都一家私立名校任教，不能请假，其他的不得而知。

最让牧典蓝幸灾乐祸的是章老师。章老师以副校长的身份邀请还在北大深造的江洪回校参加庆典，江洪最初答应回校，结果临时变卦，说是课题繁重，导师不准假。要知道，没有哪位在职校长或者副校长邀请牧典蓝回校参加庆典，真若有人邀请了，包括章老师，牧典蓝也许会动摇不回学校的决心。

最让栗天劲愤懑不平的则是原学生会主席邰界。栗天劲和邰界给学校都是捐的一千，邰界坐上了主席台，栗天劲却在台下。还有，学校门口的橱窗里有优秀学子简介，基本是按成就大小排列，邰界居然排在牧典蓝的前面，凭什么同为原学生会主席，捐一千现金的排在捐两百万基金的前面？虽说基金是"匿名校友"捐的，但是谁在匿名，大家心照不宣。何况，凭什么非高考状元排在了双科高考状元前面？

最让栗天劲遗憾的是饶校长的庆典讲话。饶校长几乎是盯着稿子从头念到尾，从台下看去，饶校长闭着眼睛说了半小时。会场不是情绪高涨而是肃风雅静，因为很多人玩起了手机。栗天劲原以为，饶校长会像耿校长当年开大会那样，会来个脱稿演讲妙语连珠，引得台下不是哈哈大笑就是连续鼓掌。

栗天劲说起校庆长吁短叹，最后才说："校庆最感动我的就是耿校长为基金揭牌后讲的那段话，抵得上饶校长讲的十篇话。他说：一百年前，一位家境殷实的老举人创办了九中；今天，一位出自寒门的年轻学子为学校首创了个人助学基金和助教基金；期待十年后，学子们无论贫富成败、无论东南西北、无论是否节假日，都会赶回来见上母校一面，无论那时母校是什么样子。"

牧典蓝不觉眼眶潮热，声音喑哑："十年后，我会拜访九中，无论九中是兴旺还是衰败。"

| 375 |

第二十二章 闺蜜报复

1

牧典蓝的一位客户要提前撤回账户，正是老乡"巷子深"蒋远。

蒋远的账户委托牧典蓝代管了近一年，除去每月按盈利给牧典蓝的提成，算下来年化收益近9%，差强人意。蒋远不解地问："最后这只票怎么不在大跌前出局？盈利全都蒸发了。"牧典蓝粘贴了个常用答案："我们把手中的股票当英雄，等待它凯旋时带给我们最丰厚的战利品。结果英雄受伤，抢救数天，最终牺牲。我们没有在英雄受伤之初就弃之不顾，所以空等到最后。"蒋远理解了，说是炒股让人稀里糊涂，要把资金拿去作实体投资。

对掌控数亿基金产品的牧典蓝来说，蒋远这样的小客户完全可以忽略不计，走就走吧。他很清楚，蒋远的收益是被有意控制在那个程度的，并非"操作不当"的原因。个人客户会被牧典蓝分成三级，一级客户是做极品，比如舒秉浩或者栗天劲那样的至亲，他会绞尽脑汁做到高收益，这类客户已经没有；二级客户是做收益，主要是两百万以上的大客户，如果态度客气、让他尊敬，他会用其资金保证公司的基金收益后，再尽力达到二十点左右的年盈利，以稳定大客户；三级客户则是做交易量，主要是两百万之下小客户，或者态度蛮横、心术不正的大客户，他会让其资金反复为公司的基金产品接盘，或者频繁买卖以完成证券公司的交易任务，年收益达到十点就算给足面子，也足以稳定这批客户，不亏则是底线。他最初把蒋远归入二级之列，毕竟此人是老乡并对他极度信任，但他讨厌蒋远的啰唆，尤其是那个"便便"表情，就不再作特殊对待，将其降到三级。

下卷

牧典蓝仍好奇着一个问题，就是那个幕后为自己作担保、介绍蒋远成为自己客户的人究竟是谁？他以为这个时候可以知道答案，但蒋远答应过人家要保密，仍三缄其口。这和蒋远谈论他当年创办的酒厂异曲同工，至今牧典蓝也不知蒋远生产的是利音的哪一种名酒，参人堂枣杞酒、利县王酒还是溪远老窖？蒋远聊起酒厂这方面讳莫如深，说酒厂是他的痛，也是他的耻，不想再提。

牧典蓝让蒋远更改了密码收回账户，以为他们的合作到此为止，交谈也当画上句号了。蒋远却并不认为交流结束，习惯性地要啰唆几句，打字速度倒是行云流水了。

蒋远兴趣盎然地讲起了利音城的现状，他仍不习惯称这座城为利泉。

新城区那座有近半个世纪历史的钢铁厂正式停产搬迁至化工园区。在众多文化人多年的联名提议下，钢铁厂将在一定程度上保持老厂风貌，它将打造成北京798、成都东郊记忆那样的艺术创作孵化园。

争论了一年的市树评选，黄葛树以微弱优势战胜小叶榕树当选。利音地区的寺庙、公园、行道树都有黄葛树高大、粗壮而多姿的身影，老城区就有五棵黄葛树树龄约两百年。十余年前，城市对行道树进行升级改造，春天大量落叶的黄葛树被外来的常青小叶榕树取而代之，如今的小叶榕树已长成能遮阴的大树，随处可见。反对黄葛树作为市树的市民认为它落枯叶脏地，比不上银杏落叶之美；它夏秋季掉浆果脏车，车子如同洒满鸟粪。

争论了十余年的南码头老街有了定论，这条有百年历史的川东民居老街破败不堪，严重影响市容，市里决定不予拆除，修缮后进行步行街打造，将打造成成都"宽窄巷子"那样的文化休闲区。

利音河上的那座双向两车道老铁桥已不适应沿河两岸的城市建设，成为道路瓶颈，已被炸掉，将建成双向四车道的吊索桥。

老城区和新城区的三大好吃街已经打造出来，分别是徽式风格、日式风格和欧式风格，但都以川菜馆为主。在好吃街茶楼的带动下，城里流行起了喝下午茶，喝红茶的尤其多，不过高端茶楼爱喝外地的祁门红茶、滇红、闽红，本地的凤翎茶却沦落成为中低端茶，仅胜于能将叶子和树枝一起熬制的老鹰茶。蒋远不相信凤翎茶始终走不出利音，走不出四川，决心与朋友一起投资开发凤翎红茶。他已注册了"凤翎红"商标，早就在研究红茶工艺和市场，要趁这趟流行风把凤翎茶的品质和知名度作一提升,要制定唯一的"凤翎红"标准,掌握它的话语权。

蒋远聊天有时难寻逻辑线索,前一句话可能在说股票,后一句话可能就吹起了家里盛开的朱顶红。正当牧典蓝对"凤翎红"这个家乡品牌感兴趣时,蒋远的话锋忽地一转:"棋棋在电脑前捣蛋,也想打字玩。她是我的外甥女,三岁多了,特别乖。昨天我父亲办七十大寿,今晚棋棋就要带着寿碗回成都了。父亲本是周一过生日,为了方便四五十口人回来照一张大大的全家福,只好提前办寿宴……"

牧典蓝估计蒋远说起家事来又将滔滔不绝,不想耽搁时间,向蒋远的父亲表达了祝福就借故告辞。蒋远道了谢,发来一个"便便"的表情作别。

牧典蓝从不干涉别人的聊天习惯,人家用网络语言聊,十句话有八句用"哈哈"开头用"呵呵"结尾也好;用谐音聊,十个字有八个错字也行;发搞笑图聊,十张图片不说一件正事也可以;发黄色图片聊,十张有十张与他们无关,他也不反对。他对蒋远爱用"屎"的表情一忍再忍,似乎此人的QQ表情库里只有这一个,他终于忍无可忍:"蒋哥,你没有别的表情可发吗?"

"小弟,你不喜欢面包吗?"蒋远问。

"这是面包?"牧典蓝哑然失笑,去年对电脑一窍不通的蒋远可能把"便便"当成了"面包",还把它当成美食送了自己一年,自己却被它恶心了一年。那么多与食品有关的表情,为啥此人只衷情"面包"?

"它和我家生产的面包一模一样,还冒着刚烘烤出来的热气。"蒋远说。

"这个表情的说明文字叫'便便'。"牧典蓝提示道,这才想起蒋远曾聊起过他老婆是糕点师,开有糕点铺。

"我家独创的这种面包叫朵朵,无任何有害的添加剂,好吃又便宜,销得最好。网上居然也有这种,叫便便。我家面包店隔壁还有便当小店、便利大超市。我正和老婆商量着,把朵朵改叫便便,便宜的便,算是全国知名了,对不对?"蒋远解释道。

"有意思。蒋哥,再会!"牧典蓝哑然,这也是化腐朽为神奇之一种吧。他关掉聊天面板,原谅了蒋远这一年来的幽默。误解可以化解,损失无法挽回,蒋远为那无礼的"便便"付出了本来可以避免的资金收益代价。

牧典蓝从蒋远这头解脱出来,开始操心另一个可能要撤回账户的大客户,黄禄。黄禄的股票账户多达十余个,资金大进大出,账上时而仅有数万,时而两

下卷

三千万，资金进出没有丝毫规律。这类资金不只像黄禄所说的过桥资金，也像丁顾问曾说的挪用资金，有钱就挪，要钱就还。在私募界，这不是新鲜事，资金的进出总有长短不一的时间差，"差"的这点时间就能点石成金。很多掌管资金的人员会暗中拖延时间，把本应存入银行的公家资金，甚至本应上缴的养老金、社保金、公积金等挪用数周甚至数月交私募打理，从中谋利归入私囊，并将此作为神不知鬼不觉的高明理财手段。

上周，牧典蓝得到黄禄的通知，下月将有一笔大资金转入。他当时沾沾自喜，只要等到大盘出现暴跌，就可以趁势让那些资金快速缩水，跌一次缩一次，大盘跌三点就让黄禄的资金为公司接盘跌六七点，一直跌到黄禄忍无可忍收回账户。不过，曾妍昨晚提供的一条消息，让牧典蓝有了新的盘算。

曾妍是黄禄与数位操盘手的中间人，这两天发现黄禄收回了另两位操盘手的全部资金，就匆匆找到牧典蓝，求他抓紧时间做出最大的交易量。曾妍认为，牧典蓝做出的收益算是几位操盘手中做得最高的，不到万不得已黄禄不会收回资金，但情况不太妙，过段时间这笔资金极有可能全部收回，收回后可能再难回来。原来，那些资金有些来自一位银行副行长，此人一心想升为第一副行长，与行长的关系出现了恶化，黄禄正在帮其做工作，可能需要大量活动资金。牧典蓝见曾妍着急的样子感觉有点怪："黄总那么关照你，你不希望他盈利高些，还关心交易量？"曾妍却说："他挣再多也是送给赌场。我自己挣的才是我的！"牧典蓝就以帮她做交易量使他的盈利提成大打折扣为由，从歉意的她那里知道了那家银行是裕广发展银行，那位副行长，也是副董事长叫李添。

提到裕广发展银行，不得不想到沪泰公司的"泰鸿"系列基金，从黄禄跨度到基金产品，牧典蓝始料未及。

裕广发展银行是家上市公司，沪泰公司的"泰鸿"系列五只基金全部持有该股。沈奇看好该股，牧典蓝也看好，也就意味着"泰恒成长"系列基金也有可能进入该股。其中，牧典蓝用来参加第八届私募红榜大赛的"泰鸿伍号"有两成仓位进入其中，建仓金额达一亿之巨。他选定市盈率较低的"裕广银行"，是对这只大盘股的避险性看好，计划做长线，像压箱宝贝一样基本按兵不动，在大盘风险日渐增高的情况下，对基金净值有着垫底企稳作用。曾妍的话让牧典蓝对这只看好的股票有了戒心，对风险尤其敏感的他来说，宁可信其有，不能信其无，高管都在争斗的公司不会是稳当的公司，虽然李含和丁顾问在调研报告中均对该股票看涨，沈奇也青睐此股。

现在的问题是，黄禄的总盈利还较高，若短时间让盈利大幅缩水，很容易被怀疑是恶意而为，太危险。是放长线不知不觉地报复黄禄好，还是收短线狠狠捉弄黄禄就收手？长线是未见到的期货，短线是眼前的现货，牧典蓝等不及。至尊观邸的新房快要交房，华年忆书吧已经动工，婚期已经临近，牧典蓝要抓紧为舒茗悦雪耻，让自己的新娘不带耻辱步入新婚殿堂。

办法有了！牧典蓝拨通栗天劲的电话，要让栗天劲借道别的电话，与赵商相约见面。复仇之战打响了，将无声无息，并且要无痕无迹……

五点，可以准备晚餐了。舒茗悦上午去参加万颜的本命年生日会，说是午餐后就回他这里来，怎么还没回？也不给个电话，这家伙肯定玩得不知天亮天黑了！

牧典蓝估计生日会还热闹着，就打电话想问舒茗悦是否回来吃饭。那头有待机彩铃播着，未接。

又打，那头挂了。再打，又挂。

怪事！

舒茗悦的一条短信回过来："不必装了，不用再见了！"

牧典蓝懵住了，有尾无头的，他百思不得其解，回复道："你在哪儿？我要当面听你说是非，你也要当面听我说对错。"

"新天地捞捞红酒会雅座恭候。"舒茗悦干脆地回道。

"你去了华年忆？我到华年忆来见你，这才是我们应该一起去的地方。"牧典蓝回道。捞捞红酒会与华年忆书吧在同一条小街上，一个在街那头，一个在街这头。

2

华年忆商铺进场施工才四天，主要是完成拆打钻之类的高噪音、高粉尘作业，牧典蓝和舒茗悦并没计划这个周末来看施工现场。这下，牧典蓝来到了这里。

厚实的施工围布把华年忆严实地遮掩了起来，布上有巨大、简约、艺术的"正

下卷

艺堂装修"及其联系方式字样,让人忽视了里面传来的噪音。

牧典蓝走入正亮着施工用灯的商铺,并不见舒茗悦。墙上各类线槽、开口已经形成,有的槽内已经布线,千疮百孔千丝万缕的样子,丝毫寻不出将来的模样。建筑垃圾积成了数堆,还没有完全清理干净,楼梯下面堆有一些杂七杂八的装修材料。四位工人头戴红色安全帽、身穿带正艺堂标识的黄色工作服,正准备收工,这一带的装修必须在晚上六时结束。

第一次与装修工见面,牧典蓝特意准备了硬盒中华烟,人手一盒。爷爷说过,匠人是鲁班的传人,无论木匠、灰匠、石匠,他们都有神的力量,一定要尊重为自家做活儿的匠人,工钱之外,再给匠人散烟、送水、送饭是应该的,切忌一毛不拔、出言不逊得罪匠人。

装修工谢绝了中华烟,说是正艺堂的工人不会收受房主的任何东西,包括纯净水,他们都是自带水。和工人们短暂交流了一会儿,牧典蓝发现,这些脸上布满皱纹、身上满是灰尘、操着外地口音的工人们提到正艺堂装修公司并不是简称"公司",而是简称"正艺堂",疲惫的脸上有着自豪感。装修工留给牧典蓝的第一印象并不是有人说的那样可怕可恶,诸如装穷叫苦索要小费之类。

牧典蓝送走了装修工,在门口见到了正在路边等待着的舒茗悦,还有万颜。

万颜穿着淡黄色露背长裙,露着比她的脸粗糙五倍的后背。她一手提着带有小锁的米黄爱马仕包,一手拿着手机挽着舒茗悦。她见牧典蓝走到了眼前,带着几分激动:"牧经理,终于把你这贵客盼来了!走吧,我和悦悦来接你去吃饭。"

牧典蓝想看舒茗悦是不是真的叫他一同去参加生日聚会,却见她张望着商铺隔壁的霓虹灯。不看他,是舒茗悦生气的初始表现,下一步表现就是不理他,牧典蓝已经习惯了。

牧典蓝见舒茗悦无意让他同行,就借故道:"对不起了,我等会儿要去见客户。"

万颜一脸失望:"悦悦说你上午见客户去了,晚上还有客户要见啊!今天是我的生日呢,生日为大,你得赏个面子!"

牧典蓝自找了个台阶:"我先答应过人家,实在没办法。"

万颜笑道:"该不是美女客户吧!"

牧典蓝微微一笑,不想解释。他感觉到舒茗悦生气了,就若无其事地把她往商铺里拉:"走,既然来了,就进来看看灰姑娘的样子,今后再也看不到了!得

| 381 |

拍几张照片作对比纪念。"

万颜松开了挽着舒茗悦的手,不解地跟在他们身后走入了一片凌乱的商铺。她见牧典蓝一边用手机拍照,一边大赞装修工,才反应过来,惊异地说:"悦悦,你们要在这边开店?你居然没告诉我!"

"离完工还早,有什么好说的?"舒茗悦心思淡然。

"这里会卖什么?"万颜问。

"我要把网站搬过来,同时开家书吧。"舒茗悦说。

"现在谁看书啊!手机和电脑就解决了!"万颜不敢相信。

"电子书如同网络绘画图片,无法与原作相比。就算中国只有一家书吧,那也是华年忆;就算中国只有一个纯文学网站,那也是华年网。"

"这么大的铺子月租金十万以上吧?你成了那种开着大奔卖太阳帽的人!"万颜眼中闪动着嫉妒的光。

"零租金,自己的,我才不怕。"舒茗悦说。

"你那网站靠广告赚了这么多钱啊!"万颜张口结舌两秒,生气道,"还说没钱买我的产品!你有钱买铺子和开书吧,扔我个小零头就能帮我完成一大把任务了!"

"网站本身就不赚钱,我还想谁给我个小零头来养活网站呢!"舒茗悦厌烦了,见万颜发着呆,又说,"你别当业务员了,来我的书吧收银吧!"

"书吧收银员?不饿死我才怪!"万颜不屑一顾,似乎醒悟过来,带着气愤与嫉妒的神情对牧典蓝说,"明白了……牧经理,你好狠心!发了大财也不肯帮我一把!我可是悦悦的闺蜜!"

"能力有限,才勉强够装修。"牧典蓝苦笑道。

"还能力有限……铺子都买得起,却不肯帮我完成一分钱的任务。你这是看不起我,在欺负我穷呢!"万颜笑得更苦。

"我无能为力,不能帮你做交易量。"牧典蓝说。

"算了吧,别装了!你不帮我就直说好了,别装得多无能似的!我不会跪下来求你的!"万颜把手一挥,近乎吼道。然后对舒茗悦说,"你这下看清了吧,他一直在骗我,也在骗你。"

"我们走吧,别理他了。"舒茗悦瞟了牧典蓝一眼,把视线停在门口,"装

下卷

修费我不会花你一分钱，明天我把你垫的费用还你。这铺子与你无关了。"

"铺子不是牧经理买的？"万颜听出了舒茗悦的意思，见舒茗悦没有否认，似乎又明白过来，"舒叔叔和杜姨送你的吧？你天生命好，有那么能干的爹妈！"

牧典蓝见舒茗悦要走，挡住了她："你今天怎么了？"

"今天是颜颜的生日，我不想在此时此地争争吵吵，改天再说。"舒茗悦说。

牧典蓝见万颜的脸上显出得意之色，估计舒茗悦态度的转变跟她有关，就对万颜说："我不管今天是什么日子，必须给我一个明白！万颜，你说我在骗你，也在骗悦儿，你得给我个说法！"

"你不是要急着去见客户吗？这下也不急了？"万颜说。

"谁说我是骗子，我就跟谁急！你要给我说个清楚！"牧典蓝说。

"说，还是不说？悦悦，你来定。"万颜问舒茗悦。

"你说吧，我不想说。"舒茗悦说。

"那就让你领略一下吧。"万颜把手中的手机一抬，打开一张照片递给牧典蓝看，"我请你，你不肯来。有人约你，你就会去。是不是觉得我特别不方便？或者，嫌我不够性感？"

照片上，牧典蓝和曾妍在一张咖啡桌上相对而笑，高盘着头发的曾妍穿着裸露单肩的天青色晚礼服，翘着兰花指端着咖啡杯与他对视，气氛有点暧昧。

牧典蓝对这张照片并不心虚，但有所顾虑，这是曾妍昨晚约他谈起黄禄将收回资金时的情景，他向舒茗悦撒谎说的是"要去见客户"。他至今还没向舒茗悦说起过为她雪耻的事，他更关心万颜是不是知道他在给黄禄管账户，就问万颜："你在跟踪我，还是跟踪曾妍？"

"我没那么无聊来跟踪你。发现你，我好遗憾，以为你真的和悦悦分了手，和曾妍好上了。我就说呢，曾妍这段时间神神秘秘，业绩特别好，车都换了一部，原来有你在背后助力。结果上午听悦悦说你们早就合好了，我都不敢相信。作为闺蜜，我只好说出了我所看见的，你可不能怪我……唉，我的命总是差人家一格，我的业务，被她抢去了。你帮她也不帮我，她比我本事大！"万颜说。

"我帮她什么了？你把我的能量高估到天上了。"牧典蓝说。

"你不帮我，那也不能帮曾妍，对吧？那，你悄悄去见曾妍，是别有意图啰？"万颜含沙射影地说。

383

"曾妍像你一样，在店里偶然遇到我，就找我帮忙推销产品而已。"牧典蓝说。

"你可以哄悦悦，哄不到我！曾妍去了咖啡店，只是等的你，哪是什么偶然遇到，分明是打扮得漂漂亮亮来和你一边幽会一边谈业务。"万颜肯定地说。

"就算是谈谈业务，有什么不可？"牧典蓝说。

"知道我的业绩为啥永远都差曾妍很远吗？因为我不会穿成她那样子，不会不惜一切代价，不能什么客户都能拉来。"万颜说。

"爱穿晚礼服的人就像你爱用奢侈名牌包、爱穿露背装一样，是个人偏好，没你想象得那么龌龊。你是见过世面的人，应该知道我不过是资金的搬运工，唯命是从，连自己都帮不了。不然，我就可以按揭一套这样的铺子，送给悦儿。不至于让悦儿当着你的面，来笑话我说，这铺子与我无关……"牧典蓝说，有些心酸。

"我没有笑话你！没有！"舒茗悦辩解说。

"别以为，靠着了悦悦这棵大树，你就可以潇洒风流。悦悦不是好欺的！我也是不好欺的！"万颜说。

"万颜，你到底是什么意思？你来挑拨我和悦儿，是报复我的不帮忙吧？那我明确告诉你，我偏就帮别人，也不帮你！"牧典蓝有些怒了。

"知道你不敢承认。我只是提醒你，要善待悦悦这位豪门小姐。"万颜见牧典蓝无语了，有了几分神气，挽着舒茗悦往外走，"现在的男人，真的是有钱就变坏，不坏也被坏女人拖坏，一个都躲不了。所以啊，我就选马楚这样的人，没有花心眼，不会被引诱。真的，有钱的男人没一个不变坏！"

"你污蔑！我爸就不坏！"舒茗悦说。

"话丑理端，你爸坏不坏，还真难说。你爸的钱多得可以买下这里的大商铺，肯定还会把钱花在其他方面，只需要他一个小零头。"万颜说。

"我爸对你那样好，至今没有找你要回借的那十万，你竟然这样来说我爸！"舒茗悦停下了脚步，把万颜的手推开。舒茗悦的父母离婚近一年，父亲娶了池墨，但这事万颜并不知道。在舒茗悦看来，父亲娶池墨也是负责任的做法，并不属于有钱就变坏那一类。

"原来，你们还惦记着那十万留学费啊！我想过多次了，就是不想还。知道为什么吗？"万颜说，见舒茗悦和牧典蓝都关注着，就鄙夷一笑，"因为你爸是个伪君子，我没必要像君子一样借钱就还。这么贵的商铺都买得起，还交给你开

下卷

书吧玩，那十万哪会打上你爸的眼？"

"不许侮辱我爸！你给我出去！"舒茗悦指着门外吼道，气得胸脯起伏。她还记恨着父亲不承认的那个女人电话号码，不愿去面对。

"悦悦，那十万不是我不想还，而是我还了，舒叔叔他也许会给别的女人，挺可惜。你爸没你想象的那么完美。"万颜说。

"你胡说八道！"舒茗悦骂起来。

牧典蓝紧张起来，万颜指的是池墨还好，如果指的是池墨和杜宁都提及过的那个打来电话挑衅的女人就麻烦了，池墨说起过，那女人怀了孩子……

"悦悦，知道你受不了我的结论。我见过的男人比你多，层次比你见到的男人都高，知道上流社会的男人是什么样的货色。他们除了钱多权重、胡作非为，能把法律当成白纸之外，心理就跟身体一样，和下流男人没区别，小心眼、花肠子、死要面子，还有各种各样的怪癖。面对现实吧，看在我是你闺蜜的份上，我不得不告诉你实话，你爸不是你想的那样……"万颜露出惋惜之色，"不信是吧？你是想听真话，还是不想听？你定。"

"任由你说。"舒茗悦说。

"不怕这个人听见？"万颜指了指牧典蓝问道。

"我爸光明磊落，任由他听。"舒茗悦说。

"那好，我来揭开你爸的另一面吧，你们要做好一切准备。"万颜开始说了起来。

万颜读高三那年，有表叔表哥来上海打工，借住她家，她家只有五十来平米。学校放假期间她不能住校，回家又不方便，就到舒茗悦家借住。国庆大假的一天，几位同学去朱家角古镇郊游，去的路上万颜的例假提前到来，弄脏了裤子，只好独自回到舒茗悦的家换裤子。她肚子越来越痛，就倒在舒茗悦的床上休息。快到中午，舒秉浩破天荒地回来了，因为他和杜宁一样，节假日总在加班，中午几乎不回来。舒秉浩叫了几声"悦儿""宁宁"，没听到回应，就一边打电话一边翻东西，随即就出了门。电话里他劝着一位女人不要催他，他回来给儿子取个模型，并说下不为例，不许在节假日期间把儿子带到上海来见他，月底就是儿子生日，他会到成都来看他们母子，并叫那女人在儿子面前不要说他的坏话，不要抱怨他……当晚，舒秉浩把手机放在沙发上充电，万颜假装特别喜欢那款手机，拿起来"欣赏",按照中午的来电时间找到了那个与"儿子"有关的电话号码。她本想把这个秘密告诉舒茗悦,又忍住了,害怕舒秉浩和杜宁吵起架来,自己连借宿的地方都没有。

万颜眼中的舒秉浩是完美男人和完美父亲的典范:长相英武、处事果断、风度翩翩、自由恋爱、婚姻美满、事业成功、女儿漂亮、不逼女儿补课、不要求女儿考班上前十、还给女儿大把零花钱……万颜曾悲叹自己父亲有其三分之一该多好。舒秉浩的那个电话,完全颠覆了万颜从前的看法,开始怀疑所有看上去很完美的男人。所以,在遇到老实巴交的马楚后,她反而喜欢。

万颜读大二准备去澳大利亚留学前,她托舒茗悦向舒秉浩和杜宁求情,以为能改善男友的工作与收入,结果舒茗悦父母都不愿录用马楚。自卑的马楚尤其受不了杜宁的冷嘲热讽,坚决和万颜分了手,即使舒秉浩借给万颜十万元留学款,也让她有屈辱之感。出国不到一个月,她母亲在挂窗帘时摔成盆骨骨折,必须卧床两个月,要一年时间才可能完全康复,她不得不放弃留学回国照料母亲。她母亲本是热心肠的人,手头再紧,同事朋友住了院常去看望,但那些被她母亲看望过的人却一直假装不知情,没来看望过她母亲一眼。来家借宿过的表叔表哥说工作太忙,不来帮忙。帮着照顾她母亲的却是闻讯而来的马楚!她母亲的住院费高达十万,由于单位未交足医保费用,必须自费解决一半,她只好做起了保险公司业务员挣医药费,后来也做证券公司业务员。在那异常艰辛的日子里,她恨那些冷漠的亲友,恨看不起马楚的人,无意间想起十月底舒秉浩会去成都偷偷见私生子,就专门办了张以舒秉浩生日这天为尾数的号码实施报复。她以客户的身份,在顺帆公司问清了舒秉浩月底"出差"的具体时间,估计他回了成都就专门给舒秉浩打骚扰电话,就等那女人接到这个电话,冒充小三要气气这个女人,以达到捉弄舒秉浩的目的。过后,她还不解恨,用这个号码反复打给杜宁,也是故意提醒杜宁不要太相信丈夫……

万颜说完,盯着舒茗悦黯然的脸:"悦悦,你还相信你爸很完美吗?我不是你,看不到那么多的阳春白雪,看到的尽是世间的肮脏丑恶。所以,你不要以为我和马楚在一起很可怜,其实那些所谓的成功男人、幸福女人不可信。我的实话,你别见怪。"

"你怎么不早告诉我?"舒茗悦目光呆滞。

下卷

牧典蓝一听万颜指的女人是池墨，放松了下来，这已经伤不到舒茗悦。原来那个所谓的"大学生"是子虚乌有的人，不，就是这个恩将仇报的万颜。

"我能忍心告诉你吗？今天多喝了点酒，说到这里来了，才给你酒后吐真言。不然，你蒙在鼓里，把我当成胡说八道的小人。还以为，牧经理打死都不肯帮我，真的是他有心无力。悦悦，过去的事，就不必计较了，哪里听哪里丢。好晚了，大家肯定都等得不耐烦了，我们走吧！"万颜说着，瞥了牧典蓝一眼，"牧经理，我就不打扰你见客户了，也不指望你来帮我了。"

"你走吧。我不会去了！我要和他谈清楚。"舒茗悦对万颜说。

"早知如此，我真不该告诉你这么多！我是酒后失言了。"万颜拍了拍脑袋假装后悔，做了个告辞的手势朝门口走去。

舒茗悦见万颜走到门口，又叫住了她："颜颜，阳光之下，有阴影，更多的是光明。你不要用阴云密布的眼睛看人。"

"呵呵，你还是这么纯。纯过头了，就是蠢。你是靠父母玩纯洁的人，玩得起。我是靠自己战斗的人，玩不了纯。送你一句歌词共勉，'让软弱的我们懂得残忍，狠狠面对人生每次寒冷'。"万颜背对着他们说完，才转过身来，朝舒茗悦和牧典蓝轻蔑一笑，扭动着腰姿走了。

舒茗悦等万颜消失了，侧过身，与牧典蓝对视着："轮到你说了。说完，也可以走了。"

"没什么好说的，就像你不必向万颜解释你父亲的错误，也不必向她解释这商铺的来历。我们打造的华年忆，来得圣洁，也终将圣洁，万不可因你我乱猜乱想污损了它！我们与这里永不可分，分不出什么是你的，什么是我的了。相信我，就像相信华年忆一样吧！"牧典蓝的两只手牵住她的两只手，恳求着她的理解。

"凭什么要相信你？"

"昨晚对你撒谎，就是怕你多想。过段时间，你就知道为什么了，现在还不能告诉你。好吗？"

"不必用那么长的时间找理由。"

"刚才你对万颜说，这书吧离完工还早，没有什么好说出去的。我也是这样，离大功告成还早，我也不能说出去。只怕说早了，就像蒸饭时早早就揭开了锅盖，会做成夹生饭。你说呢？"牧典蓝见她眼生怀疑，抱住她说，"世间美女才女多如云，世间优秀男人也多如鲫。我有信心是那条你唯一爱上的小鲫鱼，难道你没信心是那朵我唯一爱着的云？"

"我才不信你的花言巧语。"

"唉……你虐我千百遍，我待你如初恋，你信不信我，我都信你。"

"姑且信你这一回，下次休想！"舒茗悦被逗笑了。

"怎么能姑且？太苟且了！要绝对相信我！"牧典蓝见她不再生气，问道，"要不要去参加万颜的生日晚会？"

"我才不去！中午就不该去！"舒茗悦摇摇头气愤地说，"她完全变了，生日也变味了。她哪是在办生日会啊！纯粹是办直销讲座班，开口闭口都是她的理财产品……她完了，走火入魔了，一个朋友都没有了！"

"不是有朋友在捞捞酒吧里等吗？"

"全是她的客户和准客户，我只算准客户！她不还我爸的钱，休想我买她的产品！"

"那你怎么不早些回来？"

"我回来一定会和你吵！"

"我最怕娶个吵架的老婆，因为我不会吵架。"牧典蓝搂住她的肩，又有些忧虑，"我也怕你像你妈妈一样，什么也不吵，什么也不说，视我不见，直接把我打入广寒宫。这才是最可怕的。"

"我才不是。"

牧典蓝望着尚不见雏形的书吧："宝贝，刚才我有个想法，等书吧装修完成，我们只在这里拍婚纱照，不拍多了，只拍十九张，要长久的意思。"

"好！我们的铺子也会长久。"舒茗悦点点头。在她看来，没有贷款和租金也没有转让野心的华年网和华年忆将轻装上阵。那些包揽文学、出版、影视、游戏等项目的商业文学网真的好过么？非也。规模太大，就尾大不掉，小说内容要求日渐严厉，"卖点"日渐有限，商业文学网站最气派的结局就是打肿脸充胖子也要争取上市，把网站甩给股民接手，原始大股东抛出限售股后风度而去。物极必反，也许某天，读者们回过头来才发现，纯文学才是最爱。

第二十三章　书吧来客

1

秋分时节，桂花飘香。华年忆书吧完成了精装，至尊观邸的那套新房布置成了婚房，牧典蓝和舒茗悦的婚期徐徐拉开了序幕。

华年忆书吧在夜色中揭开了它神秘的施工面纱，随着旭日东升，展现在路人眼前的是一道中式建筑景观。

一楼，暗红大漆三关六扇门前有精雕细刻的雀替与莲式垂花；沿街落地玻璃窗被二十四扇实木暗红格扇窗替代，格心是大大的中国结意象，这些窗棂远看一样，细看底部的裙板却有不同的浮雕，二十四节气；最边角的那道格扇窗也是侧门，推开它可以进入书吧一角，直登二楼。二楼，一排带冰菱纹的和合窗被支了起来，如沉睡了三年的灰姑娘睁开了迷离的眼。黄琉璃瓦蓝剪边，成了两层楼的帽檐，瓦下梁坊和垂花上有彩画，色彩并不浓艳，纹饰并不繁缛，远看似祥云浮雕，为书吧平添了几分尊贵厚重之气。大门上没有牌匾和楹联，商铺还没有名字。带有双交四椀菱花的大门紧闭，透过格扇窗能看到室内为黑色调，中式书桌和书架均为黑色，衬托出五彩书籍和画龙点睛的艺术品。书架疏密相间，错落有致，是大大小小阅读区的隔断，古典书房味十足，现代书香气息亦浓。

秋日的晨光穿过行道路和窗棂，洒入古色古香的书吧，犹如太阳的目光仁慈地注视着这里，窗口一带有了绝好的光影效果。

屋内的人儿正忙碌着——牧典蓝和舒茗悦穿着不同朝代的中式服装在书吧里拍婚纱照，象征前生有约，今生为伴。他们决定室内选十八张照片进入婚纱影集，第十九张留给婚礼那天,一起为书吧挂牌揭牌。

在拍最后一套服装的婚纱照前,舒茗悦把旗袍装换成了现代简约白色婚纱装,牧典蓝为她戴上了一条由他们冠名的"一见倾心"红宝石项链。她坐在大门正对面的服务台后面,让化妆师把她民国时期的淑女发型换成一次性卷发,准备去二楼的网站办公区拍几张现实版的婚纱。工作人员们则忙着把灯架、柔光罩、反光板之类的摄影器材往楼上搬。

摄影师叫代峭,是"俏佳人婚纱影楼"的老板,他坐在旁边一张书简意象的黑漆桌子前,靠在绣有宝相花的沙发垫上,翻看了一遍相机里的照片,很满意。并说,他是看着舒茗悦长大的,从小姑娘变成新嫁娘了。舒茗悦就笑道,她是看着"俏佳人"成长的,从证件照相馆到婚纱影楼了,现在回头去看她高中时代的"艺术照",一点也不艺术,被拍成了小妖精。代峭说,影楼摄影是以商业为目的,就像流行服饰一样,人们喜欢什么风格,他就拍成什么风格,时代特色极为鲜明,比如有段时间特别流行"朦胧",个个都喜欢站在雾中的效果,但现在流行"锐",要发丝、毛孔都要看得清才算拍到了位,真是没法子。原来,高中时代的舒茗悦就喜欢在"俏佳人"拍艺术照,大一时也拍过被母亲骂为"发什么神经"的婚纱照,和代峭熟识。代峭早年出版过机械相机创作的作品集,其数码相机拍摄的风光和静物照更为诗意。舒茗悦受其影响才拿起相机学起了摄影,所以这次拍婚纱照,特意请来了代峭。

代峭把相机放在桌上的竹雕笔筒和烛形台灯旁边,注意到桌子中间嵌入的小十六开展品框,内有半只鸡蛋形状的大红"福"字工艺品,福字周围被浮雕的牡丹包围,精细玲珑;"福"蛋下方有"雕漆"工艺和作者说明,作者是非物质文化遗产的传承人。书吧墙上没有一个装饰镜框,镜框其实嵌入了每张桌子——桌子中间嵌有精巧的艺术品,各有千秋,小如硬币大如巴掌,一张桌子就有一种中国工艺简介,有景泰蓝、累丝、缂丝、剪纸等,处处都有耐看之处。

代峭把手枕在相扣的双手手心,靠在沙发上望着天花板休息,天花板是带有射灯的木质镂空祥云,透过祥云,背后的黑暗中有浩渺星汉。他又望了一眼对面那个巨型方形落地灯笼,它的四面是条幅画轴意象,看似四幅若隐若现的四屏山水画,实则四屏平铺起来山水左右相连,是一幅画。类似的灯笼在书吧这层有四个,一个灯笼就是一个主题,春、夏、秋、冬。谁会想到,灯笼内部,是混凝土柱子。

下卷

代峭站了起来，提出要把他们的婚纱影集作为影楼的样品展示，除了所有摄影费用全免外，可另支付代言费。舒茗悦拒绝了，她不愿成为展品供人观瞻；牧典蓝也拒绝了，他认为婚纱相册是独享之物，不能与别人分享。

代峭又庄重地提出书吧与"俏佳人"独家合作，把这里作为影楼的一大外景基地。

舒茗悦与牧典蓝对这个提议有了兴趣，这是扩大书吧和网站知名度、传播中国文化的一种好方式。几多思量、几番商量之后，他们的意见达成了一致：等书吧过了磨合期之后，也就是春节之后，每周一上午为书吧的修整时间，如同博物馆也需要闭馆日一样，七至十二时之间可以为"俏佳人"独家提供拍摄场地，若遇法定假日则顺延，并收取高昂的场地租金。物以稀为贵，很多新人会以贵为耀，那么就让贵来彰显书吧的别样价值。至于代峭嫌拍摄时间太短，那不是需要考虑的问题，这里毕竟不是摄影棚而是读书聊书的地方，读书可以很便宜，一杯茶可以从早读到晚；拍照就不会便宜，不怕实景书吧拍摄费用高的新人，就来吧！

牧典蓝的脑子里闪过了新点子。书吧有名家签名售书、主题讲座、书评会、笔友会、怀旧沙龙、网上书店之类的盈利点，如果考虑房租因素则利润微薄。书吧能成为"俏佳人"的外景基地，那么也可以发展与书籍不相关的生日派对、包场租用业务，拓展它的盈利空间。正如卖单车的要办个骑行俱乐部，卖帐篷的要搞个驴友队，卖护肤品的要开个养颜美体店，卖的不仅是单纯的商品，而是要精心培养一种休闲和消费方式，让其成为热衷"晒"出来的生活方式。

"我有一个想法了！"舒茗悦说，有几分激动。

"该不是和我的想法一样吧？"牧典蓝笑道。

"到时告诉你。看你有没有灵犀。"舒茗悦说。

"你不说我都知道。"牧典蓝几乎能猜到了，他早已相信了灵犀。

化妆师开始为舒茗悦补妆，牧典蓝就到二楼的更衣间把那套民国时期的中山装换成西装领带，自己打理了一番，回到了他当操盘手的样子。婚纱照，主角永远是新娘，而不是新郎。只因是在华年忆，那些容易矫揉造作的姿势都没有了，他们浪漫在自己创造的现实生活里，而不是表演在别人临时提供的景观里，自然而然，不至于摄影师说停，就必须把刚摆好的浪漫从镜头前完全割断。

从更衣间出来，牧典蓝准备让发型师再打理一下发型，却见舒茗悦已经打开了书吧的大门,站在门外朝远处望着。好奇的路人正朝书吧里张望和议论。

"看什么呢?"牧典蓝走到她身边问,顺着她张望的方向,并没看到什么异样。

舒茗悦走入书吧,插上木质门闩,脸上很是不快:"我见门外拥了一群人在议论什么,以为出了事。结果是有人擦着鼻涕和眼泪在门前哭,真晦气!"

"他什么样儿?哭什么?"牧典蓝想起一个哭过鼻子的男人。

"看起来像艺术家。他看了我一眼就埋头走了,不知是什么意思。"

"可能是好书之人,被我们的书吧感动了吧!"牧典蓝轻描淡写地说。他已经能猜到那人就是翁显梵,但他答应过,不告诉舒茗悦其中的秘密,以免舒茗悦有心理负担。

2

华年美文网办公室先期搬到了华年忆书吧二楼,大家七手八脚忙得不亦乐乎。常春藤、富贵竹、绿萝之类的室内盆花进了场,空气新绿起来,有了鲜活的气息。

网站办公区隔壁有书吧沙龙区,沙龙区是经过特殊设计的多功能会议室,桌椅可调整成不同形状,既可摆设成课堂风格,也能围成圆桌样式,十人开会不会显得空荡,三十人在场不会显得拥挤。

舒茗悦召集评审团的九位评委在沙龙区为一年一度的征文赛散文类评奖。今年的征文主题是"乡愁悠悠",从六月初到八月底征稿,体裁不限,按小说类、散文类、诗歌类进行评奖并在国庆节公布,奖金两百至五千不等,由作者提供真实姓名和银行账户后就转账颁奖。网站借征文活动带动参赛者广拉粉丝投票,集聚网站人气,也吸引商家前来宣传土特产。广告始终是网页的眼中沙肉中刺,华年网已撤下了首页所有广告,其他需要点击广告才能浏览全文的页面已把广告图做成小图,尽量还页面纯净。

上午进行的是散文类评奖,评委除了网站的舒茗悦和未艾之外,另有五位传统散文作家和两位知名网络写手。九位评委通过网络初选出了六十篇入围作品,将结合粉丝投票综合评定一等奖一名,二等奖十名,三等奖二十名。网站的专栏

下卷

作家佟雪没有接受当散文类评委的邀请，她自认为形成了思维定式，个人主观性很重，难以保持公允，不适合当评委。

舒茗悦兑现了去年的承诺，特邀倾杯任散文类评委之一。

穿着西装的倾杯提着大皮包最后一个落座。他在皮包里掏出一大本，大家以为掏出了笔记本电脑，迷惑不解，今天的评审会并不需要自带笔记本，仔细一看那却是一本约三百页的精装书。

"我把作品带来了，借这个机会，敬请雅正！"倾杯把书递给舒茗悦，"华年网选我当评委是对的！放心，我这人最公正客观，儿子参赛都不会多打一分。"

舒茗悦接过书翻起来，是新出版的《中国著名作家名录及作品集（五）》，上面有倾杯的名字和五篇文章，文章均在华年网上发布过。她羡慕地说："我如果能出本书就好了……等我老了，写部华年网的回忆录！"

"出书和写网文是不同的。"倾杯说着，又掏出一本证书张开给大家看，"我是有作家证的，有正规编号！征文大赛请正规的作家当评委才够规格和档次。"

这张证书大家很熟悉，倾杯自从成为本次大赛的评委后，他的网络文集《倾生淡泊》封面就是以证书作的底图。

"倾杯大师不亮证，也无人不知无人不晓嘛！"有位作家评委说。

"不亮证不行，现在有水分的假证太多了！"倾杯嘿嘿一笑，收好了证件，"网上写作没有门槛，随随便便在网上发再多文章，都不算发表，只能叫发布。有纸质作品的作家和网络写手有着本质区别，在评比权重上，作家肯定占的权重大！"

舒茗悦把书传给其他评委欣赏，勉强一笑："倾杯老师发布在华年网的作品就有不少佳作呀，不比这书上登的差。只要作品好，写在哪里都行。"

未艾只写网文，在倾杯对面瞥了倾杯一眼。他现在的身份是"莫等闲"。

"只要上了书的，铅印的，再差也有底。网上就良莠不齐了，随便什么文字都能发布。发布的文字，不一定叫文章。"倾杯说。

"华年网可不是随便发布的地方！文章都是经过筛选的，现在开通了校对功能，错字都少了。"舒茗悦说。

有位评委属网络作家，颇有知名度，没有出版过书，在报刊上发表的全是单位花钱进行的宣传报道，他正好接过了未艾递来的书，并不翻看，传给了下一位评委。

倾杯指了指那本被传阅的书对评委们说:"这只是我的最新作品选,请大家多斧正!我的其他书还没拿来,目前我已经在各类报纸杂志和书籍上发表作品一千余篇。这本书,就留给华年忆收藏,陈列在中国文学那类正合适。"

舒茗悦一愣,道了谢,清了清嗓子说:"今天要辛苦各位评委了,我们开始评审第一篇入围作品,参赛编号SW2195。"

编号为SW2195的作品被佳嘉投影在幕布上,评委们专注地浏览起来,并发表自己的意见。

牧典蓝按照舒茗悦的安排,用佳能相机来为评审会拍照片。华年网开始建立档案了,也许百年之后还能看到今天的场景。来到窗口选角度时,他注意到和合窗外的树叶缝隙之间有人在对面的小街上望着他这方,是位牵着红裙小女孩的中年男人。他觉得眼前被窗棂和树叶包围着的这两个人有了"你站在桥上看风景,看风景的人在楼上看你"般的诗意,是个好镜头!他就朝向窗外,用镜头向这一大一小两个人物聚焦,拍了一张。

拍完照,牧典蓝来到一楼。

麦卡穿着白底绣花旗袍正在书吧里组织业务培训,身着黑底红纹唐装的四位工作人员按分工进行操作练习,为迎接国庆客流高峰作准备。麦卡被华年忆的品质打动,放弃了自己做书吧的计划,要与舒茗悦一道把华年忆打造成一流书吧,她带来了从前的两位手下。

时间如梭,华年忆书吧开业离留言板书吧关门近一年了。

3

牧典蓝打开书吧大门,查看门外的挂钩,考虑着挂牌揭牌仪式。他的肩被拍了一下,转头一看,是刚才在楼上看到的那位牵小女孩的中年人。此人单眼皮,薄唇,圆鼻头,体型矮胖,长相平凡得如路人,似乎在哪里见过,却又不认识。此人似乎在翁显梵的画中见过,长相平凡却有着不平庸的精气神。

牧典蓝不知这人找来有何事,就问:"大哥,你找谁?"

下卷

"请问，这是华年忆书吧吗？"那人憋着普通话问。

"是。你怎么知道这里？"

"牧典蓝在这里吗？"

"我就是。你是……"

"你和名字一样帅！小弟，我是蒋远呀！"蒋远拍拍牧典蓝的肩笑起来，眼睛眯成一条缝。

"啊——，蒋哥！快请进！"牧典蓝错愕万分，激动地与蒋远握手表示欢迎。他和蒋远在"凤翎红"上有合作，蒋远昨天在网上留言说有一批好茶已经发往上海，今后有机会就来看看书吧，没想到今天就来了，和聊天风格一样，不讲逻辑。

华年忆书吧与蒋远的合作还得从利音的凤翎茶说起。凤翎茶泛指生长在牧典蓝老家利县凤翎山上的茶叶，而凤翎红茶是凤翎茶中的特级茶，特指生长在海拔一千余米凤翎山顶上的茶叶。凤翎红茶长年聚天地之灵气，汇云雾之氤氲，植株矮小，生长缓慢，产量稀少，在立夏至小满之间的清晨采摘的茶叶品质最佳，一芽一叶，小如雀舌，经过萎凋、揉捻、发酵、干燥后冲泡出的茶汤乌润，幽香曼妙，茶叶泡开后会由紧裹的雀舌状展开成精巧的凤翎状。不过这样的极品茶达不到入口回甘的标准，隐约有丝苦味，也就不能以高档次的形象走出利音地区。自从蒋远决心开发"凤翎红"后，专程请来著名制茶专家对红茶工艺进行改进，严控发酵温度和湿度，经过三个多月夜以继日的反复试验，"凤翎红"与先前的凤翎红茶在品质上有了质的提升，脱离了隐隐苦味，达到了茶色金黄、条索紧细、汤色红亮、香气持久、滋味醇厚的高品质红茶标准。当"凤翎红"正式上架时，蒋远喜不自禁地要赠送牧典蓝几盒品尝，并请他在上海代为宣传推广。牧典蓝一听此言，首先就想到了在书吧里推广家乡茶。蒋远对"凤翎红"的追求点醒了牧典蓝，牧典蓝决计书吧放弃比较流行的咖啡和奶茶业务，尽量让书吧有独特的语言，也就是书吧的饮料指定为"龙凤茶"，即西湖龙井和"凤翎红"。

蒋远牵着小女孩靠窗而坐。过道边是一排书架，陈列有《茶艺博览》、《茶具鉴赏》、《古今名茶典藏精品》等中国茶道类书籍。书籍大大小小、有厚有薄、新旧参差、五颜六色，或文字或图册，听说过的，没听说过的都有。其他书架上分类陈列有中国早期及史前文化、诸子百家、中国文学、民族文化、服饰文化、书法与中国画、手工艺、音乐舞蹈及戏曲文化、饮食文化、体育棋牌、医学、华

| 395 |

人社会文化等，一个细小的文化分支就承载着数百上千年历史，无不让人感叹中国文化的博大精深。

"蒋哥，来杯家乡茶吧！"牧典蓝用盖碗青花瓷杯为蒋远沏了一杯"凤翎红"。

"它还将成为中国茶。"蒋远端起茶杯，观着乌润的茶汤，带着憧憬。他又扫视了书吧，啧啧赞道，"这样的书吧我还是第一次见到。后天，二十九号揭牌是吧？我要来捧场。这些天，我专程来收集客人对'凤翎红'的意见。"

国庆节牧典蓝要带舒茗悦回趟老家，按老家的风俗，在外地办了婚礼还得回老家办。国庆大假结束，他的婚假也就结束，必须回公司。牧典蓝就叫来麦卡，吩咐她协助蒋远作好"凤翎红"的市场调查。

"青花是景……嗯，嗯的四大传统名，名……"蒋远带来的小女孩一手拿着奶盒，一手用小手指着桌子中间的工艺品说明文字，奶声奶气地念起来，有的字还不认识，时断时续。那是一只镶嵌在桌中的青花瓷袖珍茶杯，杯上绘有飞舞的青花蝴蝶。

"蝴蝶好不好看？"牧典蓝以为女孩是蒋远的女儿，问她。

"蓝蝶好看！"小女孩说。

"棋棋，这是牧叔叔，快叫！"蒋远说。

"牧叔叔。"棋棋甜甜地叫了一声。

"哎——，乖！"牧典蓝被别人称叔叔，有点不习惯。他积极地答应着，原来这女孩是蒋远在网上聊过的棋棋，并不是蒋远的女儿，而是外甥女。他见棋棋仍在识字，就问，"棋棋，在读幼儿园了吧？"

"是幼稚园。"棋棋纠正道。

"你的学名叫什么？"牧典蓝觉得孩子的认真颇有些可爱。

"孟棋。"棋棋答道。

"你姓孟！"牧典蓝的笑容消失了，突然想起一个人来。他把棋棋的脸蛋仔细看了看，细眉大眼长睫毛，还有那小唇，越看越像，就问，"蒋哥，棋棋的妈妈姓什么？"

蒋远并不答，转而说："这书吧投资大吧？"

棋棋却答道："我妈妈姓梁，叫梁昀。"

牧典蓝看着棋棋千思万绪："棋棋，你妈妈什么时候来上海？"

棋棋说:"妈妈和爸爸国庆要加班。"

牧典蓝疑惑了:"蒋哥,她妈妈国庆也加班?"

"她妈妈假期要辅导学生,没什么时间。我女儿在成都读初二,我家离棋棋家不远,有时我就接棋棋到我家来玩。"蒋远笑了笑。他有两个家,利音城里一个,成都一个,和许多利音人一样,孩子在成都读书,就会在成都买房,平时住利音,节假日就迁徙到成都。

"梁老师国庆大假也不管孩子?"牧典蓝不能理解梁昀,梁昀应该是位以孩子为重的母亲才是。

"她教初三,第一次带毕业班,得拿成绩说话。"蒋远说。

这一届出成绩,下一届继续出成绩,从此无休无止。牧典蓝只有喟叹,不能多言,他想起一件事来:"难道说,当初给我作担保,介绍你来找我的是梁老师?"

蒋远啜了一小口茶,点点头:"她是我表妹,她不许我告诉你。"

"梁老师在成都还好吗?"牧典蓝只有苦笑,蒋远的收益会让梁昀大跌眼镜了。想起蒋远当初聊起棋棋时,自己当成废话在听,牧典蓝强烈地感觉到了自身的冷血。是的,当一切都简化成了盈利率,就不在意什么喜怒哀乐。他并不想成为冷面杀手,但不当操盘手,还有什么事比一双手就能扰动万千情绪更让他富有激情?他像吸上了鸦片,走的是一条不能回头的路。

"还好吧!就是工作太忙,难有休假时间,寒暑假也没空,请她的学生家长太多了。"蒋远沉默了会儿,轻叹一声,"说到这里来了,我不得不怪你。你选的股,把棋棋她妈妈给害了。"

"怎么害到她了!"牧典蓝大惊失色。

"你想啊,她没时间盯着股票,就做中长线。她坚信你选的是好股票,每守一只,就守到亏损,她哪里知道你早就卖掉了!"

"共亏了多少?"

"也不多吧,亏了几回后就不再炒了。"

"长线和短线的炒法完全不同,她怎么能凭感觉炒?"

"我又不懂,她也不会懂到哪里去。"

"如果能早点告诉我就好了……"

"生死有命,富贵在天。不当得的,不得也行。"

"蒋哥总是这般大度，我辜负你们了。对不起！"

"哎，我知足了！你梁老师也清醒了！人啊，获得暴利后会更加眼红，容易丧失自己。你也别往心里去。"

"梁老师怎么可能知道我在做股票，还推荐你看我的博客？"牧典蓝怎么可能不往心里去，却又疑窦顿生。

"她是在你QQ空间里看到的。听说我要投资公募基金，就让我找你来试试。"

牧典蓝明白了，他的QQ空间里有少量日志与"王牌分析师"博客的内容相同，尤其是第一篇，上面有沪泰公司的网络地址链接，也有"王牌分析师"博客的链接。她何时进入了他的空间，还有他的"王牌分析师"博客，他丝毫不知。

牧典蓝从棋棋身上看到了梁昀的一点儿影子，有些怅惘。梁昀还没有完全忘记他，如同他不可能忘记梁昀，用过心的人，怎么可能忘记。她再淡再淡，淡如青茶，淡如泉水，水过有痕，都会有她的影子。

蒋远见工作人员还在忙着规范化训练，将茶一干而尽，起身说："小牧，今天找到你的地盘就好，改天我再来。棋棋，我们换个地方玩玩！"

棋棋拿起奶盒从座位上跳了出来，挥动起一只小手："牧叔叔再见！"

牧典蓝蹲下身，牵住棋棋的手笑道："棋棋，你回家后，跟你妈妈说，只跟你妈妈说啊，有个牧叔叔祝她安好！"

"好的。谢谢！"棋棋说着，牵住了蒋远的手。

牧典蓝站起来，跟在蒋远身后送他们出门。突然，牧典蓝看见蒋远左耳后的一个黑痣，叫了声："蒋哥——"

蒋远还没走到门口，听到牧典蓝不同寻常的叫声，转过身盯着牧典蓝。

牧典蓝兴奋地说："蒋哥，你还记得我吗？"

蒋远懵了："什么记得，记不得的？"

牧典蓝说："我就说你很眼熟呢！我们以前见到过，你是我的恩人！"

蒋远更是迷惑了："什么恩不恩人的？"

牧典蓝说："四年前的那个春节晚上，正月初五的样子，有个男生在利音河的老铁桥上发呆，是你亲自把他送到了火车站，还给那男生拿了一千元路费，你生产的酒是不是叫参人堂枣杞酒？……蒋哥，记起了吗？"

蒋远把牧典蓝上下打量了下，指了指，不太信："那人是你？"

下卷

"谢谢蒋哥当时救我一命！不然，就没我的今天了！"牧典蓝点着头，眼睛湿润了，不禁上前将蒋远抱住，"你是我的恩人，我对不起你！"

"对不起？从何说起！"蒋远拍着牧典蓝的背说，"我在车上看到你把一个东西扔入河里，就觉得不对劲儿，原来你真是不对劲！现在不是走出来了！祝贺你！"

牧典蓝站直了身说："要不是蒋哥拉我一把，我真的不想活了。"

蒋远问："你小小年纪，会有什么事过不去？"

牧典蓝无法解释，苦涩一笑："还是蒋哥当时说得对，年轻是最大的资本。"

"过了那个坎，一切都坦然了。"蒋远感慨万端，又拍了拍牧典蓝的肩，"你哪里知道啊，遇到你那时，我的日子也不好过。那两年，高档白酒、葡萄酒、洋酒越来越流行，我那药酒被打入了地狱，亏本卖都积压。那晚我从一家酒店收退货回来，死的心都有了，看到你比我还不对劲，我反而释然了，好歹我还有一个厂子在。之后，为了降低成本，厂子用食用酒精勾兑，廉价向农村市场扩展。农民尤其分得清药酒的好坏，我自砸了牌子，酒厂也倒闭了。那是我一手创的业啊，被自己毁了，我何尝没有死的念头？我就发誓不再做酒，要做点别的……"

4

牧典蓝送走蒋远和棋棋回来，见倾杯提着包从侧门而出，埋头走了过来。

"倾杯老师，评审结束了吗？"牧典蓝问。

"早该结束了！"倾杯抬起头来不怀好气地回了一句，正要走开，又指指点点地说，"你给网站说一下，评审费，我分文不要！我不靠它吃饭！"

"怎么了？"牧典蓝听出倾杯怨气浓重。

"这样评审，能评出个什么来？"倾杯严肃地说，"尽是些毛头娃娃，能懂多少？"

"有什么问题吗？"牧典蓝追问道。

"他们不认为有问题！难道是我有问题？不奉陪了！"倾杯指了指楼上，把

399

手一背,边走边自语,"我不跟网站计较,不然,那本书我不会留给华年忆!"

牧典蓝真想告诉倾杯,那本书不会在华年忆上架,无论从"中国风"、收藏价值、装帧设计来看,都达不到陈列标准。他从侧门沿着书籍意象的阶梯直上二楼,评委们仍在评审,他来到舒茗悦身边小声问:"倾杯老师提前走了?"

"唉——,有几篇作品意见不统一,他说我们不懂文学,不配当评委……"舒茗悦说,又自嘲道,"我什么文章都没发表过,网络文集也没有,大概是最不配当评委的。我可以代表只读不写的读者来评吧,虽然代表不了。"

"美食家未必就是厨师。有的选美大赛,评委尽是男人呢!"牧典蓝说。

大家哄笑起来。

"意见不统一也属正常,倾杯老师却怀疑我们是在走形式,质问一等奖是不是内定好了?评委们都是举手表决,很民主啊!他又认为华年网编辑就占两个评委,没有实行回避,有内幕……他还认为,他是正规的作家,权重大,可以顶华年网的两个评委……"舒茗悦伸直两根指头,仍是不服气,"网站的活动,就可以有网站的主张!办华年网可以像办大学一样,有自己的理念!我们为什么要回避当评委,为什么权重就要轻?"

"到底怎么回事?"牧典蓝还是不明白。

"有篇作品网络投票不高,因为发布时间在截稿前一周,这可以不计较。经评审,赞成这篇进入一等奖备选的有五票,有四票反对。倾杯老师认为这篇没有写思乡之情,没有讴歌家乡之美,全写的是家乡的败笔,偏题了。而且语言太平实,没有什么华丽辞藻,不应入围参加评选,备选一等奖肯定有内幕。"舒茗悦说着,亲自把编号为SW9073的作品投影出来,"你既然来了,也来读读,这篇究竟怎么样?"

牧典蓝一看投影,哭笑不得,这篇是他注册新笔名"阡陌"写的《永失我乡》,并没关心它能否入围参选。舒茗悦不知道他写了这一篇,更不知道他为什么要写。这要从他获得私募基金红榜大奖之后那次回老家休假说起。

舒茗悦喜欢有历史厚重感的东西,牧典蓝就在她面前有意隐藏了老家独一无二的一道景致,计划在蜜月之时给她一个惊喜。牧典蓝休假回到利泉城,父亲喜形于色地告诉他说,上个乡上经村民大会同意,以十万元的价格卖掉了山恩寺旁的两颗古皂荚树,家里分得两千元,全部孝敬爷爷婆婆了!

下卷

牧典蓝急得要命，与父亲争了起来："家里还缺钱吗？那树是无价之宝！"

"乡里人毛都没有了，那树长给谁看？让它进城，是它命好！"

"人挪活，树挪死！"

"广场上那些老树怎没见死过！"

"那些移植过来的老树叫树吗？叫树桩！是输着液、四面撑着拐杖的树桩！爷爷记忆都没了，仍要住乡下，如果知道皂荚树没有了，那乌犀乡也就不再是乌犀乡，爷爷会被气死！"

"你在乎乡头，就别跑到九中念书啊！就别在上海一待就是几年啊！有种你就回乡头办企业、搞工程、把路加宽啊！你在乎个球！"父亲飞溅的唾沫让牧典蓝哑口无言。

牧典蓝回到乌犀乡看望爷爷婆婆，几乎找不着路。那一带已建成了水电站并蓄满了水，渡船码头改了位置，那些依山成形的清澈河水完全失去了蜿蜒的灵动龙脉，放眼望去，看到的是肥猪肚子般的绿色死水。回来的路上，他能看到不少老乡修了风格一致的两三层别墅样的白墙红瓦小楼房，但从门口朝里望去，屋里还是从前那么简陋凌乱，墙壁竟是黑乎乎的粗砂墙。田地没有完全荒芜，安静得听不到鸟叫，也见不到什么乡亲和家畜，只有看家犬提示着还住有人家。经过曾读过书的乌犀乡小学校，已是一片废墟，一人高的枯萎黄蒿霸占了操场。一年前，他也回过老家，正值春节，许多人携着妻儿驾车回乡过年，热闹了一番，目睹着眼前的一切恍若隔世。

老家的木板房院子从山腰"落"到湖边，婆婆直怨湿气大、晚上更冷、住着害怕。怎能不害怕？山下的乡邻因水电站蓄水迁走了，离爷爷最近的两家，一家用一长排打成捆的干枯柏枝封死了门口，迁到了城里；另一家的两位空巢老人已经相继过世，乡里送葬时特别讲究的"八大金刚"再也凑不齐。即使牧典蓝的父母在院子里吵架，也没有乡邻来看热闹了。

牧典蓝向龙爪山上赶去，想去看看皂荚树和山恩寺，希望古树还在、古寺安好。只要树在，他会不惜代价将它们从买家手中"赎"回来。皂荚树是乌犀乡之魂，因为皂荚的别称就是乌犀。皂荚树和山恩寺都在龙爪山的山凹处，海拔虽然不到八百米，但这一带山势陡峭，仅有一条蜿蜒盘曲的水泥路通往那里，能勉强通行摩托车。这条通往古寺的山路是乡里最早铺成的水泥路之一，每个佛教节日都有远远近近的信佛之人上山拜佛烧香。这条路也是乡里最美的山路，能仰望到斧劈般的断崖，近看大片大片恐龙蛋似的鹅卵石，还能遥望远处山谷中上百吨的巨石堆。沿路上只有稀疏的柏树，山坡上铺满了长有甜根的白茅，秋天里漫山飘动白色茅花，恍若白云亲吻山间，让人恨不得躺入那云朵般的温柔之乡。

　　当牧典蓝横过公路，准备踏入通往山顶的这条最美小路时，已经预感到，来晚了，小路已经不在！只见一条被推土机推出的宽敞大道直通山顶方向，路边倒着横七竖八的柏树，龙爪山露出了它棕红色的"肉"，似乎被削掉了一层皮。路面上露着被泥土夹带着的鹅卵石和白茅，除了印有明显的履带印子，还有一道道被硬物一划而下的深痕，像是古树离开时试图抓住这块大地的指甲印。这条去寺庙的路说了许多年都未能加宽，眼下似乎一夜之间就辟出了大道。

　　牧典蓝不相信这条崭新的大道会直通古树，那里是刀劈斧削的山崖，大路无法直达。等他走了一段，终于明白，大路只通到了古树所在的山崖之下，古树是从山顶吊下来的，沿山经过的地方，树林歪斜折损，七零八落，山坡上还散落着锯断而弃的皂荚树枝！

　　那两棵远远就能望到的古树彻底消失了，留下秃头似的空地！树根附近的石梯已被掀到一边，悬崖下还散落着一些缠着红布条的皂荚树枝。两棵树站立的地方是宽达四五米的深坑，裸露着被截掉的粗根。山风呼啸而过，两棵树的沙沙对唱声再也听不见。这曾是多么神奇的两棵树啊！它们相依相伴挺立在悬崖两边，传说有千年。它们虬枝盘曲，五六个人合抱才能围住主树干，擎天的树冠是把巨大的遮阴伞，也是鸟儿们的乐园。它们一粗一细，一高一矮，高的只开花不结皂荚被称为"树王"，矮的皂荚满树被称为"树后"，村民们称它们为"夫妻树"。远远近近的青年男女新婚之日都会来这里拜树求子，采摘皂荚，树上缠着大大小小的红布条一层又一层。一年前，与舒茗悦牵手的那个春节，牧典蓝还来到树下许过愿，在夫妻树上分别系上了红布条。

　　爷爷曾经说过，乌犀乡有个了不起的传统，那就是村官和村民无论和睦相处还是怒目相向，都视夫妻树为神树，即使灾荒年代，乡里的其他树被砍伐一空，夫妻树也安然无恙。爷爷怎么会想到，这对同经千百年风雨雷电、备受千百年官民呵护的夫妻树，在村民的日子过得最舒坦的时候，说没就没了；乌犀乡引以为豪的神树图腾，十万元就让它不知所终。

下卷

　　夫妻树前面的小道尽头，就是山恩寺。传说有了夫妻树，才有了山恩寺，夫妻树也就成了山恩寺的镇寺之宝。寺庙始建于宋代、重建于明代、兴盛于清代，寺里有一口井四季涌泉，干旱年也不会干，寺庙故名"山恩"。寺里大院异常开阔，有些断壁残垣，干净得没有落叶，三炷香在香炉里快要燃烧殆尽。小时候的牧典蓝嘴馋的时候，会约几个小伙伴跑到寺庙里找僧人讨要撤供的供果，那时寺庙香火旺盛，随时都讨得到好吃的外地水果。据爷爷说，山恩寺最辉煌的时候有大雄宝殿、文殊殿、天王殿、观音殿、鲁班殿、祖师殿、八仙殿、圣母殿、药师殿九大殿，后来屡遭劫难，各大殿或损或毁，三十余尊大佛像和上百块石刻被盗被毁，传世经书与藏经阁一起在一场大火中化为灰烬，许多建筑由此荡然无存。山恩寺经爷爷那一代匠人数年的精心修缮，保留下来大雄宝殿、文殊殿、天王殿，还有寺后的九层山恩白塔，是当年全乡最恢宏的建筑群。这里的基石、香炉、水缸、栏杆、花台、围墙甚至地板上还能依稀看见被风化的石雕文字或图案，没有一处清晰完整，似乎一阵风沙之后，它们将被历史掩埋。

　　牧典蓝雕塑般站在没有供果的大雄宝殿门口，听着仅有的一位灰衣僧人在佛像前念经。他还记得这位僧人，僧人已记不起他。他好想问僧人，问佛祖，为什么会这样？但他什么都不再问，他能做的，就是在功德箱里添上身上仅带的一千余元。

　　牧典蓝失去了下山的力气。他瘫坐在夫妻树坑旁的一块石梯上，俯看着满目疮痍正变为荒野的老家，只想给舒茗悦打电话大哭一场，告诉她说，她永远看不到他老家这对恩爱千年的夫妻树了，家乡已不是曾经的世外桃源，是个面目狰狞的地方。电话拨给了舒茗悦，她收不到，她也不应该在一年之初收到如此噩耗。没有信号能从这里抵达外界，如同夫妻树离开故土时的悲怆呼喊，他听不见……

　　所以，当舒茗悦春节后计划把今年的网站征文主题策划为"书籍"时，牧典蓝想到的是"乡愁"。

　　愁绪持续到八月，新婚将至。舒茗悦期待着在蜜月里去揭开牧典蓝留给她的悬念，一款佳能 EF 超远长焦镜头已准备妥当。牧典蓝不知如何向她提起已经变样的家乡，害怕她希望而去失望而归。无奈之中，他就换了个笔名写了《永失我乡》，把他回乡的痛心经历写了出来，重点写了夫妻树和山恩寺，把"乌犀乡"换成了"山恩乡"。他想用这样的方式告诉她，有人的家乡完全变了模样，不是变得可爱，而是变得可憎,她即将面对并不可爱的家乡。

幕布上投影出来的《永失我乡》让牧典蓝只有苦笑带傻笑,好一会儿他才说:"这篇有什么好?悲悲切切,算了吧!"

"你认为写得不好?"舒茗悦不解。

"好在哪儿了?"牧典蓝问。

"没有哪篇写出了如此的刻骨乡愁,愁到了血液里,痛心疾首,痛彻心扉,我都看哭了……还有什么样的乡愁,比回不到从前的家乡更愁?它的语言的确平实了些,并没淡化对愁绪的表达,平中见奇,淡里显味,这是不事雕琢的乡间之美。"舒茗悦赏析着这篇文章,见大家频频点头表示赞同,又说,"我以前特别喜欢抽象的文字,'用我三生烟火,换你一世迷离'之类,读起来美呆了,想起来,不知它说的什么意思。换成'用我三分钟时间,为你洗一次碗',也是浪漫呀!……我,是不是老了?"

大家笑得前俯后仰。

"用我三分钟时间,为你洗一次碗",这是牧典蓝对舒茗悦说过的话。他和她对视了一眼,笑意只可意会不可言传。他见评委们一致同意让这篇文章进入一等奖备选,就把手一摆:"不要评它!换一篇。"

"你不是评委,没表决权!"舒茗悦说。

"我是作者,可以弃权。"牧典蓝说。

舒茗悦盯着他半晌,脸泛起红晕:"怎么不早说!费了大半天,差点弄成内定!我还在这里为你自吹自擂!"

"我五分钟就完成了这篇,没想到评奖,更没想到你偏就读懂了我。你这叫夫唱妇随了!"牧典蓝有些感动。

"千年皂荚树是不是真实的?"舒茗悦关切地问道。

"先有皂荚树,后有乌犀乡。乌犀就是皂荚。"牧典蓝知道,舒茗悦根本没有把皂荚与乌犀相联系。他见舒茗悦像午后的喇叭花耷拉起脑袋,知道她在哀伤什么,就怨道,"你不早些跟我回去,错过乌犀乡了!"

"你怎不早说那里有夫妻树和古寺!"舒茗悦有了遗憾,带有怨恨。

"我总以为时间不晚……"牧典蓝只后悔把一切想得太美好,他和舒茗悦都以为,回不回乌犀乡,乌犀乡都原样在那里,等候着他们在某一天回去。他又不安地问她,"你还愿意回我的乌犀乡吗?"

"它再怎么让你犯愁,也是你的故乡啊!"舒茗悦说。

5

新婚,就是从一个家,到另一个家。

牧典蓝头一次来到舒茗悦神秘的闺房,迎娶他的新娘。闺房竟然就在一楼,掩映在屋外的花木之中,是那晚拜见杜宁时,他们正对着的那间。他不由想起了在紫竹苑那间小屋里,舒茗悦在网上教他底楼防潮的日子。牧典蓝向舒秉浩敬了改口茶,叫了声"爸爸",但杜宁未到场,少叫了声"妈妈"。

位于黄浦区至尊观邸的新房正等着这对新人,那里的家是现代中式风格,能俯瞰黄浦江。

今天双喜临门,是大婚之日,也是华年忆书吧揭牌开业之日,他们首先要去的是华年忆书吧。按上海的风俗,婚礼在晚宴上举行,新房是最后一站。

朝阳初升,龙凤呈祥,时辰未到八点,牧典蓝和舒茗悦在亲友们的簇拥中来到了华年忆书吧紧闭的大门口。大门两侧已摆放着粉色调的庆典花篮,一派喜气。

牧典蓝的红色中山装左侧绣有飞龙,舒茗悦的红色旗袍右侧绣有舞凤,一对中国味儿的龙飞凤舞。

书吧门前人头济济,网站和书吧的人员忙碌而激动着,等待八时十九分的到来。819,寓意为"书吧要长久"。门上的牌匾和门柱上的楹联被大红纱遮盖着,只等揭开面纱那刻的到来。

牧典蓝的父母和亲友代表来了,爷爷坐在轮椅上被婆婆推着。栗天劲和叶岑是新人的伴郎与伴娘。蒋远带着棋棋也在,棋棋手中牵着一只牧典蓝送她的红双喜氢气球。沪泰公司的同事们晚上会来参加婚礼,不过田弥已从公司消失,去了翰盛斋的证券部,理由是他与陈珂属夫妻,要回避。同事们都不知道牧典蓝与华年忆书吧有关,这一行做久了,工作上有隐私,与操盘无关的事往往也成了隐私。

舒茗悦的亲友代表来了,父母没有来。杜宁再次重申了观点,既然牧典蓝的父母不登门提亲，舒茗悦坚持要嫁给牧家，那么舒茗悦想怎么办就怎么办吧，不用再把她这个当妈的放在心上。舒秉浩在家里把舒茗悦交到牧典蓝手上时说，他这个当父亲的没有关心过书吧，不配参加书吧的揭牌仪式，但是作为父亲，无论怎么样，会来参加女儿的婚礼。

今天不会来的，确切地说是没有邀请的，除了池墨，还有万颜。

舒茗悦手捧玫瑰，心急如焚，频频向路口张望，希望父亲出现，希望母亲出现。没有父母参加的华年忆开业典礼，是种缺失；没有母亲参加的婚礼晚宴，是一辈子的遗憾。

牧典蓝招呼着来宾，暗中还期待着一个人出现，翁显梵。翁显梵已从翰盛斋辞职，成了职业书画家和收藏家。

牧典蓝专程请过翁显梵，请他在今天为书吧揭牌并参加婚宴。翁显梵拒绝了，不愿他的出现打乱铺子原本的从容，并解开牧典蓝的顾虑说，铺子不存在产权隐患。铺子在开发之初本属裕广发展银行副董事长李添的房产，杨爱渺相中此铺子想筹建古玩沙龙，承诺交房时用三件藏品交换。过后杨爱渺因离婚和生病迟迟未办产权证，病危后，为了答谢舒茗悦，就把铺子过户到舒茗悦头上，采用了非正常的方式，并立下遗嘱，一直没签名，因为有些顾忌，担心舒茗悦坐吃山空。大限将至，他最后一次与舒茗悦通了话，才签名盖印。李添八月份被检察院的人带走并接受调查，不过他与华年忆这套商铺早已没有牵涉。

铺子与李添有关！牧典蓝震惊之余想起了另一个人，还是黄禄。李添被查，在一定程度上与牧典蓝推动了一块多米诺骨牌有关，这块骨牌就是黄禄。这个始作俑者反过来还推到了牧典蓝身上，牧典蓝挺住了，没被推倒。

自从牧典蓝得知黄禄可能将收回全部资金的小道消息后，决定速战速决狠狠报复黄禄，早日为舒茗悦雪耻，也早日化解她对他的猜忌。他不能用数天之内就让黄禄先前的盈利全部回吐的办法，就用扇一耳光给一块蜜糖的笑脸策略，把黄禄的资金拖向看上去心旷神怡的湿地沼泽，让黄禄深陷其中不能自拔。这离不了赵商的暗中帮忙，也就是赵商从加入的职业操盘手群里帮牧典蓝求得了一只即将重组并长时间停牌的消息票"化伦有色"。牧典蓝动用黄禄的数个账户持有该股，天天做两日超短线，不断增仓，看似在做波段盈利，实则是在等待停牌。等了十余个交易日，该股突然停牌，黄禄进入该股的资金达到六百余万。七月初，黄禄

下卷

急需提出大量资金，无法取出被停牌锁定的这笔钱，暴跳如雷，儒雅尽失。牧典蓝遗憾地说自己做的是超短线，没想到这票会停牌，并安慰说这股票复牌后必定大涨，如果第一天不涨停，他包赔。

这笔被锁定的资金成了黄禄资金链上最薄弱的一环，这一环造成资金链断裂，如同救命缆绳的断裂可以置人死地。黄禄不能及时还回账上几笔钱，挪用资金的事情败露，受到调查。这一查，就涉及黄禄非法集资，以及裕广发展银行工作人员票据造假、挪用其他单位资金和违规贷款，总行副董事长、副行长李添由此牵涉到本案。李添又把董事长、行长吴桥供了出来。莺歌私家会所已被查封，它是李添以他人之名所开，黄禄是大股东之一。案件还在调查之中，据传，吴桥酷爱收藏，藏品就占一座别墅，有些藏品来自于李添，有的藏品就在"莺歌"高价拍卖。李添为了当上第一副行长，派黄禄出面为吴桥和其情妇提供境外豪赌的赌资，总金额达数亿元。李添迟迟得不到想要的大权，与吴桥的关系明好实坏。

隐藏成"黄禄"的黄勤在多家公司做隐身股东，本名叫贾初，是裕广发展银行上海第一支行行长。他没能隐藏住股票账户和牧典蓝。牧典蓝花了两天时间协助警方调查，没有任何证据证明他做"老鼠仓"，或者通过"未公开信息""内幕消息"谋利，也查不出他的其他违规操作。作为职业操盘手，牧典蓝在黄禄的系列账户上本身没有违法操作之处，已经与黄禄的违法资金撇清了关系。

极少人知道，在黄禄和李添被调查之前，牧典蓝在四元六左右的价位完全清空了"泰鸿"系列基金建仓的"裕广银行"。清仓这只股票，与散户们不屑该大盘股的思维正合拍，却与投资机构的建仓思路背道而驰，尤其是沪泰公司高管主推了这只股票，意味着公司有相当的盈利把握。牧典蓝放弃这只股票就是反对沪泰公司的投资决策，无形的巨大压力笼罩着他。目前该股受到案件影响跌到三元五左右，他在暴跌之前已全部套现，给了泰沪公司一份精彩的答卷。沈奇笑称他为"神算子"，因为"泰恒成长"系列基金在该股上属止损而出。

开业时辰分分临近，牧典蓝和舒茗悦期待的人都没有出现。

八点一刻，谈笑着的来宾们迅速安静下来，朝第一排中间看去，这里有人用四川话争执起来。一位是理着平头、个头瘦高、穿着西装的年轻老头；一位是身材瘦小、嗓门较大、身穿棕灰色织锦外套的年轻老太婆。他们是牧典蓝的父母。

母亲压制着嗓门，还是有着喇叭的效果："你这瘟神，不听我的，这下好看了！

| 407 |

你就这么差火！"

"要不是你说他们行事（摆阔），我才不会鼓捣坚持！哦，这下推到我头上嗦，你就当红脸，让我当白脸了？"父亲不会示弱。

"前晚叫你打电话，偏不打！再不打，亲家不到场，我看你有什么脸！"

"你现在要脸了，来日弄我嗦！你是一家之主，电话你各自打！"

"我接电话像吵架，怎么好打！你个男人不打，是不是个男人！"

"先给亲家打，还是先给亲家母打？说些啥才好？我都聋里聋昏（糊涂）了！"父亲掏出了手机。手机已经不再是以前买的苹果牌，那只手机没用多久就在逛农贸市场时丢了，过后换成了简单易用的老人机。

"我来拨！"牧典蓝取过父亲的手机飞快地拨起了岳母杜宁的电话，提醒父亲说，"爸，请他们一定出席开业庆典和婚礼！我们在这里等他们！"

"是不是要憋普通话？我在广州打工的时候就没学会过！人老了，学不会了！"父亲有些焦躁。

"就说家乡话，千万千万别带脏话！说慢点都行！"牧典蓝估计电话快通了，把手机递给了父亲。父亲一开口的口头禅是"格老子……""日马的……"，这些天里牧典蓝时刻在纠正父亲的说话习惯，就怕一句话不对，好事就坏掉了。舒茗悦也就很奇怪，这样的父亲怎么没有这样的儿子，牧典蓝就从不说脏话。牧典蓝奇怪的则是，爷爷是个儒雅的木匠，父亲怎么就没有爷爷的性格和手艺。牧典蓝受爷爷的影响远比受父亲的影响大，若要问父亲影响了他什么，除了影响过他的命运，还真说不出什么来。

父亲接过电话，那头却挂了。重新拨打，电话终于通了。他哈哈地笑道："亲家母啊，双喜日好啊！我是蓝子他爸……你贵人多雅量，就别和我们乡下人计较了！我和蓝子他妈在书吧门口等着你和亲家呢，等你们一起给亲朋敬酒呢！孩子们好，我们才会好，是不是啊……喂，喂……"

那头又挂了。父亲盯着手机木然片刻，把手机给舒茗悦看，说："你看看……这是你妈不对了！"

舒茗悦从希望到失望："可能是信号不好。我妈现在赶不过来了！"

"再给爸爸打个。"牧典蓝用父亲的手机迅速给岳父拨电话。

那头仍是不接，直接挂了电话。

下卷

　　父亲不满了，把手机朝来宾们挥了挥："这不是我的责任哈！亲家我是请了的！"

　　"可能是开车不便接听电话。"牧典蓝把父亲举起来的手机拦了下来。他和舒茗悦面面相觑，一点希望又粉碎了。

　　舒茗悦失落着，又朝路口方向望了一眼，惊喜地叫了起来："妈——，爸——"

　　只见舒秉浩牵着杜宁正朝这头走来，他们神采奕奕，满目含笑，恩恩爱爱。

　　舒茗悦拉起牧典蓝冲出人群，向父母迎去。她抱住母亲，又抱住父亲，悲喜交集，流着泪笑了起来："妈妈，爸爸，你们终于来了，我爱你们！"

　　杜宁眼含慈母的柔光，平静一笑："你们的大喜事，我和你爸怎么可能不来！"

　　牧典蓝已是欣喜得说不出话来，一切尽在不言中。

　　牧典蓝的父母迎了上来，道着歉与亲家握手，一笑泯恩仇。

　　开始还凝重的气氛顿时热烈起来。

　　时辰到，舒茗悦和牧典蓝站在书吧大门口向亲友们致了答谢辞。

　　揭牌仪式前增加了一项内容：向父母敬改口茶。

　　掌声中，双方父母被请到大门前并排而站。四杯盖碗茶被端了上来，龙凤茶各两杯。舒茗悦端起凤翎红，牧典蓝端起龙井茶，向对方父母分别敬茶，一起改称对方的父母为"爸爸""妈妈"。

　　书吧揭牌仪式正式开始。

　　舒茗悦揭开了牌匾的红纱。黑漆牌匾上书有金色行书"华年忆书吧"，落款只有两个字"闲之"，下方是红色印铃。

　　掌声雷动，人声鼎沸。

　　舒茗悦又揭开楹联之上联：网罗华夏美文。

　　牧典蓝则揭开楹联之下联：品尽年岁精粹。

　　代峭在一旁将激动人心的一幕幕定格。

　　华年忆书吧正式敞开了它的红漆大门。华年美文网开始了新的征程。

　　牧典蓝和舒茗悦陪家人参观完书吧和网站，在门口喜迎宾客。牧典蓝注意到小街对面的一个人，翁显梵！

　　翁显梵身穿灰色对襟装，正独自低头用手绢抹着泪。

　　舒茗悦随着牧典蓝的目光也注意到了翁显梵，不快地说："那个爱哭鼻子的

| 409 |

老头儿又来了!"

"他喜极而泣呢!"

"你怎么知道?"

"老婆,他就是你曾问及的书画家呢!"

"翁闲之!"舒茗悦指了指牌匾上的落款,将信将疑。她见牧典蓝向翁显梵挥起了手,就挽住他,"走啊!还不去把翁老师请过来!"

后 记

　　《青春K线图》第一稿于2009年动笔并完成，发布于网络。六年来，历经多次修改，作品已不是当初，书名也换了好几个。回头再看，当年的骨架还在，情节已经巨变，仿佛一间老屋，每年更换几块砖头瓦片，多年后已不是从前的屋。书中谈及的具体炒股方法有着特定的环境与条件，以及严格的止损止盈纪律，可作为散户的炒股借鉴，但请记住书中所强调的一点，盈利是在迷信一种盈利模式并长期坚持后才能获得的大概率事件。

　　让小说出版，是为让故事定格在它特有的时代。时代不停地在变，写着写着就会发现，即使讲述当代的故事也在不断地落伍。微信、wifi、云空间、股指期货在六年前还是生冷词汇，当下已是平凡话题。文中所说的阳光私募基金无法直接开设独立的证券账户，今年已经开始破冰；从前证券账户是一人一户，今年已是一人可开二十户，散户轻易就享受到比从前的机构还要低的交易佣金；2014年前的公司必过年检之关，现已成为历史……也许再过几年来读这部书，有的情节会无法理解，但能发现时代是如何悄然变迁。

　　写作也许追不过时代发展的脚步，好在不是任何新鲜玩意儿能改变我们的生活，很多传统不老，仍会代代相传，那就是永恒的故事之源。

荷舞东风 2015年5月写于达州